HEYNE<

Sophie Bichon

WENN DIE STERNE FALLEN

ROMAN

WILHELM HEYNE VERLAG
MÜNCHEN

Sollte diese Publikation Links auf Webseiten Dritter enthalten,
so übernehmen wir für deren Inhalte keine Haftung,
da wir uns diese nicht zu eigen machen, sondern lediglich
auf deren Stand zum Zeitpunkt der Erstveröffentlichung verweisen.

Penguin Random House Verlagsgruppe FSC® N001967

Originalausgabe 12/2022
Copyright © 2022 dieser Ausgabe
by Wilhelm Heyne Verlag, München,
in der Penguin Random House Verlagsgruppe GmbH,
Neumarkter Str. 28, 81673 München
Redaktion: Eva Jaeschke
Das Gedicht auf Seite 7 stammt aus: Bichon, Sophie:
Denn wir sind aus Sternenstaub gemacht.
Heyne Verlag, 2022.
Umschlaggestaltung: zero-media.net unter Verwendung
eines Composings aus verschiedenen FinePic®, München Motiven
Illustrationen im Innenteil: © Sophie Bichon
Satz: Leingärtner, Nabburg
Druck und Bindung: CPI books GmbH, Leck
Printed in the EU
ISBN 978-3-453-42573-6

www.heyne.de

Für Lisa.

Weil du es schaffst,
jeden Tag Farbe und Musik
in mein Leben zu bringen.

Du bist für mich das,
was Hanni für Kalliope ist.

NEUANFANGSLEUCHTEN

Irgendwo bei den Bäumen
schwebt zwischen Glühwürmchen ein Haus.
Klein,
aus Holz
und Tor zu einer anderen Welt.
Sie sitzt auf dem Boden, inmitten von Kissen,
auf ihr Gesicht scheint wärmendes Licht,
und sie
ist ganz bei sich.
Denn sie weiß,
dass das hier nicht das Ende ist,
sondern erst der Anfang.

Gedicht aus: *Denn wir sind aus Sternenstaub gemacht*
von Sophie Bichon

TANZEN WIE DIE BLUMENKINDER

Down on Me von Janis Joplin
Summertime von Janis Joplin
San Francisco (Be Sure to Wear Flowers in Your Hair)
von Scott McKenzie
Surfin' U.S.A. von The Beach Boys
Piece of My Heart von Janis Joplin
Purple Haze von Jimi Hendrix
She's a Rainbow von The Rolling Stones
Here Comes the Sun von The Beatles
I Can't Keep from Crying, Sometimes von Ten Years After
California Dreamin' von The Mamas and the Papas
Come Together von The Beatles
For what it's Worth von Buffalo Springfield
Son of a Preacher Man von Dusty Springfield
Kozmic Blues von Janis Joplin
In the Summertime von Mungo Jerry

STERNE, SONNE UND MOND

Die Nacht war still. Da waren nur ich und mein pochendes Herz, welches beinah meine Schritte auf dem Sand übertönte. Wie im Rausch lief ich der Meereslinie entgegen. Hinter mir warfen steile Klippen ihre Schatten, die Ausläufer berührten das dunkle Wasser, auf dem das Abbild des prallen Mondes schimmerte. Ganz kurz nur hob ich den Blick und verlor mich in dem silbrigen Glanz, der heute etwas Überirdisches an sich hatte. Ein hypnotisierendes Leuchten, das mich immer drängender zu sich rief. Sofort fröstelte ich, doch die sengende Hitze in meiner Brust trieb mich ungeachtet dessen weiter und weiter.

Das Strahlen des Mondes schien zu schwinden, mir im nächsten Moment aber nur noch deutlicher den Weg in den Ozean zu zeigen. Plötzlich verhedderte ich mich mit den nackten Beinen in dem Mantel, den ich achtlos übergeworfen hatte. Feuchter Sand klebte mir zwischen den Zehen und die Kante einer Muschel schnitt mir in die Fußsohle, doch ich rannte so schnell wie möglich weiter.

Es gab nur diese eine Möglichkeit, denn ich gehörte nicht in diese Welt. Ich gehörte zur See, die Nacht für Nacht meine Anwesenheit verlangte. Weil ich die verborgenen Melodien des Meeres stets besser verstanden hatte als die Worte der Menschen. Und mit jedem Mal wurde sein sirenenhafter Gesang lauter.

Mein Herz machte einen erschrockenen Satz, als kaltes Wasser erst meine Füße umspülte, dann meine Waden. Ein winziger Teil in mir wollte umkehren und fliehen, doch ich begann zu rennen, eilte den Tiefen des Meeres atemlos entgegen, das im Licht der Sterne mit einem Mal gar nicht mehr so ruhig dalag. Tiefblaue Wellen mit schäumenden Kronen rollten auf mich zu, und ich konnte nicht sagen, ob sie mich als eine der Ihren willkommen hießen oder ob sie mich verschlingen wollten. Ich hob die Arme, öffnete meinen Mund, doch im nächsten Moment war überall nur noch Wasser. Die zahllosen Sterne, der leuchtende Mond und die verglühende Sonne in meinem Herzen. Und Welle um Welle türmte sich auf, ehe sie über mir zusammenschlugen und mich tiefer in die schimmernde Schwärze rissen.

Meine Lunge brannte.

Oder war das die Sonne in mir?

Ich fiel,

fiel,

fiel,

fiel,

bis ich mich meinem Schicksal ergab und einfach losließ.

Sommer 1969

AUSZUG AUS KAIS BRIEFEN

Geschrieben: Montag, den 07. Juli 1969
Abgeschickt: nie

Das ist jetzt schon der dritte Brief, den ich Dir schreibe. Der dritte Brief, von dem ich weiß, dass ich ihn am Ende doch nicht zum Postamt bringen werde. Kalliope, es steht schlimm um mich, denn ich denke, ich habe wahrhaftig mein Herz verloren.

1 EIN MANN AUF DEM MOND

Sie hat ein Recht darauf zu erfahren, was ihr bevorsteht.
Sie hat ein Recht darauf, ihr Schicksal zu kennen.
Kalliope ist eine von uns.
Es waren nur Worte, und doch kroch mir unwillkürlich eine Gänsehaut die Arme hinauf. Ich lehnte die Stirn gegen das überraschend kühle Fensterglas und blickte auf der Suche nach irgendeinem Fixpunkt in die Nacht hinaus, erahnte den Garten, den alten Baum mit den knorrigen Ästen direkt vor meinem Zimmer, gegenüber das Haus der Martins. Links die in vollkommene Stille gehüllte Magnolienallee mit den namensgebenden Bäumen zu beiden Seiten.
Trotz aller Vertrautheit war da in der Dunkelheit nichts, was mir den so dringend benötigten Halt geben konnte.
Sie hat ein Recht darauf zu erfahren, was ihr bevorsteht.
Sie hat ein Recht darauf, ihr Schicksal zu kennen.
Kalliope ist eine von uns.
Nicht zum ersten Mal löste die Erinnerung an diese Sätze viele

Gefühle gleichzeitig in mir aus: Aufregung, Neugier, aber auch Angst. Doch sobald ich an Großmutters erst wütenden, schließlich resignierten Gesichtsausdruck dachte, überwog Letzteres. Dann schlug mein Herz schneller und wappnete sich für etwas, das viel größer als diese Welt schien.

Ich hatte schon vor langer Zeit damit aufgehört, nur an das zu glauben, was ich mit eigenen Augen sah, denn es existierten Dinge, die man einfach *fühlte* und nicht richtig erklären konnte. Wie zum Beispiel, als ich vor wenigen Tagen mit dem Fahrrad auf dem Weg zum *Glühwürmchen* wie immer über den schmalen Bach gesprungen war. Das tat ich, seit ich ein eigenes Rad hatte, und doch war ich zum ersten Mal mit dem Vorderrad hängen geblieben und gestürzt. Und in dem Moment hatte ich *gewusst*, dass dieses Missgeschick der Beginn von etwas war.

Seit einer halben Stunde tigerte ich nun schon unruhig in meinem Zimmer auf und ab, denn in Nächten wie diesen war es um so Vieles schwerer, das Aufgeschnappte als Unsinn abzutun.

Wo verdammt noch mal bleibt Kai?

Erst hatte ich es mir noch auf meinem Bett gemütlich gemacht und leise vor mich hin gesungen, um die Zeit totzuschlagen, doch obwohl Musik – die Gute, die Wahre, die Schöne – ein Heilmittel für so ziemlich alles war, hatte sie dieses Mal nicht geholfen. Nicht einmal *Down on Me* von Big Brother and The Holding Company, ein Song, der sonst alles irgendwie besser machte. Vielleicht aber lag es auch an Janis Joplins tiefer Stimme. Sie passte zu gut zu dem düsteren Gefühl, welches mich gefangen hielt, seit ich heute Morgen aus einem dieser grausamen Träume hochgeschreckt war.

Wieder einmal.

Bilder von sich auftürmenden Wassermassen und verzweifelte Schreie, die in diesem Szenario wohl meine eigenen waren. All das umhüllt vom dichten Nebel der Erinnerung, denn … das war es, was mir an meinen Albträumen am meisten zu schaffen machte: die

Nähe zur Realität – als handelte es sich um eine Ansammlung eigener Erinnerungen und Erlebnisse.

Auch jetzt konnte ich das Gefühl von Wassermassen, die meine Lunge fluteten und drohten, mir die Luft abzuschnüren, nicht ganz abschütteln – wartete es doch stets am Rande meines Bewusstseins. Ohnehin schien meine Kehle an den Morgen nach den Träumen wie ausgedörrt zu sein.

Himmel, Kai, wo steckst du?

Ich warf einen Blick auf die Uhr – nur noch eine Stunde. Um Mitternacht hatten wir sonst eigentlich immer angefangen.

Ist dieses Jahr alles anders? Pfeifst du auf unsere Rituale?

Unruhig sah ich wieder in den Himmel empor, als ich plötzlich hörte, wie etwas Kleines, Hartes die Fensterscheibe traf. Erschrocken zuckte ich zusammen und erwartete, Kai gegenüber an seinem Fenster stehen zu sehen. Aber alles blieb dunkel wie zuvor. Doch von irgendwoher musste das Steinchen gekommen sein. Vielleicht hatte Kai es von unten geworfen?

Und tatsächlich: Als ich das Fenster öffnete, erblickte ich nicht nur einen durch den Garten huschenden Schatten. Ich entdeckte auch das zusammengefaltete Blatt Papier, das aus dem rostroten Eimer lugte, der speziell für diesen Zweck an meinem Fenstersims hing.

Endlich.

Gegen das Lächeln, das an meinen Mundwinkeln zupfte, hatte ich keine Chance.

Ich entfernte die Schnur, die um den Zettel gewickelt war, dann faltete ich ihn vorsichtig auseinander, strich die Seite glatt und inhalierte den Geruch von Tinte.

In den letzten Monaten waren unsere Briefe seltener geworden. Ich würde einen Teufel tun, es zuzugeben, doch nach den ganzen Wochen nun wieder Kais ausladende, geschwungene Buchstaben zu betrachten und dieses Papier unter den Fingerkuppen zu spüren, machte etwas mit mir. Ein Brief, der sich zu all den anderen reihte, die ihren Weg im Laufe der Jahre in den kleinen Eimer gefunden hatten. Wenn mein bester Freund schrieb, drückte er sich anders aus als beim Sprechen. Ganz so, als würde auf dem Papier endlich das aus ihm hervorbrechen, was sonst immer unter seiner Stille verborgen lag. Kai und Papier und wunderschöne Tintensätze gehörten zusammen, weil er immer schon in Melodien und Liedern gedacht hatte.

Mitternacht,
unser Ort,
fallende Sterne.
K.

Nur wenige Worte dieses Mal, doch sie reichten, dass mir das Herz in der Brust schneller schlug. Bevor es endlich so weit war, drapierte ich noch die vorbereiteten Kissen unter der geblümten Bettdecke, dann warf ich mir den Rucksack über die Schulter und öffnete die beiden Flügel meines Fensters möglichst leise. Ein aufgeregtes Kribbeln strömte durch meinen Körper.

Meine kleinen Schwestern Klio und Erato hatten ihre Zimmer gegenüber von mir, das Schlafzimmer meiner Eltern lag zu meiner Linken, und genau unter mir, im Erdgeschoss, schlief meine Großmutter, die seit ihrem Schlaganfall wieder bei uns wohnte. Nicht zum ersten Mal stöhnte ich entnervt auf, weil ich verdammt noch mal eingekesselt war und ständig auf der Hut sein musste, wenn ich nicht erwischt werden wollte. Die Standpauke wegen des Rauchgeruchs in meinen Haaren war mir noch zu lebhaft im Gedächtnis. Dabei hatte ja nicht einmal ich selbst geraucht …

Routiniert kletterte ich auf den Fenstersims. Mit einer Hand stützte ich mich darauf ab, mit der anderen schloss ich die beiden Flügel – der schmale Spalt würde reichen, um das Fenster später wieder zu öffnen.

Dann hielt ich mehrere Atemzüge lang still. Das dichte Blätterdach über mir verbarg den Mond, und nur ein paar wenige Straßenlaternen in der Magnolienallee spendeten schwaches Licht.

Vielleicht hätte die Dunkelheit mir Angst machen sollen, so wie meine ganz persönlichen Schreckensbilder, die irgendwo in meinem Verstand darauf warteten, mich heimzusuchen. Und ich hatte durchaus Respekt – mein schnell schlagendes Herz war der beste Beweis dafür. Doch beinah hätte ich laut aufgelacht: Wie schlimm konnte die Realität schon sein? Im Gegensatz zu den ständigen Augenringen? Der bleiernen Müdigkeit, weil ich kaum eine Nacht durchschlief? Der Angst vor neuen Bildern, die womöglich schlimmer waren als die alten?

Es war still, so unendlich still.

Der ganze Ort schlief, nur eine Eule rief irgendwo in die Dunkelheit hinein, ein anderer Vogel antwortete.

Mit einem geschickten Satz sprang ich auf den knorrigen Apfelbaum und kletterte den Stamm hinunter. Ich fluchte, als ich kurz darauf auszurutschen drohte, weil ich so ungeduldig war. Als ich nur noch knapp einen Meter über dem Boden war, ließ ich mich fallen. Das weiche Gras dämpfte das Geräusch meiner aufkommenden Füße ab. Sofort eilte ich zu den Sträuchern, wo ich mein Fahrrad versteckt hatte. Ich befreite es von Blättern und lächelte beim Anblick der Blumen, die ich im vergangenen Sommer zusammen mit Kai am Ufer des kleinen Sees am Dorfrand, dem Blauwasser, aufgemalt hatte. Dann schob ich es energisch über die Wiese hinter dem Haus, bis ich weit genug entfernt war, um mich in den Sattel zu schwingen.

Und mit jedem Meter, den ich die Magnolienallee hinter mir ließ, lockerte sich das enge Band um meine Brust ein Stück mehr. Weg von dem Haus mit seinen von der Sonne ausgeblichenen Pastellfarben und dem Porzellangeschirr im Nussbaumschrank, weg von den schweren Vorhängen und selbst gehäkelten Spitzendeckchen, weg von dem Gebäude, das einem Museum der Fünfzigerjahre glich, noch mehr aber einem Mausoleum. Die Magnolienallee 25, in der der Tod präsenter war als das Leben.

Mit dem festgeklebten Lächeln, den stets voluminös geföhnten Haaren und der Schürze mit den Rüschen war meine Mutter die Bewahrerin dieses Szenarios. Eine Hüterin stillstehender Zeit des Jahres 1954.

Es war ein nasskalter Wintertag gewesen, als plötzlich dieser große hagere Mann mit dem löchrigen Mantel, begleitet vom eiskalten Wind, durch die Türe trat. Da war zwar fast so etwas wie ein Lächeln gewesen, als sein Blick auf mich fiel, er den Hut abnahm und gegen seine Brust knautschte, doch die Leere in seinen Augen hatte mir Angst gemacht. Das tat sie heute meistens auch noch. Trotzdem sollte dieser schweigsame Mann mein Vater sein. Doch anstatt dass das Leben nun endlich weiterging, stand es mit einem Mal so richtig still. Auch noch, als meine kleinen Schwestern Jahre später geboren wurden.

All das lag inzwischen fast mein ganzes Leben zurück, doch fremd war Papa mir in all der Zeit geblieben. Ich hätte gern gesagt, ein Schatten seiner selbst, aber woher sollte ich schon wissen, wer er einst gewesen war? Damals, Ende der Dreißiger? Jetzt sah ich nur noch einen gebrochenen Mann, der uns alle lieben wollte, es aber einfach nicht konnte, weil die Schrecken des Kriegs und der Gefangenschaft sein Herz zerfetzt hatten wie einst die feindlichen Geschosse seine Kameraden. Er war Offizier gewesen, doch das hatte ihm auch nicht geholfen.

Gott, ich wollte ihn ja verstehen, ich wollte es wirklich so sehr. Und wenn Papa nachts wieder einmal schreiend aufwachte und wir anderen davon geweckt wurden, war ich manchmal kurz davor, ihm von meinen eigenen Träumen zu erzählen. Ich stellte mir vor, dass Papa sich gewissermaßen verstanden fühlen würde und wir zum ersten Mal richtig miteinander sprächen, ich vollkommen seine Tochter wäre. Letztendlich verwarf ich den Gedanken jedes Mal wieder, weil es mir dann doch lächerlich vorkam. Meine Träume von Wasser und

Ertrinken und Tod gegen sein Trauma – wenn ich es so betrachtete, erschien es mir respektlos.

Also schwieg ich.

Am Ende der Wiese angekommen, steuerte ich nun die Baumreihe an, diese dunkle Linie, die den Beginn des Kiefernwalds markierte. Und je näher ich kam, desto stärker vertieften sich die Schatten um mich herum. Wind strich mir um die Nase, es roch nach frisch gemähtem Gras und überreifem Obst, der Boden war uneben und voller kleiner Hügel. Alles schien wie immer und doch beschlich mich, nicht zum ersten Mal heute, das Gefühl, dass etwas Grundlegendes nicht stimmte. Unwillkürlich trat ich schneller in die Pedale. Irgendwo hinter mir knackte ein Ast. Gleich noch einmal, lauter jetzt und das wilde Schlagen meines Herzens dröhnte mir in den Ohren. Nur ein Tier, nur ein weiteres Kind der Nacht – so wie ich.

Ich bin furchtlos,
ich bin unbesiegbar,
ich bin Kalliope,

betete ich mein Mantra hinunter. Immer und immer wieder, während ich mit Herztrommeln und Pedalwind durch den Wald flog. Altbewährte Wege, die ich im Slalom um schlanke und auch knorrige Baumstämme herum nahm, während der Mond über mir so dick und prall leuchtete, als wäre er eine überreife Frucht.

Das hier war die letzte Gelegenheit, irgendetwas Abenteuerliches zu erleben. Das Ende unserer Sommerferien, bevor Kai und ich die dreizehnte Klasse besuchen würden.

Als die Steigung zunahm und der Boden immer unebener wurde, umgriff ich den Lenker fester und drückte mich im Sattel hoch. Meine langen Haare flatterten im Wind, nahmen mir die Sicht und wehten dann wieder hinter mir her. Hinauf, hinauf, immer weiter hinauf, an der zerklüfteten Felswand einer alten, verborgenen Höhle entlang, und dann weiter und weiter. Schweiß sammelte sich auf meiner Stirn, doch ich fuhr nur noch schneller, weil ich auf keinen Fall zu spät kommen wollte.

Als ich kurz darauf das Knistern und Knacken eines Feuers bemerkte, machte sich an einem winzigen Punkt in meinem Bauch diese Nervosität breit, die ich am Ende des Schuljahrs zum ersten Mal bemerkt hatte. Dann war Kai den ganzen Sommer über weg gewesen, und ich hatte nicht mehr daran gedacht – bis jetzt.

Zuerst hatten wir uns noch regelmäßig Briefe geschrieben, uns erzählt, was wir während der großen Ferien erlebten. Mit einem richtigen Briefkasten statt eines rostenden Eimers. Kai und seine Brüder verbrachten die Zeit auf dem Hof seiner Großeltern am Bodensee. Der Großvater war unglücklich gestürzt und mit dem Bein unter das Rad seines Traktors geraten. Die Martin-Geschwister griffen der Großmutter, die den Hof vorübergehend auch ohne ihren Mann bewirtschaften musste, unter die Arme.

Im Juni hatte Kai von dem riesigen Haus, den Apfelplantagen und den Pferden geschwärmt, während ich mich über die endlose Langeweile und Prüderie unseres Dorfs beklagte. Ich beschrieb ihm Belanglosigkeiten bis ins kleinste Detail, denn ich konnte mich an keine Zeit erinnern, in der wir uns nicht jeden Tag gesehen hatten. Kai war immer die erste Person, der ich von meinen Gedanken und Erlebnissen erzählte. Vielleicht auch die einzige, denn Menschen und ich – das war irgendwie schwierig.

Nur in *seinen* Worten konnte ich mich verlieren. Jeder seiner Briefe enthielt irgendwelche Kai-Gedanken, selbst geschriebene Liedtexte, die er nur mir anvertraute, Neuigkeiten aus den Zeitungen, weil überall Spannenderes passierte als hier in Niemstedt.

Wir füllten Seiten mit den Nachrichten aus New York, mit allem, was man über den Aufstand in der Christopher Street hörte. In einer Bar mit homo- und transsexuellem Publikum, dem *Stonewall Inn*, hatte es eine Razzia gegeben, bei der sich zum ersten Mal eine große Gruppe gegen die Verhaftung durch die Polizei gewehrt hatte.

Und ich wusste nicht, was ich von diesen Menschen halten sollte. Von Frauen, die Frauen liebten. Von Männern, die Männer liebten. Von Frauen und Männern, deren biologisches Geschlecht ein anderes war. Ich hatte gelernt, dass all das *abnormal* war, von Gesetzes wegen eine Straftat – in der Schule und zu Hause. Im Radio und auf dem Fernsehgerät, das im Schaufenster des Tante-Emma-Ladens stand und mittlerweile sogar Bilder in Farbe zeigte. Ich verstand nicht richtig, warum es *krank* sein sollte. War es nicht auch ein offenes Geheimnis, dass sich Janis Joplin zu Frauen hingezogen fühlte?

In der Zeitung hatte ich das Blut, die Gewalt und den Hass in der Christopher Street gesehen, nur weil diese Leute sie selbst waren und dazu standen. Predigte Kais Vater in der Kirche nicht immer von Nächstenliebe? Davon, dass wir unseren Mitmenschen mit Zuneigung, Güte und Respekt begegnen sollten? Doch wie wichtig konnte dieser Gedanke in unserer Welt wirklich sein, wenn Menschen wie mein Vater wegen irgendwelcher mächtigen Männer in den Krieg ziehen mussten, um dann vollkommen gebrochen zurückzukehren?

Kai und ich schickten Brief um Brief quer durch West-Deutschland auf die Reise. Wir diskutierten darüber, was Liebe war und wie sie zu sein hatte. Kai schien sich an den Vorkommnissen im *Stonewall Inn* im Speziellen und dem Thema dieses Aufstands im Allgemeinen festzubeißen, und ich ging begierig darauf ein, weil unsere hitzigen Diskussionen mein Licht in diesem trägen Sommer waren.

Als am 20. Juli der erste Mensch auf dem Mond landete, saß die ganze Familie wie gebannt vor dem Radio in der Stereo-Truhe. Die Beschreibungen des Nachrichtensprechers und das Hintergrundrauschen wurden nur von Eratos piepsiger Stimme durchbrochen, ihre Fragen blieben jedoch unbeantwortet oder wurden mit einem *Pscht* abgetan. Vor allem Großmutter starrte minutenlang mit dem exakt selben Gesichtsausdruck auf das alte Radio, und ich dachte nur an Kai, Kai, Kai. An die Nacht, in der wir geboren wurden und die mit ihren Sternschnuppen eine magische gewesen sein soll. An unsere Faszination für den Himmel und das Licht des Mondes, in dem wir am liebsten mit den Fahrrädern durch den Ort fuhren. An das *Glühwürmchen*, unser Baumhaus aus Kindertagen.

Dort, inmitten der Bäume, schrieb ich am nächsten Tag zehn lange Seiten an Kai. Alle voll mit meinen Gedanken zu dem Mann auf dem Mond. Seine Antwort erhielt ich erst drei Wochen später. Ich war enttäuscht, so lange auf eine Reaktion von ihm warten zu müssen. Noch mehr aber darüber, dass der Umschlag lediglich eine Seite enthielt. Und waren Kais Briefe zuvor schon seltener geworden, wurden sie jetzt auch kürzer. Irgendwann fühlte es sich fast so an, als hätten wir uns nicht mehr sonderlich viel zu sagen. Er war auf dem Hof seiner Großeltern voll eingespannt, hatte sich mit einem Jungen aus dem Dorf angefreundet, und scheinbar gab es da auch ein Mädchen. Dass sich zwischen ihnen etwas anzubahnen schien, hatte er lediglich angedeutet.

Gestern Abend war Kai wieder zurückgekommen. Erst heute Morgen hatte ich ihn kurz gesehen, gegenüber an seinem Fenster stehend. Mit einem schiefen Lächeln hatte er mir zugewinkt. Es war nur ein winziger Moment, aber er hatte mich erleichtert ausatmen lassen, denn die Art, wie Kai sich durch die dunklen Haare strich, war so unendlich vertraut.

Und dennoch war da auch dieses *Etwas* aufgeblitzt:

Fremde.

Als wären diese Wochen in Wahrheit Monate gewesen, als wäre er auf irgendeine Art gereift und … erwachsener geworden. Als hätte Kai mich in der Zwischenzeit nicht nur an Körpergröße überholt.

Ich straffte die Schultern.

Dort war er, vorn in der Schlucht, wo der Weg im Nichts endete, wartete verdammt noch mal Kai auf mich. Der Mensch, der mein ganzes Leben lang schon bei mir war. Der Mensch, der mich wahrscheinlich besser kannte als ich mich selbst. Es gab überhaupt keinen

Grund, nervös zu sein. Ich beschloss, den winzigen Punkt in meinem Bauch zu ignorieren, und hob mich aus dem Sattel.

Direkt vor mir, am höchsten Punkt über Niemstedt, wurde der Boden wieder eben und das Wäldchen lichtete sich. Ich lehnte das Fahrrad gegen den Stamm, an dem ich auch Kais rostiges Rad ausmachte, griff nach dem Rucksack im Korb und lief auf das Feuer zu, das zwischen den Baumstämmen immer größer wurde. Tieforange setzte sich die Glut von der Dunkelheit ab, während die Flammen sanft und doch unnachgiebig über den Himmel zu lecken versuchten.

Kai stand von mir abgewandt und hatte die Hände im Rücken verschränkt, als wäre er eine mystische Statue in der Nacht. Bluejeans und weißes Hemd. Klassisch, locker, so wie jeden Tag. Wahrscheinlich blickte er gerade über den Rand der Schlucht, die die kleine Lichtung begrenzte.

Die Ruhe, die von ihm ausging, faszinierte mich, seit ich denken konnte. Kai, wie er unbeweglich in die Ferne sah, versunken in seine ganz eigene Welt. Kai, wie er einfach innehielt und das Leben Leben sein ließ. Nicht so wie ich, die sich ständig getrieben fühlte. Stets auf dem Sprung und mit einem Fuß bereits im nächsten Abenteuer … oder einer weiteren Dummheit.

Mein bester Freund war immer schon schlaksig gewesen. In der neunten Klasse war er von einem Tag auf den anderen in die Höhe geschossen, und es war, als hätten seine Arme und Beine keine Zeit gehabt, sich an diesen neuen Körper anzupassen. Trotz seiner schmalen Statur fühlte ich mich in den Nächten, in denen das Meeresrauschen meiner Träume realer schien als alles andere, bei ihm am sichersten.

Ich trat aus der Dunkelheit. Und noch während sich die locker gemeinten Worte auf meinen Lippen formten, bemerkte ich, wie viel Ernst in ihnen mitschwang: »Ich dachte schon, dass wir unseren Geburtstag dieses Jahr getrennt feiern.«

2 ASTEROIDENSCHAUER

Langsam drehte Kai sich um. Der Schein des Feuers ließ eine Hälfte seines Gesichts im Dunklen, doch ich sah, wie sich sein anderer Mundwinkel leicht anhob. Kein Lächeln, aber die Andeutung davon.

Und ich entdeckte das kleine Grübchen in der linken Wange, das mich irgendwie beruhigte.

Ich dachte schon, dass wir unseren Geburtstag dieses Jahr getrennt feiern.

Lieber hätte ich gefragt: *Wieso so knapp? Wieso dieses Mal anders?*

»Du hättest mir den Kopf abgerissen.«

»O ja!« Ich grinste. »Hätte ich.«

Normalerweise wäre ich in diesem Moment die letzten Meter auf ihn zugerannt, um ihm in die Arme zu springen. Er hätte gelacht und ich auch, und dann hätte er sich mit mir im Kreis gedreht und ich gequietscht. So war es immer schon zwischen uns gewesen: nur echte Gefühle, nur Wahres, nur wir und niemals Dinge, für die man sich schämen musste.

Aber das Schweigen von Kais ungeschriebenen Briefen wog schwer. Etwas hatte sich verändert zwischen uns. Wie sollte ich ihn begrüßen, wenn nicht so wie sonst? Eine lange Umarmung? Eine kurze? Gar keine?

Doch ehe ich weiter darüber nachdenken konnte, trat Kai schon auf mich zu, mit diesen langsamen Schritten, als hätte er alle Zeit der Welt und müsste sich jedes noch so kleinste Detail des Moments einprägen. Es war die Art, wie er an so ziemlich alles heranging. Vielleicht musste man sich diese Zeit auch einfach nehmen, wenn man das Jüngste von fünf Geschwistern war und stets damit rechnete, in der Menge unterzugehen oder übersehen zu werden. Zwischen den lauten Zwillingen, seiner Schwester Lizzie und dem Ältesten Andreas. Die Martins: Pastoren- und Vorzeigefamilie, und doch war es, als würde Kai dort nicht recht hineinpassen. Er hatte dasselbe dichte schwarze Haar wie alle anderen in seiner Familie, dieselben symmetrisch-schönen Gesichtszüge und auch die Güte, die jedem Martin anscheinend mit in die Wiege gelegt worden war. Kein Mensch konnte so gut sein, kein Herz so rein und golden wie seins.

In jeder Nacht, in der er nicht über meinen Schlaf gewacht hatte, war ich mir mit zunehmender Dunkelheit sicherer geworden, dass dieses eine Ereignis sich immer rascher näherte. Ein Ereignis, welches eine Wahrheit über meinen besten Freund enthüllen würde, die mir schon jetzt, da sie nur eine bloße Ahnung war, fast die Luft abschnürte.

Schnell schüttelte ich den Gedanken ab.

Eine Umarmung?

Oder keine?

Ich sah Schatten und glühendes Licht über Kais weiche Gesichtszüge flackern, dann fand ich mich schon in einer festen Umarmung wieder. Meine Wange lag an seiner schmalen Brust, die schlaksigen Arme hatte er um meinen Körper geschlungen, und doch fühlte es sich anders an. Die Hände schwerer, sein Griff irgendwie … stärker.

Sogar der Abstand zwischen seinem Kinn und meinem Haaransatz hatte sich verändert. Doch als mir der Geruch nach Wald und Moos und Kai in die Nase stieg, wurde ich von einer Welle der Geborgenheit überschwemmt.

Kai und der Wald – sie beide waren für mich absolute Ruhepunkte voller Frieden und Magie. Orte, an denen eine Last von meinen Schultern rutschte und ich einfach existierte.

»Du warst echt lange weg«, flüsterte ich irgendwann und lehnte mich tiefer in diesen Moment hinein.

Du warst plötzlich ein anderer, hätte ich gerne hinzugefügt, doch ich biss mir auf die Zunge.

»Ich habe dich auch sehr vermisst, kleine Fee«, sagte Kai. Obwohl er die Worte mit dieser für ihn typischen Wärme sprach, spürte ich doch, wie sein Körper sich kurz versteifte.

Instinktiv wich ich zurück, und er schien mich fast schon erleichtert freizugeben.

Was geschieht da? Was stimmt auf einmal nicht mit uns, Kai?

»Sehr?«, wiederholte ich und ärgerte mich, dass ich wie ein quengelndes Kind klang.

Als wäre da gerade nicht dieser seltsame Augenblick gewesen, tauchte ein unbeschwertes Grinsen auf Kais Gesicht auf.

»Natürlich. Dir ist doch klar, dass ich nicht wüsste, was ich ohne dich machen sollte.«

Ich nickte, dann setzte ich mich an das Feuer und hielt die Hände den wärmenden Flammen entgegen. Es war zwar noch August, aber hier oben, nahe des Bachs, der in den Blauwasser floss, war es gerade nachts deutlich kühler. Das Feuer flackerte in tausend Nuancen von Gelb, Orange und Rot. Glut stieg auf und vermischte sich mit einer Unendlichkeit an Sternen.

So ähnlich stellte ich mir die Nacht vor achtzehn Jahren vor: unendlich klar, von Sternen erhellt und mit uralten Mythen, die im Nebel zwischen den Bäumen warteten. Das Knacken des brennenden Holzes gesellte sich zu den anderen Geräuschen des Waldes, zu dieser ganz eigenen Melodie, die nur zu dieser speziellen Zeit ertönte.

Kai kramte in seinem Rucksack, ich hörte es rascheln, dann klirren, schließlich schien er gefunden zu haben, was er gesucht hatte, und setzte sich neben mich. Was auch immer er gerade herausgeholt hatte – Kai stellte es so hin, dass ich es nicht erkennen konnte. Die Beine streckte er von sich und lehnte sich auf die Handballen gestützt leicht nach hinten. Gemeinsam blickten wir erst auf das Feuer, dann über die Klippe. Und obwohl wir so nah am Abgrund saßen, fühlte sich dieser Ort nach einem Stück Freiheit an, weil man dem Himmel so viel näher war – zumindest war das normalerweise so.

»Noch drei Minuten«, sagte Kai feierlich.

So sehr ich unser Ritual auch liebte, war ich dieses Mal nicht mit ganzem Herzen dabei. Ich konnte mich nicht daran erinnern, jemals ein sorgloses Kind gewesen zu sein, aber je älter ich wurde, desto weniger schienen Worte wie *Unbeschwertheit* oder *Leichtigkeit* zu mir zu passen. Noch siebzehn, gleich achtzehn, und dabei doch immer noch auf dieser Schwelle. Zwischen Jugend und einem Erwachsenenleben. Oder zwischen etwas ganz anderem?

Meinem besten Freund zuliebe blickte ich wie jedes Jahr mit den Worten:»Dieses Mal wird etwas geschehen« hinauf in den Himmel.

Magie, wie in der Nacht unserer Geburt. Daran hatten wir als Kinder geglaubt und wollten aus tausend Gründen weiter daran festhalten.

Wir sahen uns an und wie jedes Jahr erwiderte Kai:»Dieses Mal wird es Sterne regnen.«

Drei.

Und plötzlich war alles wie weggeblasen, was in diesem Moment nichts verloren hatte. Das eisige Pulsieren, das sich in manchen Augenblicken von meinem Herzen ausgehend in meinem Körper ausbreitete. Die Briefe und die Nicht-Briefe. Dieses Mädchen, über welches Kai nicht sprechen wollte, das mich aber zu ersetzen drohte.

Zwei.

Und mit einem Mal war da einfach nur Kai, mit dem ich mein ganzes Leben verbracht hatte. Keine Träume, keine Geister, keine Wasserfluten, sondern sein Gesicht mit einem Ausdruck, der mir so vertraut war.

Eins.

Und plötzlich galt mein einziger Gedanke dem Frieden und der Stille, nach denen ich mich in all den vergangenen Nächten so sehr gesehnt hatte. Ich spürte das Lächeln, noch ehe es sich auf meine Lippen stahl, und schloss kurz die Augen.

»Alles Gute«, raunte Kai, und ich riss die Lider auf. Ich war abgedriftet und hatte meinen Einsatz verpasst.

»Alles Gute«, kam es mir holperig über die Lippen. Wir hatten beinah jeden Geburtstag auf diese Weise miteinander verbracht und nun auch den achtzehnten. Ob es dieses Jahr Sterne regnen würde? Ob sich der Himmel auftun würde?

Hast du es ihr immer noch nicht gesagt?

Sie hat ein Recht darauf zu wissen, was ihr bevorsteht.

Seit ich diese Worte aufgeschnappt hatte, schien ich noch mehr auf ein Zeichen zu warten. Immer wieder hatte ich sie in meiner Erinnerung hin und her gewälzt und mich gefragt, was sie wohl bedeuten mochten. Doch ich war so jung gewesen und mir manchmal nicht sicher, ob diese Sätze tatsächlich so gefallen waren, oder ob ich sie mir zusammengereimt hatte. Nicht einmal Kai hatte ich davon erzählt. Und trotzdem warteten wir an jedem unserer Geburtstage auf ein Wunder. Etwas Aufregendes, das diesen verschlafenen Ort aus seiner ewigen Winterruhe riss. Mit den Blicken tastete ich den Himmel ab, betrachtete Sterne und Glutfunken und Sternenglutfunken.

Und dann?

Dann würden sich endlich all meine Wünsche erfüllen?
Dann würde ich mit meiner Stimme endlich dieses eine Lied erschaf-
fen, das Vater zurückholte? Für ihn singen und aus uns allen eine Fami-
lie machen?

Plötzlich leuchtete am Rande meines Blickfelds etwas auf. Nicht der magische Asteroidenschauer, den ich wohl noch sehnsüchtiger erwartete als Kai, sondern ein bläuliches Schimmern. Ich drehte den Kopf und sah, wie es irgendwo über den Baumwipfeln den nächtlichen Dunst durchdrang und mit dem Himmel verschmolz.

Schon wieder breitete sich eine Gänsehaut auf meinen Armen aus. Sie kroch mir die Wirbelsäule hinab und wieder hinauf, als die Temperatur auf einen Schlag zu sinken schien. Wie hypnotisiert starrte ich auf das überirdische Blau, und Kais Name lag mir schon auf der Zunge, doch ein Blinzeln später war die Unendlichkeit über uns so tiefschwarz wie immer.

Ich schluckte.

Meine Nächte waren in letzter Zeit noch kürzer als sonst schon gewesen und immer häufiger waren die Bilder aus dem Wasser auch tagsüber aufgetaucht, wie ein Schatten, der mich begleitete. Die Angst meiner Träume saß mir tief in den Knochen. Kein Wunder, dass ich schon glaubte, Dinge zu sehen, die gar nicht da waren. Vor allem in einer Nacht wie dieser, in der ich jedes Gefühl für Zeit verlor.

Glücklicherweise riss Kai mich aus meinen Gedanken, indem er mich bat, mich ihm gegenüber zu setzen. Endlich zeigte er mir, was er vorhin aus seinem Rucksack geholt hatte.

Ich entdeckte einen dunklen Kuchen, der schon ziemlich lädiert aussah. Ganz so, als hätte auf dem Weg hierher etwas Schweres darauf gelegen. Vielleicht die zwei Teller mit den Blumenranken, auf denen Kai den Kuchen jetzt so gut es ging anrichtete. Auch die beiden Kerzen, die er mit einem entschuldigenden Lächeln hervorholte, hatten eindeutig schon bessere Tage gesehen.

»Hier.« Er reichte mir eine von ihnen. Obwohl sie schon halb abgebrannt war, wog sie schwerer in der Hand als gedacht. Kai sah unschlüssig zwischen den beiden Kuchenstücken und den schmalen Kerzen hin und her, seine Zähne gruben sich beim Überlegen in die Unterlippe.

»Ich habe das nicht zu Ende gedacht«, murmelte er.

Ich kicherte.

Im nächsten Moment bohrte Kai mit dem Zeigefinger ein Loch in jedes Stück, in das er dann die Kerzen steckte.

»So, da ist er. Dein Geburtstagskuchen.«

Zufrieden blickte er mich an.

»Äh … ich hoffe, du hast saubere Hände.«

Kai hob die markanten Brauen an.

»Schon gut, ich probiere ihn ja schon.«

Seltsam gerührt nahm ich das Stück Kuchen entgegen. Ich hatte es mir gewünscht, aber trotzdem nicht damit gerechnet: mit Kai, der wie immer war. Der sich sorgte, der mir so leicht ein Lächeln ins Gesicht zauberte.

Der Duft nach Schokolade stieg mir in die Nase. Meine Finger klebten sofort wegen der Glasur, die bereits bröckelte und sich auf Händen und Hose zu verteilen begann. Ich versuchte den Teller auf meinen Knien so gerade wie möglich zu halten, während Kai in seiner Hosentasche nach einem Feuerzeug suchte und die Kerze schließlich anzündete.

Der Kuchen schmeckte himmlisch. Nach Schokolade und Nüssen, fast ein bisschen nach dem langsam nahenden Herbst. Bestimmt hatte Frau Martin ihn gemacht. Ihre Backkünste waren im Ort berühmt und die Kirchenfeste wahrscheinlich auch deshalb jedes Mal so gut besucht. Sie war dieser eine Mensch, der auf alles eine Antwort oder einen Ratschlag hatte.

Gleichzeitig bliesen Kai und ich die Kerzen aus, danach tranken wir ein paar Schlucke von dem Wein, den ich aus dem Keller meiner

Eltern hatte mitgehen lassen. Mama würde es mit Sicherheit irgendwann bemerken. Und sollte der Verdacht auf mich fallen, würde sie mir die Hölle heiß machen – doch dies war ein Problem für einen anderen Tag.

Der Wein schmeckte süß und herb zugleich. Beim ersten Schluck musste Kai ein bisschen husten. Ich klopfte ihm auf den Rücken, tat so, als hätte ich weit mehr Erfahrung damit als er. Kais Wangen färbten sich leicht rosa, und auch mir brannte die rote Flüssigkeit in der Kehle, doch von Schluck zu Schluck rann sie mir angenehmer den Rachen hinab. Ich hatte bisher nur zweimal Alkohol getrunken. So ganz geheuer war mir das nicht, aber es war irgendwie so … erwachsen. Und mit Kai zusammen fühlte es sich sicher an.

Ich fragte ihn nach seinem Sommer am Bodensee, nach all dem, was er in seinen Briefen unerwähnt gelassen hatte. Er erzählte von dem ständigen Streit zwischen den Zwillingen, mit traurigem Blick von dem veränderten Wesen seines Großvaters und mit lächelnden Augen von den Abenden, die dort auf dem Hof so viel ruhiger und beschaulicher gewesen waren als der ständige Trubel zu Hause.

Nachdem ich mir den letzten Krümel des Kuchens aus den Mundwinkeln gewischt hatte, stellte ich den Teller auf der Erde ab und zog mein Geschenk für ihn aus dem Rucksack. Ich hatte es unter einer lockeren Diele in meinem Zimmer versteckt und immer wieder hervorgeholt, wenn ich mich sicher wähnte. Hatte mir seine Reaktion ausgemalt, und nun war es endlich so weit.

Gespannt sah ich zu, wie Kai das Papier vorsichtig beiseiteschlug. Ich hätte es an seiner Stelle wahrscheinlich sofort aufgerissen, aber natürlich nahm *er* sich die Zeit.

Erst kam der Holzrahmen zum Vorschein, den ich für wenige Mark auf dem letzten Kirchenbasar gekauft und anschließend mit winzigen Noten bemalt hatte, dann das Foto: Kai und ich am Ufer des Blauwassers, klatschnass, mit hochroten Köpfen, weil wir uns kurz zuvor unerbittlich untergetaucht hatten.

»Das Bild ist von dem Sommer, in dem wir in die Zehnte gekommen sind«, erklärte ich überflüssigerweise und konnte dabei zusehen, wie sich Kais Wangen rötlich färbten.

Ich neigte den Kopf und versuchte die Fotografie mit seinen Augen zu betrachten: unsere Gesichtszüge, die kindlicher und doch gleich wirkten. Kai, der mich noch nicht so deutlich überragte wie heute. Er hatte den Arm fest um mich geschlungen, nackte Haut an nackter Haut, meine Brüste, die gegen seinen Oberkörper gepresst waren ….

Kai räusperte sich und ich lachte.

Ich war mir selbst nicht sicher, ob ich das damals wirklich nicht bemerkt hatte, weil die Erinnerung an diesen Sommer für mich im Vordergrund stand, oder ob ich es bewusst in Kauf genommen hatte, um Kai ein bisschen zu ärgern. Immerhin hatten wir jetzt 1969, die Welt veränderte sich. So kurz vor dem neuen Jahrzehnt war kein Platz mehr für Prüderie und Verklemmtheit – wobei meine Mutter wohl in Ohnmacht fallen würde, wenn sie wüsste, wie ich wirklich dachte, und auch darüber sprach.

Aber Himmel, wieso sollten Frauen und Männer denn nicht miteinander befreundet sein können? Diese Ansicht war mir schon immer schleierhaft gewesen.

Ich wusste nicht, warum, doch vor allem bei Kai redete ich gern erwachsen daher. Deswegen glaubte mein bester Freund auch, dass ich vergangenen Winter mein erstes Mal mit Samuel gehabt hatte. Dabei hatten wir zwar ein bisschen miteinander herumgeknutscht, aber mehr war nicht geschehen. Kai ging irgendwie davon aus, dass zwischen uns so ziemlich alles gelaufen war. Und aus welchem Grund auch immer, hatte ich ihn nie berichtigt, so gesehen handelte es sich auch um keine Lüge.

Samuel, der groß, attraktiv und schon an der Universität war – vielleicht gefiel mir der Gedanke, dass jemand wie er sich für mich interessierte. Aber dann war da auch mein süßer, schüchterner Kai, bei dem ich so sehr ich selbst sein konnte wie bei sonst niemandem auf der Welt.

»Danke«, sagte er schließlich, mit Wangen, die schon etwas weniger rot leuchteten. »Das ist eine schöne Erinnerung.«

»Gern.«

Und als ich Kais Geschenk entgegennahm, schluckte ich allein wegen der Form gerührt. Flach und viereckig – das konnte nur eine Schallplatte sein. Begierig und begleitet von Kais amüsiertem Lachen riss ich das Papier auf und rang nach Luft, als ich die Platte erkannte: *Cheap Thrills* von Big Brother and The Holding Company.

Ehrfürchtig strich ich über den oberen Rand, auf dem in Rot und Gelb Titel und Bandname geschrieben standen, dann über die einzelnen Comicbilder, aus denen sich das Cover zusammensetzte.

»Danke«, hauchte ich. »Aber … die muss doch wahnsinnig viel gekostet haben?«

Ich wendete die Platte hin und her, konnte es aber immer noch nicht ganz glauben, dass sie tatsächlich mir gehören sollte. Das zweite Album der Band war erst vergangenen Sommer erschienen – und das in den Staaten!

»Ich habe am Bodensee ein bisschen Geld von meiner Oma bekommen, weil wir so viel auf dem Hof geholfen haben. Und sie war günstiger, als du jetzt wahrscheinlich denkst.«

Ich war mir ziemlich sicher, dass Kai log, aber das rührte mich nur noch mehr. Ehrfürchtig strich ich über den bedruckten Karton, spürte den Abdruck des runden Vinyls darunter, glaubte schon die ersten Melodien hören und auf der Zunge schmecken zu können.

Seit ich mit sechzehn im Radio zum ersten Mal Aufnahmen vom Monterey-Pop-Festival gehört und danach die bunten Bilder in einigen Zeitungen gesehen hatte, war ich fasziniert vom *Summer of Love* und Janis Joplin. Die junge Sängerin mit den langen zerzausten Haaren und gemusterten Kleidern besaß eine Stimme wie ein Vulkan, vermischte gekonnt Soul-, Blues- und Folkelemente. Alles daran war hemmungslos und rau, denn sie sang im Namen einer neuen Generation. Und als Joplin sich von Big Brother and The Holding Company getrennt hatte, um ihren eigenen musikalischen Träumen zu folgen, weinte mein Herz nach kurzer Bestürzung vor Freude. So sah wahrer Mut aus!

»Wenn du Lust hast, können wir morgen zusammen reinhören«, schlug ich vor.

»Aber nur, wenn du nicht ständig zwischen den Liedern hin und her springst.« Er verzog gequält das Gesicht. »Ich kann unmöglich dabei zusehen, wie du diese Platte in den Tod treibst.«

»Mir ist nur ein einziges Mal eine Scheibe kaputtgegangen, und das hatte überhaupt nichts mit mir zu tun«, gab ich gespielt entrüstet zurück.

»Ach nein?«

»Vielleicht ein bisschen.«

»Sag ich ja«, zog Kai mich weiter auf.

»Hey, ich habe *ein bisschen* gesagt. Nicht gleich übermütig werden«, erwiderte ich. Dann wurde ich selbst wieder ernster und drückte Kai an mich. »Danke noch mal. Das ist wirklich das allerbeste Geschenk überhaupt.«

»Ich weiß.« Seine Mundwinkel kräuselten sich. »Und gern geschehen.«

Bei dir kann ich frei sein, dachte ich, *aber was wird in einem Jahr sein? Werden wir einander dann noch etwas bedeuten?*

Es gab so vieles, das ich hinter mir lassen wollte. Am allermeisten Niemstedt, wo ich mich immer schon gefangen gefühlt hatte, in meinen Gedanken und meinem gesamten Sein. In meinen Wünschen, wie ich als Frau in dieser Welt leben wollte, und in meinen Träumen von Musik, die Herzen berührte.

»Ich kann es kaum erwarten, dass das alles endet«, hauchte ich. Nur noch zwei Wochen, bis das nächste und damit letzte Schuljahr begann, bevor ich einen neuen Weg einschlagen konnte. Einen Weg, auf dem ich im Idealfall mehr Freiheit und Selbstbestimmung finden würde.

»Jedes Mal, wenn ich in unserem Schuppen bin, werde ich ganz hibbelig«, meinte Kai.

»Geht mir auch so.«

Mit dem alten Auto der Martins wollten wir nächstes Jahr, wenn die Schule vorbei war, losfahren – wobei Kai das *Fahren* genau genommen allein übernehmen musste. Ein Führerschein war teuer, ein Auto noch mehr. Und in der Regel saßen auch nicht die Frauen hinterm Steuer. Doch das war unwichtig. Hauptsache, wir hatten diesen Wagen, den Kais Eltern ihm zum achtzehnten Geburtstag versprochen hatten. Die einzige Bedingung war, dass er das Auto genau so bekam, wie es war. Er musste sich selbst darum kümmern, es wieder fahrtüchtig zu machen – kein Zweifel, dass Kai das problemlos hinbekam.

So war Kai eben: jemand, der anpackte. Ein Macher.

Wir hatten kein bestimmtes Ziel, wollten einen Sommer lang der Musik folgen, bis wir mit Sicherheit wussten, was wir danach mit unserem Leben machen wollten. Einfach ein Abenteuer wagen und nicht mehr zurückblicken. Den Liedern und Rhythmen hinterherjagen, die etwas Buntes in die Langeweile dieses Ortes gebracht hatten.

»Ich bin schon so gespannt, wo es uns hintreiben wird.«

Unwillkürlich tauchten Bilder der Blumenkinder vor mir auf. Von diesen jungen Menschen, die überall auf der Welt für Liebe und Gleichheit kämpften. Die in Scharen zusammenkamen, mit wehendem Haar und Blüten darin, die in bunten Bussen fuhren, nur das taten, was sie erfüllte.

Oder, wie Janis Joplin es in *Summertime* ausdrückte:

Eines Morgens
wirst du aufstehen, dich singend erheben.
Du wirst deine Flügel ausbreiten,
Kind, und den Himmel erobern.

»Ich finde es so verrückt, dass wir einige der Bands auf der Bühne sehen werden, deren Platten wir immer hören«, Kais dunkle Augen leuchteten auf.

»O ja. Und ich möchte auch unbedingt noch ans Meer«, träumte ich weiter.

»Aber ... es gibt schon einige Dinge, die wir vorbereiten sollten.«

»Ach ja?« Ich lachte. »Was denn zum Beispiel?«

»Na ja, das Auto ist längst noch nicht fertig. Außerdem sollten wir uns zumindest grob überlegen, wo wir überall hinwollen, und eine geeignete Strecke finden, damit wir nicht so viele Umwege fahren müssen und der Tank nicht zu schnell leer ist. Und womöglich sollten wir auch wegen dem Geld schauen, ob –«

»Du musst dich echt ein bisschen lockermachen, Kai. So erleben wir doch nichts Spannendes. Ich weiß schon mein ganzes Leben, was als Nächstes passiert.« Ich schob die Unterlippe vor. »Gönn mir doch wenigstens auf unserer Reise ein bisschen Spaß.«

Kai murmelte irgendetwas Unverständliches vor sich hin.

»Hmm?«

»Na ja ... findest du die Tatsache, dass wir einfach so losfahren werden, nicht auch irgendwie ... beängstigend?«

Kai sah mich an und in diesem Moment wirkten seine Augen schwärzer als schwarz, und ich hätte am liebsten geschrien: Ja! Ja, verdammt, weil meine eigene Forschheit mich beinah schon überforderte. Weil das Danach ein Leben ohne meinen besten Freund sein könnte. Doch ich schwieg, natürlich schwieg ich, denn diese Furcht und Unsicherheit passte nicht zu der Kalliope, die ich sein wollte.

»Nicht wirklich ...«, setzte ich zu einer Halbwahrheit an, brach aber ab, als Vaters Gesicht vor mir auftauchte. Ob ich es schaffen würde, die richtige Melodie für ihn zu finden? Ob er mich jemals auf die Art lieben würde, wie es zwischen Kai und seinen Eltern der Fall war?

Ich biss mir auf die Unterlippe, ehe ähnliche Gedanken sich zu Worten formten. Würde ich sie erst einmal mit Kai und dieser Nacht teilen, wären sie nicht mehr zurückzunehmen und so viel mehr Realität, als ich mir einzugestehen bereit war.

»Hör auf damit«, sagte Kai unvermittelt.

Ein Blick auf den ernsten Ausdruck in seinem Gesicht und ich wusste, dass ich vor ihm wieder einmal aufgeflogen war. *Verdammt.*

»Womit?«, stellte ich mich dumm.

»Ich bin es.« Die drei Worte klangen so vorsichtig, dass ich nicht wagte entgegenzuhalten, dass Kai mir offenbar auch nicht mehr alles erzählte.

Stattdessen schluckte ich dieses seltsam bohrende Gefühl hinunter und antwortete das Ehrlichste, was ich aussprechen konnte. Das, was diese nervtötende *Bitte-verlass-mich-nächstes-Jahr-nicht-Angst* außen vorhielt: »Ich habe weniger Bedenken wegen dem, was kommt, sondern eher ... wegen dem, was ich zurücklasse.«

»Aber genau das wolltest du doch immer, oder?«

»Ja, schon. Aber ... weißt du, ich stand am Fenster, als deine Brüder und du ... als ihr zurückgekommen seid.«

»Ich habe dich gar nicht gesehen.« Überrascht sah Kai mich an. »Wieso bist du denn nicht runtergekommen? Ich dachte schon, du bist gar nicht zu Hause.«

Ich hatte Angst, dir gegenüberzustehen und zu merken, dass wir uns nach diesem Sommer nichts mehr zu sagen haben.

»Mama wollte, dass ich ihr bei der Essensvorbereitung helfe«, meinte ich locker. »Ich hatte keine Lust und habe in meinem Zimmer herumgetrödelt und vorgegeben, dass ich noch aufräumen muss. Als ich euch sah, bin ich am Fenster stehen geblieben. Ich hatte es schon aufgemacht und wollte dich rufen, aber ...«

Seufzend rieb ich mir über die Augen. Dass mir bei der Bewegung die langen hellbraunen Haarsträhnen ins Gesicht fielen und ihm so mein Ausdruck verborgen blieb, kam mir gerade recht.

»Aber?«

Das Wort war nicht mehr als ein Hauchen, das vom Wind davongetragen wurde.

»Aber ihr habt alle so glücklich gewirkt. Vor allem deine Mama.«

Sofort sah ich Frau Martin wieder vor mir, wie sie im Hauseingang stand. Sonnenstrahlen verfingen sich in der hellblauen Schürze, die um ihre schmale Taille gebunden war, und im Blumenkranz, der hinter ihr an der Tür baumelte. Sie lief die Stufen hinunter und eilte ihren Kindern entgegen. Die Zwillinge beschwerten sich lauthals über die feste Umarmung, Andreas tat lässig und versuchte das Lächeln zu verstecken, das Kai ganz offen zeigte.

»Ich hätte das Gefühl gehabt zu stören, und das wollte ich nicht. Es ist einfach … Ich glaube, in diesem Moment habe ich zum ersten Mal darüber nachgedacht, was es bedeutet, dass mir der Gedanke so leichtfällt, alles hier hinter mir zu lassen.« Ich lachte auf. »Ich meine, ich möchte raus, die Welt sehen und etwas erleben. Ich will da sein, wo Wichtiges geschieht und die Dinge sich verändern. Da, wo es echte Musik gibt. Aber *dieser* Ort? Ich hänge hier fest, verstehst du? Und fühle mich so eingeengt. Wenn ich sage, dass ich es kaum mehr erwarten kann, dann meine ich das auch genau so. Die Sache ist nur die … meine Familie. Ich habe kein Problem, sie zu verlassen. Es fühlt sich fast schon befreiend an.« Mit jedem Wort war meine Stimme leiser geworden, bis sie nur noch ein Flüstern war. »Und das macht mich so traurig. Ich will gar nicht darüber nachdenken, wie sehr. Ich habe immer so getan, als würde mir das alles nichts ausmachen. Dass meine Schwestern und ich nichts miteinander anzufangen wissen. Dass ich keine Ahnung habe, wer mein Vater eigentlich ist, und meine Mutter in mir nur irgendein weiteres Vorhaben sieht, wahrscheinlich eher eine Belastung. Auch sie kenne ich nicht wirklich. Verdammt, ich habe mir einfach so sehr gewünscht, dass wir eine Familie sind, aber jetzt ist es zu spät, denn die Zeit läuft ab.«

Ich traute mich kaum, Kai nach all diesen Worten anzusehen, doch als ich es tat, war da dieses langsame Nicken, als würde er genau jetzt und hier etwas Grundlegendes verstehen. Das Schwarz seiner Haare wurde fast eins mit dem Himmel, der Feuerschein erhellte nur sein Gesicht mit den perfekten Zügen. Und die sanfte Weichheit, die auch in seinen Worten mitklang: »Du hast so viel Leben vor dir und es werden wundervolle Dinge geschehen. Und vielleicht wird sich auch eure Beziehung zueinander verändern.«

Stumm schüttelte ich den Kopf.

»Ich glaube nicht, dass man plötzlich anfängt, jemanden zu lieben, den man vorher nicht geliebt hat. Und ... wenn ich wegziehe und mein eigenes Leben lebe und dann zurück nach Hause komme ...« Ich schluckte. »Da wird niemand so an der Tür stehen, wie es bei dir der Fall ist. Da wartet einfach niemand.«

»Ich schon. Ich warte immer auf dich.«

»Na ja ... Aber du wirst dann ja auch nicht mehr hier sein, oder?«

Kai legte den Kopf schief und musterte mich: »Gib deiner Familie wenigstens die Chance, es richtig zu machen.«

»Komm schon«, schnaubte ich, »niemand von denen weiß, wer ich wirklich bin.«

»Und das liegt nicht vielleicht auch daran, dass du gar nicht erst zulässt, dass jemand so richtig an dich herankommt?«

»Na ja, so ganz stimmt das nicht.«

»Ach nein?«

»Einen Menschen lasse ich sehr wohl an mich heran«, sagte ich, woraufhin Kai den Kopf drehte. »Dich. Dich lasse ich an mich heran.«

Ein kurzer Moment der Stille,

dann:

»Meistens.«

»Meistens«, gab ich ihm grinsend recht, wurde aber sofort wieder ernst, weil diese

sanfte,

weiche,

vorsichtig tastende
Offenheit erschreckend guttat.

»Ich wünsche mir, dass es bis nächsten Sommer etwas zu vermissen gibt. Etwas, das ein bisschen wehtut, wenn ich – von wo auch immer – an unser Dorf zurückdenke.«

Ich löste meinen Blick von den Sternen und wandte mich Kai zu.

»Und du?«

Wind fuhr durch seine Haare und Kai versank sofort tiefer in seinem Pullover. »Ich wünsche mir, dass ich genau dort bin, wo ich sein möchte.«

Irgendetwas in seinem Blick hielt mich davon ab zu fragen, welcher Ort das sein sollte. Ob er *sie* meinte?

»Auf unsere Wünsche«, sagte ich schnell.

»Und darauf, dass die Sterne eines Tages fallen«, ergänzte Kai.

Ich stupste mit meiner Schulter gegen seine, und er antwortete auf dieselbe Weise. Und als ich vorsichtig ein Stück näher rückte und mich gegen ihn lehnte, zuckte er nicht zusammen. Dieses Mal legte er den Arm um mich und ich versteckte das Lächeln hinter meinen Haaren.

Ich war eingeschlafen, dicht an Kai gepresst und eingehüllt in Stille und Geborgenheit – so lange, bis mich das laute Krächzen eines Vogels weckte. Offensichtlich waren Stunden vergangen, denn inzwischen war es strahlend hell. Die Sonne stand an einem pastellblauen Himmel, und die Natur war bereits zum Leben erwacht.

Wie spät es wohl war?

Ich musste nach Hause, ehe irgendjemand mitbekam, dass ich mich wieder einmal hinausgeschlichen hatte. Meine Kleidung fühlte sich seltsam klamm an und Nebel lag noch über den Wäldern.

Verrückt, wie unterschiedlich die Welt einem in der Dunkelheit erscheinen konnte. In der Nacht hatten die Bäume riesenhaft gewirkt und der Himmel hatte für Sekunden geleuchtet. Jetzt war da die

Wärme eines neuen Spätsommertags, der bald den milchigen Dunst über den Feldern vertreiben würde. Sattes Grün, wohin das Auge auch blickte.

Schnell packten Kai und ich unsere Rucksäcke, stopften alles hinein, was wir mit hier hochgenommen hatten. Schnell auf die Fahrräder schwingen und über die Abhänge und Wiesen bis zur Magnolienallee. Nicht zum ersten Mal freute ich mich, dass unser Garten direkt am Wald lag – so musste ich nicht ständig Angst haben, gesehen zu werden.

Kai und ich schwiegen während des gesamten Rückwegs, nur das Quietschen meines Rads durchbrach die morgendliche Stille. Und auch wenn ich gerade noch auf unebenem Waldboden geschlafen hatte, waren die Träume zumindest in dieser kurzen Nacht ausgeblieben. Vielleicht war das mein Geburtstagsgeschenk: eine Auszeit für meinen Körper, viel mehr aber noch für mein Herz und die Gedanken.

Das Fahrrad schob ich wieder zwischen die Büsche hinter dem Garten, dann verabschiedeten Kai und ich uns auf der Wiese zwischen unseren Fenstern.

Er blickte auf mich hinab, sah mich schon wieder einfach nur an. Leichter Wind zerzauste seine Haare. Eine einzelne dunkle Strähne strich über die kleine Narbe, die seine linke Braue teilte, seit er mit sechs Jahren von einem Baum gefallen war.

»Was ist?«, wollte ich wissen.

Kai wandte den Blick kurz ab, ehe er meinen wieder suchte.

»Hab einen schönen Geburtstag, Kalliope«, raunte er, und während ich den Baum zu meinem Zimmer hinaufkletterte und durch das Fenster stieg, fragte ich mich, ob seine Stimme immer schon so einen samtig dunklen Klang gehabt hatte. Himmel, wie konnte es sein, dass es nur einen Sommer gebraucht hatte, um den Jungen aus meiner Kindheit durch diesen … Fast-Mann zu ersetzen? Diesen Irgendwie-bald-Mann?

Am liebsten hätte ich mir sofort *Cheap Thrills* angehört, erst die B-, dann die A-Seite, weil ich Dinge aus Prinzip gern andersherum machte. Doch bevor alle aufstanden, sollte ich lieber noch eine Weile schlafen. Bevor ich mich nach unten zu einem Geburtstagsfrühstück setzen musste, auf das ich keine Lust hatte. Bevor ich mein Ich-bin-eine-brave-Tochter-Gesicht aufsetzte, was mir von Tag zu Tag schwerer fiel.

Die Platte in den Händen, fielen mir wieder die Augen zu. Der Schlaf kam mit Melodien und Rhythmen, mit Musik, die nur in meinem Kopf existierte. Auf den Schwingen der Töne wurde ich sanft davongetragen, und mein letzter Gedanke galt dem, was ich mir vergangene Nacht von den Sternen erbeten hatte.

Erst sehr viel später würde ich erkennen, wie gefährlich manche Wünsche sein konnten.

3 WENN DIE SEE RUFT

Und wieder rannte ich auf das Meer zu, obwohl ich es eigentlich gar nicht wollte. Obwohl alles in mir sich dagegen sträubte, war mein Körper offensichtlich anderer Meinung. Ganz gleich, wie fest mich die Angst auch umklammert hielt. Muscheln und spitze Steine bohrten sich in meine Fußsohlen, und ich eilte weiter über den feuchten Sand.

Über mir leuchtete der Mond groß und kugelig wie auch in all den Nächten zuvor. Wie auch sonst war er das Letzte, was ich sah. Dann war da nur noch Schwärze und Angst.

Und es war mein eigener spitzer Schrei, der mich hochfahren ließ.

Bum.
Bum.
Bum-bum.

Eben war ich noch auf den Meeresgrund gesunken, während mich stilles Sterben erfüllte, jetzt saß ich schweißgebadet in meinem Bett und schaffte es mit bebenden Fingern gerade so, das kleine Licht auf dem Nachtkästchen anzuknipsen.

Trotz der tröstlichen Helligkeit erblickte ich im ersten Moment nur die Schatten,

denn ich starb,

wieder und wieder,

jede Nacht aufs Neue.

Man sah es mir nicht an, man ahnte es wohl kaum, doch der Tod war seit meiner Kindheit mein ständiger Begleiter. Das Düstere, ja sogar das Dunkle. Das, was sich nicht erklären ließ, und das, was einen nachts wachhielt.

Während des Tages machten meine Dämonen mich furchtloser, in den Nächten jedoch waren sie alles, woran ich dachte. Instinktiv wanderte mein Blick aus dem Fenster, hinüber zum Haus der Martins und blieb an Kais Fenster hängen, in dem schon längst kein Licht mehr brannte. Natürlich nicht.

Nur ein Traum, es war nur ein böser Traum gewesen.

Mit immer noch pochendem Herzen schlug ich die Bettdecke zurück und stand auf. Dort, wo ich gerade noch gelegen hatte, schimmerten die Laken feucht. Früher hatte ich nach diesen Träumen die Bettwäsche immer hinuntergezerrt, hatte mich auf frisch duftende Überzüge legen wollen, die mir das Gefühl gaben, dass alles in Ordnung war oder sein würde. Doch inzwischen wusste ich, dass manche Dinge im Leben eben nicht zu ändern waren und die einzige Möglichkeit darin bestand, mit diesen nächtlichen Dämonen zu leben.

Auf Zehenspitzen schlich ich durchs Zimmer. Einerseits hatte ich Angst vor dem, was sonst noch in der Dunkelheit lauern konnte, andererseits war ich in der realen Welt Herrin meiner Gedanken und Taten. Hatte die Dinge unter Kontrolle.

Wassermassen.

Brennende Lungenflügel.

Schreie, die mir nicht über die Lippen kommen.

Sofort krampfte sich mein Herz wieder zusammen.

Das Knarzen meiner Zimmertür kam mir überlaut vor, das kleine Licht im Flur viel zu grell. Doch ich hatte es anmachen müssen, weil ich gerade jetzt Schatten noch weniger ertrug als vollkommene Schwärze. Die Treppenstufen ächzten unter meinen Schritten, und ich hielt einen Moment mit klopfendem Herzen inne, ehe ich weiter nach unten lief. Ich zitterte noch immer. Meine Haare waren ein wirrer Knoten auf meinem Kopf, einzelne Strähnen klebten mir genauso feucht an der Stirn wie das dünne Nachthemd auf meiner Haut.

Ich wollte unbedingt vermeiden, jemandem aus meiner Familie *so* über den Weg zu laufen. Weder Papas quälendes Schweigen noch Großmutters unheimliche Geschichten könnte ich gerade ertragen, genauso wenig wie Klios altkluge Kommentare oder Eratos ununterbrochene Fragen. Aber am allerwenigsten wollte ich Mama begegnen. Nicht wenn ich offensichtlich schon wieder Opfer *meiner lebhaften Fantasie* geworden war.

Früher, als ich ihr einmal weinend erzählt hatte, welche Bilder mich heimsuchten, hatte ich gehofft, sie würde mich tröstend in den Arm nehmen. Sie würde irgendein Heilmittel kennen, damit ich einfach nur ein ganz normales Kind sein konnte. Doch meine Mutter hatte meine Worte ignoriert, so wie sie auch Papas nächtliche Schreie verleugnete, sein Zusammenzucken bei lauten Geräuschen, die Leere in seinen Augen.

Vielleicht gab es doch etwas, das mich mit meinem Vater verband. Vielleicht gab es ein Band aus Dunkelheit, aus schlimmen Träumen und Dämonen, die uns beide immer wieder hinterrücks überfielen. Und diese Blicke, mit denen Mama uns beide bedachte. Die Art, wie sie um uns herumtänzelte und in anderen Momenten auswich, immer auf der Hut.

Ich konnte nicht verhindern, dass mir bei dem Gedanken ein schwerer Seufzer entwich.

Die meiste Zeit fühlte ich mich an diesem Ort, der mein Zuhause sein sollte, wie ein Fremdkörper. Und selbst wenn ich für einen

Moment Geborgenheit empfand, merkte ich doch immer wieder, dass dies alles hier bloß eine Heile-Welt-Fassade war.

Unten angekommen durchquerte ich den großzügigen Flur mit all den gerahmten Fotos an den hellblauen Wänden, die uns sechs als glückliche Familie inszenierten. Vorbei am Wohnzimmer, aus dem man Großvaters alte Standuhr ticken hörte, auf Zehenspitzen an den Türen vorbei, hinter denen meine Eltern und meine Großmutter schliefen, bis hin zur Küche.

Ich holte mir ein Glas aus einem der hell gestrichenen Hängeschränke und hielt es unter den Wasserhahn. Noch im Stehen trank ich es begierig leer, lehnte mich einen Moment lang gegen das Fenster und genoss das Gefühl des kühlen Glases an der Stirn. Ich blickte in den Garten hinaus, stutzte, weil bei den Martins um diese Uhrzeit ein Lichtschein aus dem Schuppen drang und spähte hoffnungsvoll nach oben. Der Himmel aber war tiefschwarz und der Anbruch des nächsten Tages noch weit entfernt.

Eine Gänsehaut breitete sich auf meinen Armen aus, als ich mein bleiches Gesicht in der Scheibe sah. Weiß, fast leblos, die Augen tief in den Höhlen liegend. Wie die Frau aus meinen Träumen, die in den Wasserfluten um sich trat und zu schreien versuchte, ehe sie tiefer und immer tiefer sank. Während ich noch meine Spieglung anstarrte, wurde mir klar, dass sie ich war.

Schnell wandte ich mich ab und dachte unwillkürlich an Kai, der immer für mich dagewesen war, in so vielen Nächten, dass ich sie gar nicht mehr zählen konnte. Dann, wenn ich nach langen Sommertagen mit einem Lächeln auf den Lippen einschlief, nichts ahnend, dass auch dieses Mal die Dunkelheit in meinem Verstand darauf lauerte, die Kontrolle zu übernehmen. Dann bettete Kai meine Träume in Musik, hielt mich umschlungen und erzählte mir mit leiser Stimme von den Melodien in seinem Kopf. Nur mein bester Freund schaffte es, so von Noten zu *reden*, dass ich jede einzelne von ihnen hören konnte.

Mama wäre erzürnt, wenn sie wüsste, dass Kai sich zu mir nach oben ins Zimmer geschlichen und wir im selben Bett geschlafen hatten, aber er … Kai war der Einzige, der meine Albträume zumindest für ein paar gestohlene Stunden vertreiben konnte.

Doch so war es zu Beginn der Sommerferien gewesen, dann war Kai weggefahren und jetzt … jetzt würde es sich irgendwie komisch anfühlen. Und das nicht nur, weil seit Kais Rückkehr irgendetwas zwischen uns aus dem Gleichgewicht geraten zu sein schien, sondern auch, weil wir keine Kinder mehr waren. Nächstes Jahr um diese Zeit würde die Schule weit hinter uns liegen, wir würden frei und mit dem umgebauten Auto unterwegs sein, um der besten Musik hinterherzujagen. Wir wollten die Musik, nur das stand fest. Aber auf welche Art und Weise? Ob sich unsere Wege nach dieser Reise trennen würden? Was dann auch immer werden würde, ich musste bereit dafür sein. Und das konnte ich nicht, wenn ich mich Nacht für Nacht in die Arme meines besten Freundes flüchten musste.

Ich schüttelte den Kopf, um meine eigenen Gedanken zum Schweigen zu bringen. Dann füllte ich das Glas erneut mit Wasser und tapste zurück zur Treppe. Der ausgefranste Teppich war warm und weich unter meinen Füßen, doch ich fröstelte.

Schon wieder begannen die Schatten an den Wänden zu tanzen, und ich dachte mir, dass es vielleicht gar keine schlechte Idee wäre, so schnell wie möglich zurück in mein Zimmer zu kommen. Denn da blieb dieses Gefühl von drohendem Unheil. Ein Loch in meinem Bauch, das mit jedem Traum tiefer wurde.

Da!

Hatte das Licht, welches vom Flur oben herabschien, nicht gerade geflackert?

Und dann hörte ich plötzlich ein Geräusch irgendwo neben mir, lauter noch als Großvaters monströse Uhr.

Ich machte einen Satz nach hinten und das Herz drohte mir aus dem Brustkorb zu springen.

»Hast du wieder vom Wasser geträumt?«

Erschrocken drehte ich mich um, bis ich den schwachen Lichtschein bemerkte, der aus dem Wohnzimmer kam. Wieso war mir das vorher nicht aufgefallen? Jetzt fiel mein Blick auf das fast heruntergebrannte Feuer im Kamin. Dann erst bemerkte ich Großmutter, die im Halbschatten im großen Ohrensessel neben der Couch saß.

Nur langsam beruhigte sich mein Puls wieder. Das war nur Großmutter, die ich beim Herunterkommen wohl nicht bemerkt hatte. Kein Wunder, so dunkel wie es hier drinnen trotz des Feuers war.

Je mehr der kurze Schreck mir aus den Knochen wich, desto deutlicher begriff ich das, was Großmutter da gerade gesagt hatte.

Vom Wasser?

Woher wusste sie, dass ich vom Wasser träumte? Das hatte ich ihr nie erzählt. Bloß, dass alles zu Ende ging, dass ich starb.

Hast du wieder vom Wasser geträumt?

Wie festgefroren stand ich da und dachte an jene Nacht, in der ich mit meinem Lieblingsteddy im Schlepptau auf der Suche nach Mama nach unten gestürmt war. Weinend, voller Angst, gerade einmal vier oder fünf Jahre alt. Sie und Großmutter hatten genau hier gesessen, und während Mama schwieg, bedachte Großmutter erst sie, dann mich mit einem wissenden Blick. Schon damals war sie mir uralt vorgekommen und wie ein Mensch, der auf alles eine Antwort hatte.

»Hast du es ihr immer noch nicht gesagt?«, hatte Großmutter damals gezischt, und der Vorwurf in ihren Augen sprach Bände. Sie winkte mich zu sich und zog mich auf ihren Schoß. Dort, in ihren Armen schienen die erschreckenden Bilder in meinem Kopf gleich viel weiter weg zu sein.

»Sie hat ein Recht darauf zu wissen, was ihr bevorsteht«, wies sie ihre Tochter zurecht, und Stille umhüllte uns. »Mein kleines Mädchen«, raunte sie irgendwann unendlich leise in mein Haar, während sie mich in ihren Armen wiegte. »Dein Weg ist vorherbestimmt, und es gibt niemanden, der ihn dir abnehmen kann, aber es kann helfen zu wissen, was kommt und –«

In diesem Moment fuhr meine sonst so ruhige Mutter hoch. »Kalliope ist ein Kind, das ab und zu schlecht träumt. Das hat überhaupt nichts mit deinen Hirngespinsten zu tun.«

Und auch wenn ich nicht alles verstand, begann ich bei diesen Worten augenblicklich zu zittern. Diese Träume hatte ich nicht *ab und zu*, sie waren da, seit ich denken konnte.

»Du weißt sehr genau, dass das keine Fantastereien sind«, erwiderte Großmutter kalt. Der Ausdruck in ihren blassblauen Augen machte mir Angst. »Dein Vater hätte nicht so jung ster-«

»Das hier ist *mein* Haus«, schnitt Mama ihr erneut das Wort ab, »und ich verbiete dir, meinen Töchtern Flausen in den Kopf zu setzen, indem du immer wieder mit diesen alten Geschichten anfängst.«

Die beiden diskutierten noch eine Weile miteinander, doch ich wurde nicht schlau aus all den Worten. Stattdessen türmten sich in meinem Kopf die Fragen, und ich hatte keine Gelegenheit unversucht gelassen, um Großmutter darauf anzusprechen. Doch dann begannen sich meine Albträume wieder zu häufen. Und je älter ich wurde, desto weniger wollte ich schließlich wissen, was es mit dem frühen Tod meines Großvaters und den Wasserbildern auf sich hatte. Und mit meinem Schicksal.

Aber jetzt?

Du musst es auch ohne Kai schaffen! Du musst, du musst, du musst, erklang die Stimme immer und immer wieder in meinem Kopf.

»Ich weiß, dass es schwer ist, Kalliope«, murmelte Großmutter und blickte aus dem Fenster, holte tief Luft, öffnete den Mund und schloss ihn gleich wieder. Dann krächzte sie: »Der Ruf wird lauter. Selbst ich kann ihn noch hören, obwohl meine Geschichte längst ihr Ende gefunden hat.«

Und wie als Zeichen dafür, dass hier etwas ganz und gar aus dem Lot geriet, flackerte das Feuer für einen Wimpernschlag hell auf und ließ die Fotos auf dem Kaminsims fast überirdisch aufleuchten. Überall Schatten, überall Leuchten. Blau am Himmel, goldgelb hier drinnen.

»Komm, setz dich zu mir«, sagte Großmutter und klopfte auf das Sofa neben sich.

Erst zögerte ich, doch unter ihrem bohrenden Blick betrat ich den Raum. Auf der Schwelle blieb ich kurz stehen, ließ meinen Blick über die altrosa Couch mit dem Nierentisch davor und weiter über die große Tütenlampe neben Großmutters Sessel und den wuchtigen Buffetschrank auf der anderen Seite wandern. Im schummrigen Licht wirkte der Raum größer, fremder und irgendwie unheimlicher.

Leise schloss ich die Tür hinter mir. Es war, als würde ich unter Wasser laufen, denn jede Bewegung schien schwieriger und länger zu dauern als sonst. Und als ich mich schließlich neben sie setzte, war da wieder das hohle Gefühl in meinem Bauch, das irgendwo in meinen Träumen begann und mich hier in der Realität zu warnen schien.

»Welcher … Ruf?«, stammelte ich.

Lange sah sie mich an. Das Gesicht mit den Falten, das einem verschrumpelten Pfirsich glich und von einem gelebten Leben erzählte. In den blauen Augen lag so viel Schmerz, erst irgendwo dahinter Hoffnung und Güte.

»Du hast dich gestern wieder mit dem Martin-Jungen herumgetrieben«, wechselte sie schließlich einfach so das Thema. Es war keine Frage, sondern eine Feststellung, und Leugnen war in diesem Fall zwecklos. Großmutter *wusste* Dinge manchmal einfach. So viel dazu, unbemerkt aus dem Fenster zu klettern.

Eine Gänsehaut kroch mir über die Arme und dann die Wirbelsäule hinunter.

Haben Kai und meine Träume etwas miteinander zu tun?

»Er ist mein bester Freund.«

»Und du bist sicher, er sieht das genauso?«

Ich verschränkte die Arme vor der Brust. Abwehrhaltung, innen wie außen, war um so vieles leichter, als mir einzugestehen, dass jedes ihrer Worte einen Nerv in mir traf.

»Was hat das denn jetzt damit zu tun?«

»Ihr beide seid bald erwachsen und … ich frage mich, ob die viele Zeit, die ihr miteinander verbringt, in diesem Fall noch angebracht ist.«

Ich blinzelte überrascht.

»Ich dachte immer, du magst Kai.«

Sie presste nur die Lippen zusammen, als hätte er sie persönlich beleidigt. Wenn Großmutter mir auf keine meiner Fragen eine Antwort gab, wieso sollte ich es dann nicht genauso machen?

»Wenn du in dich hineinhörst, dann weißt du genauso gut wie ich, dass die Welt nicht immer so war, wie sie heute ist«, überging Großmutter meine Worte erneut. »Und damit meine ich nicht, dass die Zeit niemals stillsteht, sondern … Magie. Eine Welt, in der Magie existiert und sich nur ganz wenigen Menschen offenbart.«

Magie.

In meinem Kopf stiegen Bilder davon auf, wie Mama so etwas immer abtat, wie sie Großmutter abwürgte, wenn sich ein Gespräch in diese Richtung zu entwickeln schien.

»Was hat das denn jetzt mit Kai zu tun? Geht es darum, dass er ein Junge ist?«, schnaubte ich. »Oma, die Zeiten ändern sich!«

Schon wieder keine Reaktion. Stattdessen stand Großmutter mit dem Stock als Hilfe auf, griff nach dem Holz, das sich in dem Weidekorb neben dem Kamin stapelte, und legte in aller Seelenruhe ein Scheit auf die Glut. Es dauerte nicht lang, bis das Feuer wieder knisterte und knackte, und ich dachte an gestern, an andere Flammen, an Wärme statt Frösteln.

»Ich habe dir etwas zu sagen und ich möchte, dass du mir gut zuhörst«, sprach Großmutter zurück in ihrem Sessel.

Beinahe hätte ich die Augen verdreht, weil es ja ganz offensichtlich sie war, die einfach nicht auf den Punkt kam.

»Ich bin ganz Ohr«, reagierte ich etwas verspätet und rutschte tiefer in die Polster und Kissen hinein. Irgendwo zwischen kleinlaut und trotzig, mit vorgeschobenem Kinn.

»Das, was ich dir erzählen möchte, ist in jener Zeit geschehen«, fuhr Großmutter fort und faltete die Hände im Schoß. »Die Zeit, in der Magie existierte. Die Menschen führten ein einfaches Leben, sie waren zufrieden und lebten im Einklang mit der Natur und den Gezeiten des Meeres. Vor allem Linnea liebte es, stundenlang auf den Klippen zu sitzen und den Wellen zuzusehen. Der Ozean hatte schon immer eine magische Anziehungskraft auf sie ausgeübt, und sie empfand es fast so, als würde er sie zu sich rufen wollen. Nur das Meer schien Linnea in ihrer Einsamkeit zu verstehen. Nur dem Meer konnte sie anvertrauen, dass sie sich mehr für ihr Leben wünschte als die Einfachheit ihrer Heimat. Sie kam mit den Menschen nicht besonders gut zurecht und suchte lieber die Nähe der Tiere. Je älter Linnea wurde, desto mehr breitete sich diese Unruhe in ihr aus und hielt sie wach. Irgendwann schlief sie gar nicht mehr und lief stattdessen Nacht für Nacht an der Küste entlang. Linnea fühlte sich getrieben, weil sie eine tiefe Sehnsucht im Herzen spürte, die sie einfach nicht stillen konnte. Sie wollte ein Teil der See sein, wollte frei sein und kraftvoll, unsterblich und ganz sie selbst. In einer Vollmondnacht rief das Meer sie, und Linnea folgte dem Ruf, lief mit nichts als ihrem Nachthemd auf das Wasser zu und dann direkt in die Wellen hinein.«

Bei Großmutters letzten Worten wurde mir schlagartig eiskalt.

»Moment«, unterbrach ich sie entsetzt, »sie wollte sich umbringen?« Meine Stimme war mehr ein Krächzen. Eine Frau, die dem Meer entgegenrannte, die in den Fluten versank – konnte das ein Zufall sein?

»Der Tod?« Mit einem seltsamen Lächeln schüttelte Großmutter den Kopf. »Nein, nicht für Linnea. Für sie war das eine Flucht aus einem Leben, das sie nicht wollte. Es ging ihr um das, was sie immer schon hatte sein wollen: ein Kind des Meeres. Die See war unruhig in dieser Nacht, und die Wellen tanzten mit dem Wind. Als Linnea mit einem Seufzen untertauchte, ihre Lunge sich mit Meerwasser füllten und sie immer weiter aus dem Leben driftete, zog sie jemand heraus. Es war ein Mann, der sie in seinen Armen aus den Wellen und zurück an Land trug. Er war seltsam gekleidet, trug auf dem dunklen Haar eine Krone aus Korallen und hatte Haut, die schuppenähnlich in Blau- und Grüntönen schimmerte. So erzählt man es sich zumindest. Seine Augen waren die eines Wesens, das schon seit Jahrtausenden zu existieren schien. Als Linnea zu sich kam und ihre Blicke sich zum ersten Mal trafen, flüsterte die See ihr seinen Namen zu: Eskil. Und sie wusste, dass der Mann aus dem Meer ihr Schicksal war. Linnea nahm ihn mit zu sich nach Hause und die beiden verlebten drei glückliche Jahre miteinander. Mit der Zeit verstummte der Ruf des Meeres, denn das, was Linnea mit Eskil hatte, war echt. Wahre Liebe, die durch den Ozean gebunden wurde. Einander zu haben, war alles, was sie brauchten, und Linnea erlebte zum ersten Mal, was echtes Glück bedeutete. Sie redeten über alles, nur nie darüber, woher Eskil gekommen war oder was er in den Vollmondnächten tat, in denen Linnea allein in ihrem gemeinsamen Bett lag und bis zum Sonnenaufgang auf ihn wartete. Mit der Zeit spürte sie, dass sich etwas zwischen ihnen veränderte. Immer öfter starrte Eskil mit entrücktem Blick in die Wellen, und die Nächte, in denen er nicht bei Linnea war, häuften sich. Eskil wirkte abwesend und weggetreten, ganz so, als würde er sich selbst mehr und mehr verlieren.«

Für einen Moment hielt Großmutter inne. Ihr Blick war ernst und irgendetwas darin ließ mich jedes einzelne Wort dieser Geschichte glauben.

»Im vierten Jahr geschah es schließlich«, fuhr sie leise fort. »Es war eine besondere Nacht, eine dieser Nächte, in denen die Natur seltsam verrücktspielt. Linnea folgte Eskil heimlich bis zu der Bucht, in der sie sich zum ersten Mal begegnet waren. Von den Klippen aus konnte sie beobachten, wie das Meer vor Eskil zurückwich und die Wellen um und mit ihm tanzten. Der Mann, den sie liebte, schien mit einem Mal ein Fremder zu sein. Das bläuliche Schimmern seiner Haut verstärkte sich, und es wirkte, als würde Eskil jeden Moment untertauchen. Plötzlich bekam Linnea Angst und lief zum Strand hinunter. Sie hatte schon die ganze Zeit gespürt, dass Eskil ihr immer mehr entglitt, aber sie wollte ihn nicht verlieren. Linnea schrie seinen Namen, rannte so schnell sie konnte auf ihn zu, und erst als sie direkt vor ihm stand, erkannte sie den gequälten Ausdruck auf seinem Gesicht. Eskil riss sie verzweifelt in seine Arme und murmelte immer wieder, dass er es ihr nicht erklären konnte, dass er zurückmusste, aber einen Weg finden würde, um wieder bei ihr zu sein. Er versprach ihr, zu ihr zurückzukehren. Sie küssten sich ein letztes Mal, und Linnea vergoss salzige und heiße Tränen, weil sie nicht verstand, wieso er sie verlassen musste, was *zurück* bedeuten sollte und *einen Weg finden*. Linnea sah Eskil dabei zu, wie er alle Kleidungsstücke, die sie für ihn genäht hatte, ablegte und in die Wellen lief. Das Meer blitzte in hellem Türkis um seine Gestalt auf, erhellte die Nacht und … Eskil verschwand. Ganz so, als hätte es ihn nie gegeben.«

Die Luft schien geladen zu sein, und alle Worte und diese Geschichte aus einer längst vergangenen Zeit hingen für mehrere Atemzüge zwischen Großmutter und mir im Raum. Während mein Herz im Takt der züngelnden Flammen schlug, schloss ich die Augen und atmete den unverkennbaren Geruch der Bücher und des Feuers in leisen Zügen ein und aus.

Darauf musste ich mich konzentrieren, nicht auf mein rasendes Herz, das mich daran erinnerte, wie ich Nacht für Nacht wie Linnea mit brennender Lunge ertrank – nur ohne Rettung, ohne einen Eskil. Ohne ein Ende in Sicht.

Stille breitete sich zwischen uns aus, nur unterbrochen von den nun schwächer werdenden Flammen. Hier ein Knacken, da ein Zischen. Das Feuer wurde kleiner und kleiner. Wärme und Licht schwanden viel zu schnell. Ich schlang die Arme um meine Beine, als würde ich mich schützen wollen. Ich wusste nur nicht genau, wovor. Was sollte diese Geschichte mit mir zu tun haben?

»Eskil ist nie zurückgekehrt, und man sagt, in den Nächten steht Linnea immer noch auf einer der Klippen und wartet verzweifelt darauf, dass das Meer ihr ihren Geliebten zurückgibt«, sagte Großmutter unheilvoll.

Nein.

Nein, ich wollte nicht an Geister glauben. Höchstens an meine Schatten, von denen ich aber letzten Endes wusste, dass sie nicht existierten.

»Linnea wollte schon einmal ins Meer gehen«, reagierte ich mit Logik, statt mich auf dieses nagende Gefühl einzulassen. »Wieso hat sie es also nicht noch einmal versucht? Wieso lief sie nicht ein zweites Mal in die Wellen, um wieder mit Eskil zusammen zu sein?«

Großmutter lachte auf. Es war kein fröhliches Geräusch, sondern ein bitteres. Eines, das mir bewusst machte, dass es egal war, was *ich* glaubte. Für sie war all das eine unumstößliche Wahrheit.

»Linnea hat dem Meer etwas genommen, das ihr nicht zustand. Du bist naiv, wenn du glaubst, eine derart mächtige Naturgewalt würde es ihr so leicht machen, Erlösung in einem Tod in den Wellen zu finden.«

Wellen. Wellen. Wellen.

Meer, Meer, Meer.

Die offensichtliche Verbindung zu meinen Träumen ließ erneut die Bilder vor mir aufsteigen, die mich vorhin aus dem Bett getrieben hatten. Unmöglich konnte ich nach dem Gehörten hinaufgehen und mich wieder hinlegen. War es Linnea, von der ich träumte? Und wenn ja: Hatte ich die Geschichte ihrer traurigen Liebe vielleicht doch schon einmal gehört? Vielleicht hatte sie mich als Kind so beeindruckt, dass sie sich irgendwie in meinem Kopf festgesetzt hatte.

Gerade wollte ich zu einer Frage ansetzen, von der ich selbst noch nicht genau wusste, wie sie eigentlich lautete, da entschied Großmutter: »Das war genug für heute, mein Mädchen.«

Sie warf einen letzten Blick auf die Glut im Kamin, die den Raum kaum noch erhellte. Dann erhob sie sich mit einem tiefen Ächzen aus dem Ohrensessel und griff nach ihrem Stock.

Entsetzt blickte ich sie an. Sie konnte doch unmöglich nach dieser Geschichte einfach gehen und mich mit meinem Gedankenkarussell allein lassen!

»Aber ... was ... was ist denn jetzt mit meinen Träumen?«

Großmutter blieb stehen, drehte sich aber nicht noch einmal zu mir um. Mit einer Hand hielt sie sich am Türstock fest.

»Versuch jetzt zu schlafen, Kalliope.«

»Aber ...«

Aber wieso gehen sie nicht weg? Wieso fängst du an, mir endlich etwas zu erzählen und hörst nach der Hälfte wieder auf?

Wieso, wieso, wieso?

»Deine Träume werden verschwinden, wenn sich dein Schicksal erfüllt hat.«

Dann war sie weg.

Und die Kälte, die mich dieses Mal überfiel, kam tief aus meinem Inneren.

Eine Schlange aus Eis, die mich durchbohrte, voller dunkler Ahnungen, die ich nicht wahrhaben wollte.

4 ZWISCHEN BLÄTTERN UND HARZ

„Erato und ich wollten draußen Gummitwist spielen. Hast du Lust mitzukommen?«

Genervt rollte ich mich auf dem Bett herum und funkelte Klio an.

»Könntest du das nächste Mal vielleicht anklopfen?«, überging ich die Einladung.

»Wieso?«, ehrlich verwirrt sah sie mich an. »Ich weiß doch, dass du sowieso nur auf deinem Bett herumliegst und Musik hörst.«

Nur, nur, nur.

Weil Musik alles ist, was ich habe, und ich nie so ein Genie sein werde wie Erato und du. Weil die Töne meine Welt sind.

»Na und?«, fauchte ich. »Lass es einfach.«

Ganz davon abgesehen, dass meine Privatsphäre meiner Schwester egal zu sein schien, ging mir ihre Ehrlichkeit, die noch nie vor irgendetwas Halt gemacht hatte, gehörig gegen den Strich. Für mich war das nun einmal nicht *nur* Musik. Sie war das, was mich immer schon davor bewahrt hatte, hier vollkommen durchzudrehen.

Klio verschränkte die Arme vor der Brust, das Gummiband in

ihren Händen schleifte dabei über den Boden. »Also? Kommst du jetzt mit oder nicht?«

Ich biss mir auf die Unterlippe, um nicht noch hinterherzuschieben, dass ich schon seit Jahren nicht mehr über Seile hüpfte. Dass ich kein Interesse mehr daran hatte, mit den anderen Kindern auf dem Marktplatz Himmel und Hölle zu spielen oder in Höfen Bälle hin und her zu werfen.

Ich sehnte mich nach *mehr*.

»Ich bin gleich noch verabredet«, wich ich Klio mit einer Halbwahrheit aus und ließ den Brief an Kai möglichst unauffällig unter dem Kopfkissen verschwinden.

»In Ordnung.« Klio kräuselte die Nase, und es schien, als würde sie noch etwas sagen wollen, doch dann schwieg sie.

Ein Teil von mir wollte ja Zeit mit meinen Schwestern verbringen, aber jedes Mal, wenn ich es tat, fühlte ich mich seltsam außen vor.

Klio war die perfekte Tochter mit den noch perfekteren Noten und Umgangsformen – also so ziemlich das Gegenteil von mir –, und dann gab es zwischen ihr und unserer jüngsten Schwester auch noch dieses Band, das zwischen uns beiden nie existiert hatte. Diese unsichtbare Verbindung, dieses Grundverständnis, das ohne Sprache funktionierte.

Ich hingegen verstand Klio und Erato die meiste Zeit nicht einmal *mit* Worten.

»Weißt du, du machst es einem wirklich nicht leicht, nett zu dir zu sein.« Mit diesem Satz verschwand Klio und für einen kurzen Moment war mir so flau im Magen, als befände ich mich in freiem Fall. Hatte Kai mir nicht erst an unserem Geburtstag geraten, mehr auf meine Familie zuzugehen? Und lag das Problem möglicherweise auch darin, dass ich oft so unerklärlich wütend war?

»Nächstes Mal«, flüsterte ich, »vielleicht beim nächsten Mal.«

Doch Klio konnte mich längst nicht mehr hören.

Mit einem Seufzen zog ich das zerknitterte Papier wieder unter meinem Kopfkissen hervor und strich es glatt.

K.,

du musst mir versprechen, dass du nicht auf diesen Brief antwortest und auch nichts dazu sagen wirst. Zumindest nicht so lange, bis ich es von mir aus anspreche. Aber vor einer Woche hat meine Groß-mutter ...

Weiter war ich nicht gekommen und jetzt wusste ich nicht, wie ich den Satz fortführen sollte.

Nach diesem seltsamen Gespräch hatte ich wieder einmal kein Auge zugetan. Sobald ich die Lider schloss, sah ich nicht nur das Wasser vor mir, sondern es erklang auch Großmutters brüchige Stimme in meinen Gedanken. In der Dunkelheit der darauffolgen-den Nächte schien mir die tragische Geschichte von Linnea und Eskil genauso voller Wahrheit zu sein wie das mystische Schimmern des Himmels an meinem Geburtstag.

Und jetzt?

Eine Woche war vergangen und im sanften Licht der Spätsom-mertage wirkte die düstere Erzählung weniger beängstigend. Trotz-dem grübelte ich immer wieder darüber nach, weshalb Großmutter mir all das erzählt hatte. Wäre diese seltsame Parallele zu meinen Träumen nicht gewesen, hätte ich all das als Hirngespinst abtun kön-nen – so wie meine Mutter es immer tat. Vielleicht ahnte ausgerech-net sie sogar etwas von Omas und meinem Gespräch. Immerhin war sie in den vergangenen Tagen immer im richtigen Moment aufge-taucht, sodass wir kein weiteres Mal allein miteinander gewesen waren.

So aber suchte ich nach Gründen, nach Erklärungen, nach irgend-etwas. Und wenn ich das nicht mit meinem besten Freund teilen konnte, mit wem dann?

Erneut las ich die wenigen Worte, die ich bis jetzt geschrieben hatte. Mit einem Mal kam ich mir verdammt dämlich vor, mich von dem Gerede einer alten Frau so verunsichern zu lassen – auch wenn diese alte Frau Familie war. In diesem Haus wohl die Einzige, die mich auf irgendeine Art und Weise zu verstehen schien.

Womöglich hatte das alles bloß ein Sinnbild sein sollen. Vielleicht ahnte sie, wie groß meine Angst war, Kai zu verlieren und ein Leben ohne ihn führen zu müssen. Vielleicht war das der Weckruf, den ich brauchte. War Linnea nicht ähnlich wie ich ihres Lebens überdrüssig gewesen? Hatte sie nicht auch ausbrechen wollen und sich von Eskil retten lassen? Auf ihn, sein übermächtiges Erscheinen und seine Ruhe vertraut? Hatte Linnea sich damit nicht auf ähnliche Weise von Eskil abhängig gemacht wie ich mich von Kai?

Ich zerknüllte das Papier, faltete es kurz darauf doch wieder auseinander, nur um es einen Wimpernschlag später in winzige Stücke zu zerreißen.

Die Geschichte von Linnea und Eskil traf einen besonders wunden Punkt bei mir, und das konnte ich nicht zulassen. Doch wenn Großmutter glaubte, ihr kleines Märchen würde mich davon abhalten, Zeit mit meinem besten Freund zu verbringen, dann hatte sie sich geschnitten.

Sie kannte mich bereits mein ganzes Leben und sollte deshalb wissen, dass ich stets das Gegenteil von dem tat, was von mir erwartet wurde – und mit jedem Jahr, das verging, hatte ich weniger Lust darauf, mich an irgendwelche verdammten Regeln zu halten. Denn wieso sollte ich auf eine Generation hören, die nicht nur einen, sondern gleich zwei große Kriege zugelassen hatte?

Wenige Minuten später landete also doch ein kleiner zusammengefalteter Zettel in dem gelben Eimer vor Kais Fenster. Nur war die Nachricht eine andere als die, die ich ursprünglich hatte schreiben wollen.

Von Weitem sah ich sein Rad bereits am Ende der Weide lehnen, es blitzte tiefrot zwischen dem satten Grün der Bäume auf. Nur sichtbar für diejenigen, die wussten, wonach sie suchen mussten.

Voller Vorfreude trat ich fester in die Pedale, wich grasenden Pferden aus und hielt mich möglichst am Rand. Dort am Zaun, wo tief hängende Äste mich größtenteils verbargen. Der alte Bauer Fritz, dem die Weiden zwischen Magnolienallee und Wald gehörten, wurde nicht müde herumzubrüllen, sobald er einen *dieser jungen* Leute auf seinem Grundstück entdeckte – es war und blieb aber nun einmal die beste Abkürzung die Hänge hinauf. Der schnellste Weg zum *Glühwürmchen*.

Kai und ich kannten unsere Umgebung ohnehin zu gut, um erwischt zu werden. Und davon abgesehen war ich mir sicher, dass es Fritz eigentlich ziemlich egal war. Er war alt, und an manchen Tagen sah er ganz bewusst über die unerwünschten Besucher hinweg. Mir schien es eher, als habe er das immer schon so gemacht und deswegen musste er es jetzt beibehalten. Kinder schlichen sich hierher, er wedelte mit seiner Mistgabel herum und drohte – so war der Lauf der Dinge.

Aber auch hier wünschte ich mir, dass irgendetwas aus dem Muster herausfiele, und wenn es nur eine Kleinigkeit wäre. Was würde geschehen, wenn wir dem Bauern dafür, dass wir immer auf den Weiden spielten, etwas von der harten Arbeit abnahmen? Wenn er uns Schüler dann nach einem langen Tag an der frischen Luft einfach zum Essen ins Haus einladen würde?

Ich jauchzte, während ich jetzt über die Wiese schoss. Die Luft roch nach warmem Pferdefell und reifen Äpfeln. Einmal blieb ich mit dem Vorderrand in der Nähe des kleinen Bachs hängen, der am Rand des Grundstücks Richtung Wald verlief, doch ich schüttelte nur den Dreck von der Hose und fuhr weiter. Das hier war der Vorgeschmack auf wahre Freiheit – keine Zeit innezuhalten, keine Zeit, stehen zu bleiben. Und erst recht keine, um mich um den nassen Saum meiner Hose zu kümmern.

Endlich war das andere Ende der Weide da. Ich hievte mein Rad über den Zaun und sprang hinterher, schob es die wenigen Meter bis zu dem mächtigen Baum, an dem hinter Blättern verborgen Kais Fahrrad lehnte. Ich stellte meines dazu.

Hier oben, wo der Wald begann, hatten wir uns vor Jahren ein Baumhaus gebaut. Damals, als wir gerade noch so Kinder gewesen waren, aber noch meilenweit vom Erwachsensein entfernt. Das Häuschen war klein und gefertigt nur aus Dingen, die wir im Wald entdeckt hatten: trockene Äste, Holzbretter von einem alten Verschlag, Rinden und Moos für das Dach, Holzstäbe als Leitersprossen, die wir abwechselnd links und rechts in den Stamm gehämmert hatten. Dieser Ort bestand aus seiner Umwelt, und auch wenn er von Kai und mir erschaffen worden war, existierte er doch als Teil der Natur.

Ich lief den schmalen Pfad entlang, der über die Jahre nur von unseren immer größer werdenden Fußabdrücken entstanden war. Erst wenige Schritte vor der Leiter wurde das *Glühwürmchen* sichtbar. Es war so hinter hohen Sträuchern verborgen, dass niemand – selbst der alte Bauer nicht, sollte er sich doch noch einmal hier hochwagen – das Häuschen entdecken würde.

Löchrig und schief trotzte es inmitten der prächtigen Baumgabel nach wie vor Wind und Wetter. Öfter, als ich zählen konnte, hatte ich mich zusammen mit Kai hierhergeschlichen. Dort oben hatten wir Seite über Seite mit Ideen für Lieder vollgeschrieben oder einfach nur träge auf dem Holzboden gelegen, in dem sich die Wärme des Tages sammelte. Gemeinsam hatten wir diesen Ort mit Musik erfüllt – ich mit meiner Stimme, mein Herz in jedem Ton, und Kai mit seinen Texten und Rhythmen.

Der Wind fuhr mir durch das offene Haar und brachte den Geruch nach nahendem Herbst mit sich, nach Blättern und Harz, und über all dem lag der Klang von Kais Gitarre. Sanfte Akkorde, weiche Rhythmen, lebendige Melodien – wenn er spielte, hatte es beinah schon etwas Unwirkliches an sich. Instinktiv blieb ich mit der Hand auf der untersten Sprosse stehen und saugte die Klänge in mich auf. Das, was Kai nur für sich allein spielte. Das, was über die Maßen ungeschönt und echt war.

Ich verlor mich einen Moment darin, schließlich gab ich mir aber einen Ruck und kletterte zu unserem *Glühwürmchen* hinauf. So unendlich vertraut schlossen sich meine Finger jetzt um die Sprossen der Leiter, setzte ich meine Füße auf die kleinen Holzstäbe, bis ich durch das Loch im Boden ins Innere des Baumhauses kroch.

Kai ließ sich nicht beirren von meiner Ankunft, vom Knarzen meiner Schritte auf dem Holz oder dem leichten Summen, das mir ganz automatisch über die Lippen kam. Von meinen ständigen Schubsern, weil das Häuschen mit uns beiden beinah vollständig ausgefüllt war und ich erst die richtige Position finden musste.

Im Schneidersitz saß Kai auf dem uralten Teppich, den ich irgendwann in unserem Keller gefunden hatte, das Holzinstrument auf dem Schoß. Die Haare waren länger geworden über den Sommer, kringelten sich im Nacken und fielen ihm beim Spielen immer wieder in die Stirn. Der Scheitel saß nach wie vor tief auf der linken Seite, doch mittlerweile hatte Kai es offenbar aufgegeben, die Haare ähnlich wie Elvis Presley nach hinten kämmen zu wollen.

Er war der Mittelpunkt einer melodischen Blase, seine Gitarre und er schienen für den Moment eins zu sein. Ich wartete einen Augenblick und inhalierte den Rhythmus, ehe ich ihn zu meinem eigenen machte. Dann begann ich zu singen, ertrank in Noten, improvisierte, und meine Töne schmiegten sich an Kais Gitarrenspiel. Meine Stimme mochte hell sein, aber sie war auch kratzig und meist heiser. Nicht das, was man erwartete, doch auch bei Janis Joplin war die dunkle Klangfarbe beim ersten Hören ungewöhnlich. Und damit machte sie mir Mut, dass dieses Raue in meiner Kehle nichts Schlechtes sein musste.

Ich wiegte mich im Rhythmus der Musik, betrachtete Kai, dann das Sonnenlicht bei seinem Tanz auf der Holzmaserung, wie es über unser selbst gezimmertes Regal kroch, die wenigen Teller und Tassen, die Kerzen und die Packung Streichhölzer. Die alte Kiste voller Decken unter dem größeren von zwei Fenstern, über Teppich und Boden. Dann fand mein Blick wieder zurück zu Kai und ruhte auf ihm, bis er die schlanken Finger irgendwann von den Saiten löste. Seine Hände waren anmutig und dabei doch rau. Verschmiert, als hätte Kai sich gerade eben noch handwerklich betätigt.

Die letzten Töne schienen eine halbe Ewigkeit zu verklingen. Seine und meine.

»Ich habe uns etwas zu essen mitgebracht.« Ich holte die Papiertüte aus dem Tante-Emma-Laden hervor. »Und ich soll dir natürlich liebe Grüße von Jutta ausrichten.«

Sofort blitzte das Bild vom letzten Erntefest in meinen Gedanken auf. Jutta hatte über das ganze Gesicht gestrahlt, als sie in der Mitte des festlich geschmückten Marktplatzes zur Herbstprinzessin gekürt worden war. Ich erinnerte mich an den Blumenkranz, der ihren frechen Kurzhaarschnitt betonte. Noch mehr aber daran, wie sie Kai mit Blicken durchbohrt hatte, während er mit *mir* tanzte.

Jutta war überall.

Im Haus gegenüber in der Magnolienallee, in der Schule und im Tante-Emma-Laden, der ihren Eltern gehörte. Es war mir völlig egal, ob sie auf Kai stand oder nicht. Aber es nervte mich, dass ich mich jedes Mal, wenn sie meinen besten Freund auf diese Art ansah … komisch fühlte.

»Wieso schaust du so, als würdest du Jutta gern den Hals umdrehen?«, fragte er genau in diesem Moment.

»Tu ich gar nicht.«

Kai lachte. »Tust du sehr wohl.«

»Halt die Klappe.«

»Ah, so ist das also. Das ist wieder einer dieser Tage.«

Ich hob eine Augenbraue an, doch er musterte mich eine Ewigkeit, ehe er ergänzte: »Einer dieser Tage, an dem du Menschen so ganz allgemein ein bisschen scheiße findest.«

Ich hatte keine Ahnung, ob Kai mich neckte, wie er es so oft tat, oder ob er mich tatsächlich so sah. Mit einem Mal erkannte ich die Zwischentöne nicht mehr.

»Ich finde Menschen nicht scheiße.« Energisch griff ich nach der Tüte und holte eines von zwei belegten Brötchen hervor.

Die meisten Leute hielt ich bloß auf Abstand, weil ich doch sah, was richtig tiefe Verbindungen mit einem machten. Großmutter litt nach so vielen Jahrzehnten immer noch unter Großvaters Tod und meine Mutter unter Papas Trauma – auch wenn sie diese Tatsache immer zu verstecken versuchte. Ich wollte mich nicht diesem Schmerz aussetzen. Und genauso wenig wollte ich diejenige sein, die andere traurig machte.

»Weißt du, was ich auch denke?«, fügte ich meinen Worten schnell hinzu. »Du solltest Jutta entweder fragen, ob sie mit dir ausgeht, oder ihr sagen, dass daraus nichts wird. Der Armen fallen sonst noch die Augen aus dem Kopf, wenn sie dich weiter aus der Ferne anschmachtet.«

»Hä? Wieso sollte ich Jutta fragen, ob sie mit mir ausgehen möchte?«

Jetzt war ich diejenige, die lachte. »Na, weil sie offensichtlich auf dich steht.«

Und weil ich vielleicht ein bisschen egoistisch bin. Weil ich mich nicht mehr so seltsam fühlen möchte.

»Seit wann?«

Kai schaffte es tatsächlich, irgendwie verwirrt auszusehen. Die dunklen Brauen konzentriert zusammengezogen und die Stirn in Falten gelegt.

»Das Herbstfest?!«, versuchte ich ihm auf die Sprünge zu helfen. »Ihr habt miteinander getanzt und –« Kais Wangen verfärbten sich verdächtig, und ich hatte plötzlich das dringende Bedürfnis, das Thema zu wechseln. »Ist eigentlich auch nicht so wichtig.«

»Aber dir scheint es doch gerade aus irgendeinem Grund wichtig zu sein.«

Kai runzelte die Stirn und Hitze stieg in mir auf.

»Ja, … nein«, ich rang nach Worten. »Ich meine es nur nett. Und ich finde, ihr wärt süß zusammen.«

Wieso war es mit einem Mal so schwierig, über *alles* zu reden?

Mit einer fahrigen Geste wischte ich mir über den Mund und ein paar Krümel weg, dann robbte ich zu der großen Kiste unter dem Fenster, in der wir zwischen Decken und Kissen auch die faltbare Autokarte aufbewahrten, für die Kai und ich schon vor ein paar Jahren zusammengelegt hatten. *West Deutschland* in senfgelben Buchstaben auf rotem Grund und schon an allen Ecken zerknittert, obwohl wir damit nie unterwegs gewesen waren. An den Rändern waren zahlreiche Zettel mit Büroklammern an die Karte geheftet, die Woche für Woche ihren Weg hineingefunden hatten. Es existierte keinerlei System, bloß eine bunte Mischung aus Sehnsuchtsorten und Geschichten.

»Das werden wir uns niemals alles ansehen können«, sprach ich meine Gedanken aus, während ich die Karte auseinanderfaltete.

»Es geht ja auch mehr darum, es zu versuchen, oder?«, entgegnete Kai.

Es gab tausend Möglichkeiten, unendlich viele mögliche Routen, fest standen nur Start- und Endpunkt unserer Reise. Losfahren würden wir natürlich hier, der Abschluss unseres großen Abenteuers würde das Love-and-Peace-Festival auf Fehmarn sein. Jimi Hendrix sollte dort spielen, Kai nannte ihn einen *experimentelleren Helden an der Gitarre*, aber auch Sly & The Family Stone, Procol Harum und Ten Years After wären dort. Bei dem Gedanken daran, diese rockigpsychedelisch klingenden Künstler zu erleben, bekam ich jetzt schon eine Gänsehaut.

Vielleicht würde das alles ein bisschen werden wie das Monterey-Pop-Festival. Menschen, Liebe, Musik und Scott McKenzies *San Francisco* als Hymne dieses großen Abenteuers. Vielleicht auch wie in Woodstock, wo erst diesen Monat Tausende von Leuten unter dem Motto *Liebe und Frieden* zusammengekommen waren, und was große Wellen geschlagen hatte. Jimi Hendrix war dort aufgetreten, The Mamas and the Papas und natürlich Janis Joplin mit ihrer neuen Band Kozmic Blues.

Unwillkürlich entwich mir ein Seufzen.

»Du denkst schon wieder an das Konzert, oder?«, erriet Kai meine Gedanken.

»Ich werde einfach nie darüber hinwegkommen, dass meine Eltern mich nicht hingelassen haben.«

Ich zog eine Grimasse, denn im Frühling war Joplin in Frankfurt gewesen, ihr einziger Auftritt in Deutschland – beinah wäre ich ihr und ihrem beeindruckenden Können so nah gewesen wie niemals zuvor.

»Aber deine Platte macht es ein bisschen besser«, fügte ich hinzu und stupste Kai in die Seite. »Ich bin quasi fast schon darüber hinweg.«

Er lächelte auf diese niedliche Art, die mein Herz jedes Mal ganz frei und unbeschwert werden ließ. Dann wischte er sich die von dem Brötchen verschmierten Finger an der Hose ab und studierte ebenfalls die Karte.

West-Berlin, das von einer Mauer umschlossen war und wie eine Insel im Osten Deutschlands lag. Eigentlich nur hundertfünfzig Kilometer Luftlinie entfernt und doch Teil einer anderen Welt. Die Frontstadt, weil sie nach einem Ort für Freigeister klang, nach Kunst und Musik und offenen Gemütern.

Hamburg, weil Kai sich nicht nur in eine Fotografie vom Hafen verliebt hatte, sondern auch auf diesen Gitarrenbauer gestoßen war, der eine Koryphäe auf seinem Gebiet sein sollte.

München, weil ich das Oktoberfest einmal mit eigenen Augen sehen wollte, noch mehr aber die Natur, die von dort nicht mehr weit war. Berge und Täler und Seen.

Einige kleinere Städte, die weniger bekannt waren, für die aber schon jetzt Konzerte angekündigt waren. Weil ich es liebte, mich auf die Suche nach neuer Musik zu machen, nach Melodien und Rhythmen, die anders waren und etwas mit mir machten.

Und dann vergingen die Stunden mit unseren Träumereien. Wir beschworen die Orte herauf, die wir wohl sehen würden. Die Musik, die uns auf unserer Reise begleiten, und die Menschen, die wir treffen würden.

Für den Moment schien alles perfekt, das fehlende Verständnis für Zwischentöne weniger wichtig.

Doch dann, als wir nebeneinander zu unseren Fahrrädern liefen, streifte Kais Hand meine und versetzte mir damit einen kribbeligen Stromstoß. Mir war mit einem Mal so unendlich warm. Dieser Punkt in meinem Bauch glühte und ich lachte zu laut und zu schrill, als ich mich auf den Sattel meines Rads schwang.

5 BLUMENKINDER IM STERNENNEBEL

Möglichst gerade aufgerichtet stand ich in der Mitte meines Zimmers. Die Hand hatte ich auf meinen Bauch gelegt, damit ich spüren konnte, wie er sich beim Atmen regelmäßig gegen meine Finger drückte und wieder verschwand. Es hieß, dass ich mit dem ganzen Körper singen musste. Mit ihm als meinem Resonanzraum.

Diese bewusste Atmung in meine Körpermitte hinein sollte mir dabei helfen, meine Stimme voller klingen zu lassen.

Ich atmete, blinzelte, ließ meinen Blick über die grässliche altrosa Tapete gleiten, die jedes Stückchen Wand bedeckte, dann begann ich mit einer einfachen Melodie. Erst zaghaft, dann wurde meine Stimme immer fester. Und bei jeder neuen Zeile achtete ich darauf, dass ich meine Bauchdecke weiterhin spürte. Danach kamen die Techniken, um mein Gesicht und das Zwerchfell zu lockern. Dafür entspannte ich meine Züge, strich mir immer wieder über die Wangen, bevor ich mehrmals so tat, als würde ich gähnen.

Es waren nur einige der Übungen, die ich seit meinem Geburtstag nahezu jeden Morgen machte. Großmutter hatte mir ein in Seidenpapier eingeschlagenes Buch über professionellen Gesang geschenkt, und es war das erste Mal gewesen, dass ich bereitwillig etwas las. Jede einzelne Technik zur Stimmbildung saugte ich in mich auf, inhalierte alles zu Klangfarben und Tonreichweiten.

Ich öffnete ein letztes Mal meinen Mund so weit ich konnte und wollte gerade mit den F-Lauten weitermachen, als ich aus den Augenwinkeln einen Schatten wahrnahm und zusammenzuckte.

Die verdammte Tür war bloß angelehnt gewesen, und jetzt stand Mama mit der Wäsche aus Eratos und Klios Zimmern im Türrahmen. Es war mir unangenehm, dass sie mir wer weiß wie lang bei diesen Übungen zugesehen hatte, die wahrscheinlich ziemlich dämlich aussahen.

Natürlich lachte sie.

Aber es war ein echtes Lachen, nicht dieses gekünstelte. Warm und perlend und einnehmend. Es machte sie so viel jünger, so lebendig, und für einen Moment ahnte ich, wie Erato in vielen Jahren aussehen würde. Dasselbe dunkle Haar, das gleiche Muttermal am Kinn und vielleicht eines Tages auch dieser blaue Lidschatten.

»Was hast du da gemacht?«, wollte meine Mutter immer noch deutlich amüsiert wissen und stellte den Wäschekorb auf den Boden.

»Das sind Atemübungen«, sagte ich, »die sind für das Singen. Also die Stimmbildung.«

Ich konnte förmlich zusehen, wie Mamas Mundwinkel sich langsam absenkten.

»Das hast du aus diesem Buch von deiner Großmutter, oder?«

Ich setzte gerade zu einer Antwort an, da machte Mama schon einen Schritt auf mich zu.

»Kalliope«, meinte sie und strich mir irgendwo zwischen nachsichtig und verärgert durchs Haar. »Nächste Woche geht die Schule wieder los. Meinst du nicht, dass es jetzt wirklich einmal an der Zeit ist, das ernst zu nehmen?« Sie seufzte. »Es mag dich überraschen, aber Männer finden einen gewissen Grad an Bildung durchaus anziehend.«

Um zu singen, brauche ich aber keinen Schulabschluss und einen Mann schon gar nicht, hätte ich gern trotzig erwidert. *Wieso nimmst du meine Träume nicht ernst,* gern gefragt. Doch keiner dieser Sätze kam mir über die Lippen.

Stattdessen stand ich bloß hilflos da.

»Als ich in deinem Alter war, war ich längst verheiratet«, schob Mama hinterher und ich wusste, was dieser eine Satz alles bedeutete. Ein vorgeschriebener Weg nach der Schule, der mir kein eigenes Leben oder gar eine Karriere zugestand. Gebildet konnte ich zwar sein, aber ja nicht intelligenter als ein potentieller Ehemann. Ich sollte hübsch aussehen und eine gute Frau sein, ihm also Kinder schenken, Mutter sein, mich um den Haushalt kümmern und mich mit diesem Leben zufriedengeben. Diese Reise nach dem Abitur war ein letztes Zugeständnis, zu dem mein Vater Mama überraschenderweise überredet hatte.

Seufzend bückte sie sich nach der Wäsche und verschwand kurz darauf nach unten. *Sie* hatte sich in diesem Leben eingerichtet, dabei war Mama eine Faeth und damit eine von den Frauen, die schon seit Generationen ihren Nachnamen behielten. Eine Tradition, die fortschrittlich war und mich stolz machte. Doch im Fall meiner Mutter beließ es sich damit dann auch schon wieder.

Wieso fiel es mir so schwer, ihr gegenüber meine Meinung zu sagen? Ich fühlte mich dann wie ein kleines Kind. Im einen Moment war ich überlaut, im nächsten bekam ich den Mund nicht auf.

Es war knapp eine Woche später, einer dieser Tage Anfang September, an denen die Blätter kaum merklich bunter und das Licht goldener wurde. Immer schon war ich der Meinung gewesen, dass diese Zeit des Jahres wie das Tor zu einer anderen Welt anmutete.

Und ausgerechnet an solch einem Tag kamen sie aus dem Nichts.

Eigentlich hatte ich zusammen mit Kai im Schuppen hinter dem Haus an unserem Auto schrauben wollen. Ich liebte es, den Wagen zwischen all den Kisten stehen zu sehen und mir vorzustellen, wie wir beide damit unser Abenteuer beginnen würden. Doch dann hatte Mama mich direkt nach dem Frühstück losgeschickt, um im Tante-Emma-Laden die Einkäufe für das Abendessen zu erledigen, und ich fuhr widerwillig die Magnolienallee entlang.

Gerade wollte ich links auf die Hauptstraße abbiegen, als ich wegen einer riesigen Menschenmenge stehen bleiben musste. Zwar hatte ich den Lärm und die Stimmen schon von Weitem gehört, doch mit dem Anblick, der sich mir nun bot, hätte ich niemals gerechnet.

Nicht mit diesem Ausmaß.

Staunend blickte ich nach links und rechts.

Sie standen vor und neben und hinter mir, verstopften die gesamte Straße und mit jedem Blinzeln schienen es nur noch mehr zu werden: Menschen über Menschen über Menschen strömten aus allen Richtungen auf die Straße. Irgendwo spielte Musik und sie tanzten gemeinsam, in den Gesichtern blitzten verschiedenste Gefühle auf. Alles zwischen Freude und Leid. So sehr, dass manche von ihnen sich weinend in die Arme fielen.

Was war hier los?

Immer noch verwirrt stieg ich vom Rad ab, an Weiterfahren war ohnehin nicht mehr zu denken. Bunte Stoffe wehten im Wind, überall kräftige Farben, gebatikte Muster und Blumen im Haar. Meine Blicke wanderten über bauschige Röcke und weite Schlaghosen, über nackte Haut und lange Halsketten aus dicken bunten Perlen und Steinen.

Es war der größte Kontrast dazu, wie die Bewohner hier sonst aussahen. In Niemstedt, wo immer noch nicht angekommen zu sein schien, dass sich in den letzten Jahren die Welt und auch die Mode als ihr Spiegel verändert hatte.

Längst musste nicht mehr alles einfarbig und schlicht sein. Frauen durften sich figurbetonter zeigen und stolz auf sich sein. Und auch wenn meine Mutter den Minirock immer noch für ein *unfassbar skandalöses Kleidungsstück* hielt, so war dessen Schöpferin Mary Quant schon vor drei Jahren vom Buckingham Palace ausgezeichnet worden. Einfach nur, weil man dort den Wert ihrer jugendlichen und zugleich sinnlichen Kreationen erkannt hatte.

Einmal, am Küchentisch, hatte ich mich getraut, genau das zu sagen. Dass dieses bisschen Stoff nichts mit *Provokation* oder *Respektlosigkeit* zu tun hatte, sondern ein Meilenstein war für uns Frauen. Mama saß mit überschlagenen Beinen da, während ihr Kopf unter einer Trockenhaube steckte. Sie aschte ihre Zigarette ab und meinte nur, dass ich noch längst keine Frau sei. Damit war das Thema für sie erledigt.

Ich wurde von der Seite angerempelt und ein Stück weit von der Menschenmenge mitgerissen, im Strom der Körper und von der allgemeinen Euphorie. Auf der rechten Seite ragte der Kirchturm hinter den Häusern schmal in den Himmel auf, weiter vorn sah ich das Emaille-Schild über der Tür des Tante-Emma-Ladens, den Friseur mit den Blumen davor, die kleine Bäckerei und das Geschäft für Elektrowaren. Das Dorf war dasselbe, doch auf der Suche nach irgendeinem bekannten Gesicht verrenkte ich mir vergeblich den Hals.

Da waren nur Fremde, und instinktiv schob ich mich so gut es ging zurück an den Straßenrand. Maßlos überwältigt von all diesen Eindrücken.

In diesem Moment erst bemerkte ich die Plakate, die über den Köpfen geschwenkt wurden. *Frieden für unsere Welt* stand auf einem riesigen Banner, *Drop Acid, Not Bombs* und *Make Love, Not War!* auf einem anderen, Blumen leuchteten zusammen mit dem Friedenszeichen auf unzähligen selbst gebastelten Pappschildern.

»Nie wieder?«, rief eine junge Frau in die Menge und die Menschen um mich herum schrien als Antwort: »Krieg!«

»Nie wieder?«, erklang es erneut und dieses Mal war die Antwort lauter: »Krieg, Krieg, Krieg!«

Die Luft vibrierte förmlich vor Energie und Stimmen und Tatendrang. Da war so viel Leben und es fiel mir plötzlich schwer, untätig am Straßenrand zu stehen, gleichzeitig fühlte ich mich seltsam gelähmt, schier überwältigt von der Präsenz all dieser Menschen.

Besonders zwei Mädchen stachen mir ins Auge. Weil sie ihre Haare so trugen, wie ich es auf den zahlreichen Bildern von Woodstock gesehen hatte – die eine war blond, die andere hatte sich die Haare orange gefärbt, ein bisschen wie ein Sonnenuntergang –, offen, lang, mit einzelnen geflochtenen Strähnen und Bändern darin. Weil ihre weiten Röcke im Wind flatterten und die Brüste sich deutlich unter den dünnen Wickeloberteilen abzeichneten, ja von der Seite sogar im Ansatz zu sehen waren.

Die beiden scherten sich nicht darum, dass die ideale Frau gertenschlank und gefällig auszusehen hatte und ihre Gestalt am besten in einer gut geschnittenen A-Linie verschwinden ließ.

Diese beiden verkörperten eine Freiheit, die ich auch gern mein Eigen nennen würde.

Ich war so kurz davor, sie mir zu nehmen, doch irgendetwas hielt mich immer noch davon ab. Trotzdem: all diese Menschen so nah zu sehen … Es gab sie, sie existierten wirklich und nicht nur in einem anderen Land, nicht in einer Fantasie, sondern direkt hier. In meinem kleinen Heimatort.

Menschen, die an das Gute glaubten, wie ich es nicht konnte.

Menschen, die Krieg für sinnlos und Liebe für alles hielten.

Menschen, die die Musik prägte, wie sie auch mein Leben bestimmte.

Menschen, die keine Angst hatten, für die Dinge zu demonstrieren, die diese Welt brauchte.

Ich hatte von solchen Protestmärschen gehört, hatte Aufnahmen junger Menschen im Fernsehen gesehen, die für ihre Überzeugungen auf die Straße gingen. Doch das hier war auf schönste Art das pure Chaos. Niemand schien zu wissen, woher all diese Leute kamen, die plötzlich ihren Weg in diesen beschaulichen Ort gefunden hatten, wo sich doch sonst niemand für dieses Fleckchen am Rande der Welt interessierte.

Ich beobachtete, wie Frau Rudolf Jutta mit gerümpfter Nase in das Innere des Tante-Emma-Ladens zog und das *Geschlossen*-Schild an die Tür hängte. Erhaschte einen Blick auf ihre beste Freundin, die Tratsch-Lisbeth, die vor ihrem Friseursalon stand und mit den beiden Dorfpolizisten diskutierte. Hans und Willie wirkten in ihren Uniformen vollkommen fehl am Platz.

Indes wurden Fensterläden zugezogen, nur um kurz darauf doch wieder geöffnet zu werden. Menschen streckten neugierig die Köpfe heraus und flüsterten hinter vorgehaltener Hand, und trotz des Lärms fanden einige Satzfetzen ihren Weg hinunter auf die Straße: *Chaoten, Langhaarige, Schmarotzer.* Worte, wie auch meine Mutter sie immer wieder benutzte – insbesondere in letzter Zeit, da sie noch mehr Dinge als sonst an mir auszusetzen hatte.

Ich persönlich fand das Wort *Blumenkinder* um so vieles passender. Denn das war es, was ich in ihnen sah. Zwar war ich eine derjenigen, die sich am Rand aufhielten, eine von denen, die beurteilten und bewerteten – zumindest wirkte ich wohl so –, doch tief in meinem Inneren spürte ich ein Kribbeln, das mich verwirrte und das diese seltsamen Sachen mit meinem Herzen machte.

Ich hatte nicht mitbekommen, was geschehen war, doch mit einem Mal jubelte die Menge und setzte sich wieder in Bewegung. Wieder wurde ich samt meines Rads mitgerissen. Jemand legte eine Blume in den Korb, doch ehe ich etwas sagen konnte, war die Person schon wieder verschwunden.

Niemand sah mich seltsam an, weil ich in der langweiligen Bluejeans und dem hochgeschlossenen Oberteil, das Mama mir aufgedrängt hatte, so ganz anders gekleidet war als die meisten hier. Und mit jedem Meter setzte ich meine Schritte selbstbewusster, fühlte es sich immer mehr so an, als würde ich dazugehören.

Das war mein wahres Herz – zaghaft nach außen gestülpt.

»Früher waren wir nur wenige, jetzt gibt es Massen und Massen und Massen von uns«, hatte Janis Joplin einmal in einem Interview gesagt, und zum ersten Mal begriff ich ihre Worte so richtig. Sollten Jutta und die Rudolfs mich doch sehen, um es brühwarm meinen Eltern zu erzählen. Sollten doch Tratsch-Lisbeth, Hans und Willie mich sehen. *Hier* versteckte sich niemand und ich hatte auch längst keine Lust mehr, meine wahren Ansichten zurückzuhalten.

Als die junge Frau von vorhin wieder laut rufend fragte: »Nie wieder?«, erwiderte ich voller Inbrunst im Chor mit der Menge: »Krieg!«

Ich schritt mit und rief, schritt und rief, immer weiter und weiter und aus tiefster Kehle. Für einen Moment sah ich mein Gesicht in runden, blau getönten Brillengläsern gespiegelt: Meine Augen waren weit aufgerissen und ich hatte ganz instinktiv Zeige- und Mittelfinger zum Peace-Zeichen in die Höhe gereckt, um die Worte des Sprechchors zu untermauern.

Wer war diese Frau?

Längst achtete ich nicht mehr auf den Weg, setzte einfach nur einen Fuß vor den anderen und schob mein Rad mit einer Hand. Es fühlte sich an, als wäre ich gar nicht mehr in unserem Dorf, sondern in einer fremdartigen Blase, in der mit einem Mal Fremde meine Gedanken teilten, meine Sehnsüchte für diese Welt.

Nie wieder sollte es solche Kriege geben, wie meine Eltern und Großeltern sie hatten erleben müssen. Nie wieder all das Leid und den Schmerz, weil mächtigen Männern nie etwas genug war. Mussolini, Hitler, Stalin – es war egal, was sie sich nahmen und bekamen, sie wollten mehr.

Mehr Status, mehr Geld, mehr Territorium.

»Nie wieder?«

»Krieg, Krieg, Krieg!«

»Nie wieder?«

»Krieg, Krieg, Krieg!«

Eins der Blumenmädchen von vorhin lief mit einem geflochtenen Korb durch die Menge. Ihre langen Haare wippten bei jedem Schritt hin und her und ich glaubte, ihr Lachen glockenhell und klar bis zu mir zu hören. Zweimal löste sich eine Blume aus den langen hellen Strähnen und segelte zu Boden, doch das schien sie nicht weiter zu stören. Sie hob sie nur auf und verschenkte sie an die Person, die ihr am nächsten stand.

Ob sie es gewesen war, die mir vorhin die Blume gegeben hatte?

Sie ließ den Blick über die Menge schweifen, und als er an mir hängen blieb, breitete sich ein Lächeln auf ihrem Gesicht aus. Sie kam schon auf mich zu, und erst da dämmerte es mir.

Hanni?!

War das etwa Hanni?

Aber … fieberhaft versuchte ich die zwei Bilder meiner Schulkameradin miteinander zu vereinbaren. Das der braven Hannelore mit dem voluminös geföhnten Pony, die stets das Richtige tat und sagte. Und das des wilden Mädchens, das nun vor mir stehen blieb.

»Möchtest du später noch mitkommen?«, fragte sie, als wäre das alles nicht die schönste und zugleich absurdeste Situation der Welt. »Wir ziehen gleich noch weiter an den Blauwasser.«

Irritiert starrte ich Hanni an.

Obwohl wir uns jeden Tag in der Schule sahen, wusste ich kaum etwas über sie.

»*Wir*?«

Sie lächelte und machte eine vage Geste, die die ganze Straße umfasste: »Na, wir alle. Jeder, der mitkommen möchte.«

Wir waren keine Freunde und ich wollte schon Nein sagen, aber was wäre die Alternative?

Ein weiterer Nachmittag, an dem ich abwog, wie sinnvoll ein zweites Gespräch mit Großmutter wäre? Ein weiterer Nachmittag, an dem ich Kais Zimmerfenster anstarrte und mir den Kopf über alles Mögliche zerbrechen würde? Das Eingeständnis, dass er recht hatte und ich die meiste Zeit jemanden spielte, weil ich nicht wirklich wusste, wer ich eigentlich war?

Noch immer sah Hanni mich freundlich an und wartete geduldig auf meine Antwort.

»Aber wie … deine …«, stammelte ich, weil ich all das immer noch nicht zusammenbrachte, doch schließlich nickte ich. Solange Mamas Einkäufe bis zum späten Nachmittag zu Hause waren, sollte ich keinen Ärger bekommen.

»Wir reden später … okay?«

Hanni drückte meine Hand, dann verschwand sie wieder zwischen den anderen – ein selbstverständlicher Teil dieser magischen Welt.

Die Sonne stand bereits tief, als ich zwischen Hanni und ihrer Freundin Christa am Ufer des Blauwasser saß. Unsere nackten Füße baumelten im Wasser, über den bunten Steinen, von denen sich meine helle Haut deutlich absetzte.

In den vergangenen Stunden war die Gruppe immer weiter geschrumpft. Der Protestzug war durch die Hauptstraße gezogen, dann über den Marktplatz und die Kastanienstraße, bis er sich in ein spontanes Fest verwandelt und schließlich langsam aufgelöst hatte. Keine Ahnung, woher all diese Menschen gekommen waren, keine Ahnung, wohin sie verschwanden.

Und doch gab es mitten unter ihnen ein paar bekannte Gesichter. Neben Hanni waren da auch Wolf und Elisa aus der Parallelklasse, der 13 c, den Durchfallern. Es war ein Wunder, dass ich dort noch nicht gelandet war. Andere, wie Christa, die auch in meinem Alter zu sein schien, hatte ich hier jedoch noch nie gesehen.

Die ganze Zeit über hielt ich mich am Rand. Ich tauchte zwar in gewisser Weise ein in das, was um mich herum geschah, aber letzten Endes blieb ich in der Rolle einer Beobachterin. Das hier war eine verdammt faszinierende Dynamik, eine eingeschworene Menschengruppe mit gemeinsamen Zielen und Träumen. Am allermeisten staunte ich wohl über diese Ausgelassenheit und das In-der-Sekunde-Leben, auch wenn der Grund der Demonstration sehr ernst war.

Mein Blick fiel auf die Bluejeans, die ich über den Knöcheln hochgerollt hatte, die sich am Saum aber schon mit Wasser vollzusaugen begann. Es juckte mich in den Fingern, dieses nervige Stück Stoff loszuwerden. In diesem Moment beneidete ich Hanni und Christa einmal mehr um die weiten Röcke, die sie locker um die Hüften hochgerafft hatten.

»Ich kann dir etwas zum Umziehen geben«, meinte Hanni neben mir, während sie fröhlich mit den Füßen hin und her planschte. Sie musste meinen Blick bemerkt haben, denn da fügte sie schon hinzu: »Ich habe immer Wechselkleidung dabei. Du kannst dir ja sicher denken, dass ich *so*«, sie deutete auf ihr freizügiges Outfit, »gar nicht nach Hause zu kommen brauche.«

Kurz darauf schälte ich mich hinter einem Busch aus der kratzigen Hose und schloss seufzend die Augen, als ich im größten Kontrast dazu den weichen Stoff des Rocks um meine Schenkel streichen spürte. Noch dazu den Wind, der über meine Haut glitt.

Als ich wieder hervorkam, hüpfte Christa aufgeregt um mich herum. Die langen orangenen Haare bewegten sich bei jedem ihrer Schritte hin und her und verschmolzen beinah mit der Farbe ihres Rocks.

»Das steht dir so gut«, sagte sie, deutete auf den Rock und fasste dann nach meinem Oberteil. Irritiert betrachtete ich Christas beringten Finger und dachte schon, sie würde es mir ausziehen wollen. Doch sie griff sich lediglich zwei Enden und machte einen Knoten hinein, sodass zwischen Oberteil und Rock ein schmaler Streifen Haut zu sehen war. Es war nur eine minimale Veränderung, doch sie fühlte sich … wild an, seltsam verwegen. Vielleicht einfach deshalb, weil ich etwas Neues wagte und ich mich gut fühlte. Mehr sogar noch: Ich fühlte mich schön.

Es war, als würde ich mich selbst zum ersten Mal so richtig erkennen. Ich wollte nicht an zu Hause denken, nicht an Mamas Einkäufe, nicht an das anstehende Familienabendessen. Ich wünschte mir Freiheit, und wenn es nur für den restlichen Tag war.

Hanni und Christa fassten mich an den Händen und ich lachte und drehte mich mit ihnen im Kreis. Nicht auf diese ausgelassene Art wie Hanni, nicht so sinnlich wie Christa, ich tat es auf meine gehemmtere Weise. Und erst als wir vollkommen außer Atem waren, gingen wir zu den anderen.

Sie saßen im Kreis, direkt an der Wasserlinie und mit dem Plätschern als leise Hintergrundmelodie. Über uns bildeten die Blätter eines Baums ein Dach. Darunter machte ein Joint die Runde und der süßliche Geruch nach Gras benebelte meine Sinne. Ich konnte dabei zusehen, wie alle an dem Stängel zogen und ihn weiter im Kreis wandern ließen, er ging von Wolf zu Elisa zu Christa. Es hatte etwas seltsam Hypnotisierendes an sich. Und auch wenn ich den Joint selbst nicht annahm, verfolgte ich mit den Augen die Glut.

Mich faszinierten die Gedanken, die das Gras aus den Leuten hervorzulocken schien. Oder lag das gar nicht an der Droge, sondern sah es in den Köpfen dieser Menschen einfach so aus? Voll von richtigen Gedanken, die in den letzten Jahren ihren Weg auch bis zu mir gefunden und immer wieder mein Bewusstsein gestreift hatten. Sie zu Ende zu denken, das hatte ich mich bisher nicht getraut.

»Habt ihr gesehen, wie die alle geschaut haben?«, lachte Christa. »Diese verdammten Spießer … haben fast schon Angst, dass unser Freisein irgendwie ansteckend sein könnte.«

»Dabei geht es ja gar nicht darum, dass ich meine Art zu leben anderen aufdrängen möchte«, erklärte Wolf und legte die Fingerspitzen am Kinn aneinander. »Ich würde mir nur wünschen, dass auch der Rest der Welt erkennt, wie wunderschön Freiheit für den Einzelnen ist. Und wie viel Großes wir bewirken können, wenn wir das *zusammen* tun.«

»Ja Mann …«, sagte Elisa und alle nickten.

»Wie viel glücklicher man ist, wenn man sein Leben für sich selbst lebt und nicht für andere«, bekräftigte Wolf.

»Wobei ich ja schon auch für andere leben will. Nicht nur, aber auch«, warf Hanni ein. »Also … wisst ihr, wie ich meine? Ich will es für mich besser machen, aber auch für alle, die nach mir kommen.«

Und wieder wurde reihum genickt, Worte der Zustimmung gemurmelt.

»Nicht für den Staat, nicht für ein scheiß System, das unterdrückt und ausbeutet«, beteuerte Christa. »Nicht für den Kapitalismus.«

»Das hängt doch alles miteinander zusammen. Ich meine, am Ende hat der Krieg die Wirtschaft doch großgemacht.«

Jemand lachte. »… nachdem er sie ruiniert hat.«

»Und ist Kiesinger mit seiner Regierung nicht gerade an dieser Wirtschaftsfrage gescheitert?«, sagte Elisa, während sie sich an Wolf schmiegte.

»Menschen sind dumm«, lachte er zustimmend. »Wir lernen nicht aus unserer eigenen verdammten Geschichte und machen dieselben Fehler immer und immer wieder.«

»Willy Brandt ist schon zweimal als Kanzlerkandidat für die SPD angetreten. Ich meine, für eine sozialdemokratische Partei. Am Ende sollte es mich wahrscheinlich nicht sonderlich überraschen, dass wir nicht von einer konservativen Regierung wegkommen, aber«, fast schon hilflos hob Elisa die Schultern, »wünschen würde ich es mir. Und wer weiß, was bei den Wahlen diesen Monat herauskommt. Stellt euch mal vor: Vielleicht wird Brandt dieses Mal ja Kanzler.«

Unwillkürlich hatte ich mich mit jedem Satz weiter nach vorn gebeugt, hing an den Lippen der Anwesenden hier.

Ein sozialdemokratischer Kanzler, der Gedanke von Chancengleichheit, Unterstützung der arbeitenden Klasse, der Möglichkeit von Reformen. Vielleicht könnte das wirklich eine Alternative für dieses Land sein.

»Ich würde ja gern wählen gehen«, meldete ich mich nun auch endlich zu Wort, nachdem ich bisher nur seltsam beseelt zugehört hatte. »Aber dafür sind wir wahrscheinlich alle zu jung, oder?« Ich blickte in die Runde und die meisten nickten zustimmend. »Und das verstehe ich einfach nicht. Sind es nicht gerade wir jungen Menschen, die in wichtige Entscheidungen miteinbezogen werden sollten? Geht es hier nicht eigentlich um *unsere* Zukunft?« Plötzlich sprudelten die Worte nur so aus mir heraus: »Aus welchem Grund entscheiden irgendwelche Männer über mich und mein Leben und das Land, in dem ich lebe? Irgendwelche Männer, die – so hart das auch klingen mag – längst tot sind, wenn *wir* mit ihren Entscheidungen leben müssen.«

Wolf wandte den Kopf und betrachtete mich, als sähe er mich in diesem Moment zum allerersten Mal. Womöglich war es auch genauso. Die meisten seiner Haare hatten sich aus dem Band im Nacken gelöst und strichen über seine Schultern. Er lächelte mir zu und mir schien, dieses Blitzen in seinen Augen war Anerkennung.

»Genau deshalb will ich eines Tages mein eigener Herr sein. Einfach aussteigen«, erklärte er. »Die Erde gibt uns alles, was wir zum Leben brauchen: Essen, Nahrung, Kleidung. Und alles, was wir dafür tun müssen, ist, respektvoll zu sein. Dem Planeten unsere Dankbarkeit zu zeigen.«

Wolf erzählte von dem Haus, das er nach dem Abitur zusammen mit Freunden bauen wollte, um darin zu leben. Von all den unterschiedlichen Menschen, die dort aufgenommen werden würden, dass es ein Ort der Zuneigung sein sollte, an dem niemand verurteilt und jeder herzlich willkommen geheißen würde.

Radikales-man-selbst-Sein nannte er es und sprach von Liebe, Freiheit und Nacktsein.

Er wünschte sich, dass wir unsere entblößten Körper nicht als etwas Schambehaftetes oder gar Sexuelles betrachteten, sondern als die Hüllen unserer Seelen. Auf Kleidung zu verzichten wäre bloß ein Akt der Selbstbestimmung, ein Weg zurück zur Natur, in die Freiheit hinein.

Ich betrachtete Wolfs Profil, während er redete. Diese Dinge schienen mir unmöglich zu sein und zudem auch seltsam … anrüchig?

Aber war das vielleicht nicht eher Mamas Stimme in meinem Kopf als meine eigene? Wäre so ein Ort nicht eine wunderschöne Vorstellung?

»Und du?«, unterbrach Wolf mit seiner Frage meine Gedanken und sah mir dabei geradewegs in die Augen. »Wie möchtest *du* eines Tages leben? Was willst du in der Welt hinterlassen?«

»Musik«, sagte ich leise und bemerkte an den Mienen der anderen, dass die meisten in der Runde dieses kleine Wort nicht verstanden hatten. Ich wiederholte es, lauter dieses Mal.

Sekunden verstrichen und alle sahen mich immer noch an. Mit demselben interessierten Ausdruck und ohne Wertung im Blick.

»In meinen Augen ist Musik Heilmittel für alle Gifte dieser Welt«, sagte ich und fühlte mich wahnsinnig mutig dabei. Dass ich damit auch meinen Vater eventuell zu retten versuchte, ließ ich unter den Tisch fallen.

»Das stimmt«, meinte Wolf und sah mich wieder so intensiv an. »Musik kann Rettung sein.«

Mein Herz seufzte.

Wie Janis Joplin wollte ich sein, angesehen und bewundert für meine Andersartigkeit. Während der Schulzeit war sie wegen ihres kurvigen Körpers gemobbt worden, wegen der Akne und der Tatsache, dass sie Schwarze Menschen nicht beschimpfte oder anders behandelte als ihre weißen Mitschüler. Direkt nach ihrem *High-school*-Abschluss zog sie nach Kalifornien, um es als Sängerin zu schaffen. Kellnerte, hielt sich mit Gelegenheitsarbeiten über Wasser und sang in Kneipen und Bars, wann immer sich ihr die Gelegenheit dazu bot. Durch alle Höhen und Tiefen hielt Joplin an ihrem großen Traum fest. Dann kam das Monterey-Pop-Festival und auf einen Schlag kannte die ganze Welt ihren Namen.

»Du solltest etwas für uns singen«, schlug Christa begeistert vor.

Ich spürte in mich hinein und es schien mir so, als wären da nur Rhythmen und Noten, die unweigerlich mit Kai verbunden waren. Melodien, die er allein für meine Stimme geschrieben hatte und die ich zum Leben erweckte. Es wäre mir seltsam erschienen, etwas davon hier heraufzubeschwören. Etwas, das nur uns beiden gehörte.

Stattdessen hatte ich auf einmal *Summertime* im Kopf und ehe ich darüber nachdenken konnte, formten meine Lippen die passenden Töne. Aus meinem Bauch kam die Kraft, aus meinem Mund der Klang. Entspanntes Zwerchfell, lockere Gesichtsmuskeln – so wie ich es inzwischen gelernt hatte. Im ersten Moment konzentrierte ich mich auf die Technik, doch binnen Sekunden flog ich davon. Meine Stimme würde nie feminin genug klingen, doch daran schien sich hier niemand zu stören. Ich sang, wurde mit jedem Ton lauter und selbstbewusster.

Jemand reichte Wolf eine Gitarre. Sie war bunt bemalt und genauso mit Stickern übersät wie Christas Instrument, das nun ebenfalls auf ihren Beinen ruhte.

Der Klang der Saiten trieb wunderschön und befreiend über den stillen See. Und auch wenn sie beide nicht Kai waren, ihrem Spiel dessen besondere Magie fehlte, entstand hier etwas Wunderschönes. Die Musik war so leicht, verflüchtigte sich so schnell wie die Ahnung eines Parfüms, das einem beim Einkaufen in der Hauptstraße im Vorübergehen in die Nase stieg.

Nach und nach fielen auch die anderen in der Runde mit ein. Aus einer Stimme wurden erst zwei, dann drei, dann viele. Und zum ersten Mal seit einer Ewigkeit fühlte ich mich nicht außen vor, nicht vollkommen anders oder zu unangepasst. Hier unter diesen

Menschen war es so, als würde ich endlich einmal verstanden werden – und das in einer Welt, in der ich mich selbst nicht ganz verstand.

Später an diesem Abend flocht Christa mir Blumen ins Haar, während einer von den Jungs auf der Gitarre spielte und dazu sang. Ein Joint nach dem anderen wanderte im Kreis. Manche standen auf, um zu tanzen, andere lehnten sich aneinander und wiegten sich im Takt hin und her.

Die Zuneigung, die zwischen diesen Leuten herrschte, riss mir für einen Moment den Boden unter den Füßen weg. Diese offensichtliche Wertschätzung, die man auf körperliche Art zeigte. Ein Umarmen, ein Drücken, ein Streicheln und ein Kuscheln. Zwischen Mädchen, zwischen Jungs, zwischen den Geschlechtern, weil das nichts Sexuelles an sich haben musste.

Ich tanzte und tanzte und tanzte.

Und ich dachte daran, wie Kais Berührungen mit unserem Älterwerden weniger geworden waren und wie gut es sich angefühlt hatte, an der Feuerstelle dicht neben ihm zu schlafen, Körper an Körper und Herz an Herz.

Aber dir scheint es doch gerade aus irgendeinem Grund wichtig zu sein, schossen mir seine Worte durch den Kopf.

Ja, erlaubte ich mir für einen Wimpernschlag zu denken, *irgendetwas scheint mir eindeutig zu viel zu bedeuten.*

6 DIE MELODIEN VON HERBST UND GOLD

Irgendetwas stimmte nicht.

Zwar konnte ich es nicht richtig greifen, doch ich wusste mit absoluter Sicherheit, dass dieses Mal etwas aus dem Ruder gelaufen war.

Als ich aus meinen Träumen hochschreckte, strichen die Schatten wie in jeder dieser Nächte über die scheußliche Tapete in meinem Zimmer. Da war das Frösteln, mein rasendes Herz. Ich griff mir an den Hals und musste husten, als ich Spucke in meinem Mund zu sammeln versuchte. Meine Kehle war wie ausgedörrt und meine Glieder schmerzten.

Alles fühlte sich so viel realer an, als es die Bilder in meinem Kopf tun sollten.

Das Meer, das Wasser, die Fluten.

War das alles wirklich geschehen?

Ertrunken.

Gestorben.

Bedeutungslos verschwunden.

Absurde Gedanken – eigentlich. Aber in der Dunkelheit schien Großmutters unheimliche Geschichte auf einmal Wirklichkeit zu sein. War das die Erklärung für meinen ausgezehrten Körper, den trockenen Hals, die feuchten Haare, die vielleicht nicht bloß nass geschwitzt waren?

Ängstlich schlug ich die Bettdecke zur Seite und ließ den Blick über meine nackten Beine wandern. Über die blauen Flecken, die dort immer irgendwo waren. Aber dieser eine auf dem rechten Schienbein? Da war noch nichts gewesen, als ich vor wenigen Stunden ins Bett gegangen war.

Oder doch?

Ich beugte mich weiter vor, betastete die Stelle mit den Fingerkuppen, als würde irgendetwas davon meine Gedanken zum Schweigen bringen können.

Irgendwo knackte es. Sofort zuckte ich zusammen und riss die Decke mit einem Keuchen wieder auf mich, dieses Mal so, dass auch mein Kopf unter dem weichen Stoff verschwand. Lauschte dem schnellen Pochen meines Herzens und fühlte mich schlagartig mehr als dämlich. Was zur Hölle versuchte ich hier zu beweisen?

Vielleicht aber war es auch einfach leichter, an irgendwelche Geschichten zu glauben, als daran, dass mit mir etwas nicht stimmte – so wie mit Papa.

Langsam schob ich die Decke wieder herunter und starrte an die Zimmerdecke. Eine Hand auf dem Bauch, in den ich bewusst hineinzuatmen versuchte. Und mit jedem Luftholen lockerten sich die Muskeln in meinem Körper etwas mehr.

Atmen, atmen, atmen.

Und mit jedem wilden Pochen meines Herzens fand ich den Weg zurück in die Wirklichkeit. Die Augen hielt ich angestrengt offen, damit mich das Wasser nicht sofort wieder heimsuchte. Und da erst dämmerte mir, was sich an dieser erschreckenden, aber viel zu vertrauten Situation anders angefühlt hatte. Es ging weder um einen blauen Fleck, der letzten Endes nicht mehr war als das, auch nicht um ein seltsames Knacken oder die feuchten Haare.

Denn plötzlich sah ich alles ganz klar vor mir: Stumm geschrien hatte ich wie immer, doch dieses Mal war ein Gesicht inmitten der Fluten aufgetaucht: vom Sommer gebräunte Haut, pechschwarze Haare, die feucht an der Stirn klebten. Ein Grübchen, das beinah schon zu tief war.

Kai.

Im ewig gleichen Szenario meiner Nächte war plötzlich mein bester Freund erschienen, der die Lippen bewegte und mir mit weit aufgerissenen Augen etwas zu sagen versuchte.

Doch weder im Traum noch jetzt kannte ich die Bedeutung seiner Worte. Immer wieder spielte ich den Moment im Kopf durch, und dann drang es auf einmal zu mir durch. Dieses ganz bestimmte Detail, das irgendwie alles an dem Wasserschrecken veränderte: Der liebevolle Ausdruck auf Kais Gesicht. Und das unendliche Schwarz seiner Augen, das derart warm schimmerte, dass ich trotz meiner Panik nicht hatte wegsehen können.

Eine Gänsehaut überzog meine Arme. Ich machte das Licht an, denn heute würde ich ganz sicher nicht mehr schlafen.

Am nächsten Morgen steckte mir die vergangene Nacht noch tief in den Knochen. Im Bad stützte ich mich mit den Händen auf dem Waschbecken ab und starrte mein Spiegelbild an.

Letzter erster Schultag.

Es fühlte sich wie der Anfang und das Ende von etwas an.

Ich umklammerte das Porzellanbecken so fest, dass meine Knöchel weiß hervortraten. Vorsichtig lockerte ich den Griff und ließ die Finger knacken. Dann durchwühlte ich entschlossen das Spiegelschränkchen. Kurz war ich versucht, etwas von Mamas Lidschatten zu benutzen, doch als sie mich einmal damit zur Schule aufbrechen sah, hatte sie mich sofort zurückgerufen. Ich durfte erst gehen, als auch der letzte Rest Farbe von meinen Lidern verschwunden war.

Und ganz abgesehen davon, wollte ich mein Glück heute nicht unnötig herausfordern. Nach meinem Ausflug mit den Blumenkindern hatte ich es natürlich nicht mehr rechtzeitig geschafft, mich um die Familieneinkäufe zu kümmern, und darüber hinaus hatte meine Kleidung nach Rauch gerochen. Himmel, mir dröhnte immer noch der Schädel von der Standpauke, die darauf gefolgt war.

Mit einem Seufzen griff ich nach Mamas Make-up und ließ die Augenringe unter dem warmen Beige verschwinden. So schrecklich meine Nächte auch waren: sie gehörten nur mir, genauso wie jeder Hinweis darauf.

Ich war schon fast aus dem Bad heraus, da drehte ich mich doch noch einmal um und flocht mir, einer Eingebung folgend, ein paar wenige Zöpfe ins Haar, so wie ich es bei Hanni und Christa gesehen hatte. Zur Sicherheit ließ ich sie aber unter meinem Deckhaar verschwinden. Und zum ersten Mal heute schenkte ich mir selbst ein Lächeln. Ohne die dunklen Schatten darunter leuchteten meine Augen in diesem Haselnusston, den ich so ähnlich auch bei meinen Schwestern sah. Rosa Wangen, weil ich mir hineingekniffen hatte, und Haare, die mir jetzt deutlich wilder den Rücken hinunterfielen.

Mir fiel sofort die Musik auf, während ich die Treppe nach unten lief. Papas Plattenspieler war für die besonderen Tage reserviert, die besonders schlimmen oder besonders guten. Ich erinnerte mich noch lebhaft daran, wie ich den fremden Mann nach seinem plötzlichen Auftauchen tagelang in seinem Ohrensessel beobachtet hatte. Stundenlang saß er dort, die Hände auf dem Bauch gefaltet und die Augen geschlossen, während die Nadel über das Vinyl glitt.

Als ich die Küche betrat, saßen bereits alle um den Ecktisch mit der Spitzendecke versammelt. Die Erwachsenen redeten, die Kinder schwiegen. Papa und Großmutter an den beiden Stirnseiten, Mama, Klio und Erato zwischen ihnen. In der Mitte leuchtete ein frischer

Blumenstrauß, unweit davon der große Aschenbecher mit den Ornamenten, in dem Mama gerade mit spitzen Fingern ihre Zigarette ausdrückte.

»Guten Morgen«, murmelte ich in die Runde.

Dann schob ich mich neben Papa auf die Bank. Er sah von seiner Zeitung hoch und drückte kurz meine Schulter, ehe er sich wieder den Nachrichten widmete. Überrascht musterte ich ihn: die grauen Strähnen in seinem Haar, die Brille, die Narbe auf der linken Wange, wo die Splitter einer Granate ihn getroffen hatten.

Papa war nicht unbedingt jemand, der Berührungen verteilte – umso wertvoller waren sie für mich. Heute war also ein besonders guter Tag.

»Da habt ihr euch aber wirklich ein herrliches Wetter für den ersten Schultag ausgesucht«, flötete meine Mutter. »Die Sonne scheint so schön. Bald wird zwar die ganze Magnolienallee voller Laub sein, aber das ist ja wirklich ein ganz fantastischer Herbsttag. Ist es nicht unglaublich, dass unsere Jüngste heute eingeschult wird?«, sie tupfte sich die Augen mit einer Serviette ab und sah Papa an. Der nickte abwesend und las in seiner Zeitung weiter.

»Du bist sicherlich auch schon ganz aufgeregt, Erato. Ach, zu sehen, wie meine Mädchen erwachsen werden, ist wirklich – Schatz, am Esstisch wird nicht gelesen«, unterbrach Mama sich mit einem strengen Blick auf Klio, die den dicken Wälzer sichtlich unzufrieden zuklappen ließ.

Papa durfte das, bei Klio war es unhöflich. *Das ist etwas anderes*, pflegte Mama stets zu sagen. Ich grinste, als ich bemerkte, wie meine Schwester hinter den dicken Brillengläsern nicht gerade unauffällig die Augen verdrehte.

Unsere Mutter schien davon nichts mitzubekommen. Stattdessen schenkte sie Orangensaft in ein hohes Glas ein und schob es mir zu. Dankbar stürzte ich den kalten Saft hinunter, ehe ich mir ein Brötchen aus dem Korb in der Mitte nahm.

Es war erst vier Tage her, dass ich zufällig in diese Demonstration geraten war. Dennoch fühlte es sich an, als wären die Blumenkinder nicht mehr als ein Hirngespinst. Eine von Großmutters Geschichten, in denen unweigerlich Realität und Fantasie ineinanderflossen. Wie ein flüchtiger Traum.

Dabei war keineswegs alles davon neu für mich gewesen. Es war vielmehr so, dass ich viele dieser Ideen und Vorstellungen schon länger im Herzen getragen, mich mit ihnen aber stets alleine gefühlt hatte. Entweder ich rebellierte und schrie sie hinaus oder aber ich hielt sie in mir verborgen, weil alles andere zu kompliziert wäre.

Aber Himmel, ich war achtzehn Jahre alt.

So alt wie Papa gewesen war, als er losziehen musste, um in dem Krieg anderer zu kämpfen. Doch im Gegensatz zu seiner Generation besaßen *wir* die Freiheit, eine neue Welt zu schaffen. Und das geschah ganz sicher nicht, indem wir an traditionellen Vorstellungen festhielten. Nicht, indem Frauen immer noch Männern gehörten und diese Männer Kriege anzettelten. Wir brauchten mehr Demokratie, mehr Mitspracherecht und mehr Selbstbestimmung.

Wir brauchten Liebe.

Liebe statt Hass.

Wir brauchten Menschen wie Wolf, in denen ein Feuer brannte.

»Kalliope?«

»Hm?« Ich schreckte aus meinen Gedanken hoch und stellte fest, dass nur noch Großmutter und ich am Tisch saßen. Vom Flur war das Rascheln von Jacken zu hören, und mein Brötchen lag immer noch unangetastet auf meinem Teller.

»Wir sollten gleich los«, erklärte Großmutter mit einem Lächeln. »Erato ist sehr aufgeregt und will an ihrem ersten Schultag natürlich auf keinen Fall zu spät kommen.«

»Ich kenne wirklich niemanden, der sich so sehr aufs Lernen freut wie sie«, erwiderte ich. In den vergangenen Tagen hatte meine kleine

Schwester mich mit ihren unablässigen Fragen beinah in den Wahnsinn getrieben.

Alle paar Minuten hatte es an meiner Tür geklopft.

Wieso heißt das Schule?

Weiß ich nicht.

Kann ich auch als Kind Lehrerin sein?

Nein.

Warum bist du schlecht in der Schule und Klio gut?

Weil sie im Gegensatz zu mir hochbegabt ist und sogar zwei Stufen übersprungen hat.

Ich erhob mich nun ebenfalls vom Tisch, um meinen Schulranzen von oben zu holen. Mit einer kleinen Handbewegung hielt Großmutter mich zurück. Ihr wissender Blick ruhte auf mir.

Ihre Augen waren so unfassbar hellblau.

Blau wie der Himmel.

Blau wie das Meer.

Wie Wasser, Wasser, Wasser.

Die Fluten.

Linnea und Eskil.

Nicht nur hatten sich heute Nacht zum ersten Mal die Bilder meiner Träume verändert, es war zufällig erst geschehen, *nachdem* ich zum ersten Mal von ihnen gehört hatte. Natürlich hatte ich voller Verzweiflung und unter Tränen immer wieder einmal versucht, meine Träume irgendwie zu verändern. Irgendwie Einfluss auf das zu nehmen, was ich da sah, es vielleicht zu meinem Vorteil zu verändern.

Sofort hatte ich den Geschmack von Salzwasser im Mund, was mir mehr als real erschien. Wenn die Linien zwischen dem, was echt, und dem, was nur in meinem Kopf existierte, so schmal war ... Was bedeutete das dann für Kais Gesicht?

»Mein Kind«, Großmutters Stimme wurde sanft, ganz so, als würde sie jedes meiner widerstreitenden Gefühle kennen. »Muss ich mir Sorgen um dich machen?«

Das Netz aus Falten auf ihrem Gesicht grub sich noch tiefer in die Haut. Etwas flackerte in ihrer Miene auf. Ob sie es bereute, mir diese Geschichte erzählt zu haben? Oder war es eher so, dass dies nur die Spitze des Eisbergs war?

Ein Gefühl der Hilflosigkeit klammerte sich um mein Herz, drückte zu, zerquetschte den Wunsch, das alles einfach zu vergessen. Aber Himmel, ich wollte doch einfach bloß normal sein. Normal zu sein, bedeutete frei zu sein. Würde es denn wirklich irgendetwas ändern, wenn ich Großmutter in einem ruhigen Moment noch einmal darauf ansprach?

Nein, entschied ich – zumindest für jetzt.

Ich erinnerte mich daran, wie dieses Feuer in meiner Brust auf der Demonstration weniger zügellos gelodert hatte. Mit einem Mal hatte es einen Sinn gegeben und ich hatte mich stark und unbesiegbar gefühlt.

Ich bin furchtlos,
ich bin unbesiegbar,
ich bin Kalliope,
betete ich mein Mantra herunter.

»Nein, es ist alles in Ordnung«, fand ich meine Stimme schließlich wieder.

Die Sonne schien und es war einer dieser goldenen Herbstmomente. Musik spielte von Papas Plattenspieler und ich war mir sicher: Heute würde ein guter Tag werden.

Das Schulgebäude war genauso hässlich, wie ich es in Erinnerung hatte. Daran hatte auch der neue Anstrich nichts geändert.

»Kannst du es fassen, dass sie dieses Mal sogar ein noch scheußlicheres Gelb genommen haben?«, fragte Kai, während wir unsere Fahrräder absperrten. Feucht kringelten sich die Haare in seinem Nacken.

»Oma hat beim Bäcker gehört, dass die Wagners den Malerauftrag nur jedes Jahr wiederbekommen, weil Rektor Schmidt einmal mit seiner Tochter verlobt gewesen ist. Angeblich bereut er es, dass er seine große Liebe am Ende doch hat gehen lassen.«

»Die Wagners? Sind das nicht die Eltern von Tratsch-Lisbeth?«, hakte Kai nach. »Tratsch-Lisbeth und unser Schulleiter also …«

Ich versuchte möglichst ernst zu schauen, als ich nickte. Einen Wimpernschlag später brach Kai in schallendes Gelächter aus.

»Von allen Dingen, die man sich hier schon erzählt hat, ist das wirklich mit das Abwegigste.«

»Das sagst du bloß, weil du keinerlei Fantasie besitzt.«

»… und du eindeutig zu viel davon.«

Eigentlich hatte ich Kai auf dem Weg hierher so viel sagen wollen.

Keine Gerüchte, sondern das, was mich wirklich beschäftigte. Aber natürlich hatte ich nicht daran gedacht, dass Klio mit uns zur Schule fuhr – auch wenn Kai und ich sofort vergessen waren, als sie unterwegs eine Freundin traf.

Vielleicht heute Nachmittag in unserem Glühwürmchen. Irgendwo, wo ich mir weniger seltsam vorkam, um über Fantasiegeschichten und mysteriöse blaue Flecken zu sprechen. Und darüber, dass meine Großmutter sich offenbar Sorgen machte, dass Kai etwas zustoßen könnte.

Bis auf den neuen Anstrich hatte sich über die großen Ferien nicht viel verändert. Hinter den schmiedeeisernen Toren lungerten die Schüler auf dem Hof herum und versuchten die letzten Sekunden des Sommers auszukosten. Die Jüngeren spielten mit Murmeln oder Gummitwist, unter ihnen entdeckte ich auch Klio. Zwei Mädchen fuhren Hand in Hand auf ihren Rollschuhen an uns vorbei, auf dem Sportplatz warfen sich Wolf und ein paar Leute Bälle zu und ich machte Jutta und Elisa aus, die gerade die Köpfe zusammensteckten. Hanni, die lächelnd und vielleicht auch irgendwie erwartungsvoll den Kopf hob, als Kai und ich nebeneinander die Treppe zum

Schulgebäude hinaufliefen. Ich erwiderte ihren Blick, doch das mit dem Lächeln bekam ich nicht hin. Unsere gemeinsame Zeit am Blauwasser wirkte an diesem Ort so weit weg.

Wie schon in der ersten Klasse saß Kai auch jetzt wieder an dem Schreibpult direkt vor mir. Doch heute starrte ich die ganze Zeit auf seinen Hinterkopf, den schlanken Hals und die sehnigen Muskelstränge im Nacken, die da vor dem Sommer noch nicht gewesen waren. Ich neigte den Kopf und betrachtete die schwarzen, undefinierbaren Kringellockenwellen, blickte aus dem Fenster und dann direkt wieder zurück.

Waren Kais Ohren oben immer schon so spitz zugelaufen?

Jedes Mal, wenn er sich über seine Notizen beugte und in seiner ordentlichsten Schrift einen neuen Satz hinzufügte, lehnte er sich so vor, dass mir seine Elfenohren noch extremer erschienen.

Ich kicherte, was mir einen bösen Blick von Frau Marschner einbrachte – vielleicht machte mein Magen deshalb so seltsame Sachen. Ganz sicher lag das nicht an komischen Haaren und noch komischeren Ohren.

Schnell sah ich wieder auf mein aufgeschlagenes Heft, in das ich einen Text der Beach Boys geschrieben hatte, weil ich den Sommer schon jetzt unendlich vermisste.

Widerwillig blätterte ich um, strich die Seite glatt und schrieb ab, was an der Tafel stand. Meine Motivation, dieses letzte Schuljahr mein Bestes zu geben, um eine Grundlage für mein Leben zu haben, war leider schon nach der Geschichtsstunde am Morgen verschwunden, als Herr Strobel mich darauf hinwies, dass *meine radikale politische Einstellung* im Unterricht nichts zu suchen habe. Dabei hatte ich es lediglich gewagt, ihn auf die so wichtigen Frauenrechte anzusprechen und auf das eindeutige Fehlen dieser Punkte auf dem Lehrplan. Danach hatte ich zwei Möglichkeiten gehabt: entweder meinen Mund ein weiteres Mal aufzumachen und auf meiner Meinung zu beharren oder aber die Wut hinunterzuschlucken, bevor ich meinen

Eltern später erklären musste, wieso ich direkt zu Beginn des neuen Schuljahrs im Büro des Rektors gelandet war.

Und trotzdem ärgerte ich mich jetzt über mein Schweigen, wo ich doch mit eigenen Augen gesehen hatte, dass es Menschen gab, die ihre Überzeugungen offen lebten. Nicht nur als flimmernde Bilder im Fernsehen, nicht nur als Stimme im Radio, sondern in echt und in Farbe.

Zur großen Pause verabschiedete Kai sich ins Sekretariat. Er meldete sich auch dieses Jahr wieder freiwillig, um den Jüngeren Gitarrenunterricht zu geben, und wollte sich in die dort aushängende Liste eintragen. Außerdem hatte er den festen Plan gefasst, uns beide für den Talentwettbewerb anzumelden, der jeden Herbst in der Schulaula stattfand. Wir würden mit unserer Musik auftreten, das allererste Mal.

Währenddessen drückte ich mich im Flur herum. Das Letzte, was ich wollte, war, hier meinen Eltern über den Weg zu laufen. Wir hatten heute Morgen schon Familienfotos vor dem Haus machen müssen, Erato mit der Schultüte in der Mitte. Und ich konnte nur ahnen, was Mama sich in ihrem Ehrgeiz, die perfekte Familie darzustellen, noch alles für meine Schwestern und mich überlegt hatte.

Ich könnte nachsehen, ob der Hausmeister wieder vergessen hatte, das alte Musikzimmer abzusperren. Manchmal hatten wir Glück. Dann saßen Kai und ich vor dem ersten Läuten zwischen Instrumenten, von denen ich kein einziges spielen konnte. Zumindest nicht in echt. In meinem Kopf hingegen entstanden zahlreiche Melodien, die Kai früher oder später für mich spielte.

Das war einer unserer Wohlfühlorte.

Vielleicht lag es daran, dass wir in diesem Punkt wohl beide nie erwachsen werden würden. Wir suchten uns immer diese kleinen engen Plätze, ein bisschen versteckt, ein bisschen wie eine selbst gebaute Höhle.

Dort drinnen hatte ich Kai von meinem vermeintlich ersten Mal erzählt, und er hatte mir erklärt, wie sehr es ihn nervte, ständig mit seinen Geschwistern verglichen zu werden. Alle Lehrer schienen von Anfang an eine fertige Meinung über ihn zu haben. Kai wäre sicherlich ebenso begabt wie Andreas. Bestimmt besäße er dieselbe Kreativität wie Lizzie. Ganz bestimmt wäre er auch so laut wie die Zwillinge. Aber Kai war eben einfach Kai.

Ein Besuch des Musikzimmers wäre eine gute Gelegenheit, meine Notizen zu dem Lied durchzugehen, das mir einfach nicht gelingen wollte. Womöglich fand ich ja dort oben den Funken Inspiration, den ich so dringend benötigte.

Doch gerade als ich mich der Treppe zuwandte, hörte ich etwas, das große Ähnlichkeit mit meinem Namen hatte.

»Kalli«, vernahm ich das Zischen erneut. »Kalli, pscht!«

Kalli?!

Was zur Hölle?

Ich warf einen Blick über die Schulter und entdeckte Hanni, wie sie den Kopf aus der Mädchentoilette heraussteckte. Der Pony wölbte sich voluminös über den Brauen, die blonden Haare ruhten auf einem rosa Oberteil, welches perfekt auf den knielangen Rock abgestimmt war. Ton in Ton und wieder ganz die Hannelore, die ich kannte.

Sie bedeutete mir mit einer unauffälligen Kopfbewegung, zu ihr herüberzukommen, und schenkte mir ein verschwörerisches Lächeln.

Bis auf diesen verrückten Tag vergangene Woche hatten wir nie etwas miteinander zu tun gehabt. Jäh tauchte der Gedanke in meinem Kopf auf, dass Hanni jetzt hoffentlich nicht dachte, wir wären so etwas wie Freundinnen. Ich hatte mich die ganze Schulzeit lang nie um eine Freundin bemüht, nie eine vermisst, wieso also sollte ich jetzt noch damit anfangen?

Trotzdem gab ich mir einen Ruck, denn Hanni hatte mich an

diesem Nachmittag mit zu ihren Leuten genommen, ohne irgendwelche Fragen zu stellen. Nett zu sein war jetzt das Mindeste, was ich tun konnte.

Sie sagte kein Wort, als ich zu ihr in die Toilette kam, stieß nur jede Kabinentür auf. Erst als sie sich sicher sein konnte, dass wir ungestört waren, setzte sie sich auf den geschlossenen Deckel in der letzten. Dort, wo man das Fenster kippen konnte.

Neugierig folgte ich ihr hinein. Hanni schloss direkt hinter uns ab. Ihre Haare kitzelten mich für einen Moment im Gesicht, ihre Mundwinkel zuckten, dann kramte sie in ihrem ledernen Schulranzen und hielt triumphierend eine Packung Zigaretten in die Höhe. Marke *Camel*, genauso wie Mama.

Ich grinste. »So ist das also.«

»Hier.« Hanni reichte mir die geöffnete Packung und ich zog mir eine heraus.

Das Rauchen gehörte zwar zum guten Ton. Überall qualmten Zigaretten: auf der Straße, in den Häusern, in den Geschäften entlang der Hauptstraße, in den Cafés und auch sonst überall. Es war schick, irgendwie lässig, förderte die Konzentration. Seit Mama bei ihrem letzten Friseurbesuch jedoch in einer Zeitschrift gelesen hatte, dass Nikotin neben all seinen positiven Effekten eventuell doch schädlich war, wachte sie darüber, dass ihre älteste Tochter gar nicht erst mit diesen *Erwachsenendingen* anfing.

»Du rauchst?«, fragte ich Hanni etwas verzögert.

Sie zuckte mit den Schultern. »Manchmal.«

Hanni steckte sich die Zigarette an und schloss die Lippen um den gelben Filter. Ich versuchte, es ihr gleichzutun. Sie beobachtete mich kichernd dabei, dann rutschte sie auf dem Toilettendeckel so zurecht, dass ich mehr Platz hatte.

In meinem Hals kratzte es.

Eine Weile saßen wir einfach schweigend nebeneinander, und dann … Ich hatte keine Erklärung dafür, aber mit einem Mal berichtete ich Hanni vom Geschichtsunterricht und der Art und Weise, wie ich zurechtgewiesen worden war.

Hanni war vollkommen auf meiner Seite.

»Du bist zwei Menschen«, stellte ich irgendwann fest und war mir nicht ganz sicher, ob ich das nicht vielleicht eher zu mir sagte als zu ihr.

»Nicht mehr als du.«

Hanni suchte meinen Blick. Ihre blauen Augen standen weit und klar vor mir.

»Eigentlich bin ich bloß ein Mensch. Ich weiß nur, wann es besser ist, die Leute das sehen zu lassen, was sie sehen wollen …«

»… weil sie es nicht verstehen würden«, ergänzte ich.

»Genau«, sagte Hanni plötzlich deutlich leiser und sah mich ein bisschen zu lang an. Irgendwie erwartungsvoll.

»Das ist keins dieser Gespräche, wo wir uns gegenseitig irgendwelche Geheimnisse verraten und Freundinnen werden«, stellte ich sofort richtig. »Also falls du das gedacht haben solltest.«

Hanni überraschte mich, indem sie erneut lachte, glockenhell und kein bisschen beleidigt. »Das hätte mich jetzt auch ehrlich gewundert.«

Ich nickte, sie zog an ihrer Zigarette.

»Woher kennst du sie eigentlich?«

»Wen?«

»Die anderen. Alle, die letzte Woche dabei waren.«

»Über Christa«, meinte Hanni. »Wir haben uns auf einem dieser Dorffeste kennengelernt. Christa hat an dem Stand mit dem Apfelpunsch gearbeitet und mir geholfen, als ich das halbe Glas über mein Kleid gekippt habe.« Einen Moment lang schweifte ihr Blick in die Ferne. »Und letzten Frühling war ich dann zusammen mit ein paar anderen aus unserer Klasse am Blauwasser. Du weißt schon, an dieser Stelle, wo eigentlich immer alle aus unserem Jahrgang abhängen. Wir haben gegrillt, Spiele gespielt … Aber ich habe mich einfach zu Tode gelangweilt.«

»Kein Wunder«, murmelte ich.

Der Platz, von dem Hanni sprach, war mir wohlbekannt. Eigentlich wunderschön gelegen zwischen Bäumen und Sträuchern, dem Ufer des Sees ganz nah, aber zur Seite des Dorfs hin offen.

»Irgendwann kam diese Gruppe, alle etwas älter als ich, und ihnen war es egal, was wir dachten«, fuhr Hanni fort. »Sie sind auf die andere Seite des Sees gegangen, haben zusammen Musik gemacht, und ich weiß gar nicht, was mich geritten hat. Vielleicht habe ich mich einfach dazugesetzt, weil ich Christa gesehen habe und wir uns zumindest ein bisschen kannten … Weißt du, ich wollte immer die brave Tochter sein. Wenn ich ehrlich bin, will ich das immer noch. Oder vielleicht habe ich auch einfach Angst davor, was geschieht, wenn ich das nicht mehr bin. Aber …«, jetzt schluckte Hanni sichtlich, »ich schäme mich für das Geld meiner Eltern, für meine Privilegien. Ich meine, dass ich hierbleiben und auf diese öffentliche Schule gehen darf, sehen die beiden schon als Zugeständnis an. Und ich dachte immer, ich habe kein Recht, für meine Überzeugungen zu kämpfen, weil ich es so viel besser habe als andere. Aber Christa, Wolf, Elisa … Sie haben nichts davon verurteilt. Für sie war einfach nur wichtig, wer *ich* bin, nicht meine Familie.«

In mir zog sich etwas zusammen. Ich dachte an Christas leuchtendes Feuerhaar, an Elisas Inbrunst, an Wolfs Weltenretterlächeln. Sie alle hatten mir das Gefühl gegeben, in mich hineinzublicken und dabei nur das Schönste zu erkennen.

»Also haben sie dir das Gefühl gegeben, gesehen zu werden?«

»Ja«, flüsterte Hanni. »Meine Eltern nennen sie *Schmarotzer*. Sie ziehen über sie her und sagen, dass sie alles kaputtmachen, was andere sich nach dem Krieg aufgebaut haben. Aber so … so sind sie nicht. Sie haben den Krieg nicht vergessen, weißt du, aber wir sind doch eine neue Generation. Wir werden nicht dieselben Fehler machen wie unsere Eltern, wir wollen die Welt zu einem Ort machen, an dem niemand für die Überzeugung anderer sterben muss.«

Je öfter ich zog, desto weniger kratzte die Zigarette im Hals. Ich inhalierte und stieß Luft aus, ließ mir Hannis Worte durch den Kopf gehen, während draußen auf den Fluren ein neues Schuljahr begann.

Irgendwo war Klio und verbrachte die Pause wahrscheinlich damit, Gummitwist zu spielen. Vielleicht hatte sie sich aber auch irgendwo versteckt und las in dem Buch von heute Morgen weiter. Ich sah vor mir, wie Erato ihre Schultüte fest umklammert hielt, wie Kai sich noch in mindestens zehn weitere Listen für freiwillige Ämter eintrug.

Schüler kamen und Schüler gingen,

Jahr für Jahr für Jahr.

»Bist du eine von ihnen?«, fragte ich unvermittelt.

Ich musste husten, weil ich den Rauch inhaliert und zugleich gesprochen hatte.

»Das weiß ich nicht.« Hanni lachte. »Ich glaube, ich bin einfach nur ich. Aber mit denselben Überzeugungen. Und um die geht es am Ende doch, oder? Ich habe keine Lust mehr, in dieser egoistischen Gesellschaft zu leben, wo es nur um Konsum geht. Darum, sich selbst zu bereichern und aus dem Leid anderer Profit zu schlagen. Ich will lieber eine Utopie von Freiheit und Gleichheit leben. Keine Ahnung, ob das irgendwann Wirklichkeit sein wird oder nicht, aber ich finde, man kann es wenigstens versuchen.«

Wolfs Worte kamen mir wieder in den Sinn: *Die Natur gibt uns alles, was wir zum Leben brauchen. Und alles, was wir dafür tun müssen, ist, respektvoll zu sein. Dem Planeten unsere Dankbarkeit zu zeigen.*

Die Überzeugung und Leidenschaft dieser Gruppe rührte etwas in mir. Zusammen mit den Bildern von dem Protestmarsch durch unser Dorf, von den Demonstrationen weltweit, vom Monterey Pop und von Woodstock, wurde mir klar:

Diese Sache war so viel größer als ich.

»Wenn du Lust hast, könnten wir uns nach der Schule treffen und ich zeige dir, wie du deine Haare richtig flechten kannst«, schlug Hanni mit einem Mal vor und strich mit den Fingern über meinen ersten Versuch.

Ich saß auf dieser hässlichen gelben Toilettenbrille mit Schmiereien an den Kabinenwänden, rauchte zum ersten Mal in meinem Leben und hatte offenbar eine Nicht-Freundin, die mir Frisurentipps geben wollte.

Ich sagte zu und hatte es mit einem Mal ganz klar vor Augen, mit rasendem Herzen und glühenden Funken im Bauch:

Ich wollte eine von ihnen sein, ein Blumenkind.

»Wir können uns einfach am Schultor treffen«, schlug ich vor. »Aber Hanni?«, ergänzte ich, schloss die Lippen aber direkt wieder um die Zigarette.

»Ja?«

»Nenn mich nie wieder Kalli.«

7 EIN LEBEN IN LICHTGESCHWINDIGKEIT

Am Wochenende weckte mich das Hupen eines Autos. Ich rollte mich stöhnend auf die andere Seite und zog mir das Kissen über den Kopf, um das Geräusch zu dämpfen. Die Decke gleich auch noch hinterher. Aber es half alles nichts, wer auch immer da schon so früh am Morgen durch die Magnolienallee fuhr, wollte offenkundig gehört werden.

Nachts war an Schlafen nicht zu denken gewesen, erst in den frühen Morgenstunden, als sich der Himmel im Osten langsam erhellte, waren mir die Augen schließlich noch zugefallen. Doch trotz der nahenden Helligkeit lauerte die Dunkelheit in meinem Kopf. Und dann war ich wieder der Meereslinie entgegengerannt, meine Füße flogen über Muscheln und spitze Steine und egal, wie sehr ich mich zu wehren versuchte, mein Körper bewegte sich einfach weiter und weiter.

Eskils Gesicht, diese fast schon zu schönen Linien voller Symmetrie inmitten der Fluten. Linneas Retter, ihr Leid und ihre Liebe, ihr Tod und ihr Leben. Nein, nicht Eskil, es war Kai mit einer blau schimmernden Korallenkrone im Haar. Diese kohlefarbenen Augen, die ich überall erkennen würde. Und erneut diese Wärme in seinem Blick.

»Du musst keine Angst haben«, lockte seine melodiöse Stimme mich, »nimm einfach meine Hand.«

Ich griff danach, ehe alles schwarz wurde.

Noch immer schlug mir das Herz bei der Erinnerung heftig gegen die Rippen. Ich hatte keine Lust, jetzt schon aufzustehen, geschweige denn meine Augen zu öffnen.

Kai, verdammt, was hast du in meinen Träumen zu suchen?

Hatte Großmutter nicht gesagt, dass sie erst verschwinden würden, wenn sich mein Schicksal erfüllte? Dass die Bilder sich wieder veränderten, bedeutete womöglich, dass jener Tag sich unaufhaltsam näherte.

Nein, ich habe keine Angst.

Die Angst ist nicht real.

Seufzend nahm ich das Kissen von meinem Gesicht. Jetzt, wo meine Gedanken sich drehten, war an Liegenbleiben nicht mehr zu denken. Ohnehin schienen außer mir schon alle wach zu sein.

Ich hörte die Treppe knarzen, trippelnde Schritte auf dem Flur, in dem auch die Zimmer meiner Schwestern lagen, leise Stimmen und dann wieder dieses verdammte Hupen.

Kurz darauf wurde meine Zimmertür aufgerissen. Ohne Klopfen, ohne Ankündigung – wieder einmal.

»Wie oft soll ich euch eigentlich noch –«

»Kai ist draußen«, informierte Erato mich mit ihrer piepsigen Stimme. »Mit einem Auto!«

Widerwillig öffnete ich die Augen und blinzelte gegen das Licht. Erato stand fertig angezogen im Türrahmen, die dunklen Haare zu zwei Zöpfen geflochten, die ihr bis auf die Taille fielen.

»Ein Auto?«

»Ja«, sie nickte gewissenhaft, »ein Auto. Und ich soll dich holen.«

»Mama sagt: entweder du kommst sofort runter, damit Kai mit

dem Gehupe aufhört«, erklärte Klio und zwängte sich nun auch in mein Zimmer, »oder du kannst die Spritztour vergessen.«

»Spritztour?«

»Kommt es nur mir so vor oder wiederholt Kalliope einfach das, was wir sagen?«, raunte Klio unserer jüngsten Schwester zu. Die fing natürlich sofort zu kichern an.

»Welche Spritztour?«, beharrte ich.

»Die, die Kai offensichtlich mit dir machen will. Er stand gerade unten im Wohnzimmer und hat mit Papa gesprochen.«

Meine Gedanken rasten, die Nacht und Kais sonderbare Rolle in meinem Traum waren auf einen Schlag vergessen.

Eilig schlug ich die Bettdecke zurück und stürmte an meinen Schwestern vorbei ins Badezimmer, um mich fertig zu machen. Zähneputzen, Kämmen, ein bisschen von Mamas Make-up unter die Augen. Bluse, Hose, Strickjacke. Ganz zum Schluss holte ich noch das grüne Haarband aus meinem Nachtkästchen, welches Hanni mir Anfang der Woche geschenkt hatte, als sie mir nach der Schule die Haare flocht. Doch ich würde es mir erst später umbinden, sobald meine Eltern außer Sichtweite waren.

Und dann rannte ich schon die Treppe hinunter.

Papa wünschte mir viel Spaß, Mama nahm mir das Versprechen ab, dieses Mal zum vereinbarten Zeitpunkt zu Hause zu sein. Es fielen noch weitere Worte wie *Respekt* und *Regeln* und *Hausarrest*, doch ich hörte nur mit halbem Ohr zu.

Wartete Kai mit *unserem* Auto auf mich? *Dem* Auto?

Als ich endlich aus dem Haus auf die Magnolienallee hinaustrat, raubte es mir beinah den Atem. Direkt an der Straße stand der Kombi. Die Fenster des Wagens waren alle heruntergelassen, er war nicht mehr staubig wie im Schuppen der Martins, umgeben von Kistenstapeln, Gartengeräten und Decken.

Der Himmel war bedeckt, kein bisschen Sonne war zu sehen, doch der Wagen leuchtete in einem intensiven Rot auf dem Asphalt.

Und dann war da Kai, der an der Motorhaube lehnte, die Endlosbeine überkreuzt, das Gesicht mir zugewandt. Wie immer in Bluejeans und weißem Hemd.

»Wann …?«, stotterte ich, als ich ihm entgegenrannte. »Wie …?«

»Ich wollte dich überraschen«, er grinste, »und habe ein paar Extraschichten eingelegt.«

Das klang wie die Untertreibung schlechthin, erinnerte ich mich doch noch zu gut an den Zustand des Wagens, als ich das letzte Mal im Schuppen gewesen war. Plötzlich machte das Licht, das ich in einer meiner schlaflosen Nächte dort gesehen hatte, Sinn. Genauso wie Kais verschmierten Hände, wenn wir uns noch spät im *Glühwürmchen* trafen.

Ehrfürchtig strich ich mit den Fingerkuppen über den Lack, ehe ich das Auto einmal ganz umrundete und den Anblick in mich aufsog. Vielleicht würde Kai mich Blumen auf das Heck malen lassen, so wie sie auch mein Fahrrad zierten.

Ich linste durch eines der Fenster ins Innere und blickte auf die Rückbank. Wir würden sie umklappen, um dort eine Matratze zum Schlafen hineinzuschieben. Außerdem wollte ich mich um die Sitze kümmern, aus denen an einigen Stellen das Futter herausquoll. Vorhänge für die Fenster nähen, vielleicht noch für ein paar gemütliche Decken und Kissen sorgen.

»Er ist noch lange nicht fertig für unsere Reise«, meinte Kai und trat neben mich. »Aber zumindest so weit, dass wir eine kleine Runde drehen können.«

Ich ließ meinen Blick immer noch über die Innenausstattung gleiten, war über die Maßen fasziniert davon, dass diese wenigen Quadratmeter für einige Monate unser Zuhause sein würden. Dann tat ich etwas, das ich eine Ewigkeit nicht mehr getan hatte, obwohl es einmal das Normalste der Welt gewesen war. Ich drehte mich um und schlang Kai euphorisch die Arme um den Hals, presste mein Gesicht an seine Brust und lauschte seinem Herzschlag.

Und dann waren da auch seine Arme um mich, die Berührung schoss mir durch den ganzen Körper, in Wellen und doch intensiv und wunderschön. Da merkte ich erst, dass ich den Atem angehalten hatte aus Angst, Kai würde womöglich vor mir zurückzucken wie an unserem Geburtstag. Stattdessen hielt er mich fest und ich ließ mich in seine Umarmung hineinfallen, strich mit den Fingerspitzen über seinen Nacken. Dort, wo ich vor Kurzem diese neuen Muskelstränge ausgemacht hatte. Das Gefühl seiner warmen Haut, es war … schön, verwirrend und ebenso sanft wie seine Worte.

»Danke, danke, danke«, murmelte ich heiser. »Du musst wahnsinnig viel Zeit mit dem Wagen verbracht haben.«

»Deswegen …«, begann Kai, doch seine Stimme kippte weg. Er räusperte sich, ich traute mich kaum, mich zu bewegen, und lauschte dem schnellen Schlagen seines Herzens.

Wieso schlug es so schnell? Wieso, wieso, wieso?

»Deswegen habe ich mir diese Fahrt jetzt auch mehr als verdient«, fand Kai seine Stimme wieder.

Er löste sich von mir und ich wollte den Blick heben, um zu wissen, wie er mich ansah – zugleich wollte ich genau das unter allen Umständen vermeiden.

Ich schluckte und war dankbar, mich Kais Blick nicht stellen zu müssen. Stattdessen öffnete er mir die Beifahrertür. Ich stieg ein, atmete tief ein und aus, während er das Auto umrundete. Mit Blick in den Rückspiegel schlang ich mir das grüne Band um die Stirn, darunter fiel mein Haar hellbraun und glatt hinunter. Doch alles, worauf ich in der Spiegelung achtete, waren Kais bedachte Schritte.

»Wohin sollen wir fahren?«, fragte ich ein bisschen verlegen, als sich die Tür auf der anderen Seite schließlich öffnete und er sich ebenfalls setzte. Kai steckte den Schlüssel ins Zündschloss und startete den Motor, wir sahen beide hoch und uns an. Wichen dem Blick des anderen aus, nur um uns direkt wieder anzusehen.

»Das mit deinen Haaren …«, Kai machte eine unbeholfene Geste mit der linken Hand, »das sieht … sehr hübsch aus.«

»Danke«, sagte ich und spürte, wie unwillkürlich ein Lächeln an meinen Mundwinkeln zupfte. »Und wohin fahren wir jetzt?«

»Keine Ahnung«, er zuckte mit den Schultern. »Lass uns ein Abenteuer daraus machen. Du sagst mir einfach immer, ob links, rechts oder geradeaus, und ich fahre dort entlang.«

Irgendetwas in mir schmolz dahin, denn das war genau die Art von Spiel, wie ich es über alles liebte.

»Links«, sagte ich und Kai bog in die Hauptstraße ab. Der Kirchturm war hinter Nebelschwaden verschwunden, die Ziegeldächer schimmerten rötlich und irgendwo dort oben hatte ein Storch sein verwaistes Nest.

»Rechts«, entschied ich als Nächstes, auf den Lindenweg, der zur Schule führte. Vom Auto aus schien das eiserne Tor so unendlich weit weg. Ich steckte den Kopf aus dem Fenster und jauchzte, als Kai den Wagen am Ende der Einbahnstraße in einem großen Bogen wendete.

»Rechts«, sagte ich ein weiteres Mal. Auf die Kastanienstraße, dann über den Marktplatz und direkt an der Kirche vorbei, aus der gerade ein paar Leute kamen.

Und dann noch einmal: »Rechts.«

Mehr musste ich nicht sagen, denn Kai wusste auch so, dass es mich in südwestliche Richtung zog, zum Blauwasser. Wir fuhren einige Umwege, entschieden nun gemeinsam, welche Straßen und Wege wir nahmen. Und je mehr er aufs Gas drückte, desto mehr kribbelte es in meinem Bauch. Vielleicht könnte er mir irgendwann heimlich das Autofahren beibringen?

Ich dachte an die Beschaulichkeit Niemstedts und an die Weite, die hinter seinen Grenzen vor uns lag. Im Osten Felder, so weit das Auge reichte, im Westen Wälder voller saftig grüner Tannen und Laubbäume als bunte Farbtupfer dazwischen. Die Hügel, der kleine Berg, auf dem Kai und ich unseren Aussichtspunkt hatten.

Wieder streckte ich den Kopf zum Fenster hinaus, meine Haare waren überall und ich quietschte vor Glück. Das hier war ein Leben in Lichtgeschwindigkeit. Die Straße und wir.

Als der See in Sicht kam, saugte ich auch diesen Anblick tief in mich auf. Kai parkte das Auto am Rand des Blauwassers, gegenüber der Stelle, an der sich unser Jahrgang immer traf. Hier waren wir ein Stück abseits, verborgen hinter Trauerweiden, deren Äste tief ins Wasser ragten.

Ein paar Sonnenstrahlen kämpften sich durch den Nebel. Ihr Licht schien nicht von dieser Welt, als es sich auf dem Wasser brach. Irgendwie Bernstein, irgendwie bläulich und grau, in jedem Fall aber voller Mystik. Die Luft flirrte und unwillkürlich schoss Adrenalin durch meine Venen.

Ich wandte mich Kai zu und wollte ihn etwas fragen, aber was, hatte ich bei seinem Anblick sofort vergessen. Denn Korallen, Muscheln und Algen thronten kunstvoll auf seinem Kopf, vermischten sich mit den dunklen Strähnen seines Haars.

»Eskil?«, wisperte ich.

»Was hast du gesagt?«

Ich zog in Betracht, noch zu träumen, oder vielleicht waren meine Nächte immer schon die wahre Realität gewesen?

Ich blinzelte,

und Kais Kopfschmuck war verschwunden.

Nur ein Spiel des Lichts, auch wenn das Schlagen meines Herzens mir etwas anderes sagte.

»Darf ich dich etwas fragen?«

»Natürlich.«

Kai lehnte sich ein Stück über die Konsole. Mein Kai, nicht Korallenkönig Kai.

»Ich …«, ich räusperte mich, »ich komme mir etwas blöd vor, das auszusprechen. In letzter Zeit habe ich viel darüber nachgedacht, was ich glaube und was nicht. Und wieso ich manche Dinge, die unsichtbar

sind, für real halte und andere nicht. Verstehst du, was ich meine?
Und dann habe ich mich gefragt, wie sehr wir alle unsere Eltern sind
und inwiefern eigenständige Menschen …«

»Kalliope-Strudel«, unterbrach Kai mich sanft und ich lachte.
Zumindest ein kleines bisschen.

»Was ich eigentlich wissen möchte«, ich holte ganz tief Luft,
»glaubst du an Gott?«

Stille.

Stille und Wind, der durch Blätter fuhr.

Was, wenn Kai diese Gedanken missverstand? Diese Frage? Wenn
er mich nun mit anderen Augen sah? Aber dann erinnerte ich mich,
dass auch er oft unruhig auf der Kirchenbank herumrutschte. Dachte
an unsere Briefe während des Sommers, über unsere Gedanken zu
den Vorfällen im *Stonewall Inn*.

»Das ist eine wirklich große Frage«, reagierte Kai schließlich.

»Als wüsste ich das nicht. Ich …«, verlegen knetete ich meine
Hände im Schoß, »ich hoffe, du findest mich jetzt nicht respektlos.
Wegen dir, aber vor allem wegen deiner Eltern.«

»Seit wann scherst du dich darum, was andere von dir denken?«

»Ich schere mich darum, was *du* über mich denkst.«

Sofort biss ich mir auf die Zunge. Noch immer sah Kai mich so
ernst an, und ich konnte nicht sagen, was hinter seiner Stirn vor sich
ging.

»Ich denke, ich habe keine richtige Antwort auf diese Frage.«

»Aber du musst doch wissen, was du glaubst und was nicht.«

Kai seufzte. »Du hast gesagt, dass du nicht weißt, wieso wir manche Dinge für wahr halten und andere nicht.« Er lehnte sich in seinem
Sitz zurück. »Aber ist es nicht eher so, dass diese Sachen allein dadurch
an Kraft gewinnen, dass wir sie für Realität *halten*? Die Wahrheit meiner Eltern ist Gott, aber in einer evangelischen Kirche. Die Wahrheit
des Papsts ist derselbe Gott, aber in einer katholischen Kirche. Für
einen Muslim ist es Allah, für einen Juden gibt es kein explizites Wort,

weil er seinen Gott aus Respekt nicht benennen möchte. Und ich bin mir sicher, dass die meisten dieser Menschen ihren Gott für den wahren halten, *ihre* Religion für den wahren Glauben.«

»Und was bedeutet das für dich?«

»Ich glaube«, fuhr Kai fort, »dass jeder seine ganz eigene Wahrheit besitzt, und das macht sie weder schlechter noch besser. Es ist doch nur menschlich, auf der Suche zu sein. Und schließlich geht es beim Glauben doch auch darum, dass man etwas Göttliches finden möchte, ein Sicherheitsnetz. Eine Erklärung für die Welt, für das Gute, vor allem aber für das Schlechte.«

Langsam nickte ich und ließ mir Kais Worte durch den Kopf gehen. Mit jedem einzelnen Satz hatte er auf seine ganz eigene Art etwas zusammengefasst, das ich so oder so ähnlich längst fühlte.

»Die Sache ist die …«, traute ich mich nun endlich zu flüstern. »Ich weiß nämlich nicht, ob ich an Gott glaube.«

Kai sah überhaupt nicht so schockiert aus, wie ich erwartet hatte. Eigentlich sah er so aus wie immer. Nur zuckten seine Mundwinkel ganz leicht.

»Das ist in Ordnung«, sagte er und schien diesen Satz genauso an sich selbst zu richten wie an mich. »An vielen Tagen stelle ich das auch infrage. Aber dann denke ich mir wieder, dass es nicht darum geht, ob ich als Einzelperson glaube, sondern was dieser Glauben einer Vielzahl von Menschen gibt. Vielleicht kann man eher sagen, dass ich an das glaube, was meine Eltern tun … An ihre Arbeit. Wie sie den Menschen hier helfen, ihnen zuhören und zur Seite stehen. Wobei ich auch nicht mit allem übereinstimme …«

Und da wurde mir klar, dass es nicht darum ging, was es mit der Geschichte von Linnea und Eskil *wirklich* auf sich hatte. Ein Teil von mir *glaubte* offenbar daran und das bedeutete, dass ich mich dieser Sache stellen und Großmutter endlich konfrontieren musste.

Wir saßen noch eine halbe Ewigkeit dort in dem Auto am Ufer, betrachteten das Spiel von Wasser und Wind und aßen den Kuchen, den Kai in einem geflochtenen Korb mitgenommen hatte. Er schmeckte genauso himmlisch zitronig wie der Tee, den er ebenfalls hervorholte. Wir redeten im wahrsten Sinne des Wortes über *Gott und die Welt*, und zum ersten Mal glaubte ich diese Phrase so richtig zu begreifen. Wenn man mit jemandem so reden konnte, dann gab es keine Grenzen und Tabus. Dann war das wohl ein Mensch, dem man sich in allem anvertrauen konnte.

»Alles ist perfekt«, sagte ich irgendwann. »Aber weißt du, was zu unserem absoluten Glück noch fehlt?«

»Was denn?«

Kais Mund war voller Krümel und zu gern hätte ich sie ihm von den Lippen gewischt.

»Ein Radio. Wir brauchen ganz dringend ein Radio und Musik.«

Kais Augen blitzten auf. »Wir sollten uns sofort darum kümmern.«

»Ähm …«

Doch da startete er schon den Motor und legte den Rückwärtsgang ein.

Der Elektrofachhandel in der Hauptstraße war winzig. Es wirkte so, als hätte der Besitzer versucht, so viele Gänge wie nur irgend möglich in dem Laden unterzubringen. Die deckenhohen Regale quollen über vor Dingen, und während ich durch das Geschäft lief, hatte ich ständig Angst, irgendetwas kaputtzumachen.

Ich wusste nicht, was genau wir brauchten, um das Radio im Auto wieder zum Laufen zu bringen. Ganz im Gegensatz zu Kai, der zielstrebig umherging und einen genauen Plan zu haben schien. Er schickte mich immer wieder in eine andere Ecke des Ladens, um ein wichtiges Teil zu holen. Und jedes Mal wenn wir uns in einem der Gänge entgegenkamen, zog er eine andere Grimasse, um mich damit zum Lachen zu bringen. Und ich presste die Lippen fest zusammen, auch wenn ich das Beben bereits in meinem Bauch spürte.

Gerade war er ganz hinten, in Gang fünf, der in der Schule auch

Knutschflur genannt wurde. Ob Kai das auch gehört hatte? Ob er vielleicht selbst schon einmal dort herumgeknutscht hatte? Womöglich mit Jutta, die so anders war als ich? Ohne die Kurven, dafür fast schon ein Ebenbild des berühmten Fotomodels Twiggy. Dünn *wie ein Zweig*, was der jungen Frau den Spitznamen eingebracht hatte, schlank und jungenhaft, dazu riesige Puppenaugen mit Bambiblick.

Wahllos nahm ich einen Mixer aus einem der Regale, drehte ihn von links nach rechts, ehe ich ihn wieder zurückstellte. Hauptsache, ich dachte nicht an Gang fünf und dieses komische Ziehen in meinem Bauch.

Da erklang mit einem Mal *Surfin' U.S.A.* von The Beach Boys im Radio des Ladens, und als Kai um eine Ecke bog, entschlüpfte mir nun doch ein leises Lachen. Er wusste, wie sehr ich dieses Lied liebte, das Gefühl von Sommer und Freiheit und einem Meer, das bezwungen wurde.

Kai zog die Schultern im schnellen Rhythmus der Musik bis zu den Ohrläppchen hoch und ließ sie dann wieder fallen. Rauf, runter, rauf, runter, dann verschwand er grinsend um die Ecke. Suchend sah ich mich um, da tauchte Kai mit einem kleinen Tänzchen am anderen Ende des Gangs wieder auf. Er bewegte sich wie eine Qualle im Wasser, ließ Arme und Beine einfach nur schlackern. Ein peinliches Hüpfen in Gang fünf, ein Kopfwackeln in Gang zwei.

»Du siehst so dämlich aus«, lachte ich lauthals.

»Gut so.« Kai grinste schief. »Aber wieso siehst du nicht genauso aus?«

Erneut entschlüpfte mir ein Lachen.

»Komm schon, du liebst dieses Lied.«

Und dann gab ich nach, machte versteckt in den leeren Gängen des Elektrofachhandels die seltsamsten Bewegungen, weil zusammen mit Kai einfach nichts peinlich war. Ich drehte mich um die eigene Achse, wackelte mit den Armen und zog Grimassen. Streckte den Kopf wie ein Huhn vor und zurück, tanzte auf einem Bein, hüpfte umher und wedelte mit den Armen. Und mit jedem Musiklachen, das über Kais Lippen kam, spornte er mich nur weiter an, mir etwas noch Ausgefalleneres einfallen zu lassen.

Irgendwann landeten wir wieder im selben Gang, im *Knutschflur*, was mich nur noch mehr zum Lachen brachte.

»*Everybody's gone surfin'*«, sang Kai mit verstellter hoher Stimme, und ich erwiderte in meiner tiefsten: »*Surfin' U.S.A.*«

Und dann kam das Gitarrensolo, der lange Musikteil ohne Gesang, den wir in- und auswendig kannten, und wir drehten uns, liefen vor und zurück. Kai spielte Luftgitarre und ich stellte mir vor, wir würden auf irgendeiner großen Bühne stehen. Unser Publikum schrie, es skandierte unsere Namen und verlangte nach mehr. Und wir verbeugten uns – vor den anderen, dann voreinander.

Mit dem Handrücken strich ich mir über die Stirn, die Bluse klebte nass an meinem Rücken. Kai kam näher, bis er ganz dicht vor mir stand.

»Du lachst«, stellte er fest.

»Würdest du auch, wenn du dich gesehen hättest.«

Kai schmunzelte. »Ich habe *dich* gesehen.«

Und dann waren wir einander plötzlich noch näher, er hob eine Hand und ich hielt den Atem an, als ich Kais Fingerkuppen so weich auf meiner Haut spürte. Und irgendetwas geschah zwischen uns, was noch nie geschehen war. Wie konnte man dieselben Dinge tun, die man jahrelang miteinander geteilt hatte, und doch fühlten sie sich plötzlich so anders an?

Kai hatte mir doch bloß gesagt, dass ich ebenso lustig aussah wie er selbst. Weil wir uns neckten, weil wir uns aufzogen, weil wir das immer so machten.

Ich habe dich gesehen.

Wieso stellten sich bei diesen Worten dann die Härchen auf meinen Armen auf? Wieso glaubte ich für einen Sekundenbruchteil fast, in Kais Bauch würde ebenso eine Sonne glühen wie in meinem.

Bei dem Gedanken beschleunigte sich mein Herzschlag und ich wurde mir meines Atems deutlich bewusst, der wegen des Tanzens immer noch etwas zu schnell ging. Vielleicht aber auch, weil gerade etwas aus den Fugen geriet. Ich ... ich wollte in Kais Arme springen. Ich wollte gehalten werden, vielleicht ein bisschen fester als sonst. Ich wollte ihn berühren, überall. Wieder vor ihm stehen wie vorhin am Auto, meine Finger wieder über seinen Nacken gleiten lassen.

Ich erkannte dunkle Härchen an Kais Kinn, Bartstoppeln. Seit wann rasierte Kai sich? Ich strich mit den Fingern darüber, über die Haut, die an dieser Stelle rau und weich zugleich war, und hatte das Gefühl, damit tausend Grenzen zu überschreiten.

Kais Blick wanderte über mein Gesicht und ich wagte kaum zu atmen, denn es fühlte sich noch intensiver an als das Gefühl seiner Hand an meiner Wange.

Seine Augen waren so schön, so schwarz, so unendlich. Tausend Dinge und Gefühle flackerten in ihnen auf.

Ich sah Kai an und er mich und wir standen in diesem Gang voller Elektrokram, von dem ich nicht wusste, was genau das alles war. Es roch nach Gummi und komischen Sachen, am allermeisten aber nach Zitronenkuchen und Wald und Kai. Und ich verlor mich in der Musik und diesem Gefühl, dass gleich etwas Weltenveränderndes geschehen würde.

Mein Kopf an Kais Brust, seine Hände plötzlich in meinem Haar. Die Arme um seine schmale Taille, während sein Atem so warm und einladend über mein Gesicht strich.

Augen, die dunkler und tiefer waren als jeder Nachthimmel. Darüber wurde die linke Braue von der weltschönsten Narbe geteilt.

»Kai«, krächzte ich und starrte auf seinen Mund.

Bitte nimm deine Hände nicht weg, flüsterte mein Herz zaghaft.

Die Wimpern um Kais Augen waren verboten lang. Ob sie gleich meine Haut streifen würden, wenn wir einander näherkamen?

Unwillkürlich stellte ich mich auf die Zehenspitzen, konnte nur noch an diesen schönen Mund denken, an dieses Dunkle in Kais Augen. Meine Lider flatterten, ich streckte mich ihm entgegen und –

»Wenn ihr Lust auf eine Diskothek habt, ist das hier nicht der passende Ort für euch«, dröhnte es wenig begeistert von der Kasse her.

Und der Zauber war gebrochen.

Herbst 1969

AUSZUG AUS KAIS BRIEFEN

Geschrieben: Sonntag, den 14. September 1969
Abgeschickt: nie

Würde ich diesen Brief jemals in den Eimer an Deinem Fenster werfen, würdest Du mich wahrscheinlich auslachen. Zum einen, weil ich beim Werfen grundsätzlich komisch aussehe, zum anderen, weil ich in der nächsten Zeile schreibe, dass ich gestern in dem Elektroladen für einen Moment tatsächlich geglaubt habe, Du würdest mich küssen wollen.

8 EINE MUSCHEL IM OKTOBER

Während Kai sich gewissenhaft wie immer dem Unterricht widmete, fand ich jeden Tag etwas anderes, was mir weitaus spannender erschien als alles, was sich vorne an der Tafel abspielte. Trotzdem, oder vielleicht gerade deswegen, nötigte Kai mich wirklich jede Woche, zusammen mit ihm im Baumhaus zu lernen. Und mindestens genauso oft beschwerte ich mich darüber, dass die Abschlussprüfungen noch ein halbes Jahr entfernt waren und der Sommer gerade erst seit einem Wimpernschlag vorbei.

Das Abitur war so weit entfernt wie ein neues Leben.

»Du wirst mir noch dankbar sein«, lachte Kai, wenn er in solchen Momenten einen Blick auf meine Miene erhaschte. »Wenn du durchfällst, muss ich unsere Reise nämlich ohne dich machen.«

»Das würdest du dich nicht trauen«, erwiderte ich dann, war insgeheim aber dankbar für ihn – meine persönliche Stimme der Vernunft. Nur Kai schaffte das, ohne dabei auch nur im Entferntesten urteilend zu wirken oder so, als wüsste er die Dinge besser als ich.

Doch unsere kleine Blase hatte sich verschoben, die Dinge zwischen uns waren komplizierter geworden: Manchmal redeten wir miteinander, ohne wirklich etwas zu sagen, umarmten uns, ohne uns wirklich zu umarmen. Als würde in jeder Kleinigkeit, die wir taten, ein *Alles-oder-Nichts* mitschwingen.

Sogar albern miteinander tanzen war neuerdings über die Maßen … aufwühlend.

Allein die Erinnerung an *Gang fünf* ließ mir die Hitze in den Kopf schießen, vielleicht auch durch meinen ganzen Körper kriechen. Kurz hatte ich tatsächlich geglaubt, Kai würde mich küssen wollen. Er war so nah gewesen und dieser Geruch nach Wald und Moos und Harz hatte mich eingehüllt, hatte mir ein Gefühl von Sicherheit gegeben – Kais Duft hatte mich benebelt und für einen kurzen Moment wollte ich nichts lieber, als mich meinem besten Freund in die Arme zu schmeißen.

Wie sollte das während unserer Reise gemeinsam auf so engem Raum werden? Würden wir uns weiterhin Dinge aus unserem Leben verschweigen? Wie wäre es beispielsweise, wenn wir duschen wollten? Wenn wir uns umzogen, wenn wir jeden Tag nebeneinander schliefen, als wären wir … ein Paar?

Ein Paar, das im *Knutschflur* miteinander getanzt hatte.

Ogottogott.

Mein Herz machte einen Salto, ähnlich dem, den ich auf meinen Wegen ins Musikzimmer verspürte. Manchmal ließ ich mir nämlich absichtlich Zeit. Dann war Kai schon da, lehnte an irgendeiner Wand oder saß im Schneidersitz auf dem Boden, eins der Instrumente liebevoll auf seinen Schoß gebettet.

Und ich redete und redete und redete, denn mit *I Got Dem Ol' Kozmic Blues Again Mama!* erschien diesen Herbst das erste eigene Album von Janis Joplin. Natürlich war die Platte noch nicht in Deutschland erhältlich, aber ich stellte mir jeden Tag vor, wie die Lieder wohl klingen würden, und hoffte, dass so bald wie möglich eines von ihnen im Radio lief.

Kai lauschte meinen wildesten Spekulationen und ich verlor mich in diesen Wellen aus Ruhe, die von ihm ausgingen. Von den Jungen, die ich kannte, war er bestimmt nicht der größte. Er hatte ganz sicher nicht die meisten Muskeln, besaß auch nicht die lauteste oder tiefste Stimme, und dennoch sah ich nur ihn.

Für mich war Kai der schönste Irgendwie-bald-Mann überhaupt. Die ganze Zeit schon.

An manchen Tagen war ich mir sicher, dort in Gang fünf hatte er mich ebenfalls küssen wollen. Da war etwas Verhangenes in seinen Augen gewesen, ein Funken von Verlangen, der meinen ganzen Körper kribbeln ließ. Dann aber hielt ich mich für eine Idiotin, denn es war ja gar nichts geschehen und diese Grenze hatten wir lediglich in meinen Gedanken überschritten.

Trotzdem fragte ich mich, was da mit diesem Glühpunkt war. Dieser Wärme, die inzwischen fast übermächtig war. Ich hatte Angst, Kai als Freund zu verlieren, fürchtete aber noch mehr, dass die Grenzen zwischen meinen Träumen und meiner Realität inzwischen so sehr verschwammen, dass ich Kai nur deshalb küssen wollte. Was, wenn ich uns, aus welchen Gründen auch immer, mit Linnea und Eskil verwechselte?

Und natürlich bemerkte er es.

Zwar sprach Kai den Vorfall nicht an – Himmel, ich war zu feige, es selbst zu tun –, aber die Stimmung zwischen uns war seltsam. Manchmal saßen wir da und wenn unsere Blicke sich trafen, schauten wir schnell wieder weg. Ich starrte auf Kais Mund und hatte Angst, würde es bemerken. Gleichzeitig hoffte ich, er würde genau das tun. Mit jedem verdammten Tag, jedem Moment fiel es mir schwerer, mich *normal* zu verhalten. Schlimmer noch: Ich schien gar nicht mehr zu wissen, wie sich dieses *Normal* anfühlen sollte. Ich wollte Kai so viel fragen und doch fürchtete ich mich vor jeder Antwort.

Zum Glück fand ich im Zusammensein mit Hanni, Christa, Elisa und Wolf genau die Art Ablenkung, die ich so dringend brauchte. Kai sah in mir womöglich für immer das kleine Mädchen von nebenan, während sie in mir die Frau erkannten, die ich nun sein wollte: jemand mit Überzeugungen, jemand mit Blumen im Haar.

Es wurde zur Gewohnheit, dass Hanni und ich uns jeden Montag und Donnerstag in der großen Pause vor dem Nachmittagsunterricht in der Mädchentoilette trafen. In der letzten Kabine lernte ich, beim Rauchen nicht mehr zu husten, und versuchte, dabei ebenso elegant auszusehen wie Hanni. Viel wichtiger aber war: Ich lernte, dass es in Ordnung war, meine Gedanken auszusprechen und mich über die kleinen und großen Ungerechtigkeiten aufzuregen.

Christa und sie zeigten mir, wie ich Kleidung aus alten Stoffen nähen konnte, um dem kapitalistischen Konsumverhalten unserer Gesellschaft etwas entgegenzusetzen. Die tannengrüne Schlaghose mit den Blumenranken an den weiten Beinen, an der ich wochenlang arbeitete, war mein ganzer Stolz. Ich trug sie zusammen mit dem Stirnband und offenem Haar, fühlte mich dabei so frei und wild und ganz in mir selbst.

In einer winzigen Holzhütte am Rande des Dorfs, wo Wolf lebte, malten wir Bilder auf riesige Leinwände, und jedes Mal, wenn ich abends mit dem Fahrrad nach Hause fuhr, waren meine Arme von Farbspritzern übersät. Ich hatte immer geglaubt, kein Talent für diese Art von Kunst zu haben. Nicht für das, was über Blumen auf meinem Fahrrad oder Kais Auto hinausging. Doch als Christa mein Zögern bemerkte, sagte sie sanft: »Es geht nicht um das Ergebnis, sondern um den Prozess«, tauchte einen Pinsel in leuchtendes Zitronengelb und verteilte die Farbe in dicken Kreisen auf dem Untergrund. »Es geht darum, einfach nur im Moment zu existieren.«

Und ich verstand, was sie meinte, denn genauso fühlte es sich an, wenn ich sang.

Der September wich dem Oktober, und mit jeder Woche reagierten meine Eltern verärgerter, wenn ich zu spät zum Abendessen kam oder sie mitbekamen, wie ich mich nachts hinausschlich. Trotzdem tat ich es wieder und wieder. Doch je später es war, desto stärker spielten die Schatten der Nacht mit mir. Ich sah leuchtende Himmelsränder, Algen statt Blätter, hörte das Geräusch von Wasser, wo keines war. Als ich einmal eine feingliedrige Muschel vom Waldboden aufhob, kribbelte mein ganzer Körper. Ich betastete sie mit den Fingern, roch Meer statt Moos. Die anderen riefen mich, ich blinzelte und in meiner Hand lag nur ein grauer Stein. Für mich aber blieb er eine Muschel im Oktober.

Der Ruf wird lauter, hatte Großmutter gesagt. Und in diesem Moment glaubte ich ihn selbst zu vernehmen. Algen, Wasser, Muscheln. Es war, als würde ein Meeresprinz mich durch den Wald locken. Mit geheimnisvollen Spuren, Hinweisen und Täuschungen. Nicht gewillt, mir Antworten zu geben.

9 WAHRHEIT ZWISCHEN STAUBWOLKEN

Das Haus lag in Stille und Dunkelheit gehüllt da.
Nur unter Klios Zimmertür schimmerte ein schmaler Streifen Licht hindurch. Wahrscheinlich lag sie wieder einmal mit der Taschenlampe unter der Bettdecke und las in einem ihrer Bücher. Und Himmel, ich wünschte, ich könnte mich zur Ablenkung auch in irgendwelchen Geschichten verlieren. Ich hatte es mit Großmutters Buch probiert, mit meinen Atemübungen – irgendwann jedoch hatte ich entnervt aufgegeben.

Da war nur ich, die Nacht für Nacht unter dieser zehrenden Mischung aus Müdigkeit und rasenden Gedanken litt. Wieder einmal tapste ich durch das Haus, weil ich nichts mit mir anzufangen wusste. Nur an meine kollabierenden Lungenflügel wollte ich nicht erinnert werden – denn wenn man *glaubte*, gab es auf einen Schlag so viel mehr, vor dem man sich fürchten konnte. Und das, obwohl ich nicht einmal einen richtigen Anhaltspunkt besaß, nicht mehr als bloße Worte.

Am Tag nachdem Kai mich mit dem Auto überrascht hatte, war

Papa mit Großmutter zum Bahnhof in die nächstgelegene Stadt gefahren. Nach ihrem Schlaganfall hatte vor allem Mama darauf beharrt, dass Großmutter eine Kur in den Bergen machte. Und auch wenn ihre Abreise inzwischen drei Wochen zurücklag, wusste ich doch genau, welche Worte meine Großmutter mir zum Abschied so eindringlich zugeraunt hatte: »Bitte halte dich von Kai fern.«

So unsinnig ich diesen Rat bei Tag auch fand, fürchtete ich nachts immer stärker, dass er eine wichtige Rolle in all dem spielte. Dann dröhnte mir der Kopf, dann raste mein Herz.

Ausgerechnet jetzt, wo ich alles wissen wollte, verschwand Oma.

Ausgerechnet jetzt, wo ich Antworten brauchte.

Überall tanzten Schatten.

Das schwache Licht spielte mit mir, zeigte mir Sachen, die gar nicht existierten, ließ andere verschwinden und kehrte meine tiefsten Ängste nach außen. Und das war noch schlimmer geworden, seit ich von Linnea und Eskil gehört hatte. Die blauen Flecken, die ich morgens beim Aufwachen auf meinen Beinen fand, häuften sich – als hätte ich die ganze Nacht um mein Leben gekämpft. Und immer wieder kam mir in den Sinn, wie Großmutter kurz nach meinem Geburtstag aus dem Fenster gestarrt und gemurmelt hatte. »Der Ruf wird lauter.«

Mir fehlten ganze Jahre an erholsamem Schlaf. Wahrscheinlich machte ich mich nur verrückt, doch in Momenten wie diesen meinte ich ein tiefes Brummen in mir selbst wahrzunehmen, ein unheilvolles Vibrieren unter meiner Haut.

In der Küche angekommen, tastete ich sofort nach dem Lichtschalter und holte die Auflaufform vom Abendessen aus dem Kühlschrank. In der Hoffnung, dass mich ein voller Magen irgendwie beruhigen würde, lud ich mir die übrige Portion auf einen Teller, dann erhitzte ich etwas Milch auf dem Herd. Schon die ganze Zeit über spürte ich dieses unangenehme Kribbeln im Nacken, aber erst als ich beladen mit dem Teller und der Tasse heißer Milch auf dem

Rückweg in mein Zimmer war, bemerkte ich, wie stark meine Hände bebten.

Oben angekommen, versuchte ich, meine Tür mit der Schulter aufzudrücken, als mich ein leises Quietschen zusammenzucken ließ. »Verdammt, Klio«, zischte ich, als ich mich langsam umdrehte. »Du hast mich zu Tode erschreckt!«

»Du bist ja auch nicht gerade leise«, flüsterte sie, ehe ihr Blick auf den Auflauf in meiner Hand fiel. »Kannst du auch nicht schlafen?«

»M-hm.«

»Du könntest dein Essen mit mir teilen und wir sind zusammen wach. Das macht sowieso mehr Spaß.«

Ich musterte meine kleine Schwester: das wild abstehende Haar, die Stupsnase, darauf die dicken Brillengläser, die ihre Augen überdimensional groß erscheinen ließen.

Das Nein lag mir schon auf der Zunge, und ich glaubte, Klio erkannte das Wort in meinem kurzen Schweigen. Sonst war sie immer eingeschnappt oder genervt, wenn ich sie wieder einmal abblitzen ließ, doch die Traurigkeit, die jetzt in ihren Kulleraugen auftauchte, erinnerte mich daran, dass sie eben auch meine kleine Schwester war.

Ein Kind, erst elf Jahre alt, meine Familie.

Dass ich es in der Zeit, die mir blieb, richtig machen wollte.

Mit hängenden Schultern wandte sie sich von mir ab und das schlechte Gewissen ließ mein Herz schwer werden, dann wallte Zuneigung in mir auf. Ich suchte nach einem Strohhalm, nach irgendetwas, um aus dieser Situation wieder herauszukommen. Zwei Menschen zwischen allergrößter Nähe und maximaler Distanz.

Mein Blick fiel auf das Buch, das Klio in den Händen hielt.

»Sag mal, kennst du dich mit Legenden aus?«, platzte ich schnell hervor, ehe ich es mir anders überlegen konnte. »Mit Mythen? Sagen? So etwas in der Art?«

Langsam nickte Klio.

»Ich liebe so etwas.« In ihren Augen war neben der Traurigkeit nun der stille Vorwurf zu erkennen, dass ich das als ihre Schwester wissen müsste.

»Ich könnte deine Hilfe brauchen.«

Klio blinzelte.

»Und ich weiß nicht, wen ich sonst fragen soll«, fügte ich deutlich leiser hinzu.

Noch immer sagte meine Schwester nichts.

»Es geht um etwas, das Großmutter mir erzählt hat und das ich nicht aus dem Kopf bekomme.«

Klio kräuselte die Nase. »Aber es geht nicht um eine von diesen gruseligen Geschichten, oder?«

Unruhig trat ich von einem Bein auf das andere.

Wollte ich mir wirklich die Blöße geben und vor meiner kleinen Schwester zugeben, dass mich das Gerede unserer Großmutter nervös machte? Dass ich an manchen Tagen glaubte, Dinge zu sehen, die unmöglich real sein konnten?

»Ja, äh, nein. Irgendwie geht es schon um eine von diesen Geschichten, nur … dieses Mal ist es irgendwie anders …«

Dieses Mal habe ich endlich verstanden, dass nur wichtig ist, was ich glaube. Dieses Mal weiß ich, dass ich endlich handeln muss.

Klio öffnete mehrmals den Mund, ohne etwas zu sagen. Schließlich zog sie ihre Tür zu und folgte mir in mein Zimmer. Das Buch legte sie auf das Nachtkästchen, dann ließ sie sich mir gegenüber auf mein Bett sinken.

Wenn sie bemerkte, wie zerwühlt und durchgeschwitzt die Laken waren, so sagte sie glücklicherweise nichts.

Ich stellte den Teller mit dem Auflauf zwischen uns und nippte an der heißen Milch, ehe ich sie Klio reichte. Und dann erzählte ich ihr all das, was ich einmal in einen Brief an Kai zu formulieren versucht hatte.

Ich beschwor Großmutters brüchige Stimme und das Knistern

des Feuers herauf. Erzählte von Linnea, die dem Ruf des Meeres folgte, und von Eskil, der sie aus eben diesen Fluten rettete. Davon, wie der Mann aus dem Meer seine Geliebte auf magische Weise wieder verließ und wie Linnea seit jenem Tag auf den Klippen auf seine Rückkehr wartete.

Meine eigenen seltsamen Träume und die Tatsache, dass neuerdings Kai in ihnen auftauchte, ließ ich unter den Tisch fallen.

Seltsamerweise unterbrach Klio mich kein einziges Mal. Keine Weisheiten, keine altklugen Sprüche. Vielleicht merkte sie, wie schwer es mir fiel, ihr von dieser besonderen Geschichte zu erzählen – denn irgendetwas hatte es damit auf sich.

»Das alles treibt mich langsam, aber sicher in den Wahnsinn«, schloss ich schließlich überraschend ehrlich.

»Und wieso hast du Oma nicht einfach danach gefragt?«

»Zuerst wollte ich gar nicht mehr wissen.« Unruhig rutschte ich auf meinem Bett herum. »Du hast es doch selbst gesagt: Noch eine von diesen gruseligen Geschichten, die Oma uns ständig erzählt. Ich kann nicht genau erklären, was es ist, aber an dieser fühlt sich einfach etwas anders an. Nur … es dauert noch Wochen, bis Großmutter wieder da ist, und ich kann unmöglich so lange warten. Und … ich will das auch nicht in einem Brief schreiben.« Einen Moment zögerte ich. »Ich weiß ja nicht einmal, was genau meine Frage ist.«

Klio schwieg lange und ich befürchtete schon, zu viel preisgegeben zu haben.

Dann fragte sie irgendwann: »Wir suchen also ein Geheimnis?«

Ich spürte, wie meine Mundwinkel sich leicht anhoben. »So etwas in der Art, ja.«

Tat ich das gerade für sie oder am Ende doch wieder einmal für mich selbst?

Mit einem Mal wirkte Klio viel größer, die Brust geschwellt, die Schultern gestrafft. Und da war dieses Feuer in ihren Bambi-Augen.

»In Ordnung, ich bin dabei!« Voller Tatendrang zwirbelte sie ihre

Haare zu einem dicken Knoten auf dem Kopf zusammen und schob die Brille auf der Nase zurecht. »Am besten erzählst du mir noch einmal alles von vorn. Alles, was du weißt. Wort für Wort. Versuche, dich an jedes Detail zu erinnern.«

Vor meinem zweiflügligen Fenster wiegte sich der alte Apfelbaum im Wind, und ich ließ noch einmal das Mädchen mit der Meeressehnsucht im Herzen lebendig werden.

Tags darauf stand ich mir vor dem Schultor die Beine in den Bauch, doch von Klio war weit und breit nichts zu sehen.

Noch immer konnte ich nicht sagen, was mich nachts geritten hatte, mich derart zu öffnen. In Wahrheit hatte ich wohl nur nach etwas gesucht, das uns beide zumindest für den Moment miteinander verband, und jetzt sah es so aus, als wäre ausgerechnet Klio meine einzige Verbündete.

»Kalli«, hallte eine dunkle Stimme über den Platz.

Ich wandte mich um, auf der Suche nach demjenigen, der mich mit diesem blöden Spitznamen rief. Ich war verdammt noch mal keine kleine niedliche *Kalli*. Ich war Kalliope. Punkt. *Kleine Fee* war schon die größte aller Ausnahmen. Der einzige Kosename, den ich duldete – wahrscheinlich aber auch nur, weil Kai mich so nannte.

Ersteres wollte ich wem auch immer gerade entgegenschleudern, als ich Wolf erkannte. Lässig schlenderte er auf mich zu. Seine Augen blitzten schelmisch, woraufhin mein Herz einen Hüpfer machte.

Wolf mit den langen Haaren und den bunten Hemden.

Wolf, der mich bemerkte.

Wolf, dem es egal war, was die anderen über ihn dachten.

Jetzt schenkte er mir sogar ein Lächeln.

»Kommst du später auch bei Christa vorbei?«

»Klar«, gab ich lässig zurück, ehe ich vorgab, weiter nach meiner Schwester Ausschau zu halten.

Schließlich verabschiedete sich Wolf mit einer leichten Verbeugung, die bei jedem anderen lächerlich gewirkt hätte. Bei ihm aber passte es zu seiner charmanten, leicht entrückten Art.

Am Ende wartete ich fast eine halbe Stunde auf Klio. Aus Langeweile holte ich sogar die schmale Zigarette aus meiner Hosentasche, die Hanni mir in der Pause mit einem verschwörerischen Grinsen geschenkt hatte. Ich suchte mir einen ruhigen Fleck hinter der Schule und rauchte das Ding bis zur Hälfte, ehe ich es doch eklig fand und wegwarf. Danach schob ich mir eine Minzpastille in den Mund und lief zurück zum Tor.

»Du bist zu spät«, merkte Klio an, als ich sie erreichte, woraufhin ich bloß die Augen verdrehte.

Natürlich hätte ich sagen können, dass sie mich zuerst hatte warten lassen, aber ich wollte diesen ungewohnten Frieden zwischen uns nicht zerstören. Und davon abgesehen hatte ich das blöde Gefühl, dass Klio den Zigarettengeruch auf meiner Kleidung wahrnahm.

Wir radelten den Lindenweg entlang, bogen kurz vor der Hauptstraße in die Kastanienstraße ein und folgten ihr bis auf den Marktplatz.

Dort ragte gegenüber der Kirche die Bibliothek in den Himmel. Ein schmaler Turm, eingequetscht zwischen den alten Fachwerkhäusern zu beiden Seiten. Mein letzter Besuch musste schon Jahre zurückliegen, doch die beige Fassade mit den Säulen links und rechts des Eingangs war immer noch dieselbe. Nur der Efeu war die Wand ein deutliches Stück weiter hinaufgewandert und verdeckte mittlerweile das Messingschild über dem Eingang.

Drinnen angekommen, ging Klio zielstrebig auf die Informationstheke zu, während ich mich staunend umsah und mich nicht sattsehen konnte an diesem Ort, der voller alter Geschichten und Wunder stecken musste. Ich lief ein paar Schritte in die Mitte des Raums hinein und legte den Kopf in den Nacken – an der Decke prangte ein Gemälde, dessen Einzelheiten ich von hier unten nicht mehr ausmachen konnte. Ich erblickte meterhohe Regale, Bücher über Bücher und zählte insgesamt fünf Stockwerke, die sich kreisförmig immer weiter nach oben schraubten. Durch die Streben des Geländers fiel mein Blick auf eine Bibliothekarin mit wippendem Pferdeschwanz, die beeindruckend elegant auf einer Leiter balancierte, um sich aus dem obersten Fach eines Regals ein Buch zu angeln.

Vornamensregister, Sagen, Mythen, diese leise gesprochenen Worte wehten von der Theke zu mir herüber. Für den Moment waren sie nicht mehr als sanft vor sich hin plätschernde Hintergrundmusik, doch als ich aus dem Augenwinkel bemerkte, wie die rundliche Frau am Empfang erst das Büchereiregister durchging und sich anschließend durch mehrere Kisten arbeitete, war meine Neugier doch wieder geweckt. Es dauerte nicht lange, da kam Klio schon auf mich zu und hielt mir triumphierend einen Zettel unter die Nase.

»Das sind alles Bücher, in denen es um verschiedene Mythen und Sagen geht«, erklärte sie mit gesenkter Stimme. »Außerdem habe ich nach ein paar Literaturbüchern gefragt, weil die meisten Legenden gleich aufgebaut sind oder ähnliche Motive verwenden. Und dann«, sie lächelte stolz und tippte auf die untersten Zeilen des Zettels, »stehen hier noch Nachschlagewerke, in denen eigentlich nichts anderes als Listen mit Vornamen aufgeführt sind. Ich weiß nicht, ob uns das irgendwie helfen wird, aber vielleicht können wir so die Gegend eingrenzen, aus welcher Omas Geschichte stammen könnte.«

Für einen Moment starrte ich meine kleine Schwester an, denn ich war tief beeindruckt von all den Gedanken, die sie sich gemacht hatte, und wie erwachsen sie sprach. Ich konnte nur vermuten, wie schwer sie sich mit Gleichaltrigen oft tun musste.

Voller Tatendrang gab Klio den Weg durch die Bibliothek vor. Nur ab und zu musste sie einen Blick auf den Zettel in ihrer Hand werfen, sonst fand sie jedes Buch auf Anhieb. Und ich dachte mir, dass dieser Ort etwas ebenso Beruhigendes ausstrahlte wie mein geliebter Wald mit all seiner Stille zwischen duftenden Kiefern.

Eine halbe Stunde später balancierte jede von uns einen riesigen

Stapel Bücher die Treppen hinauf. In den oberen Geschossen gab es laut Klio nämlich nicht nur Sitzecken für gemütliche Lesestunden, sondern auch größere Tische, an denen gearbeitet werden konnte. Auf solch einen legte sie die Bücher sanft ab, ehe sie sich auf einen der Stühle fallen ließ. Mit aufgeregt klopfendem Herzen folgte ich ihrem Beispiel.

Ob wir auf irgendeine Spur stoßen würden?

Oder machte ich mich gerade lächerlich?

»Die hier kannst du nehmen.« Klio schob mir einige der Bände zu. »Das sind die Bücher über Vornamen mit dem Buchstaben E. Ich nehme mir dann einfach das L vor.«

Geschäftig kramte sie ein Notizbüchlein heraus und begann darin zu schreiben. Ich linste hinein und entdeckte, dass sie alle Titel, die hier vor uns lagen, fein säuberlich notiert hatte.

»Die können wir dann durchstreichen, wenn wir sie gelesen haben. So haben wir einen besseren Überblick«, erklärte Klio, als sie meinen Blick bemerkte. Erläuterte Strategien und Lösungsansätze, die sie sich für unsere Recherche überlegt hatte. Immer wieder nickte ich stumm, hatte aber keine Worte mehr, weil da mit einem Mal dieser dicke Kloß in meinem Hals saß.

»Du-u?«, setzte Klio irgendwann an.

Ich hatte gar nicht bemerkt, dass es eine Weile still gewesen war. Ihr Gesichtsausdruck wechselte wieder zwischen der kleinen Erwachsenen und der Elfjährigen hin und her.

»M-hm?«

»Ich freue mich sehr, dass du mich nach meiner Hilfe gefragt hast. Es ist nur …« Klio biss sich auf die süßeste Art auf die Unterlippe. »Du bist meine Schwester, aber manchmal habe ich das Gefühl, dass ich dir egal bin und dass du mich vergisst, wenn du wegziehst.«

Die Worte versetzten mir einen heftigen Stich, denn es gab so vieles, was ich ihr gern sagen wollte – wäre der Kloß in meinem Hals bei ihren Worten nicht noch größer geworden.

»Ich vergesse dich nicht«, presste ich schließlich hervor und griff nach dem ersten Buch auf meinem Stapel, um die Enttäuschung in ihrem Blick nicht sehen zu müssen. Es war ja nicht das erste Mal, dass sie mir die Hand reichen wollte und ich sie nicht ergriff, weil Erato und Klio ein Team waren und wir eben nicht.

Schnell widmete ich mich dem Buch in meinen Händen. Ich strich über den dunkelblauen Einband von *Das große Buch der Vornamen – Bedeutung und Herkunft* und plötzlich geriet ich in den Sog, den Klio wahrscheinlich jeden Tag erlebte. Normalerweise kam ich nur ein oder zwei Seiten weit, dann erweckte wieder etwas anderes meine Aufmerksamkeit. Heute war das jedoch anders. Heute spürte ich ein seltsames Pulsieren in den Fingerspitzen. Da war erneut dieses tiefe Brummen, das Vibrieren unter meiner Haut.

Und ich lernte, begleitet vom Rascheln der Seiten, etwas Neues über Klio: wenn sie las, dann mit konzentriert zusammengezogenen Brauen. Sie sah fast ein bisschen wütend aus, was im allergrößten Kontrast zu dem zufriedenen Seufzen stand, welches ihr in regelmäßigen Abständen entwich. Vielleicht war das so, wenn man ein fotografisches Gedächtnis hatte und nichts Gelesenes jemals vergaß.

»Was?«, wollte sie wissen, als sie mein Starren bemerkte.

»Du machst komische Geräusche, wenn du liest.«

»Und du nervst«, erwiderte sie ungerührt.

Wir beugten uns wieder über unsere Bücher und ich blätterte zu der Seite vor, auf der laut Inhaltsverzeichnis die Vornamen mit dem Anfangsbuchstaben E gelistet waren. Mein Zeigefinger glitt die Zeilen mit der winzigen Schrift entlang, trotzdem drohten die Wörter vor meinen Augen zu verschwimmen.

Erando, Erasmus, Erblin.

Unbemerkt hatte ich mich immer tiefer über das Buch gebeugt, die Schultern unangenehm zusammengezogen und ein Ziehen im Nacken. Doch ich war auf der richtigen Spur.

Oder?

Ercole. Erdamin. Eriberto.

Hier musste es stehen, hier musste es irgendwo kommen. Gleich würde ich auf jene Namen stoßen, die mit *Es* begannen, doch dort stand ... nichts.

Ungläubig ging ich die Reihe erneut durch. Das waren zum größten Teil Namen, die ich noch nie in meinem Leben gehört hatte. Und trotzdem fehlte dieser eine, den ich suchte. Seufzend griff ich nach dem nächsten Band auf dem Stapel und blätterte mithilfe des Inhaltsverzeichnisses die entsprechende Seite auf, doch auch hier suchte ich vergeblich. Da waren nur noch *Es*, nur noch gedruckte Buchstaben, die über Papier tanzten. Fast schon hätte ich nicht mehr damit gerechnet, doch plötzlich strahlten mir die beiden Silben entgegen, die mich bis in meine Träume verfolgten.

Es-kil.

Sofort beschleunigte sich mein Herzschlag. Aus dem Kribbeln in den Fingerspitzen wurde ein Pulsieren, das immer schneller durch meinen Körper jagte.

So heiß wie Feuer.

Feuer und ... Wasser.

Sie ist eine von uns, schossen mir Omas Worte durch den Kopf.

Sie hat ein Recht darauf zu wissen, was ihr bevorsteht.

Der Ruf wird lauter.

»Ich glaube, ich habe etwas«, stieß ich atemlos hervor, woraufhin ein genervtes *Pscht* von einem anderen Tisch erklang.

Doch Klio hob ruckartig den Kopf.

»Es-kil«, begann ich mit gesenkter Stimme vorzulesen. »*Bei dem männlichen Vornamen Eskil handelt es sich um eine Ableitung des altnordischen Vornamens Æskœl, welcher seinerseits eine Variante der altnordischen Vornamen Áskœl und Áskell – Kurzformen von Ásketill – sind. Der Name Ásketill wurde aus den nordischen Wörtern für Gott áss sowie Helm ketill gebildet.«*

Sofort dachte ich an Eskils gottgleiche Gestalt, die Großmutter heraufbeschworen hatte, und eine Gänsehaut kroch mir über die Arme.

»Ein nordischer Name also«, raunte Klio. »*Gottes Helm* – das klingt nach einem Krieger oder jemandem in Rüstung.«

»Aber das muss ja nicht unbedingt für das Kämpfen stehen«, warf ich ein. »Es kann auch bedeuten, dass es um einen Beschützer geht.«

»Ein Krieger und Beschützer. Das eine schließt das andere ja nicht aus. Und wenn es sich bei Linnea und Eskil wirklich um eine Legende handelt, dann würde das auch gut passen. Die Frau, die gerettet werden muss, und ihr Retter in der Not.« Bei den letzten Worten verdrehte Klio die Augen, und für einen kurzen Moment fragte ich mich, ob ich in meiner Schwester womöglich eine Komplizin für mehr als nur diese unheimliche Legendensache gefunden hatte.

Und dann ging mit einem Mal alles ganz schnell: Gerade diskutierten wir noch über die Bedeutung von Eskils Namen, da stieß Klio einen Freudenschrei aus. »Ich habe auch etwas!«

Dieses Mal war das verärgerte *Pscht* lauter als zuvor, doch das war uns egal.

»Was?« Ich lehnte mich vor, um zu sehen, was Klio gefunden hatte.

»*Lin-ne-a*«, begann sie zu lesen. »*Nach der geläufigsten Herleitung geht der weibliche Vorname Linnea auf den Naturforscher Carl Linnaeus, 1707 bis 1778, zurück, der sich nach seiner Erhebung in den Adelsstand nunmehr Carl von Linné nannte. Ihm zu Ehren gab sein Förderer Jan Frederik Gronovius Linnés Lieblingsblume, dem Moosglöckchen, den Namen Linnaea. Der Vorname Linnea ist in Finnland, Norwegen und Schweden verbreitet und bedeutet übersetzt* die Zarte, die Milde *oder* die Sanfte.«

Wir sahen uns an.

»Der Göttliche und die Schöne«, flüsterte ich vor mich hin und wieder einmal tauchte das Bild dieses einnehmenden, aber traurigen Mädchens und des übernatürlichen Meermanns vor mir auf. Ich blinzelte und Eskils Gesicht verschwamm. Die Züge wurden symmetrischer, die Ohren ein bisschen spitzer. Eine Korallenkrone leuchtete auf schwarzem Haar und das Mädchen vor ihm trug ein grünes Band um die Stirn.

Mir wurde warm.

»Es sind beides nordische Namen, das schränkt unsere Suche auf jeden Fall schon einmal etwas ein.« Klio zwirbelte nachdenklich eine Strähne ihres dicken Haars zwischen zwei Fingern. »Wenn das eine echte Legende ist, dann müssten wir dazu doch irgendetwas finden. Vielleicht können wir auch direkt ein paar Sachen ausschließen. Wasser ist ja ein sehr einprägsames Motiv und …«

Ihre Stimme wurde immer leiser, die Worte verschwammen zu einem Rauschen, fast wie das Summen der kommenden Flut. Und mit ihr kam das Frösteln, gegen das ich immer so machtlos war. Eine *echte Legende.* Diese zwei Worte setzten sich in mir fest, denn was bedeutete in diesem Fall schon *echt?*

Wurden Linnea und Eskil erst zu einem Mythos, wenn ihre Geschichte irgendwo niedergeschrieben stand? Wäre sie dann *echter?* Oder waren sie das nicht schon allein deshalb, weil Großmutter mir von ihnen erzählt hatte, und ich nun meiner Schwester. War es nicht das, was solche Geschichten überdauern ließ?

Plötzlich durchdrang ein Räuspern das Flutensummen in meinem Kopf. Ich blinzelte, tauchte auf und sah zur Seite. Am anderen Ende des Tischs stand ein Kerl in meinem Alter. Seine rechte Hand ruhte auf dem Griff eines Rollwagens, in dem sich Bücher aneinanderschmiegten.

»Wir schließen in einer halben Stunde«, murmelte er. »Also … nur dass ihr Bescheid wisst.«

Erst als er mit dem Wägelchen schon um das nächste Regal bog, erkannte ich in dem Jungen mit den blonden Locken Matthi. Und dann dachte ich an Hanni, weil er in ihre Klasse ging, und daran, dass ich heute ja eigentlich noch zu Christa gehen wollte. Ich fragte mich, wie spät es inzwischen war – und damit war der Zauber endgültig gebrochen.

Hinter den Fenstern stand die Sonne bereits tief, festgefroren zwischen Dämmerung und Sonnenuntergang. Die Mischung aus dem schwindenden Licht und den warmen Lampen an den Regalen erschuf eine einzigartige Atmosphäre, alles wirkte wie in Bernstein gegossen.

Und ich dachte mir, dass es an diesem Ort nicht nur ein bisschen so war wie zwischen Bäumen und Harz, sondern auch so wie bei Kai.

10 DER ZYKLUS VON LEBEN UND STERBEN

»Wie schön ist dein neues Haarband bitte?«, quietschte Hanni, als ich die Tür zur hintersten Kabine in der Mädchentoilette aufstieß. »Selbst gemacht?«

»Ja.« Mit einem lauten Gähnen quetschte ich mich neben sie auf den Klodeckel, die Knie angezogen. »Ich hatte noch Stoff von der Hose übrig und dachte, ich probiere es einfach mal aus.«

Hanni beugte sich so nah zu mir, dass ich helle Sommersprossen auf ihrer Nase entdeckte. Die Spitzen ihres Ponys strichen über ihre Brauen. Neugierig betastete Hanni das Band in meinem Haar, woraufhin Stolz mich flutete.

Als ich an diesem Morgen das Haus so verlassen wollte, war die Diskussion jedoch groß gewesen.

Du siehst aus wie einer von diesen Schmarotzern.

Was sollen die Leute nur denken?

Aber ich konnte doch nicht herausfinden, wer ich eigentlich war, wenn ich nicht die Chance hatte, meinem Herzen zu folgen. Und ich wollte mir nicht mehr hineinreden, mich nicht verbiegen lassen.

Im Radio hatte ich vor wenigen Tagen ganz unerwartet *Kozmic Blues* gehört, eins der Lieder auf Janis Joplins neuem Album. Ihre tiefe, ungewöhnliche Stimme hatte mich mitgerissen und mir war wieder einmal klar geworden, wie sehr ich diese Frau bewunderte. Nicht nur wegen ihrer Musik, sondern weil sie der erste richtige weibliche Rockstar war. Weil sie sich ebenso benahm wie ihre männlichen Kollegen und es dabei nicht nötig hatte, süß oder aufreizend zu sein.

Am Ende hatte Mama mich gehen lassen. Vielleicht war sie es leid, mir ständig Vorhaltungen zu machen. Vielleicht hatte sie auch einfach bemerkt, wie entschlossen ich war. Oder dass ich in letzter Zeit noch weniger schlief als sonst.

Alles war besser, als mich meinen Horrorträumen stellen zu müssen. Und so verbrachte ich Nacht für Nacht, Stunde um Stunde mit den Büchern, die Klio und ich vergangene Woche aus der Bibliothek mitgenommen hatten. Ich wühlte mich durch Legenden, Sagen und Märchen, verlor mich in der nordischen Mythologie. Die Stimmung erinnerte mich an all das, was ich über Linnea und Eskil wusste; die Geschichten erzählten von Liebe, aber noch mehr von Tragik, Verlust und Schmerz.

»Ich muss dir etwas zeigen«, meinte Hanni und ich ließ mich bereitwillig von meinen Gedanken ablenken.

Sie beugte sich über ihren Schulranzen und kramte darin herum. Ich dachte, sie würde die Zigaretten hervorholen, doch da war noch etwas anderes. Eine Art Magazin, mit dem sie kichernd vor meiner Nase herumwedelte.

»Kennst du die?«

Ich lachte.

»Wenn du das Ding weiter so hektisch durch die Luft schwenkst, dann weiß ich leider nicht, was das ist.«

Hannis Wangen verfärbten sich und dieses Mal erkannte ich den Schriftzug. *Bravo*, in roten Blockbuchstaben auf orangenem Grund.

Neben dem Gesicht von Elvis Presley, welches das Cover zierte, lautete eine der Überschriften: *Wer wird Bravo-Girl und Bravo-Boy '70?*

Ich hatte von dem Magazin gehört, auch wenn es das erst seit Kurzem gab. Hatte es auf dem Pausenhof herumgehen sehen, aber nie selbst ein Exemplar in den Händen gehalten.

»Das *musst* du sehen«, sagte Hanni und blätterte zielstrebig durch die Seiten. »Seit diesem Monat gibt dort ein Dr. Joachim Sommer Jugendlichen Ratschläge. Man kann seine Frage einsenden und er beantwortet sie dann in der nächsten Ausgabe.« Dieses Mal legte Hanni absichtlich eine Kunstpause ein, ehe sie die Stimme senkte: »Es geht um Liebe und ... na ja, Sexualität.«

Ich verdrehte die Augen, so ähnlich wie Klio es in der Bücherei getan hatte, als sie von der Frau in Nöten und dem Mann, dem Retter, gesprochen hatte.

Mama trichterte mir stets ein, wie gefährlich Sex für Mädchen wie mich war. Von Jungs, die einem erst schöne Augen machten, aber einen dann fallen ließen, sobald sie bekommen hatten, was sie wollten. Von ungewollten Schwangerschaften und Jungfräulichkeit, die, einmal zerstört, unwiederbringlich war. Und es war ja nicht so, als wäre sie da eine Ausnahme. Meine Mutter war in dieser Hinsicht vielmehr der Spiegel unserer Welt.

»Bestimmt erzählt uns dieser Dr. Sommer bloß, dass wir mit dem Sex bis zur Ehe warten sollten und die Anti-Baby-Pille eine Erfindung direkt aus der Hölle ist. Alles nur, damit wir auch ja nicht auf den Gedanken kommen, dass es Spaß machen könnte.«

Weitestgehend hielt sich die Meinung, die Pille führe zu einem *Verfall der Moral*. Aber wieso sollten Frauen eigentlich nicht über ihren eigenen Körper bestimmen können?

»Nein, das hier ist anders«, beharrte Hanni und ihre blauen Augen leuchteten auf. »Schau doch nur.«

Dieses Mal hielt sie mir eine aufgeschlagene Doppelseite direkt vors Gesicht. Der Schriftzug *Was uns bewegt ...* sprang mir entgegen.

Ein Mann von heute spricht mit den Bravo-Lesern über ihre Sorgen und Probleme, stand direkt unter der Überschrift. Allein zu diesem Satz hätte ich schon wieder so viel zu sagen.

Lustlos überflog ich die Texte, blieb dann aber an den Begriffen *Glied* und *Scheide* hängen. Das war der Moment, in dem ich Hanni das Magazin aus den Händen riss. Sie beschwerte sich und verpasste mir einen Klaps gegen den Oberarm.

Mein Körper kribbelte, denn noch nie hatte ich diese Wörter irgendwo geschrieben gesehen. Doch hier standen sie, schwarz auf weiß – in einer Zeitschrift für junge Menschen.

Eine Vierzehnjährige fragte um Rat, weil sie sich nicht nur zum ersten Mal verliebt hatte, sondern der Kerl schon einundzwanzig Jahre alt war. Eine andere wollte mit ihrem Freund schlafen, wieder eine andere hegte romantische Gefühle für ihre beste Freundin.

»Das habe ich wirklich nicht erwartet«, staunte ich und ließ Hanni wieder mit hineinsehen. Das war der neue Wind, auf den ich die ganze Zeit wartete, der Wind der Veränderung.

Wir teilten uns eine Zigarette und aschten dabei aus Versehen die Fliesen voll. Lachten bei manchen Fragen, waren bei anderen versucht, die Augen beschämt niederzuschlagen. Dieser Moment fühlte sich so unendlich befreiend an, diese Menschen mit ähnlichen Problemen und Sorgen, und dieser Mann, der Antworten gab. Es mochte sein, dass er nicht immer auf das eine Detail einging, das Hanni und mich am meisten interessierte. Und es mochte auch sein, dass dieser Mann unser Vater hätte sein können, aber wenigstens gaben er und die *Bravo* Antworten, während wir hier beinah an Prüderie erstickten.

»Sag mal ...«, Hanni rutschte auf dem Deckel herum. »Hast du es schon mal getan?«

»Du meinst Sex?«

Hannis Wangen röteten sich und anstatt das Wort zu wiederholen, nickte sie bloß verlegen. Ich wollte schon *Ja* sagen und ihr dieselbe

Lüge von Samuel und mir auftischen, wie ich es Kai gegenüber getan hatte. Ich öffnete den Mund, aber im letzten Moment entschied ich mich, ehrlich zu sein.

Ich erzählte, dass ich Angst vor dem Unbekannten hatte und niemanden kannte, den ich hätte fragen können. Ich beichtete meine Sorgen, meine Ängste. Ob es mir überhaupt Spaß machen würde? Woher sollte ich wissen, was zu tun war?

Hanni und ich steckten kichernd die Köpfe zusammen. Sie erzählte mir von ihrer Geburtstagsfeier im letzten Jahr und von dem Jungen, dessen Hände sie beim Knutschen unter ihr Oberteil geschoben hatte. Von diesem anderen Kerl, den sie ein paarmal hinter der Schule geküsst hatte. Und schon wieder wanderten meine Gedanken einen Monat zurück, den Lindenweg und die Hauptstraße entlang, bis hin zu Gang fünf. Was wäre wohl geschehen, wenn der Besitzer des Ladens den Moment nicht gestört hätte? Hätte ich dann mit meinem besten Freund den ersten Kuss erlebt, den ich mir *wirklich* wünschte?

Als es zur nächsten Stunde läutete, zuckten Hanni und ich gleichermaßen zusammen. In den letzten dreißig Minuten hatten wir die Schritte und Stimmen auf den Fluren nicht mehr wahrgenommen, das ganze Schulgebäude um uns herum war verblasst.

Schnell ließ Hanni sowohl die Packung mit den Zigaretten als auch die *Bravo* in ihrem Lederranzen verschwinden. Es war so eng in der Kabine, dass ich warten musste, bis Hanni sie verlassen hatte. Der rosa Rock umschmeichelte ihre Beine, ohne zu viel zu zeigen, genauso wie die darauf abgestimmte Bluse.

»Kommst du?«, fragte Hanni und schob sich einen Riemen des Ranzens über die Schulter.

Ich sprang auf und da begriff ich, was sie alles war: wild und zurückhaltend, laut und still, verlegen und herausfordernd. Hanni passte in keine Schublade und wenn *sie* keine brauchte, dann ich ja vielleicht auch nicht.

Am nächsten Tag brachten Klio und ich unsere Bücher in die Bibliothek zurück und nahmen einen neuen Schwung mit nach Hause. Ich konnte ja nicht einmal sagen, wonach genau wir suchten. Aber bei meiner stetig wachsenden Unruhe tat es gut, wenigstens so tun zu können, als käme ich auf diese Weise der Bedeutung meiner Träume auf die Spur.

Es war das Gefühl von Kontrolle, während das Summen und Brummen in meinem Kopf weiter anschwoll.

Du musst nur noch bis nächste Woche durchhalten, sagte ich mir in solchen Momenten stets. Denn wäre Großmutter erst zurück, würde sie endlich Licht ins Dunkle bringen können.

Musik wehte durch den Flur, als Klio und ich am späten Nachmittag gemeinsam das Haus betraten. Meine Schwester rannte mit den Büchern sofort nach oben in ihr Zimmer. Mich hingegen zog es ganz automatisch in Richtung Wohnzimmer, wo sich eine Scheibe auf dem Plattenspieler drehte. Papa saß mit geschlossenen Augen im Ohrensessel, das Licht der Tütenlampe fiel auf sein Gesicht und die ungewohnt entspannten Züge.

Ich trat auf den Plattenspieler zu – ganz so, als wäre da ein unsichtbares Band, das von der Musik direkt in mein Herz führte. Ich streckte meine Hand aus, drehte mich im letzten Moment aber zur Seite und sah meinen Vater an. Er hatte die Augen geöffnet, die Brille auf der Nase zurechtgerückt und nickte mir zu. Dieses Musikgerät war wahrscheinlich das teuerste Stück in diesem Haus, aber vor allem wegen des emotionalen Werts fragte ich ihn immer zuerst um Erlaubnis, bevor ich es berührte. Mit hüpfendem Herzen drehte ich die Platte von der B- auf die A-Seite.

»Setzt du dich zu mir?«

»Gern.« Ich lächelte und ließ mich ihm gegenüber auf das Sofa fallen. Eine Weile sagte keiner von uns etwas und das war vollkommen in Ordnung so. Mit dem Fuß wippte ich im Takt der Melodie, Papa klopfte mit den Fingern auf der Sessellehne mit. Hier zu sitzen, dieselben Rhythmen zu teilen, nur Papa und ich – fast konnte ich mir vorstellen, dass alles normal war.

»Als deine Mutter und ich uns überlegt haben, wie du heißen sollst, hätten wir wohl beide nicht gedacht, dass Musik wirklich deine große Leidenschaft wird«, schmunzelte Papa und etwas in mir wurde ganz weich.

Sie hatten mich nach Kalliope, der *Schönstimmigen*, der Muse der Musik und epischen Dichtung benannt, Tochter des Apollon und der Nymphe Mnemosyne, die älteste der neun Musen.

Papa hatte es zwar nie direkt gesagt, aber ich hatte schon bald gemerkt, dass im Gesicht dieses großen Mannes ein Licht anging, sobald ich zu singen anfing. Ein schwaches zwar, ganz so, als würde es durch eine Laterne mit trübem Glas scheinen, aber es war zumindest da.

»Klio habt ihr auch nicht schlecht getroffen«, erwiderte ich schließlich.

Meine Schwester mit dem widerspenstigen Herzen, benannt nach Klio, *der Rühmenden*, Muse der Geschichtsschreibung.

»Das stimmt. Nur unsere Jüngste schlägt nicht so sehr für das Kreative.« Papa sprach von Erato, *der Lieblichen*, der Muse des Tanzes.

In all den Jahren hatte ich gelernt, dass Gespräche mit ihm rar waren und etwas, das sich schwer beeinflussen ließ. An den meisten Tagen gehörte er nur sich selbst und den Bildern in seinem Kopf, an diesen wenigen anderen aber trug er eine Vielzahl von Geschichten in sich.

So fehl am Platz ich mich sonst in diesem Haus auch fühlen mochte – diese Momente mit Papa waren für mich ein Lichtblick. Früher hatte ich dann auf seinem Schoß gesessen, während sein Bein im Takt der Musik auf und ab wippte. Das zufriedene Brummen, wenn dieses typische Vinylknacken zu hören war, zauberte mir jedes Mal ein Lächeln ins Gesicht. An jenem Tag, an dem ich die Platte zum ersten Mal wechseln durfte, hatte ich mich wie etwas ganz Besonderes gefühlt.

»Erzählst du mir etwas über Kalliope?«

»Was möchtest du denn wissen?«

»Ich weiß es nicht.« Ich zuckte mit den Schultern. »Einfach etwas, das ich noch nicht kenne.«

Papa dachte nach, schob dabei seine Brille auf dieselbe Art nach oben wie Klio, den ausgestreckten Zeigefinger auf den Steg gelegt, exakt zwischen die beiden Gläser.

»Habe ich dir irgendwann einmal von dem *Urteil der Kalliope* erzählt?«

Ich schüttelte den Kopf und sank tiefer in die altrosa Polster, bereit, mich berieseln zu lassen. Denn wenn Papas Liebe für die Musik und die Antike eines gemeinsam hatten, dann, dass sie Leben in seine sonst so matte Miene brachten.

Das ist also mein Papa, dachte ich in solchen Momenten stets mit stiller Verwunderung.

»Ich habe dir ja bereits erzählt, dass Kalliope die älteste und weiseste der Musen war«, begann er mit seiner heiseren Stimme. »So kam es, dass Zeus sie in einem besonders ärgerlichen Streit zur Schiedsrichterin ernannte.«

»Worum ging es?«

»Natürlich um Begehren und Eifersucht, wie eigentlich immer in der griechischen Mythologie. Dieses Mal stritt man sich um den wunderschönen Jüngling Adonis. Aphrodite, die Göttin der Liebe, wollte ihn vor den Nachstellungen der anderen Götter schützen – und ihn wahrscheinlich einfach für sich allein haben. So verbarg sie Adonis in einer verschlossenen Schatulle, die sie Persephone anvertraute. Diese öffnete die Dose natürlich trotz des Verbots, verliebte sich ihrerseits in Adonis und führte ihn in ihren Palast, um dort mit ihm zu leben.«

Papa legte eine Kunstpause ein, doch seine Worte schwebten

immer noch im Raum. Genau wie Großmutter vermochte er es, mich mit seinen Erzählungen vollkommen in seinen Bann zu ziehen. »Kalliope fällte schließlich ein salomonisches Urteil. Demnach hatten sowohl Aphrodite als auch Persephone ein Recht auf Adonis: ein Drittel des Jahres sollte er mit Aphrodite verbringen, ein weiteres mit Persephone und über das letzte Drittel sollte er frei verfügen können. Am Ende aber kam alles anders. Denn Aphrodite unterlief Kalliopes Urteil, indem sie Adonis mit ihrem Zaubergürtel für ein ganzes Jahr an sich fesselte. Rasend vor Eifersucht erzählte Persephone Aphrodites Geliebtem Ares von ihrem Betrug mit dem Sterblichen, und der Kriegsgott tötete Adonis in Gestalt eines Ebers. Man sagt, aus jedem seiner Blutstropfen wuchs ein Adonisröschen und aus jeder Träne Aphrodites entstand eine Blüte.«

Vor allem die letzten Sätze verursachten mir eine Gänsehaut. All diese Mythen handelten von unerfüllter Liebe, von Tod und Auferstehung, von menschlichen Abgründen, die lediglich auf Unsterbliche projiziert wurden, um es einem leichter zu machen. So wie bei Linnea und Eskil.

Meine Gedanken glichen einem verworrenen Puzzle in dieser Nacht, in meinem Kopf vermischten sich alle gehörten Geschichten und trieben mich an, *irgendetwas* in den Büchern zu finden. Es kribbelte in meinem Bauch und mit jeder Seite, die ich umblätterte, hoffte ich einmal mehr, endlich etwas zu finden. Dass ich gleich etwas lesen würde, das mir auf irgendeine Art und Weise erklärte, was es mit meinen Träumen auf sich hatte. Und in welcher Verbindung ich zu Linnea und Eskil stand.

Doch da war nichts.

Ich wusste nicht mehr, ob ich enttäuscht oder erleichtert darüber war, denn langsam, aber sicher trieb mich diese Ungewissheit in den Wahnsinn.

Ich zog mir die Bettdecke hoch bis unters Kinn, ehe ich nach einem schweren und sehr dicken Buch griff, dessen Einband bereits auseinanderzufallen drohte. *Symbole und Motive in der Literatur* stand in großen geraden Buchstaben auf dem Deckel.

Und ganz gleich, wohin mein Blick auch fiel, als ich es aufschlug, sprangen mir doch immer nur wieder ähnliche Sätze entgegen, die mir das Blut in den Adern gefrieren ließen.

... das Wasser als Lebens- und Todessymbol.

Ich zog die Decke höher, bis ich gerade noch auf das Buch hinunterblicken konnte. Ein Kokon aus Wärme und Geborgenheit, der die Kälte in mir irgendwie lindern sollte.

Das Meer als Symbol des Weiblichen, der Regression und des Zyklus von Geburt und Tod steht neben dem Wasser als Symbol des Ursprungs, des Lebens und des Todes.

Das waren Sachen, die ich eindeutig nicht nachts, umgeben von Dunkelheit, lesen sollte. Und jedes Mal wenn ich das Wort *Tod* las, begann mein Herz wieder zu rasen. Denn war es nicht genauso? Bedeutete das Wasser in meinen Träumen nicht auch, dass alles endete?

... auch Symbol des Unbewussten, der Herausforderung und der Bewährung.

Als die Wörter mir irgendwann vor den Augen verschwammen, verfärbte sich der Himmel vor dem Fenster bereits in ein helles Blau. Die Äste des Apfelbaumes hoben sich tiefschwarz vom Firmament ab. Ich gähnte herzhaft und beschloss, die Bücher für heute Bücher sein zu lassen. Mit der Helligkeit kam auch jedes Mal ein unbestimmtes Sicherheitsgefühl. Denn im Licht eines neuen Tages erschienen mir meine Träume niemals so erschreckend, wie sie es nachts waren.

Ich benutzte die beigelegten Registrierkarten als Lesezeichen und klappte einen dicken Wälzer nach dem anderen zu. Der Staub alter Seiten wirbelte durch die Luft und brachte mich zum Niesen.

Auch wenn ich nicht dieselbe Leidenschaft für das geschriebene Wort empfand wie Klio, so genoss ich doch das Knistern der verblichenen Seiten, durch die sich schon wer weiß wie viele Menschen geblättert hatten. Was ich hier in den Händen hielt, verband mich mit ganzen Generationen und zeigte mir nur wieder aufs Neue, dass alles auf dieser Welt auf seine ganz eigene Art und Weise miteinander verbunden war. Ein Gedanke, der mich zu dieser frühen Stunde zum Lächeln brachte.

Gerade wollte ich den Deckel des letzten Buchs schließen, als mein Blick auf etwas fiel, das alles veränderte.

Ach du Scheiße.

Das Buch fiel mir aus den Händen und landete mit einem dumpfen Geräusch auf dem Boden. Ich starrte eine Weile auf die zerknitterten Seiten, ehe ich meine bebenden Hände dazu bringen konnte, den Wälzer wieder aufzuheben. Die verblichene gelbe Registrierkarte, die meine Aufmerksamkeit erregt hatte, fühlte sich unnatürlich leicht in der Hand an.

An oberster Stelle stand darauf mein Name, neben dem gestrigen Datum, dem 17. Oktober 1969. Darunter folgten einige wenige weitere Namen. An den Daten neben jedem einzelnen wurde deutlich, wie selten dieses alte Buch in den vergangenen Jahren, ja Jahrzehnten, ausgeliehen worden war.

Und ganz unten in der letzten Zeile stand das, was mein Verstand so schwer begreifen konnte:

Wilma Faeth. 13. April 1895.

Mir gefror das Blut in den Adern und ich ließ die Karte fallen – als hätte ich mich an dem Papier verbrannt.

Eine Faeth.

Eine Faeth vor rund siebzig Jahren.

Mit rasendem Herzen griff ich nach den anderen Büchern, die auf meinem Bett verstreut lagen, und blätterte hektisch durch die Seiten, bis ich auch die anderen Registrierkarten fand. Das wilde Pochen meines Herzens rauschte in meinen Ohren und übertönte das Rascheln des Papiers.

Und dann lagen die Karten vor mir, im hellen Licht der ersten Sonnenstrahlen und dem sanfteren meiner Nachttischlampe. Und von jeder einzelnen leuchtete mir dieser verdammte Name entgegen.

Scheiße, scheiße, scheiße.

Wer auch immer diese Wilma war, sie hatte sich dieselben Bücher aus der Bibliothek ausgeliehen wie Klio und ich. Alle im Jahr 1895. Vielleicht ein seltsamer Zufall?

Doch schon einen Wimpernschlag später schalt ich mich selbst für diesen Gedanken. Wie groß müsste ein verdammter Zufall sein, dass sich ausgerechnet in Niemstedt jemand mit demselben Nachnamen wie ich alle Bücher auslieh, die sich alten Legenden, der symbolhaften Bedeutung von Wasser und Meer und nordischen Mythen widmeten.

Hatte ich nicht gerade eben noch darüber nachgedacht, dass die Bücher aus der Bibliothek die Bewohner dieses Orts über Grenzen und Zeiten hinweg miteinander verbanden?

Das hier musste etwas bedeuten. Und bei dem Gedanken, was das sein könnte, wurde mir eiskalt.

Wilma. Wilma Faeth. Wieso hatte ich diesen Namen noch nie gehört?

Ohne weiter nachzudenken, sprang ich auf und schnappte mir die Bücher, schlich damit über den Flur und klopfte an Klios Zimmertür. Mir war klar, dass meine Schwester höchstwahrscheinlich noch schlief, aber das war nichts, worauf ich jetzt Rücksicht nehmen konnte.

Ich klopfte wieder, doch nichts rührte sich, und fast beneidete ich Klio darum, dass sie Nacht für Nacht ins Bett gehen konnte, ohne Angst zu haben.

Ich schluckte und klopfte erneut.

Dann ein weiteres Mal.

»Was …?«

Mit einem verwirrten Ausdruck in den Augen öffnete Klio die Tür. Die dicken Haare fielen ihr zu einem Zopf geflochten über den Rücken.

Schnell schlüpfte ich hinein, drückte die Tür hinter mir zu, während ich die Bücher auf den Armen balancierte, und ließ sie endlich aufs Bett fallen. Zwischen den vollgestopften Regalen und dem Schreibtisch, der sich unter allerhand Romanen, Schulsachen und losen Papieren bog, fielen sie gar nicht weiter auf.

»Was tust du da?«, murrte Klio und sah mich mit diesem typischen Meine-große-Schwester-nervt-Blick an. Doch dafür hatte ich jetzt keine Zeit.

Sie rieb sich den Schlaf aus den Augen und griff nach der kantigen Brille, die auf dem kleinen Tischchen neben ihrem Bett lag.

»Guten Morgen«, versuchte ich es mit einem schiefen Lächeln.

»So würde ich das nicht nennen.« ·

»Ich mach es wieder gut, dass ich dich so früh geweckt habe.«

»M-hm.«

Klio würde schon gleich merken, dass das wichtig war. Dass das wirklich von Bedeutung war.

»Schau dir das an«, forderte ich sie auf.

Schnell schlug ich die Bücher auf, zog die gelben Registrierkarten hervor und legte sie nebeneinander auf die Seiten. Überall sprang mir dieser eine Name entgegen, der sich in mein Gedächtnis gebrannt hatte.

»Sind das die Bücher, die wir –«

»Ja.« Ich lief vor dem Bett auf und ab. »Es ... da ist ... du musst es dir selbst ansehen.«

Mir war schlecht.

Plötzlich stand Klio dicht neben mir. Das Ende ihres geflochtenen Zopfs kitzelte mich am Unterarm. Nur ein einziges Gefühl, doch etwas, das mich in dieser Welt hielt.

»Ist das ...?«

Mehr brachte Klio nicht heraus, als ich ihr eine der Registrier-karten ungeduldig unter die Nase hielt.

Ein Nicken war alles, was ich zustande brachte.

Klio und ich sahen uns an.

Meine kleine Schwester, die zwar eine Träumerin war, aber doch den Fakten mehr traute als den Menschen – und ich.

In den Momenten, in denen ich die seltsame Angst und meine eigenen nächtlichen Schreie ausblenden konnte, war dies alles fast wie ein Spiel gewesen. Ein Spiel um Linnea und Eskil, ein Spiel um zwei Namen, ein Spiel, um weniger an Kais Mund denken zu müssen. Jetzt schienen die zwei Liebenden aus dem Wasser jedoch auf andere Art real zu sein.

Auf einen Schlag wirkte Klio deutlich wacher als zuvor. Die Brille wurde auf der Nase zurechtgerückt, dann lief sie zu ihrem Schreib-tisch und wühlte sich durch die zahlreichen Bücher, die dort lagen. In denen, die sie nun ebenfalls zum Bett trug, erkannte ich die rest-lichen aus der Bibliothek.

Klio zog eine Karte nach der anderen zwischen den Seiten hervor, arbeitete sich immer schneller durch die Bücher.

Schließlich drehte sie sich langsam zu mir um.

»Dieser Name ... Wilma ...«, sie schluckte und fixierte mich. »Der steht in allen Büchern. Wirklich in jedem.«

Keine von uns wagte, dem noch etwas hinzuzufügen, doch lang-sam dämmerte es uns: Womöglich waren Linnea und Eskil tatsäch-lich mehr als bloß eine Geschichte.

11 MAKE LOVE, NOT WAR!

Es war Sonntag.

Beim Frühstück hatte ich noch Kopfschmerzen vorgetäuscht, um mich so vor dem anstehenden Kirchenbesuch zu drücken. Mit jeder Woche konnte ich mir die Worte, die gepredigt wurden, weniger anhören. Dieser Gott, von dem Pastor Martin sprach, schien gütig, genauso aber auch furchtbar grausam zu sein. Und vor allem diese Grausamkeit war es, mit der ich mich nicht arrangieren wollte.

Vergangene Woche erst hatte ich auf der harten Kirchenbank gesessen, auf das verblichene Fresko an der Decke gestarrt und mich gefragt, wieso so viel Schlimmes auf dieser Welt geschah? Wieso machten wir es uns leichter, indem wir die Verantwortung an einen Gott abgaben, der schon seine Gründe für all das haben würde? Wieso verhielten wir uns so passiv?

Es ging um Sünde, um Homosexualität – die Zeitungen waren in den letzten Wochen voll davon gewesen, denn sexueller Kontakt zwischen Männern war nun laut Gesetz nicht mehr strafbar, sofern sie mindestens einundzwanzig Jahre alt waren. Strafrechtsänderung,

Paragraf 175. Die Leute hier machten viel Aufhebens darum, flüsterten hinter vorgehaltener Hand und auch Mama hatte über die Neuigkeit die Nase gerümpft.

»Früher wäre so etwas nicht vorgekommen«, meinte sie dazu und damit war das Thema beendet. Eigentlich.

Denn *ich* fragte mich wieder einmal, wieso wir Menschen uns gegenseitig so gern in Schubladen steckten. Homosexuelle Menschen und solche, die an einen anderen Gott glaubten – unter Hitler waren dieselben Menschen für ihre Existenz bestraft worden, die auch von der Kirche immer wieder verurteilt wurden. Als ich diesen Gedanken am Esstisch laut ausgesprochen hatte, leuchtete meine Wange kurz darauf von Mamas Handabdruck. Papa hingegen sagte nichts, er sah mich nur lange an, ehe er aufstand und die Küche verließ.

Nie wieder solle ich so über die Kirche und damit indirekt auch über die Martins sprechen, wies Mutter mich zurecht.

Was für ein Glück also, dass ich der Predigt heute entkommen war.

Ein Seufzen entwich mir, als ich schließlich in die Magnolienallee einbog. Ich war den ganzen Weg vom Blauwasser aus gelaufen, hatte mich von der Hauptstraße ferngehalten und mich immer am Rand des Dorfs gehalten. Es war längst dunkel, doch die Chancen standen gut, dass es noch kein Abendessen gegeben hatte und der Schwindel nicht aufgeflogen war. Wahrscheinlich vermuteten mich alle oben in meinem Zimmer.

Abends war es längst nicht mehr warm. Trotzdem hatte ich die Schuhe ausgezogen und hielt sie in den Händen. Beobachtete fasziniert, wie sich meine Sohlen mit jedem Schritt dunkler färbten. Das eisige Gefühl auf der Haut fand ich sogar angenehm. Es war, als wäre ich gar nicht richtig da. Als könnte ich jeden Augenblick mit alten Sagen und Legenden, allen Mythen dieser Welt davonschweben.

Das Haus der Martins wurde noch vor dem meiner Familie sichtbar. Ich dachte an Kai und mein Herz stach.

In den vergangenen Wochen hatten wir uns immer nur kurz in

der Schule gesehen. Genau genommen, seit ich mit Klio zum ersten Mal in der Bibliothek gewesen war. Solange ich abgelenkt war, vergaß ich es manchmal, doch in stillen Momenten fühlte es sich an, als lauere überall Gefahr. Wenn ich aus dem Schlaf hochschreckte, bekam ich fast keine Luft, ich sah den Himmel aufleuchten, wenn sonst keiner hinschaute, und spürte ein ständiges Kribbeln im Nacken.

Papa hatte Großmutter heute Mittag vom Bahnhof abgeholt. Wieder zu Hause, hatte sie sich sofort in ihr Zimmer zurückgezogen, um nach der anstrengenden Zugfahrt zu schlafen. Ich hatte fest vor, gleich morgen mit ihr zu reden. Und es war mir egal, ob Mama versuchen würde, uns daran zu hindern. Ich wollte Antworten. Nein, ich *brauchte* sie. Dringender als je zuvor.

Ich wollte wissen, weshalb sie mir die Geschichte von Linnea und Eskil erzählt hatte. Wieso diese Wilma nach denselben Dingen gesucht hatte wie ich und warum Kai in all dem eine Rolle zu spielen schien.

Ich hatte Angst um ihn.

Ich hatte Angst um ihn, aus tausend verschiedenen Gründen, und ihm aus dem Weg zu gehen, war so viel leichter.

Und dann sah ich Kai plötzlich auf der Höhe des alten Apfelbaums stehen, der den Garten der Martins von unserem teilte. Im schwachen Licht der Laternen erkannte ich seine schmale Gestalt, die Endlosbeine und die langen Arme. Kai hielt sich kerzengerade, stand ganz still und glich einer wunderschönen Erscheinung in der Nacht. Sofort machte mein Herz einen Satz – doch nur so lange, bis ich nah genug war, um ihm ins Gesicht blicken zu können.

O Gott, nein!

Mir dämmerte, dass heute der Talentwettbewerb gewesen war, für den Kai uns zu Beginn des Schuljahrs angemeldet hatte. Er war so nervös gewesen, weil wir das erste Mal vor Publikum auftreten würden. Und ich Idiotin hatte die Veranstaltung einfach vergessen, weil mein Kopf gerade überall und nirgends war.

»Kai …«, sagte ich schon von Weitem und beschleunigte meine Schritte. »O Mist, Kai …«

Am liebsten wollte ich meine Hände in seinen Haaren vergraben. Heute war noch weniger von der Tolle zu sehen, in der er seine Haare zu bändigen versuchte. Seine Locken standen in alle Richtungen ab, wellten und kringelten sich, als wäre er den ganzen Tag immer wieder mit den Händen durchgefahren. Dieser unbändige Wunsch, ihn zu küssen, drängte an die Oberfläche. Aber noch mehr als das waren da tiefe Scham und Schuldgefühle, vor allem aber Angst vor noch mehr Entfremdung. Ob Kai sauer auf mich war? Verdammt, natürlich war er das.

»Ich kann dir gar nicht sagen, wie furchtbar leid es mir tut«, sagte ich sofort, als ich ihn erreicht hatte. »Ich weiß, dass –«

»Ich habe heute auf dich gewartet«, entgegnete Kai mit kalter Stimme und schob die Hände in die Hosentaschen.

»Es … es tut mir leid … Ich …« Ich suchte nach den richtigen Worten, doch sie verschwanden augenblicklich wieder, als ich hoch und ihm direkt in die Augen schaute. Ich hatte ihn versetzt und es bis eben nicht einmal bemerkt – was konnte ich zu meiner Verteidigung schon vorbringen?

»Weißt du, wie lange ich auf dich gewartet habe? Niemand hat gewusst, wo du bist. Irgendwann habe ich Frau Meier gefragt, ob sie uns ganz unten auf die Liste schreiben kann, weil du dich verspätest. Dann bin ich zurück hierhergefahren, um nachzusehen, wo du bist, aber deine Familie konnte mir auch nichts sagen und mit Kopfschmerzen im Bett lagst du ja offenbar auch nicht. Verdammt, ich habe mir Sorgen um dich gemacht!« Kai ballte die Hände zu Fäusten, die Knöchel drückten sich gegen den Stoff der Bluejeans. »Mal ganz davon abgesehen, dass ich mich auf dich verlassen habe und du mich einfach versetzt hast.«

»Ich … mir geht gerade so viel durch den Kopf«, erwiderte ich lahm. »Das ist nur eine Erklärung, aber ich habe keine Entschuldi-

gung dafür. Ich habe mich selbst riesig auf den Abend gefreut und …
es tut mir wirklich unendlich leid.«

Kais Miene blieb hart.

Ich konnte keine Gefühlsregung darin lesen und schaffte es nur mit
Müh und Not, die Tränen zurückzuhalten, die sich unter meinen Lidern
sammelten. Ich war traurig, überfordert, merkte erst jetzt, wie sehr ich
ihn eigentlich vermisst hatte, über all der Recherche zu den Legenden.

»Du warst mit Hanni, Christa und diesem Wolf unterwegs«, vermutete er. Und ich war versucht, den Kopf zu schütteln, ließ es dann
aber bleiben.

*Ich stand wie eine Bekloppte am Wasser und habe darauf gewartet,
dass etwas Magisches geschieht, weil ich keine Ahnung habe, was hier
vor sich geht. Weil ich irgendwie Angst bekomme und mich zum ersten
Mal nicht traue, dich einzuweihen.*

Weil da dieses Glühdingens ist und ich dich küssen wollte.

Weil mein ganzes Leben mich verwirrt.

Weil ich verdammt noch mal Angst um dich habe.

All das hätte ich sagen können. Doch wie erklärte man, dass einen
spitze Ohren plötzlich nervös machten und man eventuell ein kleines bisschen an komischen Magiekram glaubte?

»Ja, äh … ich war mit ihnen unterwegs und habe die Zeit völlig
vergessen«, log ich.

Himmel, das klang so dermaßen furchtbar.

Hilflos machte ich einen Schritt auf Kai zu, doch natürlich wich er
einen zurück. Tief in seinen kohlefarbenen Augen lag etwas, das ich
nicht greifen konnte. Etwas Dunkles und Bitteres. Ein ungutes Gefühl breitete sich in mir aus, die Tränen drückten gegen meine Lider
und mein Mund fühlte sich ganz trocken an.

»Du veränderst dich«, meinte Kai schließlich und fixierte mich.

Es fühlte sich an, als würde er direkt in mich hineinsehen, durch
Haut und Knochen und alles andere, das mich irgendwie zusammenhielt.

»Wegen denen hier?«, gab ich locker zurück und deutete auf die Zöpfe und Perlen in meinen Haaren.

»Du weißt, dass ich das nicht meine. Nicht nur.«

Ich verschränkte die Arme vor der Brust.

»Sondern?«, fragte ich.

Wenn Kai etwas zu sagen hatte, wenn er genervt war von mir oder meinem Verhalten, dann sollte er nicht diesen Talentwettbewerb vorschieben.

»Also?«, hakte ich nach.

Kai trat unruhig von einem Bein aufs andere, doch dann brach es aus ihm heraus: »In letzter Zeit gab es immer wieder Momente, da erkenne ich dich kaum wieder. Ja, du ziehst dich anders an, das ist das Eine. Aber dann ist da noch die Sache mit dem Rauchen, anscheinend glaubst du, ich würde es nicht merken, weil du nach der Pause immer diese Mintdinger lutschst. Außerdem ist es arschkalt und du läufst barfuß durch die Gegend, als könntest du dich nicht erkälten.« Mit jedem Wort wurde Kais Miene finsterer. »Das neue Schuljahr hat angefangen, unser letztes. Und statt das ernst zu nehmen, bist du immer öfter unterwegs. Ich weiß einfach nicht, wie ich dir erklären soll, was in mir vorgeht. Es ist …« Kai blickte kurz in den Himmel, dann wieder mich an. »Kompliziert«, presste er schließlich hervor. »Ich habe das Gefühl, dich zu verlieren. Und es ist furchtbar zu sehen, wie sich die beste Freundin in diesen anderen Menschen verwandelt, und man steht da und kann absolut nichts tun und …«

All die Worte und dieser unbeendete Satz schwebten in der Herbstluft zwischen uns.

Sofort ging ich in den Verteidigungsmodus über.

»Ich bin kein anderer Mensch, nur weil ich mich anders kleide oder neue Dinge ausprobiere. Es ist ja nicht so, als hätte ich auf einen Schlag mein ganzes Leben auf den Kopf gestellt.« Ich lachte auf. Als ob das an einem Ort wie diesem überhaupt möglich wäre. Hier konnte niemand so leicht der für ihn vorhergesehenen Rolle entfliehen. »Ich würde eher sagen, dass ich mehr und mehr das tue, was mich glücklich macht.«

»Bist du dir da sicher?« Kai hob eine Braue. »Hör mal … ich möchte auch nichts Falsches sagen. Ich will bloß –«

»Dann solltest du vielleicht einfach gar nichts sagen«, schoss ich zurück.

Endlich hatte ich Menschen gefunden, die mich und meine Gedanken auf ganz andere Weise verstanden. Die mich nicht verurteilten. Und jetzt tat Kai genau das? War *er* es nicht gewesen, der mich dazu ermutigt hatte, mich meinen Mitmenschen gegenüber zu öffnen?

»Und wieso habe ich dann das Gefühl, dass dieses ganze Ausprobieren und Neue-Dinge-Tun sehr stark mit deinen neuen Freunden zusammenhängt?«

»Du kannst nächstes Mal gern mitkommen.« Ich verschränkte die Arme vor der Brust. »Dann siehst du, dass meine Freunde ganz normale Leute sind. Oder willst du mir jetzt einen dieser Vorträge halten, die wir von unseren Eltern zu hören bekommen? Dass das *Schmarotzer* sind? Leute, die nur Drogen nehmen und eine Belastung für die Gesellschaft sind?«

»Ich bin dein bester Freund und das Letzte, was ich möchte, ist, dich zu belehren. Ich mache mir doch einfach nur Sorgen, weil ich inzwischen so wenig von dir mitbekomme.«

Hitze stieg mir in den Kopf. Die ganze Zeit hatte ich Angst davor gehabt, wie es wohl ohne Kai sein würde. Und jetzt schien er selbst mir nicht zuzutrauen, dass ich allein zurechtkam.

»Ich weiß auch nicht mehr alles über dich. Ich habe zum Beispiel keine Ahnung, was mit diesem Mädchen ist«, platzte es aus mir heraus. »Habt ihr euch jemals wiedergesehen? Oder war das nur diesen Sommer?«

»Von wem sprichst du?« Kai runzelte die Stirn. »Was für ein Mädchen?«

»Komm schon. Ich bin doch nicht blöd. Deine Briefe … In diesem Sommer sind sie immer weniger geworden und naja, du hast manchmal so Andeutungen gemacht, von jemandem gesprochen, an den du denken musst. Ich dachte, du verbringst deine Zeit mit ihr und hast deshalb weniger Lust, lange Briefe zu schreiben.«

Ehrlich verwirrt musterte Kai mich. Doch dann drangen meine Worte zu ihm durch und dieses dunkle Etwas flackerte erneut in seinen Zügen auf.

»Ich …«

Kai schien mit sich zu ringen, doch nach einem tiefen Seufzen entschied er sich offenbar, dem nichts mehr hinzuzufügen.

»Wieso erzählst du mir nichts von ihr?«, beharrte ich, denn nun war irgendeine Art Bann gebrochen. »Wir erzählen uns sonst auch alles … Das dachte ich bis jetzt zumindest.«

Verlegen rieb Kai sich über die Nasenwurzel. »Es gab da jemanden, aber das … Das war vorbei, bevor es angefangen hat.«

Trotz dieser Worte hatte ich das Gefühl, da war noch mehr. Irgendetwas Wichtiges, das er mir verschwieg.

»Und das ist alles?«, fragte ich ein weiteres Mal.

»Was ist nur los mit dir?«, fuhr Kai mich an. »Du behältst doch ganz offensichtlich auch einiges für dich und ich mache deswegen nicht so ein Theater. Manche Dinge sind einfach irgendwie zu … groß, oder? Zu schwierig, um sie in Worte zu fassen?«

Ja, und manchmal behalte ich auch weniger große Sachen für mich, weil ich einfach nicht anders kann. Weil ich Angst habe, dass in mir irgendetwas kaputt ist und du es womöglich sehen könntest.

»Nein, Kai«, erklärte ich mit fester Stimme. »Ich sage dir alles. Ich habe dir auch von meinem ersten Mal erzählt, und das weiß sonst niemand. Und jetzt warst du scheinbar zum ersten Mal verliebt, aber willst mich so überhaupt nicht einweihen.«

Mir wurde schlecht bei meinen eigenen Worten. Wieso sagte ich all das? Wieso hörte mein verdammter Mund nicht auf damit?

»Vielleicht war das auch eine von den Sachen, die ich gar nicht wissen wollte«, entgegnete Kai gefährlich leise.

»Was soll das denn jetzt heißen?«

»Manchmal ist es besser, etwas nicht gehört zu haben.«

Wir starrten uns an.

Nur das Rauschen des Windes zwischen den immer kahler werdenden Bäumen war zu hören. Durch die Haustür, die Kai offenbar nur angelehnt hatte, drang das ausgelassene Treiben der Martin-Geschwister. Es stand in größtem Kontrast zu dem schmerzenden Kloß in meinem Bauch.

»Es gibt kein richtiges Maß an Informationsaustausch, kein Aussage-gegen-Aussage«, sagte Kai schließlich mit einer seltsamen Ruhe. »Wir teilen unsere Gedanken miteinander, weil wir uns wichtig sind. Aber es ist menschlich, dass manche Dinge einem allein gehören. Und das hat nicht immer etwas mit Geheimnissen zu tun.«

Linnea und Eskil, meine Träume und Kais Gesicht darin, sein Mund in Gang fünf – die zurückgehaltenen Worte stiegen mir zu Kopf.

»Und mein erstes Mal ist so eine Sache, die deiner Meinung nach weniger wichtig ist«, sagte ich schnippischer als beabsichtigt. Es fehlte nur noch, dass ich wie Erato mit dem Fuß aufstampfte, wenn ihre Fragen nicht ausreichend beantwortet wurden.

»So habe ich das nicht gemeint. Wenn dir eine Sache etwas bedeutet, dann ist sie auch mir wichtig.«

»Aber?«

»Du bist wie eine Schwester für mich. Ich finde es bloß komisch, mir vorzustellen, wie du … Wie du und jemand anderes …«

»Wie wir Sex haben«, sprach ich aus, was Kai offenbar so schwerfiel. Vielleicht wollte ein Teil von mir ihn auch noch stärker provozieren, als ich es ohnehin schon tat.

Ich befand mich mitten in meinem *Kalliope-Strudel*, wie er es einmal genannt hatte.

Dabei war Kai der einzige Mensch, der es in solchen Momenten wirklich mit mir auszuhalten schien. Der meinen Gedanken lauschte und damit umgehen konnte, wenn ich wieder einmal meine Stimmungsschwankungen hatte.

»Ja, weil ihr miteinander … geschlafen habt«, sagte er schließlich. »Wir sind keine Kinder mehr und ich finde … Da kann man dann schon eine Grenze ziehen.«

Mein

Herz

fiel,

und ich hatte nicht das Gefühl, als würde es zeitnah aufkommen. Der Moment fühlte sich auf schlimmste Art unendlich an.

»O…okay.« Ich schluckte und versuchte in der Leere in meinem Kopf irgendeinen sinnvollen Gedanken zu fassen zu kriegen. Dieses eine Mal jedoch hatte es mir tatsächlich die Sprache verschlagen.

Plötzlich strichen Kais Fingerkuppen über meinen Unterarm. Es sollte eine beruhigende Geste sein, doch dieses leichte Tupf-Streichel-Kribbel-Gefühl brachte alles nur noch mehr durcheinander.

Dieses Mal war ich es, die einen Schritt zurückwich.

Und zum ersten Mal erkannte ich dieses bittere Gefühl, das mich bei jedem Gedanken an all das, was Kai ohne mich und mit *ihr* erlebt haben mochte, durchströmte:

Eifersucht.

Oh Gott. Was sollte es auch sonst sein?

Ich musste weg, weit weg von hier.

»Ich … ich sollte mal zurück«, sagte Kai glücklicherweise in diesem Moment. »Es gibt gleich Abendessen.«

»Ist gut. Ich sollte … auch reingehen.«

Ich sah ihm nach, als er auf die Haustür mit dem Blumenkranz zulief. Die schlanke Gestalt, das dunkle Haar, das sich im Nacken kräuselte, aber beinah mit der Schwärze der Nacht verschmolz.

Was war gerade geschehen?

Darüber dachte ich noch nach, als ich kurz darauf direkt unter dem Apfelbaum stand und zu meinem Zimmer hinaufblickte. Nur waren die Fensterflügel nicht mehr geöffnet, so wie ich sie hinterlassen hatte. Ein Verdacht beschlich mich, als ich mangels Alternativen auf die Haustür zuschlich und sie so leise wie möglich aufdrückte. Hatte Kai nicht erwähnt, dass er hier gewesen und bei meinen Eltern nach mir gefragt hatte?

Und tatsächlich: An diesem Abend lernte ich, dass jede Glückssträhne unweigerlich irgendwann endete.

Mit über der Schürze verschränkten Armen empfing Mama mich noch im Hausflur. Eine Zigarette qualmte unbeachtet zwischen ihren Fingern vor sich hin, und sogar das dunkle, sorgfältig geföhnte Haar schien irgendwie aufgeladen und wütend zu sein.

»Ich bin sehr gespannt, wie du mir das gleich erklären wirst, junges Fräulein.«

12 WASSERSCHLACHTEN UND HERZENSKÄMPFE

Mit der Bettdecke um die Schultern stand ich Stunden später am Fenster und starrte auf das gegenüberliegende Haus, wo Kais Zimmer ein schwarzes Rechteck in der Fassade bildete.

Noch immer versuchte ich herauszufinden, an welchem Punkt die Stimmung zwischen uns derart gekippt war. Und damit meinte ich nicht nur meine Versäumnisse an diesem Nachmittag, sondern dieses diffuse Gefühl, welches mich schon seit Monaten begleitete.

Erschöpft lehnte ich mich mit der Stirn gegen die kühle Fensterscheibe.

Du bist wie eine Schwester für mich – dieser eine Satz raste durch mein Bewusstsein. Wie Gift breitete er sich in meinem Körper aus und verursachte mir eine Übelkeit, die mir für einen Moment die Luft zum Atmen nahm.

Dieses Mädchen, das ich nicht kannte und das ich schon aus Prinzip nicht leiden konnte, weil sie ihm etwas bedeutet hatte. Diese dummen, kindischen Gedanken, die ich nicht so ganz verstand, diese Bilder. Kai und ich, wie wir uns gegenüberstehen und uns in die

Augen blicken. Wie ich letztes Jahr zum ersten Mal bemerkte, wie tiefdunkel und strudelig um die Iris sie eigentlich waren.

Verdammt.

Hilflos legte ich mir eine Hand auf den Bauch – eigentlich, um die nagende Übelkeit und aufsteigende Panik zu vertreiben, um mich irgendwie selbst zu beruhigen. Doch als ich diesen Glühpunkt spürte, wurde alles nur noch schlimmer. Kais Gesicht aus meinen Träumen mit dem liebevollen und überhaupt nicht freundschaftlichen Ausdruck darin überlagerte mit einem Mal den resignierten Blick, den ich erst vor wenigen Stunden gesehen hatte.

Kai und ich sind beste Freunde, betete ich mir mein eigenes Mantra vor, *das waren wir immer und das werden wir auch bleiben.*

Kein Wunder, dass ich irgendetwas zwischen verwirrt und gereizt war. Kein Wunder, dass ich Kai plötzlich mit anderen Augen und in ein bisschen glitzernde Eskil-Magie getaucht sah. Kein Wunder, dass ich langsam das Gefühl hatte, vollkommen durchzudrehen. Als wären meine unheimlichen Träume nicht schon belastend genug, schlug ich mich inzwischen auch noch mit dieser Legendenrecherche herum und kam dabei nicht besonders gut voran.

Hatten meine Probleme damit nicht erst so richtig angefangen? Ich war übermüdet, weil mich nicht nur die Bilder von Wassermassen, sondern inzwischen auch die Bücher aus der Bücherei wachhielten. War gereizt, konnte Kai nichts von all dem erzählen und machte so die Geheimnisse, die es zwischen uns gab, nur noch größer.

Nein.

Einfach nein.

Es reichte. Endgültig.

Ab jetzt würde es keine Verwirrung mehr geben, keine Gedanken an Kais Mund oder sonst etwas. Ich wollte eine verdammte Antwort bekommen – jetzt, wo ich den Namen Faeth in einem der Bücher entdeckt hatte, noch mehr. Denn war es nicht sogar so, dass die Wahrheit in den meisten Fällen besser war als das, was man in seinen dunkelsten Stunden befürchtete?

Entschlossen warf ich die Decke zurück aufs Bett, griff nach der Strickjacke, die ich vorhin achtlos auf den Schreibtischstuhl geschmissen hatte, und stampfte durch das Haus. Ich merkte selbst, wie meine Schritte auf dem Boden knallten und dass ich vielleicht jemanden aufwecken würde, aber ich besaß keine Kraft mehr zu verbergen, dass ich mich verdammt noch mal aufregte.

Alles hier war voller Geheimnisse. Durchdrungen von all dem Unterschwelligen, das ständig in der Luft lag, was auszusprechen aber niemand hier wagte.

Alles, was nicht irgendeiner Art von Norm entsprach, wurde ignoriert, weil man hoffte, dass es schon irgendwie wieder verschwinden würde. Aber Gott, das Leben machte nicht einfach eine Pause, weil man es gerade ignorierte.

Was bitte war mit dieser Familie los? Wie waren wir so geworden?

Auf der obersten Treppenstufe hielt ich kurz inne und überlegte, bei Klio zu klopfen, doch ich entschied mich dagegen. Es war nur ein Gefühl, aber ich wollte sie nicht unnötig in etwas hineinziehen.

Aus dem Wohnzimmer fiel schwaches Licht in den Flur, Schatten tanzten über die Wände. Mit einem aufgeschlagenen Buch auf dem Schoß saß Großmutter in ihrem Ohrensessel vor dem Kamin. Ich hatte hineinstürmen und wie ein Kind mit dem Fuß aufstampfen, hatte sie anschließend zur Rede stellen wollen, jetzt wo sie endlich wieder zurück war.

Doch als ich in der Tür stand, sah ich nur eine alte, zerbrechliche Frau mit einer dünnen Decke auf dem Schoß, gleichzeitig meine Oma, die mir die Stirn bot und zeigte, was ein eigener Wille war. Die mich auf die beste Art stets wie eine Erwachsene behandelt und meinen Worten Gehör geschenkt hatte.

»Willkommen zu Hause«, sagte ich, trat zu ihr ins Zimmer und ließ mich auf die Couch fallen. Für einen kurzen Moment, der mich selbst überraschte, legte ich meine Hand auf ihre und musste schlucken.

Ich war nicht nur am Durchdrehen gewesen, weil ich so dringend Antworten benötigte. Ich hatte Großmutter auch einfach vermisst, weil sie meine Familie war – das wurde mir jetzt erst so richtig bewusst. Sie war alt, richtig alt, und eines Tages würde sie nicht mehr da sein.

»Es ist schön, wieder hier zu sein.« Sie klappte das Buch zu und schenkte mir ein faltiges Lächeln. »Ich hoffe, die anderen haben dich während meiner Abwesenheit nicht in den Wahnsinn getrieben?«

Beinah hätte ich gelacht. »Es ist nett, dass du nicht fragst, ob *ich* alle in den Wahnsinn getrieben habe.«

Großmutters blaue Augen blitzten. »Was das angeht, habe ich ohnehin so eine Vermutung.«

Wenigstens schien sie meine *Eskapaden*, wie Mama sie zu nennen pflegte, mit Humor zu nehmen. Doch da war noch etwas anderes, etwas Dunkleres hinter dem Schalk. Schlagartig wich jede Wärme aus dem Raum. Im Kamin knackten die Flammen überlaut und drängten mich, endlich meine Antworten einzufordern.

»Klio und ich waren vor ein paar Wochen zusammen in der Bibliothek«, fing ich an und ärgerte mich über das Beben in meiner Stimme. Dieser Satz enthielt so viel, von dem ich nie gedacht hätte, dass ich es je aussprechen würde.

»Es ist schön, dass sich eure Bindung als Schwestern doch noch stärkt.« Auf Großmutters schmalen Lippen zeigte sich die Andeutung eines Lächelns.

»Ähm … keine Ahnung, ob ich das jetzt so bezeichnen würde.«

»Es ist wirklich wichtig, dass ihr drei zusammenhaltet. Ihr müsst füreinander da sein. Am Ende habt ihr doch nur euch.«

Da tauchte schon wieder dieser rätselhafte Blick auf, den ich unmöglich deuten konnte. Irgendeine Art von Wissen in Großmutters

Augen, welches genauso unheimlich anmutete wie die Geschichte von Linnea und Eskil.

»Wieso hast du mir diese Geschichte erzählt?«, platzte ich heraus, denn was hatte ich schon zu verlieren?

Großmutter legte das Buch zögernd auf dem Nierentisch zwischen uns ab, dann sprach sie ganz bedacht: »Weil du ein Recht darauf hast zu wissen, wer du bist und woher du kommst.«

»Und wieso hast du dann nach der Hälfte wieder aufgehört? Alles, was du mir gesagt hast, wirft noch mehr Fragen in meinem Kopf auf. Weißt du«, und nun sprudelte es nur so aus mir heraus, »du denkst vielleicht, ich erinnere mich nicht mehr daran, weil ich zu klein gewesen bin, aber das tue ich! Ich weiß noch, wie ich einen dieser Albträume hatte und weinend zu Mama und dir gerannt bin. Ich weiß noch genau, dass du von meinem Schicksal gesprochen hast. Glaubst du wirklich, dass irgendetwas davon beruhigend ist für ein kleines Kind? Vor allem, wenn man sowieso schon jede Nacht aufwacht und keiner der Erwachsenen es ernst zu nehmen scheint? Ich … ich …«

Meine Stimme hatte sich immer weiter hochgeschraubt. Zitternd hielt ich inne.

»Mein Kind … es tut mir leid, dass ich dich in diese Situation bringen musste. Ich bin vielleicht alt, aber das bedeutet nicht immer, weise zu sein.« Großmutter beugte sich ein Stück zu mir herüber. »Ich nehme dich und deine Träume ernst, das habe ich immer schon getan. Ich möchte dir am liebsten alles erzählen, das wollte ich, im Gegensatz zu deiner Mutter, von Anfang an, aber genauso wenig will ich dir Angst machen. Du bist noch so jung und sollst jeden Moment deines Lebens genießen.«

Bitter lachte ich auf.

Ich war so gut wie erwachsen und versteckte mich trotzdem mit meiner kleinen Schwester in der Bibliothek, um nach Hinweisen zu einer alten Geschichte zu suchen. Ich analysierte meine Träume, die mich schon genug quälten und zermarterte mir das Hirn darüber, was es mit ihnen auf sich haben könnte. Bildete mir seltsame Lichter ein, sah den Himmel leuchten und eine Korallen- und Muschelkrone, schrieb jedem Ereignis irgendetwas Übernatürliches zu.

»Ich verstehe dich besser, als du denkst, Kalliope«, sagte Großmutter sanft. Ohne es zu merken, hatte ich all diese Gedanken ausgesprochen, hatte mir damit unabsichtlich eine Blöße gegeben. »Ich verstehe dich so viel besser, als du ahnst. Meine älteste Schwester stand auch immer außen vor und musste dabei doch alles zusammenhalten, weil es sonst keiner getan hat.«

Schwestern?

Bis zu diesem Moment hatte ich nicht einmal geahnt, dass Großmutter Geschwister hatte. Familiengeschichte war nichts, worüber hier viel gesprochen wurde, denn es hatte einfach nur immer uns sechs gegeben. Wie viele Geheimnisse gab es noch?

»Ich muss zugeben, den falschen Weg gewählt zu haben. Du hast recht«, meinte Großmutter. Ich war überrascht, noch nie hatte ich erlebt, dass sie einen Fehler eingestand. »Ich hätte dir entweder alles oder nichts erzählen sollen. Aber das hier«, sie bewegte die Hand durch die Luft, »das bringt dich nicht weiter. Und beschützen kann ich dich auf diese Art schon gar nicht.«

Großmutter sah aus dem Fenster und schien sich für einen Moment an einem weit entfernten Ort zu befinden, zu dem ich keinen Zugang hatte.

»In den letzten Jahren dachte ich, dass sich dein Schicksal irgendwie aufhalten ließe. Aber vor Kurzem musste ich mir eingestehen, dass ich dich so nicht beschützen kann. In all der Zeit hat es keinen Weg gegeben, das Schicksal unserer Familie aufzuhalten, und es wäre dumm zu denken, dass dieses Mal irgendetwas anders wäre.«

Schon wieder sprach sie auf diese kryptische Art und Weise von diesem Schicksal, das ich nicht kannte. Und doch war es ein ganz anderes erschreckendes Wort, das sich in mir festsetzte.

»Beschützen?«, krächzte ich.

Und da war sie wieder: die Angst. Sie war immer da, immer bereit, mich in ihre Klauen zu nehmen und zuzudrücken.

Sie hat ein Recht darauf zu wissen, was ihr bevorsteht, hallte eine ferne Stimme durch meine Erinnerung. Ich zog die Knie an und schlang die Arme darum. Und ich fragte mich, welche Gefahren wohl auf mich lauerten.

»Bestimmt erzählst du mir gleich, dass Eskil ein Meeresungeheuer ist und mich auffressen kommt, wenn ich nicht schön artig bin«, gab ich flapsig von mir, weil es das so viel leichter machte. Großmutter hob eine Augenbraue an und sofort schämte ich mich dafür, etwas ins Lächerliche zu ziehen, nur weil mein momentaner Hang zum *Glauben* mich ängstigte.

»Du musst das hier ernst nehmen«, ermahnte sie mich.

»Du redest von etwas, das unmöglich wahr sein kann.« Ich umschlang meine Knie noch enger. »Das klingt nach Märchen und alten Geschichten, und du kannst es mir nicht verübeln, dass ich skeptisch bin.«

»Nein, das kann ich wohl nicht.« Eine tiefe Traurigkeit stieg in ihren blassblauen Augen auf. »Dein Großvater hat mir vor seinem Tod einmal etwas Ähnliches gesagt. Und auch meine Schwestern haben nur gelacht, als Mutter uns zum ersten Mal von Linnea und Eskil erzählt hat, wie die Frauen es schon seit Generationen in unserer Familie machen …«

Ich hätte gern nach den Todesumständen meines Großvaters gefragt, nach dem Verbleib von Omas Schwestern, doch ich presste die Lippen zusammen. Jetzt ging es in erster Linie darum, endlich die ganze verdammte Geschichte zu hören. Ich wollte mich bemühen zuzuhören, um so viel wie nur irgend möglich zu verstehen.

»Es ist mir egal, ob du alles, was ich dir gleich erzählen werde, glaubst oder nicht«, fuhr Großmutter nach einer kurzen Pause fort und ergriff meine Hände. »Wichtig ist mir nur, dass du danach handelst und so gut es geht auf deine Schwestern und dich aufzupassen versuchst. Ich möchte, dass du vorbereitet bist.«

Ich erschrak.

»Was haben Klio und Erato denn mit allem zu tun?«

Wurden meine kleinen Schwestern etwa von denselben Träumen heimgesucht? Doch sollte das stimmen, wieso hatte ich nie etwas davon mitbekommen?

»Linnea und Eskil sind keine *Geschichte*, wie du es nennst. So einfach ist es leider nicht, denn es ist so viel mehr als das.« Großmutter machte wieder eine Pause und schien sich für die kommenden Worte zu wappnen.

Erneut knackte das Feuer im Kamin, und mit einem Mal überzog eine Gänsehaut meinen ganzen Körper. Am liebsten hätte ich mich in eine Decke eingewickelt, sogar über den Kopf, bis nur noch die Augen zu sehen waren. So wie man das als Kind machte, wenn man Angst hatte.

»Linnea war nicht irgendjemand, Kalliope. Sie war eine Faeth.«

Mein Herz

fiel

dem Bodenlosen

entgegen.

»Wie …«

»Sie ist unsere Urahnin. Sie ist der Anfang von allem.«

Die vergilbten Seiten der Bibliotheksbücher tauchten vor mir auf, dazwischen die Karte mir der schnörkeligen Schrift. *Wilma Faeth*, weit darüber dann mein eigener Name.

»In den Jahren nach Eskils Verschwinden stand Linnea Faeth Nacht für Nacht an den Klippen und starrte auf das dunkle Meer hinunter. Sie hoffte, er würde endlich zu ihr zurückkehren. Die Insel war ihr Leben und sie wollte diesen Ort niemals verlassen – vor allem nicht ohne ihren Geliebten.« Großmutters Stimme klang rau und nach tausend weggesperrten Gefühlen. »Ich habe dir ja erklärt, wieso

Linnea es nicht für richtig hielt, noch einmal in die Wellen zu gehen. Und daran hielt sie sich, aber ohne Eskil an ihrer Seite wurde der Ruf des Meeres wieder lauter und lauter. Es war die Sehnsucht nach dem Wasser, nach der Magie des Mondes, nach ihrer wahren Liebe, die sie viel zu kurz erleben durfte. Also legte Linnea sich bei jedem Vollmond an einen besonderen Platz in einer kleinen Bucht. Es war die Stelle an den Klippen, wo sie Eskil das letzte Mal gesehen hatte. Die zerklüfteten Steine bildeten dort einen Kreis, wie eine große Wanne, in der sich bei Flut das Meerwasser sammelte. So stark der Drang nach den Tiefen der See auch war – auf diese Art konnte Linnea Eskil nah sein, ohne erneut in die Fluten zu steigen. Die Felsen und das Licht des Mondes spendeten ihr ein Gefühl der Sicherheit.«

Ich wagte kaum zu fragen, doch die Worte kamen mir trotzdem leise über die Lippen: »Und dann?«

»In einer dieser Nächte lief Linnea nach ihrem Bad mit leichtem und zugleich schwerem Herzen nach Hause. Sie glaubte, dass Eskil in diesen Mondnächten bei ihr wäre. Sie stellte sich vor, dass er der Prinz einer geheimen Unterwasserstadt war, vielleicht sogar der Sohn des Meergottes. Dass er sie liebte und bei ihr sein wollte, er sie jedoch nur beschützen wollte. Linnea machte Eskil zu einem Helden, von dem sie irgendwann nicht mehr wusste, ob er so nur in ihren Gedanken und Erinnerungen lebte oder es auch in Wirklichkeit gewesen war. In ihren Träumen besuchte Eskil sie ein letztes Mal. Sie waren sich nah in diesem Traum, da war die ganze Sehnsucht von vier Jahren. Es war nur ein Traum, doch in der Nacht darauf brachte Linnea drei Mädchen zur Welt.«

Nur ein Traum, nur ein Traum, nur ein Traum.

»Sie … die beide hatten Kinder?«

Linnea und das gottgleiche Meerwesen?

»Drei wunderschöne Töchter, die zur Hälfte dem Land und zur Hälfte dem Meer gehörten, geboren in einer Nacht, die halb Traum und halb Wirklichkeit gewesen war.«

Drei.
Drei Schwestern.

Wieder breitete sich eine Gänsehaut auf meinen Armen aus und in genau diesem Moment ergänzte Großmutter:»In jener Nacht fielen Sterne vom Himmel …«

»Aber Linneas und Eskils Liebe ist doch bestimmt nur so etwas wie eine alte Familienlegende, die von Generation zu Generation weitergegeben wird?«, fragte ich mit möglichst ruhiger Stimme, auch wenn das Chaos meiner Gedanken gerade einen weiteren Höhepunkt erreicht hatte.

Resigniert schüttelte Großmutter den Kopf. Der Blick ihrer blauen Augen bohrte sich in meinen.

»Nein«, raunte sie,»es ist keine Legende. Es ist ein … Fluch.«

Die Welt

blieb

stehen.

»Wie meinst du das … ein Fluch?«

»Erinnerst du dich an das Ende der Geschichte von Linnea und Eskil? An sein Verschwinden?«

Ich lachte auf, nur klang das Geräusch noch hysterischer als beim letzten Mal. Als ob ich je ein einziges Wort dessen, was sie mir erzählt hatte, vergessen können würde.

»Eskil verspürte selbst immer mehr Sehnsucht nach dem Ozean. Er trieb sich in den Nächten am Wasser herum und blieb dabei immer länger weg, bis er schließlich ganz verschwand«, fasste ich die tragischen Ereignisse zusammen.

»Und wieso folgte Linnea ihm nicht?«

»Linnea hatte dem Meer etwas genommen, das ihr nicht zustand«, wiederholte ich, was Großmutter mir vor gut zwei Monaten erzählt hatte. »Das Meer hätte es also nicht zugelassen.«

Zufrieden nickte sie.

»Diese magische Nacht, diese drei Kinder, die es niemals hätte geben dürfen, Eskil, der sich widersetzte, um seine Geliebte ein letztes Mal aufzusuchen – das Meer war rasend vor Wut. Ein Wesen, das Wasser statt Blut in den Adern trug, und ein Menschenmädchen hatten sich über die Mächte der Gezeiten hinweggesetzt. Hatte sich gegen die Urgewalten unserer Welt gestellt. Linnea hatte dem Meer nicht nur Eskil gestohlen, sondern nun auch diese drei Kinder, die eigentlich dem Wasser gehören sollten. So begann … unser Fluch und er dauert bis heute an.«

Eine magische Nacht, in der Sterne vom Himmel fielen, wie es bei Kais und meiner Geburt gewesen war. Drei verfluchte Schwestern. Die Sehnsucht nach dem Wasser. Meine Gedanken rasten und überschlugen sich. Überall lose Fäden von dem, was ich schon wusste, die ich jedoch nicht in irgendeine richtige Reihenfolge zu bringen vermochte.

»Meine Mutter, die mir einst von der ersten Faeth und den wiederkehrenden Himmelsschwestern erzählte, erwähnte ein Versprechen, welches Eskil Linnea in dieser besonderen Nacht gab. Dass Linnea geduldig sein solle und er zu ihr zurückkehren würde. Dass er kurz davor wäre, einen Weg zu finden.« Großmutter klang nun unendlich traurig und fast versagte ihr die Stimme. »Aber … ich möchte ehrlich zu dir sein und ich … ich denke, dass dieser Teil der Geschichte nur etwas ist, was sie gern glauben *wollte*. Etwas, mit dem sie es meinen Schwestern und mir auf irgendeine Art leichter machen wollte. Diese Legende ist die Last, welche die Frauen unserer Familie zu tragen haben. Der Grund, weshalb wir den Namen Faeth von Generation zu Generation weitergeben. Wir sind ewig gebunden an die erste Faeth und ihren Wunsch, eines Tages von Eskil wiedergefunden zu werden. Egal ob es dieses Versprechen nun gab oder nicht.« Großmutter seufzte. »Es ist ein Fluch, etwas Dunkles. Und so etwas findet niemals ein gutes Ende. Die einzige Möglichkeit, die bleibt, ist, die Dinge zu nehmen, wie sie kommen.«

Für einen Moment, der sich weiter und weiter ausdehnte, konnte ich nichts anderes tun, als Großmutter anzustarren. Die großen, ausdrucksstarken Augen mit den zahllosen Fältchen darum, die sich wie ein feines Spinnennetz auf ihrem Gesicht ausbreiteten. Die gebeugte Haltung von fast hundert Jahren Existenz. Ich versuchte das junge Mädchen von damals in ihr zu sehen, doch es gelang mir nicht.

Was sich mir offenbarte, war ein tief sitzender Schmerz. War ein Verhängnis, welches kein einzelnes Leben betraf, sondern das sich in unserem Familiengedächtnis festgesetzt hatte. Ich rang nach Luft und mit einem Mal war da dieses Brennen in meiner Lunge, als würden hier und jetzt Fluten über mir zusammenbrechen, wie ich es sonst nur aus meinen Träumen kannte.

Verflucht.

Meine Hände begannen zu zittern, und ich atmete immer hektischer. Das Summen und Brummen und Vibrieren in mir war inzwischen übermächtig laut, ich hörte nichts anderes mehr.

Wie real war das, was ich jede Nacht sah? Ich war irgendwann an den Punkt gekommen, an dem ich die Bilder für Teile aus Linneas Geschichte gehalten hatte, doch was, wenn es ein Blick in die Zukunft und auf meinen eigenen Tod war?

Wenn es dabei in Wahrheit gar nicht um Linnea und Eskil ging, sondern um … Kai und mich? Schließlich war es sein Gesicht, welches zwischen den erstickenden Fluten in meinen Träumen auftauchte. Die Angst wegen seiner Rolle in all dem war in den vergangenen Tagen ohnehin stärker geworden, doch jetzt fühlte ich mich in meinen dunkelsten Ahnungen bestätigt – nur dass Großmutters Wahrheit noch grausamer klang, als ich es befürchtet hatte.

Ein furchtbares Röcheln drang aus meinem Mund. Ich versuchte, so viel Luft wie nur irgend möglich in meine Lunge zu saugen, doch vergeblich. Die Ränder meines Sichtfelds verschwammen, wurden von Schwärze geschluckt, die sich immer weiter ausbreitete.

Summen, Brummen, Vibrieren.

Sollten Klio, Erato und ich etwa wie Linnea enden? Wollte Großmutter mir erzählen, dass das Meer uns über kurz oder lang holen
würde?

Dass ich aus dem Raster fiel und mich als schwarzes Schaf dieser
Familie entpuppte, war letztendlich nichts, was mich überraschte.
Doch dass auch den beiden Kleinen Schlimmes bevorstehen sollte,
drückte wie eine geballte Faust auf mein Herz.

O Gott.

Summen, Brummen, Vibrieren.

Plötzlich saß Großmutter direkt neben mir auf der Couch. Ich
hatte gar nicht bemerkt, dass sie aufgestanden war, wiegte mich einfach nur vor und zurück, bis sich ihre runzeligen Hände um meine
legten, sie festhielten und ihre Finger im Takt meines schweren
Atems über die Haut streichelten. Ich hörte sie sprechen, doch die
Worte drangen nicht zu mir durch.

Klio, Erato und ich, Mama und Großmutter, ja sogar Kai – irgendwie schienen auf einen Schlag die wichtigsten Menschen meines
Lebens in diese unheimliche Geschichte involviert zu sein. Gott,
nein, keine Geschichte, berichtigte ich mich in Gedanken selbst, sondern offenbar unser *Familienfluch*.

Ich atmete so langsam wie nur möglich ein und schließlich wieder
aus. Zeit wurde relativ und irgendwann schaffte ich es, mich auf
Großmutters Berührung und die dadurch entstehende Wärme
zwischen ihr und mir zu konzentrieren.

»Wenn es dir zu viel ist, dann –«

»Nein«, ging ich mit schwacher Stimme dazwischen. »Ich möchte
alles wissen. Keine Familiengeheimnisse mehr.«

»Nun gut.« Großmutter nickte langsam, auch wenn sie mir nicht
so recht zu glauben schien. Himmel, *ich* glaubte mir ja selbst nicht.

Ich wusste nicht, was ich von all dem halten sollte, aber mir war
klar, dass es jetzt kein Zurück mehr gab. Und auch wenn ich es
ungern zugab, so war ich doch froh, dass Großmutter inzwischen

ganz dicht bei mir saß. Wenn mir doch nur nicht so unendlich kalt gewesen wäre.

»Seit jener Zeit werden alle hundert Jahre drei Schwestern geboren«, durchbrach Großmutter mit unheilvoller Stimme die Stille. »Die erste Schwester, wenn die Sterne fallen. Die zweite, wenn die Sonne glüht und die dritte, wenn der Mond versinkt. Und mindestens eine von ihnen wird wie einst Linnea ein uraltes Gleichgewicht durcheinanderbringen und nach mehr streben, als ihr zusteht …«

Alles, was ich von dem großen Asteroidenschauer 1951 über Niemstedt gehört hatte, tauchte in meinen Gedanken auf. Das bläuliche Schimmern am Himmel, als Kai und ich nach den Sternen Ausschau gehalten hatten. Das immer stärker werdende Gefühl, dass etwas Großes und Schlimmes bevorstand – all das wirkte hier und jetzt so viel weniger wie ein Hirngespinst als noch vor einigen Wochen.

»Ich bin … ich bin also die Sternenschwester?«

Großmutter nickte.

»Und du bist …?«

»Ich bin die Jüngste, also eine des Mondes«, erklärte sie. »Die Sternenmädchen aber haben eine ganz besondere Verbindung zu Linnea, weil sie die Erstgeborenen der Himmelsschwestern sind. Ohne sie gäbe es keine Sonnen- und Mondgeborenen, ohne sie würde der Fluch seinen Lauf nicht nehmen können. Womöglich sind deine Träume also deine ganz besondere Verbindung zu Linnea. So oder so … auch ich konnte meinem Schicksal nicht entgehen.«

Ich traute mich kaum zu fragen, doch irgendwie fand ich die Kraft, die Worte über die Lippen zu bekommen: »Und was bedeutet dieses Schicksal … für mich?«

Für uns?

Für die Himmelsschwestern?

Großmutter beugte sich näher zu mir, verstärkte den Griff ihrer

Hände um meine, und plötzlich war ich mir nicht mehr sicher, ob sie mir weiterhin Halt gab oder ob sie nicht vielmehr selbst eine Stütze brauchte, um mir all diese unbegreiflichen Dinge zu erzählen.

»Jede Schwester wird auf ihre eigene Art und Weise mit Linneas und Eskils Taten konfrontiert. Die Geschichte wiederholt sich jedes Mal auf andere Art und Weise, doch was alle Schwestern gemein haben, ist, dass sie im Laufe ihres Lebens auf ihren Seelenverwandten treffen. Der Mensch, der sie erfüllt. Der Mensch, der ihre einzig wahre Liebe ist. Jemand wie Eskil: schön, gütig, liebevoll. Ich spreche von dieser Art Liebe, für die schon viele Menschen gestorben sind. Diese Art Liebe, über die Menschen seit Jahrtausenden Geschichten erzählen. Diese Liebe, für die man die ganze Welt niederbrennen würde, wenn man denn müsste.«

Für einen Moment starrte Großmutter in die Flammen des Feuers. Ob sie an meinen Großvater dachte und die mysteriösen Umstände seines Todes, über die in unserer Familie niemals gesprochen wurde?

»Dabei wird der Sterngeborenen eine tiefe Liebe prophezeit«, fuhr sie mit gesenkter Stimme fort, »der Sonnengeborenen eine verbotene Liebe und der Mondgeborenen eine besonders leidenschaftliche. Doch so, wie Linnea einst Eskil verloren hat, wird auch den Himmelsschwestern nur wenig Zeit mit ihren Geliebten vergönnt. Am Ende sind sie allein und ihnen bleibt nichts als Unheil, Schmerz und ... der Tod.«

Tod,

Tod,

Tod.

»Und jetzt?«, krächzte ich voller brodelnder Panik. »Was erwartest du von mir? Was soll ich nun mit diesem Wissen anfangen?«

»Erst einmal nichts«, erklärte Großmutter entschieden.

Ungläubig starrte ich sie an, denn das konnte sie unmöglich ernst meinen.

»Verliebe dich unter keinen Umständen, Kalliope. Halte dich von den Menschen fern, die dir irgendwann vielleicht einmal mehr bedeuten könnten, und meide das Wasser.«

Das war wirklich der dümmste Ratschlag, den ich jemals bekommen hatte. Großmutter behauptete, dass dieser Fluch alle hundert Jahre wieder geschah, und in all dieser Zeit war niemandem etwas Besseres eingefallen, als *Bitte nicht verlieben?*!

»Es muss doch etwas geben, was ich machen kann«, sagte ich verzweifelt.

»Nein.« Großmutter strich mir übers Haar, so wie sie es früher immer getan hatte. »Ich weiß, es ist schwer zu begreifen, aber alles, was du unternehmen kannst, ist, dich an deine Stärke als Faeth zu erinnern. Dich auf dich selbst zu konzentrieren.«

Ein ganz seltsamer Laut drang aus meiner Brust hervor. Irgendetwas zwischen einem Seufzen und einem Wimmern, während ich so gern einfach nur geschrien hätte.

»Was soll das überhaupt bedeuten: eine tiefe Liebe?«, versuchte ich mich auf etwas weniger Drastisches als den Tod zu konzentrieren.

»Tiefe Liebe ist etwas ganz und gar Echtes, das du mit jeder Faser deines Körpers spürst.« Großmutter seufzte. »Letztlich sieht das aber für jede Sternenschwester anders aus, mein Kind. Tiefe Liebe kann für dich etwas anderes bedeuten als für meine älteste Schwester.«

Meine Gedanken drehten sich rasend schnell.

»Woran soll ich denn diese tiefe Liebe erkennen? Wie soll ich das denn verdammt noch mal merken?«

Mit jedem Wort war meine Stimme schriller geworden, doch Großmutter vermochte mir offenbar nicht zu antworten. Oder sie wollte nicht.

»Und jetzt?«, flüsterte ich hilflos. »Ich … ich weiß doch gar nicht, wie diese Art von Liebe sich anfühlt«, gab ich das Offensichtliche zu. Ich war gerade eben achtzehn Jahre alt geworden. Was wusste ich verdammt noch mal über diese Art von Verbindung, die Linnea und Eskil wohl miteinander geteilt hatten?

Scheiße.

Großmutters und meine Blicke trafen sich.

Ich studierte ihre vertrauten Gesichtszüge und versuchte, mich an dem Bekannten festzuhalten, doch das fiel mir schwerer und schwerer. Je länger ich sie ansah, desto stärker meinte ich zu spüren, wie ihre Gefühle das Wohnzimmer einnahmen und mich schließlich überschwemmten. Plötzlich erschien mir der Raum, in dem sonst die ganze Familie Platz hatte, winzig. Ich kannte die lauernde Traurigkeit in den Wänden, die Risse im Boden und in den Herzen, seit ich ein kleines Mädchen war. Aber das hier war etwas anderes. Es war wie ein eisiger Griff um das Herz – fast wie eine Faust, die jeden Moment zudrücken konnte.

Nein!

Nein, nein, nein!

Ruckartig stand ich auf und murmelte, dass es schon reichlich spät sei und ich nach oben ins Bett gehen würde. Dabei war das Letzte, wonach mir der Sinn stand, mich schlafen zu legen, denn wer wusste schon, was mich heute Nacht in meinen Träumen erwarten würde.

Bereits in der Tür drehte ich mich noch einmal um.

»Wer ist Wilma Faeth?«, wollte ich wissen.

»Sie war meine älteste Schwester.« Sollte Großmutter überrascht sein, dass ich den Namen kannte, so ließ sie es sich nicht anmerken. »Sie war die Sterngeborene.«

Tief holte ich Luft.

»Und was ist mit ihr passiert?«

Dass etwas geschehen war, war klar, denn wie konnte es sein, dass ich nie etwas von Großmutters Schwestern gehört hatte? Dass es keine Fotos gab, keine Erinnerungsstücke und keine Anekdoten, die im Familienkreis zum Besten gegeben wurden.

Ich schluckte, denn als Großmutter mich dieses Mal ansah, sagte mir der Ausdruck auf ihrem faltigen Gesicht alles, was ich wissen musste und wofür es keine Worte gab:

Wilma war tot, gestorben längst vor ihrer Zeit.

13 NIMM EIN KLEINES STÜCK MEINES HERZENS, BABY!

Mit schwitzigen Händen stieg ich am nächsten Tag die Treppe zum alten Musikraum hinauf. Ich hatte Angst, dass Kai nach unserer Auseinandersetzung nicht dort sein würde. Fast noch mehr aber fürchtete ich, ihn mit Kringelwellenhaaren zwischen den Instrumenten sitzen zu sehen.

Mir war von Anfang an klar gewesen, wie viel ihm der Talentwettbewerb bedeutete. Musik war Kais Lebensenergie, so wie es auch die meine war, und doch hatte ihn der Gedanke, vor der ganzen Schule aufzutreten, über die Maßen nervös gemacht. Er hätte mich an seiner Seite gebraucht, weil wir verdammt noch mal immer schon ein Team gewesen waren.

Mit klopfendem Herzen stand ich vor dem ungenutzten Klassenzimmer. Der Flur war leer, in der Ferne hörte ich jemanden lachen und schnelle Schritte, dann war es wieder ruhig. Die meisten Schüler waren schon unten auf dem Pausenhof. Doch ich stand hier oben, mit einer Hand auf meinem Bauch, weil mir mit einem Mal richtig schlecht war.

Ich würde Kai so gern die Wahrheit sagen, endlich Linneas und meine Verbindung vor ihm offenlegen, doch wie sollte ich das jetzt noch wagen? *Du bist wie eine Schwester für mich,* formte sich eine andere Erinnerung in meinem Kopf und sackte schwer auf den Grund meines Herzens.

Bevor ich es mir wieder anders überlegen konnte, fasste ich mir ein Herz und drückte die Klinke nach unten. Wenn ich Kai aus Angst aus dem Weg ging, würde es zwischen uns nur immer seltsamer werden.

Und dort war er – zwischen muffigen Vorhängen und Melodien längst vergangener Tage.

Kai saß mit dem Rücken zu mir am Flügel. Zusammengesackt, die Stirn gegen den Halter für die Notenblätter gelehnt. Die Arme hingen einfach herab, jede Spannung war aus seinem Körper gewichen. Ich schrak zurück, denn er sah so furchtbar verletzlich aus. Dieser Augenblick war nicht für mich bestimmt, doch als ich mich gerade abwenden wollte, ertönte Kais Stimme: »Was machst du hier?«

Natürlich wusste er, dass ich es war. Wer sonst sollte um diese Zeit in diesen staubigen Raum kommen, außer Atem, mit dem Kopf voller Fragen und Sorgen.

»Wegen gestern –«

»Du hast mich bei einer Sache hängen lassen, die mir wichtig gewesen ist«, sagte Kai, während er sich mir nun doch zuwandte. Er straffte die Schultern, Entschlossenheit zeichnete sich auf seinen Zügen ab. »Und das tut weh. Ich habe keine Ahnung, was du von mir erwartest, aber ich kann jetzt nicht so tun, als wäre alles in Ordnung. Und als wären diese ganzen Worte nicht zwischen uns gefallen.«

Schon wieder wusste ich nicht, wie ich reagieren sollte, denn er hatte doch recht mit allem, was er sagte. Und es ging natürlich nicht nur um diesen einen Tag, ich war mit meinen Gedanken schon weitaus länger überall und nirgends gewesen.

»Und das heißt?«, fragte ich leise.

Kais Miene wurde weicher, und das schmerzte sogar noch mehr. Ein bisschen sah er wie ein schöner, aber trauriger Engel aus.

»Ich brauche einfach etwas Zeit.«

Früher hätte ich so etwas Bedeutsames wie den Talentwettbewerb nicht vergessen. *Früher* hätte Kai aber auch bei jeder Begrüßung die Arme ausgebreitet, damit wir albern sein und ich hineinspringen konnte. Wir lebten nun einmal nicht in der Vergangenheit, sondern im Moment. Was blieb mir also anderes übrig, als seinen Wunsch zu akzeptieren.

Ich drehte mich um und ging.

Meine Eltern nannten es zwar nicht Hausarrest, aber letztendlich war es genau das, was sie mir nach meinem sonntäglichen Ausflug an den See aufgebrummt hatten. An Mamas, vor allem aber Papas enttäuschter Miene erkannte ich, dass ich den Bogen dieses Mal wirklich überspannt hatte.

»Du treibst dich nur noch draußen herum und niemand weiß, wo du bist«, warf meine Mutter mir vor.

»Früher habt ihr euch immer gefreut, dass ich so viel in der Natur bin.«

»Wir wissen nicht, mit wem du deine Zeit verbringst«, schaltete sich Papa ein. »Aber es gefällt uns nicht, wie es dich verändert.«

»Und du hast uns angelogen, Kalliope. In diesem Haus sind wir ehrlich zueinander.«

Ganz sicher wollte ich nicht immer die eine Tochter sein, die es ihnen schwermachte, aber *sie* brachten mich doch genauso sehr an meine Grenzen.

Ich durfte mit dem Rad zur Schule fahren und dann wieder zurück, auf direktem Weg, nicht einmal die kleinsten Umwege über die Hauptstraße oder den Marktplatz waren erlaubt. Kai sah ich nach unserem kurzen Gespräch in der Schule nur aus der Ferne oder ich vermutete ihn im Schuppen, wo unser Auto stand, wenn ich nachts den Lichtstreifen unter der Tür sah. Am Mittwoch pumpte er vor dem Haus die Reifen seines Fahrrads auf und ich ertappte mich dabei, wie ich auf seine sehnigen Unterarme starrte. Am Freitag sah ich Matthi, Jutta und ihn vor dem Sportplatz stehen. Ich hatte nur Augen für das bezaubernde Lachen, das Jutta ausschließlich für Kai zu lachen schien. Sonntags lief ich hinter Großmutter und Klio den Mittelgang in der Kirche hinunter und war für einen kurzen Moment nur wenige Zentimeter von ihm entfernt – keiner von uns suchte den Blick des anderen.

Diese viele Zeit, die mir ohne die Momente am Blauwasser und das ganze *Draußen* blieb, quälte mich. Ich bemühte mich, sie mit etwas Sinnvollem zu füllen. Vor allem nach dem, was an diesem einen Nachmittag wieder einmal mit Papa geschah.

Mama machte im Obergeschoss sauber, während ich mangels Alternativen bei Großmutter und ihm im Wohnzimmer saß. Plötzlich ertönte ein lautes Krachen, welches sogar Oma und mich hochfahren ließ, und etwas fiel polternd die Treppe hinunter.

Papa schrak zusammen, krümmte sich mit weit aufgerissenen Augen auf dem Sofa und blieb einige Zeit völlig weggetreten sitzen. Leere im Blick. Mit bleichem Gesicht scheuchte Mama uns aus dem Wohnzimmer. Später erklärte sie uns betreten, dass sie es gewesen war, die aus Versehen die große Tonvase neben dem Treppenabgang umgestoßen hatte. Hinter der geschlossenen Tür war ihre Stimme nun in einem so sanften Ton zu hören, den sie ausschließlich meinem Vater gegenüber anschlug. Kurz darauf ertönte seine Lieblingsplatte. Trotz der beschwingten Melodie fühlte ich mich furchtbar. Mir war eiskalt. Es war eine Sache, von Papas Dämonen zu wissen, aber etwas völlig anderes, sie so deutlich vor Augen geführt zu bekommen, wenn man gar nicht damit rechnete.

Während ich ihn in den Tagen nach dem Vorfall kaum zu Gesicht bekam, suchte ich noch verbissener nach einem Lied für ihn. Noten für Noten, die seine Seele erreichen würden. Ich saß auf dem Bett in meinem Zimmer und setzte Melodien zusammen, orientierte mich an den Rhythmen, die Papa gefielen, feilte und probierte, verwarf und begann von Neuem. Doch jeder Ton schien von meiner düsteren Stimmung wie von einem feinen Nebel umhüllt zu sein. Stunde um Stunde, Tag um Tag verging, und immer noch blieb da neben der Schule viel zu viel Zeit. Oft stand ich an meinem Fenster und starrte auf die nahezu kahlen Bäume draußen, nur in Gesellschaft meiner kreisenden Gedanken. Während die Äste sich im Wind bewegten, verschwammen sie mehr und mehr. Und vor mir wurden meine Gedanken zu Bildern.

Linnea und Eskil, das Flutenmädchen und der Prinz mit Muscheln im Haar. Ihre drei Töchter, halb Kinder des Landes, halb solche des Meeres.

Eine Legende, die auf wahren Begebenheiten beruhte und von zahlreichen Generationen ausgeschmückt worden war, war das Eine. Eine Art Weissagung jedoch etwas vollkommen anderes. Und überhaupt war das die mieseste Prophezeiung, von der ich jemals gehört hatte:

Du wirst geboren, wenn es Sternschnuppen am Himmel gibt, findest die große Liebe, aus der nur Unheil und Schmerz folgen. Und außerdem stammst du von einer Frau ab, die nur einen Tag lang schwanger war. Ach ja, und ein halb magisches Wasserwesen bist du theoretisch auch noch.

Wow.

Trotzdem dachte ich unwillkürlich an Kai mit der Korallenkrone, an den Glühpunkt in meinem Bauch und die Wärme seiner Haut, wie er sich in seinem Gitarrenspiel verlieren konnte, wie seine schönen Hände das Lenkrad fest umfassten oder seine Worte auf Papier glänzten.

Kai war mein Kompass.

Ich durfte nicht darüber nachdenken, dass all das wahr sein könnte. Musste den Asteroidenschauer am Tag meiner Geburt als

Zufall nehmen und an den Rand meines Bewusstseins schieben. Ebenso die *glühende Sonne* an Klios Geburtstag und den *versinkenden Mond* in Eratos Fall. Ich musste all das vergessen, denn was auch immer Kai für mich war – er war etwas anderes als mein bester Freund.

Es schauderte mich.

Ohnehin hatte ich das Gefühl, diese unterschwellige Kälte würde gar nicht mehr verschwinden. Manchmal schien alle Luft aus dem Raum zu weichen, und es war, als bliebe mir nur noch ein schmaler Halm, durch den ich atmen konnte.

Erato wollte ich mit all dem noch nicht belasten, doch zumindest Klio musste ich früher oder später eine Version von Großmutters Wahrheit erzählen. Bisher hatte ich ihr ausweichen können, doch meine kleine Schwester bohrte immer wieder nach, ob ich inzwischen mit Oma gesprochen hätte. Dieses Beschützerherz, dieses Löwenbrüllen in meinem Kopf, weil meinen Schwestern unter gar keinen Umständen etwas zustoßen durfte, war neu. Doch in welcher Gefahr sollten die beiden letzten Endes schweben? Von dem Moment, in dem Jungs mit einem Mal interessant wurden, waren sie noch weit entfernt, und von der Liebe wussten sie noch viel weniger als ich.

Beinah hätte ich laut aufgelacht. Das waren genau jene Beweggründe, wegen derer Großmutter mir gegenüber so zögerlich gewesen war. Genau die Gründe, wieso ich hatte nachhaken müssen, ehe sie mir die ganze Geschichte von Linnea und Eskil erzählt hatte.

Vielleicht war es egal, ob es um eine märchenhafte Familiensage oder tatsächlich einen handfesten Fluch ging. Vielleicht begriff ich langsam bloß, dass Worte, einmal gehört, nie mehr aus den eigenen Gedanken verschwanden.

Nach einer weiteren Woche, in der es nur die Schule und mein Zimmer gegeben hatte, fuhr ich am ersten Tag meiner wiedergewonnenen Freiheit als Erstes zum *Glühwürmchen* hinauf, direkt nach dem

Unterricht. Normalerweise bereiteten Kai und ich unser Baumhaus schon deutlich früher auf den nahenden Winter vor, doch dieses Jahr war so vieles anders. Wir hatten uns gestritten und nun brauchte er Zeit.

Ich stopfte die Löcher in der Wand also allein mit Moos und abgebrochenen Ästen, flickte das Dach und klopfte die lockeren Sprossen wieder fest in den Stamm. Inzwischen war es Anfang November und ich saß nun jeden Nachmittag dort oben, füllte Kerzen auf, ging die vielen Decken sorgfältig nach Löchern durch, tat alles, um aus dieser Sommeroase einen gemütlichen Zufluchtsort für den Winter zu machen.

Einmal, als die Sonne schon tief stand und die Pferde im goldenen Licht auf der Weide grasten, überrollte mich der Gedanke, was wohl aus dem *Glühwürmchen* werden würde, wenn Kai und ich nicht mehr da wären. Nach dem Leben in unserem magischen Baumhaus kam die Reise, von der wir eine Ewigkeit geträumt hatten, und damit würde das wahre Leben losgehen; das Erwachsensein und eigene Entscheidungen treffen, das Für-sich-selbst-Einstehen – vorausgesetzt natürlich, Kai verzieh mir mein blödes Verhalten.

Da kam mir mit einem Mal diese eine Idee, mit der ich einige Dinge vielleicht wiedergutmachen konnte.

Die Bücher aus der Bibliothek brauchte ich jetzt nicht mehr, um mich nachts von den Albträumen abzuhalten. Ich saß in meinem Zimmer, schnitt und klebte, bastelte und flocht. Ich zeichnete, malte Kreise und zog Linien, der ganze Zimmerboden war übersät von Tonpapier und bunten Schnipseln. Und die ganze Zeit dachte ich dabei mit klopfendem Herzen an Kai. Es war Ende der ersten Novemberwoche, als ich endlich mit einem vollgepackten Rucksack die alte Weide hinauffuhr.

Kurz davor hatte ich das erste Mal seit einer Ewigkeit einen Zettel in den gelben Eimer gegenüber geworfen.

Mit zitternden Händen saß ich dort oben, mitten im *Glühwürmchen*, das seinem Namen heute alle Ehre machte. Es musste von außen wie ein goldener Punkt zwischen dunklen Tannen und Nachthimmel wirken. Im Inneren hatte ich überall kleine Lichter aufgestellt, die Kissen gemütlich arrangiert und die Wände mit Tüchern behängt, sodass es aussah, als säße man in einem Zelt. Dicht unter der Decke hatte ich das Banner aufgespannt, das dem Original aus der Schule nachempfunden war. Sogar dieselben komischen Luftballons hatte ich aufgetrieben und an das Buffet gedacht, das in diesem Fall aus ein paar Resten aus unserem Kühlschrank und einigen Teilchen vom Bäcker bestand. Daneben stand noch eine Flasche Wein – für den Fall, dass es gut laufen sollte.

Die Kerzen brannten herunter, Kai tauchte nicht auf. Doch als ich gerade alles zusammenpacken wollte, machte ich zwischen den Bäumen ein schwaches Leuchten aus. Das musste er sein. Kai und das Licht an seinem Rad am unteren Ende der Weide.

Am liebsten wäre ich aufgesprungen und nervös hin und her gelaufen, doch dafür war es hier drin zu eng. Ich blieb also auf den Fersen sitzen, atmete tief ein und aus. Ein kurzes Blinzeln und im nächsten Moment schwang die Luke nach innen auf.

Als Erstes sah ich den schwarzen Haarschopf, den dicken Schal, der bis zur Nase hochgezogen war, dann zog Kai sich halb in das warme Innere des Baumhauses hoch. Er blickte sich um, betrachtete jedes einzelne Detail und sah zum Schluss mich an. Kai sagte nichts, und mit einem Mal kam ich mir dämlich vor mit meiner komischen Bastelaktion.

Was hatte ich auch erwartet?

Trotzdem hielt ich mich an meinen Plan, denn ich hatte ja nichts zu verlieren.

»Kurz bevor dieses herausragende Jahrzehnt zu Ende geht, dürfen Sie heute Nacht Zeuge eines ganz besonderen Spektakels werden«, sprach ich in meine Faust, die ich wie ein Mikrofon an meinen Mund hielt. »Es wird kreativ, es wird weltenverändernd, vor allem aber wird es musikalisch. Ganz außergewöhnliche Künstler warten darauf, Sie heute Abend zu verzaubern.« Ich machte eine Kunstpause und legte noch mehr Euphorie in meine Stimme, als ich weitersprach: »Herzlich willkommen zu *Kalliopes und Kais Talentwettbewerb*.«

Noch immer kniete Kai halb auf den Sprossen, halb im Inneren. Durch die geöffnete Luke drang ein kalter Schwall Luft herein, und noch immer sprach er nicht. Viel weiter hatte ich nicht gedacht, ab jetzt musste ich improvisieren. Doch dann überraschte Kai mich, indem er doch ganz hineinkletterte und die Luke zuzog, mit Entschlossenheit und einem Blitzen in den Nachthimmelaugen.

»Wer tritt als Erstes auf?«, wollte er wissen.

Mein Herz raste, denn Kai war so niedlich mit seinen von der Kälte geröteten Wangen und den chaotischen Haaren. Plötzlich schien es deutlich enger hier drin, seine Arme und Beine waren überall und ich gab mir größte Mühe, ihn nicht so offensichtlich anzustarren.

»Eine gewisse …«, ich zögerte und tat, als würde ich von einer Karte ablesen: »Kalliope Faeth.«

Kai zog Schal und Jacke aus, schnappte sich ein Stück Käse vom *Buffet* und blickte mich erwartungsvoll an.

»Bühne frei!«, rief ich und pustete eine Reihe der Kerzen aus, um für eine mystischere Stimmung zu sorgen.

Ich wollte *Piece of my Heart* singen, eines meiner liebsten Janis-Joplin-Lieder. Meine Stimme war nicht so tief oder sturmhaft wie die meines Idols, aber es war meine: hell, heiser, ein bisschen kratzig. Und hierbei ging es ja nicht um sie, sondern allein um Kai.

Um Kai und mich und uns zusammen.

Ich atmete tief ein und aus, dann schloss ich die Augen, fühlte mich in all die Töne, die in mir warteten, hinein und ließ sie in meinem Kopf erklingen.

Ich öffnete die Lider wieder und ließ meinen Blick in Kais schwarzen Augen ruhen, ehe ich endlich zu singen begann:

Habe ich dir nicht das Gefühl gegeben, dass du der einzige Mann bist?
Habe ich dir nicht alles gegeben, was einer Frau möglich ist?
Aber auch mit all der Liebe, die ich dir gebe, ist es nie genug.

Die Klänge schlichen sich meinen Hals hinauf, sammelten sich warm und süß in meinem Mund, bevor ich sie über meine Lippen in die Welt entließ. Sonst hatte ich immer mit Kai zusammen gesungen oder allein, aber niemals *für* ihn. Es war ein berauschendes Gefühl, seinen intensiven Blick ununterbrochen auf mir zu spüren, während ich eine ganz eigene Welt für uns erschuf.

Aber ich werde dir zeigen, Baby, dass eine Frau stark sein kann.
Also komm schon,
nimm jetzt noch ein kleines Stück meines Herzens, Baby.

Ich wiegte mich im Sitzen von links nach rechts, spürte meine Haare über meine Oberarme streichen und stellte mir für den Bruchteil einer Sekunde vor, es wären Kais Musikerhände. Der Gedanke ließ Hitze in mir aufsteigen und brachte mich aus dem Takt. Noch mehr, als ich realisierte, welche Worte mein Mund sprach.

Ich sang lauter, während Kai ganz still dasaß, mir mystisch und besonders erschien im warmen Kerzenlicht. Und mit jeder Zeile versuchte ich ihm zu sagen, dass er sich auf mich verlassen konnte, dass es vielleicht Dinge gab, die ich unmöglich aussprechen konnte, aber dass er mir näherstand als irgendjemand sonst. Dass ich für ihn da sein wollte.

Nimm jetzt noch ein kleines Stück meines Herzens, Baby.
Brich jetzt noch ein bisschen mein Herz, Honey.
Bestimme jetzt noch über mein Herz, Baby.
Nimm jetzt noch ein kleines Stück meines Herzens, Baby.

In den Sekunden, nachdem der letzte Ton verklungen war, rührte sich keiner von uns beiden. Kai blinzelte und klatschte erst mit Verzögerung in die Hände.

Ich verbeugte mich so gut es ging, spürte das breite Grinsen in meinem Gesicht und im ganzen Körper. Das, was ich hier tat, so behämmert und kitschig und übertrieben es auch wirken mochte, fühlte sich genau richtig an. Denn was war schon albern, wenn Kai und ich zusammen waren?

Erneut hielt ich meine Hand wie ein Mikrofon an die Lippen und verkündete: »Sehr geehrte Damen und Herren, nachdem Kalliope Faeth Ihnen ordentlich eingeheizt hat, kommen wir nun zum wahren Star des Abends. Der Mann, auf den Sie alle gewartet haben. Das Genie auf der Gitarre, der fulminante …«, ich zog den Moment in die Länge, ehe ich rief: »Kai Maaaaartin!«

Schon wieder konnte ich nicht sagen, was als Nächstes geschehen würde. Würde Kai die Einladung annehmen und mitmachen?

»Ich habe meine Gitarre nicht dabei.«

»Du hast deine Stimme«, forderte ich ihn heraus, woraufhin er das Gesicht verzog.

»Das ist nicht dasselbe wie bei dir.«

»Du wolltest über dich hinauswachsen«, meinte ich und rutschte neben ihn, um Platz auf der *Bühne* zu schaffen. »Das hier ist *deine* Chance, genau das zu tun.«

Dann schob Kai sich an mir vorbei und setzte sich unter die hängenden Tücher. Sein Körper streifte meinen und brachte diesen speziellen Kai-Duft mit sich, der auf diese perfekte Art mit dem Wald verschmolz. Mehrere Augenblicke lang sahen wir uns nur an. Irgendwann nickte ich, um zu signalisieren: *Du schaffst das. Du hast das beste Publikum, denn ich werde deine Musik sowieso immer gut finden.*

Und genau so war es – wenn nicht sogar deutlich besser als *gut*.

Während der ersten Takte von Jimi Hendrix' *Purple Haze* kippte Kai mehrmals die Stimme weg, denn er war es nicht gewohnt, sie das Instrument sein zu lassen. Sein *Melodienwohlfühlort* war der Hohlraum einer Gitarre, so etwas wie sein Sprachrohr für die Rhythmen in seinem Kopf. Doch mit jeder Note wurde seine Stimme kräftiger, der Klang wärmer, wurde mehr und mehr zum gänsehautbereitenden Samt, der seinen Worten stets anhaftete. Kai streichelte und umarmte mich mit diesem Lied, berührte mich mit jedem einzelnen Ton. Er musste sich räuspern, nachdem er die letzte Strophe beendet hatte. Denn Kai erwischte mich dabei, wie ich all das Vertraute und all das Neue in seinem Gesicht betrachtete. Am liebsten hätte ich das Grübchen auf der linken Seite berührt, wäre jede Linie mit dem Zeigefinger nachgefahren, um zu schauen, ob seine Züge tatsächlich so perfekt symmetrisch waren.

O Gott.

Schnell erklärte ich ihn zum Sieger des Abends.

Wir sangen noch eine Weile füreinander. Abwechselnd und mit immer neuen verrückten Persönlichkeiten, die wir uns extra dafür ausdachten. Ich war eine böse Erfinderin, die die Sonne klauen wollte und eine Ode auf den Feuerball zum Besten gab. Kai wurde zu einer verschollenen Prinzessin, die sich momentan auf einer Eisscholle in der Arktis versteckte und zusammen mit den Eisbären ihre Lieder sang.

Ich war aufgedreht, voller Glücksgefühle, weil zwischen uns fast alles wie immer war. Bis auf diese zufälligen Berührungen, die mich innerlich aufseufzen ließen. Wir lagen auf dem Bauch und diskutierten, dann wieder auf dem Rücken mit dem Blick in Richtung Dach und Holzmaserung. Das mitgebrachte Essen wurde immer weniger, irgendwann öffnete ich den Wein.

»Hast du sogar Frau Meiers Handschrift für das Banner nachgemacht?«, wollte Kai nach dem ersten Schluck wissen. Mittlerweile lehnte er an der Wand gegenüber dem Fenster, während ich immer noch auf dem Rücken lag.

»Das ist meine eigene.« Ich kicherte. »Aber danke. Sieht scheinbar genauso schlimm aus.«

»Oh.« Kais Wangen röteten sich. »Das hier«, mit einer vagen Geste umfasste er den winzigen Raum, »ist nicht nur die schönste Entschuldigung, die ich jemals bekommen habe, es ist auch einfach ... Ich finde das so besonders.«

Bei diesen Worten musste ich schwer schlucken.

»Ich weiß, dass nichts davon wiedergutmacht, dass ich dich sitzengelassen habe, und wir können diesen Tag nicht nachholen oder es nächstes Jahr nochmals machen ... Aber –«

»So ist es perfekt, Kalliope.«

Zaghaft fragte ich: »Können wir also wieder ... Freunde sein?«

»Das sind wir immer, auch wenn wir einmal unterschiedlicher Meinung sind.«

Unsere Arme stießen aneinander und dieses Mal zuckte keiner von uns zurück. Doch wieso fühlte sich das Wort *Freunde* mit einem Mal trotzdem so bitter – so falsch – an?

Ich wandte den Kopf zur Seite. Kai lächelte und für den Bruchteil einer Sekunde hatte ich das Gefühl, ihm würde es ähnlich ergehen wie mir.

»Dieses ... Mädchen, nach dem du mich mehrmals gefragt hast«, begann er irgendwann, als der ganze Wein ausgetrunken war. In seinem Mundwinkel hing ein einzelner roter Tropfen.

»Du musst mir nichts erzählen«, sagte ich sofort, denn nun war ich diejenige, die etwas nicht hören mochte. Davon abgesehen, hatte ich mich blöd verhalten und wollte Kai seine Geheimnisse und Gedanken lassen.

»Es ist nur ...« Er lehnte sich vor, sodass er mich besser ansehen konnte. Ich blickte nach oben, und da schwebte direkt über mir sein Gesicht. »Ich möchte dir kein blödes Gefühl geben und dir deshalb sagen, was passiert ist.«

»In Ordnung.«

Doch wie sollte ich Kai zuhören, wenn mir nur auffiel, dass seine Oberlippe ein bisschen voller war als die untere? Würde sich das anders an-

»Wobei«, Kai lachte nervös auf, »so viel gibt es da gar nicht zu erzählen. Wir kennen uns schon eine ganze Weile, nur dass es sich mit einem Mal irgendwie anders angefühlt hat. Ich habe plötzlich nicht mehr das Mädchen, sondern die Frau gesehen – es ist komisch, es zu erklären.« Er hielt inne und je stärker diese Worte über eine andere schmerzten, desto breiter wurde mein falsches Lächeln.

»Wie ist sie so?«, presste ich hervor.

»Das ist ja das Verrückte. Sie ist voller Gegensätze, lustig und sprüht vor Ideen und ist ganz anders als ich.« Kais Augen leuchteten bei diesen Worten, doch irgendeine Art von Schmerz lag dahinter.

»Du hast gesagt, dass es vorbei war, bevor es überhaupt angefangen hat. Was ist passiert?«

»Nichts, es ist gar nichts geschehen«, raunte Kai. »Genau das ist ja das Problem. Ich denke, dass sie mich nie auf diese Art sehen wird. Vielleicht mache ich mich am Ende nur lächerlich, wenn ich es weiter probiere.«

Wenn du nur wüsstest, wie gut ich dieses Gefühl kenne, schrie mein Herz.

Ich sehe nur noch dich.

Und du siehst sie.

»Du machst dich nicht lächerlich«, sagte ich und versuchte das Zittern in meiner Stimme zu unterdrücken. »Jeder Mensch kann sich glücklich schätzen, *dich* in seinem Leben zu haben. Und ehrlich gesagt finde ich es sogar mutig, dass du nicht aufgeben möchtest.«

»Wirklich?«

»Ja«, sagte ich und stupste ihn betont kumpelhaft in die Seite. »Genau das macht dich doch aus. Du bleibst an einer Sache dran, bist beharrlich. Wenn du das auch bei ihr bist, dann muss sie es wert sein.«

Für einen kurzen Moment gab es nur Kerzenschein und Schatten auf Kais Gesicht und ein Vibrieren in der Luft.

»Deshalb kamen immer weniger Briefe von mir«, flüsterte Kai.

»Ich wusste nicht, wie ich all das aufschreiben und dir erzählen sollte. Es dir nicht zu sagen, hat sich aber genauso falsch angefühlt, dann habe ich mich lieber gar nicht mehr gemeldet. Ich weiß, dass das blöd war.«

»Vielleicht«, erwiderte ich. »Aber das ist doch in Ordnung. Ich habe auch nicht alles richtig gemacht. Und diese ganze Sache mit dem … Lieben und Verlieben ist irgendwie so verdammt kompliziert.«

Zumindest schien sie das zu sein. So richtig wusste ich es ja nicht.

»Dieses ganze Erwachsenwerden ist kompliziert«, stöhnte Kai und ließ den Kopf einen Moment nach hinten gegen die Wand sinken. »Ich habe das Gefühl, als müsste ich ständig alles hinterfragen und überall bei null anfangen.«

»Wenn ich zu viel über die Zukunft nachdenke, ist es, als würde ich einfach wie ein Luftballon davonschweben«, stimmte ich nachdenklich zu. »Einfach, weil ich abgesehen von dieser Reise immer noch nicht den großen Plan für mein Leben habe. Ich denke, der Wunsch, Sängerin zu sein, reicht nicht aus. Und eigentlich will ich ja auch noch gar nicht *alles* wissen – nur scheinen das alle anderen irgendwie zu erwarten.«

Mitfühlend blickte Kai zu mir hinunter.

Mit einem Mal hob er den Arm. Es war eine stille Aufforderung, der ich mit klopfendem Herzen nachkam. Ich setzte mich auf und rutschte in diese Umarmung hinein, bis mein Kopf zwischen Kais Schulter und seiner Brust lag. Und in mir wurde alles ganz ruhig. Selbst mein Herzschlag verlangsamte sich, obwohl mein ganzer Arm überall dort kribbelte, wo Kai mit der Hand federleicht auf und ab strich.

»Du musst überhaupt nichts«, meinte er sanft und dabei klang seine Stimme so tiefgolden, wie das Holz um uns schimmerte.

Eine Ewigkeit hatten wir nicht mehr auf diese Art nebeneinandergesessen. So eng und nah und vertraut, Kais Arme derart sanft und selbstverständlich um meinen Körper geschlungen. Es war wie früher und doch fühlte sich nichts daran unschuldig an, denn inzwischen wollte ich so viel mehr.

Ich seufzte und aus Versehen streiften meine Lippen dabei über seinen Hals. Die Haut war so warm, roch so verführerisch nach Kai und Wald. Und alles, was ich wollte, war, über seine Haut zu lecken und zu wissen, wie er schmeckte. Mein Herz stolperte über dieses Verlangen, sehnte sich, wollte Kai küssen. Wollte Gang fünf hier und jetzt.

»Ich passe auf dich auf«, raunte Kai und ich flüsterte atemlos:

»Ich brauche keinen Beschützer.«

»Das weiß ich.« Er senkte die Stimme. »Ich tue es, weil es normal ist, wenn man jemanden gernhat.«

»Dann will ich auch auf dich aufpassen.«

Kai verdrehte spielerisch die Augen, woraufhin ich ihm mein süßestes Lächeln schenkte. Innerhalb von Sekunden spiegelte es sich auf seinen Lippen und für diesen Moment war meine Welt ganz.

14 GLÜHPUNKTBAUCHSTERNE

Später schoben Kai und ich unsere Räder am Blauwasser entlang. Es war weit nach Mitternacht, doch heute stand die Zeit still.

Schon von Weitem war das Feuer zu sehen. Immer wieder flackerte es zwischen den schmalen Baumstämmen auf der anderen Uferseite auf, und wenn ich genau hinhörte, dann war da nicht nur der Schrei einer Eule, sondern auch leise Musik, darunter Stimmen und Gelächter.

»Ich bin ein bisschen nervös«, gab Kai zu.

»Das musst du nicht sein«, sagte ich. »Sie werden dich lieben, da bin ich mir ganz sicher.«

Für einen kurzen Moment beschlich mich der Gedanke, dass Kais Aufregung gar nicht daher rührte. Vielleicht ging es vielmehr darum, dass *er* derjenige war, der mit den Blumenkindern nichts anfangen konnte.

Doch ich wollte das, ich musste das tun.

Vielleicht wollte ich Kai nicht all meine Geheimnisse erzählen, doch ich wollte ihn wieder Teil meines *ganzen* Lebens sein lassen. Und dazu gehörte auch, dass ich ihn mit zu den anderen nahm.

»Sind sie das?«, wollte er wissen, als die ersten Silhouetten vor den Flammen sichtbar wurden.

Aufgeregt bejahte ich und beschleunigte meine Schritte. Kies knirschte unter den Reifen meines Rads.

Ich hatte mich so oft versteckt, hatte es sogar vor Kai getan. Doch nun würde er eine andere Seite von mir kennenlernen.

Die Fahrräder lehnten wir an einen Baum, dann griff ich instinktiv nach Kais Hand und zog ihn mit in Richtung des Feuers. Mit sanftem Druck schlossen sich seine Finger um meine, waren angenehm warm und fest, und sofort hatte ich wieder seine warme Haut vor Augen, meine Lippen an seinem Hals und wie ich sie bis zu seinem Mund hinaufwandern lassen würde.

Ich schaute Kai an, wandte den Blick aber schnell wieder ab, als er mein Starren bemerkte. Bestimmt sah er die tausend Glühpunktbauchsterne in mir, zumindest zuckten seine Mundwinkel auf diese spezielle Art.

Hanni entdeckte uns als Erste.

Sie hob beide Arme und begann energisch zu winken. Bei jeder anderen Person wäre das übertrieben gewesen, so war es aber einfach nur Hanni mit dem wilden Herzen. Neben ihr am Feuer sah ich Wolf, Christa saß vor ihm zwischen seinen Beinen, die Hände hatten sie auf ihrem Bauch ineinander verflochten. Während sie die Lider entspannt geschlossen hatte, war Wolf in ein Gespräch mit Elisa und einem anderen Kerl aus der Gruppe vertieft. Ich erkannte noch ein paar Leute, denen ich in Wolfs Hütte begegnet war, und mein Herz hüpfte.

Nach und nach erhoben sich alle.

Ich wurde in Umarmungen gezogen, Hände streichelten mich, fuhren mir über die Haare und Lippen sagten meinen Namen dicht an meinem Ohr. Christas Ketten klimperten mit den Perlen, die Hanni in den schwingenden Haaren trug, um die Wette. Wolf und Elisa drückten mich fest.

»Ist dein Hausarrest endlich vorbei?«, wollten sie wissen.

»Wir haben dich vermisst«, sagte Hanni und ich dachte, dass sich das hier wie ein *Zuhause* anfühlte. Diese Menschen, die ich erst seit wenigen Wochen kannte und die mich und meine Existenz doch auf berauschende Art verstanden.

Kai war etwas abseits stehen geblieben, hatte die Hände in die Hosentaschen geschoben und beobachtete uns. Schnell löste ich mich aus dem Knäuel und stellte ihn allen vor. Dabei war er so sehr Kai: zunächst still und höflich zurückhaltend, ehe er langsam auftaute.

Es war seltsam, dabei zuzusehen. Das Lächeln, das er Christa schenkte. Der feste Händedruck, mit dem er Wolf begrüßte. Kais schmale Statur neben seiner Muskulöseren. Wie Hanni und er über irgendetwas lachten, was unsere Lateinlehrerin betraf. Und dennoch kollidierten zwei Welten, während wir um das Feuer zusammensaßen.

Wir teilten uns das restliche Essen, das Kai und ich aus dem Baumhaus mitgebracht hatten. Irgendwann landete eine Gitarre auf seinem Schoß, zusammen mit Wolf spielte er wunderschöne Rhythmen, während es mich zu denen zog, die aufsprangen und tanzten. Heute bewegten sich Schals statt bauschiger Röcke zu unseren Schritten, schimmerten lange Haare unter Wollmützen im Feuerschein. Der Sommer mochte längst vorbei sein, doch wir trugen die Sonne im Herzen.

Und ganz gleich, wo ich dabei war – zwischen kahlen Bäumen, direkt am Ufer des Sees oder auf einem der riesigen Felsen davor –, mein Blick flog immer wieder voller Sehnsucht zu Kai. Und jedes Mal, wenn er genau dann hochsah und lächelte, löste sich diese Angst in meiner Brust ein Stückchen weiter.

Heute war alles anders.

Es spielte keine Rolle, dass ich mich so häufig mit meinen Eltern in die Haare bekam. Dass meine Zeit hier ablief und ich diesem

Moment, wenn die Schule für immer vorbei sein würde, gleichermaßen entgegenfieberte, wie ich ihn fürchtete. Auch meine Träume, Linnea und Eskil schienen so unendlich weit weg – nur ihre leisen Magiefunken waren geblieben.

Sie sprühten und knackten und knisterten, als ich zu Kai trat und ihm die Gitarre aus der Hand nahm. Gemeinsam und mit ineinander verflochtenen Fingern steuerten wir das Ufer an. Und mit jedem Schritt, den Kai und ich gemeinsam am Wasser taten, fiel die Zurückhaltung in sich zusammen. Vorhin erst hatte ich ihm gesagt, dass nichts lächerlich daran sei, für jemanden zu schwärmen, der diese Gefühle womöglich nicht erwiderte. Himmel, wieso sollte ich mir also nicht ebenso ein Herz fassen und dem Glühpunkteschwarm in meinem Bauch nachgeben? Wieso nicht herausfinden, wohin das führen würde?

Kurz flammte Großmutters Warnung in meinen Gedanken auf, doch weil ich mittlerweile mehr schwebte als lief, schenkte ich ihr keine Beachtung. Mein Blick fand nur immer wieder Kais dunkle Augen, und wenn ich ihn schnell wieder abwandte, sah ich die Silhouette seines Körpers sich wunderschön im See spiegeln. O Gott. Bei den Schmetterlingen in meinem Bauch war die Nähe zum Blauwasser gerade wohl mein geringstes Problem.

Irgendwann strandeten wir unter der Trauerweide, wo wir damals im Auto Kuchen gegessen hatten. Die langen Äste des Baums hingen tief in das Wasser hinunter. Der Mond hing irgendwo hinter Wolken verborgen und die Welt war in blauschwarze Schatten getaucht.

Weshalb das Unausgesprochene zwischen uns immer größer geworden wäre, fragte Kai mich unvermittelt. Dieses Mal hörte ich keinen Vorwurf in seiner Stimme, sondern es lag ein ganz gegensätzlicher Klang darin: sanft, nervös, wieder mit diesem verwirrenden Funken von einem *Mehr*.

»Ich glaube, ich habe mich zwischendurch selbst ein bisschen verloren. Aber … bei dir war das immer etwas anderes«, gestand ich ihm und auch mir selbst ein. »Vielleicht habe ich manchmal lockerer getan, als ich bin, die Sachen ein bisschen aufgebauscht, aber –«

»Aber ich wusste immer, was echt ist und was nicht«, ergänzte Kai. Die Schwärze um uns herum gab mir den Mut, die nächsten Worte auszusprechen.

»Ja, aber dann … habe ich irgendwann nur noch versucht, mich selbst zu spielen. Mich möglichst normal zu verhalten, aber möglichst so, dass du nicht merkst, wie sehr ich dich mag.«

Kai erwiderte nichts.

Überhaupt nichts.

In der Ferne waren die Lichter des Fests zu sehen, hier gab es nur die Konturen seiner schlanken Gestalt mit dem Gesicht im Schatten. Es war die Zeit für radikale Ehrlichkeit gekommen.

»Manchmal bin ich dir absichtlich aus dem Weg gegangen, weil sich auf einmal alles so kompliziert angefühlt hat.« Mein Herz schlug mit jedem Wort schneller. »Aber ich sehe plötzlich überall nur noch dich, Kai. Du bist einfach überall, in echt und in meinen Gedanken. Ich will bei dir sein und wenn du mich anschaust, dann macht mein Körper so …«

Ich brach ab, weil mich diese ganzen verwirrenden Gefühle und Sehnsüchte mit aller Kraft überrollten.

»Was macht dein Körper dann?«

Kais Stimme klang rau und die Welt begann sich zu drehen, als er einen Schritt auf mich zuging. Ästchen und Blätter raschelten unter seinen Füßen, die Weide ächzte im Wind.

»Ich spüre überall diese«, ich fuchtelte mit den Händen in der Luft herum, »komischen … seltsamen … Kribbelsachen.«

Kai reagierte wieder nicht, ich sagte auch nichts mehr. Es war eine Kettenreaktion, ein Kreislauf des Schweigens. Nur gedämpftes Gelächter und Feuerknistern ganz weit weg.

»Das ist gut«, durchbrach Kais Stimme schließlich die Stille.

Was zur Hölle war daran bitte gut?

Ich sollte umdrehen und so weit rennen, wie meine Beine mich nur tragen konnten. Mit einem Mal wollte ich überhaupt nicht mehr mutig sein.

»Ich fühle das auch«, fügte er da heiser hinzu. »Wenn ich ehrlich bin, habe ich schon lange gehofft, dass du mir irgendwann so etwas sagen würdest.«

Und mit einem Mal verstand ich gar nichts mehr.

»Ich ... du ... du hast gesagt, ich bin wie eine Schwester für dich.«

»Was hast du denn gedacht?« Kai lachte auf. »Du hast die ganze Zeit über irgendwelche Jungs gesprochen, die dir gefallen haben. Ich musste mir das anhören. Ich ... *verdammt*! Ich habe es gehasst, mir das vorzustellen. Und dieses Mädchen, nach dem du mich zuletzt ständig gefragt hast, das bist *du*, Kalliope!« Gequält rieb Kai sich über das Gesicht. »Ich konnte dir keine Briefe mehr schreiben, weil ich dir am liebsten jedes Mal gesagt hätte, wie klug und schön und lustig ich dich finde. Ich wusste überhaupt nicht mehr, wie ich mit dir reden sollte. Dann hast du irgendwann vermutet, dass ich während des Sommers auf jemanden stand, und es war so viel leichter, das nicht richtigzustellen.«

Mein Herz brannte

und auf einmal ging alles ganz schnell.

Der Himmel leuchtete auf, plötzlich tanzten Abertausende Sterne am Firmament, in immer schnelleren Kreisen. Und ich konnte nicht sagen, wer von uns sich zuerst bewegte, aber im nächsten Moment flogen wir aufeinander zu. Unsere Körper verflochten sich miteinander, und Kai war einfach überall. Warm und verheißungsvoll schwebten seine Lippen dicht an meinem Mund und mir schwindelte.

»Wir sind so blöd«, hauchte ich.

Noch nie waren mir Kais Augen derart dunkel erschienen. Sie waren schwarz wie polierter Onyx und in ihnen lag etwas Hypnotisches, das mir den Boden unter den Füßen wegriss.

»Wir sind richtig behämmert«, stimmte er zu.

»Wir hätten einfach miteinander reden können.«

»Hätten wir.«

Kai mit der melodisch-rauen Stimme.

Kai, der ein schlaksiger Junge war und im selben Moment ein Mann mit Entschlossenheit in den Zügen.

Kai, dessen strahlendes Lächeln die Welt zum Stillstand bringen konnte – so wie jetzt, als er mit den Lippen ganz vorsichtig über meine strich.

Ein Streichen, ein Abwarten, eine winzige Liebkosung, die mir als Wärme meine Wirbelsäule hinunterkroch und sich dann in meinem Bauch ausbreitete. Da waren nur noch sein Atem und benebelnde Gedanken, nur noch Karussellmomente und fehlendes Oben, noch weniger Unten.

»Kalliope«, drang der Klang meines Namens wie ein betörendes Rauschen zu mir. Und was in diesen vier Silben aus Kais Mund gesprochen mitschwang, ließ mich diesen Kuss noch mehr herbeisehnen. Lippen an Lippen – doch während ich sonst immer mit meiner Furchtlosigkeit prahlte, hatte ich jetzt nicht genug Mut, diesen Kuss so richtig zu beginnen.

Noch immer schwebten meine Hände irgendwo in der Luft, als hätten sie vergessen, wohin sie eigentlich gehörten. Ich stellte mich auf die Zehenspitzen und ließ sie langsam auf Kais Schultern sinken, hielt mich an ihm fest. Himmel, ich hatte gedacht, ich wollte jemanden, der den Ton angab und mindestens so laut war wie ich. Dass ich jemanden bräuchte, der Erfahrung hatte, aber das hier … Diese Mischung aus Unsicherheit und Verlangen, die ihm in das schöne Gesicht geschrieben stand, machten so viel mehr mit mir.

»Ich … ich möchte dich so sehr küssen«, wisperte Kai und nahm mein Gesicht zwischen seine Hände.

Mit jeder Silbe eine winzigste Berührung, streiften seine Lippen über meine. Sein Blick schien mich zu verschlingen, war im selben

Moment doch voller kribbeliger Wärme, die mir durch und durch ging.

Wie tief geht deine Glut?

Wie weit wurzelt dein Herz?

Und dann hauchte ich Kai mit flatternden Lidern einen Kuss auf den Mund. Es war egal, dass ich eigentlich keine Ahnung davon hatte. Alle Unsicherheit und Angst waren wie weggeblasen, als er mit einem erstickten Seufzen reagierte und mich fest an sich presste.

Kai küsste, küsste, küsste mich.

Und ich küsste ihn zurück.

Irgendwo in der Ferne knackte das Feuer, der Wind rauschte durch die Bäume und wirbelte das Wasser des Sees auf. Doch das hier war unsere stille Blase aus Magie und Glutherzen. Kais Mund war so warm und weich, liebkoste meinen langsam und mit einer Ruhe, hinter der etwas weitaus Dunkleres wartete. Seine Zunge tanzte mit meiner, neckte mich, erregte mich.

Sogar die Luft schien sich im Takt unseres Atems hin und her zu wiegen. Ich schob meine Hände unter seine Jacke, ließ sie über die schmale Brust und die Schultern hinaufgleiten, bis meine Fingerspitzen sich in seinem Nacken berührten und ich ihn noch näher zu mir zog. Endlich konnte ich die neuen Muskeln dort erforschen, endlich über seine Züge streichen und mich über jede Unebenheit in seinem Engelsgesicht freuen.

Ich spürte Kais Lächeln an meinen Lippen und öffnete blinzelnd die Augen. Hitze traf mich bis in mein Innerstes, der Blick unter halb gesenkten Lidern zog mich tiefer und tiefer, und für einen kurzen Moment sah ich all die tanzenden Sterne über uns zu Boden stürzen.

Kai küssen, Kai atmen, Kai denken.

Dann in ihm ertrinken.

Der kleine Punkt in meinem Bauch brannte und trieb durch meinen ganzen Körper, von den Zehen bis in die Fingerspitzen, und zum allerersten Mal wollte ich, dass Kai einfach *alles* sah.

15 HIMMELHOCHJAUCHZEND, ZU TODE BETRÜBT

Stundenlang fuhren Kai und ich mit dem Fahrrad umher, doch dieses Mal nicht nebeneinander und mit Wind in den Haaren, sondern nah, ganz nah, zusammen auf seinem Rad. Ich saß auf dem Lenker und in den Kurven lehnte ich mich absichtlich gegen ihn. Kais Atem streifte meine Wange, feine Bartstoppeln kitzelten mich an der Schläfe. Und ich jauchzte bei jeder Unebenheit der Straße, während wir gemeinsam über den Asphalt schossen, und zum ersten Mal fühlte sich das Dorf wie der aufregendste Ort der Welt an. Er präsentierte sich uns als Spielplatz, und wir entschieden, was die Regeln waren, was verboten und was erlaubt war.

Die Straßen waren nicht länger Asphalt, sondern glühende Lava, die irgendwo aus den Bergen floss. Auf ihnen konnten wir nicht länger fahren, nur auf den holprigen Wiesen und Äcker, die den Ort umgaben.

Der Glühpunkt in meinem Bauch war kurz davor zu bersten, mit jedem tiefen Blick aus Kais Augen. Die Wärme darin, das Begehren – nach beidem hatte ich mich mehr gesehnt, als ich vor mir selbst zugegeben hatte. Wir überlegten, was wir mit dem angefangenen Wochenende anstellen wollten, und ohne dass es einer von uns direkt aussprach, waren wir uns einig, uns wieder im Glühwürmchen zu treffen.

Alles schien in einen Zauber eingebettet zu sein. Als ich dieses Mal glaubte, der Himmel über dem Dorf würde an seinen Rändern bläulich aufleuchten, hatte ich keine Angst. Ich blinzelte und der Moment war vorbei. Wärme statt Gänsehaut. Doch als wir mit dem Sonnenaufgang in die Magnolienallee einbogen, entdeckte ich das parkende Polizeiauto vor dem Haus sofort.

Innerhalb von Sekunden kroch mir diese seltsame und doch bekannte Kälte unter die Haut.

»Soll ich mitkommen?«

Besorgt sah Kai zu mir hinunter, als wir zwischen den beiden Häusern vom Fahrrad stiegen.

Er drückte meine Hand.

»Musst du nicht.«

Mit einem Lächeln versuchte ich all die schrecklichen Bilder zu verbannen, die bereits vor meinem inneren Auge Gestalt annahmen. »Du weißt doch, dass Willie und Hans öfter einmal vorbeikommen.«

Die beiden Dorfpolizisten waren zusammen mit meinem Vater zur Schule gegangen, doch wenn sie sich jetzt trafen, dann redeten sie meist über den Krieg. Mamas perlendes Lachen dämpfte dabei gekonnt die Schwere einiger Themen ab.

»Sollen wir uns in einer Stunde wieder hier treffen?«, fragte Kai.

Ich nickte.

Doch auch der kurze, süße Kuss, den er mir zum Abschied auf den Mund drückte, konnte das flaue Gefühl in meinem Magen nicht vertreiben. Mit schweren Schritten ging ich auf die Haustür zu. Nach dem Fenster brauchte ich gar nicht erst zu sehen. Das hatte ich gestern nicht offen gelassen, weil ich nicht vorgehabt hatte, so lange unterwegs zu sein. Ich konnte mir schon ausmalen, wie meine Eltern gleich reagieren würden – so kurz nach meinem Hausarrest.

Obwohl die Tür beim Betreten des Hauses überlaut knarzte, blieb es ruhig. Weder vernahm ich Mamas geschäftiges Treiben in der Küche noch den tief dröhnenden Klang von Hans' Stimme, wenn er eine seiner Geschichten erzählte.

Vielleicht summte ich gerade deswegen eine Melodie vor mich hin. All das Düstere in meinem Kopf, all die unsinnigen Vorahnungen und Geschichten von Legenden und Unheil und Tod. All die Dinge, mit denen ich mir selbst das Leben schwergemacht und meine Gefühle für Kai unterdrückt hatte – das war nun endgültig vorbei. Nie wieder würde ich mir die Kontrolle über mein Leben von irgendjemandem oder von irgendetwas wegnehmen lassen.

Ich hängte meine Sachen an die Garderobe und fand Mama und die beiden Polizisten schließlich doch in der Küche. In der Mitte des Tischs stand eine bis zum Rand gefüllte Kanne, die Tassen waren jedoch leer.

»Hallo«, krächzte ich in die Runde.

Mir fiel auf, wie Hans die Polizeimütze in den kräftigen Pranken hielt und heftig knetete. Willie saß stocksteif da und sah in die Ferne.

»Setz dich, Kalliope«, verlangte Mama in ihrem Befehlston, den sie für ganz besondere Momente aufhob. Ja, ich war schon wieder nicht zum Abendessen aufgetaucht, aber würden wir dieses Gespräch wirklich vor Papas Freunden führen?

So etwas tat sie doch sonst nicht.

»Ich kann auch stehen.«

»Setz dich hin«, wiederholte meine Mutter und zündete sich mit zitternden Fingern eine Zigarette an. Sie fügte sogar ein schwaches »Bitte« hinzu, doch ich blieb trotzdem, wo ich war. Irgendetwas stimmte hier nicht.

Mama trug trotz der Gäste immer noch ihren Morgenmantel und schien sich nicht im Geringsten für ihre platt gedrückten Haare zu interessieren. Ich blickte von ihr zu Willie und Hans, in deren wächserne Gesichter, und mein Herzschlag geriet aus dem Takt.

»Wo ist Papa?«, fragte ich.

Wieso war er nicht hier?

»Bitte setz dich jetzt hin«, sagte Mama leise.

Erst in diesem Moment fielen mir die Tränenspuren auf ihren Wangen auf.

»Großmutter? Und die Kleinen?«

Doch meine Mutter deutete nur erneut auf den Platz neben sich.

»Mama.«

Meine Stimme zitterte. Als ich mich neben sie sinken ließ, stieg mir der Geruch von erkaltetem Kaffee in die Nase. Mir war schlecht.

Und dann ging mit einem Mal alles ganz schnell.

Es war wie ein Film, der an mir vorüberzog, mit so schnell wechselnden Bildern, dass ich nicht jedes von ihnen begreifen konnte. Und mit jedem Satz schrumpfte mein Herz mehr und mehr zusammen.

Es war ein Autounfall.

Irgendwann nachts.

Vom Weg abgekommen.

Papa sei sofort tot gewesen und hatte nicht leiden müssen.

»Wohin ist er gefahren?«

»Das wissen wir nicht«, sagte Mama und begann zu schluchzen. Plötzlich fiel sie in meine Arme und wir hielten uns aneinander fest. Etwas, das wir noch nie getan hatten. Hilflos streichelte ich Mama über den Rücken, doch es fühlte sich an, als wäre ich gar nicht mehr richtig in meinem Körper. Ich schwebte über allem, war beängstigend taub.

Mein Papa ist tot.

Und ich konnte mich nicht an unser letztes Gespräch erinnern. An das letzte *richtige*. Wahrscheinlich hatte es an dem Abend stattgefunden, als ich vorher allein am Blauwasser gewesen und danach direkt meinen Eltern in die Arme gelaufen war.

Ich fühlte mich wie gelähmt, aber dann dachte ich nur noch an meine Schwestern. An die sanftmütige Erato und die altkluge Klio. An diese beiden kleinen Menschen, die mir die meiste Zeit auf die Nerven gingen und die ich jetzt wie nichts auf der Welt beschützen wollte. Mein neu entdecktes Löwenherz brüllte.

Wortlos löste ich mich von Mama, stand auf und eilte in den Flur. Ich klopfte nicht an Großmutters Zimmertür, ich stürmte hinein.

Sie saß auf dem Sessel gegenüber dem Bett, Erato auf ihrem Schoß, Klio zu ihren Füßen. Niemand sprach auch nur ein Wort. Das einzige Geräusch war ein herzzerreißendes Wimmern, von dem ich erst später begriff, dass es mir selbst über die Lippen gekommen war. Kraftlos sank ich ebenfalls auf den Teppich und schlang die Arme um alle drei.

Wo bist du gewesen?, schienen Großmutters blasse Augen mich zu fragen. *Hast du vergessen, was dein Schicksal ist?*

Ich war wütend auf Mama.

Selbst Papas Tod hielt sie nicht von ihrer Routine ab. Davon, das Haus in Ordnung zu halten und für alle zu sorgen. Wahrscheinlich sollte ich das bewundernswert finden, doch die Wut half mir. Sie nährte mich und nur dank ihr schaffte ich es, an den darauffolgenden Tagen aus dem Bett zu kommen, obwohl die Träume wieder schlimmer geworden waren. Und am Morgen war es nicht besser, denn jedes Mal, wenn ich an Papa dachte, fühlte es sich so an, als würde ich erneut ertrinken.

Klio und Erato schliefen inzwischen bei mir im Zimmer. Wir lagen ineinander verschlungen da und erzählten uns flüsternd Geschichten, um die Leere in der Brust irgendwie zu betäuben. Ich gewöhnte mich an das Kitzeln von Klios widerspenstigem Haar in meinem Nacken und wie klein und zerbrechlich sich Erato auf meiner anderen Seite anfühlte.

Währenddessen lief Mama mit ihrem Staubwedel bewaffnet durchs Haus, bewirtete die Gäste, die ihr Beileid bekunden wollten, mit Essen und Getränken. Ich hasste alles daran, denn ich kam nicht um das Gefühl herum, dass es den meisten Besuchern lediglich darum ging, sich an dem Schicksalsschlag zu ergötzen.

Habt ihr schon gehört?

Dramatisch gesenkte Lider.

Wie schrecklich. Die Arme, und dann noch ganz allein mit den Kindern.

Hinter vorgehaltener Hand.

Wisst ihr noch, wie er aus dem Krieg zurückgekommen ist? Vielleicht wurde er jetzt endlich erlöst.

Noch furchtbarer aber waren jene Momente, wenn alte Freunde meines Vaters zu Besuch kamen, Kameraden aus der Schule und solche aus dem Krieg. Diejenigen, die ihn hier in Niemstedt geschätzt hatten. Sie alle hatten weitaus mehr Zeit mit ihm verbracht, als ich es gekonnt hatte.

Sie zeichneten das Bild eines lebensfrohen Mannes, der für wirklich jeden Spaß zu haben gewesen war. Hans erzählte, begleitet von Willies Lachen, wie sie einmal den Hühnern von Bauer Fritz Schnaps gegeben hatten. Die Tiere waren wie verrückt über die Weide getorkelt, während sich der arme Bauer nicht erklären konnte, was mit seinen Viechern nicht stimmte.

Ein anderes Mal hatte Papa die neue Musiklehrerin auf die Schippe genommen. Zusammen mit seinen Freunden befestigte er durchsichtige Fäden an den Notenständern, die ganz hinten im Klassenzimmer standen. Und jedes Mal, wenn die junge Frau sich zur Tafel drehte, zogen sie an den Fäden, sodass die Notenständer langsam, aber stetig weiter nach vorn wanderten.

Hunderte von Jungenstreichen,

tausend Facetten meines Vaters.

Gern hätte ich in das allgemeine Lachen eingestimmt, doch ich fühlte mich zu keiner Regung fähig. Ich hatte Papa überhaupt nicht gekannt, wurde mir mehr und mehr klar.

Ich hatte sogar jahrelang geglaubt, dass mein Vater erst an jenem Winterabend aus dem Krieg zurückgekommen war. So hatte ich mir das Auftauchen dieses Fremden mit dem löchrigen Mantel erklärt, so hatte Mama es mir immer gesagt: *Dein Papa kämpft im großen Krieg.* In Wahrheit war er bereits 1949 aus der Gefangenschaft heimgekehrt, doch die Narben und Verluste des Krieges saßen zu tief, und so verschwand er nach seiner Rückkehr immer und immer wieder – niemand wusste wohin. Und irgendwann blieb er für mehrere Jahre weg.

Was Papa in der Zeit vor meiner Geburt machte? Er reiste durchs Land, hatte es sich zur Aufgabe gemacht, die Witwen seiner gefallenen Freunde aufzusuchen, um ihnen letzte Briefe und Worte zu übergeben.

Und ich glaubte, wenn er gekonnt hätte, hätte er ewig so weitergemacht.

Pastor Martins Stimme wehte sanft über den Friedhof. Alle trugen schwarz, nur ich fing mir böse Blicke ein wegen des bunten Kleides unter meinem Mantel. Doch wenn es wirklich so etwas wie eine Seele gab und sie gerade hier war, sollte Papa auf seiner eigenen Beerdigung zumindest irgendetwas Fröhliches sehen. Dunkelheit hatte er in seinem Leben genug erlebt.

Er lag mit der Uniform und den Abzeichen in diesem Erdloch, die Hände waren auf der Brust gefaltet – so war es zumindest in der Kirche gewesen, bevor der Sargdeckel geschlossen wurde. Dieser Mann sah nicht wie mein Vater aus, diese wächserne Puppe hatte kaum Ähnlichkeit mit ihm. Und ich begriff einmal mehr, dass nicht nur unsere Körper uns zu Menschen machten, sondern vielmehr unsere Herzen.

Ich hätte Papa gern noch so viele Fragen gestellt, ihm noch so viel gesagt. Hätte gern Musik mit ihm gehört und seinen Erzählungen der griechischen Mythologie gelauscht. Doch das alles würde nie wieder geschehen. Nie würde ich die Tochter sein können, die er sich vielleicht gewünscht hätte. Nie würde ich dieses eine Lied für ihn schreiben können, das seine Dämonen vertrieb.

Im Stillen versuchte ich, Worte des Abschieds zu finden. Aber wie tat man das, wenn ein ganzes Dorf um einen herumstand? Wenn man nicht wusste, wer der eigene Vater eigentlich gewesen war?

Das Schlimmste aber war, dass ich ihn nicht so vermisste, wie ich es gewollt hätte. Wenn ich die anderen weinen sah, schien ich nicht dieselbe Trauer wie sie zu spüren, und es gab Augenblicke, da schämte ich mich dafür. Ich wollte weinen, wollte mehr spüren als dieses Gefühl der Beklemmung, aber da waren einfach keine Tränen. Nur Kais Hand, die meine immer wieder stützend umfasste, kam gegen dieses innere Taubheitsgefühl an.

Mindestens eine der Schwestern wird wie einst Linnea ein uraltes Gleichgewicht durcheinanderbringen und nach mehr streben, als ihr zusteht. Das, was Großmutter mir vor einem halben Leben erzählt hatte, schwirrte mir unentwegt im Kopf herum. Und ich dachte wieder und wieder an das süße Gefühl von Kais warmen Lippen auf meinen.

Ich hatte das Schicksal von Linnea und Eskil trotz aller Warnungen, trotz aller Geschichten und Hinweise angezweifelt. Einfach, weil so etwas nun einmal nicht existierte. Und jetzt war das Schlimmstmögliche geschehen: *Schmerz, Unheil, Tod.*

Ich fürchtete mich immer stärker vor Kais Fragen, die er mir unweigerlich irgendwann stellen würde. Noch war er für mich da, hielt meine Hand, strich mir über die Schläfe und schwieg mit mir gemeinsam, wann immer ich es brauchte. Doch so laut mein Herz in seiner Gegenwart auch gehüpft war, ertrug ich die Nähe zu ihm immer weniger.

Die Dunkelheit in meinem Kopf nahm zu und nach der Beerdigung wuchs ein unumgänglicher Beschluss in meiner Brust, der keinen

Aufschub duldete. Vielleicht taten auch meine Träume, die sich nach unserem Kuss abermals verändert hatten, ihr Übriges. Bevor ich ertrank, drückten sich nun Nacht für Nacht Lippen auf meine, die kalt wie Meerwasser waren. Und auch Ende November seufzte ich bei der Süße des Kusses, zog den Wasserprinzen, der Eskil und Kai in einem war, begierig enger an mich. Ich schmolz dahin, schwebte inmitten von Wellen. Dann jedoch biss er mir zum ersten Mal in die Unterlippe. Die Zähne waren plötzlich spitz, der Mund ein Schlund, der die Luft aus meiner Lunge sog. Ich trat wild um mich, wollte mich aus der Umklammerung und dem Todeskuss befreien – doch vergeblich.

Keuchend schreckte ich hoch. Ich lauschte in die Stille, während ich darauf wartete, dass mein Herzschlag sich beruhigte. Dann schob ich Klio und Erato sanft von mir, ehe ich mich auf den Fenstersims setzte und über den Apfelbaum zu Kai hinüberkletterte.

Er trug einen karierten Schlafanzug Auf seiner Wange war der Abdruck seines Kopfkissens zu sehen. Er blinzelte verschlafen, doch da war auch dieses matte Schimmern in den Augen. Kai musste irgendetwas ahnen.

»Kannst du wieder nicht schlafen?«, fragte er trotzdem wie immer und breitete die Arme aus, damit ich mich hineinflüchten konnte.

Ich schüttelte den Kopf und stellte mit einem heftigen Stich fest, dass Kai wieder wie dieser traurig-schöne Engel aussah. Schön war Kai immer schon gewesen, auch wenn ich das früher irgendwie nicht bemerkt hatte, aber traurig war er nur wegen mir.

Es kostete mich all meine Kraft, Kais Berührungen zu verweigern, aber so konnte ich unmöglich denken. »Können wir vielleicht einfach reden?«

Kai setzte sich in seinem Bett auf und klopfte neben sich.

»Ich muss dir etwas erzählen«, fügte ich hinzu und ließ mich mit ausreichend Abstand neben ihn sinken. Die Distanz fühlte sich unendlich weit an. Sofort rückte Kai dichter neben mich und sah mich abwartend an.

Ich schaffte es gerade so, den Blick zu heben, brauchte all meine Kraft, seinem zu begegnen. Weil ich so große Angst hatte, was Kai womöglich in meinen Augen würde lesen können. Doch er schaute mich einfach nur weiter an und ließ den Blick über mein Gesicht wandern. So sanft und behutsam, dass mir einfach nur noch alles wehtat. Noch nie hatte mich jemand auf diese Art und Weise betrachtet. Niemals zuvor war ich angesehen worden, als wäre ich die allergrößte Kostbarkeit.

Würde Kai immer noch dieses Bild von mir haben, wenn er begriff, wie das alles in Wahrheit zusammenhing? Und wie lächerlich wenig und viel ich im selben Moment empfand?

»Ich … ich darf niemandem nah sein«, wisperte ich. Es klang furchtbar und dabei immer noch besser als die Wahrheit. Nämlich, dass *er* laut Großmutter mein Schicksal war und der Mensch, von dem ich mich ein Leben lang fernhalten sollte. So direkt hatte sie es vielleicht nicht gesagt, aber mein Herz spürte es.

Aber Kai so ganz aus meinem Leben zu reißen?

Das war etwas, das ich niemals tun konnte. Ich war so viel zu opfern bereit, aber jetzt auch noch ihn zu verlieren …. Das würde ich nicht verkraften. Dann verzichtete ich eben auf diese Küsse und alles andere, an das ich spätabends in meinem Zimmer gedacht und das mich noch kribbeliger gemacht hatte. Dann fuhr ich mit dem Fahrrad eben wieder neben Kai, anstatt auf seinem Lenker.

Hauptsache, er war da und ich war da und wir existierten irgendwie zusammen. Atmeten dieselbe Luft und betrachteten die gleiche Welt.

Hauptsache, er und ich.

Hauptsache, irgendwie, irgendwo, irgendwann.

Kai sagte meinen Namen. Er tat es leise und rau, doch die wenigen Silben aus seinem Mund reichten, um mich zurück ins Hier und Jetzt zu holen.

»Kalliope«, wiederholte er, »wieso glaubst du das?« Ganz langsam strich er mit den Fingerkuppen über meine Haut, kreiste mit dem Daumen über den Handrücken und senkte die Stimme noch weiter. »Wieso bist du manchmal so hart zu dir selbst und glaubst, dass du so vieles nicht verdient hast?«

War ich das wirklich? Bestrafte ich mich selbst für Dinge, die ich nicht ändern konnte?

»So meine ich das nicht.« Ich blinzelte Tränen weg, die nicht da waren. »Ich meine damit nicht, dass ich niemandem nah sein kann, weil ich es nicht zulassen möchte. Ich meine damit, dass es Gründe gibt. Dass ich ... *verflucht* bin.«

Jetzt sah Kai mich ehrlich schockiert an. Doch dann überraschte er mich – anstatt zu sagen, das sei alles Blödsinn, bat er mich, ihm alles zu erklären.

Seltsamerweise brach tatsächlich die ganze Geschichte aus mir hervor.

Und langsam breitete sich Verstehen auf Kais Zügen aus. »Du denkst, du trägst die Schuld am Tod deines Vaters.«

Die Worte ausgesprochen zu hören, rissen etwas in mir auseinander. Dieses Mal wehrte ich mich nicht, als Kai erneut die Arme ausbreitete und mein Körper ganz automatisch hineinfiel.

»Ich weiß es nicht«, wisperte ich erstickt. »Ich weiß nicht, ob das alles echt ist, ob ich schuld bin. Aber wir haben uns geküsst und standen dort am Wasser und alles war wunderschön, und dann ist mein Papa am nächsten Morgen auf einmal tot. Er war nachts mit dem Auto unterwegs, und sogar Mama weiß nicht, warum er so spät noch gefahren ist. Und«, ich hielt inne, weil der nächste Gedanke wirklich erschreckend war, »ich habe mich gefragt, ob er auf der Suche nach mir gewesen ist. Du weißt doch, dass ich in letzter Zeit so viel Ärger mit meinen Eltern hatte, weil ich mich ständig weggeschlichen habe und niemand wusste, wo ich bin.« Ich lachte ein unendlich hässliches Lachen. »Was, wenn Papa sich wieder Sorgen gemacht hat? Wenn er nicht schlafen konnte, weil er Angst um mich hatte?«

Meine Worte waberten durch den Raum und ich begriff, dass ich mich immer auf die ein oder andere Weise schuldig fühlen würde. Es war egal, was Kai sagte, nichts konnte daran etwas ändern. Denn ich hatte Spaß gehabt, getrunken, gefeiert, während mein Papa womöglich schon tot am Straßenrand lag.

»Und dann wollte ich diese eine Sache für Papa tun, weißt du. Dieses eine Lied finden, das ihn vielleicht wieder ganz macht.«

Zum ersten Mal sprach ich aus, wie es war, und ein heftiges Zittern überfiel meinen Körper.

»Es liegt nicht in deiner Verantwortung, andere Menschen zu retten, Kalliope. Auch nicht, wenn es dein Papa ist. Ich glaube, am Ende kann jeder nur sich selbst retten.« Kai zog mich tiefer und tiefer in seine Umarmung hinein. »Und auch wenn der Tod zum Leben dazugehört, ist er immer noch dieses große Mysterium. Ich werde dir jetzt nicht sagen, dass dein Papa an einem besseren Ort ist, oder solche Sachen. Was genau nach dem Leben kommt, weiß ich nicht. Aber ich weiß, wie es ist, wenn man trauert. Ich bekomme das in der Kirche und bei meinen Eltern mit. Und egal, auf welche Art Menschen trauern, eines ist irgendwie immer gleich: Sie suchen nach Schuldigen, weil das diese unbegreifliche Sache weniger schmerzhaft macht. Und diese Schuldigen können andere sein oder eben auch man selbst.« Mit jedem Satz war Kais Stimme weicher geworden. »Genau das tust du dir selbst gerade an, kleine Fee.«

So viele Worte, so viel Wahrheit und doch nichts zu Linnea und Eskil.

»Ich darf niemandem nah sein«, wiederholte ich hilflos meine Worte von zuvor, doch entweder wollte Kai sie nicht verstehen, oder das hier war ein gestohlener Moment voller letzter Küsse und Umarmungen.

Mit seiner warmen Stimme im Ohr schlief ich schließlich noch ein und fiel in einen überraschend traumlosen Schlaf. Noch bevor die Sonne aufging, kletterte ich zurück in mein eigenes Zimmer. Wie zwei kleine Kätzchen lagen meine Schwestern zusammengerollt auf meinem Bett.

Danach traf ich Kai nicht mehr – zumindest nicht außerhalb des Klassenzimmers.

Wenn er mir allein gegenüberstünde, würde ich nur an all das denken, was er mir bedeutete. Ich würde mir seine Arme um meinen Körper geschlungen vorstellen, seine Lippen auf meinen. Ich würde seine niedlichen Ohren berühren wollen und ihn nicht mehr loslassen.

Ich wollte Kai nicht sehen,

weil das für immer eine Erinnerung an mein bisher größtes Glück wäre, auf das das Allerschlimmste gefolgt war.

Ich wollte Kai nicht sehen,

weil ich sonst schwach werden und mich in seine Arme flüchten würde.

Wieder und wieder fand ich zusammengefaltete Zettel in dem Eimer an meinem Fenster. Und auch wenn ich mir selbst versprochen hatte, sie nicht zu öffnen, holte ich die Briefe doch jedes Mal herein und verwahrte sie in einer Schublade meines Schreibtischs.

Eines Tages, vielleicht ja eines Tages.

Was auch immer dort geschrieben stand, es waren Kais Worte, Worte voller Melodien. Es waren seine Gedanken und seine Ehrlichkeit auf Papier. In manchen Nächten, in denen meine Gedanken mich wachhielten, betrachtete ich meine Schwestern im Schlaf und strich über das raue Papier.

Eines Tages, vielleicht ja eines Tages.

Mit dem ersten Schnee wurden die Briefchen langsam seltener. Und als schließlich der dritte Advent vor der Tür stand, begriff ich erst, wie lange es her war, dass ich einen Zettel in meinem Eimer gefunden hatte. Dieses Mal war es wohl wirklich der letzte Brief gewesen, und ich konnte endlich weinen.

WINTER 1969/70

AUSZUG AUS KAIS BRIEFEN

Geschrieben: Montag, den 12. November 1962
Abgeschickt: nie

Du hast mich im Baumhaus gefragt, ob ich Dich heirate. Dabei geht das so herum doch gar nicht, Kalliope!
   Aber das ist Dir natürlich egal. Du denkst Dir immer Spiele mit eigenen Regeln aus. Deshalb trage ich jetzt auch diesen komischen Ring aus kleinen Zweigen. Naja, ich werde das zwar garantiert niemals zugeben, aber ich fand dieses Hochzeitsspiel schön.

16 MEIN HERZ, DIE SUPERNOVA

»Alles in Ordnung bei dir?«, hörte ich eine besorgte Stimme fragen. »Ich kann dich nach Hause bringen, wenn du möchtest.«

Kurz darauf raschelte es, als die Person sich neben mich auf die Bank setzte. Doch ich hatte keine Lust, die Augen zu öffnen. Wenn ich sie geschlossen hielt, sah ich nur das, was ich wollte, nämlich: nichts. Der Wein machte mein Innerstes auf diese angenehme Art leicht. So schwerelos, dass ich gar nicht mitbekam, wie eisig der Dezember dieses Jahr geworden war. Ich wollte hier einfach nur mit meiner Flasche Wein sitzen und an niemanden denken.

»Du solltest nicht so viel trinken«, flüsterte die Stimme erneut. Und weil ich mir dieses Mal nicht sicher war, ob sie wirklich war oder nur in meinem Kopf existierte, hob ich schließlich widerwillig die Lider.

Aus riesigen blauen Kulleraugen sah Hanni mich an. Nahezu alle ihre Haare waren unter der Bommelmütze verschwunden, nur ein paar Strähnen des Ponys blitzten hervor.

»Du trinkst doch auch.«

»Mag sein.« Hanni rutschte ein Stück näher und legte einen Arm fest um meine Schultern. »Ich versuche damit aber nicht, etwas zu vergessen, Kalli. Das ist ein großer Unterschied.«

Sogar betrunken erkannte ich, worauf dieses Gespräch hinauslaufen würde, und das war definitiv nichts, womit ich mich gerade auseinandersetzen wollte. Da ging ich doch lieber wieder in die Hütte zurück und feierte mit den anderen. Wieder einmal gab es keinen Anlass, aber wozu brauchte man den schon?

Entschlossen stand ich auf, geriet aber sofort aus dem Gleichgewicht und fiel gegen Hanni, die mich geistesgegenwärtig an den Oberarmen packte. Ich konnte gar nicht reagieren, so schnell nahm sie mir die Weinflasche schon aus den Händen.

Ich blinzelte.

Gott, es war so dunkel. Wieso war die Welt in dieser Nacht so verdammt pechschwarz?

»Mir tut alles so weh«, lallte ich. »Wann hört das auf?«

Hoffnungsvoll blickte ich Hanni ins Gesicht. Es musste doch auch Pflaster für Herzen geben, für selbstzerfleischende Schuldgefühle, Unsicherheiten und Angst. Bald begann ein neues Jahrzehnt, solche verdammten Herzschmerzpflaster hatte doch sicher schon jemand erfunden.

Wann hört das auf?!

»Das weiß ich nicht, aber solange bin ich auf jeden Fall für dich da«, sagte sie so ernst, dass ich gar keine Zweifel daran haben konnte. »Und −«

»Scheiße …«

Im nächsten Moment übergab ich mich nur wenige Zentimeter neben Hannis Füße. Alles drehte sich, war irgendwie leiser und ausgewaschener. Selbst die Musik aus der Hütte, welche immer wieder von Christas Lachen unterbrochen wurde, schien unendlich weit weg. Ich spürte nur das Rumoren in meinem Magen und Hannis Hände, die mir federleicht das Haar aus dem Gesicht strichen. Sie murmelte beruhigende Worte, die ich nicht verstand, die aber trotzdem ihre Wirkung taten. Fast so, wie es bei Kai wäre.

Ich musste atmen, bloß atmen, dann würde es mir sicher gleich besser gehen. Doch natürlich dachte ich jetzt an *ihn*, den ich so schrecklich vermisste.

Raus aus meinem Kopf. Raus, raus, raus!

»Wieso redet ihr denn nicht mehr miteinander?«, wollte Hanni wissen.

Offenbar hatte ich meine Gedanken wieder einmal laut ausgesprochen, zum Glück aber rettete mich die Übelkeit vor einer ehrlichen Antwort – oder überhaupt einer. Dieses Mal drehte ich mich rechtzeitig weg, ehe ich mich erbrach.

Es waren auf den Tag genau fünf Wochen, seit Papa gestorben war, und vier, seit Kai und ich das letzte Mal miteinander gesprochen hatten. Alles war aus den Fugen geraten, dachte ich, während ich nach vorn gebeugt erzitterte. Plötzlich war ich nicht nur das Mädchen mit der traurigen Familie, ich war auch das mit dem toten Vater. Und es fühlte sich an, als würde sogar das Haus in der Magnolienallee 25 die Luft anhalten, unsicher, wie es sich nun verhalten sollte. Ich stolzierte durch das Dorf, wie ich es mir schon vor langer Zeit angewöhnt hatte, hielt die Schultern gestrafft und die Brust herausgestreckt. Die Leute redeten sowieso, doch ich wollte ihnen nicht noch mehr Grund dazu geben, indem ich zu viel oder zu wenig trauerte.

Aber am meisten spielte ich wahrscheinlich mir selbst vor, dass ich zurechtkäme, jedes Mal wenn ich Kai nicht anschaute. Wenn ich über ihn hinwegsah, sobald ich das Klassenzimmer betrat und mich direkt an das Pult hinter ihn setzen musste. Jedes Mal, wenn ich nach der Zeitung griff, die Großmutter morgens las, und mich fragte, was Kai wohl zu den Geschehnissen sagen würde.

Der erste westdeutsche Forschungssatellit schaffte es in die Erdumlaufbahn. Sein Name war *Azur* und ich dachte, wie passend das war, in den unendlichen Weiten des Alls. Ich stellte mir das All funkelnd blau vor, wahrscheinlich aber war es einfach düster und schwarz. Nicht einmal zwei Wochen später landete die *Apollo 12* auf dem Mond und mit ihr betrat Charles Conrad, der dritte Mensch, diesen weit entfernten Ort. Außerdem unterzeichnete die Regierung den *Atomwaffensperrvertrag*, den USA, China, Frankreich, die Sowjetunion und Großbritannien bereits im Sommer beschlossen hatten. Darin erklärten sie sich damit einverstanden, nukleare Energien nicht zu verbreiten und Verhandlungen zur Abrüstung zu führen.

Ich schöpfte Hoffnung, auch wenn das mit Sicherheit noch nicht das Ende des Kalten Krieges war – doch es war ein Anfang. Ein Pfad weg vom Kämpfen und vom Tod. All diese Nachrichten kamen zwar ein wenig gegen das Taubheitsgefühl in meinem Inneren an, aber es war ein bloßer Schatten dessen, was die Veränderungen dieser Welt sonst in mir auslösten.

Und dann kamen nach und nach erste Bilder der Kriegsverbrechen der USA im Vietnamkrieg ans Licht. Fotos und Berichte über das Massaker in der vietnamesischen Gemeinde Mỹ Lai, die Übelkeit in mir aufsteigen ließen. Wie konnte es sein, dass Präsident Nixon monatelang wusste, wie viele Unschuldige dort einfach so ermordet und wie viele Frauen vergewaltigt worden waren? Wie konnte es sein, dass solche Dinge geschahen und Menschen dafür kämpfen mussten, damit wir die Wahrheit kannten?

»Denkst du, Herr Conrad schaut gerade auf uns runter?«, meine Zunge stolperte über die Worte. »O das wäre lustig. Was meinst du, was er wohl über uns Menschen denken würde? Wahrscheinlich ist er froh, dass er so weit weg von all diesen Grausamkeiten ist.«

Über uns schien der Mond wie eine Laterne auf mein Erbrochenes im Schnee. Mein eigener Mund fühlte sich fremd und pelzig an.

»Komm schon.« Hannis Finger umschlossen meine, jedoch eindeutig weniger sanft als zuvor. »Wir sollten reingehen, es ist wirklich wahnsinnig kalt hier draußen.«

Dieses Mal ließ ich mich bereitwillig in das Innere der Hütte ziehen. Ich wollte weg vom Mann auf dem Mond, der von dort oben aus am Ende nicht nur die Verfehlungen der Welt betrachtete, sondern auch meine eigenen. Zurück zu Wolf, Christa und Elisa. Zurück zu den anderen, die mich mit einem warmen Lächeln begrüßten und mich wieder in ihre Mitte aufnahmen. Sekunden später landete ein qualmender Joint vor meiner Nase und ich nahm ihn trotz Hannis Kopfschütteln entgegen.

Erst später in dieser Nacht fiel mir auf, dass mich in diesen langen vergangenen Wochen niemand bis auf Hanni gefragt hatte, ob ich zurechtkäme. Wir tanzten und tranken, wir rauchten und hatten Spaß, aber es war, als würde niemand etwas mit der in mir lauernden Traurigkeit zu tun haben wollen, denn: *Good Vibes Only!* Einmal gedacht, bekam ich den Gedanken nicht mehr aus dem Kopf. Er schmeckte über die Maßen bitter.

Einen Monat später, als immer noch Frost über die Fensterscheiben kroch, saß ich im Schneidersitz an meinem Schreibtisch und nähte Haarbänder. Mit der Nadel auf und ab, hin und her im stets gleichen Rhythmus. Dunkelblau für Erato, Orange für Klio.

Das bisschen Schmuck würde sicher nicht alles besser machen, aber wenn ich an Hannis Arm um meine Schultern dachte, wurde mir unweigerlich warm. Eine Freundin zu haben, eine Vertraute ... Ich wollte genau das für meine Schwestern sein.

Denn je mehr Zeit verging, desto stärker sorgte ich mich vor allem um Erato. Klio war diejenige gewesen, die unsere jüngste Schwester auf allen Ebenen verstand, aber auch sie sah inzwischen beunruhigt aus, wenn wir zusammen waren. Bis auf ihre bohrende Fragerei war Erato immer schon ein stilles Kind gewesen. Aber jetzt war sie auf eine andere Art ruhig. Nicht diese Stille, hinter der man eine Flut aus Gedanken erahnte, sondern ein allumfassendes Schweigen. Sie sprach nicht mehr, nicht einmal das allerkleinste Wort.

So verloren ich mich auch fühlte, für Klio und Erato riss ich mich zusammen. In ihrer Gegenwart weinte ich nicht und gab alles, damit die Leere nicht die Kontrolle übernahm. Wenn unsere Familie schon auseinanderfiel, dann musste doch verdammt noch mal irgendjemand die Kleinsten auffangen, oder?

Ich drehte die Bänder unter der Lampe und betrachtete die Naht, da ließ mich ein Geräusch zusammenzucken. Ich dachte schon, dass es Erato wäre. Zwar schliefen Klio und sie seit einem Monat wieder in ihren eigenen Zimmern, aber Erato schlich sich manchmal trotzdem noch zu mir. Auch dann sprach sie nicht, sah mich nur aus großen Augen an, bis ich die Bettdecke anhob und sie hinunterschlüpfen ließ. Als die Tür nicht aufging, beugte ich mich wieder über den Stoff. Wahrscheinlich hörte ich nur wieder Dinge, die nicht existierten.

Aber da!

Erneut dieses dumpfe Klopfen.

Erst beim vierten Mal legte ich meine Näharbeit hin und lief zum Fenster. Ich wusste nicht, was ich erwartet hatte. Vielleicht Wolf, der mit einem verwegenen Grinsen unten stand und mich auf ein Abenteuer entführen wollte – weg von all der Realität. Womöglich Hanni oder Christa. Ganz sicher aber nicht Kai, der wie ein Fiebertraum in dem kahlen Baum saß und gerade die Hand hob, um ein weiteres Steinchen zu werfen.

Fast seine ganze Gestalt lag im Schatten. Das Licht der Straßenlaternen, welche die Magnolienallee säumten, drang nicht ganz bis hierher. Trotz der Kälte trug er lediglich das typische weiße Hemd.

All die kleinen Momente der letzten zwei Monate schossen mir durch den Kopf: an der Kasse im Tante-Emma-Laden, wo ich glaubte, einen Knutschfleck an Kais Hals zu sehen. Die Schlange beim Bäcker, in die ich mich dann doch nicht gestellt hatte. All die langen Tage in der Schule und die Endlosflure, die irgendwie immer bei ihm zu enden schienen. Der Weihnachtsgottesdienst, der nur der Auftakt für ein stilles Fest gewesen war – auch wenn Großmutter und Mama sich die größte Mühe gegeben hatten, alles wie sonst zu machen. Und als Mama dann eine Platte auf den Spieler legte, um unser Schweigen zu übertönen, hatte das alles nur noch schlimmer gemacht.

Nein, Kai, ich kann dich nicht sehen. Ich schaffe das nicht!

Ich wollte wegrennen, mich vor diesem Menschen verstecken, bis er mich vergessen hatte, und dennoch öffnete ich das Fenster und steckte meinen Kopf hinaus. Vielleicht wegen dieser tief sitzenden Angst in mir. Die Furcht davor, dass das alles womöglich doch noch nicht vorbei war. Dass noch mehr Unheil und Schaden kommen würde, wohin ich auch ging.

War etwas passiert? Etwas mit Kais Familie?

Sofort schlang ich meine Arme fester um mich, doch das Frösteln, das mich erfasst hatte, wurde nur schlimmer. Eisig kalte Luft schlug mir entgegen.

»Kai?« Meine krächzende Stimme hallte überlaut in der Nacht.

»Kann … kann ich reinkommen?«

Bei der Art, wie er die Worte aussprach, zerbrach etwas in mir. Ich kannte jede seiner Regungen, kannte jede Nuance seiner Stimme und all die Klangfarben, in denen er sprach. Und jetzt hörte ich nur eine tief sitzende Verzweiflung und in mich gesetztes Vertrauen, das ich mit Sicherheit nicht verdiente.

»Kalliope … bitte?«

Als Antwort schob ich die beiden Flügel des Fensters weiter auseinander und trat zur Seite, damit Kai herüberspringen und durch den Rahmen klettern konnte. Wie hätte ich ihn auch jemals wegschicken können? Erst recht nicht, als er aufrecht in meinem Zimmer stand und ich ihm endlich ins Gesicht blicken konnte. Mein Mund war staubtrocken, die Zunge klebte unangenehm am Gaumen, und ich verschluckte mich beinah an all den ungesagten Worten.

Kai sah blass aus und trug tiefe Ringe unter den Augen, die mir in der Schule bei all dem Wegsehen nicht aufgefallen waren. Seine

Mundwinkel hingen herab, und ich hasste mich dafür, dass ich trotzdem für den Bruchteil einer Sekunde auf seine Lippen starrte. Ich konnte diesen verdammten Kuss nicht vergessen. Aber wenn ich mir die Erinnerung daran erlaubte, dann kam auch die an all den Schmerz, der an diesem Tag entstanden war. Der Graben zwischen uns war durch nichts zu überwinden, und doch schrie mein Herz, als ich Tränen in Kais Augen schimmern sah.

Er sagte mir nicht, was geschehen war, und ich traute mich auch nicht, ihn danach zu fragen. Alles, was ich tun konnte, war, *jetzt* für ihn da zu sein. In dieser Nacht hielt ich Kai in meinen Armen, wie er es jahrelang bei mir getan hatte. Wir saßen auf meinem Bett und ich wiegte ihn hin und her, wischte ihm die Tränen von den Wangen, jedes Mal, wenn sie wieder dort auftauchten. Und ich spürte seinen Zwiespalt in jeder kleinen Bewegung, in jeder Berührung, die ich ihm zaghaft gab. Kai wollte hier bei mir sein, gleichzeitig aber war ausgerechnet ich die Person, die ihn so tief verletzt hatte.

Während meine Finger weiter unablässig durch sein tiefschwarzes Haar glitten, schlief er irgendwann ein. Doch es war ein gestohlener Moment und nicht die Realität, denn es gab kein *Kai und Kalliope* mehr.

Eine Woche späte holte Hanni mich mit dem Auto in der Magnolienallee ab.

»Du hast den Wagen bekommen?«, fragte ich ehrfürchtig, als ich mich auf den Beifahrersitz fallen ließ. Doch Hanni schnaubte: »Als ob mein Vater das Prunkstück der Familie seiner Tochter leihen würde. Ich habe einen günstigen Moment abgepasst und mir das Auto einfach genommen.«

Ich lachte beeindruckt. »Du wirst so was von Ärger bekommen.«

»Ist mir klar«, Hanni zuckte mit den Schultern. »Aber ich möchte mit dir ins Kino und endlich *Easy Rider* sehen.«

Dann fuhr sie los.

Sobald Niemstedt nicht mehr im Rückspiegel zu sehen war, hielt Hanni am Straßenrand. Sie warf mir eines von zwei bunten, wallenden Kleidern zu und zog sich ebenfalls eines über. Der beige Rock und die hochgeschlossene Bluse landeten auf dem Rücksitz.

»Viel besser«, seufzte Hanni ausgelassen, ehe sie wieder den Motor startete.

»Warte«, hielt ich sie zurück und holte das Haarband hervor, das ich auch für sie genäht hatte.

»Das sieht ja aus wie deins«, strahlte Hanni.

»Und ich glaube, es würde perfekt zu deinem Kleid passen.«

Ich legte ihr das Band um den Kopf. Der grüne Soff schimmerte auf ihrem hellen Haar und besaß tatsächlich einen ähnlichen Farbton wie die Muster auf ihren Ärmeln.

»Ich glaube, ich habe dir noch nie gesagt, dass ich wirklich froh bin, dich zu haben«, erklärte ich nun etwas leiser, während Hanni sich im Rückspiegel betrachtete.

Sie war es gewesen, die den ersten Schritt gemacht hatte.

Sie, die mit ihrer Fröhlichkeit meine Schutzmauern durchbrochen hatte.

»Du bist süß«, wandte sie sich mir zu. »Das ist doch normal, wenn man befreundet ist, und ganz davon abgesehen habe ich dich lieb.«

Gerührt schluckte ich und dachte: *Ich habe dich auch lieb.*

Danach fuhren wir über die Landstraßen, der Nebel hing tief über den Feldern und noch immer lag Schnee auf den Bäumen. In der Ferne waren Teile der Mauer und Stacheldraht zu sehen, irgendwo dahinter lag Ostdeutschland und dann Berlin. Doch die Musik von The Doors und Pink Floyd aus dem Autoradio vertrieb den grauen Januar und all die Wolken.

Wenn ich an den amerikanischen Film aus den Staaten dachte, den wir heute sehen würden, empfand ich zum ersten Mal seit einer Ewigkeit so etwas wie kribbelige Vorfreude. *Easy Rider* lief jetzt schon seit Ende letzten Jahres in den westdeutschen Kinos und spaltete die Republik in zwei Lager. Die einen identifizierten sich mit den Bikern Wyatt und Billy. Sie feierten, dass dieses *Road Movie* Amerika einen Spiegel vorhielt und zeigte, dass die USA nicht das Land der unbegrenzten Möglichkeiten und der Toleranz waren. Die anderen waren irritiert von den Hippies und deren lockerer Lebenseinstellung.

Das Kino befand sich in einer belebten Einkaufsstraße, die trotz des trüben Wetters gut besucht war. Alles war so viel größer und bunter als bei uns im Dorf. Immer wieder legte ich den Kopf in den Nacken und staunte über die vielen leuchtenden Lichter und Reklamen, betrachtete die Auslagen in den Schaufenstern. Hannis und mein Spiegelbild zeigte sich bunt und flatternd in den Scheiben.

Im Eingangsbereich des Kinos tummelten sich Leute, eingepackt in dicke Jacken und Schals. Hanni und ich ließen uns von dem Menschenstrom in Richtung der kleinen Kasse treiben, an der ein überfordert aussehender Mann versuchte, gleichzeitig Eintrittskarten und Popcorn zu verkaufen. Ellenbogen wurden ausgefahren und gedrängelt, um sich den besten Platz im Saal sichern zu können. Und als der Mann an der Kasse einen kurzen Moment innehielt, um eine Wasserflasche an die Lippen zu setzen, wurden von hinten sofort verärgerte Rufe wegen der Verzögerung laut.

Ich schnaubte.

»Komm«, meinte ich und schob mich an den Leuten vorbei. Hannis Hand hielt ich dabei ganz fest, um sie nicht zu verlieren, und erntete dafür die nächsten Kommentare. Trotzdem lief ich unbeirrt weiter und sprach den Mitarbeiter an der Kasse an. Er hatte ein rundes, freundliches Gesicht, sah mich nun aber gehetzt an. Als er meinen Vorschlag hörte, runzelte er zwar die Stirn, doch nach kurzem Zögern nickte er.

Kurz darauf standen Hanni und ich ebenfalls hinter der Theke. Ich schaufelte das Popcorn in braune Papiertüten und sie überreichte sie den wartenden Menschen. Wir wippten im Takt der Musik, die ganz leise zu hören war, arbeiteten schweigend vor uns hin, bis der letzte Kinogast in dem Saal mit der großen 1 darüber verschwunden war. Nach dem ganzen Trubel fühlte sich die plötzliche Stille im Foyer zwar seltsam, aber auch erwartungsvoll an.

»Ohne euch hätte ich das nicht geschafft«, sagte der Mann, der sich uns in einer kurzen Atempause als Richard vorgestellt hatte. »Ihr sucht nicht zufällig Arbeit?«

»Leider nein«, erklärte ich. »Wir sind nicht von hier.«

»Schade«, meinte Richard und band die grüne Schürze mit dem Logo des Kinos darauf ab. »Ihr habt das fabelhaft gemacht.«

Danach verschwand er im Vorführraum, tauchte nach wenigen Sekunden aber wieder mit einem entschuldigenden Lächeln in der Tür auf. »Das habe ich ganz vergessen: Nehmt euch gern so viel Popcorn, wie ihr wollt. Geht aufs Haus, genauso wie der Film. In fünf Minuten geht's los.«

Unseren Dank hörte Richard schon nicht mehr, so schnell war er wieder weg.

Und dann fuhren Hanni und ich mit Wyatt und Billy durch die wunderschönen Landschaften Amerikas. Ein Haufen Dollarscheine in ihren Motorrädern, die sie für das ganze Kokain bekommen hatten. Endlich besaßen sie das Geld für ihre Reise, endlich die Zeit, die große Freiheit auf den Highways zu suchen. Fasziniert beobachtete ich, wie die beiden Freunde auf ihrem Abenteuer mit Drogen und vor allem LSD experimentierten und wie sie auf ein Blumenkind trafen und gemeinsam eine Kommune besuchten.

In diesem Film spürte ich das Lebensgefühl meiner Zeit, all die Sehnsüchte meiner Generation, die sich bei Nachrichten wie dem Massaker von Mỹ Lai die Frage stellen musste, ob ihr sozialer Aufstand gescheitert war. Und noch mehr erinnerten Wyatt und Bill mich daran, dass ich den Sommer auf der Straße nun wohl allein antreten musste. Am Ende ertönte *Ballad of Easy Rider* und mir liefen stille Tränen übers Gesicht. Mit einem Mal fühlte ich einfach alles, meinen eigenen Schmerz und den der ganzen Welt.

Verdammt, ich wollte doch leben. So richtig leben, ohne ständig Angst vor dem nächsten Schritt zu haben. Das war keine bewusste Entscheidung, die ich weder dort im Kinosaal traf noch auf der Rückfahrt nach Hause, oder abends am Tisch inmitten meiner Familie und auch nicht nachts, als ich wieder im Wasser ertrank. Der Januar ging zu Ende und mit dem Februar kam überraschenderweise noch mehr Schnee, der das Dorf unter sich begrub. Erst als ich irgendwann den ersten Krokus entdeckte, der sich leuchtend lila durch die Schneedecke kämpfte, regte sich etwas in mir.

Auch wenn ich dieses eine Lied jetzt nicht mehr finden würde, wollte ich wieder singen, wieder ich selbst sein. Ich würde hinaus in die Welt gehen und weitermachen. All das aber nicht als eine abgeschwächte Version von mir, denn ich wollte die hundert Prozent. Ich wollte sogar mehr als das, wollte all meine Wunden hinter mir lassen. Leider konnte ich nicht wirklich sagen, was Papa mir in diesem Moment geraten hätte, aber ich stellte mir vor, dass der Plattenspieler im Hintergrund lief und er mir bedächtig nickend zustimmte.

Ab jetzt hieß es Flucht nach vorn.

Und dann, Mitte Februar, bot sich mir die Gelegenheit, genau das zu tun. Ich saß in einer Ecke der verlassenen Schulaula und schrieb Lösungen aus dem Heft eines Mitschülers ab. Wieder einmal hatte ich es versäumt, meine Hausaufgaben in Geschichte rechtzeitig zu erledigen. Aber seit Herr Strobel mich zu Beginn des Schuljahrs zurechtgewiesen hatte, war meine Lust auf das Fach noch radikaler gesunken.

Ich war so vertieft, dass ich Wolf erst bemerkte, als er direkt vor mir stand. Er trug natürlich eines seiner bunten Hemden und doch kam er mir in dieser echten Welt unwirklich vor.

»Na«, sagte er und setzte sich mit ausgestreckten Beinen neben mich. Seine Schultern stießen dabei gegen meine.

»Na«, echote ich und klappte das Heft zu.

»Kommst du mit raus?«, wollte er wissen. »Sonst verpassen wir die ganze Pause.«

»Es ist sowieso arschkalt.«

»Sonst ist dir das doch egal«, entgegnete er.

Eine Weile musterte Wolf mich nachdenklich, ehe sich ganz langsam ein tiefes Lächeln auf seinem Gesicht ausbreitete. Er fuhr sich durch die Haare, befestigte losgelöste Strähnen in dem Knoten in seinem Nacken, neigte den Kopf und machte mich ganz nervös mit seinem intensiven Geschaue.

»Wir sollten miteinander ausgehen«, sagte er und es dauerte, bis die Bedeutung dieser Worte so richtig zu mir durchdrang.

Wolf wollte was?

Aber dann fielen mir die vielen Blicke ein und wie er mir stets mit den Augen folgte.

»Ich möchte dich ausführen«, schob er mit siegesgewissem Lächeln hinterher. »Das möchte ich eigentlich schon die ganze Zeit tun.«

Sein Daumen fuhr dabei für einen kurzen, aber irgendwie schwindelerregenden Moment über meine Unterlippe. Es war offensichtlich, dass es für Wolf gar keine andere Option gab, als dass ich mir das genauso wünschte wie er.

Langsam nickte ich. »In Ordnung.«

Wäre es Kai gewesen, hätte ich wahrscheinlich darauf beharrt, dass das genau genommen keine Einladung gewesen war. Dass er mich doch zuerst einmal fragen sollte, ob ich überhaupt wollte, statt es einfach so in den Raum zu stellen.

Aber ich fühlte mich geschmeichelt.

»Ich hole dich am Freitagabend um sieben ab.«

Schon wieder eine Feststellung. Wolf gab den Ton an, und wieder nickte ich dämlich lächelnd vor mich hin, während seine Finger weiter über meine Lippen wanderten, meiner Kieferlinie folgten und schließlich in meine Haare glitten.

Das ist nicht Kai, das ist nicht Kai, das ist nicht Kai, schrie es ununterbrochen in meinem Kopf.

»Verrätst du mir, was wir machen werden?«

Wolf grinste zufrieden und ich ärgerte mich. Ich konnte nicht einmal genau sagen, worüber.

»Das ist eine Überraschung«, sagte er dicht an meinem Gesicht.

»Aber ich bin mir sicher, du wirst es lieben.«

Als er schließlich aufstand und mich wieder allein mit meinen Geschichtshausaufgaben ließ, blickte ich noch einen Moment seinen federnden Schritten nach. Ein Blick auf die Uhr verriet mir, dass es jeden Moment läuten würde – zu spät also, um das hier irgendwie noch fertig zu bekommen.

Seufzend räumte ich meine Sachen zurück in den Ranzen und stand auf. Auf dem ganzen Weg zum Klassenzimmer fragte ich mich, was da gerade geschehen war.

Bilder von meinem ersten Kuss am Blauwasser flammten in meinem Kopf auf. Schnitt und nächstes Bild: diese Verfärbung an Kais Hals, die verdächtig wie ein Knutschfleck aussah. Wieder neue Aufnahme: sein tränennasses Gesicht, weil ihm irgendetwas schwer auf der Seele lastete. Wie tausend feine Nadelstiche bohrte sich jedes Detail in meine Netzhaut, zerriss sie, bis mein Herz aufstöhnte.

Aber hatte Großmutter nicht erst vor Kurzem gesagt, dass aus jedem Leid auch etwas Gutes entstehen konnte? Dass man stets ein Licht fand, wenn man nur danach suchte? Auch als Faeth?

Auf diese Art und Weise konnte ich mir wenigstens sicher sein, dass niemals wieder etwas derart Schreckliches geschehen würde wie der Tod meines Vaters. Würde Kai etwas zustoßen, könnte ich mir das niemals verzeihen.

Da war dieser gutaussehende Kerl aus der Parallelklasse, der mich die ganze Zeit schon faszinierte mit seiner Art, das Leben zu nehmen. Mit den langen Haaren, die nicht der Norm entsprachen. Er war wild, frei, vor allem aber ein bisschen verwegen. Und er gab den Menschen das Gefühl, *jemand* zu sein.

Ich musste endlich loslassen.

FRÜHLING 1970

AUSZUG AUS KAIS BRIEFEN

Geschrieben: Samstag, den 28. Februar 1970
Abgeschickt: nie

Dich nicht zu sehen, schmerzt so ungemein. An manchen Tagen fühlt es sich an, als hättest Du mich einfach vergessen. Ich bin die ganze Zeit da, doch Du siehst mich nicht mehr, weichst mir aus, schaust durch mich hindurch.
    Kalliope, was ist nur aus uns geworden?

17 STERNE AM MEERESGRUND

Noch vor dem ersten Morgengrauen zogen wir los. Mit jedem Schritt konnten wir sehen, wie sich der Himmel nach und nach erhellte und bernsteinfarbenes Licht auf die Spitzen der dunklen Tannen fiel.

Wir waren aufgedreht – Hanni und ich wohl am meisten – und hüpften den Kiesweg mehr entlang, als dass wir liefen. Wolf zog den Bollerwagen, auf dem sich Essen, Getränke und einige Decken befanden, über dem Rücken hing die Gitarre mit dem Steg nach unten. Neben ihm lief Christa mit schwingenden Schritten. Um ihre Schultern hing die selbst gemalte Fahne, welche dem Original von Friedensaktivist John McConnell nachgeahmt war: Dort prangte eine Weltkugel auf dunklem Grund. Ein blauer Ball mit weißen Schlieren, die erste Fotografie unseres Planeten. Entstanden war sie während des ersten bemannten Raumflugs zum Mond.

»Wo die Leute heute wohl alles feiern werden?«, fragte Elisa in die Runde und unterbrach dafür extra das leise Klimpern auf ihrer Ukulele.

»Ich hoffe, überall«, jauchzte Hanni. »Ich finde es unglaublich, dass McConnell es wirklich geschafft hat, eine Art Feiertag aus seinem Earth-Peace-Day zu machen.«

Vergangenen Herbst hatte der Aktivist seine Idee auf der UNESCO-Konferenz in San Francisco vorgestellt. Es ging um Frieden, um Respekt vor unserer Welt, um den Schutz unseres ökologischen Gleichgewichts.

»Ich habe gehört, dass er vor der Konferenz wochenlang mit einem winzigen Plakat durch die Stadt gelaufen ist. Er war splitterfasernackt, hat immer wieder dasselbe geschrien und egal, wie oft die Polizei ihn mitgenommen hat, am nächsten Tag stand er wieder dort.«

Ich lachte. »Das klingt nach genau den Geschichten, die man dazu erfindet, um die Taten Einzelner noch größer wirken zu lassen!«

»Und wenn schon!« Christa grinste. »Ich hoffe, es stimmt.«

Ich lächelte glücklich und traurig zugleich. Das hier mochte nur ein Tropfen auf dem heißen Stein sein, doch mit diesem Tag existierte etwas, das es vorher nicht gegeben hatte. Etwas Offizielles, um das Leben und die Schönheit des Planeten zu feiern, gleichzeitig aber darauf aufmerksam zu machen, wie sehr wir unsere Umwelt vernachlässigten.

Wir werden den Tag in Liebe verbunden verbringen, hatte Christa gestern erklärt, während die vollen Lippen sich um einen Joint schlossen. Und genau das waren wir im Begriff zu tun.

Ich hüpfte, ergriff Hannis Hand und so sprangen wir gemeinsam umher. Irgendwann begann ich eine dieser Melodien zu singen, und wir tanzten nur noch ausgelassener den Weg entlang, mit nackten Füßen und vollen Herzen. Erster Earth-Peace-Day und Frühlingsanfang.

Das Dorf verließen wir über die Magnolienallee. An den Bäumen waren die Knospen zu ersten Blüten geworden, und nun erstrahlte die Straße wie jedes Jahr in wunderschönsten Nuancen zwischen Rosa und Weiß.

Danach ging es nach rechts in Richtung der alten Weiden und die Hügel hinauf. Während die Häuser hier unten noch vollkommen im Schatten lagen, leuchtete der Wald vor uns bereits im ersten Sonnenlicht. Wir wollten eintauchen in diese Realität, in das Echte, in das frische Erblühen unseres Planeten. Wollten ganz nah sein, wenn die Magie dieser Welt sich in jeder Knospe entfaltete.

Schon in den letzten Wochen hatte man tagtäglich dabei zusehen können, wie alles zu neuem Leben erwachte. Erst waren es der schmelzende Schnee und die weichende Dunkelheit gewesen, dann die Krokusse und Schneeglöckchen, die ich auf dem Weg zur Schule stets am Wegesrand entdeckte.

Die Sonne glühte bereits hellorange am Himmel, als wir den Wald durchquerten. Mit jedem Strahl wichen die Schatten weiter zurück und machten Platz für unsere Schritte. Der Geruch nach Harz und Rinde, Gras und Moos hieß mich willkommen. Dankbar inhalierte ich ihn, saugte all das begierig in mich auf. Und dann standen wir mit einem Mal an dem Felsvorsprung, an dem Kai und ich immer unseren Geburtstag feierten. Es fühlte sich komisch an, ohne ihn hier zu sein, an unserer Oase zwischen Himmel und Erde.

Für einen Moment übermannten mich tausend Erinnerungen – von roten Wangen und alten Kerzen und Schokoladenkuchen. Doch dann vertrieb ich all das Vergangene aus meinem Kopf und dachte an den symbolischen Neubeginn dieses Tages. Vielleicht hoffte ein Teil von mir auch, dies wäre der Anfang eines neuen *Ichs*.

Wolf und Elisa bereiteten bereits die Stelle für das Lagerfeuer vor, das wir abends machen wollten. Ein paar andere räumten den Bollerwagen aus und drapierten die Decken unter dem Blätterdach einiger Bäume. Jemand hatte sogar eine Hängematte mitgebracht, die wir zwischen zwei besonders dicke Stämme spannten. Danach schmückten Hanni, Christa und ich die Tannen mit Blumengirlanden und der Erdflagge, die in den Wipfeln fast wie ein Stück blauer Himmel aussah.

Wenig später saßen wir darunter. Wir hielten uns fest an den Händen, während Christa langsam trommelte. *Dankbarkeitskreis* nannte Wolf das hier und ich war die Letzte, die die Augen schloss. Zu lang waren Winter und Kälte gewesen, um jetzt bei der Fülle an Leben wegzusehen.

»Ich bin dankbar für all das Essen, das du wachsen lässt und uns schenkst«, nannte Wolf der *Mutter Erde* als Erster eine Sache.

»Ich bin dankbar für die Jahreszeiten«, folgte Hanni. »Weil sie mir zeigen, wie vielfältig unser Planet ist.«

»Ich danke dir für deine Wärme, für dein Licht, für dein Wasser – einfach für alles, was Leben spendet«, hörte ich Christas Stimme.

Es ging reihum und mit jedem Wort fühlte ich mehr Verbundenheit zwischen mir und meiner Umgebung. Zum Schluss war es an mir, meinen Dank auszusprechen. Ich dachte an *Easy Rider* und das ganz große Abenteuer, an die nie enden wollende Suche nach Freiheit, ehe ich der *Mutter Erde* schließlich sagte: »Ich bin dankbar für die Größe dieser Welt. Es gibt so viele Länder und Orte zu entdecken. Ich bin dankbar, dass du dich so unendlich anfühlst.«

In einem Moment der Stille ließen wir all die Dankessprüche noch einmal Revue passieren, ehe Wolf abschließend raunte: »Wir danken dir für alles, was du uns schenkst, und versprechen, dich immer mit Liebe und Respekt zu behandeln.«

Langsam öffnete ich die Augen und das Erste, was ich sah, war sein Blick in mein Gesicht. Mit dem Daumen strich er langsam über meinen Handrücken. Ich wollte ihm sagen, dass er damit aufhören sollte, ihn gleichzeitig aber bitten, das ja nicht zu tun.

Vorsichtig drehte er da jedoch meine Hand herum, legte etwas hinein und schloss lächelnd meine Finger darum. Ich dachte schon, es wäre ein Geschenk für mich, doch dann ging diese kleine Sache wie auch unsere Worte zuvor reihum.

Ich hob meine Handfläche näher ans Gesicht und betrachtete das dort ruhende Quadrat, eine kleine leuchtende Pappe. Ich fragte

Hanni flüsternd, was das war, und sie meinte lediglich, dass ich die Welt dadurch sehen würde, wie sie *wirklich* war.

LSD, dämmerte es mir und mein ganzer Körper kribbelte vor Aufregung. *Acid*, die Droge der Blumenkinder. Wie würde es sein? Welche Erfahrungen würde ich machen? Und was wohl sehen?

Ohne weiter darüber nachzudenken, tat ich es den anderen gleich und legte mir das Stückchen Pappe auf die Zunge.

»Soll ich das schlucken?«, flüsterte ich schon wieder in Hannis Richtung.

»Nee«, sagte sie grinsend. »Einfach liegen lassen. Der Rest kommt von allein.«

Zuerst wartete ich darauf, dass etwas Großes geschah. Himmel, ich musste mich so zusammenreißen, nicht ständig zu Hanni zu rennen und sie mit Fragen zu bombardieren. Die drängendste unter ihnen: *Woran merke ich, dass es losgeht?*

War das Kribbeln in meinen Fingerspitzen das Zeichen? Oder die Vorfreude in meinem Bauch, wo es mit jedem tänzelnden Schritt wärmer und wärmer wurde?

»Tanz«, raunte jemand und ich ließ mich näher an das Feuer ziehen, das mit einem Mal brannte. Die Musik lockte mich weiter heran und ich war dankbar für die Frühlingswärme, die mich einfach nur diesen Faltenrock tragen ließ.

Ich drehte mich im Kreis, streckte die Arme weit von mir und mit einem Mal war ich mittendrin. Mit den Fingerspitzen strich ich über die Ränder des Himmels, die sich samtig an meine Haut schmiegten. Ein weiches Tuch, das mich umhüllte wie die Musik.

Und dann war es, wie Hanni gesagt hatte: Ich *verstand* die Welt zum ersten Mal so richtig. Die Gedanken kamen und gingen wie sanfte Wellen, und jeder von ihnen erfüllte mich mit tiefster Freude oder einem *Aha- Moment* nach dem anderen. Doch worin genau er bestanden hatte, das wusste ich Stunden später nicht mehr zu sagen.

Was aber blieb, war das Gefühl allertiefster Verbundenheit mit meiner Umwelt. So sehr, dass ich gar nicht anders konnte, als den erstbesten Baum zu umarmen, den ich sah. Die Rinde unter meiner nackten Haut war rau und kratzig. Das Harz, das aus einer Stelle austrat, klebrig und von der Sonne gewärmt.

Ich lächelte und Hannis Stimme flüsterte:»Jetzt weißt du, dass es losgeht.«

Den ganzen Tag verbrachten wir an diesem Felsen über dem Dorf, waren irgendwann alle nackt, was ich gar nicht komisch fand. War es nicht das, was ich mir immer gewünscht hatte: Freisein, Nacktsein, einfach Menschsein?

Ohne Furcht folgte ich den anderen zu dem kleinen Wasserfall. Das feuchte Nass schloss sich sanft um mich, liebkoste meine Haut mit einer Weichheit, die ich nach all meinen Träumen nicht erwartet hatte. Es reinigte mich, nahm mir all die Schwere und ließ mich wie einst Aphrodite neugeboren aus den Fluten steigen.

Ich legte mich auf einen der blanken Steine in die Sonne und betrachtete die Tropfen auf meiner Haut. Wenn ich genau hinsah, dann erkannte ich in ihren Reflexionen tausend Farben, wie ein Blick durch ein Kaleidoskop. Die Sonne trocknete mich, kroch dabei ganz tief in mich hinein. Mit einem zufriedenen Seufzen verschränkte ich die Arme hinter dem Kopf. Ich ließ den Blick über die Baumreihe schweifen, wo Christa und Elisa weiterhin im Wasser herumtollten, über Hanni, die dasaß und Schmuck bastelte, bis er schließlich an Wolf hängen blieb.

Er thronte auf einem bewachsenen Felsen, auf dem mittleren Stein, und die anderen hatten sich jetzt im Gras zu seinen Füßen versammelt. Die Köpfe geneigt und seinen Worten lauschend, lachend und sich an den Händen fassend.

Die langen blonden Haare, deren Spitzen von der Sonne ausgeblichen waren, fielen Wolf bis zu den Schlüsselbeinen, und das bunte Armband an seinem Handgelenk schimmerte im Licht. Weil Wolf stets kraftvoll sprach und das Gesagte mit allerhand Gesten unterstrich, klimperten die Perlen die ganze Zeit.

Ich mochte das Geräusch.

War es nicht sowieso so, dass Wolf mich schon das ganze Schuljahr über gereizt hatte? Wieso sollte ich auf etwas warten, das ich mir auch selbst nehmen konnte? Ein Gedanke, der mir in diesem Moment ganz logisch erschien. Wir feierten den Frühling, die Existenz und Großartigkeit dieses Planeten. Wir feierten die Jahreszeit, die für Blütezeit und neue Chancen stand.

Dass es vielleicht einen Grund geben mochte, weshalb ich Wolf bei unserer ersten Verabredung vor wenigen Wochen nicht geküsst hatte, schob ich dabei in den hintersten Winkel meines Verstandes. Er hatte sich wirklich Mühe gegeben, hatte mich formvollendet abgeholt und mich mit einem romantischen Essen in der Hütte überrascht. Wir waren zum ersten Mal allein, und ich sah Wolf beim Kochen zu. Er machte mir ein Kompliment nach dem anderen und später an diesem Abend tanzten wir zu einem langsamen Lied. Er versuchte mich zu küssen, doch im letzten Moment drehte ich mich weg, versteckte mein Gesicht irgendwo zwischen meinen Haaren.

Danach hatte Wolf es nicht mehr versucht, aber es war doch so, dass Kai meine Vergangenheit sein musste und er meine Zukunft.

Vielleicht war es nun ja an mir, einen Schritt auf ihn zuzugehen und klarzumachen, was ich mir von ihm wünschte – ganz im Sinne weiblicher Selbstbestimmung.

Wir tanzten im Reigen und waren frei, als der Tag langsam in die Nacht überging. Alles bunt, alles viel, alles ein anderer Blick auf die Welt. Als würde das, was da meinen Körper durchströmte, nur eine andere Wahrheit ans Licht bringen.

Christa lachte und ihr Mund wirkte riesig und alles verschlingend. Momentaufnahmen von Hannis leuchtendem Gesicht, den aufgerissenen glänzenden Augen und dem Lächeln, das fast schon unnatürlich aussah, so breit war es. Mundwinkel bis zu den Ohrläppchen mit dem Federschmuck daran. Ich zog die beiden in die Arme, hatte mit einem Mal ein unbändiges Bedürfnis nach Körperkontakt und ließ zu, dass Wolf seine wiederum von hinten um mich legte. Diese kräftigen Arme, die Wärme in meinen Körper sandten. Mein Herz wurde davongetragen auf den bunten Schwingen des LSDs, dessen Reste noch irgendwo an meinem Gaumen hingen. Verdammte Drogenpappe, die meinen Mund verklebte. Wieder etwas, das ich aus einem seltsamen Grund heraus wahnsinnig witzig fand. Ich erzählte Hanni und Christa von diesem Gedanken und die zwei bogen sich vor Lachen. Alles drehte sich nur noch schneller, die Lichter verschwammen zu einem Blinken, wurden zu Schlieren und vermischten sich mit all den bunten Tupfen, die um mich herum auftauchten. Die Bäume, die Blätter, jeder verdammte Ast: das ganze Leben schien neu koloriert zu sein, setzte sich auf eine unerwartet künstlerische Art zusammen.

»Ich würde dich gern küssen«, murmelte Wolf irgendwann an meinem Hals, und als ich den Blick hob, bekam ich von seinem intensiven Blick weiche Knie.

Du fragst nie, dachte ich. *Du stellst immer nur Dinge fest und erwartest, dass alle Welt Ja zu ihnen sagt.*

Du fragst nie, weil du das offenbar nicht nötig hast.

Wolf küsste sich meinen Hals entlang, angefangen an meinem Schlüsselbein und der Schulter bis hin zu dieser Stelle knapp hinter meinen Ohren. Ich seufzte leise, weil ich glaubte, dass das von mir erwartet wurde. Hatte Christa es nicht auch so gemacht, als sie am Feuer mit diesem Kerl rumgeknutscht hatte?

Irgendetwas schien ich richtig gemacht zu haben, denn Wolf gab ein zufriedenes Brummen von sich und schloss die Arme nur noch enger um mich. Die Hände strichen über meine Wangen, durch die Haare und schließlich meine Taille entlang. Die Welt drehte sich erneut und wir kreisten mitten in ihrem bunten Kern.

Da war etwas Verhangenes in Wolfs Augen, was mich dazu

brachte, die Lider in Erwartung seiner Lippen zu schließen. Es dauerte nicht mehr als einen Wimpernschlag, dass seine Zunge in meinen Mund glitt. Ich hieß Wolf seltsam begierig willkommen, doch irgendetwas stimmte nicht. Es war nur eine leise Stimme in mir, die versuchte mir etwas zu sagen. Hinweise warteten in den Baumwipfeln, denn die Natur war nicht mehr als eine Verlängerung meines Seins. Doch egal wie sehr ich mich bemühte und lauschte, ich verstand sie nicht, da war nur Feuerknistern und das Rauschen von Blättern. Sie waren gegenwärtig, als Wolf an meiner Unterlippe knabberte und ich wieder dieses bestätigende Stöhnseufzen von mir gab. Als abgebrochene Zweige und Kieselsteine über meine Schienbeine kratzten, als ich mit den Händen Wolfs Arme entlangwanderte und seine eigenen über meine Seiten strichen – immer näher in Richtung meiner Brüste.

Ich versteifte mich, denn das war diese seltsame Zwischensituation. Gerade noch küssten wir uns, doch was würde gleich geschehen? Würden wir uns so wie Christa und dieser Kerl irgendwo in den Wald zurückziehen? Wäre Sex so wie in den Filmen und vor allem: Würde es mir gefallen, von Wolf auf diese Art berührt zu werden?

Ich wollte diese selbstbestimmte Version meiner selbst sein und hatte mir das nehmen wollen, was ich begehrte. Doch mit dem lauter werdenden Windrauschen wurden auch die kleinsten Zweifel größer.

Das Gefühl in meinem Bauch war flau. Hätte ich nicht so dicht vor ihm gesessen, wäre ich mit Sicherheit ins Schwanken geraten. Wolfs heißer Atem streichelte mein Gesicht, doch was er vielleicht als Einladung empfand, löste auf einen Schlag Beklemmung in mir aus. Er keuchte dicht an meinem Ohr und plötzlich hatte ich Angst, dass er einen bestimmten Verlauf dieser Nacht erwartete. Unsere Nacktheit hatte längst ihre Unschuld verloren.

Musste ich hier und jetzt eine Entscheidung treffen?

Zeit rann mir wie Sand durch die Finger. Tage, Wochen, vielleicht auch Monate – wer wusste schon, wie lange wir unsere Münder bereits aufeinanderpressten?

Ich öffnete die Augen und stutzte: Schwarzes statt blondes Haar glitt durch meine Finger, plötzlich um so vieles kürzer. Ein Lächeln, das weniger vor Selbstsicherheit strotzte und dafür so viel Einfühlungsvermögen und Sanftheit zeigte.

O Gott, Kai.

Was auch immer gerade noch gewesen sein mochte, es verschwand so schnell wie Linnea im Meer.

Natürlich küsste ich Kai. Wieso auch sollte ich das nicht tun? Der Gedanke erschien mir mit einem Mal derart lächerlich, dass mir ein Kichern entschlüpfte.

»Ich mag es, wenn du das tust«, sagte Kai rau.

Nur dass seine Stimme dabei weniger melodiös klang, war seltsam. Er zog mich fester an sich und dieses Mal war das Seufzen, das mir über die Lippen kam, echt. Genauso wie das plötzliche Verlangen, welches durch meinen Körper schoss.

»Ich mag alles, was du tust«, flüsterte ich etwas verzögert zurück. »Ich mag *dich*.«

Atemlos kletterte ich auf Kais Schoß, wollte mehr von ihm und holte zischend Luft, als ich etwas Hartes zwischen den Beinen spürte. Ich schlang die Arme um seinen Hals, klammerte mich an ihm fest und verlor mich in diesem Geruch nach Wald. Hände glitten über meine Wangen, Zähne über meine Haut. Kai war überall an mir und ich überall an ihm.

Die Bäume um uns herum, unsere Münder, wir und alles Leben hier draußen ... Genau so sollte es sein.

Wirst du mit mir schlafen? Ist es das, was nun geschehen wird?

Kais wunderschöner Mund bewegte sich. Ich vermutete, er sagte meinen Namen, doch ich verstand ihn nicht. Schließlich schenkte er mir ein Grinsen und deutete mit dem Daumen über die Schulter nach hinten in den Wald.

Ich möchte gern allein mit dir sein, war der Subtext seiner dunklen Augen. Die Brauen waren ebenso schön geformt wie die Steine am Rand des Wasserfalls.

Ich blinzelte. Diese Art, das passte so gar nicht zu Kai. Irritiert blickte ich auf meine Hände hinunter. Ich konnte dabei zusehen, wie die hindurchgleitenden Strähnen immer heller wurden. Wo gerade noch tiefes Schwarz gewesen war, leuchtete nun wieder Blond mit hellen Spitzen.

Wolf. Das hier war Wolf, auf dessen Schoß ich da saß.

Alles war falsch,

und doch lachte ich im nächsten Moment laut auf. Ich befreite mich aus Wolfs Armen und suchte die anderen. Denn mit einem Mal hatte ich es so richtig verstanden:

Das hier war es.

Das hier war die Wahrheit, war Realität und Lebenswirklichkeit. Dieses bunte Erleben war nur die Visualisierung dessen, was unsere Welt war, was sie sein könnte, vor allem aber, wie ich selbst sie wahrnahm: so verkorkst und kaputt, dabei aber voller Möglichkeiten und vor allem Liebe, die alles und jeden durchströmte.

Liebe, die auch mich durchdrang und immer durchdringen würde.

Liebe, die ich nicht auf diese Art für Wolf empfand.

Liebe, die mein Vater niemals wieder spüren konnte. Von der ich nicht mal sagen konnte, auf welche Art und Weise ich sie für ihn empfand. *Empfunden hatte,* verbesserte ich mich in Gedanken.

Und das war der Moment, in dem ich das Wasser bemerkte. Langsam und von allen anderen unbemerkt, kroch es zwischen den Bäumen hindurch und über die Felsen. Zuerst kicherte ich hysterisch, denn war es nicht logisch, dass heute Nacht etwas Schreckliches geschehen würde? Gewissermaßen hatte ich den Tod meines Vaters zu verantworten, und wenn ich diese kribbeligen Schmetterlinge in meinem Bauch nicht in den Griff bekam, dann würde auch Kai folgen. Und höchstwahrscheinlich noch all die anderen Menschen, die es wagten, mir, der Sterngeborenen, zu nah zu kommen. Wilma und ich waren nur zwei Frauen in einer langen Kette aus Unheil und Schmerz.

»Was kommt?«, fragte Hanni in seltsamem Tonfall neben mir. Ob ich laut gesprochen hatte?

»Das Wasser«, erklärte ich. »Das Wasser kommt. Dieses Mal kommt es wirklich, um mich zu holen. Ich höre, wie es mich zu rufen beginnt.«

Mit ausgestrecktem Zeigefinger deutete ich auf die Fluten, die noch harmlos plätschernd auf uns zuliefen. Sie kamen von allen Seiten, rollten in leichten Wellen heran. Ganz so, als befänden wir uns auf einer kleinen Insel und würden die steigende Flut beobachten können.

Hanni blinzelte mit ihren Riesenaugen, und das Ohrläppchenlächeln verzog sich auf gruselige Art und Weise.

»Hier ist kein Wasser«, flüsterte sie, dann hellte sich ihr Gesicht auf. »Ah, du meinst, du *fühlst* es.« Sie atmete tief ein und aus, ehe sie sich eine Hand auf die nackte Brust legte. »Ich spüre es auch.«

Am liebsten hätte ich geschrien, dass sie sofort zu reden aufhören sollte. Vor allem in dem Moment, als das Wasser an unseren Zehen zu lecken begann. Ich wollte fliehen, doch mein Körper gehorchte nicht.

Schockgedanken, absolutes Panikherz.

Hannis Mund bewegte sich unaufhaltsam weiter und ich versuchte ihr mit Blicken zu verstehen zu geben, dass wir hier wegmussten. Dass Flucht die einzige Option war, ehe die Fluten *meines* Fluchs uns mit in die Tiefe zogen. Dann wäre *ich* schuld. So verdammt schuldig, wie ich es schon einmal gewesen war. Nicht mehr als eine Sterngeborene, die aufbegehrte und gegen ihr Schicksal ankämpfte.

Kälte kroch mir unter die Haut und direkt in mein Herz hinein, quetschte es Zentimeter für Zentimeter zusammen. Entsetzt blickte ich mich um, doch wie Hanni schienen auch all die anderen nichts zu bemerken. War das Wasser vor wenigen Minuten noch sanft und flach gewesen, türmte es sich jetzt nach und nach auf und schlug in immer wilderen Wellen um sich.

Der Wind heulte und die Lampen an den Bäumen schwankten bedrohlich, ehe die ersten Lampions zu Boden fielen und ertranken. Das Feuer, um das Wolf und ein paar andere saßen, ging zischend aus, das Wasser stieg und bedeckte ihn nun bis zu den Schenkeln, doch er lachte nur. O Gott, sah Wolf nicht, dass er in Gefahr war? Dass er schwimmen musste, um nicht in wenigen Sekunden unterzugehen?

Wie gelähmt beobachtete ich, wie die Schwärze nach und nach meine Freunde verschlang, die bis zuletzt herumalberten. Hell und laut und schrecklich ging mir ihr Lachen durch Mark und Bein. Niemand schrie, das war nur ich allein, während sie nach und nach verstummten. Und ich spürte die Tränen auf meinen Wangen, spürte das Schluchzen, das meinen ganzen Körper zum Beben brachte. Da war Angst, da war Trauer, da war so viel Gefühl, das ich seit Papas Tod in den hintersten Winkel meines Kopfes geschoben hatte. Ich schrie mir die Seele aus dem Leib, kletterte auf den höchsten Baum, den ich finden konnte, doch das Wasser war immer schon stärker gewesen als ich. Es stieg und stieg, berührte die Baumwipfel, verschluckte die Welt mit seinem nassen, grässlichen Schlund, ehe auch der Himmel einzustürzen begann.

Ich wusste, dass es dieses Mal kein Entrinnen gab. Das hier war keiner meiner Träume, das war meine Realität, in welcher der Tod am Ende stets siegte. Und es gab nichts, was ich noch tun konnte oder wollte, als meine Zukunft, so wie Linnea, mit offenen Armen zu empfangen.

Ich schloss die Augen und sprang in dem Wissen, dass kein Eskil kommen und mich retten würde.

18 VEILCHEN IM SCHNEE

Wie jedes Jahr erstrahlten am Wochenende die Osterfeuer am Rand des Dorfes. Das Knistern und Brennen der hohen Flammen zog mich sonst immer an, doch nun konnte ich mir keinen schrecklicheren Ort vorstellen.

Glücklicherweise musste ich dieses Mal keine Kopfschmerzen vortäuschen, um diesem Brauch und den Gottesdiensten zu entkommen, denn seit ich vergangene Woche nach Hause gekommen war, wurde ich wie ein rohes Ei behandelt. Die Zeit, etwas vorzuspielen, war vorbei und offenbar merkte man es mir überdeutlich an. Ich erschrak selbst, wenn ich mich im Spiegel sah. Die Haut war beinah durchscheinend, der Blick in den braunen Augen gehetzt und seltsam matt.

In meinem Kopf wirbelte diese ganze Schwärze umher.

Ich konnte nicht sagen, was am Earth-Peace-Day noch geschehen war. Erst fühlte es sich an, als würde ich im Nichts treiben, dann öffnete ich blinzelnd die Augen. Da war Licht, zumindest ein bisschen. Ich erkannte die Hütte und spürte das Gewicht einer schweren Decke auf meinem Körper. Alle waren weg, nur Hanni saß neben mir. Und dann weinte ich um all das, was ich verloren hatte.

Am Ostermontag stand sie plötzlich vor der Tür. Wir hatten uns nicht mehr gesehen, denn ich schämte mich für das, was dort oben bei den Felsen geschehen war. Alle hatten Spaß gehabt, nur ich war irgendwie vollkommen durchgedreht. Mama bat Hanni herein, eilig ergriff ich ihre Hand und zog sie nach draußen in den Garten. Noch immer waren meine Schritte wackelig, zu präsent waren die Bilder. Dieses Mal in den Fluten zu sterben, hatte sich anders angefühlt:

erdrückender,

schmerzhafter,

hoffnungsloser.

Was ich auch tat, um mich abzulenken, die Erinnerung an das, was ich auf LSD gesehen hatte, spulte sich in meinem Kopf ab, sobald ich die Augen schloss.

Hanni und ich setzten uns unter einen Baum hinter dem Haus, beide gegen den mächtigen Stamm gelehnt. Sonnenwärme drang durch das Blätterdach und legte sich warm auf meine Haut.

»Was auch immer du gesehen hast, es saß schon die ganze Zeit irgendwo in deinem Unterbewusstsein«, sagte Hanni irgendwann aus dem Nichts. »Und da kommt einfach alles hoch. Die größten Träume, deine wahrsten Gefühle, aber auch tief sitzende Ängste und schlimme Erlebnisse. Und manchmal auch Dinge, die man sich selbst noch gar nicht richtig eingestanden hat.«

Ich sah das Wasser vor mir und mit ihm den nahenden Tod. Die Fluten, die mich lebendig unter sich begruben und Wolf, der Kais Züge angenommen hatte. Egal wie sehr ich hatte loslassen wollen, das genaue Gegenteil war geschehen: Ich hatte alles weggeschoben und verdrängt. Hatte so getan, als würde alles einfach weitergehen, und mich in diese Nicht-Sache mit Wolf geflüchtet. Und in meinem ungeschütztesten Moment war all das über mir zusammengestürzt.

»Ich glaube, ich habe alles von dem gesehen, was du beschreibst«, flüsterte ich. Mehr war ich einfach nicht in der Lage zu erklären, doch Hanni legte ihre Hand verständnisvoll auf meine.

»Es tut mir so leid«, wisperte sie und blickte mich beschämt an. »Letztes Jahr habe ich dir noch gesagt, dass du auf dich achtgeben und nicht so viel trinken sollst. Und nur ein paar Monate später habe ich dich ermuntert, etwas Bewusstseinserweiterndes zu nehmen. Du trauerst ... Mir hätte klar sein müssen, dass das keine gute Idee ist.« Ich hatte einen verdammt riesigen Kloß im Hals.

»Ich bin alt genug, um meine eigenen Entscheidungen zu treffen«, versuchte ich Hanni zu beruhigen. »Und ich habe mich bewusst dafür entschieden. Es ist nicht deine Aufgabe, auf mich aufzupassen.«

Das ist niemandes Aufgabe, und doch lief es am Ende wieder darauf hinaus, dass die Leute sich um mich sorgten.

»Bitte gib dir die Zeit, das alles zu verarbeiten.« Dieses Mal schlang Hanni ihren Arm um mich und ich wusste, dass sie nicht nur diesen furchtbaren Trip meinte.

Irgendetwas an diesem Gespräch und allgemein Hannis Dasein in den letzten Monaten verlieh mir den Mut, mich nun wirklich meinen Dämonen zu stellen. Ich fing zumindest damit an, ging einen Schritt nach dem nächsten. Zuerst suchte ich das Gespräch mit Mama, und es war das erste Mal seit einer Ewigkeit, dass wir *wirklich* miteinander redeten. Ich versuchte ihr gegenüber so offen zu sein, wie ich konnte, und bat sie, das Andenken an Papa aufrechtzuerhalten. Aber nicht mit Geheimnissen und dem Versuch, irgendeinen Schein zu wahren, sondern mit Geschichten, mit der Möglichkeit, Papa vielleicht doch noch besser kennenzulernen. Mama brach ihr Schweigen und erzählte Klio, Erato und mir von einem jungen Mädchen, das sich in der achten Klasse in diesen Jungen mit der dicken Brille verliebt hatte.

Am ersten Apriltag schnappte ich mir schließlich meine Schwestern und fuhr mit ihnen an den See. Auch wenn es jener Ort war, an dem ich unbeschwert getanzt hatte, während Papa höchstwahrscheinlich gerade starb, fühlte es sich nach dem richtigen Ort fürs Abschiednehmen an. Hier rauschte friedlicher Wind, hier gab es nur Stille und das Zwitschern von Vögeln.

Erato sprach immer noch nicht. Unsere Gedanken und all das, was wir Papa noch gern gesagt hätten, schrieben und malten wir deshalb jede auf ein Blatt Papier und falteten sie zu Booten. Erato und ich hielten uns an den Händen. Klio saß in der Hocke ganz dicht am Ufer und setzte jedes Schiffchen sanft aufs Wasser. Und dann sahen wir einfach dabei zu, wie sie der tief stehenden Sonne entgegenschwammen. Vielleicht wurde in diesem Moment nicht alles gut, aber irgendwie besser. Erato klammerte sich an meinem Bein fest, und ich strich ihr liebevoll über das geflochtene Haar. Nur einen Wimpernschlag später schob sich auf meiner anderen Seite Klios kleine Hand in meine.

Wir waren drei Nuancen von Braun. Klios dickes Haar eine Spur heller als meines, Eratos deutlich dunkler. Wir waren Sonne, Sterne und Mond.

In drei Monaten würde ich aufbrechen, wenn nicht mit Kai, dann eben auf andere Art und Weise. Und mir wurde klar, dass ich gefunden hatte, was ich vergangenen Sommer gesucht hatte: etwas zum Vermissen. Und es schmerzte so viel mehr, als ich gedacht hätte.

Tags darauf war das leise Quietschen meines Rads das einzige Geräusch weit und breit. Hanni und ich hatten uns nach dem Abendessen im Wald getroffen, um die neuste *Bravo* zu lesen. Sie erwähnte die anderen nicht und ich fragte auch nicht nach ihnen, wir blätterten einfach in der Zeitschrift und waren gemeinsam still.

Am Ende der Hauptstraße hatten wir uns voneinander verabschiedet und ich sah Hanni nach, bis sie in der Dunkelheit verschwand. Danach fuhr ich ziellos durch die beschaulichen Straßen, denn ich wollte noch nicht nach Hause und ins Bett. Ich radelte in Schlangenlinien durch die Lichtkegel der Laternen, die den Marktplatz säumten, und summte vor mich hin. Irgendwo bellte ein Hund, ein Baby schrie, dann war es wieder ruhig – bis plötzlich ein anderes Geräusch die Stille der Nacht zerriss.

Schnell stieg ich ab und schob das Rad bis ans Ende des Platzes. Ich hielt inne und lauschte. Da schrie eindeutig jemand auf. Kurz darauf folgte ein Wimmern und über allem ein Lachen, das mir für einen Moment das Blut in den Adern gefrieren ließ.

Irgendetwas stimmte da nicht. Sofort beschleunigte sich mein Herzschlag, sagte mir mit jedem heftigen Pulsieren, dass ich mich beeilen musste. Das Fahrrad ließ ich stehen und eilte an dem geschlossenen Café neben der Bibliothek vorbei. Auf Höhe der Kastanienstraße wurden die Stimmen lauter. Ein paar Meter rannte ich dem dumpfen Lärm entgegen, ehe ich in einem Hauseingang Deckung suchte. Und Schutz. Denn plötzlich wurde mir doch bewusst, dass ich ganz allein unterwegs war.

Da, am Ende der schmalen Straße, wo eine dunkle Gasse in sie einmündete: Gestalten zwischen Schatten und Licht.

In Sekundenbruchteilen versuchte ich die Situation zu begreifen.

Ein Mann, der zusammengekauert auf dem Boden lag und sich mit den Händen zu schützen versuchte. Zwei Kerle über ihm, die ihn abwechselnd traten, obwohl er sich doch gar nicht mehr wehrte.

Mir wurde schlecht.

Blut rauschte mir in den Ohren und ich hielt mir die Hand über den Mund, um kein Geräusch von mir zu geben. Ich versuchte noch, mir meine Chancen auszurechnen. Auf die Hilfe des Kerls, der am Boden lag, konnte ich nicht zählen. Blieben also zwei gegen eine, wobei die zwei deutlich größer und kräftiger waren als ich.

Noch hatten sie mich nicht entdeckt, ich könnte einfach gehen und so tun, als hätte ich nichts gesehen. Ich war ein Mädchen. Niemand würde mir das verdenken – ganz zu schweigen davon, dass niemals jemand von diesem Moment erfahren würde. Damit wäre ich jedoch nicht besser als jene scheinheiligen Menschen, die von Frieden sprachen, sich aber nur um sich selbst scherten, wenn es ernst wurde. Was auch immer der Kerl am Boden getan haben mochte, wenn er denn überhaupt etwas Schlimmes gemacht hatte, es rechtfertigte nicht diese Form von Gewalt.

Verdammt, ich hatte es so satt, zusehen zu müssen, wie Menschen einander verletzten.

Ich hatte es satt, dass der Krieg meinen Vater gebrochen und ihm seine Lebensenergie genommen hatte.

Ich hatte es satt, dass ein beschissener Fluch mein Leben und mein Lieben zerstörte – egal wie echt er am Ende auch sein mochte.

Und am allermeisten hatte ich die Nase voll davon, mich permanent hilflos zu fühlen, obwohl ich doch am liebsten die verdammte Welt aus ihren Angeln reißen wollte.

Ich bin furchtlos,
ich bin unbesiegbar,
ich bin Kalliope,

ging ich mein Mantra mehrmals durch. Und als erneut ein schmerzvolles Stöhnen die Nacht zerriss, hatte ich eine Entscheidung getroffen:

Ich schrie.

Ich brüllte so laut es mir nur möglich war und rannte auf die beiden Kerle zu. Himmel, ich war bereit, ihnen alles entgegenzusetzen, was ich hatte, damit sie aufhörten, auf den Jungen einzuschlagen, der einfach bloß apathisch auf dem Asphalt lag.

»Hört sofort auf und lasst ihn los!«

Und dann geschah etwas Seltsames: Die beiden richteten sich auf und hielten in ihren Bewegungen und Tritten inne. Vielleicht hatten sie die Entschlossenheit in meiner Stimme bemerkt oder gar die Wut auf die ganze Welt erkannt, die ich für den Moment in mir trug. Ich brüllte und schrie und riss die Fäuste in die Luft und vergaß, Luft zu holen. Die beiden nahmen die Beine in die Hand und flohen erst in die Kastanienstraße und dann weiß Gott wohin.

Meine Gedanken drehten sich. Die Laute des Mannes am Boden waren versiegt. Er regte sich nicht und seine Stille machte mir Angst. *Scheiße, scheiße, scheiße.*

Tränen stiegen mir in die Augen. Wieso? Wieso tat man so etwas? Meine Beine begannen zu zittern. Nein, ich durfte jetzt nicht schwach werden. Ich musste hinsehen, ich musste nachsehen, wie sehr der Fremde verletzt war und dann schnellstmöglich handeln. Gab es zu Hause nicht Verbandszeug im Badezimmer? Ob ich das hinbekommen würde?

Oder sollte ich Mama wecken? Doch wie sollte ich ihr erklären, dass ich mich nicht in Schwierigkeiten gebracht hatte und hier nur zufällig vorbeigekommen war? Um diese Uhrzeit?

Und wenn er am Ende tot war?

Bebend trug mich mein Körper näher und näher an den Mann heran.

O Gott, nein! Das durfte nicht sein!

Mir war schlecht und die Ränder der Welt begannen zu flirren. Noch mehr, als ich die schwarzen Haare erkannte und das blutige Gesicht, zu dem sie gehörten. Die Bluejeans und das Hemd, das einmal weiß gewesen war.

Entsetzt schrie ich auf. Dann überbrückte ich das letzte Stück zu dem reglosen Körper, sank daneben nieder und nahm sein Gesicht so behutsam wie nur irgend möglich in meine Hände.

»Kai?«, murmelte ich immer wieder. »Kai! Kai, Kai, bitte wach auf. Bitte, bitte, bitte.«

Rückblickend konnten es Minuten oder auch Stunden gewesen sein, in denen ich verzweifelt und hilflos neben Kai am Boden saß und inständig hoffte, er würde die Augen aufschlagen. Mein Körper war wie gelähmt, bis auf mein schreiendes Herz blieb einfach alles taub, und ich war unfähig, auch nur einen Zentimeter von ihm abzurücken. Wahrscheinlich hätte ich Hilfe holen müssen, nach einem Arzt schicken – doch ich saß bloß da und wachte im schwachen Licht der Laternen über ihn.

Kai blinzelte.

Und dann bewegten sich seine aufgeplatzten Lippen ganz leicht. So leise war seine Stimme aber, dass er mehrere Anläufe brauchte, bis ich ihn verstand. Krächzend, so schrecklich heiser. Erst war da ein schmerzhaftes Stöhnen, dann murmelte er meinen Namen. Es war nicht die sanfte Melodie, die ich von ihm kannte, es klang bitter und resigniert, so unendlich traurig. Sofort schossen mir Tränen in die Augen und trotzdem hatten diese vier Silben aus seinem Mund nie schöner geklungen.

Gott, ich hatte den wichtigsten Menschen in meinem Leben von mir gestoßen, hatte ihn vertrieben und aus meinem Leben verbannt, weil ich den Gedanken nicht ertrug, dass ihm etwas zustieß. Was, wenn das hier am Ende trotzdem *meine* Schuld war? Hatten diese Kerle Kai wegen mir, wegen der Generationentraumata meiner Familie und einer lächerlichen Prophezeiung verletzt?

Ich spürte, wie die Luft in meiner Lunge immer weniger wurde, doch ich musste atmen. Musste stark sein. Stark sein für Kai, der gerade eine Schulter zum Anlehnen brauchte.

Energisch stand ich auf und eilte zu meinem Rad zurück. So schnell wie möglich war ich wieder bei Kai und beugte mich über ihn.

»Kannst du aufstehen?«, fragte ich leise.

»M-hm.«

»Denkst du, dass etwas gebrochen ist?«

»Glaub nicht«, presste Kai hervor.

Vorsichtig schob ich einen Arm unter seinen Achseln hindurch und stützte ihn, als er wackelig auf die Beine kam. Die ganze Zeit fiel mir ein neuer blauer Fleck auf, der langsam violett wurde. Ein anderer Kratzer, eine andere Schwellung.

»Wir sollten zum Doktor gehen«, sagte ich irgendwo auf der Hauptstraße, doch Kai wollte davon nichts hören. Also schob ich das Rad weiter, damit Kai sich gegen mich lehnen konnte, doch er ging derart gekrümmt, sodass wir immer wieder Pausen machen mussten. Nie war mir der Weg in die Magnolienallee weiter erschienen. Es dauerte ewig, bis das Martinhaus endlich auftauchte. Gepflegter Vorgarten, Blumen links und rechts von der Tür und Fenster, hinter denen es längst dunkel war. Nur gegenüber bei den Rudolffs brannte in Juttas Zimmer noch Licht, und ich hoffte inständig, dass sie uns nicht sah.

»Ich kann dich ins Glühwürmchen bringen«, sagte ich zu Kai. Er nickte stumm – und das, obwohl ich mir so sicher gewesen war, dass er protestieren würde. Wahrscheinlich wollte er seinen Eltern genauso wenig etwas erklären müssen wie ich.

Aber erst kletterte ich, wie schon so viele Male zuvor, durch mein Zimmerfenster ins Haus. Ich traute mich nicht, irgendwo Licht anzumachen, und schlich mich auf Zehenspitzen ins Bad. Der Koffer mit dem Desinfektionsmittel und dem Verbandszeug stand unter dem Waschbecken. Ich stopfte alles, was ich irgendwie für Kais Wunden brauchen konnte, in meinen Rucksack. Danach durchwühlte ich den Kühlschrank. Kai sah so unendlich blass aus, er musste unbedingt etwas essen und trinken. Ohnehin hatte ich Angst, er würde umkippen, während ich hier drinnen war.

Als wir kurz darauf die Wiesen hinter den Häusern der Magnolienallee passierten, dämmerte mir, dass der Weg in Kais Zustand wohl eine richtig blöde Idee gewesen war. Ich konnte einfach nicht klar denken. Ausufernd ragte der Kiefernwald in den Himmel, Wurzeln schossen wild aus dem Boden. Schon unter normalen Umständen war unsere gewohnte Route zum *Glühwürmchen* nicht gerade leicht zu bewältigen.

Verlegen betrachtete ich Kais geschwollene Lippen, die ich vergangenen Herbst noch geküsst hatte, ohne mir der Konsequenzen bewusst zu sein. Das Gesicht mit den fast schon zu symmetrischen Zügen, die sich jetzt bei nahezu jedem Schritt schmerzvoll verzogen. »Schaffst du das denn?«, raunte ich in die Stille zwischen den Bäumen. »Wir kriegen dich sonst auch irgendwie ins Haus, ohne dass es jemand mitbekommt.«

Wollte er umkehren, würde ich es sofort tun. Ohne die Räder würden wir sowieso deutlich länger brauchen, doch Kai stierte weiter geradeaus und setzte einen Fuß vor den anderen. Ihn so schwanken zu sehen, brach erneut etwas in meinem Herzen entzwei.

»Geht schon«, presste er hervor.

Er stolperte über eine Wurzel und ich schlang meinen Arm instinktiv fester um seine schmale Hüfte. Dass Kai bei meiner Berührung heftig zusammenzuckte, lag bestimmt an seinen Verletzungen.

Oder?

Oder nicht?

Als wir eine halbe Stunde später endlich das Baumhaus erreichten, kletterte ich voraus und zündete in der Dunkelheit Kerzen an. Danach holte ich alle Decken und Kissen aus der Kiste unter dem Fenster hervor. Anschließend legte ich sie sorgfältig auf dem Boden aus, um es Kai möglichst angenehm zu machen. Er hatte sich weiter strikt geweigert, beim Doktor zu klingeln, also war es jetzt an mir, mich um das Blut und die Schwellungen zu kümmern.

Nachdem er es durch die Luke geschafft hatte, drapierte ich die Decken um ihn, ehe ich näher an ihn heranrutschte und den Saum seines Pullovers berührte. Doch schon wieder wich Kai zurück.

Dieses Mal sah ich in seinem Blick, dass es nicht an den Schmerzen lag, zumindest nicht nur. Kai hatte Angst, ich hatte nur absolut keine Ahnung, wovor.

Bitte lass es nicht so schlimm sein, wie es aussieht.

»Du solltest das ausziehen«, sagte ich rau. »Sonst kann ich deine Wunden nicht versorgen.«

Kai betrachtete mich zögernd, immer noch voller Furcht und auf berührende Weise verunsichert. Unter anderen Umständen und in einem anderen Leben hätte ich ihn jetzt damit aufgezogen. Hätte ihn provoziert, um diesen rosafarbenen Schimmer auf seinen Wangen zu sehen – doch wir waren jetzt andere Menschen.

Bei jedem blauen Fleck und jedem bisschen Blut, das ich sah, musste ich schwer schlucken. Trotz des schwachen Lichts sah sein ganzer Oberkörper auf das Schlimmste malträtiert aus und ich musste erneut die Tränen wegblinzeln. Sorgfältig wusch ich den Dreck mit Wasser ab, desinfizierte alles gründlich und klebte ganz vorsichtig ein paar Pflaster auf die Stellen, die am schlimmsten aussahen. Folie abziehen, platzieren, neues Pflaster. Ich musste mich einfach auf eine Sache nach der anderen konzentrieren. Dann der Verband an der Seite von Kais Bauch. Ich hatte doch keine Ahnung von so etwas. Ich wusste nicht, ob das übertrieben oder wirklich notwendig war, aber ich wollte alles tun, was ich konnte.

»Wir müssen zur Polizei«, entschied ich, als Kai seinen Pullover wieder überzog. Ich wollte gegen jeden kämpfen, der es wagte, ihm wehzutun.

»Zu Willie und Hans?« Kai versuchte aufzulachen, doch alles, was dabei herauskam, war ein Husten und Röcheln. »Nichts für ungut. Die beiden sind großartig, wenn sich wieder jemand auf den Weiden vom alten Bauer Fritz betrinkt oder sich die Katze der Rudolfs in einem Baum verirrt, aber ...« Der Rest des Satzes hing in der Luft, aber ich verstand auch so, was Kai mir sagen wollte. »Und ganz davon abgesehen, was soll ich denen denn sagen?«, fügte er deutlich leiser hinzu.

»Dass du verprügelt worden bist«, flüsterte ich.

»Das dürfte sich wohl ein bisschen schwierig gestalten.« Kai presste die Lippen aufeinander.

»Sag einfach die Wahrheit.«

»Die Wahrheit macht nicht immer alles besser«, entgegnete er mit so viel Resignation in der Stimme, wie ich es nie zuvor bei ihm gehört hatte. »Manchmal sorgt die Wahrheit einfach nur dafür, dass alles noch schlimmer wird.«

Erschrocken sah ich ihn an. Es fiel mir schwer, irgendeine Erklärung für diese Tat zu finden. Von der ersten Sekunde an war mir klar gewesen, dass diese zwei Kerle grundlos auf Kai losgegangen sein mussten.

»Was denkst du, wieso mein Gesicht gerade so aussieht?«, kam es kalt aus ihm heraus. »Weil es Menschen gibt, die die Wahrheit herausgefunden haben. Bist du immer noch der Meinung, dass mir das irgendwie weitergeholfen hat?«

Ich wich Kai nicht aus und hielt seinem Blick stand – auch wenn das Betrachten seines verfärbten Gesichts und der geschwollenen Lider verdammt schmerzte. Ich fragte mich, was innerhalb der letzten Monate mit meinem wundervollen Kai geschehen war, und unwillkürlich spürte ich dieser anderen Version von ihm nach. Diesem Düsteren, das hinter all dem Martin-Sonnenschein lauerte.

»Wir gehen nicht zur Polizei, wenn du nicht damit einverstanden bist«, versuchte ich Kai zu beschwichtigen. Ich hätte auch gern seine Hand gedrückt und ihm mit dieser Geste gesagt, dass er jederzeit über das sprechen konnte, was ihn so quälte. Doch ich hielt mich zurück.

Kai hatte meinen Schatten und Träumen stets diese sanfte Geduld entgegengebracht. Dieses Mal war wohl ich an der Reihe, einfach nur da zu sein. Und war es nicht auch das Mindeste, was ich für ihn tun konnte, nachdem ich ihn so gnadenlos aus meinem Leben verbannt hatte?

»Du kannst ruhig schlafen, wenn du möchtest«, sagte ich leise.

Und du?, fragte Kais Blick unter Lidern, die immer schwerer zu werden schienen.

»Ich bleibe hier«, antwortete ich mit einem Lächeln. Keines, das ich hinter meinen langen Haaren versteckte. Keines, das ich mit einer übertriebenen lässigen Art zu überspielen versuchte. »Ich bleibe«, wisperte ich so lange, bis Kais Lider endgültig zufielen.

Fast die ganze Nacht wachte ich über Kais unruhigen Schlaf, ehe ich mich am nächsten Morgen zusammen mit den ersten Sonnenstrahlen aus dem Baumhaus schlich. Ich wollte mich beeilen, wollte so schnell wie möglich zurückkommen, doch ich musste mich wenigstens kurz zu Hause blicken lassen. In der Magnolienallee lief ich erst Großmutter über den Weg, dann Mama, doch keiner von beiden schien aufgefallen zu sein, dass ich nachts nicht in meinem Bett gewesen war.

Ich schlich mich in das Schlafzimmer meiner Eltern, als alle in der Küche um den Tisch beim Frühstück saßen, und wühlte mich durch den Kleiderschrank, in dem noch immer Papas Sachen hingen. Es fühlte sich seltsam an, einiges davon für Kai einzupacken, aber er war tot und Kai nicht. Und er musste dieses blutige Zeug ausziehen, ehe er nach Hause gehen konnte.

Danach machte ich noch einen schnellen Umweg über den Marktplatz, um Kai sein Lieblingsgebäck aus dem Café neben der Bibliothek mitzubringen. Ich wusste nicht, was ihn umtrieb, und doch hätte ich ihm gern mit jeder Kleinigkeit die Dunkelheit genommen, die gestern in seinem Blick gestanden hatte.

Und dann, obwohl so früh kaum jemand unterwegs war, kam mir auf der Hauptstraße ausgerechnet Wolf entgegen.

Das Herz sackte mir in die Hose.

Seit ich sie alle in den Fluten sterben gesehen hatte, war ich weder ihm noch Christa oder Elisa begegnet. Es war nicht meine Absicht gewesen, einfach von der Bildfläche zu verschwinden, doch wenn ich ehrlich zu mir selbst war, schwebte plötzlich immer das Gefühl eines riesigen *Abers* mit, wenn ich an das Zusammensein mit diesen Menschen dachte. Menschen, deren Ansichten ich kennen mochte, nicht aber ihre Herzen.

Wolf blieb stehen, woraufhin ich gezwungenermaßen von meinem Fahrrad abstieg. Und sofort wirbelte in mir all das umher, was geschehen war: Erst der vorgegaukelte Spaß, dann der Schmerz. Ein Kuss, von dem ich nicht sagen konnte, ob er mir aufgedrängt worden war oder ich ihn tatsächlich eingefordert hatte. Die Mischung aus Scham- und Schuldgefühlen, die darauf folgte, und schließlich das Bild eines blutenden Kais, welches sich in meine Netzhaut eingebrannt hatte.

»Kalli.« Mit einem schiefen Grinsen kam Wolf auf mich zu und legte ganz selbstverständlich den Arm um meine Taille. »Bist du mir etwa aus dem Weg gegangen?«

Dieser Kuss. Dieser dämliche Kuss, den ich schon in der Sekunde bereut hatte, in der unsere Lippen aufeinandertrafen. Nicht wegen Wolf, nicht wegen ihm als Menschen, sondern weil es sich einfach nicht richtig anfühlte.

»Mir ging es nicht besonders gut«, gab ich zwischen zusammengepressten Zähnen zurück.

Es war schwer, so ehrlich zu sein, doch Wolf musste doch irgendwann einmal merken, dass die letzten Monate, gelinde gesagt, die schlimmsten meines Lebens gewesen waren.

»Ich hoffe, deinem Herzen geht es jetzt wieder besser.« Seine Mundwinkel zuckten. »Komm heute Abend in die Hütte. Ich kann dich ein bisschen ablenken.«

Das war jetzt nicht wirklich alles, oder?

»Du magst doch gar nicht *mich*«, sagte ich, und erst in diesem Moment wurde mir das richtig klar.

»Ach Kalli, natürlich mag ich dich.«

Ich schüttelte den Kopf. »Du magst nur die Version von mir, die du gern hättest, und das ist jemand, der zu allem nickt, was du so sagst. Ich meine, du hast es sogar geschafft, mich nach einer Verabredung zu fragen, *ohne* zu fragen.«

»Was ist denn heute los mit dir?«, verwirrt sah Wolf mich an. »Du bist doch sonst nicht so.«

Ich verschränkte die Arme vor der Brust. »Und du glaubst zu wissen, wie ich bin?«

»Kalli, ich –«

»Ich habe keine Lust mehr, dir ständig nach dem Mund zu reden. Leb damit, dass meine Meinung sich manchmal eben auch von deiner unterscheidet.«

Wie dumm war ich gewesen? Wie konnte es sein, dass ich so lange gebraucht hatte, um richtig zu begreifen, dass man seine Freunde nicht weggetreten irgendwo liegen ließ? Dass man nicht allein weiter feiern ging?

»Wärst du mit mir in den Wald gegangen?«

Das war diese eine Sache, die ich unbedingt noch wissen musste. Das, womit ich ihn so oder so konfrontieren musste.

»Ich verstehe nicht, worauf du plötzlich hinauswillst«, wich Wolf mir aus.

»Hättest du mich mitgenommen, um mit mir Sex zu haben, obwohl dir wahrscheinlich klar gewesen ist, dass ich *nicht* weiß, was ich tue?«

Das Gefühl von Scham kroch in mir hoch, denn am Ende war ich es doch gewesen, die sich auf seinen Schoß gesetzt hatte. Ich, die ihn gierig geküsst hatte. Aber ich hatte es nicht gewollt, hatte mir von dem LSD etwas einreden lassen. Ich schluckte das Gefühl hinunter, weiter und weiter, weil ich mich nie wieder von Menschen kleinhalten lassen wollte.

In Wolfs Miene flackerten tausend Regungen auf einmal auf und ich musste wegsehen, weil ich nicht mit dem umgehen konnte, was ich dort sah.

»Also gehörst du doch nicht zu uns?«, fragte er trotzdem seltsam enttäuscht.

»Ich gehöre mir selbst«, erwiderte ich unterkühlt. »Ich glaube an euch und all die Dinge, für die ihr einsteht. Aber ich muss das auf meine eigene Art und Weise machen.«

Dann schwang ich mich zurück in den Sattel. Ich wollte einfach nur zu Kai, in unser Baumhaus, wo keine schrecklichen Dinge geschahen und ich sicher war. So kurz dieses Gespräch auch gewesen sein mochte, hatte es doch einen seltsamen Geschmack auf meiner Zunge hinterlassen. Ich fühlte mich fast schmutzig, und darüber ärgerte ich mich am allermeisten. Wegen diesem verdammten Wolf wollte ich mich ganz sicher nicht schlecht fühlen.

Als ich dieses Mal die Sprossen des *Glühwürmchens* erklomm, war Kai bereits wach. Er lehnte an einer der Holzwände. Eine bunte Decke lag über den langen Beinen ausgebreitet, während er in dieses Büchlein schrieb, in das ich nie einen Blick hatte werfen dürfen.

»Hattest du nicht gesagt, dass du bleiben würdest?«, meinte Kai ohne hochzusehen, und ich wusste nicht, ob das eine unserer alten Neckereien war, oder ob er mir das wirklich übel nahm. Seine Stimme klang so wenig nach Musik, so leer, so mitgenommen.

»Du solltest dich ausruhen«, erwiderte ich bloß und machte Anstalten, Kai das Büchlein wegzunehmen. »*Richtig* ausruhen.«

»Mir geht es besser.«

»Das glaube ich dir nicht.«

Kai war schneller als ich und drehte sich mit dem ganzen Oberkörper weg. Trotzdem versuchte ich, nach dem Büchlein zu hangeln, beugte mich weiter nach vorn, streckte mich – bis er leise keuchend zusammenzuckte.

»O Gott … Entschuldigung, das …«

Sofort wich ich zurück.

Im einen Moment blickte Kai mich schmerzerfüllt an, im nächsten brach er in schallendes Gelächter aus. Ich verstand gar nichts mehr, hatte keine Ahnung, was dermaßen lustig sein sollte, aber er japste so heftig nach Luft, dass innerhalb kürzester Zeit Tränen aus seinen schwarzen Augen schossen. Kais ganzer Körper bäumte sich unter den Lachsalven auf und die Wangen leuchteten tiefrot.

Ein männliches Schneewittchen, schoss es mir durch den Kopf, *wunderschön und ein bisschen wie in einem Märchentraum mit Veilchen im Schnee.*

Und dann kicherte auch ich vor mich hin. Konnte nicht anders, weil Kais Lachen das kleine Häuschen erfüllte und ich mich für einen Moment ebenso frei fühlte wie am Abend des Talentwettbewerbs. Weil ich in dieser Sekunde erst begriff, wie groß meine Sehnsucht nach ihm eigentlich gewesen war, in diesen langen fünf Monaten, in denen wir zwei verschiedene Leben gelebt hatten.

Kai wischte sich Tränen von den Wangen, ein bisschen Blut war dabei, weil seine Lippe beim Lachen wieder ein Stückchen aufgerissen war. Das hier war Kai in demoliert, Kai in absolut verletzlich, ja im wahrsten Sinne des Wortes verletzt. Und doch sah ich ihn an und fand ihn einfach nur schön und berauschend mit jeder einzelnen Macke.

Endlich verstand ich, was ich eigentlich schon mein halbes Leben lang wusste: Ich war verliebt in Kai, die ganze Zeit schon hatte mein Herz für ihn geschlagen.

19 HERZLICH WILLKOMMEN IN MEINER SEELE

Die Stimmung in unserem schwebenden Häuschen war ein bisschen so, wie ich mir den Ozean vorstellte. Kai und mein Zusammensein kam und ging in Wellen und immer öfter schlich sich das Lachen zurück in unsere Gespräche. Es war, als müssten wir erst wieder lernen, wie wir zusammen *Kai und Kalliope* waren. Wie wir die alten Versionen unserer selbst sein konnten und gleichzeitig jene, die vor allem über den Winter entstanden waren.

Während sich in den ersten Aprilwochen Sonne und Regen abwechselten, bemerkte ich diese neuen Kleinigkeiten an Kai. Wie hart seine Gesichtszüge geworden waren, wie gehetzt sein Blick. Aber auch, dass er sich angewöhnt hatte, beim Gitarrespielen noch intensiver mit dem Fuß zu wippen. Dieses kleine Räuspern, wenn er mir etwas Wichtiges zu sagen hatte. Er trug die Haare länger, und zum ersten Mal entdeckte ich diese winzigen Kringellöckchen auch an seiner Schläfe. Am liebsten hätte ich meine Finger hineingesteckt und sie darum gezwirbelt, weil sie so furchtbar niedlich aussahen.

Wir betrauerten die Trennung der Beatles, die Paul McCartney in einem Interview bekannt gab. Das letzte Konzert der Band lag schon über ein Jahr zurück und eigentlich war das alles keine große Überraschung mehr. Trotzdem hörten wir einen Tag lang ununterbrochen unsere Lieblingslieder der Beatles und nahmen Abschied. An einem anderen lasen wir uns gegenseitig aus der Zeitung vor, ich zeigte Kai die *Bravo*, die Hanni mir geliehen hatte, und er wachte darüber, dass wir seinen wirklich furchtbaren Lernplan für das Abitur durchzogen.

Ich sang ihm ein Lied vor, an dem ich sporadisch gearbeitet hatte. Erst traute ich mich nicht, weil es ganz ohne seine Melodien entstanden war. Ohne seine Rhythmen, an denen ich mich entlanghangeln konnte, die mich auf berauschende Art ergänzten. Dann aber wurde meine Stimme mit jedem Ton selbstsicherer. Es war eigentlich nur der Beginn eines Liedes, aber es ging um das verschlafene Niemstedt, um Glück und Schmerz, um sich wiederholende Geschichten.

Vielleicht auch ein bisschen um uns – nur, dass ich keine Ahnung hatte, was wir jetzt noch waren.

Bis zum Ende der Osterferien tanzten wir umeinander herum und mit jedem Tag brachte mich der Gedanke daran, dass ihm jemand Leid zugefügt hatte, mehr um. Als die Schule wieder losging, konnte ich mich nicht länger zurückhalten. Drei lange Wochen waren vergangen, seit ich ihn auf der Straße gefunden hatte, und an einem späten Nachmittag im *Glühwürmchen* sprudelte es schließlich aus mir heraus.

Es war mein persönlicher kleiner Mutausbruch.

»Wir müssen darüber reden, was geschehen ist.«

»Müssen wir?«

Kai sah mit erhobener Augenbraue von unseren Hausaufgaben hoch. Wie jedes Mal, wenn ich das Thema auch nur andeutete, verschwand jegliche Weichheit aus seinem Gesicht.

»Ich möchte für dich da sein –«

»Ich denke, dafür ist es zu spät.«

»Kai …« Ganz vorsichtig stupste ich ihn in die Seite. »Manchmal kann es helfen zu reden. Ich … ich habe Angst …«

Bei dem letzten Wort veränderte sich irgendetwas in Kais Miene. Die Wärme, die unseren Kuss begleitet hatte, tauchte für einen Wimpernschlag in seinen Augen auf.

»Ich wollte es dir so oft sagen, Kalliope. Wirklich, so so so oft.« Er verzog das immer noch leicht lädierte Gesicht zu einer Grimasse. »Du hast ja keine Ahnung, wie viele Briefe ich an dich geschrieben habe, weil ich dachte, dass es das irgendwie leichter machen würde. Es gab so viele Abende, an denen ich kurz davor gewesen bin, einen von ihnen in deinen Eimer zu werfen. Oder ich stand unter deinem Fenster und habe mich dann doch nicht getraut.«

Bis auf diese eine Nacht, als du mit Tränen in den Augen auf dem Baum saßt. Du hast zwar nichts gesagt, aber ich war trotzdem überfordert.

»Aber?«, wisperte ich, auch wenn ich die Antwort zu kennen glaubte.

»Das klingt jetzt hart, aber es hat dich einfach nicht mehr interessiert, wie es mir geht. Und das nicht erst, seit dein Vater gestorben ist, sondern schon davor. Glaub mir«, Kai senkte die Stimme, »du wärst der einzige Mensch gewesen, dem ich gern etwas gesagt hätte.«

Jedes einzelne Wort bohrte sich wie ein Nadelstich tief in mein Herz. So schlimm, dass ich es kaum ertrug, aber letztlich sprach Kai nur aus, was mir längst schon klar war: dass ich bloß um mich selbst gekreist war.

Unser Streit kam mir in den Sinn. Damals noch vor unserem ersten Kuss, als wir alle Möglichkeiten hatten und uns für diesen einen Weg entschieden. Kai hatte mich nicht nur seine Schwester genannt, er hatte auch davon gesprochen, dass ich mich veränderte. Hatte es sich leicht gemacht und die Schuld bei Wolf, Hanni und Christa gesucht. Und tatsächlich fragte ich mich zum ersten Mal, ob ich mich wirklich meinetwillen verändert hatte oder derentwillen.

Ich streckte meine Hand aus, weil ich Kai so sehr berühren und diesen Graben zwischen uns überwinden wollte. Im letzten Moment zog ich sie dann doch wieder zurück.

»Ich würde dir gern sagen, dass es mir leidtut, aber das kommt mir zu wenig vor«, krächzte ich. »Nein, ich *weiß*, dass es zu wenig ist. Ich hatte so schreckliche Angst. Ich habe sie immer noch. Ich ... ich wollte dich einfach nur beschützen, weißt du? Ich wollte dich nicht aus meinem Leben verbannen, sondern dass nie wieder etwas Schlimmes geschieht ...«

Ich habe dich so vermisst, schrie es in meinem Kopf. Ich hatte mir weiß Gott was eingeredet, hatte mich vor mir selbst versteckt, mich in Geschichten und panischen Gedanken verloren.

»Dass ich zusammengeschlagen wurde, hat weder etwas mit Linnea und Eskil zu tun noch mit dir.« Kai klang aufgekratzt und begann für ihn ganz untypisch, die Hände im Schoß zu kneten. »Das liegt einfach nur daran, dass unsere Welt ist, wie sie ist. Es gibt Dinge, die es einem verdammt schwer machen, zu sich selbst zu stehen und dieses Leben so zu leben, wie alle es von einem erwarten. Und weißt du, was das Schlimmste daran ist? Wenn man ganz allein damit ist ...«

Die Stille, die auf seine Worte folgte, dröhnte mir in den Ohren. Was war so groß und unglaublich, dass er es nicht aussprechen konnte?

Kai wich meinem Blick aus, suchte ihn dann wieder. Er sagte etwas, doch so leise, dass die wenigen Worte im Wiehern der Pferde auf der Weide draußen untergingen.

»Weißt du was?«, schlug ich zaghaft vor und es fühlte sich an, als hätten sich zwischen uns die Rollen vertauscht. »Ich setze mich anders hin. Dann fällt es dir vielleicht leichter.«

Kais Antwort wartete ich gar nicht erst ab, sondern drehte mich um. Vor dem größeren Fenster wurde aus dem Pink am Abendhimmel gerade ein leuchtendes Violett. Es sah aus, als hätte der Himmel gebrannt und jetzt wäre da nur noch wunderschönste Glut.

Sonnenuntergang.

Kai sagte nichts und ich sah weiterhin konzentriert geradeaus, auch wenn es mich in den Fingern juckte, etwas zu tun. Ich wollte ihm Zeit geben.

Ich atmete ein,

er atmete aus.

Hier drinnen teilten wir dieselbe Luft, und dort, wo meine Schultern seinen warmen Rücken berührten, kribbelte es.

»Es geht … irgendwie um Matthi …«

Matthi?

»Letzten Sommer, kurz nachdem die Schule wieder angefangen hatte, sollte ich für meinen Vater einige Bücher aus der Bibliothek holen, die er für die Vorbereitung einer Predigt gebraucht hat. Wusstest du, dass Matthi nach der Schule in der Bücherei arbeitet?«

Ich nickte, obwohl Kai das ja gar nicht sehen konnte. Ich erinnerte mich an Matthis blonden Lockenkopf in der Bibliothek. Er war es gewesen, der Klio und mich bei unserem ersten Besuch an die baldige Schließzeit erinnert hatte.

»Matthi hat an dem Tag an der Ausgabe ausgeholfen und war es, der mir die Bücher gegeben hat. Ich glaube, davor habe ich nie so richtig mit ihm gesprochen, obwohl wir seit über zehn Jahren auf dieselbe Schule gehen. Seltsam, oder?« Kai rang nach Luft und wirkte überrascht von den Worten, die mit einem Mal doch von seinen Lippen fielen. »Wir sagen ständig, dass hier jeder jeden kennt und wir alles übereinander wissen, weil Geheimnisse in diesem Dorf keine Chance haben. Es gibt Menschen, die sehen wir einfach jeden einzelnen Tag im Unterricht oder den Pausen, aber … letztlich wissen wir doch nichts Bedeutendes über sie. Matthi hat mich nach einem der Bücher gefragt und erzählt, dass er es auch gelesen hat und … Naja … plötzlich bin ich immer öfter nach der Schule in die Bibliothek gegangen und habe die Sachen ausgeliehen, die Matthi mir empfohlen hat. Es ging meistens um Ethik und Philosophie …«

»Ihr seid Freunde?«, unterbrach ich Kai überrascht.

Es versetzte mir einen unangenehm heftigen Stich, dass ich davon nichts gewusst hatte. Mal ganz davon abgesehen, dass ich Matthi und Kai in meinem Kopf irgendwie nicht zusammenbrachte. Aber vielleicht war das so mit stillen Wassern – sie zogen sich gegenseitig an.

»So kann man das auch sagen, ja …« Irgendetwas an der Art, wie Kai das sagte, erschien mir seltsam. »Wir haben immer mehr Zeit miteinander verbracht und mit jedem Tag habe ich mich bei Matthi wohler gefühlt. An einem Abend haben wir das Bier seines Vaters probiert und waren ziemlich schnell betrunken. Ich kann mir nicht erklären, was los war, aber mit einem Mal hat er mich am Kragen meines Hemds gepackt und … geküsst.«

»Der Tag, als du nachts zu mir ins Zimmer geklettert bist …«, murmelte ich und hatte sofort das Bild von Kai in meinen Armen vor Augen. Die Ringe unter den Augen, wie aufgelöst er gewesen war.

Unbeholfen räusperte er sich, dann sagte er:»Ich war so durcheinander, und du warst der einzige Mensch, den ich sehen wollte – ganz egal, wie dumm mir das in dem Moment auch vorgekommen ist. Ich wollte zu dir, obwohl wir monatelang nicht miteinander gesprochen hatten. Statt Matthi nämlich wegzustoßen, habe ich ihn zurückgeküsst und fand es gut. Dabei habe ich den ganzen Winter lang nur an dich gedacht. Entweder habe ich mir Sorgen gemacht oder mir vorgestellt, wie deine Lippen sich angefühlt haben. Ich war einfach so verwirrt. Ich bin es immer noch.«

Es schien ein Bann gebrochen zu sein. Die Worte sprudelten nur so aus Kai heraus. All das, was er mir Tag für Tag für Tag hatte sagen wollen.

»Erst habe ich mir eingeredet, dass es an Matthi liegt und er schon irgendwie … etwas sehr Feminines an sich hat, verstehst du? Mit seinen Locken und den feinen Gesichtszügen. Aber das ist Blödsinn. So richtiger Blödsinn. Denn wenn ich ehrlich zu mir selbst bin, dann fand ich andere Jungs schon immer gut. Wenn du von welchen geschwärmt hast, habe ich mich nicht nur blöd gefühlt, weil ich dich auch gut fand. Es lag auch daran, dass mir manche von den Kerlen genauso gut gefallen haben wie dir. Und dafür habe ich mich fürchterlich geschämt.«

Es wurde still, so still, wie es zwischen uns noch nie gewesen war. Eine unangenehme Stille, die sich wie eine viel zu schwere Decke auf einen legte, oder wie unendliche Wassermassen. Ich konnte Kais Worte einfach nicht begreifen, da fuhr er schon mit gesenkter Stimme fort: »Bei Matthi habe ich mich nicht so gefühlt, als würde mit mir etwas nicht stimmen. Mit ihm zusammen zu sein, war einfach normal. Als würden wir eben nur das tun, was alle tun, wenn wir uns küssen. Nur … hat dieses falsche Sicherheitsgefühl uns irgendwann unvorsichtig gemacht. Als du mich gefunden hast, da … da hatte ich Matthi gerade nach Hause gebracht. Ich habe seine Hand genommen, nur einen kurzen Augenblick lang, und ich war mir so sicher, dass uns niemand sieht. Dann hat er mich geküsst, in einem Hauseingang. Eigentlich im Schatten, aber … anscheinend hat es eben doch jemand gesehen. Das Nächste, woran ich mich erinnere, ist, dass ich gepackt und von Matthi weggerissen wurde. Diese beiden Kerle haben mich zu Boden gedrückt und sofort auf mich eingeschlagen. Sie … sie haben wirklich … schlimme Sachen gesagt.«

Erschöpft sackte Kai in sich zusammen, ganz so, als hätten ihn all diese ehrlichen Worte die letzten Kräfte gekostet. Sein ganzer Körper fiel schwer gegen meinen Rücken. Es gab so vieles, das ich jetzt gern gesagt hätte, und gleichzeitig konnte ich keinen Gedanken richtig greifen.

Der Knutschfleck an Kais Hals.

All die Predigten in der Kirche, die er stumm über sich hatte ergehen lassen müssen.

Die paarmal, als ich ihn aus dem Lindenweg hatte kommen sehen. Wohnte dort nicht Matthis Familie?

All die Briefe, in denen wir über den Aufstand im Stonewall Inn *gesprochen hatten.*

»Ich habe Angst.« Kai zögerte. »Ich habe Angst, dass die zwei Typen nicht die Klappe halten. Meine Eltern, meine Geschwister, ich schaffe das nicht.«

Noch immer wusste ich nicht, wie ich all meine Gefühle zu Worten formen sollte. Irgendwie tat mir einfach nur alles weh, jedes einzelne Atom, das in mir steckte. Es schmerzte, dass Kai dieses Geheimnis mit sich hatte herumgetragen müssen. Es schmerzte, dass ich einen Teil von ihm nicht kannte. Dass er offensichtlich befürchtete, dass ich ihn anders sehen könnte. Dass das Zusammensein von Frauen und Männern eine verdammte Norm war und Menschen 1970 immer noch Angst um ihr Leben haben mussten.

Und ja, es schmerzte ebenso, dass Kai und Matthi sich geküsst hatten, vielleicht sogar ineinander verliebt waren.

Aber Kai und ich waren nun einmal weder Freunde geblieben noch Liebende geworden. Wir waren wir; alles – und gleichzeitig nichts.

»Matthi ist der einzige Mensch, den ich kenne, der ist wie … ich. Vor fünfundzwanzig Jahren hätte ich noch in einem Konzentrationslager enden können …«

Mein Herz raste.

Ich sah Kai mit den geschwollenen Lidern vor mir, die Lippe blutig und aufgeplatzt, und drehte mich ganz langsam zu ihm um. Erst starrte ich auf seine bebenden Schultern, doch dann wandte auch er sich wieder mir zu. Sein Blick war so schmerzhaft traurig, doch er wich meinem nicht aus.

»Ich bin froh, dass du Angst hast«, sagte ich rau. »Hättest du die nicht, würde ich mich noch mehr um dich sorgen.«

»Ich … manchmal hasse ich mich dafür.« Tränen begannen aus seinen Augen zu regnen. »Und in den letzten Monaten habe ich mich noch mehr gehasst. Ich will so nicht sein, ich will nicht *unnormal* sein oder abartig. Meine Eltern nennen es eine Sünde, aber …« Kai wirkte völlig aufgewühlt und begann zu stottern. So hatte ich ihn noch nie gesehen. »Aber … ich bekomme diese Gedanken einfach nicht aus dem Kopf. Ganz egal, wie sehr ich es versuche. Es geht nicht weg. Es geht einfach nicht weg.«

Das war der Moment, in dem ich meine Arme um Kai schlang und ihn einfach nur fest- und vielleicht auch ein bisschen zusammenhielt. Er roch nach Wald, nach Sommer und nach Frieden.

»Es muss auch nicht weggehen«, flüsterte ich immer wieder in sein dichtes Haar. Denn so war es doch: Kai blieb Kai. Nichts würde daran etwas ändern können. Schon gar nicht die Tatsache, dass er gern Jungs küsste.

»Du bist du«, fügte ich hinzu.

Er war der sanftmütigste Mensch, den ich kannte. Er war Sonnenschein mit dunklen Rändern, er war lebendig gewordene Musik, er war Ruhepol und Herz aus Gold.

Die griechische Mythologie kam mir in den Sinn. All die Geschichten, die Papa mir zwischen der Musik erzählt hatte. Von Göttern, die sich in sterbliche Jünglinge verliebten. Von Frauen, die Frauen liebten, und Männern, die dasselbe taten. In dieser Welt war Homosexualität nichts Außergewöhnliches.

Doch das waren bloß Geschichten.

Nicht so wie die Proteste im *Stonewall Inn*. Wie alle anderen Nachrichten, wie das, was Kais Eltern uns in der Kirche erzählten.

Plötzlich dämmerte mir eine Sache, die wieder Wut in mir hochkochen ließ. Ähnlich der, die mich dazu getrieben hatte, auf diese beiden fremden Kerle zuzustürmen.

Sofort löste ich mich von Kai und blickte ihm ernst ins Gesicht.

»Was ist mit Matthi? Du hast gesagt, ihr wart an diesem Abend zusammen, aber ich habe ihn nicht gesehen.«

»Er … er ist weggerannt, als die Typen plötzlich auftauchten.«

Entsetzt sah ich Kai an. »Er hat dich allein gelassen?«

»Wahrscheinlich hatte Matthi Angst. Und ich verstehe das. Wirklich. Ich kann nicht wütend auf ihn sein, weil ich nicht weiß, was ich an seiner Stelle getan hätte.«

»Wie bitte?«, mein Herz brach, denn wir wussten beide ganz genau, dass Kai niemals jemanden im Stich lassen würde. »Hör auf, so scheißnett zu sein!«

Er lachte.

Kai lachte einfach so über mich und ich war kurz davor, wegen dieses schönen Geräuschs in verdammte Tränen auszubrechen.

»Das ist so klar«, grinste Kai. »Ich erzähle dir all meine Geheimnisse, aber du denkst, es ist angebracht, fies zu sein.«

»Ich bin nicht fies. Aber zu Matthi werde ich es sein, wenn er mir das nächste Mal über den Weg läuft.«

»Kalliope ...« Kai neigte den Kopf. »Tu das nicht, okay? Das ist es nicht wert.«

»Und ob es das wert ist«, beharrte ich.

»Es spielt keine Rolle mehr.«

»Und ob es das tut.«

»Nein.«

»Doch.«

Wieder lachte Kai. »Dir ist klar, dass du dich kein Stück verändert hast, oder?«

Ein Grinsen breitete sich auf meinen Lippen aus. »Ich erinnere mich daran, wie du mir einmal genau das Gegenteil vorgeworfen hast.«

»Das ist eben der *Kalliope-Strudel.*« Kai zuckte mit den Schultern. »Man weiß nie, was einen als Nächstes erwartet.«

20 GLÜCK UND APFELKERNE

Ich dachte, du stehst voll auf Kai«, flüsterte Klio lautstark. »Wieso starrst du dann die Aushilfe da unten so an?«

Wir saßen im obersten Geschoss der Bibliothek an einem Tisch direkt an der Galerie, sodass der Blick auf das Atrium frei war. Und auf Matthi, der dort unten Bücher aus einem kleinen Wägelchen räumte.

»Du bist gerade mal elf«, zischte ich und wunderte mich schon gar nicht mehr, dass sie wohl etwas von Kai und mir ahnte. »Du solltest dir noch gar keine Gedanken darüber machen, wer auf wen steht.«

»Wie sagt man so schön?« Meine Schwester grinste. »Getroffene Hunde bellen.«

Himmel, ist Klio eigentlich irgendwann einmal ein richtiges Kind gewesen?

Als ich nach Schulschluss mitbekommen hatte, wie sie mit dem Rad Richtung Marktplatz fuhr, hatte ich mich ihr ohne weitere Erklärungen angeschlossen. Jetzt lagen meine Lernunterlagen vor mir auf dem Tisch, in denen ich zu lesen vorgab – offenbar mehr schlecht als recht.

In gerade einmal zwei Wochen würde ich mein Abitur schreiben müssen. Der Gedanke an die Prüfungen löste größte Übelkeit in mir aus, weil ich das Lernen in den vergangenen Monaten selbst für meine Verhältnisse mehr als vernachlässigt hatte. An diesem nagenden Gefühl konnte auch Kais schrecklicher, aber hoffentlich effektiver Lernplan nichts ändern. Und mit einem Mal fühlte sich die Möglichkeit, ein weiteres Jahr in diesem Dorf bleiben zu müssen, überaus realistisch an. Meine Zukunft schien auf einen Schlag so unausweichlich.

Ich seufzte schwer, woraufhin Klio erneut von ihren Hausaufgaben hochsah.

»Du könntest einfach lernen«, schlug sie vor.

»M-hm«, gab ich abwesend von mir.

Irgendwo in dieser Bücherei hatte das zwischen Matthi und Kai seinen Anfang genommen. Vielleicht hatte es unschuldige Küsse im Schatten der wuchtigen Regale gegeben? Oder viel ausferndere? Vielleicht hatte er genau hier Kais Hand genommen, wie ich es einmal getan hatte?

Ich sah die rundliche Frau vom Empfang auf Matthi zugehen. Sie tippte ihm auf die Schulter, woraufhin er sich umdrehte. Hellblonde Locken kringelten sich bis in Matthis Augen hinein. Er lächelte und ich fragte mich, ob Kai sich womöglich in sein Lächeln verliebt hatte?

Dieses Lächeln, das Matthi lachen konnte, obwohl er Kai blutend am Boden liegen gelassen hatte. Das er lachte, obwohl die Lippen, die er geküsst hatte, an jenem Abend geschlagen worden waren, bis sie aufplatzten.

Ich war so scheißwütend, so unendlich sauer auf den Egoismus der Menschen. Vielleicht hätte ich Verständnis für Matthis Angst haben sollen, aber das konnte ich einfach nicht. Ich konnte es nicht, weil ich mir sicher war, dass Kai – wäre es anders herum gewesen – niemals das Weite gesucht hätte. Und doch … es war nicht nur Wut. Die Wut war da in den ersten Tagen danach gewesen.

Und mit jeder Stunde, die verging, kristallisierte sich noch etwas anderes heraus.

Ich hatte mich in eine seltsame Ablenkung mit Wolf gestürzt, und doch brachte mich der Gedanke fast um, dass Matthi und Kai so etwas wie ein Paar gewesen waren. Küsse, Umarmungen, Liebkosungen mit ihm, die ich mir aus Panik selbst verboten hatte. Wahrscheinlich hatten sie einander Geheimnisse zugeflüstert. In meiner Vorstellung nahm Kai Matthi auch mit in unser Baumhaus und verriet uns damit.

»Wieso sind Kai und du eigentlich nicht zusammen?«, durchbrach Klio gewohnt treffsicher meine Gedanken, und dieses Mal war ich fast dankbar dafür. Mir war schlecht. Ich saß hier, beobachtete diesen Kerl und erhoffte mir weiß Gott was davon. Doch eigentlich war es lediglich dumm und unnötig und tat verdammt weh.

»Jungs und Mädchen können auch einfach nur miteinander befreundet sein«, erklärte ich.

Klio verdrehte die Augen.

»Danke, dass du mich aufklärst. Ich bin zwar seit gefühlt schon immer mit Tim befreundet, aber mir wäre das fast entgangen.« Sie senkte die Stimme und klang viel sanfter, als sie fortfuhr: »Ich bin nicht blöd, Kalliope. Wenn jemand blöd ist, dann seid es ihr Älteren. Ihr vergesst immer, wie viel Kinder mitbekommen, und vor allem, wie viel wir verstehen.«

»Hast du dich gerade selbst als Kind bezeichnet?«, versuchte ich zu scherzen. »Diesen Tag muss ich mir merken.«

Klio stöhnte genervt auf.

»Kai liebt dich.«

Liebe.

Das war so ein verdammt großes Wort.

Das war ein Gefühl, das ich doch gerade erst kennenlernte.

»Du weißt selbst ganz genau, was alles geschehen ist …«

Vielleicht habe ich sogar Papa auf dem Gewissen – auch diese Worte schwebten zwischen uns. Inzwischen hatte ich Klio in alles eingeweiht, was ich wusste. Trotzdem musste ich gestehen, dass ich der ganzen Geschichte von Linnea und Eskil einen Hauch mehr Hoffnung verliehen und das ein oder andere Detail etwas schöner geredet hatte. Ein einziger Blick in Klios Augen hinter den dicken Brillengläsern reichte, und ich hatte nicht anders gekonnt. Sie war meinen Ausführungen gebannt gefolgt. Doch es war, als würde sie lediglich einer guten Geschichte lauschen, ehe sie sich der nächsten widmete. So, wie es meine kleine Schwester immer schon tat. Und ich verstand, dass Linnea und Eskil für Klio bloß eine alte Legende sein würden.

»Du musst aufhören, dich damit verrückt zu machen«, sagte sie jetzt, und dieses Mal war da nur Sanftheit in ihren Zügen. »Ich weiß nicht, wieso Kai und du euch nicht endlich zusammenrauft. Eines Tages werdet ihr heiraten und richtig ekelhaft süße Kinder bekommen. Aber damit das passiert, solltest du wirklich aufhören, dich hinter einer Geschichte zu verstecken, die Großmutter dir erzählt hat.« Klio widmete sich wieder ihrem Schulheft, blätterte durch die Seiten. Dann hob sie doch noch einmal kurz den Kopf. »Es ist übrigens auch vollkommen in Ordnung, auch mal auf die kleine Schwester zu hören. Du musst nicht immer so taff sein.«

Ich starrte sie an.

Klio hatte recht. Ich musste für das einstehen, was ich wollte. Und wenn ich Kai wollte, dann musste ich um ihn kämpfen. Doch die Zweifel, ob wir jemals wieder eine Chance haben würden, blieben hartnäckig. Ich hatte Kai verletzt, und das mehr als nur einmal.

Zehn Tage.

So lange wusste ich nun, dass Kai auch Jungs mochte. Plötzlich erklärte sich, wieso da immer etwas anderes und Unsichtbares an ihm gewesen war, die Unsicherheiten, die teils hektischen Blicke über die Schulter. In den Augen der meisten Leute war Homosexualität immer noch eine *Krankheit*, eine Abnormalität. Für mich aber blieb Mensch einfach Mensch und Kai einfach Kai.

Erneut wanderte mein Blick hinunter auf Matthis blonden Lockenkopf. Wie schrecklich musste es sich für Kai und ihn angefühlt haben, etwas Illegales zu tun. Zu wissen, dass ihnen dafür das Gefängnis drohen konnte. Ich wusste zwar, dass die Änderung des Paragraphen 175 es Männern inzwischen erlaubte, sich auf allen Ebenen nah zu sein. Trotzdem galt dies erst mit einundzwanzig Jahren, und die gesellschaftliche Praxis war nach wie vor diskriminierend. Meine Wut begann zu verpuffen und Gott, da nahm ich mir fest vor, nicht nur gegen den Krieg und für unseren Planeten zu kämpfen, nicht nur für die Gleichstellung von Mann und Frau, ab heute wollte ich ebenso für die Rechte *aller* Menschen auf die Straße gehen.

Genau in diesem Moment sah Matthi sich in der Bücherei um und kurz glaubte ich, er hätte mich entdeckt. Ertappt zuckte ich zurück, fiel dabei dummerweise halb vom Stuhl und fegte erst Klios Unterlagen, dann mein Buch vom Tisch. Doch sie lachte bloß. Lachte und lachte und lachte, bis ich den Eifersuchtsklumpen in meinem Bauch vergaß.

Dann wuschelte ich Klio durch die Haare. »Ich werde dich vermissen, weißt du.«

»Na endlich.« Sie grinste. »Ich dachte schon, du würdest das gar nicht mehr zugeben.«

Am Tag meiner ersten Abiturprüfung fand ich einen zusammengefalteten Zettel im Eimer an meinem Fenster. Lächelnd drückte ich mir den kleinen Brief gegen die Brust, und als ich die wenigen Worte darauf las, glühten tausend Sternenpunkte in meinem Bauch auf.

Tag und Nacht hatte Kai bis zuletzt mit mir gelernt. Natürlich hing ich mit dem Stoff hinterher, natürlich musste er einen Haufen Geduld aufbringen, um mir die immer selben Dinge wieder und wieder zu erklären, die er schon längst abgehakt hatte. Und trotzdem wurde er nicht müde, mir seine Zeit zu schenken. Noch immer wusste ich nicht, ob ich die Prüfungen schaffen würde, doch zumindest standen meine Chancen dank Kais Hilfe nun deutlich besser.

Was auch geschehen würde: ich konnte wenigstens sagen, dass ich am Ende alles für meine Zukunft gegeben hatte.

Und Kai ... er glaubte mit einer Inbrunst an mich, von der ich nicht wusste, ob ich sie verdient hatte – nicht nach der wortlosen Verbannung aus meinem Leben. In all den Stunden in meinem Zimmer, in denen der Boden von Büchern und Mitschriften übersät war, empfand ich pure Dankbarkeit für diesen hinreißenden Menschen. Aber da waren auch die ganzen Schmetterlingsgefühle, die niemals weg gewesen und jetzt nur noch stärker geworden waren.

Tiefer und echter.

Vielleicht, weil wir unsere schlimmsten Seiten gesehen, unsere dunkelsten Gedanken geteilt hatten und dadurch die schönen noch intensiver schillerten.

O Gott, ich sehnte mich nach unseren unbeschwerten Berührungen, nach Kais Armen um meinen Körper, nach seinen Lippen, die ich nur ein einziges Mal geküsst hatte.

So oft war ich in diesen Tagen kurz davor, ihm zu gestehen, wie sehr ich in ihn verliebt war. Dann bemerkte er meine Blicke und seine Mundwinkel zuckten.

»Was ist?«, sagte er dann immer und ich antwortete:

»Nichts.«

Es war das immer selbe Spiel, in denen jede Nicht-Berührung kribbelte, wie eine echte es wohl nicht gekonnt hätte. Die Funken in den wenigen Millimetern zwischen unseren Oberschenkeln. Das bisschen Luft zwischen unseren Händen.

Doch es gab so viel, das mich zurückhielt: Linnea und Eskil, das womöglich doch noch drohende Unheil, all meine Fehler. Vor allem aber das Geständnis, das Kai mir gemacht hatte. Die Sache mit Matthi war noch nicht so lange zu Ende, die mit Wolf auch nicht, und Kai hatte sich zum ersten Mal in seinem Leben jemandem anvertraut. Einmal sollte es auch um *ihn* gehen, um das, was Kai umtrieb. Ich wartete auf den richtigen Zeitpunkt.

Auf diesen Moment in ferner Zukunft, in dem manche Wunden vielleicht besser verheilt sein würden. Und ich hoffte darauf, dass Kai sich noch immer zu mir, zu einer Frau, hingezogen fühlte.

Glücklicherweise war mir bei der vielen Lernerei auch kaum Zeit geblieben, um länger über all das nachzudenken.

Jetzt zog ich mich schnell an, packte meine Sachen zusammen und rannte die Treppe nach unten. Nicht nur ich, das ganze Haus schien heute seltsam aufgeladen zu sein. Es knarzte in den Böden, wimmerte und ächzte in den Wänden. Auf der vorletzten Stufe blieb ich stehen und betrachtete das Foto von Papa, das dort an der Wand hing. Er war darauf noch ein Kind und lachte mit einer Schultüte in den Händen in die Kamera, und es fühlte sich an, als wäre er an diesem für mich so wichtigen Tag irgendwie an meiner Seite.

Mit feuchten Augen verabschiedeten Mama und Großmutter mich eine halbe Stunde später vor der Aula, wo unser Jahrgang in den nächsten Stunden die Deutschprüfung ablegen würde. Überall standen Grüppchen herum, klärten letzte offene Fragen zum Stoff, manche waren ganz ruhig, anderen stand die Angst deutlich ins Gesicht geschrieben.

Mit jedem Schritt in den Raum hinein wuchs auch meine eigene Übelkeit übermächtig an. Die Hände waren schwitzig, der Mund staubtrocken, und beim Laufen hatte ich das Gefühl, wie in Watte gepackt zu sein. Alles schien so unendlich weit weg, selbst die Geräusche bildeten nur ein entferntes Rauschen. Am liebsten wäre ich umgedreht und so weit wie nur möglich gerannt. So viele Schreibpulte in Reih und Glied, so viele leere Bögen Papier, die nur danach schrien, dass uns allen am Ende des Tages die Finger schmerzen würden.

Ich entdeckte Hanni am anderen Endes des Raums. Mit geschlossenen Lidern lehnte sie an der Wand und sah ähnlich blass um die Nase herum aus wie ich bei meinem letzten Blick in den Spiegel.

Mit ein bisschen mehr Entschlossenheit straffte ich die Schultern und zog Kais Brief ein letztes Mal aus meiner Hosentasche hervor.

Du bist (m)ein Stern.
K.

Da waren sie wieder: Kais Worte wie Musik, die bei jedem anderen aufgesetzt gewirkt hätten, bei ihm aber einfach Teil seines Seins waren. Und sie machten mir Mut, weil Kai mir damit sagte, dass auch ich Licht sein konnte. Nicht nur Düsternis und ein dunkler Schatten für all die Menschen in meinem Leben, die mir etwas bedeuteten.

Mit kribbelnden Fingern steckte ich den Zettel weg und lief zu Hanni hinüber.

Wir würden das schaffen.

Irgendwie.

Zwei Wochen später starrte ich auf diesen uralten Kranz, der unterhalb des Gucklochs an der geschlossenen Tür baumelte. Die Blüten waren so vertrocknet, dass ich Angst hatte, er könne jeden Moment zerfallen.

Ich warf Hanni einen letzten Blick zu, dann klingelte ich.

Kai hatte mich für verrückt erklärt, als ich vergangene Nacht in sein Zimmer geklettert war, um ihm von dieser Idee zu erzählen. Und am Ende hatte ich einfach nur auf seinen Mund gestarrt, weil ich es nicht fassen konnte, dass er wieder Teil meines Lebens war. Und weil ich ihm so sehr nah sein wollte.

Kai küssen, küssen, küssen …

»Du solltest leiser denken«, kicherte Hanni neben mir, ehe ich ein weiteres Mal die Klingel betätigte.

»Ich habe keine Ahnung, wovon du sprichst.«

»Ja genau … Mensch, Kalli …« Inzwischen hatte ich es vollends aufgegeben, Hanni diesen albernen Spitznamen auszureden. »Ich bin deine Freundin, falls du es noch nicht gemerkt haben solltest. Ich hab dich lieb. Und wenn du mir irgendwann doch noch erzählen magst, wie bombastisch Kais Küsse schmecken, dann tu's. Oder wenn du –«

Sofort drehte ich mich zur Seite.

Erst Klio, jetzt sie.

»Woher weißt du, dass wir uns geküsst haben?«

»Ich habe es nur vermutet.« Hanni kicherte. »Aber jetzt bin ich mir sicher. Danke dafür.«

»Du bist ein Biest.«

Mit einer übertriebenen Armbewegung verbeugte sich Hanni vor mir.

»Wenn *du* das sagst, bin ich das gern.«

»Es ist nur … das ist schon ein halbes Jahr her und inzwischen … Ich weiß nicht, was jetzt noch von all dem übrig ist. Oder was das wird. Ich habe einmal geglaubt, dass es Kai sein würde, mit dem ich –«

»Was? Sex? Ihr wollt Sex haben?«

Ein Räuspern ließ uns zusammenfahren.

Die Tür stand weit offen, der Kranz hing unversehrt daran und davor stand bedrohlich der alte Bauer Fritz. Riesig und ebenso Furcht einflößend wie in meiner Erinnerung. Nur der dichte Schnauzer war inzwischen ergraut.

Von Hanni, dem wilden Blumenmädchen, war nichts mehr zu sehen. Die Hände hielt sie im Schoß gefaltet und versuchte irgendwie, ihren hochroten Kopf unter den hellen Haaren zu verstecken. Zwar versuchte ich das Lachen zu verbergen, doch so ganz wollte es mir nicht gelingen.

»Hallo, Herr Fritz«, ergriff ich schnell das Wort, bevor ich es mir anders überlegen konnte, und hoffte, dass er gerade nicht so genau hingehört hatte. »Ich bin Kalliope Faeth. Ich wohne in der Magnolienallee. Und das hier ist Hannelore –«

»Ich weiß, wer ihr seid«, unterbrach mich der Bauer unwirsch, wovon ich mich jedoch nicht beirren ließ. Kai mochte mich für bekloppt halten, aber ich wollte es trotzdem probieren:

»Es ist …« Ich holte tief Luft und startete einen zweiten Versuch: »Seit ich denken kann, bin ich über diese Weiden hier gerannt oder gefahren, so wie alle anderen Kinder es eben auch immer machen. Und wenn ich ganz ehrlich zu Ihnen bin, dann habe ich mir dabei auch nie groß etwas gedacht.« Bei den letzten Worten brummte Fritz, doch wie bei seiner Begrüßung wusste ich nicht, was genau er mir damit sagen wollte. Wahrscheinlich war er nicht gerade begeistert über diese Ausführungen, dennoch sprach ich weiter: »Aber heute ist mir klar, wie viel wir dabei unbeabsichtigt kaputtgemacht haben. Ich kann das nicht rückgängig machen, das können wir beide nicht«, ich zeigte auf Hanni und mich, »aber wir möchten Ihnen gern etwas zurückgeben, dafür, dass die Kinder hier im Dorf Ihnen ständig so viel Ärger machen. Mir kam die Idee, dass wir zwei heute Abend für Sie kochen könnten.«

Um meine Worte zu unterstreichen, hielt ich die große Tüte aus dem Tante-Emma-Laden in die Höhe.

»Wir haben Ihnen auch etwas von Frau Martins Kuchen mitgebracht«, ergriff nun auch Hanni das Wort.

Der Ausdruck auf dem faltigen Gesicht mit dem Riesenschnauzer blieb skeptisch, doch Bauer Fritz trat zur Seite. Und in meinem Kopf lachte Kai: *Du spinnst, Kalliope.*

Ich ging voraus, Hanni mir hinterher.

Das Haus war ganz anders, als ich es mir vorgestellt hatte. So viel gemütlicher und voll mit tausend Dingen, die es an jeder Ecke und in jedem Winkel zu entdecken gab. Holzbalken zierten die Decken und Fotografien die Wände. Auf dem großen, gerahmten Bild über dem Kamin erkannte ich eine deutlich jüngere Version des Bauern, neben ihm eine Frau mit sanft geschwungenen Lippen und einem Schleier im Haar.

»Ihre Frau?«, fragte ich.

»Ja, meine Bernadette«, nickte er, und zum ersten Mal sah ich ein Lächeln seine Lippen umspielen. »Gott sei ihrer Seele gnädig.«

»Sie war wunderschön.«

Wieder nur ein knappes Nicken, doch ich hatte das Gefühl, dass er ein bisschen auftaute. Und damit sollte ich recht behalten. Ohnehin war ich der Meinung, dass jeder Mensch seinen Knackpunkt hatte. Diese eine Sache, die sein wahres Ich hervorholte.

Am Ende kochten Hanni und ich nicht nur für den Bauern, wir halfen ihm auch mit den Äpfeln, liefen die Weide hoch und füllten den Futtertrog der Pferde. Wenn ich die Augen ganz fest zusammen-kniff, dann glaubte ich fast, zwischen den Bäumen das gut versteckte Baumhaus zu entdecken. Am frühen Abend saßen wir schließlich gemeinsam auf der Terrasse des Hauses und sahen in den Garten, der wild und zugewuchert war, genau deshalb aber so bezaubernd. Nach anfänglichem Schweigen und Unwohlsein hatten Hanni, Fritz und ich noch viel gelacht an diesem Tag.

Der Bauer teilte Anekdoten seiner Jugend mit uns. Er sprach davon, wie er Bernadette auf dem Faschingsball in der Schule um eine Verabredung gebeten hatte. Sie war als Katze verkleidet gewe-sen, er als Lokomotivführer. Danach waren sie zum ersten Mal mit-einander ausgegangen. Fritz erzählte von einer längst vergangenen Zeit und beschwor mit seinen Worten einen Teil Niemstedts herauf, den ich nicht kannte. Es waren Geschichten, die mein Großvater mir vielleicht erzählt hätte, wenn er nicht so früh gestorben wäre.

Ich wünschte, ich hätte schon früher den Mut aufgebracht, zu dem Bauern hinüberzugehen, statt mich nur darüber zu beschweren, dass sich nie etwas änderte in diesem Ort.

Nach diesem ersten Essen besuchten Hanni und ich den alten Fritz alle paar Tage. Und wenn wir nicht bei ihm waren, werkelten Kai und ich an dem Auto im Martinschuppen herum. Wir mussten das Wageninnere wohnlich und vor allem praktisch gestalten, und da erst wurde uns so richtig klar, wie wenig wir eigentlich mitnehmen konnten. Die alte Matratze passte erst in den Kofferraum, als Kai die Vordersitze weiter nach vorn schob, und auch sonst wurde es immer enger.

An einem Abend Anfang Juni gestand ich Fritz beim Essen, dass Kai und ich am Rand seiner Weide ein Baumhaus gebaut hatten, doch der alte Mann wirkte keineswegs überrascht und lachte bloß.

»Das weiß ich doch schon längst.«

Und aus irgendeinem Grund erleichterte mich das sehr.

Allgemein söhnte ich mich mit Dingen aus. Ich konnte hier nicht alles perfekt hinterlassen, aber zumindest ein paar Dinge in Ordnung bringen. Letzte Sonnenstrahlentage mit Hanni, Klios und Eratos Hände in meinen. Seltene Momente mit Mama, in denen wir einer Meinung waren, und lange Gespräche mit Großmutter.

Die Abiturfeier fühlte sich surreal an und so richtig begriffen, dass ich es geschafft hatte, hatte ich wohl immer noch nicht. Fast mein ganzes Leben schien sich in dem hässlichen Gebäude mit der gelben Fassade abgespielt zu haben. Die ganze Zeit hatte ich bloß weggewollt. Ein undefinierter Weg – Hauptsache raus und Abenteuer erleben. Doch jetzt, wo es so weit war, spürte ich neben all der Aufregung auch einen Hauch von Nostalgie.

Der Anblick der elegant gekleideten Leute in der Schule war ungewohnt. Sie alle strömten durch die Flure und landeten schließlich in der festlich geschmückten Aula, in der vor zahlreichen Stuhlreihen eine Bühne aufgebaut war. Darüber hing zwischen Luftballons und Girlanden ein buntes Banner mit der Aufschrift *Abiturfeier, Jahrgang 1970.*

Kai, Hanni, Wolf, Elisa, Matthi, Jutta – sie alle entdeckte ich irgendwo in den voll besetzten Reihen, während ich mit zitternden Beinen die kleine Treppe seitlich der Bühne hinaufstieg. Dann waren da noch Mama, Großmutter, Klio und Erato. Unter den Blicken all dieser Menschen nahm ich mein Zeugnis von Rektor Schmidt entgegen.

Über meinen schlechten Schnitt wollte ich lieber nicht so genau nachdenken, aber letzten Endes war es mir egal. Nicht die anderen sollten mein Maßstab sein, sondern ich allein. Und ich war verdammt noch mal stolz, dass ich am Ende doch noch irgendwie die Kurve gekriegt hatte.

Nachdem der letzte Name verlesen worden war, hielt Rektor Schmidt eine wenig mitreißende Rede über das Erwachsenwerden und die Verantwortung, die damit einherging. Die ganze Zeit aber betrachtete ich nur Kai, der mit seinen Eltern und Geschwistern ein paar Reihen vor uns saß. Er trug einen dunkelblauen Anzug, der ihm so gut stand, dass ich einfach nicht wegsehen konnte. Ich studierte sein Profil mit den markanten Brauen und spitzen Ohren, und auch bei der anschließenden Feier hatte ich nur Augen für ihn, spürte kribbelnde Stromstöße, wann auch immer wir uns berührten.

Wir tanzten inmitten der anderen Schüler durch die Aula, in der die Stühle verschwunden waren, tranken Bowle, in die einer der Schüler heimlich Alkohol gekippt hatte, und sangen bei jedem Lied mit, das die Band spielte. Ein letztes Mal rannten Kai und ich die Treppen zum alten Musikzimmer hoch, jagten uns gegenseitig durch das ganze Schulgebäude und schnappten auf dem Sportplatz Luft.

Hanni und ich rauchten eine Abschiedszigarette auf der Mädchentoilette. Dabei berichtete sie mir mit leuchtenden Augen, dass sie endlich einen Entschluss gefasst hatte, was ihre Zukunft betraf. Sie wollte nach Paris gehen, um Mode zu studieren. Berichtete, dass sie wohl in den sauren Apfel beißen und das Geld ihrer Eltern für die Privatuniversität annehmen würde, um irgendwann nachhaltige Mode für Frauen kreieren zu können.

»Ich möchte Mode machen, die sich wie Freiheit anfühlt«, seufzte Hanni, und ich sah sie vor mir, wie sie mir bei dieser Demonstration in der Menge aufgefallen war mit ihrer selbst genähten Kleidung: selbstbewusst, nicht angepasst, ganz und gar sie selbst.

»Das ist perfekt für dich«, sagte ich mit einem warmen Gefühl von Stolz im Bauch. Danach hinterließen wir mit einem dicken schwarzen Stift eine Botschaft für alle nach uns kommenden Schülerinnen auf der Kabinenwand: *Versuche so oft wie möglich du selbst zu sein. Und irgendwann immer!* Das hier war unser Ort gewesen, jetzt wäre er die Zuflucht für andere.

»Lass uns hier verschwinden«, sagte Kai, als ich mit Hanni an meiner Seite zurück in die Aula trat. Sie zwinkerte mir zu, ehe sie sich mit fliegenden Haaren ins Getümmel stürzte. Ich war mir ziemlich sicher, dass der Kerl, mit dem sie da gerade tanzte, der war, dessen Hände sie einmal unter ihr Oberteil geschoben hatte. Nun ruhten sie ordnungsgemäß auf ihrem Rücken.

Kichernd schlichen Kai und ich uns vom Ball.

Ich raffte mein viel zu elegantes Kleid um die Beine, er lockerte die Krawatte, und zusammen liefen wir durch das Dorf. Alle schienen auf dem Schulgelände zu sein, das heute bunt in die Nacht strahlte, und je weiter wir es hinter uns ließen, desto ruhiger und dunkler wurde es.

Wir waren die Figuren eines Films und die Laternen unsere Scheinwerfer. Gemeinsam tanzten wir in der Magnolienallee über einen Teppich von rosa Blüten und stibitzten uns Süßigkeiten aus dem Tante-Emma-Laden, den Frau Rudolf wieder einmal vergessen hatte abzuschließen. Natürlich ließen wir ein bisschen Geld neben der Kasse liegen, ehe wir unsere Ausbeute auf einem niedrigen Mäuerchen in der Nähe aßen.

Eine Woche, nur noch eine Woche, bis unser Abenteuer begann. Das Auto stand vor dem Martin-Schuppen bereit, gepackt war auch schon alles. Gestern hatten wir sogar noch kleine Regale angebracht und all unsere Sachen eingeräumt, was wirklich eine große Kunst gewesen war.

Jetzt hieß es nur noch die Tage zählen.

Heute Nacht sollten die anderen aus unserem Jahrgang feiern, wir aber wollten ein letztes Mal unser *Glühwürmchen* sehen.

Dabei hatte ich auch ein bisschen Angst, als wir schließlich den Weg zu unserem Baumhaus einschlugen. An diesem Ort waren wir beste Freunde gewesen, und einmal Verliebte. Dort hatten wir uns geküsst und gestritten. Kai hatte mir die Sache mit Matthi anvertraut. Das Baumhaus trug mehr unserer Geheimnisse in sich als sonst ein Platz in diesem Dorf.

Auf dem Weg nach oben ließ Kai mich auf seine Schultern steigen, damit ich zwei Äpfel von einem Baum am Rand der Weide pflücken konnte. Ein Mädchen im Ballkleid, ein Junge im Anzug, Freiheit in den Herzen und Dreck an den Säumen.

Ich kletterte voraus und Kai hinterher. Das Kleid riss ich mir auf, doch das hätte mir in diesem Moment nicht gleichgültiger sein können. Zunächst saßen wir nur schweigend da und saugten den Anblick unserer Oase in uns auf. All die Holzbretter, die wir zusammengebaut, all das Moos und die Zweige, die wir gesammelt hatten. Wir aßen unsere Äpfel und nahmen Abschied, rückten dabei unmerklich immer näher aneinander, und als ich dachte, ich würde es nicht länger aushalten, gestand ich Kai:

»Ich mag dich immer noch mehr, als ich es als deine beste Freundin sollte.«

»Wieso schaust du dann so traurig? Denkst du denn wirklich, dass … meine Gefühle sich verändert haben?«

Mein Herz begann zu pumpen, immer schneller zu schlagen. Ich konzentrierte mich auf den Stoff meines Kleids, der sich über Kais Anzughose ergoss, darunter der dreckige Boden. Dann erst schaffte ich es wieder, ihn anzusehen.

»Weil es sich anfühlt, als wäre das nicht genug. Als wäre alles viel größer und schrecklicher als wir. Und weil …«

»Weil?«

»Ich möchte dir kein blödes Gefühl geben«, flüsterte ich. »Du sollst nicht denken, dass es mir mit Wolf langweilig geworden ist und ich jetzt zu dir zurückmöchte.«

Zurück klang so, als wäre so viel mehr zwischen uns gewesen als dieser eine Kuss. Als wären wir so viel mehr gewesen. Aber so ganz subjektiv betrachtet fühlte es sich nun einmal so an, als wäre dieser eine Kuss *alles* gewesen.

»Bedeutet Wolf dir denn noch etwas?«, wollte Kai zaghaft wissen.

Ich hätte sagen können, dass das nie über bloße Schwärmerei hinausgegangen war. Dass er nie dasselbe für mich gewesen war wie Kai. Dass er sich mir gegenüber übergriffig verhalten und ich das zuerst gar nicht richtig verstanden hatte. Aber was brachte das schon? Stattdessen schüttelte ich einfach den Kopf.

»Nein, das tut er nicht. Sonst wäre ich nicht mit dir hier. Sonst würde ich nicht in einer Woche mit dir losfahren.«

Unsere Gesichter waren sich nah, so nah. Ich spürte Kais warmen Atem auf meiner Haut und wünschte mir nichts mehr, als dass er mich noch einmal küssen würde. Wahrscheinlich war keine unserer Wunden geheilt, aber ich hielt diese Sehnsucht nicht mehr aus. Ich hatte gesehen, wie schnell das Leben vorbei sein konnte, ich wollte nicht die letzte Chance, die ich noch hatte, ebenfalls verstreichen lassen.

»Und bedeutet Matthi dir noch etwas?«, traute ich mich schließlich zu fragen.

»Nein«, schüttelte Kai entschieden den Kopf. »Und jetzt komm her zu mir«, forderte er. »Ich will dich küssen und dir zeigen, was für ein großer Haufen Mist diese Fluchgeschichte ist. Und auch alles andere, was uns die ganze Zeit davon abhält.«

So forsche Worte, und doch war da wieder mein verlegener Kai, der mich mit roten Wangen und diesem spitzbübischen Grinsen auf den Lippen ansah.

Mein Herz fiel dem Bodenlosen entgegen. Seine Worte und Blicke reichten, um meinen Körper daran zu erinnern, wie seine Lippen sich auf meinen anfühlten. Vor allem aber, wie es war, von ihm in den Armen gehalten zu werden. Jahr für Jahr für Jahr und mit immer mehr Bedeutung dahinter.

Langsam lehnte ich mich ihm entgegen.

Küssen? Würde er mich wirklich wieder küssen?

Einen Augenblick lang sahen wir uns tief in die Augen, unsere Knie berührten sich, und das reichte, um Stromstöße über meine Haut zu jagen.

»Du bist schon wieder rot geworden«, meinte ich heiser und pikste ihm mit dem Zeigefinger in die Wange.

Kais Grinsen vertiefte sich noch mehr.

»Diese Wirkung hast du eben auf mich«, raunte er und umschloss mein Handgelenk. Unendlich langsam strich er mir mit der anderen Hand die Haare aus dem Gesicht, liebkoste mit den Fingern jeden Zentimeter meiner Haut, betastete die ausladende Kette, die ich heute trug. Er fuhr die Linien meiner Lippen nach und knabberte sanft an ihnen, während ich mich nicht zu rühren wagte.

Mein ganzer Körper kribbelte.

Ich wollte ihn küssen, ich wollte das so so sehr. Aber was, wenn doch wieder etwas Schreckliches geschah? Ich konnte dieses diffuse Gefühl einfach nicht ablegen, diese tief sitzende Angst, dass ich das Unglück anzog.

»Siehst du …«, raunte Kai da berauschend dicht an meinem Mund, »es passiert nichts.«

Ein Kuss auf die Nasenspitze.

»Du bist hier sicher.«

Ein Kuss auf diese Vertiefung zwischen Nase und Mund.

»*Ich* bin sicher.«

Ein Kuss auf das Kinn.

»Wir passen aufeinander auf.«

Ein Kuss auf den rechten Mundwinkel, der mir ein Seufzen entlockte.

»Ich beschütze dich und du mich.«

Und mit jedem Wort und jedem Kuss zerfloss ich mehr in der Melodie von Kais Stimme und dem Rhythmus, den sein schlanker Körper vorgab.

Ganz langsam und einladend strich er mit seiner Nase über meine. Atemlos neigten wir im selben Moment den Kopf. Es war ein Tanz, der nur mit *ihm* so richtig funktionierte. Kais Lider flatterten und doch sah er mich weiter auf diese hypnotisierende Art an. Und alles, was ich erblickte, war Wärme, so strahlend hell wie eine Sonne, dass man sich fast daran verbrennen konnte.

Dann prallten unsere Münder aufeinander, und mein Herz explodierte innerhalb von Sekunden. Ich verlor mich in diesem Kuss, der so ganz anders war als unser erster. Keine Frage mehr, sondern eine Antwort, begleitet von der Süße der Äpfel, von der Bitterkeit ihrer Kerne.

Einfach nur Kai und ich.

Leise und laut.

Ruhepol und Wildfang.

Mit jedem Vorstoßen seiner Zunge schmolz ich mehr in seinen Armen dahin, mit jedem sanften Knabbern an meiner Unterlippe versank ich deutlicher in ihm. Mit den Fingern griff ich in Kais dichtes Haar, vergrub sie darin, ließ sie durch die seidigen Strähnen gleiten und zog ihn noch näher an mich heran.

Seine Hände glitten unter den seidenen Stoff meines Ballkleides, strichen so langsam über meine Oberschenkel, dass ich jederzeit hätte Nein sagen können. Doch mir schwindelte bei diesem festen Griff, bei Kais dunklem Blick, der mir durch und durch ging. Und dann kam das Verlangen nach ihm; ich wollte mehr von seiner Haut, mehr von seinen Küssen, mehr von diesem einzigartigen Geruch nach Kai und Wald.

Ich nahm den Anblick seines glühenden Gesichts in mich auf und presste meinen Mund erneut auf seinen, nur gieriger dieses Mal. Wir küssten uns immer heftiger. Erst saß ich auf Kais Schoß und rang nach Atem, als ich seine Erektion zwischen meinen Beinen spürte, dann lag er auf mir und liebkoste jeden Zentimeter meines Munds, küsste sich meinen Hals hinab und wieder hinauf. Das Holz drückte sich hart in meinen Rücken, doch an Kai war alles so warm und wunderbar.

Ich seufzte, ich wollte mehr, und doch hielten wir beide atemlos inne. Unsere Blicke ruhten ineinander.

»Und jetzt?«, kicherte ich und verbarg mein Gesicht an seiner Halskuhle.

»Also … ich weiß ja nicht, wie es dir geht«, raunte Kai und ich hörte dabei das Grinsen in seiner Stimme mehr, als dass ich es sah. »Aber ich würde wirklich sehr gern weitermachen.«

O Gott, wollte er etwa mit mir schlafen?

Dann würde ich ihm sagen müssen, worüber ich alles gelogen hatte.

Und war ich überhaupt schon bereit dafür?

Sofort schoss mir durch den Kopf, wie unwohl ich mich zusammen mit Wolf gefühlt hatte, an das Gefühl seiner Hände auf meiner nackten Haut – das Letzte, woran ich mich gerade erinnern wollte.

»Mit dem Küssen, Kalliope«, murmelte Kai sanft an meinem Ohr und sofort entspannte ich mich. »Ich möchte dich einfach nur festhalten und weiterküssen, wenn das in Ordnung ist?«

Ich lächelte und dieses Mal war ich es, der die Röte in die Wangen stieg. »Das ist mehr als in Ordnung.«

In dieser Nacht küsste Kai mir die Lippen wund, mal sanft, mal wild und voller Leidenschaft. Und mit jeder Berührung glaubte ich ihm mehr, dass alles gut werden würde.

Das hier war kein endgültiges *Ja* zu uns, aber ein *Vielleicht könnten wir es probieren*.

Es war Glück und der Geschmack von Apfelkernen.

SOMMER 1970

AUSZUG AUS KAIS BRIEFEN

Geschrieben: Sonntag, den 05. Juli 1970
Abgeschickt: nie

Ich habe mich in unserem Auto versteckt, um Dir einen dieser Briefe zu schreiben, die du nie zu Gesicht bekommen wirst. Aber wenn ich Dich ansehe, dann fühlt es sich an, als würdest du mit meinem Herzen Musik machen. Du sitzt im Gras, eine der kleinen Ziegen hat ihren Kopf auf deine Schenkel gebettet. Wir sind jetzt seit einem Monat unterwegs, und ich glaube, neben Dir werde ich zu dem, der ich bin.

21 PSYCHEDELISCHE TRAUMGESPINSTE

Staunend sah ich eine Woche später dabei zu, wie Niemstedt im Rückspiegel kleiner und kleiner wurde. Selbst die riesigen Tannen, die über Kais und meinem Aussichtspunkt stets das Firmament streichelten, waren bald nur noch kleine Punkte am Horizont.

Das war der Moment, auf den ich mein Leben lang gewartet hatte. Nun war ich frei zu tun und zu lassen, was auch immer ich wollte, konnte das Abenteuer auf der Straße suchen und in den Tag hineinleben.

Seit Kai und ich unsere eleganten Kleider im *Glühwürmchen* ruiniert hatten, küssten wir uns in jeder freien Minute. Auch jetzt lagen unsere Hände über der Mittelkonsole ineinander verschlungen. Mit der anderen Hand umfasste Kai mit sicherem Griff das Lenkrad. Er summte vor sich hin, wippte dabei leicht mit dem Kopf, und wenn unsere Blicke sich kurz trafen, dann versprachen seine dunklen Augen stets: *Du bist hier sicher.* Und ohne Worte sagte ich genau das zurück.

Wir fuhren Richtung Norden, um in der Nähe von Hamburg den

Grenzübergang Lauenburg-Horst zu nehmen. Auf dem Weg nach West-Berlin eigentlich ein Umweg, doch es gab nur eine Handvoll festgelegter Straßen und Posten, über welche die Grenze nach Ostdeutschland passiert werden konnte. Schon vor über einem Monat hatten wir für die Transitstrecke einen Berechtigungsschein für einige Mark beantragen müssen. Zusammen mit den Pässen und anderen wichtigen Unterlagen lag dieser im Handschuhfach und wurde alle paar Kilometer akribisch von Kai kontrolliert – bis ich ihn lachend darauf hinwies, dass wohl nichts verschwinden würde, solange wir gemeinsam im Auto saßen.

In Hamburg angekommen, ließen wir unseren roten Blumenwagen stehen und spazierten gemeinsam durch die Stadt, die so bunt und aufregend war. Wir teilten uns Franzbrötchen in einem Park, bestaunten all die prächtigen Gebäude aus roten Backsteinen und blieben bei jedem Straßenmusikanten stehen. Kai hatte sich schon vor Langem einen Zwischenstopp am Wasser gewünscht, doch ich konnte einfach nicht. Weder Ozeane noch Flüsse noch Seen. Nicht, solange er bei mir war und seine Hand immer wieder vorsichtig in meine schob. Nur von weit oben blickten wir auf die Landungsbrücken und die einfahrenden Schiffe hinab, auf das Glitzern des blauen Nass. Ich versuchte, das Gefühl so weit weg wie nur möglich zu schieben, doch die Eisschlange war immer noch da und wand sich unerbittlich um mein Herz. Bei genauem Hinsehen wirkte das Wasser so unnatürlich blau wie ein Schlund, der zum Ertrinken einlud, doch wahrscheinlich kam das nur mir so vor. So oder so stieß ich erleichtert die Luft aus, als wir gegen Mittag wieder auf die Autobahn fuhren. Der nächste Halt wäre Lauenburg-Horst und danach endlich, endlich, endlich West-Berlin.

Die Musik des Radios vermischte sich mit den Geräuschen des Motors. Kai saß wieder am Steuer, während ich mir die Nase an der Scheibe platt drückte. Am liebsten wäre ich mit offenen Fenstern über den Asphalt gebrettert, doch das Auto war zu schwer beladen und beschleunigte deutlich langsamer als noch bei unserer ersten kleinen Spritztour durch den Ort.

Erst betrachtete ich die blauen Schilder, die an uns vorbeizogen, dann das satte Grün der Felder, das links und rechts der Straße nicht enden wollte. Doch je näher wir dem ersten Grenzposten kamen, desto öfter blickte ich nach vorn. Und schließlich wurde ein festungsartiger grauer Bau sichtbar, vor dem sich bereits die Autos stauten. Wie durch ein Nadelöhr quetschten sie sich entweder durch eine Durchfahrt mit der Aufschrift *Transit West-Berlin* oder *Einreise DDR*. Kai setzte den Blinker und reihte sich in der linken Spur ein.

Obwohl wir nichts Falsches taten, verstärkte sich schon hier am westdeutschen Kontrollpunkt das Gefühl, etwas Verbotenes zu tun. Aber da West-Berlin wie eine Insel mitten in Ostdeutschland lag, gab es keinen anderen Weg dorthin, als quer durch die DDR zu fahren.

Instinktiv drehte ich die Musik leiser.

Der Verkehr stockte. Je näher wir dem Grenzposten kamen, desto unruhiger wurde ich, doch dann wurden lediglich unsere Pässe kontrolliert. Wir bekamen sie sogar mit einem Lächeln zurück und ich atmete gelöst aus. Trotzdem konnte ich dieses ungute Gefühl nicht ganz abschütteln.

Und spätestens als nach einer Fahrt durch einen dichten Wald, der das Sonnenlicht schluckte, die nächste Grenzübergangsstelle vor uns aufragte, begann mein Herz schneller zu schlagen. Ich beugte mich nach vorn, legte den Kopf in den Nacken und sah durch die Scheibe nach oben. Gleißendes Flutlicht fiel aus den Scheinwerfern der hohen Wachtürme auf uns hinunter.

Und schon wieder standen dort einige Autos, zum Glück aber deutlich weniger als noch beim westdeutschen Grenzposten. Mit kribbelnden Finger trommelte ich auf meinen Beinen herum und warf Kai einen verstohlenen Blick zu. Er wirkte so ruhig, als hätte er die ganze Situation im Griff. Und das hatten wir ja auch, sagte ich mir.

Mama und Großmutter hatten mir eingebläut, mich den ostdeutschen Grenzsoldaten gegenüber kooperativ zu zeigen, denn sie hatten von den Schikanen an der Grenze gehört. Davon, wie sehr man vom Wohlwollen der Wachleute abhängig war. An dem kleinen grauen Häuschen angekommen, kurbelte ich das Fenster hinunter. Ein Grenzsoldat in graugrüner Uniform nahm mir wortlos die Pässe aus der Hand, dann fragte er:

»Funk? Waffen? Munition?«

Wir verneinten und sahen dabei zu, wie unsere Pässe von einem anderen Grenzer erst in rote Plastikbeutel gesteckt und dann auf ein Förderband gelegt wurden. Plötzlich fragte ich mich mit einem mulmigen Gefühl in der Magengegend, was wohl geschah, sollten wir unsere Ausweise nicht zurückbekommen.

Im Schritttempo fuhr Kai das Auto neben dem Band her bis zur eigentlichen Kontrollbaracke, in der erneut ein Soldat wartete. Ich betrachtete mich im Rückspiegel: das bunte Wickelkleid, die chaotischen Haare mit Zöpfen und Perlen darin, die bei jeder Bewegung ein dumpfes Geräusch von sich gaben, das Band um die Stirn. Plötzlich wurde ich mir auch der aufgemalten Blumen auf dem Wagen überdeutlich bewusst.

Mein gesamtes Auftreten schrie förmlich *Gegen das System*.

»Alles wird gut«, murmelte Kai und drückte meine Hand. »Das hier ist der vorletzte Posten.«

Doch dass danach nur noch die Grenze an der Mauer um West-Berlin auf uns wartete, beunruhigte mich eher, als dass es das ungute Gefühl in mir tilgte. Ich versuchte, nicht zu genau über die ganzen Soldaten auf den Türmen nachzudenken, an die schwarzen Maschinengewehre, an das Potential für Gewalt.

Mit klopfendem Herzen kurbelte ich das Fenster erneut hinunter und blickte dem wartenden Soldat ins Gesicht. Er hatte die Pässe vom Band genommen und sah betont langsam zwischen den Fotos und unseren Gesichtern hin und her. Die Zeit zog sich in die Länge, weder Kai noch ich rührten uns. Es war, als würde der Mann jede einzelne Gesichtslinie abgleichen wollen. Wortlos reichte er mir schließlich die beiden Ausweise zurück. Erleichtert griff ich danach, doch im letzten Moment erweckte irgendetwas im Wageninneren die Aufmerksamkeit des Grenzers. Sofort zog er unsere Papiere zurück.

»Aussteigen«, befahl er stattdessen, und ich fragte perplex: »Wie bitte?«

Verärgert sah der Mann mich an. »Aussteigen. Sofort.«

Also taten Kai und ich wie geheißen.

Der Grenzsoldat sagte uns nicht, was los war, aber er und weitere graugrüne Schatten, die auftauchten, behandelten Kai und mich wie Schwerverbrecher. Wir wurden sogar abgetastet, als würden wir Waffen oder sonst etwas bei uns haben. Als hätten wir sonst etwas im Sinn. Ich traute mich nicht zu sprechen. Mein Herzschlag dröhnte mir sowieso überlaut in den Ohren, als Kai und ich aufgefordert wurden, wieder einzusteigen und das Auto an den Rand zu fahren. Kais Fingerknöchel um das Lenkrad traten weiß hervor, auch in ihm brodelten all die ungesagten Worte, vor allem aber Fragen. Wir stiegen also erneut aus, dabei stand ich so dicht wie nur möglich neben Kai und versuchte, die Maschinengewehre zu ignorieren.

»Ausräumen!«, hieß es als Nächstes.

Ich war mir sicher, dass ich mich verhört hatte.

Das hier war nicht nur das verdammte Auto, mit dem wir nach Berlin fahren wollten, es war unser Schlafplatz, Wohnzimmer, unser Zuhause, heimeliger Rückzugsort. Der Ort, den wir über Monate hinweg zu dem gemacht hatten, was er heute war. Wo alles seinen Platz hatte, alles bis auf den letzten Zentimeter ausgetüftelt.

Was sollten wir mit unseren Habseligkeiten machen? Hier einfach auf die Straße stellen? Unsere Kissen und Decken, die ganzen Schlafsachen?

Der Wildfang in mir stampfte wütend mit dem Fuß auf und forderte eine Erklärung, doch ich wusste, dass das hier nicht der richtige Moment war.

Nervös knetete ich meine Finger.

»Mach einfach, was sie sagen«, raunte Kai dicht an meinem Ohr. »Und dann können wir schnell weiterfahren.«

»Aber ...«, setzte ich ebenso leise an.

Aber was? Das war ungerecht? Wir hatten doch gar nichts getan?

»Denk einfach an all die schönen Dinge, die wir erleben werden«, sagte Kai mit einem sanften Lächeln in der Stimme.

Als ich den Kopf hob, erkannte ich, dass er mindestens so angespannt war wie ich. Er gab sich nur Mühe, es irgendwie zu verstecken, und das rührte mich sehr. Denn das hatten wir einander versprochen: das wir aufeinander aufpassen würden.

Ich wollte gerade nicken, da rief einer der Wachmänner bedrohlich: »Was habt ihr zwei da zu bereden?«

Wir fuhren auseinander, doch er kam bereits mit schnellen Schritten näher. »Ihr sollt den verdammten Wagen ausräumen!«

Unter Beobachtung mehrerer Soldaten begannen Kai und ich genau das zu tun. Es tat mir im Herzen weh, unser Leben auf dem Asphalt liegen zu sehen, doch ich trug Gegenstand für Gegenstand aus dem Wagen.

Manchmal sah ich zur Seite und da lief Kai an mir vorbei. Wir redeten mit den Augen.

Das ist es nicht wert.

Bald haben wir es geschafft.

Wir werden Musik darüber schreiben.

In der prallen Nachmittagssonne wischte ich mir den Schweiß von der Stirn.

Wieso gab es überhaupt diese idiotische Mauer? Wieso Stacheldraht und Zäune und Stein, um Familien und Liebende auseinanderzureißen? Grenzsoldaten, welche die Erlaubnis zum Schießen hatten?

Es war wie eine klaffende Wunde in einem Land, das auch zwei Jahrzehnte nach dem Krieg nicht mehr zusammenfand.

Ich hatte es als Kind nicht verstanden, als dieser Teil von Deutschland sich abgeriegelt hatte, und ich verstand es auch heute nicht.

»Ihr könnt weiterfahren«, bellte der Grenzsoldat, als wir fertig waren. Er warf nicht einmal mehr einen besonders gründlichen Blick in das rote Auto, und schon wieder musste ich den Wildfang in mir bremsen. War das einfach nur ein Spaß gewesen? Diese Art von Schikane, von der Mama und Großmutter erzählt hatten?

Kai und ich nickten lediglich und begannen, das Auto wieder einzuräumen. Am Ende brauchten wir fast eine Stunde, bis alles zurück an seinem Platz war.

Kurz bevor wir weiterfahren durften, bekamen wir unsere Pässe mit einem Stempel zurück und wurden darauf hingewiesen, dass uns der Kontakt zu DDR-Bürgern strengstens untersagt war. Wir durften nur zum Tanken aussteigen, lediglich an einem Gasthof in Quitzow halten, um etwas zu essen.

Der Weg führte ausschließlich über Landstraßen, durch Einöde und einsame Wälder. Einmal mussten wir eine Dreiviertelstunde an einem verlassenen Bahnübergang warten, bis der Zug endlich vorbeirollte. Doch trotz der Stille und all der Natur war die Stimmung beklemmend. Es war ja nicht so, als würden Kai und ich sonst alle paar Kilometer anhalten. Aber es war ein ganz anderes Gefühl zu wissen, dass es schlichtweg verboten war. Die Anwesenheit von Volkspolizei und Staatssicherheit auf den Straßen machte es auch nicht besser.

Als wir nach der nächsten Kontrolle unserer Papiere in Berlin-Staaken endlich im westlichen Teil der Stadt ankamen, fiel mir ein riesiger Stein vom Herzen und ich in Kais Arme. Er hielt an der erstbesten Stelle am Straßenrand und legte seine Hand auf meine. Löste Finger für Finger für Finger, die ich alle ineinander verkrampft hatte, und fragte:

»Hast du Lust, Berlin zu entdecken?«

Dieser Satz war Musik in meinen Ohren, denn davon träumte ich schon so unendlich lange.

In West-Berlin wollten wir ungern in unserem Auto übernachten, also ließen wir den Wagen stehen und leisteten uns ein günstiges Zimmer in einer kleinen Pension. Mit der Adresse auf einem Zettel liefen wir durch eine Straße voller Cafés, erst über Asphalt, dann über Kopfsteinpflaster, ehe wir in die richtige Gasse abbogen. Dort befand sich das *Schnieke*, ebenso heruntergekommen wie die ganze Gegend, dabei aber trotzdem voller Charme. Über dem Eingang hing ein rundes Messingschild mit einem stilisierten Bett darauf, Kübel voller Blumen zierten die Tür zu beiden Seiten und sogar eine Bank stand daneben.

Hintereinander quetschten Kai und ich uns mit den Rucksäcken durch den schmalen Eingang und stießen gegen eine Wand warmer Luft. Die Einrichtung der Pension mochte schon etwas in die Jahre gekommen sein, mit der sich ablösenden Tapete und den ausgeblichenen Vorhängen, doch die wenigen Möbel waren liebevoll arrangiert. Da war ein dunkler Holztresen, hinter dem die Schlüssel für insgesamt sechs Zimmer hingen. Ein abgewetztes grünes Sofa mit bestickten Kissen dominierte die andere Hälfte des Raums und an den Wänden hingen Fotografien der Stadt.

»Willkommen im *Schnieke*«, wurden wir von einer Mittsechzigerin begrüßt, die mit einer qualmenden Zigarette durch die Tür hinter dem Tresen trat. »Ich bin Käthe.«

Man hörte ihrer Stimme an, dass sie schon lange rauchte, sie war unerwartet tief und kratzig und passte so gar nicht zu der zierlichen Frau mit dem schlanken Hals.

»Kalliope«, erwiderte ich lächelnd und drückte Käthes schmale Hand. »Kai«, hörte ich es neben mir, ehe er seinen Rucksack ächzend auf den Boden stellte. Ich folgte seinem Beispiel und kreiste meine schmerzenden Schultern.

»Heute erst angekommen?«, fragte Käthe.

Ich nickte. »Vor einer Stunde.«

»Wir haben telefoniert, oder?«, versicherte sie sich nun bei Kai, der sich um die Buchung gekümmert hatte.

Erst verstand ich nicht, weshalb Käthe so seltsam zwischen uns hin und her sah, doch schließlich dämmerte es mir. Natürlich, wir waren nicht verheiratet und trotzdem zusammen unterwegs. Innerlich verdrehte ich die Augen wegen dieses völlig veralteten Mists, nach außen hin aber gab ich mich ganz entspannt.

»Ich bin seine Schwester«, erklärte ich mit dem zuckersüßen Lächeln, das ich mir von Hanni abgeschaut hatte. Sekunden später stand Kalliope Martin auf dem Formular, das Käthe uns reichte. Danach überreichte sie uns den Zimmerschlüssel. Eine dicke 4 baumelte daran.

»Hier drin wird nicht geraucht«, erklärte sie noch, während sie an ihrer Zigarette zog. »Frauen- und Herrenbesuch könnt ihr euch abschminken. Frühstück gibt es zwischen sieben und zehn. Ach ja, falls ihr Beschwerden habt, bitte nicht vormittags, da bin ich noch nicht richtig wach. Und helfen kann ich euch wahrscheinlich auch nicht.«

Mit diesen Worten verschwand sie wieder durch die Tür.

»Sie scheint nicht so gesprächig zu sein«, kommentierte Kai auf dem Weg nach oben belustigt, und als wir endlich allein in unserem Zimmer waren, schob er seine Hände gar nicht geschwisterlich unter mein Kleid. Ich kicherte in sein Haar hinein und ließ meine Finger ebenfalls über seinen Oberkörper gleiten, berührte die Elfenohren und den Mund und die winzige Delle in seiner Nase und dann noch mal seinen Mund, weil der so anders und noch schöner aussah, wenn Kai lächelte.

Es war das eine, in unserem Kinderbaumhaus nebeneinander einzuschlafen, aber etwas ganz anderes, in einem riesigen Doppelbett zu liegen, während sich vor den Fenstern altmodische Vorhänge bauschten. Alles ganz so, als wären wir ... als wären wir irgendwie mehr. Als wäre das hier unser Leben, ein gemeinsames.

West-Berlin war ein über die Maßen pulsierender Ort, voller Kultur, voller Farben, voller Möglichkeiten. Trotzdem überforderte mich die Masse an Dingen in den ersten Tagen, denn ich war nie in so einer lauten und großen Stadt gewesen.

Ich sah das Reichstagsgebäude, welches immer noch vom Krieg beschädigt war, und auch andere zerstörte Bauten. Ich wäre gern mit Kai den Boulevard Unter den Linden entlanggelaufen und hätte die Humboldt Universität bestaunt. Mich gefragt, wie es für die wenigen Frauen war, die dort neben all den Männern studierten. Doch das Gebäude lag im Osten der Stadt.

Ich sah noch mehr Überreste des Kriegs, erblickte das Neue und das Bunte. Es war Endzeitstimmung gegen ein neues Jahrzehnt, eine Mauer gegen bebende Straßen. Die Menschen liefen herum, wie es ihnen gefiel, und trauten sich etwas. Die Farben waren gewagt, die Röcke kurz. Die Frauen versteckten sich nicht, sondern trugen die Haare kurz oder auf Kinnhöhe in elegante Wellen gelegt. Betonten ihre Taillen mit breiten Gürteln oder trugen Hosen mit Schlag. Etwas, das ich bei uns im Dorf nur vereinzelt gesehen hatte. Hier in der Frontstadt aber war das Leben wilder, und auch radikalere Gedanken konnten in den Kneipen freier geteilt werden. Es wurde geraucht und noch mehr diskutiert. Ohnehin existierte das Leben hier hauptsächlich nachts, wenn überall Live-Konzerte stattfanden und psychedelische Musik aus den Diskotheken strömte. Kai und ich verloren uns Seite an Seite in einem Strom aus Farben und Rhythmen, aus experimentellen Melodien und gewagten Zusammensetzungen mancher Bands.

Ich hatte gedacht, diese schillernde Stadt und ihre Musik würde *mir* alles geben, was ich mir erträumt hatte. Doch manchmal dachte ich, Kai gab sie noch mehr. Egal durch welche Straße wir liefen, bei jedem leisesten Anzeichen von Musik ließ Kai seine Finger knacken und machte mit den Händen stumm Musik. Er war ein Schwamm, der alles in sich aufsog und das Gehörte in seiner eigenen Interpretation in sein Gitarrenspiel aufnahm. Manches traf dabei einen Nerv, anderes verwarf er wieder. Kais Musik wurde zu einem Spiegel der Stadt: an dem einen Tag laut und verwegen. Am anderen sanft, ja fast schon behütend.

Die Gitarre nahm er an einem Nachmittag sogar mit nach Grunewald. Im Südwesten Berlins erstreckten sich Wälder und Natur. Die drückende Hitze einer ummauerten Stadt drängte die Leute an die Seen, die den Grunewald durchzogen. Schlauchboote trieben auf dem Wasser, die Menschen waren nackt und scherten sich nicht um Schamgefühle oder sonst etwas. Zu gern hätte ich mich ebenfalls ausgezogen und dazugesellt, mich nackt in das kühle Nass gestürzt, doch wie auch in Hamburg gab es für mich genug Gründe, mich vom Wasser fernzuhalten.

Ich fasste mir die Haare zu einem Knoten zusammen, raffte den Rock und band mir mein Haarband um die Brüste. Doch es half alles nichts gegen den Schweiß, der mir ungebrochen den Körper hinabrann. Bei jeder Berührung klebten Kais und meine Haut aneinander und trotzdem liefen wir weiterhin Hand in Hand durch das Wäldchen.

Immer wieder blieb Kai stehen und lauschte, stets mit diesem ernsten Ausdruck auf dem Gesicht, während ihm die Gitarre über den Rücken hing. Bäume, Äste, der Geruch nach Harz – in dieser einen Sekunde, in der ich die Augen schloss, war ich zurück in Niemstedt, und doch war alles ganz anders.

»Ist es nicht verrückt, dass Freiheit so stark im Kopf stattfindet?«, fragte ich Kai, als wir uns in den Schatten eines Baumes setzten. Die Gitarre gegen den Stamm gelehnt und ich mit dem Rücken gegen seine Brust.

»Wie meinst du?«

»Wir sind zwischen Wäldern aufgewachsen. Als wir nach Hamburg aufgebrochen sind, war da einfach nur eine Straße und Natur um uns herum«, versuchte ich meine Gedanken in Worte zu fassen. »Fast das Gleiche haben wir gesehen, als wir durch die DDR gefahren sind, und trotzdem habe ich mich nie wirklich frei gefühlt, immer auf irgendeine Art gefangen. Und hier, eingesperrt zwischen Mauern, wo ich das eigentlich auch empfinden sollte, fühle ich mich so frei, wie ich es noch nie getan habe.«

Zunächst erwiderte Kai nichts, schlang nur die Arme von hinten fester um mich, bevor er antwortete: »Ich glaube auch, dass Freiheit im Kopf stattfindet, aber«, er zog das Wort in die Länge, »du bist auch jemand, der das Leben um sich braucht. Wenn es um dich herum Lachen und Farben gibt, dann bist du glücklich.«

Ich nickte.

»Und laut muss es am besten auch noch sein«, fügte Kai hinzu.

»Nicht immer«, ich drehte mich um und sah ihm tief in die Augen.

»Nicht immer«, echote er lächelnd.

»Und es muss das richtige Laut sein.«

Ob wir heute Nacht wieder in diesem riesigen Bett liegen und uns küssen würden? Ob Kai spürte, wie mein Verlangen nach mehr stetig anwuchs?

»Fühlst *du* dich denn frei?«, fragte ich schnell.

»Ich lerne von dir, es immer mehr zu sein«, wisperte Kai.

»Und was hält dich davon ab?«

Er zögerte. »Ich habe nie gelernt, laut zu sein.«

»Deine Ruhe ist aber laut. Viel mehr als jedes Geräusch«, sagte ich aufrichtig.

Vor allem in diesen Momenten, wo Kai ganz still dasaß, mit den Händen hinter dem Rücken und den Kopf leicht nach hinten gelegt ... da war seine Stille so wunderbar präsent. Doch natürlich hatte er einen Teil seiner selbst auch vor sich verstecken müssen.

Ich sah es an seinen Schultern, die sich hier in dieser Stadt ein wenig entspannten, an seinem Gesichtsausdruck, als wir ein paar

Tage später in der Dunkelheit zwei Frauen Hand in Hand an uns vorbeihuschen sahen. Seltsamerweise fühlte es sich an, als würde ich Kai die Möglichkeit nehmen, sich selbst zu entdecken. Als würde ich ihm eine Art von Freiheit vorenthalten. Und gleichzeitig wünschte ich mir, dass das keine verdammte Rolle spielte. Dass ich allein ihm reichte.

Welche Melodien meine Gefühle wohl für ihn hätten? Was Kai wohl hörte, wenn wir Seite an Seite durch die Straßen liefen?

Wir streiften durch Kneipen und Bars, schlichen uns in irgendwelche Untergrunddiskotheken und solche über der Erde. Gemeinsam fühlten wir uns unsterblich und inhalierten das schlagende Herz dieser Stadt. Am Wochenende steuerten wir eine Jazz-Bar an, aus der bläuliches Licht in die Nacht fiel. Kurz vor dem Eingang geriet ich ins Straucheln und dachte schon, ich hätte einen Stein oder Pfosten übersehen, mich vielleicht blöd in meinem langen Rock verheddert. Ich schrie auf, landete Sekunden später unsanft auf meinem Hintern und versuchte, mich zu orientieren. Da erst bemerkte ich die junge Frau neben mir, über deren Beine ich in der Dunkelheit gestolpert war.

»O Gott, das tut mir schrecklich leid.« Sofort sprang sie auf und reichte mir ihre Hand. Sie musste in meinem Alter sein, stellte ich fest, als ich direkt vor ihr stand. Ein schrilles Kleid betonte ihre ausladenden Kurven.

»Ich sag doch, dass du nicht immer im Dunklen sitzen sollst«, stieß ein Mann im selben Alter hervor. »Irgendwann wird sich noch jemand verletzen.«

»Joachim«, stellte er sich vor und nickte Kai und mir zu. »Aber nennt mich Jojo. Meine kleine Schwester hat viele seltsame Angewohnheiten. Am besten, ihr macht es so wie ich und versucht gar nicht erst, sie zu verstehen.«

Sie verdrehte die Augen.

Sofort sah ich Klio und Erato vor mir, und es versetzte mir einen leisen Stich, wenn ich an unseren Umgang miteinander dachte. Und ebenso schnell fiel mir auch die Ähnlichkeit zwischen den beiden auf: dasselbe lange blonde Haar, die spitze Nase in einem runden Gesicht, der spöttische Zug um den Mund.

»Ich bin Maria«, meinte die Frau, »und mein Bruder ist ein Vollidiot.«

»Natürlich sagst du das jetzt.« Jojo strich sich mit dem Zeigefinger über den Schnauzer. »Aber wegen mir hat sich nicht jemand fast das Genick gebrochen.«

»O Gott, stimmt.« Jetzt machte Maria große Augen und wandte sich wieder mir zu. »Es tut mir wirklich so so leid. Geht es dir gut?«

»Ja, ich denke schon«, meinte ich immer noch etwas überrumpelt von den vergangenen Minuten. Zerknirscht sah Maria mich an und deutete auf die Jazz-Bar hinter sich. »Kann ich es vielleicht wiedergutmachen? Mit etwas zu trinken?«

Ich nickte. Warum nicht?

Stunden später hatte ich jegliches Zeitgefühl verloren. Schweiß rann mir über das Gesicht, während ich mich zur Musik hin und her wiegte. Maria und Kai saßen an einem Tisch und unterhielten sich, Jojo tanzte mit mir. Die Haare hatte er schon vor einer halben Ewigkeit zu einem Zopf zusammengebunden, trotzdem glänzte sein Gesicht im schummrigen Licht. Wir hatten längst an die frische Luft gehen wollen, doch die Musik hielt mich gefangen. Jede neue Melodie bat mich, noch ein bisschen länger zu bleiben, noch intensiver hinzuhorchen.

Kai und ich bewegten uns den ganzen Abend an anderen Enden des Raumes, und doch blieben wir über die Rhythmen miteinander verbunden. Wir suchten die Blicke des anderen, wann auch immer die Melodien es uns befahlen. Es war Gefühl, reine Intuition.

Ich hatte immer gedacht, der größte Unterschied, wie Kai und ich auf Musik blickten, bestünde in der Wahl unserer Instrumente – seine Gitarre und meine Stimme. Sein Handwerk und Können, während ich lediglich meinem Innersten folgte. Doch in dieser Nacht mit Maria und Jojo lernte ich noch eine weitere Sache: Wir waren gegenseitig unsere größte Inspiration.

An den darauffolgenden Tagen streiften Kai und ich weiterhin allein durch die Stadt, da gab es nur uns. In den Nächten jedoch schlossen wir uns den Geschwistern an, die uns ihre liebsten Orte zeigten. Maria und Jojo waren in Berlin aufgewachsen, sie kannten die geheimen Ecken und verborgenen Winkel. Und immer folgten wir den Spuren der Musik, in denen ein psychedelisches Traumgespinst das nächste jagte.

Nach einer Weile fiel mir auf, dass Maria sich ähnlich umsah, wie Kai es manchmal tat, dass sie immer auf Nummer sicher ging. Ich wusste nicht, woher sie es über den anderen wussten, ob sie einfach einem inneren Urvertrauen gefolgt waren, irgendwann aber erzählte Maria Kai, dass sie lesbisch war. Von da an steckten die zwei pausenlos die Köpfe zusammen und ich sah, wie es ununterbrochen in Kai arbeitete. Ich freute mich für ihn, und doch weckte es auch eine leise Unsicherheit in mir. Er hatte sich erst vor Kurzem eingestanden, dass er sich auch zu Männern hingezogen fühlte. Was, wenn er irgendwann herausfand, dass es kein *auch,* sondern ein *nur* war?

Trotzdem hatte ich an unserem letzten Abend einen Plan gefasst. Mit Maria und Jojo stand ich vor dem *Schnieke,* um Kai zu überraschen. Wir hatten uns unter dem Fenster positioniert und riefen seinen Namen, bis nicht nur er den Kopf hinaussteckte, sondern auch eine verärgerte Käthe, die rauchend wissen wollte, weshalb wir so einen Lärm veranstalteten.

Kai fragte die ganze Zeit, wohin wir gingen, doch wir drei schwiegen eisern. Wir liefen an Hauptstraßen vorbei, an Diskotheken und Bars mit Menschentrauben davor, die aber wie die Laternen schon bald weniger wurden. Längst hatte ich nicht nur die Orientierung verloren, sondern auch jegliches Zeitgefühl.

Irgendwann hielten Maria und Jojo so abrupt inne, dass Kai und ich beinah in die beiden hineingestolpert wären. Wir folgten ihnen in einen unscheinbaren Hinterhof. Hier gab es keine bunten Lichter mehr, da war nur Schwärze und Beton. Auf der linken Seite standen überquellende Mülltonnen. Es stank nach Abfällen, die mehrere Tage in der Sommerhitze gestanden hatten. Angewidert hielt ich die Luft an und beschleunigte trotz der Dunkelheit meine Schritte.

Hier sollte es wirklich sein?

Ja nicht zu offensichtlich, ja nicht Anstoß nehmen. Maria hatte mich bereits vorgewarnt, dass es womöglich *Ärger* geben würde. Ich sollte mich darauf einstellen, dass wir womöglich schnell verschwinden mussten. Natürlich konnte ich mir schon denken, was Maria meinte, ich fragte aber lieber nicht so genau nach. Und auch jetzt warf sie einen unauffälligen Blick über die Schulter, ehe sie uns zu einer Tür führte, die genauso wie das ganze Areal wenig vertrauenerweckend wirkte.

Ich suchte Kais Blick, dann griff ich nach seiner Hand. Zusammen folgten wir den Geschwistern durch die Tür, hinter der eine in gedimmtes Licht getauchte Treppe in die Tiefe führte. Die Musik bemerkte ich erst gar nicht, mit jedem Schritt hinab aber wurde sie wie ein fernes Echo hörbar. Und dann standen wir mittendrin, in der erste Schwulenbar meines Lebens. Hier unten, verborgen vor den Blicken anderer, küssten Frauen Frauen und Männer Männer, und niemand störte sich daran oder an den lasziven Tänzen.

Meine Mutter hätte diesen Ort *obszön* genannt, ich jedoch saugte jedes Detail gierig in mich auf: Luft, die schwer war von Schweiß und Zigarettenqualm. Feiner Glitzerstaub, der sich sofort in Jojos Schnauzer verfing, das Funkeln, die Menschen, die einfach taten, wonach ihnen der Sinn stand. Ein Mann mit Endloswimpern und bunter Federboa beäugte Kai beim Hereinkommen interessiert.

»Was machen wir hier?«, schrie Kai mir gegen die Musik ins Ohr. Ich konnte nicht sagen, was er dachte.

»Nicht wir«, lächelte ich. »Du bist hier, um dich frei zu fühlen.«
Maria verschwand sofort in der Menge, um ihre Freundin zu suchen. Jojo, Kai und ich steuerten die Bar an, holten uns Getränke und begannen dann zu tanzen. Wir flogen durch diese Parallelwelt, vergaßen Zeit und Raum.

Es war seltsam, Kai zwischen diesen ganzen Männern zu sehen. Zu bemerken, wie sie ihm Blicke zuwarfen und eindeutig angetan waren von dem, was sie sahen. Jedes Mal war da wieder die Eifersucht, die ich erst wegen einer Unbekannten, dann wegen Jutta und schließlich wegen Matthi empfunden hatte. Wegen jeder Person, die ihm nah gewesen war, während ich es nicht konnte.

Trotzdem sagte ich Kai, dass er heute Nacht flirten solle, wenn er denn wolle. Dass es in Ordnung war, wenn ihm jemand gefiele und sie zusammen tanzten. Und wäre die Situation nicht so seltsam, hätte ich wahrscheinlich über Kais Gesichtsausdruck gelacht, der irgendetwas zwischen Unsicherheit, Überraschung und Entsetzen zeigte.

»Das ist in Ordnung für dich?«

In meinem Bauch kämpften ein fester Knoten und der Glühpunkt miteinander. Am Ende gewann die Wärme und ich nickte fest, denn Kai sollte sich selbst kennenlernen. Zwar wusste er insgeheim schon immer, dass er sich zu Männern hingezogen fühlte, aber es war noch nicht lange her, dass er sich das auch erlaubte. Und letzten Endes war ich mir sicher, dass man einen Menschen nur nah an seiner Seite hielt, wenn man ihn frei sein ließ. Nicht, wenn man ihn mit aller Kraft an sich zu binden versuchte.

So war es zumindest bei mir.

»Aber Kai?«, fragte ich nach kurzem Schweigen doch zaghaft.

»M-hm?«

»Es wäre schön, wenn du nicht gleich jemanden küsst.«

Jetzt war es eindeutig Schock, der sich in seine Züge malte. Die markanten Brauen hatten sich angehoben, und der Mund formte ein hinreißendes O. Kai lachte befreit.

»Wieso sollte ich jemanden küssen wollen, der nicht du ist?«

Ich schmolz einfach dahin.

Und dann noch ein weiteres Mal, als er deutlich später in dieser Nacht verschwitzt zu mir trat und die Arme um mich legte. »Danke«, hauchte Kai bloß mit leuchtenden Augen, und ich küsste ihn.

Ich küsste einen Mann in einer Schwulenbar, in der ich nichts zu suchen hatte, aber ich würde alles tun, was Kai wichtig war. Ihn an jedem Ort küssen, den er wollte. Der Glitzer, der auf unseren Gesichtern gelandet war, vermischte sich, und in dem schillernden Licht sah Kai mehr denn je wie ein Prinz aus dem Meer aus.

»Es ist unglaublich, all diese Menschen zu sehen«, raunte er dicht an meinem Ohr. »Zu sehen, dass sie real sind und ich nicht ... allein bin.«

Und beinah hätte ich geweint, weil er so glücklich aussah. Weil es so wunderschön war zu sehen, wie Kai zu sich selbst wurde. Das alles hier fühlte sich noch immer merkwürdig an, aber das tat es wahrscheinlich nur, weil ich diese andere Welt bisher nie gesehen hatte.

Langsam begann ich, an *alles* zu glauben.

An Kais Versprechen von Sicherheit, wenn er mich küsste. An dieses schillernde Leben, das genauso sein konnte, wie ich es mir stets erträumt hatte, ohne dass Schmerz und Tod mir auf Schritt und Tritt folgten.

22 WENN WASSER NUR WASSER IST

»Ich finde es süß, wenn du so verschlafen bist«, hörte ich Kai am nächsten Morgen murmeln. Ich wollte noch nicht aufwachen, denn schon jetzt spürte ich die Kopfschmerzen hinter der Stirn. Der Preis für einen Abend voller Glitzer und Spaß, voll mit Kais Mund.
»Ich bin nicht süß.«
»O doch, das bist du.« Mit den Lippen strich Kai mir über die Schläfe. »Du wärst nur lieber alles andere als niedlich.«
Schon wieder traf er mit seinen Worten die Wahrheit viel zu deutlich.
Ich presste mein Gesicht mit immer noch geschlossenen Lidern an seine Brust und inhalierte diesen speziellen Waldgeruch. Aus dem Treppenhaus war bereits Käthes tiefe Stimme zu hören, die ihre Gäste zum wartenden Frühstück scheuchte. Bei dem Gedanken an ihre grandiosen Kochkünste lief mir sofort das Wasser im Mund zusammen, gleichzeitig war da ein Hauch dieser Traurigkeit, weil wir Berlin in wenigen Stunden hinter uns lassen würden. Dann würden wir Maria und Jojo nicht mehr sehen, auf die Diskussionen am

Küchentisch verzichten müssen und auf das allgemeine Schillern dieses Ortes.

In mir kämpften Sehnsucht und Fernweh miteinander.

Ich war einfach noch nicht bereit, die Augen zu öffnen, um diesen Tag zu beginnen. Doch ich hatte nicht mit Kai gerechnet, der mir lachend ins Ohr pustete, woraufhin ich die Augen doch erschrocken aufriss. Sofort schleuderte ich als Rache ein Kissen auf sein Gesicht. Kai fing es aber noch rechtzeitig ab, ehe er sich auf mich stürzte. Die Federn der Matratze quietschten, während wir über das Bett tollten, uns jagten, uns fingen und hielten. Kais Nachthimmelaugen sprühten vor Leben und Energie, und in diesem Moment verliebte ich mich noch ein Stück mehr in ihn.

»Weißt du … ich glaube, du machst meine Albträume besser«, wisperte ich irgendwann gegen seinen Hals, als wir uns außer Atem aneinanderklammerten. Kai trug vom Schlafen noch immer den Abdruck eines Kissens in seinem Gesicht – jetzt war er es, der zusammen mit seinen verwuschelten Haaren absolut niedlich aussah. »Ich habe schon immer besser geschlafen, wenn du bei mir warst. Aber jetzt ist es irgendwie anders. Jetzt machen sie mir weniger Angst.«

Wenn ich an die vergangene Nacht dachte, waren da zwar Linnea und Eskil, und wie jedes Mal ertrank ich in den unerbittlichen Fluten des Meeres, aber da schwebte eben auch Kais schönes Gesicht über mir. Und das Sterben im Wasser fühlte sich weniger schmerzhaft an.

Mein Herz klopfte, als unsere Blicke sich erneut kreuzten.

»Es ist schön, dass ich das für dich sein kann«, meinte Kai und fuhr mit dem Daumen über meine Lippen.

»Ich habe irgendwann angefangen, *dich* in meinen Träumen zu sehen«, gestand ich sogar.

»Du träumst von mir?«

Neckisch neigte Kai den Kopf und ich dachte an das erste Mal, als sein Gesicht mitten im Wasser aufgetaucht war. Wie er mich gehalten und aus den Fluten gezogen hatte. An den Ausdruck voller Wärme, der nach wie vor irgendwie alles mit mir machte.

»Nicht so!«

Kai rollte sich herum und zog mich mit sich, bis ich auf ihm lag.

»Was würde *nicht so* denn bedeuten?«

»Was auch immer du gerade denken magst.«

»Ich denke an gar nichts.« Er grinste mich an. »Ich frage mich nur, was wir in deinen Träumen gemacht haben?«

»Ich glaube, ich habe dich versaut«, beschwerte ich mich mit einem Kuss.

»Damit kann ich leben.«

»Und wenn *ich* es nicht kann?«

»Hör auf, so einen Blödsinn zu reden«, lachte Kai und küsste, küsste, küsste mich. »Darf ich dich etwas anderes fragen?«

»M-hm«, meinte ich vorsichtig und setzte mich auf.

»Was träumst du eigentlich immer?« Plötzlich sah Kai mich ganz ernst an, und ich spürte die Stimmung kippen. »Du musst mir nicht erzählen, was du siehst … Es ist nur …«

Mein Herz fiel, doch ich wusste, dass es keinen Grund mehr für mein Schweigen geben sollte. Mit einem Mal schob sich vor dem Fenster eine Wolke vor die Sonne und ein Schatten fiel auf Kais Gesicht.

»Dass ich sterbe«, sprach ich es zum ersten Mal laut aus. »Ich ertrinke jede Nacht, dabei bin ich meistens Linnea. Ich schreie und schlage um mich, aber mein Tod ist am Ende immer unausweichlich.« Ich schluckte. »So war es zumindest, bis du plötzlich da warst und mir deine Hand hingehalten hast.«

Ruckartig setzte sich nun auch Kai auf. So schnell, dass er mich unabsichtlich von sich schubste. Ungläubig starrte er mir ins Gesicht.

»Aber Kalliope … das ist doch auch passiert.«

Ich bemerkte die kleine Falte zwischen den dichten Augenbrauen, die zeigte, dass er angestrengt nachdachte.

Wie meinte er das?

»Wie … was soll das heißen?«, fragte ich leise und konnte das leichte Zittern in meiner Stimme nicht verbergen.

»Na, dass das wirklich geschehen ist«, erklärte Kai. »Ich habe dich doch aus dem Wasser gezogen. Zumindest habe ich es versucht.« Stille breitete sich zwischen meinen Gedanken aus.

War das nur ein übler Scherz, den Kai sich erlaubte? Doch weshalb sollte er das tun?

Er schien immer noch irritiert zu sein. Was zur Hölle war hier los? Ich konnte es mir nicht erklären, wusste nur, dass mein Herz mit einem Mal zu rasen begann. Linnea, Eskil, ich selbst und Kai – was waren wir? Was vereinte und worin unterschieden wir uns?

»Ich meine diesen Tag am Blauwasser«, erklärte Kai mit ernster Miene. »Ich erinnere mich nicht an alles, aber es wurde irgendein Fest gefeiert. Wir waren fünf oder sechs Jahre alt und konnten beide noch nicht wirklich schwimmen. Du bist etwas abseits auf einen Baum geklettert, ausgerutscht und ins Wasser gefallen. Ich habe dich zum Glück gesehen. Ich bin dir hinterher und habe dich herausgezogen. Ich … ich weiß noch, dass ich richtig Angst um dich hatte, mein Körper aber wie von selbst gehandelt hat. Das war nichts, was ich infrage gestellt habe oder so. Ich konnte ja selbst kaum schwimmen, also habe ich mir einen langen Stock gesucht und den ins Wasser gehalten.«

Ich kniff die Augen zusammen, doch egal, welche Bilder von Wasser ich heraufbeschwören wollte, da waren nur die Fluten, in denen Linnea jede Nacht ertrank. In denen auch ich ein ums andere Mal den Tod fand. Da war keine Erinnerung, kein Funke des Erkennens, nur Tod und Schmerz.

Doch dann schob sich Kais Gesicht über das von Eskil, wie damals in diesem allerersten Traum. Zuneigung im Gesicht und kleine Kringellocken darum. Sollte das eine Erinnerung an eine jüngere Version von ihm sein?

»Und meine Eltern?«, wisperte ich.

Wie sollte das wahr sein?

Wieso hatte nie jemand darüber gesprochen?

Und weshalb wusste ich nichts davon?

»Die waren mit meinen Eltern zusammen. Es waren zwar alle am See, aber du weißt doch, dass wir beide ständig herumgerannt sind. Ich glaube, die haben das gar nicht mitbekommen.« Kais Mundwinkel zuckten. »Außerdem hast du geschworen, mir etwas anzutun, wenn ich irgendjemandem erzählte, dass ich dich retten musste.«

»Klingt ganz nach mir …«, murmelte ich.

Plötzlich war mir kalt, so kalt. Und ich wusste nicht mehr, was real war und was nicht, welcher Geschichte ich glauben sollte. Die Wahrheit schien überall und nirgends zu sein.

Kai griff nach meinen Händen. »Ich hatte ja keine Ahnung, dass du das vergessen hast.«

Mein Unwohlsein in der Nähe des Sees? Hatte es vielleicht immer eine ganz andere Bedeutung gehabt, als ich ahnte? Konnte es so einfach sein? Ein Kindheitstrauma, von dem niemand außer Kai wusste und das mich bis heute verfolgte. Das war alles – und ich hatte mich in Magie und Flüche und Mystisches hineingesteigert.

»Kalliope.« Mit geweiteten Augen blickte Kai mich an. »Du weinst ja.«

Erst als er mit dem Daumen die Tränen von meinen Wangen wischte, realisierte ich, dass es aus meinen Augen regnete und regnete und regnete. Ich schluchzte und die Tränen ließen sich von nichts mehr aufhalten. Sie brannten sich in meine Haut und noch weiter hindurch, sie trafen mein Herz und flossen direkt wieder heraus.

Es schien ein Damm gebrochen und kurz darauf fand ich mich auf Kais Schoß wieder. Ich wusste nicht, wer von uns sich bewegt hatte. Nur, dass seine Arme mit einem Mal um mich lagen und ich mich wie verrückt an ihm festklammerte. Vorsichtig, ganz so, als wäre ich zerbrechlich, wiegte Kai mich hin und her.

»Ich dachte die ganze Zeit, mit mir stimmt etwas nicht«, schluchzte ich immer und immer wieder, und irgendwann murmelte Kai dicht an meinem Ohr: »Mit dir stimmt alles.«

Und ich wollte ihm so sehr glauben.

Und dann tat ich es.

Ich tat es einfach so und mit vollem Risiko.

»Dir passiert nichts«, sagte Kai wie ein Mantra voller Melodie.

»Und *mir* passiert nichts.«

Es war an der Zeit, all meine Schatten abzustreifen, all das Leid und all den Schmerz, all die durchweinten und durchschrienen Nächte.

»Sollen wir runter frühstücken gehen?«, fragte Kai und kitzelte mich durch, bis ich wieder herzhaft lachen konnte. »Es wäre eine Schande, uns am letzten Morgen Käthes Rührei entgehen zu lassen.«

23 DER GERUCH VON FREIHEIT

Die ganze Woche schon war es drückend heiß gewesen. Tag und Nacht waren alle Fenster unseres Wagens heruntergelassen, die Vorhänge zur Seite geschoben, und dennoch schienen wir seit unserem Aufbruch aus West-Berlin konstant gegen eine Wand aus Hitze zu fahren. Diese eine schwarze Locke hing Kai ständig in die Stirn, und mindestens genauso oft löste sich dort ein Schweißtropfen, nur um auf seiner Nasenspitze zu landen. Ich war wie hypnotisiert von diesem Lachen, das er jedes Mal ausstieß, wenn ich ihn mit ausgestrecktem Zeigefinger wegwischte.

Wir passten unseren Rhythmus der Sonne an. Mit ihr standen wir auf, mit ihr gingen wir schlafen, fügten uns in die Natur ein und bewegten uns als Teil von ihr. Wir fuhren nur auf Landstraßen, passierten namenlose Dörfer und schlichen uns auf fremde Weiden, übernachteten einmal auf einem Heuboden und ein anderes Mal in einem Stall bei den Pferden. Kai gab mir eine erste Fahrstunde, die gehörig schiefging, wir tanzten einmal um Mitternacht auf dem Dach unseres Autos, bis ich kreischend herunterfiel und mir am

Boden vor Lachen den Bauch halten musste. Kai und ich stritten uns wegen Kleinigkeiten, die ich im nächsten Moment schon wieder vergessen hatte, einfach weil wir Tag für Tag für Tag miteinander verbrachten. Wir fuhren Kettenkarussell auf einem Jahrmarkt und ich schaffte es, Kai einen furchtbar hässlichen Mini-Stoffteddy zu schießen, der nun an unserem Rückspiegel baumelte. Als wir an einer Telefonzelle hielten und ich Klio und Erato anrief, musste ich ihn bis ins letzte Detail beschreiben.

Wir musizierten zusammen und diskutierten die Lieder, die wir im Radio hörten, bauten meine Atem- und Gesangsübungen in unseren Tagesablauf ein, auch wenn Kai sich jedes Mal einen Spaß daraus machte und es mit seiner Gestik und Mimik ins Lächerliche zog. Er war über die Maßen albern, aber eben auch wahnsinnig niedlich dabei, also konnte ich ihm nie böse sein.

An einem Abend lagen wir zusammen auf einer Decke neben dem Auto. Wir waren gerade in einem Weiher schwimmen gewesen und teilten uns Gebäck, das wir im letzten Dorf gekauft hatten. Es hatte diese Momente gegeben, in denen mir die Angst vor dem Wasser die Luft abschnürte, doch Kai hielt die ganze Zeit meine Hand und verstand, dass ich nicht ganz hineingehen wollte. Danach hingen unsere Sachen zum Trocknen über der geöffneten Beifahrertür, und ich musterte Kai unverhohlen. Nicht weil er halb nackt war und ich über unsere Hände nachdachte, die jede Nacht forscher über die Haut des anderen glitten – zumindest nicht nur –, sondern weil mir eine Sache klar wurde.

»Ich will, dass diese Reise niemals zu Ende geht«, platzte ich mit diesem ursprünglichsten aller Gedanken heraus. Wir waren noch nicht einmal drei Wochen unterwegs, und doch hatte ich in dieser Zeit mehr erlebt, als ich mir erträumt hatte.

»Dann lass uns so tun, als würde es niemals aufhören«, meinte Kai ganz selbstverständlich. Er schien es genauso zu meinen und zugleich einfach so dahinzusagen, dabei wollte ich damit doch *alles* sagen.

Nachdem ich eine Woche zuvor Kais Sicht auf meine Träume erfahren hatte, hatten sich die Bilder ein weiteres Mal verändert. Nacht für Nacht kämpften dort Linnea und Eskils Gesichter gegen die von Kai und mir an. Ich sah uns beide als Kinder und erblickte tausend Versionen all dessen, was wir gewesen waren. Und auch wenn meine Angst nicht einfach so verpuffte, wenn da Fragen waren und mir diese realistische Erklärung fast zu leicht erschien, wurde ich ruhiger.

Denn so oder so:

wie Kai mich auf seinem Schoß gehalten hatte. Wie er mich zusammenhielt, seit wir in derselben Nacht auf die Welt gekommen waren, als wären wir schon immer zwei Teile eines Ganzen gewesen. Sich niemals zu schade war, um mich mit Albernheiten zum Lachen zu bringen. Vor gar nicht allzu langer Zeit hatte ich mich gefragt, woran ich die Liebe erkennen sollte. Und so ganz wusste ich es immer noch nicht.

Aber ich hatte das Gefühl, sie war weniger magisch als in den Geschichten, die Klio las. Nicht so, dass man alles andere um sich herum vergaß, sondern vielleicht eher, dass man die Welt mit anderen Augen sah. So, wie Kai mich alles sehen ließ. Ich machte sein Leben Kalliope-hafter und er meines Kai-iger. Zusammen hörten wir die leisen und lauten Töne unserer Welt und lernten beide zu verstehen. So viele Menschen hatten über die Liebe gesungen und geschrieben und Himmel, ich war sicher nicht der Meinung, ich wäre die Erste, die diese eine große Sache verstanden hätte. Womöglich aber hatte ich hier und jetzt verstanden, was Liebe für *mich* war.

Denn wie sonst konnte Kai für mich der größte Beschützer sein, wo ich doch gar keinen wollte?

»Was?«, fragte er jetzt, als er merkte, dass ich den Blick einfach nicht von ihm abwenden konnte.

»Ich will wirklich nicht, dass diese Reise zu Ende geht«, sagte ich mit heiserer Stimme.

Und dieses Mal schien Kai zu verstehen. Da war wieder so ein kleiner Tropfen an seiner Nasenspitze. Ich wischte ihn weg, weil ich nicht anders konnte, und Kai hielt mein Handgelenk fest.

Sein Lächeln war verschwunden und er sah mich ganz ernst und kaimäßig an:»Ich mag dich auch, kleine Fee.«

Wie so oft, wenn Kai fuhr, blickte ich auch an diesem Freitag aus dem Fenster und knüpfte nebenbei neue Armbänder, als plötzlich riesige bunte Blüten am Wegesrand meine Aufmerksamkeit erregten.

Es waren wunderschöne Wildblumen, keine glich der anderen, auch wenn sie nach der vergangenen Hitzewelle ein bisschen die Köpfe hängen ließen. Eines dieser Felder, wo man sich nach Belieben Blumen herunterschneiden und eine kleine Summe für den Bauern hinterlassen konnte.

Ich musste gar nichts sagen. Kai hatte das Feld auch schon entdeckt und ließ den Wagen am Straßenrand ausrollen. Ein schmaler Feldweg führte daran entlang. Erst jetzt, als wir ausstiegen, entdeckte ich den hölzernen Torbogen, der von Sonnenblumen umrahmt wurde. Mittendrin war eine Geldbüchse mit einem Schlitz für Münzen angebracht. *Zahlt so viel ihr könnt*, lautete die Aufforderung.

Ich ging zurück zum Auto und drehte das Radio auf, so laut ich konnte. Hier schien sowieso niemand zu sein, wen sollte die Musik also stören. *California Dreamin'* von The Mamas and the Papas erklang blechern aus dem Wagen, und ich setzte im Takt der Melodie einen Fuß vor den anderen.

Zwei Schritte vor und einen zurück, wieder zwei vor und einen nach hinten.

Die Blumen waren derart riesig, dass ihre Blüten wie kleine Sonnenschirme über uns aufragten. Und auch wenn sich Kai hinter mir hielt, so war ich mir seiner Anwesenheit doch jederzeit bewusst.

Irgendetwas Großes hatte sich zwischen uns verändert – angefangen von dem Wissen, dass er mich als Kind aus dem Blauwasser gezogen hatte, über den Besuch in dieser Keller-Bar in Berlin, bis hin zu dem Moment auf der Decke, als ich gemerkt hatte, was Kai alles für mich sein könnte, wenn ich es nur zulassen würde. Vielleicht war es das flirrende Sonnenlicht gewesen, vielleicht mein Herz, das sich mit dem wahren Ursprung meiner Träume auseinandersetzte.

Abrupt blieb ich stehen und drehte mich um.

Kai stand direkt hinter mir, hatte den Kopf in den Nacken gelegt und die Augen geschlossen. Ich kannte diese Körperhaltung, diese kleine Neigung seines Kinns.

Kai lauschte.

Er hörte auf die Melodien, die die Welt um uns herum ihm erzählte. Aus manchen würden neue Lieder werden, manche würden irgendwo in seinem Kopf und Herzen verschwinden. Und manche würde er zu einem viel späteren Zeitpunkt vielleicht wieder hervorholen.

Ich stand da und wartete. Wartete einfach nur, während Kai das Feld und die Blumen und die Luft inhalierte, und als er die Augen öffnete, streckte ich die Hand nach ihm aus.

»Was hast du gehört?«, raunte ich.

Kai drückte meine Hand und zog mich zurück Richtung Auto. »Ich zeige es dir. Ich muss es dir vorspielen.«

Kurz bevor wir das Auto erreichten, entdeckte ich an dem Torbogen ein Plakat für ein kleines Musikfestival, das an diesem Tag stattfand. Es wurde mit dem Auftritt mehrerer Bands beworben, die mir aber alle nichts sagten, doch die Mischung aus Folk, Blues und Rock klang genau nach dem, was Kai und ich suchten. Ein spontanes Abenteuer.

»Das sind ungefähr zwanzig Kilometer von hier«, überlegte ich. »Das ist doch gar nicht so weit.«

»Nein, aber es ist ein Umweg in die komplett andere Richtung.« Kai zog die Brauen zusammen und ich wollte schon sagen, dass er kein Spielverderber sein sollte. Wir wollten Richtung Süden fahren, aber es war ja nicht so, als würde dort irgendjemand auf uns warten. Doch Kai überraschte mich, indem er hinzufügte:»Wir sollten trotzdem unbedingt einen Umweg machen, finde ich. Wenn wir schon einmal hier sind.«

Etwas in mir schmolz dahin. Es wurde ganz weich dabei, jeden Tag zu sehen, wie Kai sich deutlicher seinen Raum nahm und das tat, was ihm gefiel.

Abwartend sah er mich an.

»Ja, unbedingt«, erwiderte ich und verschluckte mich beinah an meinem eigenen Räuspern.

Zurück am Auto griff Kai nach seiner Gitarre Wir setzten uns zusammen aufs Dach und er zeigte mir das, was er gerade gehört hatte. Eine wilde Mischung aus sanftem Zupfen der Saiten und hartem Klopfen auf den Korpus des Instruments. Mein ganzer Körper kribbelte, denn ich konnte mir wie immer nicht erklären, wo Kai diese Melodie nur im Ansatz gehört haben konnte, aber ich verstand ihn. Ich verstand das, was er da spielte, auch wenn es nur der Anfang eines Liedes war. Immer wieder fügte Kai Weiteres hinzu oder änderte einzelne Passagen ab.

Ich verfolgte, wie der Teil eines Liedes aus einem Funken herauswuchs. Da waren die bunten Blumen, der glänzende Lack unseres Autos und die dunklen Wolken am Himmel, die zusammen mit dem Wind näher und näher kamen.

Es dauerte eine Ewigkeit, bis wir wieder hinunterkletterten. Keiner von uns sagte etwas, denn kein Wort hätte diesem Augenblick gerecht werden können. Und als wir dem Festival entgegenfuhren, streckte ich den Kopf aus dem Fenster und ließ den lang ersehnten Regen auf mein Gesicht fallen.

Auf der Suche nach dem perfekten Stellplatz fuhren wir an bunten Häusern vorbei, die sich eng und schmal aneinanderschmiegten. Der ganze Ort war bereits voll mit aufgedrehten Besuchern, welche die Straßen fluteten. Wir umrundeten das Dorf ein letztes Mal, ehe wir die Berghänge über dem Tal ansteuerten. Kai lenkte den Wagen erst auf eine asphaltierte Straße, dann über Schotter und Kies und zwischen Birken und Pappeln hindurch. Tief hängende Äste streiften das Autodach. Die Sonne begann zu sinken, da brachen wir durch eine Baumreihe hindurch, hinter der Kai scharf abbremsen musste.

Direkt vor uns endete der Weg an einer steil abfallenden Klippe, darunter lag der Ort in einer kleinen Senke. Ich riss die Tür auf und trat hinaus in die frische, gereinigte Luft. Dort unten lag das Dorf, das Festival war als Ansammlung von Lichtern und Farbtupfen in der untergehenden Sonne zu erkennen, der Geruch nach Feuer und geschmortem Essen drang bis zu uns herauf. Da war der Lärm des Publikums, welches sehnsüchtig auf den ersten Künstler wartete.

Wir öffneten alle Fenster des Autos. Kai saß auf der Matratze im Kofferraum und klimperte auf seiner Gitarre herum, während ich den Gaskocher hervorholte und für die Teller einen günstigen Platz zwischen den Steinen suchte. Es gab Nudeln, so wie seit dem Aufbruch aus Berlin fast täglich, doch hier oben zwischen brennenden Wolken schmeckte es besonders gut.

Ich war aufgedreht, als wir endlich in den Ort hinunterliefen. Mit jedem Schritt wurde die Musik lauter. Es waren Folk- und Blues-Klänge, deren Rhythmus Kai lautlos gegen meinen Handrücken mitklopfte.

Die ganze Stadt schien zu feiern, jede Gasse war von Laternen erleuchtet, die meisten Läden waren geöffnet und es standen Buden auf den Wegen, aus denen heraus Essen und Getränke verkauft wurden. Überall drängten sich die Menschen. Sie standen in Grüppchen beieinander, tranken und scherzten, andere strömten in Richtung Bühne.

Gerade war der Applaus verebbt, woraufhin ein Mann mit einem lustigen Zylinder die Bühne betrat und den nächsten Künstler ankündigte. Kurz darauf erkannte ich die Melodie eines Fleetwood-

Mac-Lieds. Sofort zog ich Kai mit mir und wir tanzten gemeinsam zu der schwerelosen Melodie. Mein Kleid glitt um meine Beine, flatterte bei jeder Drehung, und ich hörte erst auf, als Kai und ich gleichermaßen außer Atem waren.

An einer der Buden kauften wir uns Limonade, gierig stürzten wir sie hinunter und Kais nächster Kuss schmeckte nach Orange. Daran würde ich mich immer erinnern, wenn ich an diesen Moment zurückdachte. Und an Kais Gesichtsausdruck, als er kurz darauf meinte: »Wir sollten hier mitmachen.«

Entschlossen tippte er auf einen der Zettel, die neben der Bühne hingen. Ich trat näher heran. Auf dem einen waren die Künstler aufgezählt, die im Laufe des Abends noch auftreten würden. Auf dem anderen, dort wo Kais Finger ruhte, konnte sich jeder, der wollte, eintragen. Ab zweiundzwanzig Uhr durfte auf der Bühne alles gesungen und gespielt werden.

»Du willst hier auftreten?«

»Nein, nicht ich.« Kai grinste. »Wir.«

»Und was sollen wir singen?«

»Das weiß ich noch nicht.«

Es war schon das zweite Mal, dass Kai mich an diesem Tag überraschte.

Ich lachte. »Das meinst du nicht ernst.«

Er drückte meine Hand und versicherte mir, dass er das sehr wohl genau so meinte. Und ehe ich mich versah, hatte er schon von irgendwoher einen Stift gezückt und unsere Namen in eine freie Spalte eingetragen.

»Traust du dich nicht?«, neckte Kai mich und hatte mich allein mit dieser Herausforderung schon in der Tasche.

»Ich traue mich alles«, schwindelte ich ganz offensichtlich.

»Gut.«

Und trotzdem war ich mir nicht sicher, ob wir das wirklich durchziehen würden. So oder so würde ich Kai dieses Mal aber nicht allein am Bühnenrand stehen lassen, wie ich es schon einmal getan hatte.

Wir lauschten noch einigen Künstlern, während wir eine zweite Limonade tranken, streiften durch den lauen Sommerabend und teilten uns eine Tüte mit gebrannten Mandeln. Zogen uns gegenseitig in jeden dunklen Winkel, versteckten uns zwischen den einzelnen Auftritten in schmalen Gassen und Hauseingängen, weil wir die Finger einfach nicht voneinander lassen konnten. Als wir uns an Käthe erinnerten, vor der wir uns als Geschwister ausgegeben hatten, mussten wir beide unwillkürlich loslachen, doch dann wurde Kais Gesicht wieder ernst, und er küsste mich erneut mit all der Hingabe, mit der er die Dinge eben tat, mit Inbrunst und Konzentration. Und dabei seine schlanken Finger, die immer an den richtigen Stellen lagen, Hände, die sanft waren und doch fest, die mir das Gefühl gaben, dass am Ende alles *meine* Entscheidung war und er bei jedem Schritt um Erlaubnis bat.

Ich keuchte, als ich zum ersten Mal seit einer Ewigkeit an Kai hochsprang und meine Beine um seine Hüften schlang. So wie ich ihn früher immer begrüßt hatte, doch wir waren längst keine Kinder mehr. Jetzt jagte da pures Verlangen durch meinen Körper. Kai seufzte, küsste mich, ließ seine Hände über meinen Hintern gleiten und presste mich an sich. Sein Gesicht lag im Schatten, und doch sah ich die dunklen Strudel seiner Augen genau vor mir.

Ich wollte … Ich musste …

»Die Nächsten sind Kalliope und Kai«, drang es plötzlich von der Bühne hinüber. Sofort schoss mein Puls in die Höhe, denn jetzt gab es kein Zurück mehr. »Hier steht nicht, was die beiden zum Besten geben werden, es wird also spannend. Einen riesigen Applaus bitte für Kalliope und Kai. Die Bühne gehört euch!«

Nervös stahl ich mir einen letzten Kuss. Wir sahen uns einen langen Moment lang an, machten uns mit Blicken Mut, weil wir nicht wussten, was wir sagen sollten. Dann ließ Kai mich langsam los.

»Kalliope und Kai?«, hallte es von der Bühne in unsere Gasse.
»Vielleicht waren die zwei zu lang am Stand mit dem Selbstgebrann-
ten«, scherzte vermutlich der Zylindermann und erntete dafür einige
Lacher.

Und dann ging mit einem Mal alles ganz schnell. Gerade hatten
Kai und ich noch eng umschlungen im Schatten gestanden, da blendete mich im nächsten Moment schon das Licht auf der Bühne. Die
Menschen davor waren bloße Schemen, am Ende des Platzes brannte
ein Feuer in einer riesigen Schale und tauchte alles in einen orangenen Schimmer. Der Moderator reichte mir ein Mikrofon, und Kai
hielt bereits eine Gitarre in den Händen.

Ich atmete ein und tief wieder aus.

Das Fest nahm weiter seinen Lauf, war ein Netz aus Laternenlicht
in schmalen Gassen, doch hier vibrierte die Luft vor Erwartung.

Und dann erklang der erste Ton.

Kais Hände strichen über die Saiten der Gitarre, ein Zupfen, ein
Klopfen, wieder ein Zupfen. Sofort erkannte ich die Wildblumenme-
lodie, die er mir erst vor wenigen Stunden gezeigt hatte. Mit jedem
Takt wurde der Klang der Gitarre kräftiger. Kais Fuß wippte dazu, er
hatte die Augen geschlossen und eine Strähne seines Haars war ihm
in die Stirn gefallen.

Ich war nervös, dass ich gleich vor all diesen Menschen ein Lied
anstimmen würde, doch dann öffnete Kai die Augen und sah mich
direkt an.

Über uns schien der Himmel blau aufzuleuchten, und ich begann
zu singen.

So wie wir es Monat für Monat, Jahr für Jahr getan hatten, wenn wir
allein waren: Kai spielte und in meinem Kopf entstanden erst Wörter
und dann ganze Sätze, die seine Melodie ganz automatisch ergänzten.

Die ersten Zeilen klangen noch etwas holprig und heiser, doch
Kais Präsenz gab mir die nötige Ruhe, und ich ließ mich fallen, fallen,
fallen.

Sein sanftes Zupfen, dazu meine raue Stimme.

Ich erzählte von den wenigen Wochen unserer Reise, von dem Traum von Freiheit und Liebe, von Blumen wie Sonnenschirme und dem Glitzer in einer Bar. Längst sang ich nicht mehr für diese Menschen, nicht mehr für mich und mein Glück, ich tat es für den Mann, der hier oben an meiner Seite stand.

Und es geschah nicht sofort, aber mit jedem Ton, den ich sang, verblasste das Publikum vor uns stärker, bis wir ganz allein miteinander auf der Bühne waren. Da war dieses Pulsieren in meiner Brust, das jedes Mal mit unserer eigenen Musik einherging. Mit dem, was aus unserem Innersten kam.

Und dann, als der Refrain sich wiederholte, verstand ich: Kai hatte gar nicht der Natur gelauscht, sondern *mir*.

Zwei Schritte vor, einer zurück. Zwei nach vorn, wieder einer nach hinten. Mein Hüpfen, mein Drehen, mein *Kalliope-Strudel* inmitten eines wild bewachsenen Felds.

Mein Herz sank,

es fiel,

es schlug auf dem Boden auf, ohne zu zerbrechen.

»Wir … ich möchte allein mit dir sein«, hauchte ich, als der letzte Ton verklungen war. »Also so richtig allein.«

Das Mikrofon drückte ich der nächstbesten Person in die Hand, stolperte von der Bühne und hatte nur noch Augen für Kai. Mit glasigem Blick fixierte er mich. Da waren ungebremste Lust, Neugier und auch ein bisschen Unsicherheit. Mir gefiel es, dass er mir so offen zeigte, dass er nervös war – mindestens genauso sehr wie ich.

Wir liefen davon, noch während die Leute applaudierten, bahnten uns den Weg durch die Menschenmenge, die sich zusammendrängte und neugierig die Hälse reckte. Bodenlose Hitze benebelte meine Sinne und doch liefen wir mit langsamen Schritten durch Gassen und schmale Straßen, die hinter jeder Biegung leerer wurden.

Vielleicht hatte ich gedacht, wir würden den Weg zurück nach oben rennen. Hatte vermutet, wir könnten gar nicht schnell genug im Wagen sein, um endlich den nächsten Schritt zu wagen. Gott, irgendwie hatte ich mir vorgestellt, wir wären hektisch und wild und ein bisschen wie Kinder, die gemeinsam ein neues Abenteuer wagten. Stattdessen waren wir *wir*, blieben in unregelmäßigen Abständen stehen und betrachteten die kleiner werdenden Lichter der Stadt.

Immer wieder leuchtete es zwischen den Baumstämmen auf. Es juckte mir in den Fingern, Kai an Ort und Stelle das Hemd über den Kopf zu ziehen, aber genauso sehr wollte ich diese Momente hier für die Ewigkeit bewahren. Die sehnsuchtsvollen Blicke, die Mischung aus Lust und freudiger Anspannung, das Kribbeln von den Zehen bis in die Fingerspitzen. In mir pulsierte die seltsame Angst, womöglich etwas falsch zu machen. Dennoch war es die erste Furcht in meinem Leben, die sich nach etwas absolut Berauschendem anfühlte.

Wie konnte es sein, dass mich der Gedanke an Kais nackten Körper so aus der Fassung brachte und im selben Moment alles war, was ich verdammt noch mal wollte?

Kai, Kai, Kai.

Als sich der Wagen irgendwann zeigte, krallten sich meine schwitzigen Hände in den Stoff meines Kleids. Mit bebenden Fingern versuchte Kai, den Schlüssel aus der Hosentasche zu ziehen. Er brauchte mehrere Anläufe, und normalerweise hätte mich das zum Kichern gebracht, aber jetzt ließ es das Blut nur heftiger durch meine Venen rauschen.

Kai schluckte. Wie hypnotisiert starrte ich auf seinen Adamsapfel, der dabei wie mein Herz hüpfte.

»Wartest du kurz?«, er lächelte zaghaft, als er den Schlüssel endlich in der Hand hielt. »Lass mich kurz … ich will es uns ein bisschen schöner machen.«

Ich konnte bloß nicken, denn mein Mund war staubtrocken.

Mit wackeligen Schritten lief ich zu einem einige Meter entfernten Baumstumpf und beobachtete, wie Kai den Kofferraum öffnete und Decken auf der Matratze ausbreitete. Inmitten von Bäumen und hoch über einem Tal voller Lichter konnte ich keinen einzigen klaren Gedanken mehr fassen. Ich war bis zum Rand erfüllt von Erwartung. Und als Kai mich schließlich mit rauer Stimme zu sich rief, sprang ich erleichtert auf und rannte ihm entgegen. Durch den geöffneten Kofferraum blickte ich in das Innere des Wagens. Die Vorhänge an den Fenstern waren zugezogen. Ein gemustertes Tuch bedeckte die vorderen Sitze und das Armaturenbrett, sodass man vergaß, dass man sich im Inneren eines Autos befand. Beinah sah es so aus wie in unserem Baumhaus, wie der Ort, der nur uns beiden gehörte. All unsere Kissen, die kleinen Laternen mit dem goldenen Licht, ein bisschen Magie.

»Ich habe mir immer vorgestellt, dass wir es im Glühwürmchen tun würden«, beichtete Kai mir mit roten Wangen und legte seine Hände auf meine Hüften. Sofort kribbelte es in meinen Fingern, in jeder Faser meines Körpers, und Himmel, wieso wollte ich ihn jedes Mal umso mehr berühren, wenn er errötete?

»In meiner Vorstellung haben wir es auch dort getan ...«

Kais Mundwinkel zuckten. »Also hast du auch darüber nachgedacht?«

»Sehr oft«, wisperte ich und stellte mich auf die Zehenspitzen, um seinen Lippen näher zu sein. »Du hast ja keine Ahnung, wie oft.«

Dann küsste ich ihn.

Mit einem erstickten Laut zog Kai mich ins Innere des Wagens, ehe er die Tür hinter uns schloss. Wir sanken eng umschlungen in die Kissen und schon jetzt rang ich nach Luft, weil er so gut schmeckte.

»Was hast du dir noch vorgestellt?«, wollte ich wissen.

»Du hast die Haare offen, weil du dann wie dein wildestes Ich aussiehst«, antwortete er heiser und streckte die Hand in Richtung des

Bands um meine Stirn aus. Eine Frage stand in seinen Augen, bis ich nickte, dann erst löste er vorsichtig den Stoff.

Kai erzählte weiter:»Dann küsse ich dich.«

»Und dann?«, wollte ich atemlos wissen.

»… küsst du mich.«

Und genau das tat ich. Ein Streichen seiner Nase über meine, dann unsere Lippen, die heiß aufeinandertrafen. Kais Mund war warm und noch verheißungsvoller als in meiner Erinnerung. Er liebkoste meine Lippen, nahm sie zwischen die Zähne und glitt mit der Zunge darüber. Er spielte mit mir, forderte mich zu einem Tanz auf, dem ich mich mehr als bereitwillig ergab. Mit jedem Kuss und jeder Berührung der vergangenen Wochen hatte er herausgefunden, was mir gefiel. Er wusste, dass ich erschauderte, wenn er sich meinen Hals hinab küsste. Dass ich zu Wachs in seinen Händen wurde, wenn er mir mit der flachen Hand über den Bauch strich. Dass es mich irgendwie anmachte, wenn er meine Finger nahm und sie dort platzierte, wo er sie haben wollte.

Ich drängte mich gegen Kai und als ich mutig seinen Schritt entlangfuhr, spürte ich mehr als deutlich, wie sehr auch er mich wollte. Endlich konnte ich gedankenlos jeden Zentimeter von ihm erkunden. Die Arme, die mich so oft festgehalten hatten, die geschwungenen Schlüsselbeine, die schmalen Hüften.

Kai keuchte an meinem Mund, ein ungewohnt dunkler, fast schon animalischer Laut. Er trieb mich an, forscher zu sein und alles zu tun, was ich wollte. Berauscht setzte ich mich also auf seinen Schoß, verlor mich in der Hitze seines Mundes. Und mir schwindelte, als er mir mit den Händen unter das Kleid fuhr. Neugierig erkundete Kai jede Stelle meines Körpers, murmelte meinen Namen auf so elektrisierende Weise, dass jede Berührung wie Feuer auf meiner Haut brannte.

Mit fiebrigen Händen zogen wir uns gegenseitig aus, machten Musik mit dem Rascheln der Kleidung und dem leisen Stöhnen, das uns ganz natürlich über die Lippen kam. Ganz langsam schob Kai seine Finger unter den Bund meines Höschens und zog es mir mit meiner Hilfe von den Beinen. Der Stoff verhedderte sich an meinen Füßen. Ich strampelte, versuchte, das lästige Ding so schnell wie möglich loszuwerden, wobei ich mir den Kopf am Autodach stieß. Kais wunderschönes Lachen erfüllte nicht nur den Wagen, sondern auch mein Innerstes.

Wir rollten uns herum und er presste mich tiefer in die Matratze hinein. Alles an ihm war betörend: die schmale Brust, die sehnigen Arme, das Lächeln, das voller Begehren war. Unter dem rechten Brustmuskel entdeckte ich ein ovales Muttermal und beschloss spontan, dass das nun eine meiner liebsten Kai-Stellen war. Ein bisschen Dunkelheit inmitten von Helligkeit.

Ich wimmerte und verlangte nach mehr, doch Kai nahm sich Zeit. Er umfasste meine Brüste, ließ meine Nippel in seinen heißen Mund gleiten, betastete mit den Fingern den Flaum zwischen meinen Beinen, während ich bei ihm genau dasselbe tat.

Zwischen unseren Küssen verlor die Zeit ihre Konturen. Ich beobachtete fasziniert, wie Kai ein Folienpäckchen mit dem Kondom aufriss. Meine Lider flatterten, ich starrte auf die schlanken Musikerhände, dann auf seinen aufgerichteten Penis. Instinktiv biss ich mir auf die Unterlippe, denn ich hatte keine Ahnung gehabt, dass mich dieser Anblick derart in den Wahnsinn treiben würde. Es schien eine Ewigkeit zu dauern. Ungeduld, Verlangen und Nervosität kämpften miteinander und zerrissen mich innerlich.

Was, wenn ich doch etwas falsch machte? Wenn Kai vergessen hatte, wie hart ich mich manchmal gab und wie weich ich in Wahrheit war?

O Gott, dieses Herzrasen. Dieses Zittern.

»Hast du das geübt?«, neckte ich ihn, doch die Stimme kippte mir weg.

Unter trägen Lidern blickte er mich an, sah dann wieder nach unten und fluchte. Irgendetwas mit dem Kondom. Ein neues Folien-päckchen. Alles geschah so schnell, war gleichzeitig stillstehende Zeit, in der nur Kais Mund mein Fixstern war.

»Hätte ich das richtig geübt, würde es nicht so lang dauern«, sagte er heiser und seine lustverhangene Stimme jagte ein erneutes Krib-beln durch meinen ganzen Körper. »Vielleicht liegt es aber auch daran, dass du mich wirklich nervös machst.«

Der Blick in seinen schwarzen Augen machte mich vollkommen fertig. Dunkel, warm und voller Zuneigung sah er mich an. Quälend langsam schob Kai sich schließlich zwischen meine Beine. Vielleicht aber zog ich ihn auch zu mir heran. Vielleicht legte er sich meine Beine gar nicht um die Hüften, vielleicht war ich es, die sie um sein Becken schlang. Ich, die ihn anfasste, mehr und mehr und mehr. Ich, die nicht aufhören konnte, ihn zu küssen. Die Scheiben beschlugen von unserem Atem, von Seufzern und Keuchen und heiser geflüster-ten Worten, von denen ich nur die Hälfte verstand. Doch plötzlich rutschte Kai von mir herunter.

»Was machst du da?«, fragte ich und spürte im selben Moment, wie mir Hitze in die Wangen schoss. War es blöd, so etwas zu fragen? Merkte er, wie unsicher ich war? »Möchtest du das doch ni-«

»Kalliope ...« Ein rätselhaftes Lächeln umspielte Kais Mund.

»Kai ...«, erwiderte ich leise, weil ich nicht wusste, was ich sonst hätte sagen sollen. Alles erschien mir zu groß und zu klein, während sein Gesicht im schwachen Licht wie gemeißelt aussah. Perfekte Züge, eingerahmt von dichtem Schneewittchenhaar.

»Es ist das erste Mal, dass du das hier tust, oder?«

Ich räusperte mich. »Woher ...«

»Ich kenne dich.«

»Wieso ...«, versuchte ich es noch einmal, doch das Wort war nicht mehr als ein Hauchen, und der Rest verschwand irgendwo in diesem Auto.

»Ich habe das auch noch nie gemacht.«

Und dann begann Kai mich wieder zu küssen, noch sanfter dieses Mal. Mit noch mehr Süße und Schwere im selben Moment. Unsere Blicke waren ineinander verhakt, als er sich nach hinten fallen ließ und mich mit sich zog. Er hob mich auf seinen Schoß und ich stöhnte auf. Sein harter Penis ruhte zwischen meinen Beinen, ich rieb mich an ihm, seufzte bei jeder Bewegung und jedem Gleiten. Entrückt sah Kai zu mir auf, die Wimpern warfen Endlosschatten auf seine Wangen.

»Ich vertraue dir.«

Und damit sagte er so viel mehr.

Ich vertraue dir und gebe dir deshalb die Kontrolle.

Du sitzt auf mir. Nur du entscheidest, wie es ab hier weitergeht.

Ich bin bereit, dir alles zu geben.

Ganz langsam nickte ich, denn ich konnte nur noch mit meinem Körper sprechen. Mit einer Hand umfasste Kai seinen Penis und richtete ihn so aus, dass ich es leichter hatte, mich auf ihm zu positionieren. Als ich bloß die Spitze spürte, keuchte ich auf. Ein Vorgeschmack auf das, was ich wollte. Und vielleicht doch ein klitzekleines bisschen Unsicherheit auf den letzten Metern. Wir fanden die richtige Stellung nicht sofort, mir entschlüpfte ein verlegenes Kichern, doch Kai sah mich weiterhin mit diesem Blick an, der alles gleichzeitig mit mir machte. Ein Verlangen, das von nichts, was ich tat, gebremst werden konnte.

Meine Handinnenflächen schwitzten, und ich wusste nicht so recht, wohin mit ihnen. Aber ein Blick in Kais Augen reichte und ich legte sie einfach dorthin, wo ich sie haben wollte. Irgendwo auf seine Brust, auf die dunklen Härchen, die vom Bauchnabel ausgehend immer höher wanderten.

»Du bist so schön«, gestand ich, weil ich ihn so sehr begehrte. Unser ganzes Leben lang hatte ich Zeit gehabt zuzusehen, wie er zu dem wurde, der er heute war. Hatte miterleben dürfen, wie aus einem Jungen ein Mann wurde. Hatte mich in so viele Versionen des gleichen Menschen verliebt.

Dieses Mal kletterte ich nicht über Zäune und er folgte mir, dieses Mal taten wir es zusammen.

Und wenn wir fallen sollten, dann Seite an Seite.

Vorsichtig ließ ich mich auf Kai hinabsinken, auf seine aufgerichtete Härte. Ich hielt die Luft an, stieß sie ganz langsam wieder aus. Keiner von uns rührte sich, während ich mich an das Gefühl gewöhnte. Und Kais Gesicht war so wunderschön, die Lippen leicht geöffnet, die Wimpern endlos. Meine Finger bohrten sich in seine Schultern und für den Bruchteil einer Sekunde registrierte ich den Schmerz, der zusammen mit der Lust durch meine Mitte schoss.

Kai, der mich ausfüllte.

Der mich erfüllte.

Behutsam begann ich mich zu bewegen. Und mit jedem Heben und Senken meines Beckens wurde das Ziehen weniger, war mehr süßer Schmerz als alles andere. Kais Hände wanderten in verführerischen Spuren meine Hüften hinauf, umfassten meine Taille, dann meine Brüste, die zwischen seinen langen Fingern verschwanden. Begierig stöhnte ich auf, elektrisiert von all diesen Empfindungen. Ich dachte längst nicht mehr nach, existierte nur noch für diesen Moment in unserem leuchtenden Nest.

Da war nur Gefühl, nur noch Spüren. Die Leichtigkeit, mit der Kai mit den Fingern über meinen Körper strich. Die Bartstoppeln, die er seit dem Beginn unserer Reise stehen ließ und deren Kratzen an meiner Handinnenfläche sich für mich nach purer Freiheit anfühlte. Die Hitze unserer Körper, meine Schienbeine an seiner Taille. Wir beide, zwei Teile eines Ganzen.

Vor meinen Augen tanzten Farben und Sterne, während ich uns beide immer höher und höher trieb. Es war ein hypnotisierender Rhythmus, der mich stöhnen und seufzen ließ. Ich warf den Kopf in den Nacken, sah dabei zu, wie Kai dem Bodenlosen entgegenfiel. Es war zu früh, ich wollte nicht, dass das hier jemals endete. Doch Kais Muskeln bebten, der Kiefer war angespannt und die Züge aufs

Schönste verzerrt. Jeder einzelne Glühpunktstern in meinem Bauch explodierte.

Ein letztes Mal klammerte Kai sich an mir fest, dann bäumte er sich unter meinen zitternden Schenkeln auf, bis er dunkel und laut meinen Namen schrie.

Ich sank lächelnd gegen seine Brust.

24 AM ENDE DES REGENBOGENS

Langsam aufzuwachen fühlte sich an, wie in Sonne zu baden. Mein Herz jauchzte bei dem Gedanken an all das, was Kai und ich bis zur Morgendämmerung miteinander geteilt hatten. Mit einem Lächeln vergrub ich mein Gesicht dort an seinem Hals, wo es so intensiv nach ihm roch. Und mit diesem speziellen Waldharzduft flutete mich die Erinnerung.

Sorgenvoll hatte Kai mich vergangene Nacht angesehen.

»War es für dich denn auch schön?«, raunte er. »Ich will, dass du auch«, er küsste meine Mundwinkel, »kommst.«

Ich schmolz dahin, denn noch immer spürte ich den Nachklang von Kai in mir. Wie er meinen Körper packte und Töne aus mir hervorlockte, die ich niemals zuvor gehört hatte.

»Natürlich war es schön«, stieß ich atemlos hervor.

Mit einem durchtriebenen Funkeln in den Augen beugte Kai sich über mich.

»Ich möchte etwas für dich tun«, sagte er, und sofort schoss wieder diese erregende Hitze durch mein Innerstes.

»Das, was du vorhin mit mir gemacht hast …«, flüsterte ich verlegen. »Das könnest du … noch mal machen.«

Kai grinste, fuhr mit dem Daumen die Linien meiner Lippen nach. »Was genau?«

»Das mit deiner … Zunge.«

Wieso war es so komisch, über Sex zu sprechen?

Es war das eine, mit Hanni in der *Bravo* zu blättern, sich die Bilder anzusehen und locker daherzureden. Aber es war etwas ganz anderes, mit einem Menschen, den man wirklich mochte, nackt dazuliegen und auszusprechen, was man sich ausmalte, wenn man allein war.

Und dann wurden meine Träume Realität. Der Anblick von Kais Kopf zwischen meinen Beinen war berauschend. Er nahm mich mit seinem Mund, seiner Zunge, leckte sich bis hoch in mein Herz. Wir keuchten, wir führten gegenseitig unsere Hände, wir redeten. Am Anfang zaghaft, dann immer selbstbestimmter. Und dann war ich es, die sich unter Kai aufbäumte. Ich war es, deren Welt in tausend Teile zersprang, während ich die ganze Zeit einfach nur ihn sah.

Blinzelnd öffnete ich die Augen

Im Schlaf sah Kai jünger aus. Die Züge waren weich und entspannt, die Wimpern warfen halbmondförmige Schatten auf die Wangen. Er murmelte etwas und zog mich enger an sich, vergrub seinen Kopf an meiner Schulter. Gott, er war so niedlich.

Vielleicht könnte ich Kai mit einem Frühstück überraschen? Sicherlich gab es unten im Dorf irgendwo einen Bäcker.

Entschlossen krabbelte ich unter der Decke hervor, fröstelte ohne Kais Wärme aber sofort. Trotzdem stieg ich aus dem Kofferraum heraus und putzte die Zähne über einer kleinen Pfütze neben dem Auto. Dann fasste ich die Haare zu einem unordentlichen Knoten im Nacken zusammen, zog mir eine weite Hose und eines von Kais Hemden an und schnappte mir einen Stoffbeutel.

Als ich mein Spiegelbild im Beifahrerfenster musterte, stutzte ich einen Moment wegen des breiten Risses in der Scheibe. Glas war gesplittert, einige Scherben lagen sogar auf dem Sitz verteilt. Vielleicht ein wildes Tier, wunderte ich mich noch. Doch meine Laune trüben konnte der Schaden nicht. Kai und ich würden uns darum kümmern müssen, doch für den Augenblick ließ ich ihn schlafen. In Waldduft gehüllt, machte ich mich auf den Weg ins Tal. Reif schimmerte auf den Wiesen und Fenstern der Geschäfte, die zum größten Teil noch geschlossen waren. Ich kam an einem Platz vorbei, in dessen Mitte ein alter Brunnen stand. Eine steinerne Meerjungfrau saß dort auf einem Sockel, Wasser floss aus der Karaffe in ihren Händen. Sie hatte die Lider geschlossen, während die Andeutung eines Lächelns ihre Lippen umspielte. Erst beim Nähertreten erkannte ich die steinerne Träne in ihrem Augenwinkel. Der Anblick rührte etwas in mir, und ein Schwall Melancholie überkam mich. Es war eine tief sitzende Sehnsucht, die ich mir nicht erklären konnte – genauso wenig wie das bläuliche Schimmern des Steins.

Schnell wandte ich mich ab und überquerte den Platz. In einem der Geschäfte brannte Licht, eine Schiefertafel stand vor der Tür, und mit einem Blick durchs Schaufenster stellte ich zufrieden fest, dass es sich um eine Bäckerei handelte. Besonders einladend sah die Sitzecke mit den karierten Tischdecken im hinteren Teil des Ladens aus.

Beim Betreten stieg mir sofort der Duft frisch gemahlener Kaffeebohnen in die Nase. Es war noch früh am Morgen – ich konnte nur wenige Stunden geschlafen haben –, und die Vitrine war gefüllt mit belegten Brötchen und verschiedenen Kuchen. An der Wand dahinter stapelten sich mehrere Laib Brot, während die Körbe daneben überquollen vor Brötchen.

»Guten Morgen«, begrüßte mich eine mürrisch schauende Frau, deren Schürze über dem dicken Bauch spannte. »Was darf es sein bei Ihnen?«

»Zwei belegte Käsebrötchen und einen Erdbeerplunder, bitte«, bestellte ich und registrierte erleichtert die Filtermaschine hinter der Theke. »Und könnten Sie mir diese Thermoskanne mit Kaffee auffüllen?«

Eine Antwort bekam ich keine, nur einen eindeutigen Blick, der besagte, dass die Verkäuferin keine Lust auf meine Extrawünsche hatte. Doch sie griff trotzdem nach meiner Flasche und begann Kaffee hineinzugießen.

Ich bedankte mich extra freundlich, woraufhin ein junger Mann, der die Bäckerei direkt nach mir betreten haben musste, sein Lachen mit einem Hüsteln zu kaschieren versuchte.

»Kalliope?«, vernahm ich plötzlich eine bekannte Stimme. Ich drehte mich um, und da strahlte Jojo mich an. Lange blonde Haare, spitze Nase und der typisch spöttische Zug um den Mund. Er war es. Ausgerechnet hier in diesem Ort, dessen Name mir schon wieder entfallen war.

»Was machst du denn hier?«, stieß ich überrascht aus und schlang meine Arme um ihn. Sein Schnauzer kitzelte mich an der Wange.

»Dachte ich es mir doch, dass ich Kai und dich gestern auf der Bühne gesehen habe«, sagte Jojo im selben Moment.

»Wir waren in der Nähe und haben gestern ein Plakat für das Fest entdeckt«, erklärte ich. »Es war ganz spontan, dass wir hier Halt gemacht haben.«

»So ähnlich war das bei uns auch«, meinte Jojo und blickte sich suchend in der Bäckerei um. »Und wo ist Kai jetzt?«

»Der schläft noch.« Und schon wieder schlich sich dieses verräterische Grinsen auf mein Gesicht, das Jojo ganz offensichtlich auch registrierte. Weil ich an Kai dachte und seinen nackten, warmen Körper zwischen den Decken. »Und Maria?«, fragte ich schnell.

»Die wartet draußen.« Jojo deutete durch die Scheibe auf einen gelben Bulli, der direkt vor dem Laden parkte. Psychedelische Muster voller Augen und Regenbögen zierten den Lack.

Während wir auf unsere Bestellungen warteten, erzählte Jojo mir, dass Maria und er zu ihrer älteren Schwester Ingrid fuhren, die bald ihr erstes Kind erwartete. Sie wollten ihr beistehen und waren zusammen mit Marias Freundin und ein paar anderen Leuten unterwegs, die dasselbe Ziel hatten: eine Kommune in den Bergen, in der jeder frei und offen lieben und leben durfte. Keine Grenzen, nur Miteinander.

Es klang wie ein Ort direkt aus Wolfs Träumen. Wie das große Haus, in dem er immer hatte leben wollen und es inzwischen vielleicht sogar tat. Es schien länger als ein ganzes Leben her zu sein, dass er nach dieser ersten Demonstration davon erzählt hatte.

»Ich wünsche Ingrid und dir das Beste«, sagte ich zum Abschied und freute mich über die zufällige Begegnung. »Und sag Maria ganz liebe Grüße von mir.«

»Hey …«, kurz vor dem Ausgang drehte Jojo sich noch einmal zu mir um und zog ein frisches Taschentuch aus der Hosentasche, auf das er etwas schrieb.

»Falls Kai und du Lust habt, den nächsten Schritt eurer Reise zu gehen, eurer wahren Bestimmung zu folgen … neue Menschen sind immer willkommen. Wenn ihr es nicht findet, fragt einfach nach dem *Sonnenhaus*. Irgendjemand wird euch helfen können.«

Jojo trat noch einmal auf mich zu und drückte mich fest an sich. »Pass auf dich auf, Kalliope.«

»Du auch«, schaffte ich es noch zu erwidern, dann war er wirklich verschwunden.

Durch das Schaufenster der Bäckerei sah ich ihn noch in den auffälligen Bus steigen, dann verschwand der Bulli mit rauchendem Auspuff.

Auf dem Rückweg schlenderte ich durch das Dorf und lief über den Platz, auf dem noch die Überreste des Fests zu sehen waren. Der Zettel, auf dem Kai und ich uns eingetragen hatten, hing etwas zerknittert neben der Bühne. Kurz entschlossen machte ich das Papier ab und steckte es ein. Diese Erinnerung wollte ich behalten. Und auch sonst blieb ich immer wieder am Wegesrand stehen und pflückte ein paar Blumen. Ein kleines Sträußchen für Kai, denn weshalb sollten nur Männer so etwas verschenken dürfen?

Ich hatte gelernt, wie Jungen und Mädchen zu sein hatten. Die Bilder, mit denen ich aufgewachsen war, waren immer noch präsent in meinem Kopf, aber sie interessierten mich immer weniger. Es störte mich nicht, dass ich Kais Rippen sah, wo bei mir eine Falte in der Haut entstand. Oder dass meine Schenkel beim Laufen aneinanderrieben, während seine dünn und kräftig waren. So wie Kai mich berührte, wusste ich, dass es egal war, wer schlanker war. Egal, wer größer, wer mutiger.

Mit beschwingten Schritten erklomm ich die Anhöhe und je größer das rote Auto wurde, desto deutlicher pulsierte mein Herz.

Plötzlich jedoch ließ mich ein Geräusch innehalten. Es klang wie Wasser auf Stein, wie das Plätschern eines Flusses, doch hier war weit und breit kein Wasserlauf gewesen. Nur saftig grüne Bäume, die sich den Hang hinauf aneinanderreihten. Dazwischen Streifen blauen Himmels und weit unten im Tal malerisch der kleine Ort, in dem ich gerade gewesen war.

Einem Instinkt folgend lief ich ein Stück in das Wäldchen hinein. Wind wirbelte einige Strähnen aus meinem Haarknoten und fast fühlte es sich an, als würde gleich das *Glühwürmchen* schief und löchrig zwischen den Baumstämmen auftauchen. Eine Oase inmitten von Grün.

Doch als ich einen Strauch Blätter zur Seite schob, um freie Sicht zu haben, war es etwas anderes, das mir den Atem stocken ließ: Zwischen zerklüfteten Felsen schlängelte sich über mir ein Wasserfall den Berg hinab und sammelte sich in einem kleinen Becken. An seinen Seiten wuchsen Wildblumen und Farne, die Blätter der Bäume spendeten ausreichend Schatten und alles lud zum Verweilen ein. *Wunderschön*, schoss es mir im ersten Moment durch den Kopf, doch dann dämmerte es mir.

Mir wurde eiskalt.

Wasser.

Hier war verdammt noch mal alles voller Wasser.

Das gesplitterte Fenster fiel mir siedend heiß wieder ein. Und je länger ich darüber nachdachte, desto weniger verstand ich, wie das geschehen sein konnte. Weshalb Kai und ich nicht aufgewacht waren.

Verliebe dich unter keinen Umständen, Kalliope. Halte dich von den Menschen fern, die dir irgendwann vielleicht einmal etwas bedeuten könnten, und meide das Wasser, wann immer es geht, hörte ich Großmutter sagen.

Das konnte nicht sein. Kai hatte mir erzählt, wie er mich als Kind aus dem Wasser gezogen hatte. Meine Angst beruhte nur auf einer schrecklichen Erinnerung, nicht auf einem Fluch. *Das* war die Realität, versuchte ich mich zu erinnern, das musste sie sein. Trotzdem machten sich erste Zweifel in mir breit. Was, wenn Kai gelogen hatte, um mich zu beschützen? Hatte der Himmel gestern Nacht nicht blau geleuchtet? Tat er das seit meiner Kindheit nicht immer und immer wieder?

Meine Gedanken rasten.

Wir waren uns näher gewesen als jemals zuvor, unweit eines Wasserfalls. Und jetzt lagen Scherben in unserem Auto. Mit aller Kraft versuchte ich, die Panik niederzukämpfen, die sich von meinem Bauch aus ausbreitete, so eisig kalt, so betäubend.

»Alles in Ordnung?«

Kai war hinter mir aufgetaucht, und sofort ließ ich die Zweige wieder an Ort und Stelle zurückschnellen.

»Ja, alles in Ordnung«, stieß ich hervor, doch mein Körper strafte meine Worte Lügen. Die Blumen zwischen meinen verkrampften

Fingern waren zusammengedrückt, ein bisschen Saft rann mir über die Haut.

Ich wollte Kai unter keinen Umständen beunruhigen. Noch mehr aber hatte ich es satt, mir mein Leben am Ende doch immer wieder von meinen Ängsten diktieren zu lassen.

»Das Fenster …«, setzte ich an.

»Vielleicht ein wildes Tier«, gab Kai zurück, und da erst sah ich das Blut an seinen Fingern.

»Du hast in die Scherben gefasst«, stellte ich entsetzt fest.

Sofort dachte ich mit einem heftigen Stich daran, wie er zusammengeschlagen worden war, an all das Blut, das ich von seiner Haut hatte tupfen müssen. Wieso hatte ich Kai verdammt noch mal nicht einfach geweckt? Oder das Glas zumindest vom Sitz entfernt?

»Sieht schlimmer aus, als es ist«, beruhigte Kai mich und zog mich in seine Arme. »Ich wollte dich gerade fragen, wo die Pflaster sind. Und davon abgesehen …« Er beugte sich vor und glitt mit den Lippen federleicht über meine, ehe er die Stimme senkte: »Guten Morgen, kleine Fee.«

»Ebenfalls Guten Morgen«, flüsterte ich und verlor mich in der Süße dieses Kusses.

Kai war meine Realität. Und für ihn würde ich mich dieser alten Familiengeschichte, sollte sie nun wahr sein oder nicht, immer wieder entgegenstellen. Würde immer wieder kämpfen.

Für Kai.

Für das, was er für mich war.

Eine Stunde später saß Kai am Steuer unseres Autos und folgte den Straßen und Abfahrten, die wir uns nach dem Frühstück auf der Karte herausgesucht hatten. Die Scherben waren verschwunden und der Wind pfiff durch das Loch in der Scheibe. Kais Wuschelhaare bewegten sich sachte in den Böen und mit jedem Kilometer wuchs die Erleichterung, diesen Wasserfall hinter mir zu lassen.

Wir nahmen kleine Umwege, legten in malerischen Tälern eine Pause ein und sahen uns den Sonnenuntergang von weit oben an, wann immer sich uns die Möglichkeit bot. Und es stimmte, was man sich über den bayerischen Himmel erzählte: Er war überirdisch blau und meist wolkenlos.

Nach drei Tagen kamen wir schließlich in einem wunderschönen Tal an, den Ort im Allgäu, den Jojo auf seinem Taschentuch notiert hatte. Wir passierten beschauliche Straßen mit Bauernhäusern links und rechts, machten in einer Wirtschaft mit wuchtigen Holzbalken Halt und fuhren dann den Bergen entgegen. Der Wagen hatte Probleme mit der Anhöhe, mit Schotter und Kies, doch wir kämpften uns durch und folgten den wenigen Hinweisen, die Jojo festgehalten hatte: dem kaum sichtbaren Schild, das jemand zwischen zwei Bäume gespannt hatte. Den wilden Erdbeeren inmitten von Moos. Der Wegkreuzung, in deren Mitte ein Blitz den Baum gespalten hatte. Hier sollte man die linke Abzweigung nehmen.

Die Kommune aber fanden wir erst spät an diesem Nachmittag, tief verborgen in den Felsen der Berge. Auf so schmalen Pfaden zu erreichen, dass Kai und ich mehrmals in einer Sackgasse gelandet waren und schon überlegt hatten, das Auto irgendwo stehen zu lassen.

Doch als wir es dann schließlich geschafft hatten, raubte mir der Anblick dieses so ganz anderen Dorfs den Atem. Mehrere einfache Holzhütten, die wie spitze Zelte geformt waren, ordneten sich in einem Kreis um ein Holzhaus an. Ich entdeckte eine Feuerstelle in der Mitte, zwischen den Hütten waren Leinen gespannt, von denen Kleider, Hosen und Bettlaken in der lauen Brise wehten. Leute sprangen umher, jemand bereitete an einer offenen Kochstelle Essen zu. Kinder rannten quietschend durch Pfützen und wohin das Auge blickte, war da nichts als Ursprünglichkeit.

Kai parkte das Auto im Schatten einer ausladenden Eiche, ehe wir ausstiegen und zusammen auf den Eingang zugingen. Es war ein Holzbogen, um den sich die Äste eines Baums rankten. In der Mitte schaukelte zusammen mit einem Windspiel ein schlichtes Holzschild mit der Aufschrift *Sonnenhaus.*

In mir wurde etwas ganz ruhig, denn hier schien es keine Sorgen und Probleme zu geben. Keine eingeschlagenen Fensterscheiben, keine ähnlich unheimlichen Dinge, die ich eigentlich längst hinter mir gelassen hatte.

Das hier sah aus wie das Paradies, ein Ort am Ende des Regenbogens.

Es dauerte nicht lange, bis die ersten Bewohner auf Kai und mich aufmerksam wurden. Ein paar der Kinder stürmten auf uns zu und bombardierten uns direkt mit Fragen. Während Kai ihnen geduldig erklärte, dass wir mit einem Auto hierhergefahren waren, weckte die hochschwangere Frau hinten an der Kochstelle meine Aufmerksamkeit. Ich erkannte Ingrid sofort, denn ihr dicker Zopf hatte dasselbe Blond wie das Haar ihrer Geschwister. Sie trug einen wallenden Rock, der Oberkörper jedoch war entblößt. Nach meiner Zeit mit Hanni und den anderen hatte Nacktheit inzwischen eine andere Bedeutung für mich, sprach von Natürlichkeit. Trotzdem war der Anblick für mich immer noch ungewohnt, und Kai neben mir versuchte mit roten Wangen, auffällig unauffällig in eine andere Richtung zu sehen.

Ich wollte Ingrid gerade ansprechen, um nach Jojo oder Maria zu fragen, da rannten die beiden schon auf uns zu.

»Kalliope«, jauchzte Maria und schlang ihre kräftigen Arme um meinen Körper. Und auch Jojo hieß Kai und mich herzlich willkommen.

»Ihr seid wirklich hier«, freute er sich. »Habt ihr Hunger? Ihr seid genau rechtzeitig zum Abendessen gekommen.«

Auf dem Weg über das weitläufige Gelände tauschten wir uns über unsere Erlebnisse aus. Kaum vorstellbar, dass wir uns vor nicht einmal zwei Wochen in West-Berlin kennengelernt hatten. Doch im Gegensatz zu dem lärmenden Treiben der Großstadt gab es hier einfach nur das Zwitschern der Vögel und warmes Gras unter den

Füßen. Die Maschinengewehre an der Grenze waren bloß eine ferne Erinnerung.

Im hinteren Bereich des Geländes, mit Blick über Felsen und Wälder, war im Schatten einiger Bäume eine lange Tafel aufgebaut. Gut zwanzig Leute saßen auf Stühlen darum oder direkt auf der Tischplatte. Sie reichten zahlreiche Schüsseln und Platten mit Essen umher, redeten wild durcheinander und witzelten über das Pärchen, das kichernd in der Hängematte etwas abseits schaukelte.

Kai und mir wurde Platz gemacht, kurz darauf stieß auch Ingrid mit einem Korb frisch duftenden Brots dazu, den sie zu den anderen Dingen auf den Tisch stellte. Sie verwickelte uns in ein Gespräch über unsere bisherige Reise und bat Kai, der Runde am Abend doch etwas auf der Gitarre vorzuspielen. Ihr Lächeln war warm und einladend und ihr fehlte der leise Spott, der ihren jüngeren Geschwistern stets ins Gesicht geschrieben stand.

Ich war fasziniert von dem Zusammenhalt der Leute und stellte Tausende Fragen. Wie diese Gemeinschaft funktionierte, was sie alles miteinander teilten, wie sie lebten und noch mehr, wie sie liebten. Ihre Träume, ihre Ideale vom Gleichsein im Einklang mit der Natur. Nacktheit war hier nichts Sexuelles, sondern einfache Daseinsform. Das fand ich weitaus spannender als Kai, dem der Gedanke, hier jeden Tag so entblößt herumzulaufen, sichtliches Unbehagen bereitete.

Süßer Kai mit den roten Wangen.

»Es ist wirklich herrlich, zwei neue Gesichter zu sehen«, lächelte der Älteste aus der Runde, als alle fertig gegessen hatten. Schon während des Tischgesprächs war mir aufgefallen, dass Raja derjenige war, auf dessen Meinung die Leute am meisten gaben. »Wie lange wollt ihr denn bleiben?«

»Nur ein paar Tage«, erwiderte ich vage, denn ich wollte mich ungern selbst einladen.

»Wir sind ja nur auf der Durchreise«, fügte Kai hinzu. »Wir können auch in unserem Auto schlafen. Wir wollen wirklich niemandem zur Last fallen.«

»Das tut ihr nicht«, warf Raja lächelnd ein. Hinter ihm glühte die Sonne in einem ähnlich intensiven Orange wie der Turban auf seinem Kopf. »Hier helfen alle zusammen. Und selbst, wenn ihr nur kurz bleibt, seid auch ihr für diese Zeit fester Bestandteil der Gemeinschaft. Ihr könnt beim Kochen helfen oder bei der Gartenarbeit. Irgendetwas ist hier immer zu tun.«

»Und abgesehen davon wollt ihr in ein paar Tagen sowieso nicht mehr weg«, warf Jojo ein und betrachtete dabei versonnen eine Frau, die im Schneidersitz an der Felswand saß. »So geht es mir zumindest.«

Sofort verpasste Maria ihrem Bruder eine Kopfnuss. »Wie wäre es, wenn du endlich einmal mit Rita redest, statt sie die ganze Zeit so unheimlich anzustarren?«

Neben mir versuchte Kai vergeblich, sein Lachen hinter einem Hüsteln zu verstecken, während der Schlagabtausch zwischen Maria und Jojo in die nächste Runde ging.

Ingrid schüttelte belustigt den Kopf, dann erhob sie sich schwerfällig vom Tisch und wandte sich an Kai und mich: »Maria und Joachim können euch eine der Hütten herrichten«, schlug sie vor. »Und in der Zwischenzeit führe ich euch ein bisschen herum.«

Und mit jedem Schritt, den ich hinter Ingrid hertänzelte, verstärkten sich meine paradiesischen Gefühle. Hühner liefen über die Wiese, ein Stück entfernt stand ein offener Stall, vor dem zwei Ziegen grasten. Ein toter Baum, der vermutlich irgendwann einmal vom Blitz getroffen worden war, war über und über mit Farben bemalt worden. Leben statt Tod.

Ingrid erklärte uns, dass man hier versuchte, so wenig wie möglich in die Natur einzugreifen. Deshalb waren die Hütten so klein und das ganze Gelände offen gestaltet. Nur das Gemeinschaftshaus in der Mitte war größer, um alle beherbergen zu können. Es war ein Leben im Einklang mit der Umwelt, den Jahreszeiten, den Tieren. Obst und Gemüse bauten sie selbst an, tranken das Wasser aus einer Bergquelle und nähten sich ihre eigene Kleidung. Ingrid meinte, dass sie trotzdem hin und wieder hinunter in den Ort mussten, um auf dem Markt Dinge für die Gemeinschaft zu kaufen.

»Und wie finanziert ihr das?«, fragte Kai neugierig.

Ingrid wich lächelnd einer Ziege aus.

»Wir verkaufen etwas von unseren selbst genähten Kleidungsstücken und dem selbst gemachten Schmuck. Im *Sonnenhaus* wollen wir aber keinen Besitz in diesem Sinne haben, deshalb darf das Geld nie mit nach hier oben. Es ist ausschließlich dafür da, um unser Überleben zu sichern.«

»Du hast also gar kein eigenes Geld?«, fragte Kai überrascht.

Ingrid lachte. »O Gott, natürlich nicht.«

Danach führte sie uns zu den *Duschen*, die sich als Bergquelle entpuppten. Am Eingang zu der Höhle bot hochwachsender Farn ein wenig Sichtschutz. Im Inneren befanden sich mehrere Holzeimer für das Wasser und Schwämme, um sich zu säubern. Auch die Toiletten waren ungewöhnlich. *Komposttoiletten* nannte Ingrid sie. Alles landete in einer Mischung aus Rindenmulch und Stroh und konnte anschließend als Dünger für den Garten genutzt werden – so blieben die Dinge in einem ständigen Kreislauf.

»Wisst ihr … jeder hier hat eine eigene Geschichte«, erzählte Ingrid, als wir unweit des Stalls den Garten betraten. »Wir haben auf unterschiedliche Weise unter dem Leistungsdruck dieser Gesellschaft gelitten, unter dem Zwang nach immer mehr Ansehen oder Besitz. Und jeder von uns wollte sich ab einem gewissen Zeitpunkt auf seine ganz individuelle Reise der Selbstbefreiung begeben.«

Gemeinsam hielten wir einen Augenblick inne und betrachteten die liebevoll angelegten Beete. Bald wäre die Sonne endgültig hinter den Bergen verschwunden, doch ihr letztes Licht legte sich golden über die Landschaft. In jedem eingezäunten Bereich steckte ein

Schild, auf dem neben dem Bild der entsprechenden Pflanze auch deren Namen geschrieben stand. Ich vermutete, dass die Kinder sie gemalt hatten.

»Es geht darum, sich von weltlichen Problemen loszusagen, damit man eine höhere Bewusstseinsebene erreichen kann«, fuhr Ingrid fort und schlenderte durch die Reihen mit Gemüse. »Deshalb gibt es hier auch keine Gesetze oder Regeln. Nur etwas, das Raja *Vereinbarungen* nennt. Aber das sind eigentlich Dinge, die selbstverständlich sein sollten. Dass wir hier zum Beispiel alles miteinander teilen, keine Gewalt ausüben, einander unseren Freiraum lassen.« Ingrid zuckte mit den Schultern. »Solche Sachen eben.«

»Und wenn sich jemand nicht an diese Vereinbarungen hält?«, wollte ich wissen. Denn wenn ich an Elisa, Christa und Wolf dachte, klang das zu sehr nach Utopie. Auch sie hatten diesen Traum gehabt, auch sie hatten von Gemeinschaft gesprochen, bevor sie mich in meinem schlimmsten Moment allein zurückgelassen hatten. Bevor Wolf sich mir gegenüber auf eine Art übergriffig verhalten hatte, die so schleichend und zunächst unbemerkt gekommen war.

Schnell schob ich den Gedanken beiseite, denn das *Sonnenhaus* war ganz sicher nicht wie diese Hütte am Rande Niemstedts.

»Das passiert nicht«, antwortete Ingrid da auch schon entschieden. Trotzdem hakte ich nach: »Und wenn doch?«

»Dann fragen wir Raja«, erwiderte sie und ging auf mehrere Marihuanapflanzen am Ende des Gartens zu, die sich den letzten Sonnenstrahlen entgegenreckten. Die olivgrünen Blätter muteten wie kleine Kunstwerke an. »Er hat immer auf alles eine Antwort. Und davon abgesehen haben wir auch unsere eigene natürliche Medizin, die uns dabei hilft, innerlich zu heilen. Ich kann euch nur raten, euch eurem Bewusstsein zuzuwenden, solange ihr hier seid. Lasst diese ganzen sinnlosen Zwänge hinter euch und betretet eine Welt der natürlichen und allumfassenden mystischen Beziehungen.«

Ich spürte förmlich, wie Kai neben mir skeptisch eine Augenbraue anhob, und in diesem Moment ging es mir nicht anders. Ich war über die Maßen beeindruckt von diesem Ort, von diesem Leben, aber in einem Winkel meines Verstands schwebte auch ein leises *Aber* umher. Vielleicht, weil vor allem Ingrids letzte Worte ein wenig auswendig gelernt klangen.

Wir wussten nicht, wer in welche Hütte umgezogen war. Aber mit einem Mal standen Kai und ich allein in einem der winzigen Häuschen. Es roch angenehm nach Räucherstäbchen, eines der Fenster war gekippt und ließ flirrende Sommerluft hinein. Fast der ganze Raum wurde von einer riesigen Matratze voller Kissen dominiert, während der Schein einer orientalischen Lampe alles mit warmem Licht überzog.

Kai sah zu mir hinunter, der Blick seiner hypnotischen Augen ruhte in meinem, und im nächsten Moment sprang ich ihm in die Arme. Dabei schlang ich die Beine so fest um seine schmalen Hüften, wie ich meinen Mund auf seine Lippen presste. Fast einen Monat waren wir nun unterwegs und immer noch freute ich mich über jeden Moment, in dem nur wir beide existierten. All die Erlebnisse des heutigen Tages, die konstant durch meinen Kopf gewirbelt waren, fanden in Kai und seiner berauschenden Stille ihren Endpunkt.

Mit mir in seinen Armen sank er auf die Matratze, atemlos rollten wir uns herum, küssten einander kichernd, zogen mit den Lippen erregende Spuren über jeden Zentimeter nackter Haut, den wir fieberhaft freilegten. Wir keuchten, bäumten uns auf, sagten uns tausend betörende Dinge. Als wir bemerkten, dass wir die Kondome im Auto vergessen hatten, rannte ich halb nackt an der Feuerstelle vorbei, um unsere Rucksäcke zu holen. Atemlos kam ich zurück und alles pulsierte, als ich Kai so nackt und schön sah. Er schüttelte lachend den Kopf, befreite mich mit bebenden Händen von dem Tuch, das ich in der Eile umgebunden hatte, und trug mich zurück zu der Matratze. Himmel, ich begehrte diesen Mann so sehr.

Dieses Mal wussten wir besser, was wir taten, und nahmen uns alle Zeit der Welt, um uns der Ewigkeit entgegenzutreiben.

Wir kamen kurz nacheinander. Verschwitzt und glücklich klammerten wir uns aneinander fest und inhalierten den Geruch des anderen, ehe Kai sich quälend langsam aus mir zurückzog. Es war eine Trance, ein fiebriges Nachfühlen all dessen, was wir miteinander geteilt hatten. Ich hauchte ihm einen Kuss auf die Lippen. Und immer wieder glitt ich mit den Fingerkuppen über sein perfektes Gesicht, folgte vom Seitenscheitel ausgehend dem Schwung seiner Haare, berührte die kleine Narbe in der Augenbraue.

»Ich frage mich, was nach all dem hier kommt«, traute ich mich irgendwann in die einlullende Stille zu sagen. »Wir haben nie darüber gesprochen.«

Natürlich nicht, sagte eine Stimme in meinem Kopf, *weil du immer noch viel zu viel Angst bei dem Gedanken an das* Danach *hast.*

»Ich dachte, du willst Musik machen«, murmelte Kai liebevoll und küsste mich auf die Schulter.

»Das will ich auch. Gestern auf der Bühne zu stehen, das … genau das möchte ich machen. Aber ich weiß nicht, wo und wie ich anfangen soll.«

»Deswegen sind wir doch auch unterwegs.« Kai rollte sich herum und begann Küsse auf meinem Bauch zu verteilen. »Es geht nicht nur um Freiheit, sondern auch darum, die wichtigen Fragen eine Weile aufzuschieben.«

»Was, wenn ich einfach hierbleiben würde?«, fragte ich halb im Scherz.

»Dann müssten unsere Wege sich trennen.« Kai lachte. »Für mich wäre das auf Dauer nichts.«

»Wir sind doch erst seit ein paar Stunden hier«, hielt ich dagegen. »Wie kannst du das jetzt schon sagen?«

Skeptisch sah Kai mich an.

»Muss ich wirklich erwähnen, dass ich vorerst auf ein Plumpsklo gehen muss?«

»Eine *Komposttoilette*«, berichtigte ich ihn amüsiert.

»Und du meinst, das macht einen großen Unterschied?«, meinte Kai mit gespielt gequälter Miene. »Was, wenn einer von uns durch das Loch fällt?«

»Ich sage ja schon gar nichts mehr«, kicherte ich. »Wobei ich doch sagen muss, dass das genau die Art Geschichte ist, die Tratsch-Lisbeth gern erzählen würde.«

»Diesen Gefallen werde ich ihr definitiv nicht tun«, murmelte Kai und küsste sich weiter meinen Bauch hinab. Es kribbelte überall und doch wurde ich wieder ernst.

»Aber was ist mit dir? Was kommt danach?«

Kai hielt inne und blickte hoch.

»Das kann ich dir noch nicht sagen. Ich wünschte, ich wüsste es, aber manchmal fühlt es sich so an, als würde ich mich gerade erst so richtig kennenlernen.« Ein Hauch von Traurigkeit huschte über seine Züge. »Und es stört mich ja selbst, weil ich das Gefühl habe, es ziemlich bald wissen zu müssen. Aber gerade«, er unterbrach sich und lächelte mich aufrichtig an, »gerade finde ich es sehr schön, einfach den Moment zu genießen.«

Kai, der Pläneschmieder und Macher, der für den restlichen Sommer einfach nur leben wollte. Genau das hatte ich mir die ganze Zeit für unser Abenteuer gewünscht, doch jetzt hinterließ es einen schalen Geschmack auf meiner Zunge.

Was, wenn wir uns voneinander wegbewegten?

Was, wenn er auch mich zu dem *Im-Moment-Leben* dazuzählte?

Zum allerersten Mal fühlte sich diese Reise nicht wie der Beginn, sondern wie das Ende von etwas an. Unendlich bittersüß, weil Kai tausend Gefühle in mir entfachte und ich letztlich doch nicht wusste, worauf das mit uns hinauslief.

Kais leuchtende Augen in der Schwulenbar.

Wie er die Köpfe mit Maria zusammensteckte.

Seine neue Entschlossenheit, spontan Pläne zu ändern.

Die Unsicherheiten wegen des Wassers, das sich auf einmal wieder in mein Leben spülte.

»Ich sehe dir an der Nasenspitze an, dass deine Gedanken sich gerade wie verrückt drehen.«

Mein Körper war nackt, meine Seele noch mehr.

»Kai, ich …« Am liebsten hätte ich mein Gesicht hinter meinen Haaren versteckt, doch ich hielt seinem Blick stand. Träge und schwer fielen mir die Worte von den Lippen.

»Ich habe mich in dich verliebt«, wisperte ich. »Ich habe dir das nie gesagt, aber ich bin wirklich schrecklich verliebt in dich.«

Kai sah mich an, sah mich einfach nur an.

»Das weiß ich doch, Kalliope.«

Er richtete sich auf, um mir all das Bittere von den Lippen zu küssen. Dann zog er mich in seine Arme und summte mir mit rauer Stimme das *Wildblumenfeldlied* ins Ohr.

25 HEILUNG UND SELBSTBEFREIUNG

»Kalliope«, rief Maria und warf mir ein nasses Laken mitten ins Gesicht. »Soll ich die ganze Arbeit etwa allein machen?«

Ertappt zuckte ich zusammen und hielt die frische Bettwäsche fest, ehe sie zu Boden segeln konnte. Nur widerwillig riss ich dabei den Blick von Kai los. Gemeinsam mit Jojo, Rita und Marias Freundin saß er an dem langen Tisch vor der Felswand, während wir die Wäsche an den Leinen zwischen den Hütten aufhängten. Rita hatte Kai gerade erklärt, wie er die Halsketten richtig knüpfte. Und Himmel, es sah so niedlich aus, wie er sich dabei die ganze Zeit konzentriert auf die Unterlippe biss. Und dass er in der Hitze kein Hemd trug, machte die Sache auch nicht besser.

Jojo hatte recht behalten.

Wir waren nicht nur ein paar Tage geblieben. Längst war es Juli geworden. Der Sommer lag schwer über den Wipfeln der Bäume und machte uns alle träge. Kai hatte gesagt, er wolle den Moment leben, und ich ließ mich mit ihm davontragen. Hier war er nicht das Pastorenkind. Nicht der Bruder von Andreas oder Lizzie, nicht der von den lauten Zwillingen. Kai war einfach nur Kai und mit jedem Tag strahlte er heller.

»Es ist wirklich nicht auszuhalten, wie ihr euch alle anschmachtet. Du deinen Kai, Jojo Rita ...« Maria seufzte schwer und fuhr damit fort, die Wäsche aufzuhängen.

»Deine Freundin starrt dich übrigens auch an.«

»Was?«, fragte Maria. »Wirklich?«

Grinsend nickte ich. Sofort warf sie das blonde Haar zurück und sich in Pose, legte die Hände verführerisch auf die ausladenden Hüften.

»Das war so auffällig«, lachte ich und machte mich daran, das nasse Laken endlich an der Leine zu befestigen.

Maria zwinkerte. »Vielleicht sollte es das sein.«

Nach einer halben Stunde waren wir fertig und setzten uns zu den anderen an die Tafel. Ganz selbstverständlich glitt ich dabei auf Kais Schoß und genoss das Gefühl seiner warmen Haut an meiner. Zu Hause wäre so etwas nicht möglich gewesen, doch hier war es normal, seine Zuneigung auch vor anderen ganz offen zu zeigen.

Etwas weiter im Schatten döste Ingrid in der Hängematte. Ich wusste nur, dass sie darin lag, weil ihr riesiger Bauch oben hervorlugte. Die Ziegen und Hühner hatten sich in den kühleren Stall geflüchtet, unweit davon spielten die Kinder mit Steinen im Gras. Und an der Feuerschale, die erst abends brennen würde, saßen ein paar Leute zusammen, teilten sich einen Joint und machten Musik.

Hier oben existierte kein *Gestern* und *Morgen*, mein Gefühl für Zeit verschwamm im *Sonnenhaus* zu einem weichen Nebel, in dem Kai und ich in den Tag hineinlebten. Wir halfen im Garten, pflanzten ein und ernteten, die Hände immer voller Erde. Wir kochten zusammen mit den anderen in wechselnden Gruppen, dachten uns abends am Feuer Geschichten aus und lauschten denen von Raja. Wie ein echter Märchenerzähler legte er an den richtigen Stellen eine Kunstpause ein und strich beim Erzählen stetig über den langen grauen Bart.

Kai tollte mit den Kindern über die Wiese und spielte ihnen auf seiner Gitarre vor. Manche von ihnen folgten ihm irgendwann auf Schritt und Tritt, bis er anfing, ihnen mit all seiner Engelsgeduld das Spielen auf dem Instrument beizubringen. Währenddessen begleitete ich Jojo oft zu den Ziegen. Ich mochte das Gefühl ihrer warmen Körper und war wahnsinnig stolz auf mich, als ich es das erste Mal schaffte, eine von ihnen zu melken. Mit den Händen noch voller Milch rannte ich zu Kai, um ihm von meinem Erfolg zu berichten. Er küsste mich grinsend auf die Nase und hängte mir im Gegenzug die erste Kette um den Hals, die nicht auseinanderfiel.

Ich fühlte mich so frei wie noch nie. Schwebte in Tücher gehüllt zwischen den Bäumen umher, während der Rest der Welt nicht mehr als eine Erinnerung war.

Kai und ich machten aus der Hütte ein neues *Glühwürmchen*, trugen irgendwann unsere Kissen und Decken, eigentlich all unsere Habseligkeiten, hinüber und richteten uns ein. Über unsere weitere Reise sprachen wir nicht, dafür aber über alles andere.

Einmal, als wir an der Bergquelle duschten und allein in der Höhle waren, sank Kai vor mir auf die Knie. Er nahm mich mit seinem warmen Mund, bis ich erstickt seinen Namen keuchte. Mit den kühlen Steinen im Rücken und ihm, der meine zitternden Beine hielt. Danach trug er mich mit einem verführerischen Lächeln auf den Lippen in die Quelle hinein, um mich dort wieder und wieder zu küssen.

»Ich mag es, wenn du mich trägst«, flüsterte ich.

»Ich mag es, wenn du mir sagst, was dir gefällt«, erwiderte Kai rau, und ich fuhr durch seinen immer voller werdenden Bart.

»Ich mag es, wenn du mir in die Unterlippe beißt.«

»Ich mag es«, raunte Kai, »wenn du mit deiner Hand meine Schenkel hinaufstreichst.«

Das war unser Spiel.

Das waren wir.

Kalliope und Kai.

Und mit jedem Kuss im Wasser schwand meine Furcht, denn jedes Mal lernte ich, dass ich sicher war.

Trotzdem lauerte hinter der Friedlichkeit dieses Orts auch etwas anderes. Es war schwer festzumachen, aber mich beschlich immer häufiger das Gefühl, dass hier nicht alles so perfekt war, wie es zunächst den Anschein hatte.

Mitte Juli fand zum ersten Mal eine Versammlung im Haupthaus statt – und zwar meinetwegen. Das hatte Raja am Morgen beim Frühstück schon unheilvoll verkündet.

Trotz der sengenden Hitze hatte jemand Räucherstäbchen entzündet, derentwegen Übelkeit in mir hochstieg. Der süßliche Geruch vertrug sich nicht gut mit Schweiß und stehender Luft. Niemand sprach auch nur ein Wort. Die Stille war deutlich geladen und ich seufzte erleichtert auf, als ich Kais Hand beruhigend auf meinem Oberschenkel spürte.

Alle Bewohner der Gemeinschaft saßen auf Kissen oder lehnten an den Wänden, die mit riesigen bunten Tüchern behängt waren. Maria und Jojo hockten von uns abgewandt mit Rita zusammen. Am anderen Ende des Raums saß Ingrid und hatte sich mehrere Kissen hinter den Rücken geschoben. Seit Tagen klagte sie über schlimme Rückenschmerzen, doch nichts schien ihr zu helfen. Als ich Ingrids Blick einfing und ihr aufmunternd zulächelte, sah sie schnell weg. Und da war sie nicht die Einzige.

Schon seit geraumer Zeit konnte ich unter den Leuten des *Sonnenhauses* einzelne Grüppchen ausmachen und es hatte sich immer mehr so entwickelt, dass Kai und ich unsere eigene Gemeinschaft bildeten. So richtig bemerkt hatten wir es zunächst nicht, weil wir uns sowieso ständig davonschlichen, uns in der Höhle nackt aneinanderpressten oder wie Kinder auf Bäume kletterten. Doch irgendwann war mir aufgefallen, dass manches Gespräch verstummte, wenn wir uns an die lange Tafel an der Felswand setzten.

Angefangen hatte es wahrscheinlich damit, dass wir uns den anderen während der psychedelischen Nachmittage und abendlichen Kiff-Runden zwar anschlossen, selbst aber nichts konsumierten. Die Erinnerung an diese Nacht im Wald, in der ich die Menschen um mich herum in den Fluten sterben gesehen hatte, hielt mich davon ab, etwas in der Richtung noch einmal auszuprobieren. Ich schloss es nicht komplett aus, doch ich spürte keinerlei Verlangen danach. Sowohl Kai als auch ich wollten uns lieber bei klarem Verstand mit unserer Umwelt verbinden. Mit dem Universum eins zu werden – ich war mir sicher, dass ich das auch aus eigener Kraft schaffen würde.

Selbst Maria und Jojo hatten begonnen, von *Heilung* und *Selbstbefreiung* zu sprechen, während wir ihrer Meinung nach *in unserer Reise stagnierten*. Und dann war es doch wie bei Elisa, Christa und Wolf. Ich hatte nicht das Gefühl, die Menschen hier besser kennenzulernen und ihre wahren Gedanken zu erfahren.

Mit einem Mal durchbrach ein lauter Gongschlag die Stille im Haus und holte mich zurück ins Hier und Jetzt.

»Das Sonnenhaus steht allen Menschen offen«, dröhnte Raja, der sich leicht erhöht vor allen positioniert hatte. »Aber nicht jeder ist bereit für das Sonnenhaus.«

Einige der Anwesenden nickten zustimmend, während ich unruhig hin und her rutschte.

»Wir haben auch Kalliope und Kai in unsere Reihen aufgenommen und sie wie die Unseren behandelt. Doch die beiden haben unser Vertrauen missbraucht.«

Sofort sah ich zu Kai, der meinen Blick zweifelnd erwiderte. Das war völlig übertrieben. Es klang ganz so, als hätten wir weiß Gott etwas verbrochen.

»Wir wollen hier in Frieden miteinander leben. Uns lossagen von weltlichen Dingen«, fuhr Raja selbstherrlich fort und predigte all die Dinge, die wir in den vergangenen Wochen hundertfach gehört hatten.

Nur mit Mühe und Not konnte ich ein Schnauben unterdrücken.

Einmal im Monat nach unten auf den Markt zu gehen und dort sein Geld zu verdienen, sich davon dann teure Seifen und Parfüm zu kaufen, wie ich es nicht nur einmal bei Raja beobachtet hatte, wirkte in meinen Augen *sehr* weltlich. Daran änderte auch eine verdammte Komposttoilette nichts.

Und da kam Raja nach einigen ausufernden Beschreibungen endlich zum Punkt: »Kalliope wurde während des letzten Markttags gesehen, wie sie nicht nur ein Gasthaus aufgesucht, sondern dort auch noch telefoniert hat.«

Wieder sahen Kai und ich uns an.

Wir hatten uns in diese Gemeinschaft eingebracht, hatten unseren Teil zum Leben beigetragen und uns nie über irgendeine Arbeit beklagt, denn natürlich war das hier ein Geben und Nehmen.

Wir lebten nahezu abgeschieden von der Zivilisation, ohne Strom und fließendes Wasser, ohne Kontakte zu den Menschen aus unserem *Davor*. Wie verwerflich konnte es da sein, nach mehreren Wochen die Gelegenheit eines öffentlichen Telefons zu nutzen und die eigene Familie anzurufen? Weder in der Magnolienallee 25 noch bei Hanni zu Hause hatte jemand abgehoben, doch ich hatte es wenigstens probieren wollen.

»Und die Person, die mich gesehen hat, kann mir das nicht selbst sagen?«, stieß ich dieses Mal doch wütend hervor.

»Du bist allein für deine Verfehlungen verantwortlich«, erwiderte Raja seelenruhig. »Diese Schuld kannst du nicht auf jemand anderen abwälzen. Ihr musst du dich allein stellen.«

»Weil ich jemanden *anrufen* wollte?«, fasste ich den irritierenden Kern der Sache zusammen. »Wie sollen wir hier denn alle frei sein, wenn wir nicht unseren Bedürfnissen folgen und mit den Menschen sprechen können, die –«

»Dieses Verhalten wird hier nicht geduldet«, schnitt Raja mir das Wort ab.

Neben mir ballte Kai die Fäuste.

»Geht es bei diesen Vereinbarungen nicht darum, dass sie keine Gesetze, sondern Anregungen sind?«, hielt nun auch er dagegen, denn so ähnlich hatte Ingrid es uns erklärt.

Neben uns stieß Maria erschrocken die Luft aus.

»Das zeigt nur, dass ihr noch am Beginn eurer Reise steht.« Raja lächelte so zuckersüß, dass sich mir der Magen umdrehte. »Deshalb soll dies lediglich als Warnung gelten.«

Zurück in unserer Hütte sprühten Kais Augen gefährliche Funken.

»Wir werden hier verschwinden«, erklärte er bestimmt, und ich hatte dem rein gar nichts hinzuzufügen.

Wir waren schon immer unsere eigene Gruppe gewesen.

In den nächsten Tagen bereiteten Kai und ich alles für unsere Weiterfahrt vor. Nachdem wir fast einen Monat lang in den Bergen gelebt hatten, mussten wir erst das Auto wieder auf Vordermann bringen, ehe wir in der Hütte unsere Habseligkeiten von den geliehenen Dingen trennten.

Natürlich war mir mehr oder weniger klar gewesen, dass ich hier nicht für immer bleiben konnte, und doch schmerzte es, mit diesem Unwohlsein im Bauch zu gehen. Maria und Jojo waren Weggefährten unserer Reise gewesen, doch ich packte in dem Wissen, dass unsere Wege sich nicht noch einmal kreuzen würden. Die Geschwister gehörten hierher, Kai und ich taten es nicht.

Trotzdem machten wir uns am Tag unserer Abreise auf die Suche nach den beiden, um uns zu verabschieden. Sie waren wichtiger Bestandteil dieses Abenteuers gewesen – nicht nur hier, sondern auch schon in West-Berlin. Wir fanden sie beim Unkrautjäten im

Garten. Erde hing in den blonden Haaren und auf der Kleidung. Sie erhoben sich vom Boden, einen Moment sahen wir vier uns unsicher an, dann fielen wir uns ein letztes Mal in die Arme. Alles fühlte sich fremd und vertraut zugleich an.

Als wir den Torbogen passierten, sah ich ein letztes Mal über die Schulter auf die Holzhütten zurück, ließ meinen Blick über die spitzen Dächer unter den ausladenden Ästen der Bäume gleiten. Ich wollte mich gerade abwenden, als ein markerschütternder Schrei über das Gelände hallte.

Sofort ließen Kai und ich unsere Rucksäcke auf den Boden fallen und rannten auf das Haupthaus zu, aus dem ein weiterer, dieses Mal aber leiserer Ruf folgte. Kai fegte den Vorhang am Eingang beiseite, dann stürmten wir hinein.

Der Raum war leer.

Nur Ingrid saß, wie schon auf der Versammlung, mit mehreren Kissen im Rücken an die Wand gelehnt, doch ihr sonst so liebliches Gesicht war schmerzverzerrt.

»Ich glaube, es ist zu früh«, sagte sie erstickt.

Kai lief auf sie zu, ging neben ihr in die Hocke und strich ihr das feuchte Haar aus der Stirn. Mit sanft-beruhigender Stimme redete er auf sie ein, während ich einfach wie gelähmt am Eingang stand.

»Kalliope«, mit bewundernswerter Ruhe drehte Kai sich irgendwann zu mir um. »Ich glaube, es geht los. Du musst irgendjemanden holen.«

O Gott.

Ich hörte noch, wie Kai Ingrid fragte, ob sie zusammen atmen sollten, dann rannte ich über das Gelände, rief, dass Ingrid vermutlich in den Wehen lag. Panik flutete mich, weil hier alle so übermäßig ruhig zu bleiben schienen. Rita holte frisches Wasser aus der Bergquelle und begann es über dem Feuer zu erhitzen, während Jojo davonging und zusammen mit Maria unzählige frische Handtücher besorgte. Ich wollte etwas tun, irgendetwas.

Kurzerhand begann ich das rote Auto wieder auszuräumen. Irgendjemand musste Ingrid doch ins Krankenhaus fahren können. Wie sollte sie hier oben medizinisch versorgt werden können? Doch an diese Möglichkeit wollte ich gar nicht denken. Stattdessen konzentrierte ich mich einfach auf diese eine Aufgabe.

Und dann vergingen Stunden voller Ungewissheit. Unmöglich konnten Kai und ich nun aufbrechen, ohne zu wissen, ob Ingrid und das Kind wohlauf waren. Wir tigerten über das Gelände, saßen rastlos an der Felswand, sahen immer wieder im Haupthaus nach, ob es Neuigkeiten gab. Eine Eule krächzte in die Nacht, kurz darauf wieder Ingrid.

Anscheinend gab es Komplikationen, Ingrid weinte und schrie bitterlich, doch das Baby wollte einfach nicht den Leib seiner Mutter verlassen.

»Irgendetwas stimmt nicht«, murmelte Ingrid immer wieder erschöpft, und das Herz sank mir in die Hose. »Ich glaube, es ist zu früh.«

»Wir müssen endlich in ein Krankenhaus fahren«, sagte ich aufgebracht zu Raja, der bei Ingrid wachte. Doch weder er noch sonst jemand wollte davon etwas hören. Selbst Ingrid nicht, der ein Joint gegen die Schmerzen in die Hand gedrückt wurde.

»Ingrid«, flehte ich, »wenn du den Eindruck hast, dass sich etwas falsch anfühlt, dann fahren Kai und ich dich ins Krankenhaus, in Ordnung? Du musst nur etwas sagen.«

Sie bäumte sich unter einer neuen Wehe auf, und ich konnte nicht sagen, ob sie mich gehört hatte.

»Wir haben unsere Kinder hier immer selbst zur Welt gebracht«, hieß es. »Und so wird es auch Ingrid machen.«

»Mutter Natur wird sie lenken«, erklärte Rita mit gefährlich sanfter Stimme. »Das ist ein uraltes Wissen, das in uns Frauen steckt. Wir haben hier alles, was wir brauchen, um dieses neue Leben willkommen zu heißen.«

Ich brach in Tränen aus. Wie konnte man derart verblendet sein? Wie konnte man die Augen so vor der Realität verschließen, in der nicht alles immer lief, wie man es gern hätte?

Kai und ich wurden aufgefordert, das Haus zu verlassen. Unsere negative Energie würde das Ereignis stören, das so kurz bevorstand. Also gingen wir hinaus und räumten den Wagen schweigend und schweren Herzens wieder ein. Unser ganzes Leben in diesem Auto, das seit bald zwei Monaten an unserer Seite war.

Und trotzdem blieben Kai und ich.

Ich klammerte mich an ihm fest, wir schwiegen und teilten dabei doch auf stumme Weise dieselben Gedanken. Keiner von uns bekam ein Auge zu, das Feuer auf dem Platz brannte herunter und nur noch vereinzelte Stimmen waren zu hören. Irgendwann graute der Morgen. Der schwarze Himmel begann an manchen Stellen bereits bläulich zu schimmern und das war der Moment, in dem der Schrei eines Babys den neuen Tag ankündigte.

Es war mir egal, dass Kai und ich nicht in das Haupthaus sollten, ich musste mich mit eigenen Augen davon überzeugen, dass Ingrid und das Kleine wohlauf waren. Vorsichtig schob ich den Vorhang beiseite, doch dahinter stand direkt Raja mit verschränkten Armen, der uns nicht durchlassen wollte. Trotzdem erhaschte ich über seine Schulter einen Blick auf Ingrid. Sie hielt ein winziges rotes Bündel in den Armen und schaute entrückt auf den Flaum auf dem kleinen Kopf hinab. Diejenigen, die noch wach waren, griffen sich an den Händen und begannen zu singen. Irgendwo ertönte eine Trommel.

Langsam ließen Kai und ich die Holzhütte hinter uns, stiegen in unser Auto und fuhren davon. Weg vom *Sonnenhaus*, diesem magischen Ort in den Bergen. Wilde Erdbeeren schimmerten im Moos, da war der alte gespaltene Baum und das versteckte Schild zwischen den Bäumen.

Dieses Mal warf ich keinen einzigen Blick zurück, sondern sah nur nach vorn.

Es war, wie langsam aus einer Blase aufzuwachen, plötzlich durch die Oberfläche zu brechen und sich zu erinnern, wie weit auch die Welt dahinter reichte. Die echte Welt.

Diese extreme Trennung von der Zivilisation war für den Moment vielleicht eine Erleichterung gewesen, aber letzten Endes vermisste ich das Leben, die Welt und ihr ständiges Pulsieren, den Fortschritt und die anderen Menschen. Wir verließen das Dorf an einem Montag, und zum ersten Mal seit langer Zeit nahm ich wieder bewusst einen Wochentag, ja sogar ein Datum wahr.

Als Erstes ließen Kai und ich die Fensterscheibe reparieren. Statt sie mit Geld zu bezahlen, konnten wir dem Tankwart bei seiner Arbeit helfen und Autos waschen. Am Endes des Tages saßen wir in unserem Auto und lasen eine Zeitung, die wir uns von der Tankstelle mitgenommen hatten.

Der Schriftsteller Günter Grass kritisierte auf der Veranstaltung einer katholischen Kirchengemeinde aufs Schärfste die Verwendung der Kirchensteuern zur *Fütterung des Apparates*.

Eine französische Fähre war in der Nähe der Antillen gesunken, und mehr als hundert Passagiere waren gestorben.

Die 20. Berliner Filmfestspiele waren vorzeitig abgebrochen worden. Nachdem der amerikanische Jury-Vorsitzende George Stevens den Film *o.k.* vom Wettbewerb ausschließen wollte, stellte die Jury ihre Tätigkeit wegen politischer Differenzen ein.

Die Welt war in der Zwischenzeit keine bessere geworden, aber das war mir lieber als eine Utopie, die einem erst Freiheit vorgaukelte, nur um sie einem anschließend nur noch radikaler zu nehmen.

Mit Händen voller Druckerschwärze fuhr Kai beim ersten Münztelefon an den Rand, damit wir zu Hause anrufen konnten. Wir besichtigten das Schloss Neuschwanstein und schlenderten zusammen durch München, danach besuchten wir Kais Großeltern auf ihrem Hof am Bodensee, und schon wieder schmeckten unsere Küsse nach Apfelkernen. Wir ritten zusammen aus, galoppierten über die

Weiden, borgten uns zwei rostige Räder und jagten uns die Hügel hinauf und wieder hinab.

Danach fuhren wir weiter Richtung Norden. Die Berge verschwanden und alles wurde flacher. Und mit jedem Kilometer, den wir weiterkamen, löste sich das beklemmende Gefühl, welches Raja und sein Gefolge in mir hinterlassen hatten, weiter auf. Ich konnte nicht sagen, ob der alte Mann wirklich an das glaubte, was er im *Sonnenhaus* predigte, oder ob er seine Mitmenschen nur instrumentalisierte. So oder so war dieses Leben nichts für mich. Sich vor den Problemen dieses Planeten zu verstecken, bot keinerlei Alternative, denn für mich stand die Bewegung der Blumenkinder für das Erschaffen einer neuen Welt.

Immer wieder dachte ich in diesen Tagen an den Herbst vor drei Jahren zurück, als ich neugierig die Nachrichten aus San Francisco verfolgt hatte. Ich war sechzehn gewesen. Das Jahr 1967 neigte sich seinem Ende entgegen. Das, was die Leute danach den *Summer of Love* nennen würden. Die Blumenkinder begehrten auf, gegen all die jungen Menschen, die in die Stadt strömten, um sich Drogen, schnellem Sex und der kurzen Ekstase hinzugeben. *Ihnen* ging es nicht darum, die Welt zu verändern, und so trugen die Blumenkinder einen mit Blüten gefüllten Sarg durch die Straßen des Haight-Ashbury-Viertels. *Death of Hippie* nannten sie die Aktion, in der sie den Sommer der Liebe und sich selbst symbolisch zu Grabe trugen.

Vielleicht musste auch ich einen Teil meiner bisherigen Überzeugungen beerdigen.

26 EIN ZIRKUS VOLLER WUNDER

»O Gott, ist das gut«, stöhnte ich an einem der letzten Juliabende auf. Irgendwo im Nirgendwo, nur wenige Kilometer von der Ostseeküste entfernt.

Begeistert hielt ich Kai meine Zuckerwatte vor die Nase, doch er wich mit zusammengezogenen Brauen zurück. Ich hatte in meiner Euphorie aus Versehen sein Gesicht getroffen.

Mit den Fingern wischte Kai sich die rosa Masse von der Haut und leckte sie ab.

»Bäh, das schmeckt einfach nur nach Zucker.« Er verzog das Gesicht zu einer lustigen Grimasse und brachte mich damit zum Lachen.

»Das ist ja der Sinn daran«, entgegnete ich und kaufte mir an der altmodischen Bude mit den Süßigkeiten auch noch gebrannte Mandeln.

»Das ist eindeutig die bessere Wahl«, kommentierte Kai und schnappte sich die spitze Tüte.

»Hey«, protestierte ich, konnte ihn aber nicht davon abhalten, sich gleich eine ganze Hand voller Mandeln in den Mund zu schieben. Kai war einfach zu groß für mich und lachte bloß, als ich hochsprang und nach der Tüte zu angeln versuchte.

»Hier.« Kai gab mir das Objekt meiner Begierde zurück, ehe er seine Finger mit meinen verflocht.

Wir befanden uns so nah am Meer. Bei dem Gedanken an die gewaltigen Wassermassen war mein Herz kurz davor, einen Takt auszusetzen, doch es fing sich jedes Mal wieder. Kai hatte mir mit tausend Küssen und Berührungen gezeigt, dass Wasser uns nichts anhaben konnte. Großmutters Warnung galt nicht. Und wenn doch, dann folgte sie Regeln, die keiner von uns durchschaute. Hand in Hand schlenderten Kai und ich über das Gelände. Überall war Musik zu hören. Es gab einen Wagen, aus dem heraus Eis verkauft wurde, und eine Bude, an der bunt schimmernde Getränke in hohen Gläsern erstanden werden konnten. Direkt gegenüber war das Zelt einer Wahrsagerin aufgebaut und nicht unweit davon hatten sich ein paar Schaulustige um zwei Frauen auf Stelzen versammelt. Neben einem Wohnwagen mit schiefer Tür trainierte ein Feuerspucker.

Längst war es Nacht geworden und die Dunkelheit verwandelte die Szenerie fast schon in einen mystischen Traum. Am beeindruckendsten aber war das große Zirkuszelt mit den roten und blauen Streifen, das majestätisch über allem wachte.

Staunend legte ich den Kopf in den Nacken und verfolgte mit den Blicken die Lichterketten, die sich über die Plane bis zur Spitze des Zelts hinaufschlängelten. Als hätte jemand aus Versehen einen Eimer voll Sternenstaub darüber vergossen. Neben dem Eingang steckten mehrere Fackeln im Boden und leuchteten den Besuchern den Weg ins Innere des Zelts. Gerade war der erste Gongschlag ertönt – das Zeichen, dass die Vorführung bald beginnen würde. Aufgeregt klammerte ich mich an meine Zuckerwatte, denn ich hatte noch nie zuvor einen Zirkus besucht.

»Ich will dich ausführen«, hatte Kai vor wenigen Stunden gesagt, als wir das Zelt in der Ferne entdeckt hatten. Schon setzte er den Blinker, nahm die nächste Abfahrt und fuhr zielgerichtet darauf zu. »Du denkst nur, wir müssten das machen, weil wir miteinander schlafen.« Kai lachte und gab mir einen dieser Nasenküsse. »Du bist manchmal echt furchtbar.«

Und er hatte sich tatsächlich die besten Hosen angezogen, die er dabeihatte, und dazu ein Hemd, das man mit seiner lila Farbe fast schon als gewagt bezeichnen konnte. Ich trug das Kleid, von dem Kai mir erst vor Kurzem gesagt hatte, wie sehr es ihm an mir gefiel.

Es war das erste Mal, dass wir miteinander ausgingen, und ich empfand es auf allen Ebenen anders als die Verabredungen mit Samuel und Wolf. Es war mir nie so wirklich um sie gegangen. Vielmehr war wichtig gewesen, was ich mir von ihnen erhoffte und wer ich neben ihnen sein konnte. Neben dem Mann, dessen Finger jetzt mit meinen verschränkt waren, erlaubte ich mir dagegen, einfach nur ich selbst zu sein.

Für einen kurzen Moment spürte ich ein Kribbeln im Nacken, ganz so, als würde ich beobachtet werden. Doch als ich einen unauffälligen Blick über die Schulter zurückwarf, war da nichts, was meine Aufmerksamkeit erregte. Ich wartete, blinzelte, glaubte mit einem Mal doch wieder den Himmel aufleuchten zu sehen.

Dann erinnerte mich der sanfte Druck von Kais Hand an meiner daran, dass dort draußen nichts Schlimmes lauerte.

Meine Finger klebten so sehr von der Zuckerwatte, dass Kai die Karten schließlich für mich aus der Tasche holen musste. Eine junge Frau mit leuchtend blauen Haaren nahm sie entgegen, riss eine Ecke ab und reichte sie wieder an ihn zurück.

»Viel Spaß«, wünschte sie, ehe uns die Dunkelheit schluckte.

Meine Augen mussten sich erst an das kaum vorhandene Licht gewöhnen. Kleine Laternen beleuchteten die schmalen Gänge zwischen den Sitzreihen. Ein hagerer Mann in einer roten Uniform mit blauen Schulterstücken ging mit ruhigen Schritten zwischen ihnen umher und half denen, die ihren Platz nicht sofort fanden. Kai und mich winkte er in eine der vordersten Reihen direkt an der Manege, und tausend Bienen summten in meinem Bauch. Vorfreude hing über dem Publikum und brachte die Luft zum Flirren.

Nach und nach verstummten alle Gespräche. Die Lichter wurden noch weiter gedimmt, und als die Spannung schier nicht mehr auszuhalten war, leuchtete ein heller Scheinwerfer dramatisch in die Mitte des Zelts. Ein älterer Mann in glitzerndem Anzug, der über dem Bauch spannte, betrat mit ausgebreiteten Armen die Manege und hieß die Leute im *Cirque des Merveilles* willkommen. Er formte die Worte mit einem schweren französischen Akzent, der sich in meinen Ohren wie Musik anhörte.

Der Zirkus war atemberaubend, ein unerwarteter Märchentraum.

Ich sah Akrobaten elegant durch die Lüfte gleiten, einen Jungen auf hauchdünnen Seilen tanzen, während Vögel ihn umschwärmten, Menschen Feuer bändigten und Zauberkunststücke, die wirklich an Magie grenzten. Ich sah Licht und Dunkelheit miteinander kämpfen, eine Schlange um den Hals einer Frau und Körper, die sich in unmögliche Posen bogen. Ich hielt die Luft an und staunte und klatschte vor Begeisterung.

Am Ende der Vorführung setzte der Applaus erst mit Verzögerung ein, denn die Zuschauer saßen ganz still und ehrfürchtig da. Doch dann fegte er wie eine tosende Welle über die Manege hinweg, und diese ganze Euphorie riss mich nur immer weiter mit sich.

Nach und nach erhoben sich die Leute und liefen in ehrfürchtigem Schweigen oder angeregt schnatternd zum Ausgang. Kai wollte sich ebenfalls erheben, doch ich hielt ihn mit einer Berührung zurück. Mit seinen Augen, in denen ein gold-schwarzer Strudel wild umherwirbelte, und dem lila Hemd sah er aus, als wäre er selbst Teil dieser Zirkusfantasie.

»Ich habe mich gerade gefragt, wie es wohl wäre, in so einem Zelt rumzuknutschen«, flüsterte ich ganz dicht an Kais Ohr.

Dabei strich ich mit den Fingerkuppen federleicht über seinen Unterarm, zog Kreise auf dem Handrücken und ließ meine Hand auf seinem Oberschenkel landen. Die Wärme in Kais Blick wich augenblicklich einer Dunkelheit, die es mir schwerer und schwerer machte zu warten.

Warten, bis alle aus dem Zelt gegangen waren.

Warten, bis es nur noch uns zwei gab.

Kais Blick ruhte unentwegt in meinem und allein das reichte, um mich maßlos zu erregen.

Und dann prallten unsere Münder heiß aufeinander, Kais Hände gruben sich in mein Haar, und ich zog ihn ebenfalls näher an mich heran. Ich seufzte an seinen Lippen, liebkoste sie mit meiner Zunge, verlor mich in diesem Gefühl von Kais schlanken Fingern an meiner Taille, als er mich fast schon grob auf seinen Schoß zog. Wir waren längst nicht mehr so vorsichtig miteinander wie zu Beginn. Inzwischen wussten wir, wie sehr es uns anmachte, wenn der andere seine bestimmte Seite zeigte.

So wie jetzt, als Kai meine Handgelenke in meinem Rücken zusammenpresste und mich sanft in die Schulter biss, sich dann meinen Hals hinaufküsste und mich mit einem erneuten lustverhangenen Kuss erlöste. Zumindest für den Moment.

»Wir sollten dringend zu unserem Auto«, raunte Kai erstickt, was mich nur noch mehr antrieb, mich an seiner so offensichtlichen Härte zu reiben.

»Kalliope.« Sein heiseres Lachen vibrierte an meinem Mund. »Ich meine das ernst. Ich will Sachen mit dir machen, bei denen ich echt nicht will, dass am Ende doch noch jemand hereinplatzt.«

»Dann bring mich jetzt sofort weg von hier«, flüsterte ich und glitt mit zitternden Beinen von Kais Schoß.

»Ich könnte dich auf dem letzten Stück tragen«, schlug er vor.

Mein *Ja* war nur noch ein Hauchen.

Seine Haare standen in alle Richtungen ab, die Lippen waren leicht geöffnet und glänzten rot und geschwollen im Laternenlicht, aber die lustverhangenen Augen machten am meisten mit mir. Wir mussten weg aus diesem Zelt und das so schnell, wie es nur ging. Ich wollte Kais schlanken Körper aus der heute so besonders gut sitzenden Kleidung schälen und meine Lippen auf das Muttermal auf seiner Brust senken. Ich wollte mich in dem Gefühl seiner Zunge zwischen meinen Beinen verlieren.

Als wir Hand in Hand aus dem Zelt schwankten, warf Kai mir ein verschwörerisches Grinsen zu. Sofort hüpfte mein Herz und trotzdem wandte ich mich ein letztes Mal zu dem Zirkuszelt um, zu unserer ersten Verabredung in einer Manege, in der nahezu alles Realität werden konnte.

»So habe ich auch geschaut, als ich den *Cirque des Merveilles* zum ersten Mal gesehen habe«, meinte die Frau, die vorhin unsere Karten kontrolliert hatte. Unbemerkt war sie neben uns aufgetaucht.

Verdammt, ich wollte kein Gespräch mit jemandem anfangen, den ich nicht kannte, hatte keine Lust auf höfliche Konversation. Meine Gedanken kreisten allein um Kai und den Moment, in dem wir endlich übereinander herfallen konnten.

Trotzdem hörte ich mich sagen: »Es war eine der schönsten Sachen, die ich jemals gesehen habe.«

»Danke für das Kompliment.« Die Frau lächelte. »Ihr seid nicht von hier, oder?«

»Du auch nicht«, gab ich zurück, woraufhin sie glockenhell auflachte: »*Touché.*«

Ihre Sprache klang ebenso elegant wie die des Zirkusdirektors. Zwar trug sie keinen glitzernden Anzug wie er, doch die langen Haare und der dicke silberne Ring in ihrer vollen Unterlippe waren Blickfang genug.

»Seid ihr vielleicht auf der Suche nach Arbeit für den Sommer?«

Kai und ich warfen uns einen Blick zu.

»Vielleicht«, entgegnete er.

Mit einem zufriedenen Lächeln stellte sich uns die Frau als Aurelie vor. »Wir sind hier erst vor ein paar Tagen angekommen und suchen an den Orten, an denen wir unser Zelt aufschlagen, immer nach Menschen, die Lust haben, uns mit dem Zirkus zu helfen. Dafür könnt ihr in einem der Wagen schlafen, bekommt Essen und auch sonst alles, was ihr braucht.«

Sofort breitete sich ein Kribbeln in meinem ganzen Körper aus, und dieses Mal hatte es nichts mit Kai zu tun. Für eine Weile in diese Welt einzutauchen, hörte sich wunderschön an, trotzdem zögerten wir.

»Ehrlicherweise muss ich auch noch erwähnen, dass mein drittes Auge das für eine ganz ausgezeichnete Idee hält. Ich mache nur, was es mir sagt, und ich sollte euch ansprechen.« Aurelie zuckte ausgelassen mit den Schultern. »Ich fühle einfach, dass das die richtige Entscheidung ist. *Alors*, was sagt ihr?«

Nicht einmal eine halbe Stunde später standen Kai und ich uns in einem winzigen Zirkuswagen gegenüber, der für die kommenden Wochen unser Zuhause sein würde. Die stehende Luft und den penetranten Geruch nach Parfüm nahm ich nur am Rande wahr, denn jetzt, wo wir endlich wieder allein miteinander waren, hatte ich erneut nur noch Augen für ihn. Ganz langsam knöpfte ich sein Hemd auf und zog es über seine sehnigen Arme herunter. Alles an ihm war so schlank und kräftig, Kai, wie der verführerische Jüngling einer griechischen Sage. Ich rang nach Luft und ließ ihn mich beobachten, wie ich die Schleife in meinem Rücken löste und das Kleid zu Boden gleiten ließ. Das Höschen folgte und sein Blick brannte sich betörend in meine nackte Haut. Kai trat auf mich zu, umfasste meinen Hintern und hob mich hoch. Schon jetzt entwich mir ein erstes Stöhnen, das Kai gekonnt mit seinen warmen Lippen auffing. Und dann schmolz ich einfach in seinen Armen dahin.

In dieser Nacht kamen wir
ineinander,
aufeinander,
miteinander.

27 MANEGE FREI FÜR DEN TEUFEL

Am nächsten Tag stand Aurelie schon kurz nach dem Morgengrauen vor unserem Wagen. Sie musste mehrmals an die Tür klopfen, ehe Kai sich erbarmte und öffnete. Mit einem schweren Seufzen, die Decke um meinen Körper gewickelt, folgte ich ihm.

Im Gegensatz zum vorherigen Abend war Aurelie nicht geschminkt. Die Zirkusuniform hatte sie gegen ein weites Oberteil und eine bequeme Hose eingetauscht und die blauen Haare zu zwei lockeren Zöpfen geflochten. Diese Version von ihr sah um so vieles echter aus, viel weniger wie Teil eines Traums.

»Ich weiß, es wird gerade erst hell«, entschuldigend blickte sie vom Fuß der kleinen Leiter zu uns hinauf. »Aber die Tage beim Zirkus fangen meist zeitig an.«

Erst jetzt bemerkte ich die zwei Tassen, die Aurelie in den Händen hielt.

»Der Kaffee ist für euch«, sagte sie und ich nahm ihn dankend entgegen. »Ich komme in einer halben Stunde noch mal vorbei, dann können wir zusammen die Tiere füttern gehen.«

Aurelie winkte ein letztes Mal, dann flüchteten Kai und ich uns noch einmal in unser warmes Bett zurück. Letzte Küsse, bevor unser erster Tag beim *Cirque des Merveilles* begann. Wieder ein neues Abenteuer, das uns auf der Straße einfach so überrascht hatte. So früh am Morgen lag noch Nebel über der Wiese, und die Sonne versteckte sich zwischen Wolken. Tau benetzte die Fenster der anderen Zirkuswagen. Alle auf Rädern und mit gebogenem Dach, rot oder blau gestrichen und mit einer kleinen Holzleiter, die zur Tür hinaufführte.

Genauso wie Aurelie waren die Tiere schon hellwach und sprangen aufgeregt umher, als wir die Futtertröge auffüllten. Ich erkannte die Vögel wieder, die die Jungen in den Lüften umschwirrt hatten. Es gab Pferde, deren warme Rücken mich an meine Heimat und die Zeit am Bodensee erinnerten, eine Schlange und mehrere Katzen und Hunde, die frei herumliefen.

Einer von ihnen folgte Aurelie, Kai und mir zu den Ställen, die ausgemistet werden mussten, und auch danach, als wir uns auf den Weg zurück zu den Wagen machten. In der Mitte hatten andere Mitglieder des Zirkus bereits mehrere Tische und Stühle zusammengestellt und ein Frühstück vorbereitet. Es duftete nach Kaffee, und nach und nach trudelten alle ein, bedienten sich an dem Essen und hießen Kai und mich überschwänglich willkommen.

Da waren die Schlangenfrau und der stille Feuerbändiger, die wohl erst seit Kurzem ein Paar waren. Der hagere Platzanweiser von gestern und sein Bruder, der Zirkusdirektor. Die Akrobatinnen, Stelzenmädchen, Jongleure. Es gab noch den Vogeljungen, das Zwillingspaar mit der Reitnummer, zahlreiche Gesichter, die ich nicht gleich zuordnen konnte, und einen stillen Kerl mit roten Locken, der wie Kai und ich nur begrenzte Zeit dabei sein würde.

Am Ende des Frühstücks schwirrte mir der Kopf vor lauter Namen, Geschichten und Familienbeziehungen, doch irgendwie schafften es diese Menschen, dass ich mich unter ihnen auf Anhieb wohlfühlte.

Das Leben im *Cirque* war ganz anders als oben im *Sonnenhaus*. Auch hier wohnte eine Gemeinschaft wie Familie zusammen, doch sie lebten von ihren kunstvollen Darbietungen und der Bewunderung der Leute. Sie reisten durch die Welt, waren nur ineinander wirklich heimisch und folgten der Freiheit dabei auf ganz eigene Art.

Der August begann mit einer Welle aus Regen, der den Boden um das große Zelt und die Wagen in schlammige Pfützen verwandelte. Doch das schlechte Wetter trieb die Besucher scharenweise in den Zirkus. In den späten Abendstunden brandete der Applaus übermächtig über den Platz. Ich begann dieses Geräusch zu lieben, das die schönste Belohnung für die getane Arbeit war. Aurelies Vater hatte mir in seinem melodiösen Singsang erklärt, dass die Begeisterung des Publikums für alle galt. Nicht nur für die Künstler, sondern für jeden, der seinen Teil zu einer Nacht voller Magie beitrug.

Jeden Morgen kümmerten Kai und ich uns um die Tiere. Manchmal unterstützte Aurelie uns, an anderen Tagen der Rotschopf oder der Vogeljunge. Wir ritten mit den Pferden aus und tollten mit den Hunden umher. Halfen beim Kochen, verkauften Tickets und verteilten, in rote Uniformen mit blauen Verzierungen gekleidet, Programmhefte an die Zuschauer.

Aurelie machte ein Polaroid-Foto von uns, wie wir so zwischen den Fackeln vor dem Eingang des Zirkuszelts standen. Wir trugen kleine Zylinder auf den Köpfen und sahen in dem Licht wie Märchengestalten aus. Und ich wusste jetzt schon, dass ich das Bild nach Hause in die Magnolienallee 25 schicken würde.

»Ich habe übrigens mit Matthi gesprochen«, meinte Kai an einem dieser Abende ganz unerwartet, nachdem der letzte Besucher im Zelt verschwunden war. Alle Programme waren verteilt und so saßen wir unweit des Zirkus auf einer Holzbank, von der aus wir das Gelände überblicken konnten. Hunderte Glühpunkte in der Dunkelheit. *Matthi.*

Seinen Namen so plötzlich zu hören, versetzte mir einen leisen Stich, denn unsere Leben *vor* Beginn dieser Reise schienen so lange her zu sein. Außerdem war ich mir schmerzhaft darüber im Klaren, dass die Sache zwischen meinem Mitschüler und Kai zu jedem Zeitpunkt mehr bedeutet hatte als meine kurze Verirrung mit Wolf.

Kais Blick bohrte sich in meinen, intensiv, kohlefarben und schwindelerregend. Für einen Moment sah er mich an und dann durch mich hindurch, schien mit den Gedanken bei diesem Gespräch zu sein, von dem ich nichts mitbekommen hatte.

»Wann?«, wollte ich irgendwann wissen, als ich meine Sprache wiedergefunden hatte.

»Bevor wir losgefahren sind.« Kai knetete die Hände im Schoß.

»Vielleicht ist es blöd, dir davon zu erzählen …«

»Nein.« Energisch schüttelte ich den Kopf. »Ist es nicht. Ich finde es schön, dass du mir das anvertraust und wir auch über so etwas sprechen können.«

Auch wenn es ein klitzekleines bisschen schmerzt.

»In Ordnung. Es … ich habe noch einmal über deine Worte nachgedacht.« Kais Finger schlangen sich noch fester umeinander, »Darüber, wie wütend du gewesen bist, weil Matthi mich allein gelassen hat. Ich glaube, ich war in den Tagen und auch Wochen, nachdem diese Kerle mich zusammengeschlagen haben, irgendwie gelähmt. Aber irgendwann bin ich auch sauer geworden. Und war wahnsinnig verletzt. Mir war es einfach wichtig, das mit Matthi zu klären, bevor wir wegfahren. Darüber zu sprechen, wie alles gelaufen ist, wie wir miteinander umgegangen sind, was unsere Ängste waren – nicht nur an diesem Abend. Ich wollte das auf die richtige Art beenden. Matthi war mir ja wirklich wichtig. Nur …«, jetzt suchte Kai endlich meinen Blick, »nur eben nicht so wichtig wie du.«

Er ging nicht näher ins Detail, und das musste er auch nicht. Das war eine Sache, die nur den beiden gehörte.

Ich bin so stolz auf dich, brüllte mein Herz unentwegt, weil Kai seine Stimme fand und für sich einstand. Als ich ihm einen Kuss auf die Lippen drückte, stießen unsere Zylinder aneinander und segelten zu Boden. Kais Lachen, das darauf folgte, klang noch befreiter, als es das seit Wochen ohnehin schon tat.

Und so stahlen wir uns Tag für Tag tausend Küsse in jedem verborgenen Winkel des Geländes, hockten mit den anderen am Feuer oder saßen am Rand der Manege, um den Artisten beim Training zuzusehen. Meine Blicke zur Bühne wurden immer sehnsuchtsvoller, denn ich dachte dabei stets an unseren spontanen Auftritt auf diesem kleinen Festival. Ich wollte Sängerin werden. Es war immer weniger ein Traum und wurde Tag für Tag mehr zu dem, was ich nach dieser Reise definitiv mit meinem Leben machen wollte. Keine Zeit verlieren, mutig sein und es einfach mit meiner Kunst probieren.

Jede Nacht sang ich für Kai. Er verwob meine Stimme mit seiner Gitarre zu neuen Melodien, die ihren Ursprung immer tiefer in meinem Herzen fanden. Ich näherte mich diesem einen Punkt, die Töne flossen durch meinen Körper, und irgendwo dahinter war dieses eine Lied, das ich immer hatte finden wollen.

An einem lauen Spätsommerabend zog Aurelie mich trunken von Wein in das Innere ihres kleinen Wahrsagezelts. In den fast drei Wochen, die Kai und ich nun schon mit den Leuten des *Cirque des Merveilles* lebten, war ich noch kein einziges Mal in ihrem Reich gewesen. Vielleicht, weil dieser Teil ihres Lebens nicht nur mit den schönen Dingen behaftet war. An manchen Abenden waren Aurelies Augen trüb und matt.

»Ich habe nicht nur Visionen, die ich auch sehen möchte«, hatte sie mir einmal erklärt. In den letzten Sonnenstrahlen des Tages saßen wir auf der Treppe ihres Wagens und teilten uns eine Flasche Bier. »Es kann wahnsinnig hart sein, die Wahrheit zu kennen und sie seinem Gegenüber mitteilen zu müssen. Vor allem, wenn sie so hoffnungsvoll zu mir kommen.«

Genauso wenig, wie ich sicher sagen konnte, ob ich an einen wahren Kern der Himmelsschwestern-Legende glaubte, wusste ich nicht, ob ich Aurelies Gabe für echt hielt.

Doch wenn sie so wie jetzt vor mir stand mit ihrem überirdischen Mitternachtshaar und dem intensiven Blick aus dramatisch geschminkten Augen, war es verdammt schwer, es nicht zu tun.

»Wenn du möchtest, kann ich dir die Karten legen«, schlug Aurelie gut gelaunt vor und machte sich daran, mehrere Kerzen zu entzünden. Das Licht fiel auf dunkelblaue Vorhänge, an denen in regelmäßigen Abständen goldene Kordeln hingen. Es gab ein einzelnes Regal mit ausschweifenden Ornamenten, auf dem eine Glaskugel und zahllose Behälter in unterschiedlichen Größen und Formen standen. In der Mitte des kleinen Zelts befand sich ein runder Tisch auf schweren Holzbeinen, darauf nicht mehr als eine einsame Kerze und ein Deck Karten.

Vielleicht lag es an der kribbelig-mystischen Atmosphäre, an dem grinsenden Totenschädel, den ich jetzt erst im Schatten des Regals ausmachte, doch ich fröstelte trotz nächtlicher Sommerwärme.

»Was ist das alles?«, fragte ich – weniger aus Interesse, mehr um Zeit zu schinden. In meinem Leben gab es längst keinen Platz mehr für diese Art von Kälte.

»Hauptsächlich Kräuter für Heilsalben und kleinere Zauber«, begann Aurelie zu erklären, während sie mit den Fingerkuppen einen besonders kunstvollen Flakon berührte. »Die meisten Menschen wünschen sich, dass *ma magie* ihnen die Liebe einer anderen Person schenkt. Oder aber sie wollen den Tod austricksen. Beides funktioniert nicht, zumindest nicht mit meiner Art von Magie. In die großen Mächte dieser Welt einzugreifen hat immer einen Preis, und die wenigsten wollen ihn wirklich zahlen, wenn es darauf ankommt.«

Bei Aurelies letzten Worten schienen die Kerzenflammen im Zelt für einen winzigen Moment strahlend hell aufzuleuchten. Meine neue Freundin bemerkte davon jedoch nichts. Behutsam hob sie einzelne Gegenstände von den schmalen Holzbrettern und erklärte mir deren Bedeutung. Kristalle für das Reinigen und Edelsteine zum Manifestieren von Wünschen, ein Pendel für verschiedenste Weissagungen, ein Kelch, aus dem bei bedeutsamen Zeremonien getrunken wurde.

Staunend lauschte ich Aurelie.

Das hier war nicht meine Welt, doch ich verstand die enge Bindung zur Natur. Den Gedanken, aus und mit ihr zu schöpfen, eins mit ihr zu werden und in Vollmondnächten eine besondere Energie zu vermuten.

Zum Abschluss umfasste Aurelie ein zusammengebundenes Bündel Blätter und warf mir einen rätselhaften Blick zu.

»C'est de la sauge«, meinte sie und ließ die getrocknete Pflanze durch die Finger gleiten. »Das ist Salbei. Ihm wird nachgesagt, dass er heilende und vor allem schützende Kräfte hat. Nach jeder Sitzung räuchere ich das Zelt damit aus, damit die Energien all der Menschen, die zu mir kommen, nichts durcheinanderbringen. Das hier«, sie breitete die Arme aus, »soll ein geschützter Raum sein. Der Salbei hält Dämonen und dunkle Mächte fern und reinigt mein Herz, wenn ich in Kontakt mit jemandem komme, der von Flüchen oder Verwünschungen heimgesucht wird.«

Aurelie redete weiter, doch ich starrte sie nur an.

Ihre Worte traten in den Hintergrund, als ich dabei zusah, wie sie den Salbei entzündete und sich mit den Blättern in der Hand mehrmals im Kreis drehte. Der süßliche Geruch ließ mich würgen.

Flüche und Verwünschungen.

Wusste sie es?

Aurelie und ihr drittes Auge, von dem sie stets sagte, es existiere?

»Und … du siehst, ob jemand verflucht ist?«, krächzte ich.

»Nicht *sehen* in dem Sinn, wie du es dir jetzt vielleicht vorstellst.« Aurelie zuckte mit den Schultern. »Ich spüre es einfach.«

Für einen unangenehmen Moment fiel ich kopfüber in ihre dunkel umrandeten Augen hinein. Es war überirdischer Sog und Erdbeben zugleich. Alles zog sich zusammen, etwas Kaltes drückte mein Herz fest zusammen, ähnlich der albtraumhaften Wasserklauen aus meinen Nächten – dann war ich wieder frei.

»… natürlich erhoffen sich viele, dass ich ihren Fluch breche«, drang Aurelies melodiöser Singsang langsam wieder zu mir durch. Der Nebel in meinem Kopf lichtete sich, und ich dachte nicht darüber nach, mein Mund fragte einfach:

»Kannst du das denn? Flüche brechen?«

Es vergingen atemlose Sekunden, in denen Aurelie den Salbei auf eine goldene Schale im Regal hinter sich legte. Dann sagte sie:

»An sich kann jeder Fluch gebrochen werden. Es gibt immer ein Schlupfloch, ganz gleich, wie klein es auch sein mag. Aber man muss es finden, und das kann ich allein oft nicht. Manche Flüche sind an die Menschen selbst gebunden, an irgendeine zu erledigende Aufgabe. Meistens sind sie aber mit einem Objekt, einem Schriftstück oder Ähnlichem verknüpft. Ohne die eine Sache zu kennen, die einen Fluch in unserer Welt Bestand haben lässt, kann ich nichts ausrichten. Und die meisten meiner Besucher wissen leider nichts von den wahren Bedingungen ihrer Verwünschung. Aber«, schloss Aurelie, setzte sich an den Tisch und blickte erwartungsvoll zu mir auf, »genug von Flüchen und diesen ganzen düsteren Sachen. Ich wollte dir doch die Karten legen.«

Ihre Wangen waren wohl ebenso vom Wein gerötet wie meine. Während ihr die Leichtigkeit des Abends jedoch noch deutlich ins Gesicht geschrieben stand, bezweifelte ich das bei mir selbst. Mit einem flauen Gefühl im Magen nahm ich ihr gegenüber Platz.

»Was möchtest du wissen?«, fragte Aurelie.

Ich überlegte, denn ich war mir nicht sicher, ob mir die Wendung dieses Abends gefiel. Überlegte, weil ich mich unwillkürlich fragte, womit Linnea und Eskil wohl an unsere Welt gebunden wurden. Ob man etwas brechen konnte, das mit hoher Wahrscheinlichkeit gar nicht existierte.

Am Ende aber siegte meine Neugier – denn was konnte mir ein Stapel Karten schon anhaben?

»Überrasch mich«, wisperte ich. »Erzähl mir etwas, das ich noch nicht weiß.«

»*Bien sûr.*« Aurelies Augen leuchteten auf. »Lassen wir die Magie sprechen.«

Sie fasste nach den Karten und ließ sie geschmeidig durch ihre Finger mit den golden funkelnden Ringen gleiten. Es war ein hypnotisierender Tanz, dem ich mit den Augen kaum folgen konnte. Dann fächerte Aurelie die Karten auf dem Tisch auf und ließ mich drei von ihnen ziehen. Ich sollte die linke Hand nehmen, da auf dieser Seite mein Herz und somit die Wahrheit saß. Ich nahm mir Zeit, ließ meinen Blick über die aufgefächerten Karten gleiten, obwohl die Rückseiten alle mit demselben verschnörkelten Muster bemalt waren.

Als ich mich schließlich für drei entschieden hatte, legte Aurelie sie sorgfältig nebeneinander.

»Wir fragen das Tarot nach deinem momentanen Schicksalsweg«, erklärte sie und warf mir über die brennende Kerze hinweg einen bedeutungsvollen Blick zu. Doch noch während sie das erste Bild aufdeckte, schwand der Schalk aus ihren Augen. Stattdessen runzelte sie die Stirn und blickte zwischen der Karte und mir hin und her.

Sofort schielte ich auf das Motiv.

Es war das Bild eines schmalen Gebäudes, aus dem zwischen stilisierten Blitzen und Feuer mehrere Menschen hinabstürzten. Es sah bedrohlich aus, über die Maßen beängstigend.

»*La tour*«, raunte Aurelie mit einer Stimme, die auf einmal deutlich rauer klang, viel tiefer als gerade eben noch. »Der Turm.«

Kerzenlicht flackerte über ihr Gesicht und ein Gefühl stieg in mir auf, ähnlich dem, als Großmutter mir zum ersten Mal von Linnea und Eskil erzählt hatte.

»Dir ist großes Unheil widerfahren, Kalliope«, begann sie und augenblicklich fröstelte es mich. »Es gab einen großen Umsturz in deinem Leben. Ein traumatisches Ereignis, das weitere nach sich gezogen hat. Ich sehe ... Tod und Reue und Schuld. Du wurdest erschüttert, musstest eine Maske ablegen und dich einer Wahrheit stellen, die schmerzhaft gewesen ist. Die Karte steht jedoch auf dem Kopf.« Aurelie blickte mich ernst an. »Was auch immer geschehen ist, die Angst sitzt noch immer irgendwo tief in dir. Du hast selbstzerstörerisch gehandelt. Vielleicht tust du das sogar immer noch ...«

Ich wollte das als dummen Zufall abtun, doch mit jedem Wort war mir die Kälte tiefer unter die Haut gekrochen. Mein ganzes letztes Jahr zog wie ein Film vor meinem inneren Auge vorbei und damit all der Schmerz, all die Enttäuschung, jedes bisschen Angst. Papas Tod, der Verlust von Kai, die Nacht, in der ich meine vermeintlichen Freunde sterben sah, der Schatten eines Fluchs.

»Du leidest noch immer darunter, dass du in deinen Glaubenssätzen desillusioniert worden bist«, raunte Aurelie.

Meine Gedanken rasten und die Unbeschwertheit, mit der ich ihr in das Innere des Zelts gefolgt war, war endgültig verschwunden.

»*Le Monde*«, deckte Aurelie schon unheilvoll flüsternd die nächste Karte auf. »Die Welt, doch auch sie steht auf dem Kopf.«

Das klang nicht nach etwas Gutem. Instinktiv schlang ich mir die eigenen Arme um den Körper. *Ich habe keine Angst, die Angst ist nicht real*, sprach ich in Gedanken. Rief mir jeden Kuss mit Kai in Erinnerung, der kein Unheil nach sich gezogen hatte.

»Du befindest dich momentan auf einer Reise«, sprach Aurelie langsam weiter. »Natürlich, ganz offensichtlich die letzten Monate, in denen du mit Kai unterwegs warst, aber auch eine Reise im übertragenen Sinn. Du lernst dich gerade noch einmal auf andere Art kennen, aber da stecken noch Zweifel in dir, immer noch diese tief sitzende Angst vor drohendem Unheil.« Aurelie warf mir einen intensiven Blick zu, ehe sie warnte: »Wenn du nicht aufpasst, dann endet das alles mit einer selbsterfüllenden Prophezeiung. Wenn du nach Problemen suchst, dann werden sie auch auftauchen.« Ich fühlte mich von all diesen Wahrheiten getroffen und brachte nur ein schwaches Nicken zustande.

»*Le diable*«, stieß Aurelie beim Anblick des nächsten Motivs überrascht aus und all meine Nackenhaare stellten sich auf. »Der Teufel.«

Aurelie hielt inne und sah mich auf unheimliche Weise schweigend an. Mehrmals öffnete sie den Mund, nur um ihn doch wieder zu schließen.

»Was ist?«, traute ich mich irgendwann zu flüstern.

»Diese Karte ist deine letzte Warnung«, gab Aurelie zögernd und ebenso leise zurück. Noch einmal ließ sie ihren Blick über die bereits aufgedeckten Karten schweifen, studierte jede ausgiebig. »Die Welt«, murmelte sie gedankenverloren, »*und* der Teufel.«

Sie wandte sich wieder mir zu. »Du bist fast schon besessen von Harmonie, von dem Gedanken an Freiheit und Ausbruch, dabei kann jede Sache zu einer Sucht werden. Nach etwas, das einen in einen Strudel zieht. Dir fehlt Zeit, Kalliope. Weil …«

Aurelie rieb sich über das Gesicht und da erkannte ich, dass ihre Augen trüb und matt geworden waren, wie ich es von den Abenden kannte, in denen sie ungewohnt schwermütig ins Bett ging.

»Weil?«, echote ich mit einem riesigen Knoten im Bauch. Mir war schlecht und der Wein kämpfte sich seinen Weg zurück nach oben.

»Weil etwas geschehen wird …« Verstehen breitete sich auf ihrem Gesicht aus. »Ich … ich dachte die ganze Zeit, es würde um eine harmlose Verwünschung gehen, aber das hier …«

Ich schluckte und schob den Stuhl zurück. Bereit, jeden Moment zu fliehen. Das war nur ein Spiel, erinnerte ich mich. Es war ebenso eine Illusion wie die wasserhaften Dämonen, die mich Nacht für Nacht heimgesucht hatten.

»Was wird geschehen?«, hakte ich trotzdem nach.

Aurelie wich meinem Blick für einen Moment aus, suchte ihn mit unsicherer Miene wieder.

»Das kann ich dir nicht sagen. Entweder es kommt von innen oder … Wenn du dich deinen Zweifeln nicht stellst, wird etwas wirklich Großes von außen kommen. Deswegen darfst du keine Zeit verschwenden.«

Die Wände des Zelts hoben sich im Wind, der die schwache Kerzenflamme zischend ausblies. Hektisch sprang ich auf, bereit, aus dieser Situation zu fliehen.

»*Chacun est l'artisan de sa fortune*«, sagte Aurelie noch. »Jeder ist seines Glückes Schmied. Du hast dein Schicksal selbst in der Hand, Kalliope. Noch ist es nicht zu spät.«

»Ich habe eine Überraschung für dich.«

Mit diesen Worten lockte ich Kai in der Nacht vor unserem Geburtstag aus dem blauen Zirkuswagen. Eigentlich hätte ich ihm gern einen kleinen Brief geschrieben. Ich hatte sogar darüber nachgedacht, dass ich irgendwo hier auf dem Gelände mit Sicherheit einen alten Eimer auftreiben konnte, um an unserem Ritual festzuhalten. Letztlich war ich aber zu ungeduldig gewesen. Mein ganzer Körper kribbelte, weil ich Kai heute Nacht so viel zu sagen und noch mehr zu zeigen hatte.

Neugierig schob er seine Hand in meine, als er mir hinausfolgte. Wir liefen schweigend nebeneinanderher, erst mit verschränkten Fingern, dann Kais Arm um meine Taille.

Zum ersten Mal verbrachten wir unseren Geburtstag nicht an unserem Aussichtspunkt in dem Wäldchen über unserer Heimat. Ich merkte, dass dieser Ort unwiderruflich dazugehörte, und für einen kurzen Moment spürte ich Wehmut in mir aufkommen. Weit und breit war kein Berg zu sehen, kein Hang, keine Anhöhe. Doch glücklicherweise hatte ich mich an den Tag erinnert, an dem Kai und ich auf dem Dach unseres Autos gesessen hatten, und ich wusste: Das musste heute unsere Oase sein.

Das Zirkusgelände lag gespenstig still da. Längst waren die letzten Besucher verschwunden, die Fenster der Essensbuden waren heruntergelassen, und der Kies knirschte laut unter unseren Füßen. Aurelie saß mit ein paar Leuten am Feuer und wünschte uns grinsend viel Spaß. Aus einem der Wagen hörte ich die Schlangenfrau kichern, die sich schon vor Stunden mit ihrem Feuerbändiger zurückgezogen hatte, ansonsten war da nur das leise Schnauben und Scharren der Tiere.

Ich führte Kai zu unserem Auto, das er abseits des Zirkus auf einer kleinen Lichtung geparkt hatte, gerahmt von schlanken Birken, die nun mit der Dunkelheit verschmolzen. Rund um den Wagen hatte ich Laternen aufgestellt, die den roten Lack warm aufleuchten ließen, die Decken und Kissen befanden sich nicht mehr auf der Matratze, sondern oben auf dem Dach. Genauso wie eine gekühlte Flasche Wein und ein etwas demolierter Kuchen, den Aurelie zusammen mit mir gebacken hatte. Für die festliche Stimmung hatte ich mir außerdem einige bunte Wimpel und Luftballons aus dem Zirkusfundus geliehen, die zwischen den geöffneten Türen und an den Griffen hingen.

Fast war es, als würde der Wagen jeden Moment davonschweben.

»Sieht wie ein Kindergeburtstag aus«, befand Kai und umrundete grinsend das Auto.

Gegenseitig halfen wir uns aufs Dach und ganz automatisch rutschte ich zwischen seine langen Beine. Ich war in Moosgeruch und Kai gehüllt, einen Mann des Waldes statt des Meeres. Er verschränkte die Hände auf meinem Bauch und sagte mit rauer Stimme: »Gleich.«

Im selben Moment legten wir den Kopf in den Nacken und blickten nach oben in einen schwarzen Himmel, der von einem feinen Netz heller Punkte übersät war.

»Dieses Mal wird etwas geschehen«, sagte ich wie jedes Jahr, und Kai erwiderte dicht an meinem Ohr: »Dieses Mal wird es Sterne regnen.«

Unendlich sanft drückte er mir seine warmen Lippen auf die Wange, dann den rechten Mundwinkel. Sein Bart kratzte über meine Haut, und ich drehte mich Kai entgegen. Wünschte ihm alles Gute zum Geburtstag und küsste ihn, anders als all die Jahre zuvor, auf den Mund.

Ein Jahr später und es gab keine falsche Scheu mehr, keine ausweichenden Blicke und keine Angst, seiner Sehnsucht nachzugeben und sich zu berühren.

»Alles Gute«, entgegnete Kai dunkel und rau.

Dann musste ich die Lider schließen und spürte, wie er mir vorsichtig etwas an die Ohren hängte. Sofort kletterte ich vom Dach und betrachtete mich im Seitenspiegel. Die Ohrringe ergänzten die Halskette, die er im *Sonnenhaus* für mich gebastelt hatte, perfekt. Jedes Schmuckstück trug unter festgeschnürten Bändern einen schimmernden Stein, dessen hellbraune Farbe der meiner Augen glich. Es war, als würde ich Haselnüsse mit mir tragen. Kurz darauf entschlüpfte mir ein heiseres Lachen, als ich Kai nun ebenfalls mein Geschenk um den Hals legte: ein dunkles Lederband, an dessen Ende ich einen schwarz polierten Stein geknüpft hatte.

»Bekomme ich dieses Jahr etwa keine heißen Fotografien von dir?«, beschwerte Kai sich mit vorgeschobener Unterlippe. Ich erinnerte mich an das Bild, das uns am Blauwasser zeigte, und wie gern ich ihn immer provoziert hatte.

»Wenn ich mich recht erinnere, war es dir richtig unangenehm.«

»Dinge können sich ändern«, grinste Kai und berührte gedankenverloren den Stein an seiner Kette.

Wir teilten uns den Kuchen, der zwar nicht wie der von Frau Martin schmeckte, dafür aber nach einem wilden Leben. Und nach den Erdbeeren, die hier auf den Feldern wuchsen und rote Spuren auf meinen Fingern hinterlassen hatten.

Irgendwann später in dieser Nacht, als der Wein geleert und unsere Herzen übervoll waren, rutschte ich auf dem Dach so herum, dass ich Kai gegenübersaß. Es gab da noch diese eine Sache, die ich ihm unbedingt zeigen wollte. Ich machte keine große Ankündigung, sagte Kai nicht, was folgen würde. Stattdessen griff ich lediglich nach seinen Händen und begann mit aller Kraft zu singen.

Es war nicht wie bei unserem eigenen Talentwettbewerb, nicht wie auf diesem kleinen Festival und auch nicht wie all die musikalischen Augenblicke, die es zwischen uns gegeben hatte. Dieses Mal hatte ich aus etwas Gemeinsamem *mein* Lied gemacht. Das *Wildblumenfeldlied*. Zwei Monate lang war es in meinem Kopf herumgegeistert, war gereift, hatte sich verändert und war jetzt zu etwas vollkommen anderem geworden. Nicht gesucht und dennoch gefunden. Es war *meine* Interpretation dieses Moments, aber auch meines Lebens. Es war der Gedanke von Freiheit, von Kai und mir zusammen, die vielen Stationen unserer Reise. Und für den Augenblick war es auch Heilung von jedem Schmerz. Vielleicht nicht das Lied, das Papa hätte retten können, aber das andere Herzen würde berühren können.

Tränen schimmerten in Kais dunkelschwarzen Augen, und ich streckte mit dem letzten Ton auf der Zunge die Hand aus, um sie aufzufangen. So viel hatten wir gemeinsam erlebt, so viel durchgemacht und noch mehr überstanden.

Hand in Hand ließen wir uns auf den Rücken sinken und blickten in den Himmel empor. Immer noch auf der Suche nach einem Hauch Zauberei, nach einem neuerlichen Asteroidenschauer.

»Wenn du singst, dann geht die Sonne auf«, sagte Kai erstickt. Schon wieder so etwas dermaßen Kitschiges, das aus seinem Mund aber einfach nur ehrlich klang und aus seinem tiefsten Melodienherzen kam.

Ich schluckte, dann wandte ich den Kopf zur Seite.

»Wieso klingt das so, als würde es dich traurig machen?«

»Nicht traurig.« Kais Mundwinkel zuckten. »Eher wehmütig.«

Verwundert betrachtete ich sein Profil. Noch immer sah er starr nach oben in den Himmel.

»Ich meine das Feuer, das da in dir brennt. Die Leidenschaft, mit der du singst und es schaffst, jede Zeile so unendlich wahr und schön und vor allem unverfälscht klingen zu lassen. Vielleicht glaube ich nicht an die Art von Magie wie du, aber das hat definitiv etwas Magisches an sich.«

Kai hielt inne, um meinen Blick zu suchen, dann erst sprach er weiter:»Aber bei mir … Auf der Bühne zu stehen, am besten vor Tausenden Menschen … das ist *dein* Traum, Kalliope, aber es ist nicht mehr meiner. Womöglich war er das auch nie.«

Vielleicht hätte ich überrascht sein müssen, aber tief in mir war ich es nicht. Kai war der *Melodienlauscher*, der in der Natur innehielt und Dinge hörte, die mir verborgen blieben. Er war der, der Strukturen und Ordnung in Rhythmen sah, während in meinem Kopf Leidenschaft und ein brodelnder Sturm existierten. Ich wusste doch schon die ganze Zeit, dass wir, auch wenn wir dieselben Dinge liebten, doch auch grundverschieden waren.

Genau das sagte ich mit einem Lächeln.

Ein lautes, raues Musikerleben war meine Sehnsucht, unangepasst und inbrünstig wie Janis Joplin zu sein. Kai aber war für die Stille gemacht.

»Und … was willst du dann machen?«

»Du darfst nicht lachen«, sagte Kai ernst, und ich wusste nicht, weshalb ich das tun sollte. Ganz langsam nickte ich, dann sagte er: »Ich will Lehrer werden.«

Ich blinzelte.

Lehrer?

Sofort dachte ich an die immer selben Tage in unserem Dorf, den engstirnigen Herrn Strobel und die vollgekritzelten Kabinen der Mädchentoilette. Die Lehrer, die schon meine Eltern unterrichtet hatten und dann irgendwann mich. Jahr für Jahr für Jahr.

»Ich liebe Musik«, erklärte Kai. »Aber in den letzten Monaten habe ich immer deutlicher gemerkt, wie sehr ich es genieße, mit *dir* Musik zu machen. Für mich ist das irgendwie unser Ding, meine große Verbindung zu dir. Ich möchte mir das gern bewahren und mein Können lieber an Jüngere weitergeben. Ich möchte mit Kindern zusammenarbeiten, mit ihnen Musik machen und Talente fördern.« Mit einem stolzen Lächeln blickte Kai mich an. »Und ich glaube, dass ich wirklich gut darin sein könnte.«

Und daran hatte ich keinerlei Zweifel. Kinder verehrten Kais Können und seine Geduld, hatten in unserer Schule Schlange gestanden, um das Gitarrespielen von ihm zu lernen, und so verhielt es sich so ziemlich an jedem Ort, an dem wir gewesen waren.

Erst als wir kurz vor Sonnenaufgang in unserem Zirkuswagen lagen, machte sich die stille Angst am Rand meines Bewusstseins bemerkbar. In meinen Träumen und den kurzen Momenten, in denen ich aus dem Schlaf hochschreckte, vermischte sich der seltsam tiefe Klang von Aurelies Stimme mit Linneas Anblick, die inmitten von Fluten ihrem Tod entgegentanzte. Zumindest glaubte ich zu Beginn, dass es darauf hinauslaufen würde, doch dann war alles anders. Eskil trieb hilflos im Wasser, während die Wellen über ihm zusammenkrachten. Er drohte zu ertrinken, rief mit Kais Stimme meinen Namen, und zum ersten Mal war ich diejenige, die ihm mit Korallen im Haar entgegenschwamm. Ich trieb durch das Meer, das zu meinem Element wurde, doch ich kam zu spät. Ein letzter Blick in Kais Augen, ehe ich ihn erreichen konnte.

Dann ertrank er,

und zum ersten Mal starb ich in meinen Träumen auf andere Art. Es schmerzte fast noch mehr.

Was bedeutete Kais Entscheidung für das große Fragezeichen, das uns am Ende unserer Reise erwartete? Was würde werden, jetzt, wo unsere Sehnsüchte so offensichtlich in unterschiedliche Richtungen führten?

Ich wollte Kais verdammte Freundin sein, nicht seine beste, sondern seine feste – jetzt und für alles, was nach dieser Reise kam. Ich war mir nur nicht mehr sicher, ob das so einfach war.

HERBST 1970

AUSZUG AUS KAIS BRIEFEN

Geschrieben: Donnerstag, den 29. November 1962
Übergeben: Samstag, den 05. September 1970

Andreas sagt, dass ich Dich küssen muss, wenn wir heiraten. Ich habe ihm von unserem Versprechen im Baumhaus erzählt. Das war eine richtig doofe Idee. Große Brüder haben nämlich Spaß daran, einen zu ärgern, weißt Du. Und die Vorstellung, Dich zu küssen, finde ich ein bisschen eklig. Das machen nur Erwachsene (auch wenn ich glaube, dass Mama und Papa das noch nie getan haben).
~~Ich mag dich nicht küssen.~~
~~Wie alt ist man, wenn man küsst?~~
Wenn ich das mit dem Küssen mal ausprobiere, dann mit dir.

28 LOVE AND PEACE

Zwei Wochen später wachte ich zum letzten Mal davon auf, dass Kai sich meinen Körper hinabküsste und diese betörenden Dinge mit seiner Zunge tat. Zum letzten Mal gingen wir die Tiere füttern, verkauften Karten an die Besucher und standen in unseren Uniformen vor dem Zirkuszelt. Zum letzten Mal saßen wir nach einer gelungenen Vorstellung am Feuer zwischen den Wagen, tranken Bier mit den anderen und lachten über die Patzer hinter den Kulissen.

Es war ein Dienstag, gerade September geworden, als wir Abschied vom *Cirque des Merveilles* nahmen. Aurelie legte mir ein smaragdgrünes Amulett um den Hals, in dem sich ein Stück Salbei befand. Es konnte zwar keine Flüche brechen, mich laut Aurelie aber womöglich vor neuem Unheil bewahren. Außerdem schenkte sie mir eine Karte aus ihrem Tarot-Deck, die den Namen *le Soleil* trug, die Sonne.

»Sie steht für Neubeginn, Zuversicht und Lebensenergie«, sagte sie rau, ehe wir in eine tiefe Umarmung versanken. »Die Sonne soll dir Glück bringen.«

Ich war gerührt, glücklich und traurig im selben Moment. Ich hatte keine Menschen in mein Herz lassen wollen, aber dann hatte Hanni den ersten Schritt gemacht, sich einfach hineingeschlichen und etwas in mir verändert. So sehr, dass ich bereitwillig *Ja* gesagt hatte, als Maria mir vor der Jazz-Bar etwas zu trinken angeboten hatte. Dass ich mit Jojo tanzte und ihm zeigte, wer ich war. Dass ich mich für eine Weile dem *Sonnenhaus* anschloss, dann diesem Zirkus und in den Menschen hier eine Familie auf Zeit fand. Unabhängig davon, wie die Begegnungen mit all diesen Leuten auseinandergegangen waren, hatte doch jede eine Spur in meinem Herzen hinterlassen.

Und das machte mich stolz.

Bevor Kai den Motor startete, saßen wir eine Weile schweigend im Auto. Der hässliche Plüschteddy baumelte am Rückspiegel zwischen uns, und jeder hing seinen eigenen Gedanken nach. Was nun folgte, war die letzte Station unseres Abenteuers.

Zuerst fuhren wir Richtung Hamburg. Die Stadt, die vor drei Monaten der große erste Halt unserer Reise gewesen war. Dieses Mal aber ging es danach nicht über die Grenze, sondern weiter ans Meer und dann an der Küste entlang. Die Ostsee glitzerte in der Sonne, leuchtete tiefblau, obwohl sich mehr und mehr Wolken vor den Lichtball schoben.

Immer wieder hatte ich in den vergangenen Wochen ein beunruhigendes Kribbeln im Nacken gespürt. Jedes Mal aber, wenn ich mich umdrehte, war da nichts. Nur der Turm, die Welt und der Teufel tauchten vor meinen Augen auf, waren irgendwie nicht richtig aus meinem Kopf zu bekommen. Kai und ich hatten inzwischen so viel zusammen durchgestanden. Ganz sicher würde ich mir das von irgendwelchen Karten nicht kaputtmachen lassen.

»Ich möchte zurück nach Niemstedt«, sagte Kai irgendwann und ich wusste nicht sofort, wie er das meinte. Seine Miene war dabei ganz bedeutungsvoll. »Ich will zwar an deiner Seite die Welt sehen, ich möchte studieren, viel erleben und noch mehr lernen, aber danach möchte ich zurück.«

Ich ließ die Worte sacken.

Wie schwere Steine landeten sie in meinem Bauch. Das, was Kai da ansprach, lag noch in ferner Zukunft, und bisher hatten wir kein Wort darüber verloren, was genau wir waren und wo das mit uns hinführte. Kai wusste, dass das nicht den Plänen für mein Leben entsprach. Versprach er mir damit ein paar gemeinsame Jahre, ehe jeder von uns seinen eigenen Weg ging? Er zurück in die Heimat und ich irgendwohin in die weite Welt? Rastlos, von Stadt zu Stadt lebend?

»Ich will der Lehrer sein, den ich gern selbst gehabt hätte. Jemand, der weniger engstirnig ist und Kindern zeigt, wie sie sie selbst sein können.« Kai klammerte sich förmlich am Lenkrad fest. »Und dabei ist es ganz egal, welches Geschlecht sie haben, in wen sie sich verlieben, ob ihre Haut weiß oder Schwarz ist. Wenn ich selbst von so jemandem unterrichtet worden wäre, dann hätte ich vielleicht weniger Angst gehabt.«

Ich schluckte.

Natürlich war ich neunzehn und musste noch keine Entscheidungen über den Rest meines Lebens treffen, aber wie sollten Kais und meine Lebensentwürfe auf diese Art zusammenpassen?

Dörfer, Felder und Wasser zogen an uns vorbei.

Und ich wusste, dass ich verdammt noch mal irgendetwas sagen musste. Blöderweise steckten mir die Worte im Hals fest. Ich fühlte mich wie gelähmt und konnte nicht mehr tun, als ihm mit einem festen Blick in die Augen zu sagen, dass ich hinter ihm und seinen Sehnsüchten stand, so wie er es bei mir immer getan hatte.

Wir fuhren tief hängenden Wolken entgegen, machten in Lübeck Halt und spazierten durch die malerische und von Wasserläufen umgebene Altstadt. Wir schleckten Eis, obwohl es eigentlich gar nicht mehr warm genug dafür war, besuchten ein Museum und sahen beide demselben schönen Mann mit gelber Schiebermütze nach. Wir lachten. Beide ein bisschen verlegen, ein bisschen ausgelassen. Und trotzdem standen da Kais Worte zwischen uns, auf die ich nicht so reagiert hatte, wie ich es hätte tun sollen.

Danach folgten wir der Schnellstraße Richtung Heiligenhafen und gelangten schließlich zur Fehmarnsundbrücke, welche durch ihre auffällige Bauweise schon von Weitem zu sehen war.

»Ich habe irgendwo einmal gelesen, dass sie auch *Kleiderbügel* genannt wird«, meinte Kai mit Blick nach vorn. Und tatsächlich erinnerte der hohe Bogen in der Mitte daran.

Von Kilometer zu Kilometer sanken die Temperaturen. Vielleicht fühlte sich die Fahrt auf diese Insel deshalb für einen kurzen Moment so an, wie mein Schicksal herauszufordern. Auf beiden Seiten der Brücke glitzerte das Meer dunkelblau. Die Gischt tanzte zusammen mit dem Regen, der plötzlich niederzuprasseln begann, und Kai drehte das Radio laut auf.

Von Beginn an hatte der Besuch auf dem Love-and-Peace-Festival der krönende Abschluss unserer Reise sein sollen. Und mit jedem Rhythmus, der scheppernd im Wagen erklang, schoss ein aufregendes Kribbeln durch meinen Bauch. Seit unserem Aufbruch vom *Cirque des Merveilles* war meine Laune ähnlich wechselhaft wie das Wetter gewesen. Eine Unzahl an Fragen schoss mir durch den Kopf, und ich wurde in einem Moment von Vorfreude erfasst, nur um im nächsten von unheilvollen Vorahnungen heimgesucht zu werden.

Als wir auf Fehmarn schließlich am abgesperrten Gelände des Flügger Strands ankamen, regnete es immer noch ununterbrochen. Nebel lag über den Wiesen, hüllte die Zelte und bunten Fahnen in der Ferne ein, zwischen denen bereits die ersten Besucher herumtänzelten.

Kai und ich kamen nur noch langsam voran. Vor und hinter uns drängten sich Autos und Bullis. Und dann waren da noch die ganzen Menschen zu Fuß, die neben der Wagen-Karawane herliefen. Mit klingenden Ketten an Armen und Füßen strömten sie durch die Einlasskontrolle und holten sich ihren Festivalstempel bei Männern in schweren Lederjacken.

Irgendetwas wirkte seltsam an diesem Szenario. Die Ordner waren mit Messern bewaffnet. Einige von ihnen schwankten, waren eindeutig alkoholisiert und beschimpften die Ankömmlinge als *Gammler* oder *Schmarotzer*. Eine Gruppe junger Frauen reagierte nicht auf die Provokationen, woraufhin die Rocker aggressiv gegen das Auto traten. Mit quietschenden Reifen fuhren die Blumenkinder durch den Einlass.

Das alles entsprach so gar nicht dem Bild unserer Ankunft, wie ich es mir ausgemalt hatte. Mit einem unguten Flattern im Bauch fühlte ich mich an die Grenzposten der DDR erinnert, und eine ähnliche Beklemmung stieg in mir auf.

Mit heruntergelassenem Fenster holten auch wir uns einen Stempel ab. Ich verzog das Gesicht, als mir der strenge Geruch nach Bier in die Nase stieg, den die Rocker verströmten. Wie aufs Stichwort stolperte einer von ihnen gegen den Wagen und drückte den Stempel lachend auf den Lack. Immer und immer wieder.

Schnell trat Kai auf das Gas.

Wie konnte es sein, dass ausgerechnet diese Leute für die Sicherheit des Festivals zuständig sein sollten? Oder war das nur ein übler Scherz, auf den wir da gerade eben reingefallen waren?

Wir folgten der Kolonne aus Autos und Menschen, die sich von dem schlechten Wetter nicht beeindrucken ließen. Einige liefen sogar barfuß über den matschigen Boden, andere trugen farbenfrohe Regenjacken und reckten die Arme dem Himmel entgegen. Man sah bereits die Bühne, dahinter glitzerte zwischen Gras und Strandroggen heller Sand, und über all dem ragte ein kleiner Leuchtturm in die Wolken hinein.

Auf der anderen Seite des Geländes reihten sich die bunten Zelte aneinander, die ich bereits von der Einlasskontrolle aus ausgemacht hatte. Manche Blumenkinder saßen davor und teilten sich einen Joint, andere waren noch mit dem Aufbau beschäftigt oder erkundeten das Gelände, die Stände mit Essen, die gerade noch beladen wurden. Ich klebte mit dem Gesicht förmlich an der Scheibe unseres Wagens und saugte alles in mich auf.

In dem fröhlichen Durcheinander suchten auch Kai und ich uns einen Platz, um unser Lager aufzuschlagen. Alles war eng, voller Menschen, voller Lautstärke und Euphorie. Es funkelte und glitzerte, war jetzt schon mein großer Traum vom Monterey Pop und Woodstock in einem. Irgendwann fand Kai eine Lücke zwischen Zelten und Wagen, in die unser Auto passte. Etwas abseits und sogar mit einem mächtigen Baum, dessen Blätterdach etwas von dem Regen auffing. Wir ließen den Moment auf uns wirken, dann sperrten wir den Wagen ab und machten uns auf den Weg – dieses Mal zu Fuß. Ich nahm zwar eine Kapuzenjacke mit, doch nach nur wenigen Metern reckte ich mein Gesicht bereitwillig dem Himmel entgegen. Tausend Tropfen Sommerregen verfingen sich in meinen Wimpern und liefen mir die Wangen hinab.

Noch vor dem Abschlussball hatte ich mit Hanni vereinbart, dass wir uns auf dem Love and Peace nach drei langen Monaten treffen würden. Bei unserem letzten Gespräch von einem Münztelefon aus hatten wir das Veranstalterzelt als Treffpunkt abgemacht. Mein Herz hüpfte bei der Vorstellung, dieses Wochenende zusammen mit ihr zu verbringen. Und dieses Mal achtete ich kaum auf meine Umgebung, beschleunigte meine Schritte unbemerkt sogar immer mehr, bis Kai eine Hand erdend auf meinen unteren Rücken legte.

Das große Zelt ragte weiß in den Himmel empor, und dann war da Hanni in einer Traube von Menschen. Fast fühlte es sich wie ein Trugbild an. Neben ihr ein Kerl, der mir vage vertraut vorkam. Sie trug ein orangenes Kleid und eine gemusterte Fleecejacke darüber. In der Sekunde, in der wir uns entdeckten, rannten wir los, bis wir uns lachend und wie Kinder in die Arme fielen.

»Wie geht es dir?«

»Wie war eure Reise?«

Wir hatten gleichzeitig gesprochen. »Nein, fang du an.«

»Nein, du.«

Wieder lachten wir.

Hanni ließ ihren Pony herauswachsen, wie ein Vorhang umrahmten die etwas längeren Strähnen das Gesicht und zogen den Blick noch schneller auf die blauen Augen. Ich hatte meiner Freundin so viel zu erzählen, noch mehr aber wollte ich wissen, wie es ihr in den vergangenen Monaten ergangen war. Besonders als mir auffiel, wie vertraut Hannis Begleiter nach ihrer Hand griff.

Und da erkannte ich ihn. Er war es gewesen, der auf dem Abschlussball mit ihr getanzt hatte, kurz bevor Kai und ich gegangen waren. Inzwischen hatte auch Kai uns erreicht, und der Kerl stellte sich als Ralf vor. Er wirkte schweigsam, aber auf andere Art als Kai, hatte etwas von einem knuffigen Kuschelbären und war mir auf Anhieb sympathisch.

Bevor wir uns ins Getümmel stürzten, halfen Kai und ich Hanni und Ralf, ihre Sachen zu unserem Platz zu bringen. Die beiden hatten einen etwas mitgenommen wirkenden Pavillon dabei, den wir aufbauten, um es uns darunter – auf einer Decke zwischen ihrem Zelt und unserem Auto – gemütlich zu machen. Ich holte den kleinen Kocher hervor und machte für uns alle Kaffee. Über uns prasselte der Regen auf das Dach und wir saßen in unserer kleinen Blase.

Während Hanni dort die saftigen Weiden und Hänge, die dunkelgrünen Tannen und goldenen Laubwälder unseres Dorfs heraufbeschwor, begriff ich erst, wie weit weg dieses Leben inzwischen war. Und dass ich es trotz allem irgendwie auch … vermisste. Nur nicht genug, um mir wie Kai ein Leben dort vorstellen zu können.

Nach einer weiteren Runde Kaffee machten wir uns daran, zu viert das Gelände zu erkunden. Hanni und ich hingen ununterbrochen aneinander. Sie saugte alle Details meiner Reise, für die die kurze Zeit am Telefon nie gereicht hatte, begierig auf. Ich hatte Spaß daran, all meine Erlebnisse in kleine Geschichten zu verwandeln und an den richtigen Stellen eine Kunstpause einzulegen. Am meisten jedoch genoss ich es, meine Gedanken einfach frei auszusprechen. Zu jubeln, als Hanni mir mit leuchtenden Augen von der Zusage der Pariser Universität berichtete, denn ich war mir sicher, dass sie berauschende Dinge kreieren würde.

Zusammen schlossen wir uns einer spontanen Jam Session an, machten Musik mit Händen und Füßen und Lippen und allem, was wir hatten. Wir ließen uns von einem alten gebeugten Mann zeigen, wie man aus Zweigen Körbe flocht. Holten uns Limonade an einem Stand und philosophierten mit fremden Menschen über Musik. Eine Frau mit blondem Kurzhaarschnitt stand mit mehreren jungen Männern auf einem Wagen und warf kostenlose Kondome herunter.

»Beate Uhse«, raunte Hanni ehrfürchtig neben mir.

Sie war nicht nur Sponsorin des Love and Peace, sie hatte schon in den Fünfzigerjahren ein Versandhaus für Ehehygiene eröffnet – damals ein riesiger Skandal und auch heute für die meisten Menschen noch über die Maßen vulgär.

Ich fing mir ein paar der Folienpäckchen aus der Luft und warf Kai ein Grinsen zu. Er wurde nur ein bisschen rot. Ich tanzte mit Fremden durch den Regen, fing Tropfen mit meiner Zunge auf und sprang in Gummistiefeln in Pfützen. Um uns herum standen Menschen dicht an dicht, jubelten, schrien, feierten die grauen Wolken am Himmel weg, denn hier war nur Platz für Helligkeit, für Buntsein, für Love and Peace.

Das deutsche Woodstock sollte dieses Wochenende werden, wehte es am späten Nachmittag von der Bühne in die Menge. Voller Erwartung standen Kai, Hanni, Ralf und ich mitten unter ihnen, doch schnell wurden aus dem ständigen Wind erst stärkere Böen, dann ein immer heftiger werdender Sturm. Der Auftritt von *Cravinkel* ging in

Tonproblemen unter, auch die dänische Band danach kämpfte mit dem Wetter. *Renaissance* brach ihren Auftritt schließlich ganz ab, die anderen betraten die mittlerweile unter Wasser stehende Bühne gar nicht mehr.

Es regnete die ganze Nacht.

Das Wasser prasselte wild auf das Autodach nieder, und ich verkroch mich nur noch tiefer in Kais schützende Arme. Nur einmal schlüpfte ich kurz aus der wärmenden Decke hervor, als Hanni und Ralf gegen den Kofferraum klopften. Die beiden waren völlig durchnässt, es stürmte immer heftiger, und so rückten wir in unserem Auto eng zusammen. Erst als der Morgen graute, verwandelte sich der Niederschlag in ein leichtes Nieseln. Trotzdem blieb es kalt und die Wiesen matschig. Der Sturm hatte einige Wagen ramponiert, Bretter waren durch die Luft geflogen und lagen kreuz und quer auf dem Gelände.

Jedoch schien das nicht der einzige Grund für das Chaos zu sein. Die Leute redeten. In der Nacht hatten scheinbar einige Mitglieder der *Bloody Devils* einen Wagen der Festivalleitung demoliert. Außerdem sahen sich die Veranstalter des Love-and-Peace-Festivals nach einer erneuten Schlägerei gezwungen, die Gang vom Gelände zu verweisen. Trotzdem waren die Lederjacken mit den Totenköpfen darauf überall zu sehen. Dazu einige Hakenkreuze, bei deren Anblick sich mir der Magen umdrehte.

Die Stimmung war seltsam.

Vielleicht wegen der Gang, die die ganze Zeit schon für Unruhe gesorgt hatte. Vielleicht aber auch wegen des miesen Wetters und des Schlamms. Weil alles nicht so ganz den Erwartungen entsprach.

Doch heute würde Jimi Hendrix auftreten, und diese Tatsache ließ mich das alles ausblenden. Die letzten Tage hatte Kai von nichts anderem gesprochen. Und auch für mich war Hendrix' Auftritt etwas ganz Besonderes. In Woodstock hatte er eine verzerrte Version der amerikanischen Nationalhymne gespielt, die an Bomben und Maschinengewehrsalven erinnerte – eine ganz offensichtliche Kritik an der unmenschlichen Kriegsführung in Vietnam. Und das zeigte doch nur, was Musik alles sein konnte.

Vielleicht kämpfte sich die Sonne an diesem besonderen Tag deshalb sogar einmal durch die Wolken. Die Menge jubelte auf, Blumen segelten durch die Luft, ein buntes Farbenmeer gegen den grauen Himmel. Licht verfing sich in Kais Haaren. Es war einer dieser seltenen Augenblicke, in denen man erkannte, dass sie gar nicht so tiefschwarz waren, in diesem Bernsteinlicht hatten sie sogar fast ein warmes Dunkelbraun.

Es erklangen treibende Rhythmen. Kai ging vor mir auf die Knie und deutete auf seinen Rücken. Ich jauchzte und sprang hinauf, sah von seinen Schultern aus über die Menge, über Tausende Köpfe. Wilde Mähnen und Hände, die in die Luft gerissen wurden. Vor uns tanzten Hanni und Ralf, die Finger ineinander verschlungen. Meine Freundin warf mir einen Blick über die Schulter zu und strahlte mich an, ehe sie sich erneut in der Musik verlor.

Für einen Moment spürte ich es wieder: meinen Glauben an eine ganze Bewegung. An uns Blumenkinder, mit dem Willen, für eine bessere Welt zu kämpfen, in der Menschen einfach nur Menschen waren. In der wir uns nicht bekriegten, in der wir einander und den Planeten achteten.

Doch dann setzte der Regen wieder ein, flutete über das Gelände, während die Musiker und Blumenkinder gegen den Wind anzusingen versuchten. Und mit ihm kam dieses flaue Gefühl von drohendem Unheil, das den ganzen Sommer nicht dagewesen war und mich mit einem Mal wieder einholte. Linneas Todessehnsucht, der umgedrehte Teufel, dieses Wasser, das mit einem Mal aus allen Richtungen zu kommen schien.

Was, wenn Linnea und Eskil ganz offensichtlich durch Meere und Seen und Flüsse an diese Welt gebunden waren?

Was, wenn es am Ende doch einen Fluch gab und ich ihn brechen musste?

Kai hob mich wieder von seinen Schultern und legte von hinten beschützend die Arme um mich. Wie aufs Stichwort fegte eine orkanartige Böe über den Platz und riss eine Schneise in die Menge der Feiernden. Menschen stolperten und fielen zu Boden, auch ich schwankte und hielt mich instinktiv an Kai fest. Wir waren eingekesselt. Irgendwo auf der Bühne krachte es, ein Teil der Überdachung löste sich und wurde hoch in den Himmel mitgerissen. Selbst von hier hinten sah man, wie Sturzbäche von Wasser die Künstler und deren Instrumente durchnässten, bis es auf der Bühne zentimeterhoch stand. Dieses Mal war es kein großes Wunder, dass die Auftritte von *Procol Harum* und *Ten Years After*, die ich so gern gesehen hätte, abgesagt wurden.

Als auch noch der Auftritt von Hendrix verschoben wurde, kippte die Stimmung der Anwesenden. *In the Summertime* von Mungo Jerry sollte für das Warten entschädigen, und als ich Kais warm auf mir ruhenden Blick auffing, schaffte es das fröhliche Lied tatsächlich, mich mitzureißen. Weil Kai sich ganz leicht im Rhythmus bewegte, seine Finger dabei immer wieder die meinen streiften. Er fuhr mir mit einer Hand durch das nasse Haar, spielte mit den Strähnen und zog mein Gesicht dann dicht an seines, um mir einen tiefen Kuss zu geben. Wasser tropfte von seinen schwarzen Haaren in meine Augen. Wir waren vollkommen durchnässt und trotzdem wiegten wir uns unablässig hin und her.

Zurück an unserem Zeltplatz, verschwanden Hanni und Ralf kichernd in ihrem Zelt. Und auch wir verbarrikadierten uns lachend im Auto, zogen die Vorhänge zu und kuschelten uns zusammen auf die Matratze im Kofferraum. Überall waren Spuren unserer Reise zu sehen: die ausgetauschte Fensterscheibe, der hässliche Stoffteddy, der am Rückspiegel baumelte, der Kissenbezug, den ich vor Kurzem erst neu genäht hatte.

Wir erzählten uns Geschichten all dessen, was wir erlebt hatten, riefen uns all die kleinen und großen Dinge noch einmal in Erinnerung. Diskutierten über die Musik, die uns während unserer Fahrt begegnet war, und die vom heutigen Tag. Kai gestikulierte so sanft mit den Händen, wie er auch auf der Gitarre spielte. Und dabei sah er heute besonders hinreißend aus, mit den immer noch feuchten Kringellöckchen an der Schläfe und den vor Aufregung geröteten Wangen. Und dann machte Kai mir das schönste Geschenk überhaupt. Er überreichte mir ein Bündel Briefe, das ich zunächst verwundert entgegennahm.

»Ich weiß nicht wieso, aber ich hatte so ein Gefühl, dass ich sie mitnehmen muss«, raunte er und rutschte hinter mich. »Zumindest ein paar davon.«

Ich machte es mir zwischen Kais Beinen bequem und öffnete das Band, welches die Umschläge zusammenhielt. Ich hatte geglaubt, es könnten vielleicht einige der Briefe sein, die ich Kai in all den Jahren geschrieben hatte. Doch ... es waren seine. Die, die er offenbar geschrieben, mir jedoch nie gegeben hatte. Sofort machte mein Herz einen Satz.

Über meine Schulter las Kai die Zeilen des ersten Briefs mit, in denen mir sein zwölfjähriges Ich gestand, dass es die Vorstellung von Küssen zwar eklig fand, es mit mir aber schon probieren würde. Ich kicherte, woraufhin Kai sich verlegen räusperte.

Ich hauchte ihm einen Kuss aufs Kinn, dann griff ich nach dem nächsten Brief und las dann einen nach dem anderen. Sie erzählten unsere Geschichte aus Kais Perspektive. Manches, was ich wusste, aber auch ganz Neues. Immer wieder brannte mein Herz, sackte es mir ab oder fühlte kurz vergangenen Schmerz, aber in erster Linie war da einfach nur Staunen über den Weg, den wir hinter uns hatten.

Dir fehlt Zeit, erklang Aurelies melodiöse Stimme da in meinem Kopf. Ich küsste die Angst an Kais Lippen weg und zog ihn langsam aus, bis der schwarze Stein um seinen Hals alles war, was er trug. In dieser Nacht schliefen wir unendlich zärtlich miteinander. Ich keuchte auf seinen Hüften, in seinen Armen, zwischen seinen Schenkeln. Und fast hätte ich geweint, weil der Sommer jeden Moment vorbei sein würde und damit auch die Illusion, dass wir für immer so weiterleben konnten.

Am nächsten Tag fuhr uns der Wind immer noch durch die Kleidung, doch die Sonne hatte sich erneut durch die Wolken gekämpft und ließ mich einen letzten Hauch Sommer spüren. Uns begegneten immer noch einige Mitglieder der *Bloody Devils*, die nachts wohl trotz des Platzverweises hier kampiert hatten. Jimi Hendrix in wenigen Stunden endlich auf der Bühne stehen zu sehen, machte mich so hibbelig, dass ich mich im Vergleich zu den letzten beiden Tagen weniger unwohl fühlte, weniger bedroht. Und ich war nicht die Einzige, die dem entgegenfieberte. Eine Ehrfurcht lag heute in den wilden Tänzen der Festivalbesucher, Hannis Schritte neben mir waren hüpfend und weit, ihr blondes Haar wehte im Wind.

Je näher wir der Bühne kamen, desto dichter standen die Menschen, desto lauter wurde es. Um die Wartezeit bis zum Auftritt von Hendrix zu überbrücken, wurden einige unbekannte Gruppen hinaufgeschickt. Es war eine Art Happening, auf die Plattform zu steigen und Musik zu machen. Mit kribbeligem Herzen war ich versucht, es selbst zu wagen. Doch nur so lange, bis das erwartungsvolle Publikum die ersten Pfiffe hören ließ. Sie alle wollten ihr Idol Jimi Hendrix sehen und sonst niemanden.

Immer mehr Leute drängten nach vorne und wir verloren uns aus den Augen. Plötzlich stand ich allein zwischen diesen ganzen Menschen, atmete jedoch erleichtert auf, als ich zumindest Hanni zwischen ihnen entdeckte. Hand in Hand schoben wir uns dieses Mal durch die Menge. Keine von uns sagte ein Wort, während wir in einem Sturm aus Geräuschen standen. Wir warteten und warteten und warteten. Liefen dann weiter Richtung Bühne, quetschten uns zwischen den Menschen hindurch und hielten Ausschau nach Kai und Ralf, die hier irgendwo sein mussten. Gleichzeitig schielten wir immer wieder nach vorn, um den großen Moment auch ja nicht zu verpassen.

Und dann, als die Anspannung der Leute ihren Höhepunkt erreicht hatte, trat Jimi Hendrix in das Scheinwerferlicht. Die meisten brachen in ohrenbetäubenden Jubel aus, doch im Publikum wurden auch einige Buhrufe laut.

Mein Herz machte einen Sprung, denn dafür waren Kai und ich auf das Love and Peace gefahren. Für diesen Auftritt waren Tausende Menschen auf diese Insel geströmt mit einem Traum vom deutschen Woodstock.

Hanni kreischte und klammerte sich an meinem linken Arm fest. Wie gebannt blickten wir gemeinsam nach vorne, die Suche nach Kai und Ralf war für den Moment vergessen.

Hendrix trug ein Band um den schwarzen Afro und eine rote Schlaghose. Der weiße Gitarrenkorpus stand im Kontrast zu seiner dunklen Haut, mit den Fingern verharrte er Millimeter über den Saiten. Ich blendete alles um mich herum aus, wartete nur auf diesen einen Moment. Gänsehaut überzog meine Arme, mein ganzer Körper wartete darauf, sich mitreißen zu lassen. Ich wollte in Musik ertrinken.

Und dann begann Jimi Hendrix zu spielen.

Erst war ich ganz gefangen in dem, was ich sonst nur vom Schallplattenspieler kannte, bewegte meine Arme wie hypnotisiert in der Luft umher und schloss ekstatisch die Augen. Mein Kleid bauschte sich im Wind auf, und für einen Moment war alles so über die Maßen perfekt.

Aber etwas stimmte nicht.

Da waren Töne, wo sie nicht hingehörten, Rhythmen, die nicht so richtig stimmig waren. Es waren die bekannten Lieder vom Vinyl, aber Hendrix schien das, was er tat, nicht richtig zu fühlen. Da war kein Feuer in seinen Augen, der Klang seiner Stimme und der Gitarre wirkte beinah schon lustlos und zu routiniert. Die Buhrufe wurden lauter. Und auch wenn meine Illusion dabei ein Stück weit zerbrach, flammte der Glühpunkt in meinem Bauch bei *Purple Haze* doch auf.

Dieses Lied hatte Kai für mich gesungen, in der Nacht, in der wir uns zum ersten Mal geküsst hatten und mein Herz in tausend Teile zersprungen war. Ich dachte daran, wie wir über unsere Dummheit gelacht hatten. Beide verknallt ineinander, aber zu ängstlich, es auszusprechen.

Was, wenn es jetzt wieder so war? Wenn wir uns beide nicht trauten auszusprechen, dass wir ein gemeinsames Leben wollten?

Wilde Entschlossenheit packte mich. Ich musste Kai finden, ich musste ihm alles sagen, was es zu sagen gab. Bei dem Gedanken daran begann mein Herz augenblicklich zu rasen, denn ich konnte mir nicht sicher sein, ob er ebenso empfand wie ich. Es nur hoffen.

Kein Leben im Moment mehr, sondern eine Entscheidung für die Zukunft. Vielleicht würde es mit unseren unterschiedlichen Lebensentwürfen funktionieren, vielleicht nicht. Aber verdammt noch mal probieren sollten wir es, nach all den verpassten Chancen, die wir im Laufe der Jahre gehabt hatten.

Dieser Sommer musste kein Ende, er konnte auch der Beginn von etwas sein.

»Ich muss Kai sagen, dass ich ihn liebe«, schrie ich Hanni ins Ohr, ehe ich mich durch die tanzende Menge schob. Überall waren Menschen, lagen sich ausgelassen in den Armen, teilten sich Joints oder berauschten sich an anderen Dingen. Diejenigen, die vorhin gebuht hatten, saßen mit ihren Freunden auf dem Boden zusammen, unterhielten sich lautstark, andere waren ganz in der Musik versunken.

Als ich Kai nach einer Ewigkeit fand, erkannte ich, dass er zu

Letzteren gehörte. Sein Gesicht schaute so gerötet und erhitzt aus, wie meines sich anfühlte – wenn auch aus ganz anderen Gründen. Ich sah Kai nur von der Seite, das wellige schwarze Haar und die Arme, die er in die Höhe gereckt hielt und hin und her bewegte. Er wirkte so lebendig und frei, schien sich gar nicht um die Menschen um ihn herum zu scheren. Kai war eins mit der Musik, er lauschte ihr mit geschlossenen Augen. Wer weiß, was er dieses Mal hörte, was mir entging. Ich saugte seinen Anblick förmlich in mich auf. Seine pure Losgelöstheit war etwas, das sinnbildlich für die letzten drei Monate stand.

Mehr und mehr hatte Kai seine Unsicherheiten abgelegt, hatte dieses Selbstvertrauen, was immer schon dagewesen war, von innen nach außen gekehrt. Etwas, das ihn für mich nur noch schöner machte.

Schnell schob ich mich zwischen den letzten Leuten, die uns noch trennten, hindurch. Als ich ihn erreichte, öffnete Kai die Augen und sah kein bisschen verwundert aus, mich direkt vor sich zu sehen.

Ich lächelte zu ihm hinauf. Jetzt schon war ich ein bisschen verlegen wegen all dem, was ich ihm so dringend sagen musste. Mit zitternden Händen griff ich nach seinen Fingern. Mit einem Mal durfte ich keine Zeit mehr verlieren. Wie konnte es sein, dass ich nie so richtig in Worte gefasst hatte, was er mir bedeutete?

Kein *Ich-bin-verliebt-in-dich*, sondern dass ich ein Leben mit ihm wollte. Mehr als einen heißen Sommer.

Der Wind wehte immer stärker um uns herum, übertönte zeitweise sogar die Musik, die Noten von *Hey Joe*. Die Böen schienen mich zur Eile zu drängen und so flog ich Kai auf den Schwingen von Tönen und Rhythmen entgegen. Wir sahen uns tief in die Augen. Dieses Festival und dieser Auftritt waren mein großes Ziel gewesen, damit sollte unser Abenteuer seinen legendären Abschluss bekommen.

Entschlossen griff ich nach seiner Hand, und er ließ sich bereitwillig von mir durch die Menge führen. Inzwischen stand die Sonne tief. Der Flügger Leuchtturm ragte mit seinen rot-weißen Steifen in den Himmel. Dahinter schimmerte der Sand. Und mit jedem Schritt, den wir dem Strand entgegenliefen, wurde auch die Musik leiser.

Jetzt war der Moment gekommen, mir ein Herz zu fassen.

Unmöglich konnte ich Kai wieder verlieren. Unmöglich konnten wir uns wieder und wieder vom Leben auseinanderreißen lassen, kein Auf und Ab mehr, kein Hin und Her. Keine Nähe, auf die Schmerz folgte. Ich wollte mehr als diesen Sommer, mehr als diese Blase aus Glück mit Küssen und Lachen und Ausgelassenheit. Ich wollte ein rotes Auto für meine Realität. Ich wollte, dass unser ganzes gemeinsames Leben ein verdammtes rotes Auto war.

Wind ließ den Farn am Ufer des Strands rascheln, und mit glühenden Augen sah Kai mich an.

»Kannst du ein Stück weggehen«, lachte ich nervös auf.

Sofort trat er einen Schritt zurück.

»Danke«, murmelte ich. »Ich ... ich muss dich richtig ansehen können.«

In Kais Augen brodelte es noch stärker. Ob er ähnliche Worte im Herzen trug wie ich?

»Ich dachte immer, es würde reichen, dir zu zeigen, was du mir bedeutest, aber mir ist klar geworden, dass man das wahrscheinlich auch hören muss«, begann ich. »So, wie ich es in deiner Musik höre und mich dadurch sicher fühle. Du sollst dich bei mir auch sicher fühlen.«

»Kalliope, du musst nicht –«

»Nein.« Ich schüttelte den Kopf. »Das, was ich dir sagen will, ist wichtig. Ich möchte mit dir zusammen sein. Als deine feste Freundin. Ich will ein verdammtes rotes Auto für immer.«

»Ein rotes Auto für immer?«

Verlegen trat ich von einem Bein auf das andere und sank dabei ein Stück in den weichen Sand ein.

»Du weißt schon. Einfach diesen Sommer. Ich wünsche mir diesen Sommer in unserem echten Leben, Kai.«

Er schluckte sichtlich. Der Wind brachte mich ins Wanken, doch ich stand still da und betrachtete Kais Züge, die mit jeder Sekunde weicher und weicher wurden.

»Ich bin niemand für ein kurzes Abenteuer«, raunte Kai und trat auf mich zu. »Nach allem, was war, wäre ich niemals mit dir losgefahren, wenn ich nicht ernste Absichten gehabt hätte.«

Seine Hände fanden meine Hüften, kamen dort mit sanfter Schwere zur Ruhe.

»Und hast du die immer noch?«, wisperte ich. »Diese ernsten Absichten?«

Kais Mundwinkel zuckten. »Ich dachte, das wäre offensichtlich.«

»Naja, ich –«

»Kalliope …«, sagte er mit einem Blick voll wunder Zärtlichkeit. Mein Herz setzte einen Takt lang aus, und Kai legte ganz behutsam zwei Finger unter mein Kinn. Ich konnte nicht wegsehen, da war nur er, immer nur er.

»Ich liebe dich, kleine Fee.«

Und Kais wunderschöne Augen unter den markanten Brauen sagten: *Wir kriegen das hin. Wir kriegen alles hin.*

Ein riesiger Stein fiel mir vom Herzen. Himmel, ich liebte diesen Mann so sehr, die ganze Zeit schon. Und immer wieder machte er es mir auf wundersame Weise leicht, an seiner Seite zu sein.

Kalliope und Kai, so wie es sein sollte.

Ich wollte ihn küssen, so dringend küssen. Ich reckte mich ihm entgegen, hauchte ihm einen Kuss auf das Kinn, dann auf die etwas vollere Oberlippe, arbeitete mich bis zu den Mundwinkeln weiter. Süß und warm strich Kais Atem dabei über mein Gesicht, und dann senkte ich meinen Mund endlich auf seinen– als ein lauter Schrei den Moment zerriss.

Erschrocken fuhren wir auseinander, und unsere kleine Blase zwischen Himmel und Meer zerplatzte. Rauch stieg vom Festivalgelände auf, irgendwo schien ein Zelt zu brennen. Dann folgte dem ersten Schrei ein weiterer.

Entsetzt rannten Kai und ich los. Die *Bloody Devils* und ihre Bikes waren wieder zu sehen. Sie hatten sich vor einer Gruppe von Blumenkindern aufgebaut, ein Wortwechsel fand statt, der immer lauter wurde. Die eine Seite eindeutig alkoholisiert, die andere berauscht. Die Stimmung kippte schnell und es wurden die ersten Schläge ausgetauscht. Ein junger Kerl mit runder Brille hielt sich die blutende Nase und stolperte davon.

Von der Bühne drang ein Lied mit der Zeile *Macht kaputt, was euch kaputt macht,* und unter dieser harten Melodie ging das Veranstalterzentrum in Flammen auf. Dahinter versank die Sonne ebenso glühend im Meer. Kai und ich klammerten uns aneinander fest und rannten weiter über die matschigen Wiesen. Mehrmals wäre ich beinah im Schlamm ausgerutscht, doch Kai hielt mich jedes Mal im letzten Moment.

»Weißt du, wo Hanni und Ralf sind?«, brüllte er gegen den allgemeinen Lärm an.

Ich schüttelte den Kopf. »Das letzte Mal habe ich Hanni bei dem Jimi-Hendrix-Konzert gesehen.

»Wir müssen sie finden«, sagte Kai entschlossen.

Ich nickte. »Am besten laufen wir als Erstes zu unserem Zeltplatz. Wahrscheinlich sind Hanni und Ralf dorthin gegangen.«

Wir kämpften uns durch Schlamm und Rauch, schnappten Rufe von Leuten auf, die ebenfalls auf der Suche nach Freunden und Familie waren. Sie alle rannten durcheinander, die meisten offensichtlich orientierungslos und in verschiedene Richtungen. Eine junge Frau klammerte sich weinend an einem stämmigen Mann fest, der ihr immer wieder beruhigend über den Rücken strich. Woanders eilte eine Gruppe mit ihren schnell zusammengepackten Habseligkeiten in den Armen vom Gelände. Überall wurde geschrien, noch mehr Chaos.

Die Angst dieser Leute übertrug sich mehr und mehr auf mich. Das hier war mein großer Traum von Freiheit gewesen, der erst Gewalt erfahren hatte und dann in Wasser ertrunken war. Jetzt sah ich ihn lichterloh brennen. Doch Kai zog mich unbeirrt zwischen eng an eng stehenden Zelten hindurch, und ich stolperte ihm hinterher.

Wir waren nicht mehr weit von unserem Auto entfernt, als ich Hannis helles Haar aufleuchten sah. Gehetzt rannte sie auf uns zu und fiel Kai und mir in die Arme.

»Habt ihr Ralf gesehen?«, fragte sie sofort. »Ich kann ihn nirgends finden.«

Tränenspuren bedeckten ihre Wangen, hatten sich mit Erde und Matsch vermischt.

»Ralf?«, schrie sie und drehte sich hilflos im Kreis.

»Wir suchen zusammen«, sagte ich und griff nach Kai, damit wir uns am Ende nicht alle verloren. Ich erwischte seine Hand nicht, und im nächsten Moment stolperte er gegen mich. Erschrocken bekam ich seinen linken Unterarm zu fassen. Wir gerieten beide ins Schwanken, hielten uns im letzten Moment aber aufrecht. Ich hatte die stark alkoholisierte Gruppe neben uns gar nicht richtig wahrgenommen, die jetzt wild durcheinanderrief. Offenbar dachte einer der Gangmitglieder, Kai hätte ihn absichtlich angerempelt.

»Kai«, schrie ich noch, als ich den Kerl auf uns zuschwanken sah, doch da war es bereits zu spät. Mit weit aufgerissenen Augen krümmte Kai sich und sackte neben mir zu Boden. Ich sah das Messer, das zwischen seinen Rippen steckte, sofort. Als Nächstes registrierte ich das Blut, das sich auf dem Stoff seines Hemdes ausbreitete. Erst ein paar Tropfen, dann der Beginn eines Flecks, der innerhalb weniger Wimpernschläge wuchs und wuchs. Rot, so viel Rot. Und Kai mit kalkweißem Gesicht.

Alle Luft wich aus meinem Körper, und dann begann das Pfeifen. Ein lauter, hoher Ton, der alles andere überlagerte. Kraftlos sank ich zu Boden.

Ihm wird nichts passieren.

Wir sind beieinander sicher.

Verzweifelt nahm ich Kais Kopf zwischen meine Hände, streifte dabei aus Versehen seinen Oberkörper und schwindelte bei dem Anblick des Bluts auf meiner Jacke. Jegliche Farbe war aus seinem Gesicht gewichen. Die Lippen öffneten sich, doch kein Ton kam heraus.

»Kai?«, flehte ich. »Bitte sag etwas!«

»Hanni«, schrie ich über die Schulter, wimmerte es eigentlich viel mehr. »Wir brauchen Hilfe! Schnell!«

Sie rannte sofort los, und Kai streckte eine Hand nach mir aus.

»Mir geht es … gut«, murmelte er und schien den Ernst der Lage gar nicht zu begreifen. »Ich komme zurecht.«

Und dann drängten sich die Tränen mit aller Kraft aus meinen Augen. Schwer hing Aurelies Amulett um meinen Hals, doch was sollte es schon gegen das echte Leben ausrichten können? Alles schien auseinanderzufallen. Von irgendwoher hörte ich Sirenen, vielleicht Sanitäter. Und ich klammerte mich voller Panik an Kai fest. Ich brauchte ihn doch. Ich brauchte ihn so sehr. Die ganze Welt tat das.

»Ich weiß nicht, was ich machen soll«, weinte ich an seiner Brust. Sollte ich das Messer herausziehen? Oder würde dann nur noch mehr Blut aus der Wunde schießen?

»Du musst gar nichts tun«, beim Sprechen verzog er vor Schmerzen das Gesicht. »Lass mich einfach nicht allein.«

»Du Idiot«, schniefte ich. »Wieso sollte ich dich allein lassen?«

Rauch umhüllte uns und Kai gab sich größte Mühe, mir ein

Lächeln zu schenken. Es gelang ihm nicht, nur seine Mundwinkel zuckten.

Das Meer schwappte über die Ufer der Insel, flutete das Gelände, und dieses Mal war es kein Traum, existierte nicht nur in meinem Kopf. Das, was mir hier das Herz zerfetzte, war brutale Realität.

29 VON DEN STERNEN GEBOREN

In der einen Hand hielt ich einen riesigen Strauß mit selbst gepflückten Wildblumen. Die andere schwebte vor mir in der Luft und es war, als würde sie gar nicht richtig zu mir gehören. Neugierig betrachtete ich die Finger und wartete gespannt, was sie tun würden.

Ob ich mir auch heute wieder einen Ruck geben und bei den Martins klingeln würde?

Seit zwei Wochen war ich nun zurück in Niemstedt, war mit einem roten Auto, das entgegen all meiner Sehnsüchte offenbar nicht für die Realität reichte, hier angekommen. Mit Hanni auf der Rückbank und Ralf am Steuer.

Ich war desillusioniert. Fühlte mich vollkommen leer und ausgelaugt, im Herzen taub. Großmutter und Mama hatten schon mitbekommen, was geschehen war, und empfingen mich noch auf der Straße, bevor Ralf überhaupt den Motor abstellen konnte. Mama im Bademantel und die Haare noch auf Lockenwickler gedreht. Sie zogen mich aus dem Wagen heraus und in ihre Arme hinein. Auch Klio und Erato tapsten aus dem Haus. Schläfrig und mit verklebten

Augen schlangen sie ihre Ärmchen um mich. Nie war ich so froh gewesen, meine Schwestern, aber auch Mama und Oma zu sehen. Erschöpft sackte ich zusammen, denn alles tat mir weh, mein ganzer Körper und noch mehr meine Seele.

Und auf einmal sah ich diese pulsierende Liebe, die von meiner Familie ausging und für die ich die ganze Zeit über blind gewesen war.

Wie sie alle mit anpackten, um mir beim Ausladen des Autos zu helfen. Ich entdeckte das Foto von Kai und mir in den Zirkusuniformen, das jemand am Kühlschrank befestigt hatte. Ich bemerkte, wie Großmutter vor dem Schlafengehen ihre Arme liebevoll um meine Mutter legte. Für einen kurzen Moment schloss sie die Augen und war wieder Kind. An diesem ersten Abend kochte Mama meinen Lieblingsauflauf und hob mir mit einem warmen Lächeln ein Stück auf den Teller. Ich betrachtete Klio und Erato eingehend, die in diesen wenigen Monaten gewachsen zu sein schienen und trotzdem nach dem Essen in mein Bett geklettert kamen.

In dieser Nacht weinte ich neben den zwei kleinen Körpern links und rechts von mir. Doch wie viele Tränen auch flossen, der Schmerz blieb. Irgendwann stupste Erato mir mit der Nase sanft gegen die Wange. Sie flüsterte:»Ich hab dich lieb und alles wird gut.«

Und die Welt blieb kurz stehen.

Mein Körper bebte wegen der Worte, noch mehr aber, weil ich die Stimme meiner Schwester seit Papas Tod nicht mehr gehört hatte. So lange ohne diesen schönen Klang, ohne Eratos Fragen.

»Ich hab dich auch lieb«, erwiderte ich erstickt, ehe ich erneut in Tränen ertrank.

Ich weinte um meine eigene Dummheit, um all den Schmerz, den ich mir aus Angst selbst zugefügt hatte. Darum, dass ich immer weggewollt hatte, obwohl dieser Ort ganz sicher nicht so schrecklich war, wie ich es mir immer eingeredet hatte. Es war ein Platz mit Fehlern, voller Menschen mit Schwächen und unterschiedlichen Meinungen.

Es war ein Ort wie jeder andere auf der Welt und dabei doch etwas ganz Besonderes.

Das, was Kai längst begriffen hatte, verstand ich erst jetzt.

Und dann war ich zurück im Hier und Jetzt, betrachtete meine Fingerknöchel, wie sie gegen das Holz der Eingangstür stießen. War ängstlich, aber zugleich ein bisschen hoffnungsvoll.

Es dauerte ewig, bis Frau Martin öffnete.

Wahrscheinlich hatte sie mich drüben aus der Haustür gehen und herkommen sehen. Und auch heute schien hinter ihrer betont freundlichen Miene etwas anderes zu lauern. Früher hatten wir uns immer gut verstanden, aber dann war ich in ihren Augen mehr und mehr zu der Person geworden, die ihren Sohn zu Blödsinn anstiftete und zu der Reise überredete, die dieses furchtbare Ende genommen hatte.

»Guten Tag«, sagte ich besonders höflich, nachdem ich Tag für Tag weggeschickt worden war. »Ist Kai da?«

Was für eine dämliche Frage, natürlich war er das. Aber so lief dieses Gespräch nun einmal ab, seit Kai aus dem Krankenhaus zurück war. Niemand hatte mich zu ihm gelassen, ganz gleich, wie sehr ich erst die Sanitäter und später die Ärzte angefleht hatte. Ich hatte hilflos mit ansehen müssen, wie sie ihn durch Flammen und Chaos davontrugen. Und auch später, zurück in der Magnolienallee, hielt man mich von ihm fern.

Dann jedoch geschah, womit ich nicht mehr gerechnet hatte. Frau Martin trat mit einem schweren Seufzen beiseite und winkte mich hinein. Sofort stieg mir der Duft von frischem Kuchen in die Nase.

Der übliche Lärm fehlte. Andreas, Lizzie und die Zwillinge waren anscheinend nicht zu Hause. Ich verstand sie, denn auch mich würde es normalerweise an einem goldenen Herbsttag wie diesem an den See oder irgendwo in die Wälder ziehen. Irgendwo raus in die Natur – ohne Kai aber war die Welt eine andere. Ihr fehlte der Glanz, ihre Tiefgründigkeit und das, was man auf den ersten Blick nicht sah.

Pastor Martin hob die Hand und grüßte mich im Vorbeigehen. Seine Frau blieb mit verschränkten Armen unten an der Treppe stehen. Ich spürte ihren Blick auf mir, als ich die Stufen nach oben nahm. Doch das alles nahm ich nur am Rande wahr.

Tausend Worte hatte ich mir in den vergangenen Tagen zurechtgelegt, doch erinnern konnte ich mich plötzlich an keines von ihnen. Ich wusste nur, dass Kai alles verdient hatte, was ein Mensch verdienen konnte. Und dazu gehörte, dass wir ehrlich miteinander waren.

Ich liebe dich, kleine Fee.

Dieser Satz schwappte seit dem grausamen Ende des Love and Peace in meinem Kopf hin und her. Und immer wieder vermischte sich dabei Kais warmer Gesichtsausdruck mit den schrecklichen Bildern von ihm am Boden, dieses Messer zwischen den Rippen und die Mischung aus Blut und Matsch, die sein Hemd durchtränkte.

Unwillkürlich legte ich mir eine Hand auf den Bauch und versuchte die aufkommende Übelkeit wegzuatmen. Ich wusste nicht genau, in welchem Zustand er war. Aber Kai war zu Hause, er war am Leben – das war das Einzige, was zählte.

Er reagierte sofort auf mein Klopfen.

»Komm rein«, hörte ich es dumpf durch die Tür und trat ein. Das Fenster stand offen. Ich sah den großen Apfelbaum zwischen unseren Häusern und durch die Äste hindurch fast in mein Zimmer hinein.

Kai saß auf seinem Bett. Er hatte sich ein paar Kissen in den Rücken geschoben und sich an die Wand gelehnt. Seine Gitarre lag auf der ungemachten Decke, auf dem Nachtkästchen stand ein Teller mit Suppe, die er offenbar nur zur Hälfte gegessen hatte.

Kai war immer noch blass um die Nase und trug violette Schatten unter den Augen. Er wirkte mitgenommen und schwach, doch sein Blick war ein anderer. Darin las ich nicht die Angst und den Schmerz, die dort vor einem halben Jahr gewesen waren, als er zusammengeschlagen worden war. In dem strudeligen Schwarz brannten ein

Feuer und wilde Entschlossenheit, sich allen Widrigkeiten des Lebens zu stellen.

Ich ging zu ihm und wusste nicht, ob ich Kai küssen sollte oder überhaupt durfte. Das hier war wegen mir geschehen, wegen mir lag er hier im Bett und war unser Abenteuer auf diese Weise beendet worden. Das Messer hatte ihn laut Mama, die mit Frau Martin gesprochen hatte, zwischen Lunge und Milz getroffen. Es war großes Glück gewesen, dass die Sanitäter so schnell vor Ort gewesen waren.

Tränen strömten mir über das Gesicht. Ich konnte nichts dagegen tun. Kaum hatte mein Blick ihn erfasst, waren sie mir über die Wangen gelaufen. Ich hatte Kai eindeutig schon zu oft auf diese absolut verletzliche Weise gesehen.

»Du siehst echt mies aus«, versuchte ich zu scherzen.

»Du auch.« Kai lachte leise, beugte sich vor und wischte mir die Tränen von den Wangen. »Aber ich wette, meine Begründung ist besser.«

Ich legte die Blumen auf das Nachtkästchen und setzte mich neben ihn aufs Bett. »Ist sie.«

Unsere Blicke ruhten ineinander. »Ich habe dich so schrecklich vermisst«, raunte Kai.

Erneut streckte er seine Hand nach mir aus und ich ergriff sie mit flatterndem Herzen, strich mit meinen Fingern über die raue Haut. Ohne ihn mit dem roten Auto zurückzufahren, hatte sich schrecklich angefühlt, und nun löste sich etwas in meiner Brust.

Ich dich auch, wollte ich sagen, stattdessen kam aus meinem Mund: »Jimi Hendrix ist tot.«

Kai blinzelte. Mit etwas Verzögerung schüttelte er den Kopf. »Ich kann das immer noch nicht glauben.«

Wir schwiegen einen Moment. Wahrscheinlich dachten wir beide an Hendrix' letzten Auftritt, bei dem er so lustlos gewirkt hatte. So als wäre er gar nicht richtig da. Zehn Tage nach dem Love and Peace war er gestorben, an seinem Erbrochenen erstickt. Eine Überdosis

Schlaftabletten, mit der die Welt einen ihrer größten Künstler verlor. Jemanden, der mit gerade einmal siebenundzwanzig Jahren nicht nur bedeutend für die Musikgeschichte, für die Blumenkinder gewesen war, sondern auch für Kai und mich.

»Was für ein Ende für einen Sommer«, sagte Kai.

Ich wusste, dass er damit nicht nur Hendrix' Tod meinte, nicht nur das Messer zwischen seinen Rippen.

»Ich wollte nicht, dass das alles passiert«, flüsterte ich.

Ich sah vor mir, wie Kai ebenso unter meiner Trauer um Papa gelitten hatte wie ich. Erinnerte mich an dieses schreckliche Gefühl, ihn womöglich für immer zu verlieren, als ich ihn reglos und blutend auf der Straße gefunden hatte. Dachte an die Scherben, an denen er sich am Tag nach unserem ersten Mal geschnitten hatte. An das *Sonnenhaus*, in dem wir eine Weile so frei und glücklich gewesen waren, ehe wir mehr oder weniger von diesem Ort geflohen waren.

Dachte an das Messer.

Vielleicht war das der Fluch, vielleicht nur das Schicksal, das uns etwas sagen wollte. Vielleicht aber auch ein blöder Zufall, der irgendwie gegen uns zu sein schien. Immer, wenn ich mich an die Fakten hielt, wenn ich an den Tag dachte, an dem Kai mich offenbar aus dem See gezogen hatte, begann ich, mich in Sicherheit zu wiegen. Dann, wenn ich über die Lücken in der Geschichte nachdachte. Darüber, dass Linnea laut Legende Drillinge zur Welt gebracht hatte, Klio, Erato und ich aber keine waren. Fehler für Fehler für Fehler.

Ich wog mich in Sicherheit, und kurz darauf geschah erneut etwas Entsetzliches.

Ich blinzelte und konnte förmlich dabei zusehen, wie Kais Miene sich vor mir verschloss. Inmitten der Wildheit tobte nun etwas anderes. Er entzog sich meiner Berührung und ich wusste, dass er jeden einzelnen Gedanken in meinem Gesicht hatte ablesen können.

»Sag mir jetzt nicht, dass du wegen irgendeines Fluchs nicht mit mir zusammen sein willst.«

Unruhig rutschte ich auf der Bettkante hin und her. Das Bedürfnis zu fliehen verdrängte ich, denn das würde ich nicht mehr tun.

»Du hast doch selbst gesagt, dass Glaube –«

»Weißt du, was ich noch gesagt habe?«, Kai konnte das Beben in seiner Stimme nicht verbergen. »Ich habe gesagt, dass Menschen dazu neigen, in ihrem Glauben eine Antwort auf alle Fragen zu finden. Dass sie anfangen, sich dahinter zu verstecken und Verantwortung abgeben.«

»Was …« Verwirrt sah ich Kai an. »Alles, was ich möchte, ist, dich zu beschützen. Uns. Das, was uns verbindet.«

»Oder ist es gerade das, was dir Angst macht?«, entgegnete er resigniert.

»Was soll das denn bitte bedeuten?«

Kai sah traurig aus und sank in sich zusammen. So gern hätte ich meine Arme um ihn gelegt, mit den Lippen ganz sanft sein Engelsgesicht berührt, doch ich wusste, dass das gerade nicht richtig wäre.

»Dieser Moment im Elektroladen. Ich war so kurz davor, dich wie ein dummer kleiner Junge hinter den Regalen zu küssen, und ich war mir sicher, du würdest es auch spüren, aber dann bist du auf einmal abgetaucht, und danach haben wir uns immer weniger gesehen. Als wir uns dann wirklich geküsst haben, da …« Was wollte Kai sagen? Da war blöderweise mein Vater gestorben?

»Bei unserem ersten Mal mussten wir irgendwo in die Berge fliehen und jetzt das. Zufällig kurz bevor es ernst wird. Ich weiß, dass du Angst hast, dich deiner Zukunft zu stellen, aber wenn du ständig alles sabotierst und diese Familiengeschichte dafür vorschiebst … Ich kann das auf Dauer einfach nicht …« Kai schien nach Worten zu suchen, und ich sah ihn wie betäubt an. Das lief ganz anders, als ich es mir vorgestellt hatte. »Ich wünsche mir etwas Beständiges. Etwas, woran ich wachsen kann und das mich irgendwie weiterbringt. Ich wünsche mir Sicherheit, Kalliope. Ich weiß, dass wir jung sind, aber ich will wenigstens die Sicherheit, dass du abends noch so für mich empfindest wie am Morgen. Dass sich innerhalb von zehn Minuten nicht immer alles ändert.«

Ich atmete tief durch. Kein *Kalliope-Strudel* dieses Mal. Ich wollte meine Worte bedacht wählen und nicht so impulsiv, wie ich mich Kai gegenüber oftmals verhalten hatte.

»Ich möchte meine Meinung nicht ändern«, erklärte ich ruhig. »Denn ich will immer noch dieses Leben mit dir. Aber ich glaube auch, dass ich in gewisser Weise von dir abhängig bin. Das klingt jetzt schrecklich, aber so meine ich das gar nicht. Ich habe nur große Angst davor, ohne dich zu sein. Angst davor, was jetzt kommt und wie ich das womöglich ohne dich schaffen soll. Angst, dass dir wieder etwas zustoßen wird. Angst, dass ich schuld bin. Und ich will einfach keine Angst mehr haben. Und dafür muss ich wissen, dass ich mein Leben allein schaffe.«

»Das klingt gerade nicht so, als würdest du bei mir bleiben wollen …«

»Ich will, aber …«

»Aber du kannst nicht?«, riet Kai.

»Ich muss mir überlegen, wie es jetzt für *mich* weitergeht. Dasselbe solltest du auch tun. Das klingt hart, aber ich habe endlich verstanden, dass das, was ich immer gesucht habe – also absolute Freiheit – nur aus mir selbst kommen kann. Ich kann das nicht in anderen Menschen finden. Nicht in fremden Überzeugungen und …« Ich spürte selbst, wie meine Stimme sanfter wurde. »Auch nicht in dir oder zusammen mit dir. Ich muss mich dieser Sache allein stellen. Du weißt, was du mit deinem Leben machen willst. Und jetzt muss ich herausfinden, was *ich* möchte. Und dabei darf ich nicht daran denken, was das für eine mögliche Beziehung bedeuten wird.«

Kai atmete tief durch, dann straffte er die Schultern, so gut es in seiner halb liegenden Position ging. »Und was machen wir jetzt?«

Ich stand auf, nicht aber, ohne meine Finger ein letztes Mal mit seinen zu verflechten.

»Das weiß ich noch nicht. Aber sobald ich das tue, reden wir noch einmal. Ich bitte dich eigentlich um genau das, was du an diesem ersten Abend im *Sonnenhaus* von mir wolltest: dass wir noch eine Weile im Moment leben.«

Dabei war dieser *Moment* schon längst vergangen. Die Realität, das Leben als Erwachsene und alle Entscheidungen, die damit einhergingen, war leider zum Greifen nah. Ich hätte gern noch so viel mehr gesagt, doch vielleicht stieß man manchmal einfach an die Grenzen dessen, was man in Worten ausdrücken konnte.

Eine Woche später legte ich den Telefonhörer mit zitternden Händen zurück auf die Gabel. Das Kabel war um mein Handgelenk geschlungen und mehrere Wimpernschläge lang stand ich ungläubig im Flur. Ich ging jedes gefallene Wort noch einmal im Kopf durch.

Es war so leicht gewesen.

Mit einem Ziehen im Bauch dachte ich an Kai. In den letzten Tagen hatte ich ihm nur vereinzelt Zitate aus Liedern in den Eimer an seinem Fenster geworfen, weil ich für uns gerade keine eigenen Worte fand. Ich packte mein Leben an und durfte mich von diesem schwindelerregenden Blick in seine dunklen Augen nicht ablenken lassen.

Schritt für Schritt für Schritt.

»Ich glaube, es wird alles funktionieren«, hauchte ich, zurück im Wohnzimmer, und strahlte Großmutter an, die während des Telefonats dort gewartet hatte. Sofort erhob sie sich von ihrem Sessel und zog mich in ihre Arme. Sie roch nach dem Kuchen, den sie heute gebacken hatte, nach Teig und Heimat.

»Mein Kind«, sprach sie in mein Haar. »Ich bin so unglaublich stolz auf dich und die Frau, die du gerade wirst.«

»Noch habe ich doch gar nichts getan«, murmelte ich. »Das war nur ein Anruf.«

»Ich bleibe dabei!« Großmutter schob mich ein Stück von sich, um mich besser betrachten zu können. »Diese Reise hat dich verändert«, befand sie schließlich. »Dieses ganze letzte Jahr.«

Im Guten wie im Schlechten, dachte ich.

»Du warst immer so ein wütendes Kind«, schmunzelte sie.

Ich war vielleicht ein Wildfang geblieben, doch inzwischen auf eine ganz andere Art.

»Wollen wir gemeinsam in den Garten gehen?«, schlug Großmutter vor. »Noch ist das Wetter schön genug dafür.«

Wenig später saßen wir nebeneinander hinter dem Haus. Ich hatte zwei alte Klappstühle unter einen der alten Bäume gestellt. Die Sonne fiel durch das Blätterdach, sandte angenehme Wärme hinunter, und doch war der nahende Herbst überdeutlich zu spüren. Großmutter und ich hatten uns beide ein Tuch um die Schultern gelegt und lauschten dem Zwitschern der Vögel.

»Was hat Käthe denn nun gesagt?«, wollte Großmutter wissen.

»Sie hat noch etwas frei. Es klappt also«, platzte ich freudestrahlend hervor und erweckte jedes Detail des Telefonats noch einmal zum Leben.

Wie kratzig ihre Stimme geklungen hatte. Die seltsam vertrauten Hintergrundgeräusche des *Schnieke* und irgendwo dahinter der Großstadtlärm. Wie sehr sie sich auf ein Wiedersehen freute, auch wenn sie das hinter rauen Worten verbarg.

In knapp zwei Wochen würde ich nach West-Berlin aufbrechen. Dieses Mal aber nicht für einen kurzen Besuch, sondern um zu bleiben. Käthe hatte für die ersten beiden Wochen ein Zimmer in ihrer Pension frei. Dort hätte ich die Möglichkeit, erst einmal in der Stadt anzukommen und mich dort in Ruhe nach einer günstigen Wohnung oder einem dauerhaften Zimmer umzusehen.

Ich wusste nun mit Sicherheit, dass ich meinen ganz eigenen Weg gehen wollte. Nicht abhängig von irgendjemandem, nicht angewiesen auf die Meinung anderer. Ich wollte nicht heiraten, Kinder kriegen und mein Leben lang im selben Haus sitzen. Vielleicht eine nette Arbeitsstelle für nebenbei, falls ein bedeutungsloser Ehemann der Meinung war, dass das meinen Pflichten in Familie und Ehe nicht im Weg stand, und es mir erlauben würde.

Nein, ich wollte meine Träume direkt im Moment leben.

Als Frau, als Mensch, als ich – Kalliope.

In den vergangenen Tagen war ich mehrmals zur Poststelle gelaufen und hatte Tonaufnahmen von mir verschickt. Ich wollte mich in Berlin in mehreren Bars, Cafés, Theatern und allem, was ich finden konnte, als Sängerin bewerben, um praktische Erfahrungen zu sammeln. Außerdem hatte ich mich schon für ein paar Stunden zu professionellem Gesangsunterricht angemeldet. Doch dieser war teuer und ich musste schnellstmöglich eine Arbeit finden, um mir das finanzieren zu können. Ich wollte mir drei Jahre Zeit geben, mit meiner Musik Fuß zu fassen. Was wäre, wenn das nicht klappte, wusste ich nicht, denn das war keine Option.

Über all das hatte ich in den vergangenen Tagen mit Großmutter gesprochen. Sie war zwar der Meinung, dass das nicht der Plan von Sicherheit war, den sie sich für ihre Enkelin wünschte, aber sie unterstützte mich in meinem Traum, und sogar Mamas Einwände schwanden mehr und mehr. Ich als Frau allein in der Großstadt – an diesen Gedanken würde sie sich gewöhnen müssen.

»Ich würde dich gern etwas fragen«, sagte ich, nachdem Großmutter und ich eine Weile schweigend über die Weiden hinter dem Garten geblickt hatten, über die Sträucher und bis zum Tannenwald weit dahinter.

»Ja?«

»Ich würde gern wissen, was mit Wilma und Großvater geschehen ist.«

Innerhalb von Sekunden war Großmutters Miene hart geworden. Und ich musste fast den Blick abwenden bei all dem Schmerz, der sich darin abzeichnete.

»Ich muss«, beharrte ich leise.

»Ich …« Ihre faltigen Hände krallten sich in das Tuch um ihre Schultern. »Ich …«

Es war das erste Mal, dass ich erlebte, wie ihr die Worte fehlten, und ich nahm sie in den Arm, wie sie es vorhin bei mir getan hatte.

»Vielleicht tut es dir sogar gut, darüber zu sprechen«, murmelte ich, und es fühlte sich an, als hätten sich unsere Rollen vertauscht.

Großmutter schluckte sichtlich.

»Ich verstehe ja, dass du es wissen willst.« Sie tätschelte meine Hand. »Ich brauche nur einen Moment.«

Und natürlich gab ich ihr die Zeit, die sie brauchte. Ich legte meinen Kopf auf ihre Schulter und inhalierte ihren vertrauten Oma-Geruch, strich ihr in regelmäßigen Kreisen über den Rücken. Eine Ewigkeit später löste ich mich von ihr, und sie fragte mit rauer Stimme: »Erinnerst du dich daran, was jeder der Himmelsschwestern prophezeit wurde?«

»Der Sterngeborenen eine tiefe Liebe, der Sonnengeborenen eine verbotene und der Mondgeborenen eine leidenschaftliche«, gab ich wieder.

In Großmutters Augen glitzerten Tränen, und ich wusste, dass sie längst nicht mehr hier bei mir im Garten war, sondern weit entfernt an einem anderen Ort, in einer anderen Zeit.

»Joseph und ich waren ein bisschen wie Kai und du. Wir sind zusammen aufgewachsen, waren beste Freunde, und irgendwann haben wir uns ineinander verliebt. Je älter wir wurden, desto kritischer haben unsere Eltern es gesehen, dass wir so viel Zeit zusammen verbrachten. Wobei … eigentlich war es ihnen von Anfang an ein Dorn im Auge. Meine Mutter war eine einfache Wäscherin und Joseph der Sohn einer angesehenen Familie. Während ich früh mit anpacken musste, konnte er tun und lassen, was er wollte. Zumindest fast. Seine Eltern hatten schon längst ihre Pläne für ihn. Er sollte eine andere Frau heiraten. Wir … wir waren so jung und naiv und sind durchgebrannt, ohne irgendetwas zu besitzen. Bei unserer Hochzeit waren nur meine Schwestern dabei.«

Ich wagte nicht, etwas zu sagen und Großmutter damit zu unterbrechen. Doch ich hielt ihre Hand fest umklammert, um ihr zu signalisieren, dass ihr hier und jetzt nichts geschehen konnte.

»Wir haben in einer wirklich schlimmen Gegend gewohnt, weil wir uns nichts anderes leisten konnten«, fuhr sie fort. »Aber ich war schon schwanger mit deiner Mutter und es blieb uns keine Zeit, weiter nach etwas Besserem zu suchen. Eines Abends ist Joseph nicht nach Hause gekommen.« Großmutter hielt inne, und dieses Mal liefen ihr Tränen über die runzligen Wangen. »Er wurde überfallen und ist dort auf der Straße gestorben. Als ihn jemand in dieser Gasse gefunden hat, da war …«, ihre Stimme bebte, »da war es schon zu spät.«

Ich war tief erschüttert, dass Großmutter in so jungen Jahren ihre große Liebe verloren hatte. Und dann auch noch auf diese brutale Art. Joseph war einfach von einem auf den anderen Tag weg gewesen. Der Papa, den meine Mutter nie gehabt, der Opa, den meine Schwestern und ich nie kennengelernt hatten.

»Es tut mir schrecklich leid, dass das geschehen ist«, raunte ich mit brüchiger Stimme.

»Es ist lange her.«

»Trotzdem tut es weh.«

»Das wird wahrscheinlich auch nie aufhören«, stellte Großmutter traurig fest. »Wilma und Barbara sind kurz darauf ebenfalls gestorben. Wilma ist ertrunken, als sie nachts schwimmen war, und Barbaras Herz ist … es ist einfach so stehen geblieben. Sie war immer so aufgeweckt, hat ununterbrochen geredet und plötzlich … war es vorbei.«

Aus Großmutters Tränen wurde ein herzzerbrechendes Schluchzen. Sie lag in meinen Armen und weinte und weinte und weinte. Ich wusste nicht, was ich sagte, murmelte nur irgendwelche beruhigenden

Worte und strich ihr über das ergraute Haar. Und für einen Moment trug ich den Schmerz mit ihr gemeinsam.

Erst hatte Oma den Mann, den sie liebte, verloren und kurz darauf ihre Schwestern. Es war eine Tragödie, ein schreckliches Schicksal. Wenn ich mir nur vorstellte, Kai, Klio oder Erato zu verlieren, riss mir der Gedanke allein den Boden unter den Füßen weg.

Und ich begriff, dass dieser ganze Schmerz und die Trauer zu viel gewesen waren für diese junge Frau. Ich verstand, dass die Geschichte von *Linnea und Eskil* eine Erklärung für den sinnlosen Tod geliebter Menschen bot, den die Seele einfach nicht begreifen konnte. Ein Fluch war letzten Endes eine Begründung, so furchtbar er auch sein mochte.

»Das alles ändert aber nichts daran, dass ich Kai liebe«, sprach ich es zum ersten Mal vor einer anderen Person als Hanni aus. »Ich möchte mir diese Gefühle nicht verwehren. Das kann ich einfach nicht.«

Und so sehr ich meine Großmutter liebte, wusste ich nun auch, dass ich auf keinen Fall so sein wollte wie sie. Zumindest nicht, was diesen Punkt anging. Sich an eine Vergangenheit zu klammern, die man nicht ändern konnte, machte einen nur unglücklich.

»Ach Kind«, liebevoll umfasste sie meine Hand. »Ich bewundere dich dafür, dass du dich nie unterkriegen lässt.«

»Trotzdem heißt du es nicht gut, dass ich mit Kai zusammen sein möchte.«

»Das mag sein. Aber Klio, Erato und du – ihr seid so anders, als meine Schwestern und ich es gewesen sind.« Sie lächelte, sodass sich ihr Gesicht in tausend Falten legte. »Ihr seid in euren Wesen so verschieden und doch verbindet euch eine ganz besondere Kraft. Am Anfang hielt ich es für Dummheit, sein Schicksal so sehr herauszufordern, und ein Teil von mir ist immer noch dieser Meinung ...«

Das überraschte mich keineswegs. Großmutter würde meine Entscheidungen und mich nie ganz verstehen. Für sie waren Linnea und Eskil auf andere Art real als für mich. Aber inzwischen war mir klar, dass es darum nicht ging. Wichtig war nur, dass sie weiterhin hinter mir stand, wie sie es auch im vergangenen Jahr gemacht hatte.

»Ich habe Angst, dass es beim nächsten Mal noch schlimmer ausgehen wird«, gab sie zu. »Und das könnte ich nicht ertragen. Denn egal was du denkst, ich mag den Jungen. Mir ist klar, dass es keinen Sinn hat, dir etwas verbieten zu wollen. Du bist erwachsen. Und Klio und Erato sind in den meisten Dingen wahrscheinlich noch sturer als du.«

»Sie haben von der Besten gelernt.«

Mit einem Grinsen bemühte ich mich, die Stimmung aufzulockern, doch Großmutters Miene blieb ernst. Der Wind raschelte in den Blättern, ihr wellenartiges Branden lullte mich auf hypnotische Art ein, und ich wusste, dass Oma gleich etwas sagen würde. Etwas, das Dinge änderte. Instinktiv umfasste ich den Smaragdstein um meinen Hals.

»Es gibt etwas, das ich dir mit auf den Weg geben möchte, und vielleicht willst du es nicht hören. Es erscheint mir auch reichlich spät dafür, aber ...« Großmutter fixierte mich mit ihren blauen Augen, ehe sie weitersprach: »Es gibt eine Möglichkeit, den Fluch zu brechen. Und wenn das jemand schafft, dann seid das ihr drei.«

Fluch.

Brechen.

Eine Möglichkeit.

War das der Ursprungspunkt, den ich laut Aurelie kennen musste? Oder bloß eine weitere Geschichte, welche die Vergangenheit verzerrte? So oder so: Was ich in den nächsten Minuten hörte, brachte die Gänsehaut auf meine Arme zurück.

Der Tag, an dem Janis Joplin starb, war ein Sonntag. Der 4. Oktober 1970.

Klio, Erato und ich saßen gerade im Wohnzimmer, als die Nachricht blechern aus dem Radio in der Stereotruhe drang. Man hatte

Joplin bewusstlos neben ihrem Bett gefunden. Vierzehn Einstichstellen am Arm, eine Überdosis Heroin. Ich fühlte einfach gar nichts, dann alles auf einmal. Sie war gerade einmal siebenundzwanzig Jahre alt gewesen – so wie auch Jimi Hendrix –, und mit ihr starb endgültig mein Traum von der großen Hippiebewegung. Ich weinte um jemanden, der sich als Frau laut und selbstbewusst seinen Platz in der Welt genommen hatte. Die ganze Nacht lang hörte ich ihr einziges Soloalbum *I Got Dem Ol' Kozmic Blues Again Mama!* rauf und runter, am nächsten Tag fühlte ich mich wie Phönix, der aus der Asche stieg. Denn jedes Ende konnte auch ein Anfang sein.

Der rote Wagen ächzte, als ich wenige Tage später den Kofferraum schloss und mir die Hände an der Hose abwischte. Da war es also: mein ganzes Leben in einem Auto. Schon wieder.

Schon seit einer geschlagenen Stunde drückte sich meine Familie im Flur herum und tat beschäftigt. Mama wischte mit einem Wedel Staub von Fotos, auf denen kein Körnchen zu sehen war. Großmutter gab vor, in der Küche zu tun zu haben. Und Erato und Klio spielten unter der Treppe mit Murmeln.

Sie alle wussten, wie sehr mich Abschiede schmerzten und dass ich nichts mehr hasste, als ein großes Ding daraus zu machen. Dieses Mal tat es noch mehr weh als vergangenes Jahr, aber es war ein Schmerz, den ich dankbar annahm.

Wehmütig blickte ich die Straße entlang. Die namensgebenden Magnolien entlang der Allee verloren inzwischen ihre Blätter. Kais Fahrrad lehnte am Gartenzaun, ein Haus weiter hatten die Kinder ihre Spielsachen auf dem Asphalt liegen gelassen.

In den letzten Septembertagen hatte ich jeden Moment an diesem Ort genossen. Ich hatte mir erlaubt, ihn mit den Augen von jemandem zu sehen, der stolz darauf war, wo er herkam. Gemeinsam mit Hanni streifte ich durch die Wälder, jagte Klio und Erato lachend durch die Straßen und packte ihnen zuliebe meine alten Rollschuhe aus. Ich ließ mir von Großmutter und Mama erzählen, woher unsere

Familie stammte, und betrachtete die Lichter des Dorfes, während ich hoch oben an den Felsen entlangspazierte.

Hier hatte ich so viele meiner schönsten Momente erlebt, zahlreiche Geburtstage und Sternsuch-Nächte mit Kai gefeiert. Es erschien mir nur logisch, dass wir an genau diesem Ort miteinander sprechen mussten.

Hinter uns brannte ein letztes Feuer in der Nacht. Es knackte und knisterte so vertraut und brachte tausend Erinnerungen mit sich. Es fühlte sich an, als wäre ein halbes Leben an uns vorbeigezogen, seit wir hier an unserem achtzehnten Geburtstag gesessen und auf die Magie der Sterne gewartet hatten. Doch ob der Himmel nun blau aufleuchtete, die Tannen sich in der Dunkelheit in mystische Wesen verwandelten oder das Flüstern des Windes wie brandende Wellen anmutete – all das war nicht wichtig. Ich würde mich nicht mehr gefangen nehmen lassen von meinen inneren Dämonen.

Stattdessen war ich nervös, denn ich musste Kai von all meinen Entscheidungen der letzten Tage erzählen, von all den guten Nachrichten aus West-Berlin, die für ihn und uns womöglich etwas ganz anderes bedeuten mochten. Ich beschwor das Gespräch mit Käthe herauf, das Zimmer im *Schnieke*, meine Tonaufnahmen und das kribbelige Gefühl in meinem Bauch. Endlich konnte ich vor Kai – vor allem aber auch vor mir – aussprechen, wer und was ich in der Frontstadt werden wollte.

Aufmerksam hörte er mir zu.

Manchmal runzelte Kai die Stirn oder neigte den Kopf, bis ihm eine einzelne Kringellocke in die Stirn fiel. Ansonsten aber blieb er still und ließ mich einfach sprechen.

»Ich verstehe, dass du deinen Weg gehen musst ...«, setzte Kai irgendwann ernst an.

»Moment«, unterbrach ich ihn, als er ein zerknittertes Blatt Papier aus der Hosentasche zog, »hast du dir etwa Notizen gemacht?«

»Lass mich«, Kais Ohren liefen rot an. »Ich wollte einfach nichts Wichtiges vergessen. Dafür … dafür ist dieses Gespräch zu wichtig.«

O Gott, das war so niedlich.

Unaufhaltsam schmolz mein Herz dahin, zerfloss einfach so unter Kais Blick aus Nachthimmelaugen. Und ich hoffte so sehr, wünschte es mir aus ganzem Herzen, dass Kai seinen nächsten Satz nicht mit einem *Aber* begann.

»In Ordnung. Ich …«, unsicher trat ich von einem Bein auf das andere, ehe ich die alles entscheidende Frage stellte:

»Was ist es denn, was *du* von den nächsten Jahren willst?«

»Ich bin der Letzte, der ein Hindernis für dein Leben sein möchte«, sprach Kai und schielte auf die Notizen in seiner einen Hand. »Ich will dich genauso frei sehen wie in den vergangenen Monaten. Eben ein rotes Auto für die Realität.«

Aber, aber, aber.

»Ich möchte nach wie vor Lehrer werden. Und natürlich wäre es wohl am sinnvollsten, ich würde das Studium in West-Berlin beginnen, in deiner Nähe, aber …«

Da war es.

Dieses kleine Wort, das zusammen mit der Endgültigkeit in Kais Gesicht alles kaputtmachen könnte.

Mein Herzschlag stolperte, fing sich wieder und galoppierte unaufhaltsam davon. Himmel, ich stand zu meinen Träumen und den damit verbundenen Entscheidungen. War überzeugt davon, dass ich diesen Weg auf *meine* Art beschreiten musste. Trotzdem drehte sich mir der Magen um bei dem Gedanken, Kai genau deshalb zu verlieren.

Vorsichtig machte ich einen Schritt auf ihn zu. Ganz instinktiv, weil ich ihn so gern berühren wollte.

Weit unter uns lag Niemstedt, doch hier oben gab es nur den Himmel und Feuerfunken, nur Kalliope und Kai.

»Ich möchte in Hamburg studieren«, sagte er mit fester Stimme. »Ich habe es gemacht, wie du gesagt hast, und in mich hineingehört.

Ich habe mich einfach in diese Stadt verliebt und weiß, dass genau das der Ort ist, an dem ich mein Glück suchen möchte.« Kurz zögerte Kai, dann fuhr er fort:»Ich habe schon meine Bewerbung für den Studiengang losgeschickt und vor ein paar Tagen die Zusage bekommen. Ich …« Kai sah mich an und seine Augen, sie strahlten, strahlten, strahlten.»Ich werde Musiklehrer. In Hamburg. Und ich hoffe, du freust dich ein bisschen mit mir.«

»Natürlich freue ich mich für dich«, sagte ich liebevoll und ergriff Kais zettelfreie Hand.

Ich musste das alles erst einmal sacken lassen. Seit wir uns das letzte Mal gesehen hatten, war ich mit der Planung der nächsten Monate beschäftigt gewesen, mit all den Schritten, die getan werden, mit all den Gedanken, die rechtzeitig gedacht werden mussten.

Hamburg.

West-Berlin.

Zwei Großstädte und eine Mauer, die sie trennte.

»Hamburg passt zu dir«, sagte ich schließlich mit einem Lächeln, das glücklich, wehmütig und ängstlich zugleich war. Es waren genau jene Gefühle, die ich auf Kais schönem Gesicht gespiegelt sah. Und für einen winzigen Moment spielte das Feuer mir einen Streich, ließ Kais Haut wie winzige Schuppen aufleuchten, das dunkle Haar wie Seegras schimmern.

Ein Meeresprinz in der Stadt am Wasser – es hatte genauso sein sollen.

»Ich verstehe jetzt, was du meintest, als du davon gesprochen hast, auf gewisse Weise abhängig zu sein. Wenn ich ehrlich in mich hineinhöre, dann geht es mir mit dir wahrscheinlich ähnlich. Als würden wir zusammen auf die allerbeste Art funktionieren.« Kai schaute erneut auf seinen Zettel.

Wäre das hier nicht so ernst und wichtig, hätte ich gelacht, ihn womöglich damit aufgezogen. Stattdessen rückte ich ein Stück näher an ihn heran.

»Es wäre furchtbar, wenn wir uns eines Tages vorwerfen müssten, dass wir uns, ohne es zu merken, für den anderen in derart wichtigen Lebensfragen eingeschränkt haben. Und ich könnte es nicht ertragen zu wissen, dass das mit uns ein Ablaufdatum hat. Also ... was ich dir eigentlich mit all dem sagen möchte, ist: Ich möchte es versuchen. Auf unsere Art.«

Kai wollte in Hamburg studieren, mich zog es nach West-Berlin. Er würde richtig zurückkehren, ich nur auf Besuch.

»Ich will dich«, fügte Kai rau hinzu. »Ich will uns.«

»Also führen wir eine Art Beziehung auf Distanz?«, wagte ich mit deutlich leichterem Herzen zu fragen.

Kai verzog das Gesicht.

»So könnte man es auch ausdrücken. Aber das bedeutet ja nicht, dass wir uns nicht sehen. Ich komme dich besuchen und du mich. Es gibt Wochenenden und Semesterferien und Feiertage.«

Mein Herz schmolz dahin.

»Ich werde dir Briefe schreiben«, bekräftigte Kai.

»Und ich werde dir seitenweise antworten«, wisperte ich, ehe mir die ersten Tränen in die Augen stiegen.

»Ich werde ganze Romane verfassen«, setzte Kai noch einen drauf und verschränkte nun auch die Finger seiner anderen Hand mit meinen.

»Ich werde dir Beständigkeit geben«, versprach ich aus tiefstem Herzen und zum ersten Mal aus voller Überzeugung, denn das Gespräch mit Großmutter hatte mich so viel begreifen lassen. »Du bist wichtiger als jede Angst. Du bist bedeutsamer als alles, wovor ich jemals weggelaufen bin.«

»Ich werde dir glauben«, sagte Kai.

»Ich werde dich lieben«, erwiderte ich mit erstickter Stimme.

»Ich werde dich küssen.«

»Und ich dich vermissen.«

Und Kai zog mich näher.

»Ich werde dich auch vermissen, kleine Fee«, murmelte er, und ich schmiegte mich an seine Brust. »So viel mehr, als du ahnst. Wir haben zusammen aufgehört, Kinder zu sein, und jetzt werden wir beide erwachsen.«

»Und es ist in Ordnung, wenn ich dir keine konventionelle Beziehung versprechen kann? Wenn ich vielleicht niemals heiraten möchte? Mir nicht das Leben vorstelle, das andere wollen?«

Kai lachte dicht an meinem Ohr. »Würde ich tatsächlich denken, eine Hochzeit könnte dich begeistern, würde ich mir an deiner Stelle Sorgen machen, dich für den falschen Mann entschieden zu haben.«

»Stimmt«, ich kicherte, »so gut solltest du mich kennen.«

»Das bedeutet aber nicht, dass ich es nicht eines Tages probieren werde«, warf Kai frech ein, ehe er sich zu mir hinabbeugte und meinen Mund mit einem Kuss verschloss. »Also dich zu heiraten.«

Seine Lippen schmeckten süß und verheißungsvoll, und ich wusste nun, dass wir auf die ein oder andere Weise unseren Weg gehen würden. Wir gehörten nun einmal zusammen.

Wir redeten noch viel und wir redeten lang, malten uns die Leben in Hamburg und West-Berlin aus, die beide von Musik und Leidenschaft geprägt wären. Ähnlich und doch gänzlich verschieden. An diesem Tag saßen Kai und ich noch ewig über den Klippen Niemstedts, blickten über den Kiefernwald und nahmen langsam Abschied von einem Leben zwischen grünen Hügeln und duftenden Wiesen, Beschaulichkeit und ganz viel Nähe.

Ein Lebewohl von unserer Heimat, nicht aber voneinander.

Jemand rief meinen Namen und riss mich damit aus der bittersüßen Erinnerung.

Es war Mama, die in der offenen Haustür stand. In der einen Hand eine Zigarette elegant von sich gestreckt, in der anderen der Aschenbecher mit den Ornamenten.

»Kommst du? Wir wollen dir noch etwas geben.«

Schnell sperrte ich das Auto ab und folgte ihr mit gemischten Gefühlen ins Haus. Mein Herz war immer noch schwer von dem Tag, als Hanni ein letztes Mal vorbeigekommen war, bevor sie den Zug nach Paris nahm. Natürlich würden wir uns so schnell wie möglich besuchen kommen, doch ich vermisste meine beste Freundin schon jetzt. Ein anderes Land, eine andere Großstadt und andere Träume.

Mit einem Lächeln dachte ich daran, wie Mama mir an diesem Abend, als ich mit hängenden Schultern nach Hause gekommen war, ihre Packung hingehalten und mir eine Zigarette angeboten hatte. Es ging überhaupt nicht darum, dass wir gemeinsam rauchten. Bedeutend war für mich eher die Geste, die so viel hieß wie: *Ich nehme dich ernst. Ich sehe nicht nur das Mädchen, sondern auch die Frau in dir.*

Schon im Flur hörte ich, dass jemand eine Schallplatte auf Papas Spieler gelegt hatte, und es war ein bisschen so, als wäre er auch hier bei uns. Und da saßen sie alle zusammen im Wohnzimmer. Großmutter in ihrem Ohrensessel mit Erato auf dem Schoß, der sie gerade die dunklen Zöpfe neu flocht. Klio hatte es sich auf der Couch gemütlich gemacht, und Mama lehnte an dem schweren Nussbaumschrank. Zigarette und Aschenbecher waren verschwunden, stattdessen hielt sie nun drei kleine Schachteln in den Händen.

»Es gibt Geschenke, weil du wegziehst«, plapperte Erato aufgeregt.

»Wir bekommen auch etwas«, fügte Klio hinzu und klappte ihr Buch zu. Ich ließ mich neben sie auf das Sofa fallen und legte meinen Arm um sie. Sofort kuschelte sie sich an mich.

»Wir bekommen alle etwas?«, fragte ich gerührt. Da waren vier nickende Gesichter, die mich alle voller Wärme ansahen.

»Geschenke«, quietschte Erato vergnügt.

Beim erneuten Klang ihrer Stimme musste ich schwer schlucken. Inzwischen brachte Mama sie einmal im Monat zu einer Kinderpsychologin in der Stadt. Es hatte mich über die Maßen überrascht, dass sie diesen Schritt ging, wo ihr der Schein nach außen doch immer so wichtig gewesen war. Aber die Dinge änderten sich.

Erato war immer noch ungewöhnlich still, doch ich sah wieder häufiger die neugierige Entdeckerin in ihr.

»Mach die Augen zu«, forderte Mama und strich mir liebevoll das Haar aus dem Gesicht. Ich schloss die Lider und hörte es rascheln. Dann spürte ich, wie sie mir etwas um den Hals legte. Mamas blumiges Parfüm stieg mir in die Nase, kurz darauf ertastete ich mit den Fingern eine filigrane Kette in meinem Dekolleté. Als ich die Lider wieder öffnete, hielt meine Mutter mir einen Handspiegel vor das Gesicht.

Die Haare waren über den Sommer heller geworden. Strähnchen durchzogen das Braun, und dort an meinem Hals auf der immer noch leicht gebräunten Haut schimmerte eine goldene Halskette, an deren Ende ein wunderschöner Stern hing. Zusammen mit Aurelies Amulett und Kais Stein an den anderen Bändern erzählten die drei Schmuckstücke einen Teil meiner Geschichte.

Gerührt fiel ich erst Mama, dann Großmutter um den Hals, ehe ich die Ketten meiner Schwestern bestaunte. Klio bekam einen Sonnenanhänger, Erato einen Mond. Wir drei Musenkinder, Himmelsschwestern, Faeth-Töchter. Egal, wie viele Jahre uns trennten und in welch unterschiedlichen Dingen wir unser Glück suchten … uns konnte nichts mehr auseinanderreißen, nur noch näher zusammenbringen.

Vielleicht würde ich die beiden eines Tages in alle Details von Linnea und Eskils Geschichte einweihen. Vielleicht würde ich ihnen all das erzählen, was ich inzwischen über das Brechen des Fluchs wusste. Für den Moment aber wollte ich sie einfach die Kinder sein lassen, die sie waren. Klio sollte so lang wie möglich Gummitwist in irgendwelchen Hinterhöfen spielen und alle Bücher aus der Bücherei ausleihen. Ich wünschte mir, dass Erato neugierig blieb, Fragen stellte und die zwei sich gegenseitig die Haare flochten. Sie sollten Tage voller Sonne und Nächte voller wundersamer Träume erleben, die nichts mit meinen eigenen zu tun hatten.

Und es bestand immer noch die Möglichkeit, dem Ganzen ein Ende zu setzen. Dafür zu sorgen, dass diese Familienlegende in Vergessenheit geriet.

Als ich mich schließlich verabschiedete, klammerte Erato sich an meinem Bein fest und wollte mich nicht gehen lassen. Klio ratterte bis zur letzten Sekunde herunter, was sie jemals über das Leben in West-Berlin gelesen hatte, und Mama und Großmutter versprachen, mir zu schreiben. Ich drückte alle ein letztes Mal, war mir jedes Gefühls, jedes Geräuschs und jedes Dufts überdeutlich bewusst, dann trat ich aus dem Haus.

Ich lief durch den Vorgarten und dann war da Kai.

Lässig lehnte er an unserem Auto und wartete auf mich und das nächste Abenteuer, das wir gemeinsam bestreiten würden. Wie immer trug er Bluejeans und dazu ein weißes Hemd, hatte die wilden Haare nicht bändigen können und fuhr auch jetzt mit der Hand hindurch. Als Kais Blick auf mich fiel, hielt er mitten in der Bewegung inne und ließ die Hand sinken. Seine Augen leuchteten auf und ich sah tausend gemeinsame Leben: Wie in einer Augustnacht Sterne vom Himmel fielen, eine Sterngeborene und ein Musiker beste Freunde wurden. Wie wir gemeinsam am Blauwasser spielten, uns in andere verliebten und ineinander. Wie wir Hürden und Hindernisse nahmen, uns anzogen und wegstießen, stritten und liebten.

Ich flog ihm entgegen und wusste, dass die ganze Straße dabei zusehen würde, wie ich in Kais Arme sprang und mich von ihm im Kreis durch die Luft wirbeln ließ. Doch das war mir egal. Ich küsste ihn auf den Mund. Einmal, zweimal, ein drittes Mal. Fuhr mit dem Finger über das Grübchen in der linken Seite.

»Bereit?«, fragte ich atemlos.

»Bereit«, sagte er rau.

Wir hupten zum Abschied. Ich steckte den Kopf aus dem Fenster und winkte Mama und Großmutter, meinen Schwestern und den Martins, die kleiner und kleiner wurden. Dann bogen wir am Ende der Straße um die Ecke, und sie alle verschwanden hinter Häusern mir roten Ziegeldächern, die schließlich Wiesen und Feldern, Blumen und Wäldern Platz machten. Im Radio lief *Surfin' U.S.A.* und Kai und ich bewegten uns ebenso albern zu dem Lied, wie wir es vor einer Ewigkeit in den Gängen des Elektrofachhandels getan hatten. Ich war glücklich und traurig zugleich und konnte nicht sagen, was von beidem mich zum Weinen gebracht hatte. Ich wusste nur, dass sich die ganze Fahrt ebenso bittersüß anfühlte, wie die Apfelkerne schmeckten, die manche unserer Küsse begleitet hatten.

Als am nächsten Tag irgendwann *West-Berlin* auf den Schildern auftauchte, spürte ich, wie meine Mundwinkel durch das allerbreiteste Lächeln hochgezogen wurden. Daran konnten auch die Grenzkontrollen nichts ändern. In dieser Stadt würden Kai und ich uns noch kein gemeinsames Leben aufbauen. So *richtig* zusammen wären wir erst in irgendeiner fernen Zukunft, wenn wir beide unseren Träumen gefolgt waren und Glück gefunden hatten.

Denn ich wusste, dass ich beides haben und sein konnte: West-Berlin und Kai, Musik und die Gespräche mit ihm, seine Zuneigung und Liebe, auch wenn wir nicht zusammenwohnten. Ich konnte einen Mann lieben, der Männer mochte und auch Frauen. Ich konnte tun und lassen, was ich wollte, ich konnte furchtlos wie Janis Joplin sein und dabei doch ich selbst.

Die nächsten Tage würde Kai bei mir im *Schnieke* bleiben, dann aber wartete in Hamburg sein eigener Neuanfang auf ihn. Ein Zimmer in einer Wohngemeinschaft, ein Lehramtsstudium an der Universität der Künste, eigene Wünsche.

Es war das erste Mal, dass Kai nicht an meiner Seite sein würde. Aber das war wichtig, weil ich wissen musste, dass ich das alles auch alleine schaffte. Ich würde meinen Weg finden, ich würde alles dafür tun, um singen und meinen Träumen folgen zu können. Kai und ich würden uns an den Wochenenden sehen. Würden das Leben nehmen, wie es kam, und dabei immer einen Weg finden, zusammen sein zu können. Vielleicht nicht auf die Art unserer Eltern, aber auf die, die zu uns passte.

Ich betrachtete seine schlanken Musikerhände. Die eine lag entspannt auf dem Lenkrad, die Finger der anderen waren mit meinen verschränkt.

Ein kleiner Teil von mir fürchtete sich immer noch davor, was geschehen könnte. Hatte immer noch Angst vor dem Wasser, vor Fluten und Magie. Davor, dass Kai mit jedem Mal schlimmer verletzt werden könnte. Aber inzwischen wusste ich, wie stark Liebe sein konnte, wie viel *unsere* hatte überstehen müssen. Die Gegenwart war es, die zählte. Einen Moment nach dem nächsten und ein Leben wie ein Wildblumenfeld.

»Kleine Fee«, sagte Kai in diesem Moment und mein ganzer Körper kribbelte.

»Wieso nennst du mich eigentlich so?«

Sein Lachen war wie eine Melodie. »Das weißt du nicht?«

Ich verneinte.

»Und trotzdem hast du nie gefragt? Die ganzen Jahre nicht?«

Verlegen schüttelte ich den Kopf, woraufhin Kai meine Hand nur noch fester drückte.

»Ich nenne dich so, weil sich mit dir alles anfühlte, als wäre es mit einem Zauber versehen. Selbst die normalsten Dinge …« Kai zuckte mit den Schultern. »Mit dir ist einfach alles ein bisschen magisch.«

LIEBE LESER*INNEN,

in *Wenn die Sterne fallen* wollte ich ein möglichst authentisches Bild der damaligen Zeit zeichnen. Trotzdem habe ich einige historische Fakten so abgeändert, dass sie die bestmöglichen Rahmenbedingungen für Kalliope und Kais Abenteuer bieten. Habe Kalliope häufig Gedanken mitgegeben, die ihrer Zeit an manchen Stellen ein bisschen voraus sind.

In der Bücherei eines Dorfes wie dem fiktiven Niemstedt hättet ihr vermutlich eher Bücher über Landwirtschaft gefunden und nur mit großem Glück ein oder zwei Werke zu den Themen, für die sich die Himmelsschwestern so brennend interessieren.

Ein anderes Beispiel ist die Transitstrecke, die vom Grenzübergang Lauenburg-Horst nach West-Berlin führte und von Kalliope und Kai genutzt wird. Das sogenannte *Transitabkommen* zwischen West- und Ostdeutschland, welches den Verkehr zwischen den beiden Staaten, aber auch innerhalb der Stadt Berlin, erleichterte, trat erst 1972 in Kraft. Dieses Abkommen habe ich für den stimmigen Ablauf der Geschichte bereits zwei Jahre früher angesetzt.

Die Aufbruchsstimmung dieser Zeit aber ist echt.

Dieser magische Sommer, der später als der *Summer of Love* in die Geschichte einging und von dem Kalliope träumt.

Der starke Wille der Jugend, der der 68er-Generation entsprang und neue Ideen mit sich brachte.

Der Kampf für Gleichberechtigung, für bunte und freie Liebe und gegen Rassismus.

Das Monterey-Pop-Festival ist passiert, Woodstock ist zu einem Mythos geworden und auch der *Death of Hippie*, als Blumenkinder ihren eigenen Sarg voller Blüten 1967 durch San Francisco trugen, ist ein Fakt, ist ein symbolischer Abschied.

In Deutschland kam die Hippiebewegung mit etwas Verzögerung an, und so erlebt Kalliope ihre Zeit als Blumenkind erst um das Jahr 1970 herum – mit einem grausamen Ende, welches sich tatsächlich so zugetragen hat.

Vom 4. bis 6. September 1970 strömten über 25 000 Besucher*innen auf die Ostseeinsel Fehmarn, um die deutsche Version des Woodstock-Festivals zu erleben. Woodstock, der Film, lief gerade in den Kinos, und die Veranstalter*innen erwarteten sich vor allem durch die Zusage von Jimi Hendrix ein Musikfestival, das alle Blumenkinder vereinen und etwas bisher nie Dagewesenes sein sollte. Leider verschätzten sie sich enorm – finanziell, aber auch organisatorisch. Fast zweihundert Mitglieder der Rockergang *Bloody Devils* fuhren in der Nacht vor dem Love and Peace mit ihren Motorrädern von Hamburg aus auf die Insel, erzwangen sich auf dem Weg kostenlose Tankfüllungen und zettelten die erste Messerstecherei an, bei der vier Menschen verletzt wurden. Es heißt, dass die Gang es erst durch den Aufbau dieses Bedrohungsszenarios schaffte, als Ordner*innen für das Festival engagiert zu werden – etwas, das Kalliope von Anfang an seltsam vorkommt.

Wie mit dem *Death of Hippie* starb auch mit dem Ende des Love and Peace bei vielen Menschen der Glaube an die Bewegung, die so vieles verändern sollte. Und trotzdem trage ich, obwohl ich damals noch nicht gelebt habe, dieselben Träume und Sehnsüchte in mir. Fünfzig Jahre später.

Ich hoffe also, dieses Buch konnte euch zwei Dinge zeigen:

Zum einen, dass es immer leichter ist, sich in die verklärte Version einer Vergangenheit zu flüchten, in der alles besser gewesen sein muss. Die Hippiebewegung ist jedoch mehr als Spaß und Flower-Power.

Zum anderen, dass wir immer noch vor denselben Problemen stehen.

Wir müssen unseren Planeten schützen.

Wir müssen Krieg und Gewalt verhindern.

Wir müssen dafür sorgen, dass all diejenigen, die auf irgendeine Art und Weise aus dem Raster fallen, geschützt werden.

Wir müssen gleiche Rechte für alle Menschen dieser Welt ermöglichen.

Wir müssen ein bisschen wie Kalliope und Kai sein und es auf unsere eigene Art und Weise versuchen.

Love and Peace
(mit ganz viel Wärme – nicht wie auf Fehmarn),
eure Sophie

DANKE
AUS DEN TIEFSTEN TIEFEN MEINES HERZENS

Ach, Kalliope und Kai. Ihr seid irgendwie dieses Buch, das alles für mich ist. So groß und voll und erfüllt von Liebe. Und doch wäre *Wenn die Sterne fallen* ohne die Unterstützung ganz großartiger Menschen nicht das, was es heute ist.

Ich danke also meiner Agentin Andrea Wildgruber von der *Agence Hoffman*, die seit meinem Debüt an meiner Seite ist und von Tag eins an meine superemotionalen Mails liest (über die ich natürlich nie noch einmal eine Nacht schlafe).

Ein riesiges Dankeschön geht an meine wundervolle Lektorin Frederike Labahn. Du, ich mag dich. Auf noch mehr gemeinsame Herzensgeschichten (und unsere unbändige Begeisterung für Flüche und Mystik!!).

Außerdem danke ich dem gesamten Team vom Heyne Verlag und meiner Redakteurin Eva Jaeschke, die mich auch mit diesem Buch wieder etwas hat lernen lassen.

Danke an meine Testleserinnen Kati, Marie S., Silja, Marie W., Jule, Thesi, Juliana, Ragna und Jette. Noch nie wart ihr so verschiedener

Meinung – etwas, das mich ein bisschen in den Wahnsinn getrieben hat. Ich danke euch wie immer für die Ehrlichkeit, die Begeisterung und jede kleine Anmerkung, die Kalliope und Kais Geschichte noch besser gemacht hat.

Vor allem dir, Ragna, danke ich dafür, dass du das Manuskript noch einmal auf historische Feinheiten geprüft hast.

Danke an meine Freundinnen innerhalb der Buchwelt: Kyra, Kathinka, Tanja, Emily, Emi und Silja. Was wäre ich nur ohne euch? Und wie verrückt ist der Gedanke, dass ihr wahrscheinlich nicht Teil meines Lebens wärt, wenn ich nicht zu schreiben begonnen hätte?

Danke an Larry, Marie, Lajos, Maggie, Lisa, Kati, Dana, Alice, Michi, Chanti, Alex, Stevie und Mikey – wer Herzensmenschen wie euch hat, braucht vor nichts im Leben mehr Angst zu haben. Ihr seid mein sicherer Hafen, mein Auffangbecken, der Norden in meinem Kompass (und ja, ich könnte hier noch viel mehr peinlich-kitschige Vergleiche ziehen, weil ich euch einfach so sehr liebe, liebe, liebe).

Und zuletzt natürlich ein riesiges Dankeschön an Michi, der der Kai zu meinem Hippieherzen ist. Du bist meine Ruhe, mein Gegenteil, meine Erdung, mein ruhigstes Abenteuer.